中国现代化研究论坛

现代化的
新机遇与新挑战

中国科学院中国现代化研究中心 编

科学出版社

北 京

图书在版编目（CIP）数据

现代化的新机遇与新挑战/中国科学院中国现代化研究中心编 . —北京：
科学出版社，2011.1

（中国现代化研究论坛）

ISBN 978-7-03-029851-5

Ⅰ . ①现… Ⅱ . ①中… Ⅲ . ①现代化-研究-中国 Ⅳ . ①D61

中国版本图书馆 CIP 数据核字（2010）第 260900 号

责任编辑：石 卉 付 艳／责任校对：陈玉凤
责任印制：赵德静／封面设计：陈 敬
编辑部电话：010-64035853
E-mail：houjunlin@mail. sciencep. com

科学出版社 出版
北京东黄城根北街 16 号
邮政编码：100717
http://www. sciencep. com

中国科学院印刷厂 印刷
科学出版社发行 各地新华书店经销
*

2011 年 2 月第 一 版 开本：B5（720×1000）
2011 年 2 月第一次印刷 印张：24 1/2
印数：1—2 200 字数：466 000

定价：68. 00 元
（如有印装质量问题，我社负责调换）

"中国现代化研究论坛" 组委会

"中国现代化研究论坛"丛书编委会

主 任 委 员 何传启

编委会成员 （按姓氏笔画排列）

于维栋　马　诚　叶　青　吴述尧

何传启　欧阳楠　靳　京

人类从非洲走来，在亚洲创造了农业文明，在欧洲创造了工业文明，在美洲孕育了知识文明。从农业文明向工业文明转变是第一次现代化，从工业文明向知识文明转变是第二次现代化。如果说第一次现代化是以工业和城市为基础的经典现代化，那么，第二次现代化则是以科学和信息为基础的新现代化。显然，现代化是人类文明的最新篇章。

在人类文明的长河里，不同民族有不同的表现，不同国家有不同的成就。不同民族和国家的文明进程是不同步的，世界现代化具有进程不同步性和分布不均衡性。目前，大约有28个国家已经进入第二次现代化，大约有100个国家处于第一次现代化，有一些国家和地区仍然处于农业社会，有一些少数民族仍然生活在原始社会。虽然不同国家和地区的现代化水平不同，但它们多数受到第二次现代化的吸引和影响。科学和信息正在改变世界。

众所周知，现代化既是中华民族几代人的追求和梦想，也是我国两个世纪的奋斗目标，它关系我们每一个人的未来，需要每一个人的努力，我国科学界更是肩负着不可替代的历史责任。根据邓小平同志的"三步走"发展战略，中国将在2050年前后达到世界中等发达国家水平，基本实现现代化。在一个13亿人口的发展中大国，用50年时间基本实现现代化，是史无前例的伟大壮举。中国要达到世界发达国家水平，全面实现现代化，预计要到21世纪末。如此宏伟的现代化世纪工程，如果没有科学的现代化理论和战略研究，现代化目标就有可能落空。特别是在经济全球化条件下，对现代化规律和特征的认识，是制定国家发展战略、地区发展战略、部门发展战略和科技发展战略

等的重要基础。

世界现代化研究是在 20 世纪 50 年代开始起步的，虽然其思想源头可以追溯到更早。在 20 世纪后 50 年里，世界现代化研究出现了三次浪潮，它们分别是 20 世纪 50～60 年代的（经典）现代化研究，70～80 年代的后现代研究，80～90 年代的新现代化研究。在这三次研究浪潮中产生了一系列的理论创新，而且流派纷呈。在 20 世纪 30 年代，我国学者就进行过现代化讨论。在 20 世纪 80 年代，我国学者开始进行经典现代化理论研究，先后出版一批高水平的学术著作。20 世纪 90 年代以来，在国家自然科学基金委员会、科技部和中国科学院的资助下，新现代化研究取得了一批研究成果，如 1999 年以来陆续出版的"第二次现代化丛书"和 2001 年以来陆续出版的"中国现代化报告"年度系列等。2002 年中国科学院中国现代化研究中心成立，中国现代化研究进入一个新阶段，现代化研究成果不断涌现。

为服务于国家现代化的战略目标，推动中国现代化的理论研究，促进自然科学与社会科学的学科交叉，建立现代化研究的交流与合作平台，参照国际科学研究的惯例，中国现代化研究中心于 2002 年开始编印《科学与现代化》简报，从 2003 年开始编印《科学与现代化文集》，从 2003 年开始联合举办"中国现代化研究论坛"，从 2004 年开始组织和举办"世界现代化讲座"，介绍和交流现代化研究的最新进展和研究成果。

截至 2010 年 8 月，中国现代化研究中心已经编印了 43 期《科学与现代化》简报和 8 期《科学与现代化文集》，举办了 8 期中国现代化研究论坛和 21 期世界现代化讲座。《科学与现代化》简报和《科学与现代化文集》不是正式出版物，虽然有些论文或内容已经发表，但仍有许多精彩文章没有正式发表。

为适应我国现代化建设和现代化研究的快速发展的需要，为了让更多读者能够分享现代化研究的成果，中国现代化研究中心决定编辑出版"中国现代化研究论坛"系列文丛，并得到科学出版社的大力支持。已经出版的文选包括：《中国现代化战略的新思维》、《中国经济现代化的新路径》、《中国社会现代化的新选择》、《中国文化现代化的新探索》、《生态现代化：原理与方法》、《全球化与现代化：全球化背景下中国现代化的战略选择》和《世界现代化进程的关键点》；计划出版的文选包括《中国现代化进程的新挑战》等。

从 2010 年底开始，我们把"中国现代化研究论坛"文丛扩展成"中国现代化研究论坛"丛书，使其在原有的论坛文选基础上，增加了中国学者关于现代化研究的最新专著，将更加全面地反映中国学者的研究成果。

　　"中国现代化研究论坛"丛书中每一篇文章都是文章原作者的成果，文章原作者拥有文章的全部知识产权。秉承"百花齐放，文责自负"的原则，丛书中每一篇文章的科学性和客观性由文章的原作者负责。

　　在过去的 10 余年里，现代化研究得到有关领导和部门的大力支持，得到许多专家学者的积极响应和参与，受到媒体和社会的关注。特此向他们表示衷心的感谢！感谢为现代化研究和本文选做出贡献的朋友！感谢为本文选编辑和出版辛勤劳动的科学出版社的领导和编辑！让我们携手努力，把中国现代化研究推向世界前沿，为中华民族伟大复兴添砖加瓦！

何传启

中国科学院中国现代化研究中心主任

2010 年 9 月

目录
C o n t e n t s

Ⅲ. 现代化的途径与案例

Ⅳ. 地区现代化之路

I. 现代化的机遇与挑战

Opportunities and Challenges of Modernization

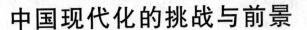

中国现代化的挑战与前景

何传启

中国科学院中国现代化研究中心

从人口规模角度看，中国现代化的任务约占世界现代化的 20%。中国现代化的挑战超过任何国家，中国现代化的前景具有很大的不确定性。一般而言，中国现代化既要遵循客观规律，又要适合中国国情和国际环境。本文简要介绍世界现代化的基本原理、中国现代化的客观事实、主要挑战和未来前景。

一、世界现代化的基本原理：现代化必须按规律办事

中国现代化必须遵循现代化规律，而关于现代化规律的认识是逐步深化的。现代化研究大约是从 20 世纪 50 年代开始的。在过去 60 年里，它大致经历了三次浪潮：经典现代化研究、后现代研究和新型现代化研究[1]。《中国现代化报告 2010》是全球第一部世界现代化概览[2]，它系统介绍了过去 60 年的十种理论：经典现代化理论、后现代化理论、生态现代化理论、反思现代化理论、多元现代性理论、第二次现代化理论、依附理论、世界体系理论、继续现代化理论和全球化理论，其中，前六种理论是现代化研究的主要流派，后四种理论是现代化研究的相关理论（表 1）。

表 1   20 世纪现代化理论的主要流派

项目	经典现代化研究	后现代化研究	新型现代化研究
流行时间	20 世纪 50～60 年代	20 世纪 70～80 年代	20 世纪 80～90 年代
六个流派	经典现代化理论、（"新现代化理论"）	后现代化理论（后现代性理论）	生态现代化理论、反思现代化理论、多元现代性理论、第二次现代化理论
其他流派	依附理论、世界体系理论	—	全球化理论、继续现代化理论等

注："新现代化理论"是一个混合概念，泛指与"经典现代化理论"不同的现代化理论，包括经典现代化理论的修正理论和新提出的"新的现代化理论"。本表中的"新现代化理论"指经典现代化理论的几种修正理论

现代化是一个非常复杂的历史过程，涉及全球绝大多数国家和人口。对现代化现象的研究，不免出现"盲人摸象"的情况；不同理论对现代化的解释有所差异，它们所包含的原理有所不同。这里以第二次现代化理论为例，介绍现代化的基本原理。1998 年以来，第二次现代化理论研究取得一批研究成果，出版学术著作 17 部，包括《第二次现代化丛书》7 本[3~9]和《中国现代化报告》10 本[2,10,11]等。第二次现代化理论包括一般理论、分阶段理论、分层次理论和分领域理论等。

其一，现代化的实质：现代化指18世纪工业革命以来人类文明的一种变化。

其二，现代化的内涵：现代化是现代文明的形成、发展、转型和国际互动的复合过程，是文明要素的创新、选择、传播和退出交互进行的复合过程，是不同国家追赶、达到和保持世界先进水平的国际竞争。

其三，现代化的外延：现代化包括18世纪以来人类生活、结构、制度和观念的现代化，包括18世纪以来不同阶段、不同层次、不同领域和不同方面的现代化。

其四，现代化的标准：一般而言，现代化是文明发展、文明转型和国际互动的交集，但并非所有的文明变化都属于现代化，只有满足现代化标准的变化才属于现代化。现代化大致有三个判断依据：有利于生产力的解放和提高，有利于社会的公平和进步，有利于人的自由解放和全面发展。在第二次现代化过程中，三个标准需要略有调整：有利于生产力的解放和提高又不破坏自然环境，有利于社会的公平和进步又不妨碍经济发展，有利于人的自由解放和全面发展又不损害社会和谐。

其五，现代化的背景：现代化是人类文明的最新篇章；人类文明进程的周期表、坐标系和路线图等，可以用来分析世界和国家现代化的历史背景。

其六，现代化的阶段：18～21世纪，现代化分为两大阶段。第一次现代化是从农业文明向工业文明的转变，包括从农业经济向工业经济、从农业社会向工业社会、从农业政治向工业政治、从农业文化向工业文化的转变等。第二次现代化是从工业文明向知识文明的转变，包括从工业经济向知识经济、从工业社会向知识社会、从工业政治向知识政治、从工业文化向知识文化、从物质文化向生态文化的转变等。

其七，现代化的特点：现代化既有共性也有个性，既有一般规律又有多样性。现代化过程的20个共性特点是长期性、阶段性、不同步性、不均衡性、可预期性、多路径、路径依赖性、非线性、互动性、系统性、竞争性、革命性、多样性、复杂性、全球性、进步性、适应性、可逆性、副作用和成本性等。

其八，现代化的原理：现代化遵循10个一般原理，它们分别是进程不同步、分布不均衡、结构稳定性、地位可变迁、行为可预期、需求递进、效用递减、路径可选择、状态不重复和中轴转变原理等。

其九，现代化的结果：国家层次的结果主要是现代性、特色性和多样性的形成，包括劳动生产率和生活质量提高、社会进步、政治民主、文化多元、环境变化、个人全面发展、国家水平达到和保持世界先进水平等。国际体系层次的结果是国际体系和国家地位的变化，包括国际结构相对稳定、国家地位变化较大、国际分化和国家分层、欠发达国家相对贫困化等。

其十，第一次现代化的结果：第一现代性的形成和普及，特点包括工业化、城市化、民主化、理性化、市场化、福利化、非农业化（农业比例下降）、现代科学和能源、大众传播和普及义务教育等；副作用包括环境污染、贫富分化和周期性经济危机等；部分传统价值持续存在并发挥作用，如文化遗产的作用等。

其十一，第二次现代化的结果：第二现代性的形成和普及，目前特点包括知识化、信息化、服务化、网络化、全球化、创新化、个性化、绿色化、生态化、非工业化（工业比例下降）、城乡平衡、终身学习和普及高等教育等；副作用包括网络犯罪、国际风险和国际不平等扩大等；部分传统价值持续存在并发挥作用。

其十二，现代化的国家目标：提高劳动生产率和生活质量，促进社会的公平和进步，促进人的自由解放和全面发展；追赶、达到或保持世界先进水平。

其十三，现代化的动力要素：创新、竞争、适应、交流、国家利益和市场需求等。

其十四，现代化的动力模型：创新—选择—传播—退出的超循环、创新驱动、双新驱动、双轮驱动、联合作用、复合互动、创新扩散、创新溢出、竞争驱动和生产力函数等。

其十五，现代化的路径：现代化具有路径依赖性。21世纪的三条基本路径分别是第二次现代化路径、追赶现代化路径和综合现代化路径。还有多种细分路径。综合现代化路径是两次现代化的协调发展，并迎头赶上第二次现代化的世界先进水平。

其十六，现代化的模式：现代化具有模式多样性，要素组合至少有56种模式。第一次现代化、第二次现代化和综合现代化的组合模式各有不同。例如，工业化优先、民主化优先、知识化优化、信息化优先、追赶工业化和新型工业化模式等。

其十七，现代化的分阶段理论：第一次现代化、第二次现代化和综合现代化。

其十八，现代化的分层次理论：世界现代化、国际现代化、国家现代化、地区现代化、机构现代化、个体现代化。

其十九，现代化的分领域理论：经济现代化、社会现代化、政治现代化、文化现代化、个人现代化、生态现代化。

其二十，现代化的分部门研究：农业现代化、工业现代化、教育现代化、科技现代化和国防现代化等。

关于现代化原理的详细内容和理论模型，可以参阅《中国现代化报告2010》。

二、中国现代化的事实和挑战：没有现代化研究就很难实现现代化

中国现代化是世界现代化的一个组成部分，可以借鉴国际经验。如果按照世界现代化的历史经验估算，中国21世纪末晋级发达国家的概率约为4%。2006年发达国家总人口不到10亿，21世纪中国人口将达到14亿～15亿。如果完全按照国际经验，并考虑人口因素，21世纪中国成为发达国家的概率可能大大低于4%，有可能接近于零。这种情况隐含两个重要信息：①国际经验和基于国际经验的现

有理论，都不足以解决中国问题；②没有现代化研究和重大理论创新，中国很难实现现代化。为了中华民族的真正复兴和全面复兴，中国必须加强现代化研究，必须寻求低成本和高效率的现代化新路径，必须大幅度提高现代化的实现概率。

1. 中国现代化的客观事实

中国现代化是世界上人口规模最大的现代化，中国现代化的复杂性和艰巨性超过目前发达国家的总和。关于中国现代化的事实分析，不可能面面俱到。

其一，中国现代化的起点：大约为 19 世纪中期（1840～1860 年）。

其二，中国现代化的终点：现代化是动态的，目前尚不能确定它的终点。

其三，中国现代化的历史：现代化起步、局部现代化、全面现代化三个阶段。

其四，中国现代化的特点：世界上人口规模最大的国家现代化。

其五，中国现代化的性质：第一次现代化，目前包含第二次现代化的部分要素。

其六，中国现代化的类型：后发型现代化、追赶型现代化。

其七，中国现代化的模式：在多数时期，采用工业化优先模式。

其八，中国现代化的起步：大约比先行国家晚了 100 年。

其九，中国现代化的追赶：已经从欠发达国家晋级为初等发达国家。

其十，中国现代化的速度：过去 15 年（1990～2005 年）第二次现代化指数的年均增长率为 3.5%，超过世界平均值。

其十一，2006 年现代化阶段：第一次现代化的成熟期。

其十二，2006 年现代化水平：初等发达国家水平，距离发达国家的差距比较大。

其十三，2006 年现代化排名：第二次现代化指数世界排名第 70 位（131 国排名）。

其十四，2006 年现代化程度（Ⅰ）：第一次现代化已经完成 4/5。

其十五，2006 年现代化程度（Ⅱ）：第二次现代化水平约为发达国家的 2/5。

其十六，2006 年现代化差距：人均国民收入的最大国际差距约为 30 倍。

其十七，六个领域的现代化：经济现代化和生态现代化水平比较低，为欠发达水平。

其十八，中国现代化的分布：北方水平和南方水平相当，西部水平较低。

其十九，中国地区的现代化（Ⅰ）：2006 年北京等四个地区进入第二次现代化。

其二十，中国地区的现代化（Ⅱ）：2006 年北京和上海部分指标接近意大利水平。

2006 年中国现代化的突出特点是两次现代化并存和分布不平衡，多数地区处于第一次现代化，少数地区已经进入第二次现代化，并已接近发达国家水平的底线。例如，北京和上海的平均预期寿命已经超过 80 岁，高于发达国家平均值（79岁）。

2. 中国现代化的历史启示

在过去 160 年里，中国现代化的经验和教训是深刻的，中国现代化的成绩也是有目共睹的，可以给人许多启示。其中，比较重要的启示有如下几点：

其一，中国现代化是一种后发追赶型现代化。中国现代化的启动不是自发的，而是被迫的。这是现代化后发国家的一种普遍现象。这种现代化，学习和借鉴先行国家的知识和经验非常重要，但不可能重复先行者的老路，因为两者的国际环境和自身条件差别很大。

其二，中国现代化遵循世界现代化的基本规律。中国现代化包含现代文明的形成、发展、转型和国际互动，包括文明要素的创新、选择、传播和退出，包括国际竞争和地位变化等，这些都是现代化的基本内涵。所以，现代化的基本原理同样适用于中国。一般而言，现代化既有共性原理，也有国家和领域的多样性。中国现代化既要遵循基本规律，也要适当保持自己的个性。

其三，中国现代化进程既有重大失误，也有成功案例。从 18 世纪到 20 世纪的300 年里，中国现代化错失了不少重大机遇，但也有一些成功事例。错失的机遇主要包括 1793 年第一次工业革命扩散、1840～1860 年第二次工业革命启动、1895 年第二次工业革命扩散和 1945～1970 年的第三次产业革命（自动化和工业经济的黄金年代）等。成功的事例包括：1945 年联合国成立，中国加入联合国并成为联合国常任理事国；1970～2000 年第四次产业革命（信息化）、知识经济和第二次现代化兴起，与中国实行改革开放政策的时间大致重合等。失去机遇加速了中国的衰落，抓住机遇有利于中国的复兴。

其四，中国现代化的任务超过发达国家总和，国际经验不足以解决中国问题。迄今为止，中国现代化是世界最大人口规模的现代化。2005 年 20 个发达国家的总人口约 8.2 亿，西欧 12 个国家约 3.3 亿，美国约 3 亿，日本约 1.3 亿，而中国约13 亿。从人口规模的角度看，中国现代化的任务超过发达国家的总和，是西欧 12个国家的 4 倍多，是美国的 4 倍多，是日本的 10 倍。在世界现代化先行国家之中，没有一个国家具有中国的人口规模，没有一个国家具有中国的悠久历史。中国现代化的复杂性和艰巨性是前所未有的。世界现代化先行国家的国际经验，不足以解决中国问题，中国现代化面临更多的挑战，需要深入地研究和大量地创新。

其五，中国现代化面临双重压力，需要选择适合自己的路径。世界现代化进程分为第一次现代化和第二次现代化。世界现代化是非线性的，第二次现代化是对第一次现代化的部分继承和发展、部分否定和转向。目前世界现代化是两次现代化并存。发达国家已经进入第二次现代化，发展中国家处于第一次现代化，但多少受到第二次现代化的影响。中国第一次现代化尚未完成，但已经包含第二次现代化的要素，部分地区已经进入第二次现代化。中国面临完成第一次现代化的压力和加快进入并努力完成第二次现代化的压力。这是发达国家所没有面临的挑战。因此，中国现代化只能选择适合自己的路径，而综合现代化的运河战略将是一个合理选择。

其六，中国现代化面临资源挑战，需要拓展国际空间。现代化建设需要物质资源。迄今为止，实现现代化的人口大约为 10 亿。10 亿人口的现代化已经对世界资源和环境造成巨大压力。如果中国 13 亿人口要实现现代化，若扣除知识经济对物质资源的替代效应，它对世界资源和环境的压力也是不可低估的。中国需要大力改善自己的国际环境，扩展自己的国际空间。

其七，中国现代化不能忽视制度现代化和观念现代化。世界现代化不仅包括生活和结构的现代化，也包括制度和观念的现代化。在知识经济时代，知识、制度和观念的现代化更为重要。在过去的 100 多年里，许多时候中国现代化的模式大体属于工业化优先模式，自洋务运动以来，物质和技术层面的现代化受到持续重视，这是比较合理的，但是，制度和观念的现代化则波澜起伏，摇摆不定。制度和观念的现代化的滞后的负面效应，会随着物质和技术现代化的推进而逐步显现，并逐步成为影响中国现代化成败的关键因素。重视制度和观念现代化，已成为不可回避的战略选择。

中国社会的封建观念历史悠久，消除封建意识的任务非常艰巨。如果不彻底消除封建观念，如果不真正解放思想和实事求是，中国现代化将难以完成。

其八，中国现代化不能忽视地区差距和文化多样性。世界现代化具有进程不同步性和多样性。在现代化过程中，地区和贫富差距的扩大是一种自然现象。但是，要实现现代化，就需要把地区和贫富差距控制在最小范围内。目前，中国地区和贫富差距还在扩大。中国是一个多民族国家，不同民族的文化具有不同的特点。文化现代化是一种世界潮流，文化多样性同样是一种世界趋势。中国现代化需要理性地面对发展不同步性和文化多样性，在发展先进主流文化的同时，尊重和保护文化多样性，缩小地区和贫富差距，建设和谐社会。

其九，中国现代化的政策目标需要与时俱进。20 世纪 50 年代早期，中国现代化的政策目标是建设工业化强国。20 世纪 60～70 年代，中国现代化的政策目标是实现"四个现代化"，包括农业现代化、工业现代化、国防现代化和科学技术现代化。20 世纪 80 年代，中国现代化的政策目标是"三步走"战略目标，1990 年人均国民收入比 1980 年翻一番，2000 年人均国民收入比 1990 年翻一番，2050 年前后达到中等发达国家水平，基本实现现代化。在 21 世纪，中国现代化的政策目标包括，在 2050 年左右基本实现现代化，在 21 世纪末全面实现现代化。全面实现现代化，不仅要求国家整体水平达到世界先进水平，而且要求实现六个领域的现代化，包括经济现代化、社会现代化、政治现代化、文化现代化、人的现代化和生态现代化。

其十，中国现代化既是一种世界潮流，也是一种民族复兴。在1700～2100年，中国的国际地位经历下降和上升两个阶段，从相对衰落走向伟大复兴。1700年中国人均GDP（PPP）排名世界第18位（如果爱尔兰和希腊不参加排名，中国排第16位）。按照过去15年的年均增长率估算，2100年中国现代化水平的排名有可能进入世界前20名（表2）。如果说18世纪和19世纪是中国衰落的200年，那么20世纪和21世纪将是中国复兴的200年，21世纪将是中国复兴的伟大世纪。

表2　1700～2100年中国的相对衰落和伟大复兴

项目	1700年	1820年	1900年	1950年	1980年	2000年	2005年	2020年	2040年	2050年	2080年	2100年
人均GDP												
中国排名	18	48	71	99	97	79	74	59	41	35	14	8
国家总数	104	104	104	104	100	129	130	130	130	130	130	130
人均GNI												
中国排名	—	—	—	46	87	75	70	59	42	36	25	19
国家总数				48	90	129	128	129	129	129	129	129
FMI												
中国排名	—	—	—	52	69	80	69					
国家总数				57	110	131	131	131	131	131	131	131
SMI												
中国排名	—	—	—	—	78	78	71	48	40	33	24	20
国家总数					122	131	131	131	131	131	131	131
IMI												
中国排名					117	88	79	63	45	39	25	16
国家总数					129	131	131	131	131	131	131	131

　　注：人均GDP的单位为按购买力平价（PPP）1990年不变价格计算的国际美元，1700～1900年有些国家人均GDP（PPP）的数值采用所在地区的平均值代表[12]。如果爱尔兰和希腊不参加排名，1700年中国人均GDP（PPP）的世界排名为第16位。人均GNI为人均国民收入，单位为当年价美元。FMI为第一次现代化程度。SMI为第二次现代化指数。IMI为综合现代化指数。2005～2100年的数据是根据1990～2005年的年均增长率进行测算的结果。1700年中国经济水平排名世界第18位，如果爱尔兰和希腊不参加排名，中国排名第16位。2100年中国现代化水平排名预计进入世界前20名。"—"表示没有数据，下同

3. 中国现代化的机遇和挑战

　　在21世纪，中国现代化将面临一些重大机遇和挑战，需要认真对待。

　　（1）中国现代化的机遇

　　经济机遇：知识经济的兴起，知识资源对自然资源的替代效应；经济的非工业化、信息化和全球化，绿色经济和生物经济，体验经济和文化经济等。这些新经济和新规则将改变世界经济的结构和内容，给各国经济带来机遇和挑战。

　　社会机遇：知识社会的来临，知识劳动者成为社会主体；新科技革命的发生，包括新生物学革命和新物理学革命；社会信息化、网络化、知识化和绿色化，全球的社会转型，包括从农业社会向工业社会转型、从工业社会向知识社会转型的叠加等。这些新社会和新潮流将改变人类社会的结构和规则，带来大量的机遇和挑战。

（2）中国现代化的挑战

其一，人口挑战。如果维持现行人口政策，21世纪中国人口将超过14亿。如果放松人口政策，中国人口可能超过15亿。在过去300年只有10亿实现现代化，未来100年中国有15亿人要实现现代化，其难度是空前的。

其二，资源挑战。中国多数自然资源的人均拥有量低于世界平均值。

其三，能源挑战。中国已经成为石油进口国，国际能源依赖扩大。

其四，农业挑战。中国仍然有6亿多农业人口，农民收入低于全国平均。

其五，城市挑战。中国城市化尚未完成，城市化道路尚存在争议。

其六，教育挑战。中国教育质量和高等教育普及率都是不高的。

其七，科技挑战。中国科技计划和行政色彩浓厚，创新效率不高。

其八，制度挑战。中国制度改革落后于经济改革，民主化进程需要加快。

其九，观念挑战。中国的封建观念仍然存在，影响中国人的现代化。

其十，经济挑战。中国人均国民收入与发达国家的差距仍在扩大等。

其十一，社会挑战。中国需要建立覆盖全民的社会保障制度，包括医疗保险、养老保险、失业保险和社会救助等，建立新型高效的福利社会。

其十二，信息化挑战。中国需要协调工业化和信息化，走新型工业化道路。

其十三，绿色化挑战。中国需要采用绿色发展模式，实现经济与环境的双赢。

三、中国现代化的未来前景：中国国际地位的 U 形曲线

实现现代化是中华民族几代人的追求和梦想，是新中国20世纪和21世纪的奋斗目标。从19世纪40年代到21世纪末的260年，是中国人民为实现现代化而奋斗的260年。我们已经奋斗了160年，已经从欠发达国家晋级为初等发达国家；我们还需要奋斗约100年，从初等发达国家晋级为中等发达国家，然后晋级为发达国家，全面实现现代化。从18世纪到21世纪末，中国从相对衰落走向伟大复兴，中国国际地位的变化表现为一条U形曲线（图1）。下面简要讨论中国现代化的未来前景。

中国现代化的前景受自身努力和国际环境的共同影响。如果21世纪不发生重大危机，按1990～2005年的年均增长率估算，可以大致勾画出中国现代化的前景。

其一，中国现代化的目标（Ⅰ）：2050年左右基本实现现代化。

其二，中国现代化的目标（Ⅱ）：21世纪末全面实现现代化。

其三，中国现代化的水平（Ⅰ）：2020年左右完成第一次现代化。

其四，中国现代化的水平（Ⅱ）：2040年左右超过世界平均水平。

其五，中国现代化的水平（Ⅲ）：21世纪末达到世界先进水平（图2）。

其六，中国现代化的排名（Ⅰ）：2020年左右进入世界前60名。

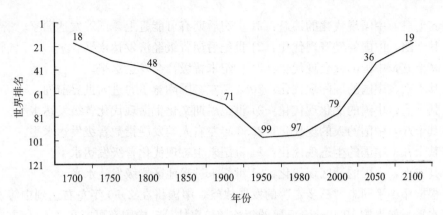

图1 1700～2100年中国国际地位的变化

注：1700～2000年为人均GDP（PPP）的世界排名。2050～2100年为人均GNI排名，为估计值。1820年排第48位

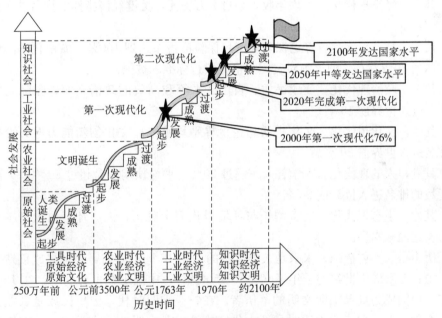

图2 中国现代化的前景展望

其七，中国现代化的排名（Ⅱ）：2050年左右进入世界前40名。

其八，中国现代化的排名（Ⅲ）：21世纪末进入世界前20名。

其九，中国现代化的阶段（Ⅰ）：2020年左右进入第二次现代化。

其十，中国现代化的阶段（Ⅱ）：21世纪末完成第二次现代化。

其十一，中国现代化的概率：依据世界经验，21世纪晋级发达国家的概率约为4％。

其十二，中国现代化的路径：可以选择综合现代化路径（运河战略）。

其十三，中国现代化的追赶：21世纪后期有可能赶上美国等发达国家。

其十四，中国的经济现代化：21世纪后期晋级经济发达水平。

其十五，中国的社会现代化：21世纪末晋级社会发达水平。

其十六，中国的国际现代化：2050年左右国际竞争力进入世界前列。

其十七，中国的文化现代化：21世纪后期文化生活现代化晋级发达水平。

其十八，中国的人的现代化：2050年左右人类发展指数晋级发达水平。

其十九，中国的生态现代化：21世纪末生态现代化晋级发达水平。

其二十，中国的地区现代化：21世纪末过半地区晋级发达水平。

根据邓小平同志"三步走"的发展战略，中国将在2050年左右达到中等发达国家水平。如果按1990～2005年的年均增长率估算，中国有可能在2040年左右达到中等发达国家水平。中国现代化的第三步战略目标有可能提前10年左右实现。

如果实现第三步战略目标，2050年中国现代化水平大体如下：

其一，经济现代化。人均年收入超过2万美元，关键经济指标的排名进入世界前40名。

其二，社会现代化。养老保险和医疗保险覆盖率达到100%，城市化率和信息化率达到80%左右，消灭绝对贫困（世界银行标准的贫困）。

其三，政治现代化。建成民主、自由、平等和高效的政治文明，国际竞争力的排名进入世界前10名。

其四，文化现代化。文化生活超过世界平均水平，文化创新能力的关键指标的排名进入世界前20名。

其五，人的现代化。大学普及率超过80%，平均预期寿命超过80岁，人类发展指数的排名进入世界前20名。

其六，生态现代化。经济增长与环境退化完全脱钩，人居环境质量基本达到主要发达国家水平。

历史是人类创造的，未来是人类谱写的。在18世纪以前，中华民族创造了辉煌历史；在欧洲中世纪的千年里（500～1500年），中国走在世界前列。在19～20世纪，中国成为世界工业文明的落伍者。在农业文明时代，中华民族是农业文明的一个创造者。在工业文明时代，中华民族是工业文明的一个学习者。在知识文明时代，中华民族将成为知识文明的开拓者。21世纪将是中华文明全面振兴的世纪，将是中华民族伟大复兴的世纪，让我们携手迈向中华复兴的新纪元。

参 考 文 献

［1］何传启. 世界现代化研究的三次浪潮. 中国科学院院刊，2003，18（3）：185～190

［2］中国现代化战略研究课题组，中国科学院中国现代化研究中心. 中国现代化报告2010. 北京：北京大学出版社，2010

[3] 何传启．第二次现代化——人类文明进程的启示．北京：高等教育出版社，1999

[4] 张凤，何传启．国家创新系统——第二次现代化的发动机．北京：高等教育出版社，1999

[5] 何传启．第二次现代化的行动议程Ⅰ：公民意识现代化．北京：中国经济出版社，2000

[6] 何传启．第二次现代化的行动议程Ⅱ：K 管理——企业管理现代化．北京：中国经济出版社，2000

[7] 何传启，张凤．第二次现代化前沿Ⅰ：知识创新——竞争新焦点．北京：经济管理出版社，2001

[8] 何传启．第二次现代化前沿Ⅱ：分配革命——按贡献分配．北京：经济管理出版社，2001

[9] 何传启．东方复兴：现代化的三条道路．北京：商务印书馆，2003

[10] 中国现代化战略研究课题组，中国科学院中国现代化研究中心．中国现代化报告 2001．北京：北京大学出版社，2001

[11] 中国现代化战略研究课题组，中国科学院中国现代化研究中心，中国科学院中国现代化研究中心．中国现代化报告（2002～2009）．北京：北京大学出版社，2002～2009

[12] 安格斯·麦迪森．世界经济千年史．伍晓鹰等译．北京：北京大学出版社，2003

世界现代化 300 年的回顾和展望

于维栋

中共中央办公厅调研室

一、300 年只是人类历史长河的一瞬间

世界现代化的历史大约有 300 年，这对于一个只有几十年生命的人来说，似乎已经很长了，但对于人类的历史来说，只不过是一瞬间。380 万年以前人类开始了火的应用（肯尼亚），使人从动物中分离出来，开始了人类漫长的童年时代。300 年相对于 380 万年，就等于一天时间中的几秒钟。但是就是这短短的一瞬间，人类社会乃至于地球所产生的变化和造成的影响，却已经超过了已往一切时代。在 300 多万年人类漫长的历史中，有文字的历史不过 6000 年，6000 年以前究竟发生了什么事情，已经没有文字记载可以考证，只能根据挖掘到的骨头和石头（石器）来加以推测。可以肯定，这 300 多万年中人类的变化一定是非常缓慢的。研究 300 年以来的变化，需要用比较的方法，即使把这 300 年的变化和 300 年以前人类所获得的有限的数据来比较，也可以看出这 300 年中的变化是十分惊人的。

二、300 年的变化是惊人的

300 年世界的变化是多方面的，下面我们试图删繁就简，从五个方面来加以叙述。

1. 人类自身的变化

人口是人类社会繁荣的天然尺度。旧石器时代世界人口不过 100 万，新石器时代大约是 1000 万，青铜器时代是 1 亿，元年是 2.5 亿，1700 年达到 6.8 亿，此后 300 年，世界人口量呈加速增长的趋势（表1）。

表1　300 年来的人口增长及预测

年份	1700	1750	1800	1850	1900	1950	2000	2100
人口/亿	6.80	7.71	9.54	12.41	16.34	25.20	60.55	100*

* 为预测数

就增长率来说，1～1750 年的增长率为 0.06%，1750～1950 年的增长率为 0.59%，1950～2000 年的增长率为 1.75%，加速度是数量级的，见图1。

人类自身的变化不仅数量呈加速增长趋势，平均预期寿命也在增长，具体见表2和图2。

表2　出生时的平均预期寿命　　　　　　　　（单位：岁）

年份	1000	1820	1900	1950	1999
世界	24	26	31	49	66
西欧		36	46	67	78
中国			24	41	71

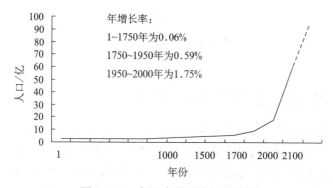

图1　1700 年以来世界人口的增长

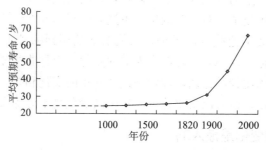

图2　1700 年以来世界平均预期寿命的变化

2. 生产力的提高

财富的增加用 GDP 表示，劳动生产率用人均 GDP 表示。元年以来的 GDP 和人均 GDP 见表 3。

表 3　元年以来的 GDP 和人均 GDP

年份	GDP/10 亿国际元			人均 GDP/国际元	
	世界	中国	中国占世界的比例/%	世界	中国
1	102.5	26.8	26.1	444	450
1700	371.4	82.8	22.3	615	600
1820	694.4	228.6	32.9	667	600
1870	1 101.4	189.7	17.2	867	530
1913	2 704.8	241.3	8.92	1 510	552
1950	5 366.1	239.9	4.50	2 114	439
1973	16 059.2	740.0	4.60	4 104	839
1998	33 725.6	3 873.4	11.5	5 709	3 117

从表 3 中可以看出，从元年到 1700 年，1700 年间世界财富的增长约为 3 倍；而从 1700 年开始，世界现代化进程中的 300 年间，财富却增长了 100 倍，具体见图 3、图 4。

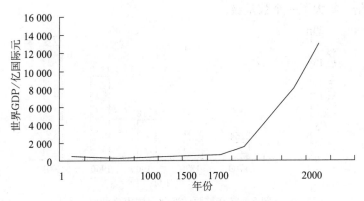

图 3　1700 年以来世界 GDP 的增长

3. 贫富差距扩大

这是由于世界现代化运动发展的不平衡性，首先进行工业化的一批国家很快提高了生产率，用现代技术改造了国民经济，变成了强国，把落后国家变成殖民地，形成穷者更穷、富者更富的状况。1700～2001 年世界上先进国家和落后国家的经济社会发展差距见表 4。

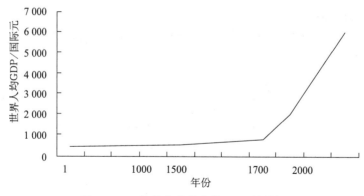

图 4 1700 年以来世界人均 GDP 的增长

表 4 1700~2001 年世界上先进国家和落后国家的经济社会发展差距

	项目	1700 年	1820 年	1900 年	1960 年	2001 年
人均 GDP/(PPP) 1990 年国际元	先进国家	1 056	1 270	3 092	7 601	22 326
	落后国家	400	418	500	585	1 249
	差距	656	852	2 592	7 016	21 290
平均预期寿命/岁	先进国家		35	48	69	78
	落后国家		21	24	43	59
	差距		14	24	26	19

如图 5 所示，1700 年先进国家的人均 GDP 是落后国家的 2.64 倍，而 300 年后是 17.8 倍，扩大了一个数量级。

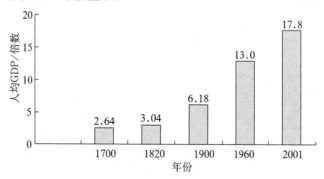

图 5 贫富差距的变化（国家之间）

作为例子，我们举出英国和印度 300 年来经济差距的变化。英国 1600 年在印度设立东印度公司，而后把印度变成其殖民地，1948 年印度取得独立，见表 5。

表 5 英国、印度两国 500 年来人均 GDP 的变化 （单位：国际元）

年份	1500	1600	1700	1820	1913	1950	1998
英国	714	974	1 025	1 707	4 921	6 907	18 714
印度	550	550	550	533	673	619	1 746
差距	164	424	475	1 174	4 248	6 288	16 968

从图 6 可以看到，300 年来英国的人均 GDP 增长了大约 18 倍，而印度取得独立之前，人均 GDP 几乎没有多少增长，而在取得独立之后的半个世纪，才取得大体上与英国差不多的增长率。这就说明，一个国家和民族的命运如果听人摆布，那是多么悲惨。

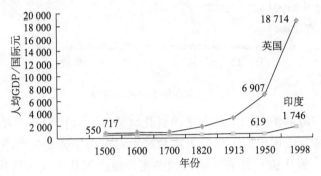

图 6　英国、印度两国人均 GDP 的比较

4. 战争

战争是政治的继续。18 世纪以来的现代化运动充满了政治矛盾，因而战争的次数非但没有减少，反而有增加的趋势，而死亡人数更是大幅度增加。过去 1000 年各世纪的国际战争见表 6。

表 6　1000～2000 年的国际战争

世纪	11	12	13	14	15	16	17	18	19	20
战争次数/次	47	39	67	62	92	123	113	115	164	122
死亡人数/万人	5.7	12.9	41.0	50.1	87.8	161.3	610.8	700.1	1 942.3	11 110

从图 7 可以看到，从 16 世纪开始，国际战争升到了百次以上，死亡人数升到百万以上，19 世纪死亡人数突破千万，20 世纪更是突破 1 亿。20 世纪上半叶发生了两次世界大战，大量高新技术用于战争，使战争的规模、范围、烈度空前增加，不但造成士兵死亡，还使大量平民死亡，而且平民死亡比例越来越高。据统计，第一次世界大战，士兵/平民死亡之比为 6∶1，第二次世界大战该比例变为 1∶2，而到 1990 年中东战争，死亡人数中 90% 是平民。值得注意的是，300 年中的前 250 年，欧洲和欧洲的殖民地是战争发生频繁的地区，而 20 世纪后 50 年（第二次世界大战之后），国际战争则集中发生在亚、非、拉和中东地区。这是一个很奇怪的国际现象，最近 50 年富国之间已经建立了一种协调机制，团结起来共同对付穷国，而穷国之间却为了一点小事情大打出手。没有和平的环境经济怎样搞上去？于是穷者愈穷，富者愈富，差距更加扩大了。

5. 资源和环境

300 年来人口在加速增加，生产力在加速发展，这两项都具有进步意义，但这

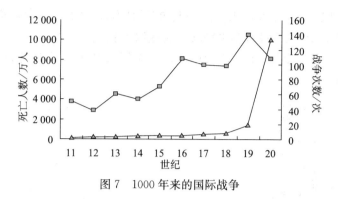

图 7   1000 年来的国际战争

种进步却是以资源的消耗和生态环境的退化（恶化）为代价的。人们发明了蒸汽机，蒸汽机的广泛应用出现了生产力革命，大大提高了劳动生产率，但蒸汽机要烧煤，排放出二氧化碳，打破了原来的平衡，使二氧化碳在大气层中积累起来，产生了温室效应，导致全球气候变化，这种变化反过来又威胁着人类生存的条件。石油的开发和应用，也有同样的问题。用大量消耗煤和石油的代价换取目前的繁荣，存在两个问题：一是地球上煤和石油的能量还能支持多久？二是如何避免由此而引起的全球气候变化的威胁？

人口的增加同样对资源和环境提出了挑战。除能源之外，水（淡水）是人类生存的另一种宝贵资源。在以前人烟稀少的时代，人们常常以为水是用之不尽的，但是今天的人口已经是 300 年前的 10 倍，而地球上的淡水却是一个常数，它在循环，但总数是不变的，再加上受污染的水源不断扩大，可利用的淡水实质上是在不断减少。那么，地球上的淡水能够养活的极限人口是多少呢？这取决于人们的使用标准是多少。曾经有人估算，认为如果按照美国人的用水标准，地球上的水只能养活 60 亿人口，而目前的人口已经超过 66 亿。也就是说，即使地球上的人口不再增加，每一个人都使用与美国人一样多的淡水，已经是不可能的了。

人口的迅速增加还带来另外一个新问题，即物种（动物和植物）大量减少，物种之间的协调共生失去平衡，这对人类的未来预示着什么？对此，现在人们知道的还很少。

三、今后的展望

300 年来世界的变化还有许多，如政治、文化、科技、教育等，本文都没有涉及，因为几千字的文章不可能面面俱到。就以上五个方面的变化与以往的 6000 年相比，已经够触目惊心的了，更不用说与 380 万年人类的历史相比了。问题是，这种变化是好事还是坏事呢？今后 100 年或 300 年，这种变化的趋势是否会继续下去呢？

人口。过去 300 年，人口增长了 10 倍，已经达到了地球承载力的极限，今后人口还将增长，但速度会放慢，这取决于人类是否能够理性地控制自身的再生产。

生产力。仍将继续发展，但将转变增长的方式，特别是调整能源结构。

贫富差距。过去 300 年，贫富差距的扩大已经到了极限区，这种差距继续扩大到了某一点即极点，将走向反面，或者是缩小差距，或者是穷人富人同归于尽。

战争。把世界现代化 300 年的战争放在过去 1000 年的历史坐标中考察，可以发现战争次数在增加，烈度在增强，死亡人数在大大增多，到了第二次世界大战，这种状况已经发挥到了极点。第二次世界大战以后的战争性质已经发生了变化，富国之间不再开战，战争只是在穷国之间或穷富国之间进行，战争已经不分前后方，死的大多数是平民，恐怖主义的出现使战争变换了原来的形式。21 世纪战争不会停止，但其性质和形式已经改变。

资源和环境。过去 300 年经济的发展使资源和环境付出了沉重代价，但受益的只是少数人。因此，这不仅是人和地球的矛盾，也是穷人和富人（穷国和富国）的矛盾。按照过去的模式来发展经济已经行不通，但新的可持续发展的模式还没有找到。找到持续发展的新办法，是当前一项迫切的任务。

四、走一条现代化的新路

"现代化"是一个美好的词，现在世界上人人都在追求现代化，因为现代化意味着人们会过上更美好的生活。300 年过去了，现在能够享受现代化社会生活的人群却不到 10 亿，50 多亿的人口被排斥在现代化生活圈子之外，而地球所付出的代价，却要全体人类来承担，也许更多的是由这 50 多亿人来承担。这是为什么呢？这是因为，经过 300 年的发展，人类已经掌握了先进的技术，甚至走出了地球，但很多人的思想道德水平并没有同时进步，仍然停留在为了一己私利甚至损人利己的原始水平上，这就使世界现代化运动走到了一个十字路口上。

摆在我们面前的有两条路：一条是按原来的模式走下去，人口迅速增加，贫富差距不断扩大，环境不断恶化，恐怖主义战争规模和烈度不断扩大，资源不断枯竭，这是一条人类走向自我毁灭、富人穷人同归于尽之路；另一条是人们面对 300 年的现实，改变自己的世界观，改变民族自私的思维，认识到人和地球是一个整体，人类是一个整体，走天人合一、共同富裕之路。走这条路，就要缩小国家之间、人群之间的贫富差距，采取经济发展和保护环境双赢的政策，控制人口的增长，着力提高人们的思想道德水平。这是一条新路，走起来很不容易。但是只要人类的理性占上风，特别是那些在过去 300 年世界现代化运动中得到利益的强者富人以身示范，起带头作用，这条路子是确实存在的，也是行得通的。

参 考 文 献

安格斯·麦迪森.2003.世界经济千年史.伍晓鹰等译.北京：北京大学出版社

马西姆·利维巴茨.2005.世界人口简史.郭峰,庄瑾译.北京：北京大学出版社

伊东俊太郎等.1984.简明世界科学技术史年表.哈尔滨：哈尔滨工业大学出版社

中国现代化战略研究课题组，中国科学院中国现代化研究中心.2008.中国现代化报告 2008.北京：北京大学出版社

中国现代化战略研究课题组，中国科学院中国现代化研究中心.2010.中国现代化报告 2010.北京：北京大学出版社

建筑领域第二次现代化的动向与机遇

冯 晋

美国劳伦斯理工大学建筑与设计学院

一、建筑领域的第一次现代化是工业革命的直接产物

以现代主义建筑为旗帜的第一次建筑领域的现代化是工业革命的直接产物。在钢材、混凝土、玻璃等新型工业化建筑材料以及新的工业化生产方式的推动下，现代主义建筑由激进的先锋派实验发展成为取代古典主义建筑的主流。现代主义建筑大师勒·柯布西埃的"建筑是住人的机器"可以说是现代主义建筑的宣言，最直接地反映了现代建筑与工业革命的关系以及工业革命早期社会对正在到来的"机器时代"的期望与热情。

然而，勒·柯布西埃的理想并没有完全实现，建筑并没有像汽车一样在流水线上大规模机械化地生产，从而达到成为大众化消费品的程度。现代主义建筑运动早期关于建筑通过工业化为普罗大众服务的社会理想随时间而逐渐消逝。与古典建筑相比，现代建筑的工业化程度有了很大提高。机械化、标准化、模数化成为现代建筑的特点，适合简单机械化施工建造的方盒子式的简单几何形体成了现代建筑的标志。但是，现代建筑业的机械化和自动化程度远远落后于其他制造业。

二、中国建筑领域第一次现代化的实现

中国建筑领域的第一次现代化经历了一段曲折而艰辛的历程。中国建筑的第

一次现代化始于半封建半殖民地的旧中国。通过西方建筑师和归国留学生，现代建筑的思想在 20 世纪 30 年代开始传入中国。但工业的落后和国民在半封建半殖民地历史条件下对民族建筑文化传统的自觉，使得现代主义建筑在中国的传播与推广受到了很大的限制和抵制。新中国成立以后，关于民族形式的争论一直困扰着中国建筑师。直到改革开放以来，现代主义建筑才逐渐在中国实现现代化的大形势下成为中国建筑的主流。中国建筑领域的第一次现代化可以说已经基本完成。

三、建筑领域的第二次现代化的动向

在中国建筑领域完成第一次现代化的同时，人类文明进入以知识化、信息化、全球化为标志的知识时代。这正是中国现代化学者何传启提出的第二次现代化开始的时代。在这种形势下，很有必要通过对建筑领域在知识时代开始以后的发展脉络进行梳理，研究分析中国建筑领域面临的机遇与挑战，为中国建筑领域加速实现第二次现代化把握方向。

按照现代化学者何传启提出的人类文明进程周期表，知识时代开始于 1971 年。回顾近 40 年来建筑领域的发展，后现代主义建筑昙花一现，现代主义建筑仍然占据着世界建筑的主流地位。透过令人眼花缭乱的风格表象，值得注意的是以下几个具有重要意义的动向。

1. 计算机辅助设计在建筑设计中广泛应用

微型计算机的普及使计算机辅助设计（CAD）在 20 世纪 80 年代广泛应用在建筑设计中，使建筑制图的效率得以提高。然而，像许多新技术一样，在应用的初期其潜在的革命性效能并未能被充分认识，新技术的应用被限制在传统设计方法的观念中。计算机辅助设计主要被当作一种新的制图工具，计算机绘制的二维设计图取代了手工绘制的设计图，但并没有在建筑业引发革命性的变革。只有少数高校的研究人员在探索着将计算机辅助设计智能化和系统化。尽管如此，计算机辅助设计在建筑实践中的广泛应用仍是今后建筑设计信息化发展不可或缺的一步。

2. 参数化设计在计算机辅助设计中的初步应用

随着计算机辅助设计软件的不断发展，计算机辅助设计的性质在悄悄发生着变化。例如，美国 Autodesk 公司 20 世纪 90 年代末在其计算机辅助设计软件 AutoCAD 的基础上开发了建筑设计专用软件"建筑桌面"（Architectural Desktop）。从表面上看，Architectural Desktop 的开发只不过是一般性设计软件的专门化，而实际上，Architectural Desktop 与 AutoCAD 有着重要的本质性区别。首先，Architectural Desktop 的基本元素不再是 AutoCAD 中的线段，而是建筑的基本构件。这些构件（如墙体）是通过对构件材料、构造、尺寸等参数的定义来生成的。因此，可以说 Architectural Desktop 初步体现了参数化设计的思想。虽然构件的参数被记录在文本的数据库中，并可以用来生成建筑的预算单，数据结构的整体性还

相对薄弱，不足以对建筑整体进行参数化调整。其次，Architectural Desktop 还实现了建筑设计中二维图形与三维空间模型的一体化。在设计过程中，建筑师在定义建筑构件时给出的定义是三维的，软件系统根据设计者定义的视角而自动生成相应的二维或三维图形。在对建筑构件的参数定义进行修改以后，设计者可以对已经生成的二维图形进行更新。综上所述，计算机辅助设计软件的发展反映了信息化时代的特点，设计者对设计参数的把握有了初步的实质性飞跃。

3. 建筑领域信息管理系统的应用

由于对作为传统设计软件 AutoCAD 的依赖，Architectural Desktop 还不能完全实现建筑模型信息的整体系统化。为了超越 Architectural Desktop 和完善信息化设计软件，美国 Autodesk 公司于 2002 年以收购的方式拥有和继续开发了设计软件 Revit。该软件的建筑专用版 Revit-Architecture 把建筑模型信息化提高到了一个空前的高度，实现了参数化的建筑信息管理。软件的使用者通过参数化的方法建立了集中管理的建筑信息模型，建筑的设计和施工图纸以及建筑构件清单都是按照建筑信息模型生成的，并可以进行多方向的自动更新。因此，其成为最具代表性的建筑信息管理软件系统。其英文字母缩写 BIM 也成了目前建筑业最常用的词汇。然而，在以 Revit 为代表的 BIM 软件系统中仍然可以清楚地看到旧时代，即工业化时代的影子。首先，这类软件系统的最后产品仍然是二维的图纸。设计与建造也正是由二维图纸来连接的。其次，软件系统的设置可以说是为大规模重复性生产的标准化、工业化产品服务的。总而言之，尽管目前水平的 BIM 软件系统反映了新的信息时代的现实，但是最终还没有对建筑的建造过程与方法产生革命性的推动。值得一提的是，目前 BIM 软件所采用的核心技术并不是什么新发明，而是早在 20 年前就已经在学术界研究完成了。这反映了建筑领域中科研和应用的脱节。

4. 实现数字化设计和数字化建造的直接连接

在建筑领域的另一个极端上，设计狂人、国际著名建筑大师弗兰克·盖里设计出极具个性的由不规则曲面组成的自由形态建筑。盖里的设计几乎是常规建筑制图所不能有效表达的，也超越了建筑设计计算机软件的功能。因此，盖里的设计必须依靠新的技术手段才能实现。此时盖里将目光转向航空工业，发现并采用了法国飞机设计软件卡提亚（Catia）。这不仅仅解决了一个关于设计软件的问题，更重要的是实现了设计和加工制作的直接联系。Catia 不仅可以帮助设计不规则曲面的自由形体，还可以优化和控制部件的加工制作。盖里和建筑金属构件加工厂商之间的技术沟通是直接通过计算机三维模型进行的，而不是通过传统的二维图纸。盖里所实现的设计与建造通过数字技术的直接沟通是对建筑工业的革命性推动的关键一步。盖里随后组建了盖里技术公司（Gehry Technology），并在 Catia 的基础上开发了计算机辅助设计和施工管理软件"数字项目"（Digital Project）。

该软件系统除了具有处理不规则几何形体的强大功能外，还可以实现建筑项目的整体综合模型，并对建筑项目的实施进行全程模拟，以便设计和施工管理人员找出施工过程的瓶颈并进行优化。例如，北京 2008 年奥运会主场馆"鸟巢"的建造正是使用了计算机辅助设计和施工管理软件"数字项目"，充分利用了参数化设计建造的技术优势，才得以顺利建成的。在实践中，中国获得了领先世界的经验。

5. 参数化主义建筑的兴起

盖里的突破给从事参数化设计的建筑师们以极大的鼓励。以往只能在计算机中实现的非线性建筑形体有了实现的可能性。参数化设计也被某些从事参数化设计的建筑师称为参数化主义建筑。不同于盖里基于主观审美经验的设计方法，参数主义的设计通过对与建筑项目相关的参数间逻辑关系的确定来生成建筑的形体。建筑形体的设计也在变量参数的调整中通过多次迭代筛选得到不断优化。建筑参数的多元性导致了参数关系的复杂性。因此，用参数化方法生成的建筑往往是非线性的由不规则曲面几何形体构成的。这些建筑设计从表面上看与盖里的设计可能是相似的，但实际上有着本质的不同，内在逻辑统治着建筑的形体。非线性的建筑设计的形体特点要求施工技术的革命。不规则的曲面只有用不统一的构件来组成。在谈到参数化主义建筑与现代主义建筑的主要区别时，建筑师帕特里克·舒马赫指出，现代主义建筑和古典主义建筑相同，是以完整的简单几何体为基本元素的，而参数化主义设计是通过连续的多样性元素达到可塑性和适应性。现代主义建筑的奠基人路易·沙利文曾提出过"形式服从功能"的现代主义设计原则。而在现代主义的建筑设计中简单化的形体不可能完全服从以人类活动为中心的建筑使用功能。可以说，沙利文"形式服从功能"的设计原则在现代主义的建筑设计实践中并没有真正得以实现，反而是参数化主义建筑为进一步实现"形式服从功能"这一设计理想提供了可能的路径，真正实现了建筑上的量体裁衣。从建筑的建造上看，参数化主义反对工业化时代的标准化和重复性的大规模建筑构件生产。以计算机数控制造技术（CNC）为核心的新建造方法使非标准异性构件的加工制造在技术上成为可能、经济上变得可行。设计者可以通过数字技术的新工具实现建筑创造的个性化和人性化。参数化主义的建筑理论家在理论阐述中，往往会回顾在西方工业化初期艺术与工艺运动对工业化生产方式抹杀工业产品中个性与人性的批判。其重要意义在于，参数化主义的建筑理念与方法是建筑领域在后工业化时代个性化与人性化的重新回归。

四、结语：以参数化设计为突破点，把握建筑领域第二次现代化的先机

从以上对知识时代建筑领域中新动向的回顾中可以看到，参数化主义建筑运动是建筑领域发展承前启后的关键环节。参数化主义建筑运动继承了计算机辅助设计（CAD）和建筑信息管理系统（BIM）中符合信息化时代的合理性，同时实

现了数字化设计与数字化建造技术的直接联系，弥补了工业化时代生产方式中个性化与人性的缺失。在设计和建造中做到个性化的量体裁衣，不仅可以创做出个性化与人性化的优秀建筑作品，也能进一步通过设计的迭代优化提高建筑材料的利用效率和合理性，从而使建筑在节能和环境保护方面达到更高的水平。因此，笔者认为在目前的形势下，参数化主义建筑运动代表了建筑领域第二次现代化的方向与未来。在全球范围内，参数化主义建筑运动处于起步阶段，中国建筑界也开始了积极的探索。中国目前大规模的高速城市化建设，为参数化主义建筑领域的探索开拓了广阔的空间，并为推进中国在建筑领域实现第二次现代化的进程提供了领先世界的机遇。

参考文献

帕特里克·舒马赫.2009.作为建筑风格的参数化主义——参数化主义者的宣言.徐斗译.世界建筑，(8)：18～19

沙永杰.2001."西化"的历程.上海：上海科学技术出版社

吴焕加.1998.20世纪西方建筑史.郑州：河南科学技术出版社

徐丰.2009.参数化主义——帕特里克·舒马赫访谈.世界建筑，(8)：27

赵红红.2005.信息化设计：Autodesk Revit.北京：建筑工业出版社

中国科学院中国现代化研究中心.2010.中国现代化战略的新思维.北京：科学出版社

"三农"与城市化：现代化战略必须突破的一个问题的两方面

任玉岭

国务院参事

一、当今现代化的推进必须要切重时弊抓住重点

我国的现代化建设，已经经历了新中国成立后60年的艰苦奋斗和曲折历程。特别是近32年的改革开放，大大加快了现代化建设步伐，迎来了跨越式发展。令世人瞩目且惊叹的"中国奇迹"，把中国的经济总量推到了世界第三，中国人均GDP已经达到3700美元，大大超越了中等发达国家平均水平2000美元。有学者

预测，如果中国经济赖以增长的条件能保持不变或得到进一步改善，中国的经济总量将会在 2035 年前后赶超美国。如此大好形势和美好前景，不仅正在实现着我们革命先烈近百年来抛头颅洒鲜血为之奋斗的梦想，而且也极大地激励着每一个中国人在无比振奋和自豪的同时，更加雄心勃勃，"敢下五洋捉鳖，敢上九天揽月"。

但是，在当前已出现的大好形势面前，我们还必须居安思危。特别是在经过 2008 年的世界金融危机之后，尤其需要"脚踏实地"地看一看和"仰望星空"地想一想。最近，胡锦涛总书记在中央党校举行的"科学发展观高级研讨班"上的讲话中指出，要加快经济发展方式的转变。此中不仅讲到了转变经济发展方式的必要性，而且讲到了经济发展方式转变的紧迫感。今天在这样一个"中国现代化研究高峰论坛"上，专门讨论现代化理论与经验的时候，十分需要冷静地思考一下，中国现代化建设究竟出现了什么障碍？应重点解决和突破的问题有哪些？毛泽东同志告诉我们"世界上的事情，怕就怕'认真'二字"，为了更好、更快地推进现代化建设步伐，我们必须要在"认真"二字上下工夫，要真正做到从实际出发，切重时弊，抓住要点，这样才能为我国现代化的推进提供更有价值的重要建言。

近十年我连续多次跑了全国各地的每一个省份及绝大多数地区和城镇，同时也连续跑了日本、韩国、澳大利亚、新加坡、新西兰、沙特阿拉伯、阿拉伯联合酋长国、美国和加拿大等。在大量的所见所闻面前，从亲身的实践感受中，我深深地认识到我国当前现代化的最大时弊是"三农"和城市化过于滞后，"三农"和城市化作为一个问题的两方面已经成为中国现代化必须要突破的关键之关键、重点之重点。作为中国现代化战略之举，必须要在突破"三农"与城市化问题上下工夫。

二、必须把"三农"问题的解决上升为现代化战略的关键

现代化对一个国家来说应该有它的"全域性"，一部分人或一部分地区的现代化不能替代整个国家的现代化。我们承认，发展可以有先有后，也允许现代化水平有高有低，但是，过大的收入悬殊和过大的城乡差距，是不能用来判定现代化目标的实现的。

中国是一个农业大国，农业户籍的人口和在城市过着农民生活的人至今还占据中国人口的大多数。仅从人本主义出发，没有农民的现代化就不可能有中国的现代化。

中国农民从新中国成立初期开始，就为工业化、现代化和城市的发展做出了艰辛的努力和巨大的贡献。在 1952～1978 年，国家就以"剪刀差"的形式从农村抽取资金 9494.9 亿元，相当于同期农业净产值的 57.5%。改革开放以后的 1979～

1994 年，国家又以"剪刀差"的形式再次使农村无偿贡献出 15 000 亿元。农村每年平均向城市贡献 938 亿元。长期的取多予少或只取不予，造成中国农村"失血"过多，广大农村失去投资能力，农民只有生存的保证而缺少生财之力，从而造成农村基础设施落后，人才稀缺，交通不便，管理混乱，人均收入过低的现象长期存在。

党和国家领导人高度重视"三农"问题对中国革命、中国发展和中国现代化的重要意义。远在革命战争年代就坚持打土豪分田地，刺激农民革命的积极性和坚决性。新中国成立之初的十年中，进行的第一件大事就是土地改革。接着在农村推行互助组、初级农业合作社、高级农业合作社和人民公社等形式的合作组织。虽然因为操之过急，造成了对"三农"发展的破坏性危害，但可谓用心良苦。包括毛泽东本人，也是希望农村发展越快越好的。改革开放后，邓小平首先支持农村改革，实行了田地的包产到户，促进了农业的发展。后来邓小平在提出要在 20 世纪末达到小康水平的时候，一是界定了 800 美元的小康标准，二是同时强调了要使占人口总量 80% 的农民达到小康的重要性。为了认真解决"三农"问题，胡锦涛同志任总书记后，做出的第一个重大指示，就是"要把'三农'工作作为全党一切工作的重中之重"。特别是先后共十年的中央"一号"文件都是为推动农村发展和解决"三农"问题而出台的。应该说，"三农"工作已经取得了很大成绩，多数农村面貌已发生了较大的变化，但是，我们又不能不承认由于农民的话语权过弱和农村不易创造"形象工程"与"政绩工程"，所以很多地方政府和部门较少愿意把时间、精力和金钱投到农村去。正因为这样，我国"三农"问题的解决并非十分得力，由此产生的以下两个突出问题，正在抑制着我国现代化的快速推进。

（一）全国农业总产值在 GDP 总量中已经降为 10% 的情况下，还有近 70% 的人仍是农民或过着农民生活

世界上所有发达国家没有哪一个农业人口还在 20% 以上，实际上，早在 1998 年发达国家的农业人口均已降至 10% 以下，美国是 2.44%，德国是 2.89%，英国是 1.9%，法国是 3.89%，加拿大是 2.83%，荷兰是 3.7%，澳大利亚是 4.83%，以色列是 3.08%，日本是 4.78%，意大利是 6.16%，新西兰是 5% 左右，韩国是 10.59%，近年来韩国农业人口已经降至 5% 左右。

分析发达国家的情况，绝不是崇洋媚外、照抄照搬。我们是社会主义国家，要从中国农村人口过多的实际出发，走有中国特色的社会主义道路。但是，现代化的道路无论如何是不可能允许有过多人口依靠农业为生的。现代化是依靠高的劳动生产率，促使人民生活水平得以明显提高的。而在中国地少人多、人均耕地不足 1.8 亩，而且又要主保粮食生产、大多数农民的劳动生产率很难达到较高水平的情况下，我们是绝无可能把数以亿计的人口留在农业生产战线的。因此，大量

减少农业人口,这不仅是现代化的一个客观规律问题,而且也是解决分配相对均衡和保全域人口走向共同富裕的必由之路。

伴随我国工业化的推进,全国农业总产值已经在 GDP 总量中降为 10%,并将继续走低。但是,至今我国还有 70%左右的人口是农民。这不能不说是我国现代化的一块短板,对现代化的推进已经形成了瓶颈。

我国报出的城市化率是 45%以上,但由于有 1.4 亿~1.6 亿的农民工还没有享受到市民待遇,再加上各城市郊区被城市化的几千万农民也还没有真正市民化,所以农民的数量被认为在 70%左右。2009 年教育改革中爆出的中小学生中农民子女占80%,这就是显示出农民在中国所占比重的过大和对其进行分流与减少的必要性。

(二) 在全国人均 GDP 已超过 3700 美元的情况下,还有数以亿计的农民仍未达到小康水平

我国的改革发展,是从少数人、少数地区先富起来起步的。从经济学角度看,这完全是正确的、必要的。在改革开放初期,国家可用于发展的人力、物力和财力都十分有限的情况下,按照不均衡发展理论,将有限的资金和物资率先投入东部地区和城市,这不仅有利于提高效率、加快发展,而且可以打破当时的"大锅饭"体制,促进竞争,增强发展活力。事实也充分证明了这一招是十分有效的,取得的成果是举世瞩目的。

但是,不均衡发展也确实造成了地区差距和城乡差距的明显拉大。至 21 世纪初我国 31 个省(自治区、直辖市)的地区差距已经达到 1:13,这与当时美国 50个州的差距为 1:2、英国 12 个郡的差距为 1:1.68 相比,要大得多。我们的城乡差距,也从 20 世纪 80 年代的 1:1.8、90 年代的 1:2.5 上升到 2009 年的 1:3.32。按实际购买力比较,差距已经扩大到 1:5 以上。

不管是城乡差距的扩大,还是地区差距的加剧,其利益受损的主要承受者还是农民。如今,虽然我国经济总量已位居世界第三,人均 GDP 已超过 3700 美元,并已高出中等发达国家平均 2000 美元一大截,而中国广大农民的收入水平却不到1000 美元。我国农民平均收入尽管达到 5600 元人民币,已同小康水平相接近,但由于发展的严重不均衡,出现了平均数字下掩盖的更多问题和更多矛盾。如广东省是公认的全国经济最发达的地区,但粤西北地区和粤北地区的部分农村却仍然贫困。资料指出,新疆自治区库尔勒市人均收入已经达到 9.6 万元,而和田市某些县农民人均收入还不到 2000 元,二者相差高达 50 倍。有人比喻以平均值看待问题的弊端说,就如同一个大厅里本来有 99 人分文没有,而由于外面进来一个百万富翁后,平均起来则全部都成了万元户。贫富悬殊和农民收入过低,导致我国农村居民的恩格尔系数还停留在 43%。2009 年我国基尼系数已超过 0.47,明显高出世界公认的 0.4 的警戒线。

富士康连续 13 次的跳楼事件及 2010 年初连续发生的六次小学和幼儿园血案，既反映了基尼系数扩大后给社会带来的危机和灾难，也暴露出年轻的农民工收入过低和生活压力过大的窘迫局面。

没有农民的现代化，就不会有中国的现代化。在我国现代化推进到今天这样一个阶段和水平的情况下，"三农"问题已经演变为最突出的矛盾。科学发展观是以人为本的发展观。要为人而发展，靠人去发展，让发展成果由人民共享。在当今现代化的推进中，一定要把"三农"问题作为战略重点，把突破"三农"问题作为实现现代化的关键。

三、必须看到城市化推进的缓慢明显制约了现代化的发展

城市是经济发展的"火车头"。改革开放以来，城市的大发展，带动了整个经济的大发展。实践证明，哪里城市规模大，哪里的经济就大发展。因此，要解决好中国现代化的关键——"三农"问题，就必须大力推进城市化的快速进展。

世界上人均 GDP 达到 3000 美元时，城市化率在 55% 以上，日本、韩国当时达到 75%。而我国呢？说是城市化率达到了 45%，而实际上 1.4 亿~1.6 亿的农民工，再加上各城市新入编的郊区农民，他们大多还没能过上市民的生活，将这些人除去，城市人口充其量也只有 30% 多一点。中国的城市化与工业化水平相比落后了近 20 个百分点。

中国城市化发展的另一个问题是城市的配置极其不均。如西部 12 个省（自治区），其城市化率尚有 9 个仍低于 30%，云南、贵州、西藏和广西城市化率还不足20%。特大城市、超大城市绝大部分集中于沿海地区，而中西部却十分紧缺。如河南省已是超亿人口的大省，副省级城市却一个也没有。

城市化推进中的第三个大问题，是大城市进入设障过多，城市的明显扩张未能与增加人口职责相对等。本来城市的发展是由资本的大量投入带动的，因此，资本投入越大的地方，就应该承担更多的城市化任务，应该接纳更多的农民变市民。然而在我们的城市化中，投资最多的地方，往往都是拒绝农民在城市落户的地方，这些地方往往都是特大城市和超大城市。这些城市最需要农民工，农民工的人数在这些城市往往达几十万、上百万甚至几百万。当然，也有一些另类的超大城市如广东东莞，在那里农民工早已超过 1000 万人，甚至一个虎门镇就有农民工和外来就业的大学生 100 万人。农民工虽然几十年如一日地辛勤工作，但他们在大城市定居的愿望，却因政策的限制而变得没有可能。我国的一些大城市这些年来拼命地扩张，大面积地占用土地，修宽马路，建大广场，挖湖泊，造园林，门槛越来越高，却忘记了让农民变市民。

我国城市化的第四个问题，是对发展三产和服务业重视不够，抑制了就业岗位的开拓。我国是一个人口大国，仅城市就业压力每年就多达千万人之众，况且

农村还有剩余劳力近两亿人。如何开拓就业岗位、减轻就业压力，以国内外的实践经验看，就是要推进城市化，做好人口的有效聚集。一般而言，人口越多的城市，服务业就业岗位越多，第三产业就业比重越大。美国因为有50％以上的人住在大城市，它的第三产业比重高达70％。世界很多超大城市的第三产业都达到50％以上，有一些可达60％，纽约则高达80％还要多。根据国内前些年的调查，200万人以上的城市第三产业高达52％，100万～200万人的城市第三产业高达46％，50万～100万人的城市第三产业降到42％，20万～50万人的城市第三产业多低于38％。第三产业实际是为人服务的，越大的城市分工越细，服务性需求越多，创造就业岗位的能力就越强。实际上城市的很多服务项目，在小城镇是无法成立和不可能创造效益的。所以，要想创造更多的就业岗位，就必须重视大城市和特大城市的发展，至少要使大城市和特大城市占一定的比例。另外，我国的大城市发展中，只重视美化、绿化和亮化，大量拆除"下岗工人一条街"、"商品一条街"、"摊贩一条街"以及街头的农贸市场等。由此造成个体工商户数量十几年来不仅不升，反而有了明显锐减的趋势。所有这些做法，既抑制了就业，也抑制了城市发展，并且也抬高了城市门槛，阻止了城市化的推进，阻碍了农民变市民。

在解决"三农"问题之初，我们就提出了要致富农民必须减少农民、分流农民的思路。但是，由于认识的不统一和既得利益群体要维护自己的既得利益，所以使农民的减少和分流，以及城市化的推进遇到了特大难题。中国到底要不要让更多农民进城和大力推进城市化？怎样推进城市化？至今仍然争论不休，理论界的争论也影响了决策层的决心。

其中最影响城市化推进的理由有如下五种：

第一种理由是，在"社会稳定压倒一切"的影响下，过分强调大量农民进城会造成社会不稳。经常用于说教的，一是担心出现印度孟买那样的"贫民窟"，二是担心出现拉丁美洲那样的"城市化陷阱"。为此，人们在中国设计了"两栖类"，让亿万农民工成了城市中永远的"飘族"。理论家认为，这样"进可入城打工，退可回家种田"。如此貌似完美的设计，虽然得到了很多人的赞同，并在实践中得以蔓延和滋生，但着实讲，这种理论，不仅使城市化的思维陷入迟疑和犹豫的泥潭，也导致城市化实践走向了凝滞和停顿不前。

第二种理由是，以避免出现"大城市病"为理由，力主限制大城市快速发展。由于国外的大城市在发展中，确实出现过交通堵塞、城市污染等所谓的"大城市病"，所以早期研究城市化的人，一开始就提出了限制大城市发展的指导性观点。这种观点在20世纪90年代出台的法律中就已经得到体现。因此，虽然很多大城市大量需要农民工，而且很多农民工也工作于大城市，但大城市却拒绝农民工留在城市中。这样做的结果是造成了在大城市已经干了二三十年的农民工，仍不能在城市住有所居、病有所医和老有所养，他们的子女也长期无学可上。很多农民工已从青年走到了老年，子女都出生、长大成人并成了第二代农民工，但他们依然没有城市户籍可言。他们大多住在城乡结合部，生活与农民没有区别。

第三种理由是，受"逆城市化"的影响，导致小城镇发展成了战略重点。国外的城市化经历过由分散到集中并出现了再次分散的三个阶段。大城市形成后，城市里的生活环境遭到污染，当汽车遍及每个家庭后，很多人把居住地点选到城外的农村。本人曾调查过加拿大蒙特利尔和美国洛杉矶，其周围都有70多个小城镇。而我国情况与其不同的是，第一个阶段的集中还十分欠缺，第三产业发展水平很低，中产阶级尚未形成，在这种情况下，大力发展农民工本土本乡的小城镇，显然是有悖于城市化推进的。很多农民工把赚的钱弄到老家镇上去建房，而全家还留在大城市工作和发展，这既造成土地资源和农民工财产的严重浪费，也不利于市场发育和调动内需。

第四种理由是，"伪城市化"的做法，放缓了对城市化的推进。我国的城市化20世纪80年代末到21世纪初，几乎没有明显进展。在各方面的呼吁下，建设部出台了"人口统计方法的改变"，将工作于城市6个月的人都算作了城市人口，于是，城市化率一年上升一个百分点。但是这只是统计口径的改变而已，除此之外，对入城的农民工和新市民的待遇毫无改变。经济学家把这种"城市化"称为"伪城市化"。"伪城市化"像一层迷雾遮住了人们的眼睛，抑制了社会上对城市化的呼吁，改变了社会上对城市化的视听，减弱了决策层对城市化的重视，放缓了中国城市化进程。

第五种理由是，"户籍制度必须维护"，挡住了城市化的去路。我国二元经济的形成是由20世纪50年代末实行城乡户籍分治而导致的。这一户籍制度像一把利剑斩断了城乡间的亲密关系，更像一座高山将市民与农民隔离在山的两边。户籍制度的改革本来在今天电子化、信息化时代是很容易推进的，但一方面由于城市户籍负载有更多的权益和福利，在很多城市人已经忘掉农村、农民当年为城市发展做出的巨大贡献时，很不愿让那些为今天城市发展再次流下更多汗水的农民工从中"分得一杯羹"。另一方面是客观上存在一种误区，总认为小偷、犯罪都是农民工造成的，对农民工亲近爱护不足、防范警惕有余，总怕改革和放开户籍之后，给城市造成混乱，给警察增加更大的负担。为此，有关方面总是把户籍制度视为社会安定的"救命稻草"，不希望改革，不愿意改变，由此直接限制了城市化的推进，也限制现代化的进展。

四、突破"三农"与城市化问题必须做好的八项工作

（一）农村方面

1. 在农村大力组织和推广农民入股的公司制合作组织

农产品加工、运输、销售的经济效益，多是农产品自身效益的3～10倍。在很

多国家，这部分利益一般是留给农民的。农民可以通过资产入股的方式建立自己的合作组织并实行公司化经营，从而取得巨大效益，达到致富的目的。我国农民人多地少，一家一户的小农经营方式，既难以与市场对接，也难以致富和发展。近些年来，虽有一些龙头企业进入农村，并得到国家扶植，但因为农民与企业没有利益联结机制，加工、运输、销售的利益难以进入农民之手。相反，如江苏华西村、河南南街村、河南刘庄等发展好的地方，都是农村原来合作组织在改革开放后没有解散并转向与市场对接的结果。为推进农村现代化建设，让农民在产品加工、运输、销售中获得更大收益，一定要在国家的大力扶植下，建立和推广农民入股的公司制合作组织，尽快改变农村的小农经营方式，促进农民与市场的对接。

2. 成立更多的专门支持农民、投资农村的国家和地方银行

"有钱才能赚钱"，没有钱必难发展。农村发展难，就难在没有钱。国家财政对农村支持曾长期停留在5%～10%，银行对农村、给农民的贷款长期以来极为少见。投入过少，融资过难，这才是农村发展迟缓的真正关键所在。多少实例证明，农村一旦有了财政和金融的支持，就一定会蓬勃发展。为了支持农村发展，我们应该像当年农村拿出50%以上总收入支持城市那样，拿出国家更多的财政收入和金融贷款来回报农村。要制定宽松政策，除建立国家级专业投资银行外，还要大力兴建地方性农业银行，专门支持农民，大力投资农村。可以把农民入股的公司制合作组织建设作为重点支持对象，作为资金扶植的对接点。

3. 把教育均衡落到实处，将农村义务教育纳入国家直管

农村现代化建设能否顺利进展，关键在于能否把农村教育抓好，能否使更多的人才在农村涌现。因此，农村现代化，一定要把积蓄人才摆到战略地位，首先要保证教育均衡发展。我们现在讲的教育均衡，口号十分响亮，但实际上远没能均衡发展。"以县为主"的教育管理体制不改变，教育均衡就必然"流产"。根据本人的深入调研，在县与县财政收入相差几倍、几十倍的情况下，必然会造成义务教育的天壤之别。时至今日，仍有很多学校开不起英语课、计算机课，以及美术课、音乐课，这已使很多孩子在起跑线上与富裕地区的孩子拉开了难以追赶的差距。为了改变这种学校"标准化"和"教育均衡化"在很多地方仍停留在口头上的尴尬局面，建议学习国际上较通用的做法，把义务教育纳入国家直管，特别是欠发达地区的义务教育公用经费，应由国家财政包起来，以此回报欠发达地区农民在新中国成立初期和改革开放初期对国家工业化和城市发展的支持和做出的贡献。

4. 改变资金投放的"钓鱼政策"，加快农村基础设施建设

"把基础设施建设重点转到农村"，这是国家做出的重要决策。但在执行中，多把支持农村基础设施的资金，投在了大江大河和公路的建设之中，真正涉及农村或农民最渴求的农村基础设施做得却远远不够。一些粮食产区，自来水建设、水利建设，特别是农村道路建设，问题还远没有得到解决，有不少地方生产粮食还没有灌溉设施，依旧靠天吃饭。农村基础设施投入方面实行的要地方匹配资金的"钓鱼政策"，导致了富的更富、穷的更穷。富的地方有钱匹配，可以大量吸取国家资金，把基础设施搞得好上加好，而穷的地方因匹配不起资金，所以国家资金永不能到位。为了解决很多农村至今还建不起道路的问题，下了雨进不去出不来的局面，国家要尽快改变资金投放的"钓鱼政策"，应全力支持欠发达地区的农村，特别是粮产区的农村，把农村道路修起来，把农村的水利建设搞起来。

（二）城市方面

1. 要突破农民工在城市落户的问题

几十年的实践证明，城市的发展离不开大批农民工。既然农民工为城市发展做出了重大贡献，而且又将永远与城市共存，如此情况下，为什么不能把农民工当市民？为什么不能让农民工享受与市民一样的正义和公平？为避免既得利益者设障和阻拦，对农民工的安置问题不能只靠各个城市随心所欲，而应该作为一项国家问题做出恰当的决定。对农民工在城市落户，一是要尽可能地放宽政策，二是要农民工自愿。但更重要的是，一定要尽快解决农民工在城市落户的住房问题，不解决住房问题就表明对农民工转市民绝无诚意。考虑到农民工收入过低，廉租房的安排一定要对农民工开放。

2. 要突破中部城市的发展和布局

考虑到 2035 年左右，中国城市化率将超过 70%，届时城市人口将达 10 亿人以上。如何使其中的约 5 亿以上人口真正在城市中安排好，这需要作为国家发展的大战略进行筹划和安排。为此，我们一定要在尊重市场规律的同时，发扬中国人在共产党领导下最能办大事的优势，对中国的城市化进行突破及合理布局。在安排城市群、城市圈、城市带的建设中，既要重视当地水资源的供应前景，又要使城市化与当地人口相适应。在人口密集的中部地区，一定要加大城市发展力度，加快城市化进程。国家的大项目配置、交通网的建设、资金投放力度都要以人口为依据，向人口密集的地方着力。

3. 要突破大城市对人口的接纳

改革开放后，我国真正的城市人口实际只增加了 1 倍，但城市面积却已经扩张了 7 倍。而这些扩张又大多在大城市，大城市既然占去了大量的土地、大量的财富，就应该承接更多的农民变市民。现在我们的农民工和农村走出的大学生，大多都漂在大城市，如果大城市不承担这一使命，不接受他们，我们城市化的任务将极难完成。为了使大城市更好地担负起城市化的使命，必须搞好城市的交通规划和管理，不能因为管理落后造成交通堵塞，就以此为由拒绝增加城市人口。从城市容积率来看，我国的大城市还存在着接纳新市民的巨大潜力。城市容积率在日本、韩国均为 2，我国台湾、香港分别为 1.2 和 1.6，而内地平均才 0.5，上海是最拥挤的地方也才 0.8，比日本、韩国城市容积率还低 1 倍以上。因此，要突破中国大城市对外来人口的接纳问题，尤其要高度重视降低大城市门槛。只有这样，城市化才能更好地推进。

4. 要突破大城市发展数量问题

我国人口众多，农民变市民的使命繁重。中国的城市化需要有众多小城镇的发展，特别是很多经济发达的大城市周围，发展小城镇不可避免。但作为城市化战略而言，要解决中国数亿人口的入城问题，还必须重视大城市发展，中国的大城市无论是数量和规模都还远不能与中国城市化的任务相适应。

发展大城市是中国国情的特别需要，无论从发展三产、扩大就业岗位考虑，还是从节约土地和保 18 亿亩耕地红线着想，发展大城市都是必须的。客观实践证明，城市越大，三产的比例越大，服务业就业岗位占总就业岗位的比例也越大。如果都发展小城镇，三产将难发展，服务业岗位将难产生，最终不利于就业安排。另据统计，一般建制镇人均占地 155 平方米，中等城市人均占地 108 平方米，大城市人均占地 88 平方米，特大城市人均占地仅 53.4 平方米。发展大城市、特大城市，人均占地可减少 3 倍。为此，要守住 18 亿亩耕地红线，要减少城市化对土地的占有，就应该把发展大城市作为战略、作为重点。

总之，中国现代化建设当今已经进入一个战略的关键期，为了更好地推进中国现代化向新的高度攀升，我们必须切重"三农"滞后的时弊，抓住城市化的重点。只有认真突破现代化短板这个问题的两方面，我们的现代化建设才能有一个大的新跨越，中华民族的伟大复兴才能来得更快些。

当前我国收入分配改革面临的
主要问题及其对策

杨宜勇[1] 池振合[2]

1. 国家发展和改革委员会社会发展研究所 2. 中国劳动关系学院

一、近年来我国陆续出台的收入分配政策

改革开放之后，我国经济增长速度一直维持在较高的水平，这直接导致我国城乡居民生活水平不断提高。截至 2009 年，我国城镇居民全年人均可支配收入达

到 17 175 元，农村居民全年人均纯收入达到 5153 元。① 在城乡居民生活水平不断提高的同时，我国居民收入差距在不断扩大。到 1992 年，全国总体基尼系数就已经达到 0.4②，这说明全国居民收入差距已经达到一个较为严重的程度。严重的收入差距状况对我国经济社会正常运行产生了极其不利的影响。由于财富向少数人收入集中，导致少部分人控制了大量的社会财富，而大部分人则陷入贫困之中，上述状况有悖于共同富裕的目标。收入是决定消费的主要因素，富人掌握大量财富，淫奢无度，穷人则一贫如洗，贫寒交加。因而，收入差距扩大会引发公民消费等其他方面的差距，加快社会不同阶层分化，从而威胁到社会和谐、安定。鉴于不断扩大的收入差距及其带来的不利影响，中国共产党及中国政府高度重视收入分配问题，并出台了一系列调节收入分配、遏制收入差距继续扩大的政策。

中国共产党第十六次代表大会把理顺收入分配关系作为收入分配制度改革的重点。中国共产党十六次代表大会报告中所提到的需要理顺收入关系包括：国家、企业、个人不同收入分配主体之间的关系，不同分配方式之间的关系，效率与公平之间的关系，初次分配与再分配之间的关系。③ 十六届三中全会提出，通过加大收入分配调节力度来解决收入差距过分扩大的问题。十六届三中全会所提出的政策目标是提低—扩中—调高，即提高低收入者的收入水平；扩大中等收入者比重；调节过高收入，取缔非法收入。④ 2006 年中国共产党中央政治局会议专门研究了改革收入分配制度和规范收入分配秩序问题，并提出了构建科学合理、公平公正的社会收入分配体系的改革目标。中央政治局会议重申了十六届三中全会所提出提低—扩中—调高的收入分配调节政策目标。⑤ 中国共产党第十七次代表大会重申了我国基本的收入分配制度，即以按劳分配为主体、多种收入分配方式并存的收入分配制度。与此同时，中国共产党第十七次代表大会提出通过各种方式增加城乡居民收入，如提高居民收入在国民收入分配中的比重，提高劳动报酬在初次分配中的比重。2009 年，中国政府相继出台了一系列调节收入分配的政策，如《关于

---

① 中华人民共和国国家统计局．中华人民共和国 2009 年国民经济和社会发展公报．2010－2－25，http：//www.stats.gov.cn/tjgb/ndtjgb/qgndtjgb/t20100225_402622945.htm

② 程永宏．改革以来全国总体基尼系数的演变及其城乡分解．中国社会科学，2007（4）：45～60，205

③ 江泽民．全面建设小康社会，开创中国特色社会主义事业新局面——在中国共产党第十六次全国代表大会上的报告．2002－11－08．人民数据库，http：//202.112.118.21：900/detail? record＝55&ChannelID＝1081600&randno＝29099&resultid＝18936

④ 中国共产党第十六届中央委员会第三次全体会议．中共中央关于完善社会主义市场经济体制若干问题的决定．2003－10－14．人民数据库，http：//202.112.118.21：900/detail? record＝8&ChannelID＝1081603&randno＝26182&resultid＝19010

⑤ 人民日报社．中央研究改革收入分配制度和改革收入分配秩序问题．2006－05－27，http：//politics.people.com.cn/GB/1026/4409019.html

2009 年深化经济体制改革工作的意见》对其进行了全面概括。从具体措施上来看，它们可以被归纳为以下方面。

（一）规范收入分配秩序，完善公正的收入分配制度

首先，进一步规范国有企业负责人薪酬管理制度。2009 年，人力资源和社会保障部等部委联合下发了《关于进一步规范中央企业负责人薪酬管理的指导意见》，该意见对中央企业负责人薪酬制度做出了明确规定。中央企业负责人的薪酬结构主要包括基本年薪、绩效年薪和中长期激励收益三部分，其中基本年薪与上年度在岗职工平均工资相联系，而绩效年薪则根据年度经营业绩考核结果进行确定。同时，对重要企业负责人职务消费也做出了原则性的规定。中央企业要严格控制职务消费，按照有关规定建立健全职务消费管理制度。其次，积极推进机关和事业单位工资制度改革。2009 年人力资源和社会保障部研究出台级别与工资等待遇适当挂钩、向县乡等主要领导实施工资政策倾斜的具体办法。与此同时，在事业单位工资制度改革中，积极推进义务教育学校实施绩效工资制度并加快制定其他事业单位实行绩效工资制度的实施意见。再次，推进实施集体合同制度，指导企业建立职工工资随经济效益协商调整的机制；积极落实最低工资制度。最后，通过各种措施加强对垄断行业收入调节，如加强对垄断行业收入监管等。

（二）推动收入再分配政策完善，遏制收入分配差距扩大趋势

首先，积极发挥税收对收入的调节作用。个人所得税是具有对收入进行调节作用的重要税种，特别是它对高收入具有良好的调节作用。然而，我国缺乏完备的收入监测制度以及良好的个人所得税制度，这大大限制了个人所得税的收入调节作用。鉴于上述情况，中国共产党十六届三中全会提出，通过健全个人收入监测办法、强化个人所得税征管来加强对收入调节。其次，逐步完善覆盖城乡的社会保障制度。①农民工基本养老保险制度准备建立并实施。人力资源和社会保障部按照"低费率、广覆盖、可转移，并能够与现行养老制度衔接"的政策要求于2009 年制定了《农民工参加基本养老保险办法》并向社会公开征求意见。②逐步开展农村养老保险制度试点，使广大农民老有所养。2009 年国务院颁布了《关于开展新型农村社会养老保险试点的指导意见》，提出在全国 10％的县进行农村养老保险制度试点。农村基本养老保险制度缴费由个人、集体和国家共同负担。中央财政对中西部地区按中央确定的基础养老金标准给予全额补助，对东部地区给予 50％的补助；地方政府应当对参保人缴费给予补贴，补贴标准不低于每人每年 30 元。③调整退休人员养老金水平，提高老年人的生活质量。从 2009年 1 月 1 日起，企业退休人员养老金得到提高，提高幅度为 2008 年企业退休人员月人均基本养老金的 10％左右。再次，建立城乡最低生活标准正常调节机制，使

广大低收入者分享到经济发展成果。最后，完善城乡最低生活保障制度，逐步提高保障水平。

二、当前收入分配领域存在的主要问题

党的"十六大"之后，党和政府高度重视民生问题，特别是其中的收入分配问题，为此提出了一系列整顿和规范收入分配秩序、完善公正收入分配制度的新措施。上述措施的实施对于遏制收入差距不断扩大的趋势起到了积极的作用，进而推动了经济和社会的和谐发展。尽管如此，我国收入分配中依然存在许多问题，主要是收入差距过大、分配关系紊乱、制约机制缺失等。

（一）收入差距过大，严重影响经济和社会发展

从1992年开始，全国总体基尼系数就已经达到0.4，并且近年来全国总体基尼系数呈现出上升趋势。早在2004年，全国总体基尼系数就已经达到0.44，这一数字已经超过了国际上公认基尼系数0.4的警戒线。[①] 由此可知，2004年全国收入差距已经处于一个非常不平等的状况。2004年之后，全国收入差距扩大的趋势不仅没有得到缓解，而且呈现出继续扩大的趋势。我国的收入差距重点表现为城乡收入差距、地区收入差距和行业收入差距。

1. 尽管城乡收入差距扩大的趋势得到一定程度的缓解，但城乡收入差距仍然过大

从20世纪90年代后期开始，我国城乡收入差距一直处于不断扩大的趋势之中。城镇人均可支配收入与农村人均纯收入比例由1997年的246.89%逐步上升到2007年的332.96%。从2008年开始我国城乡收入差距出现了下降的趋势，城镇人均可支配收入与农村人均纯收入比例由2007年的332.96%下降到2008年的331.49%，下降了1.47个百分点。尽管我国城乡收入差距有所下降，然而2008年城乡收入比仍然高达331.49%。[②] 如果考虑到城镇居民和农村居民在社会保障方面所存在的巨大差距，那么城乡居民之间的收入差距比目前的状况还要严重。城乡之间过大的收入差距一方面会进一步加剧本已存在的城乡二元经济结构，造成城乡之间的割裂，不利于城乡之间的统筹发展；另一方面，城乡之间过大的收入差距会严重制约农村经济的发展水平和农民生活水平的提高。与此同时，严重的城乡收入差距阻碍了农业发展，严重威胁到国家的粮食安全。

2. 农村区域间收入差距过大，而城镇区域间收入差距扩大的趋势没有根本改变

从图1可以看出，近年来表示各地区居民收入差距的基尼系数的变化幅度不

---

① 程永宏. 改革以来全国总体基尼系数的演变及其城乡分解. 中国社会科学，2007（4）：45～60，205
② 由《中国统计年鉴2009》相关数据计算获得。中华人民共和国国家统计局. 中国统计年鉴2009. 北京：中国统计出版社，2009

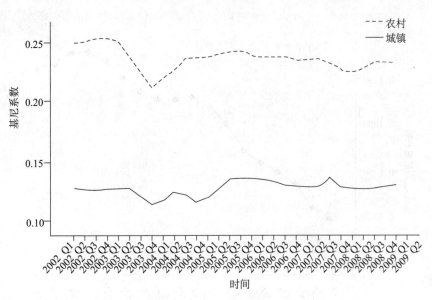

图 1　居民收入地区间差距

资料来源：由《中国经济景气月报》相关数据计算获得

大，这就说明我国地区间居民收入差距保持在一个较为平稳的状态。与此同时，农村地区间收入差距要远远高于城镇间收入差距。区域间收入差距问题所反映的是区域间经济发展水平的巨大差异，后者对我国经济和社会发展具有重要影响。首先，广大中西部地区约占我国领土面积的大部分，这些地区也容纳了我国大多数的人口。如果广大中西部地区远远落后于中西部地区，那么人们的收入增长就会受到极大的限制，人民生活水平也就不能得到有效改善。其次，如果广大中西部地区经济发展落后，那么其消费水平也就相对较低，这就限制了内需的扩大，不利于我国经济的发展。

3. 行业收入差距过大的状况没有得到根本改善

从图 2 中可以看出，2008 年第四季度之前，国民经济不同行业间收入差距呈现出上升的趋势，而 2008 年第四季度之后，国民经济不同行业间人均收入差距才稍微出现下降趋势。尽管不同行业间人均收入差距略微下降，但是个行业间人均收入差距过大的状况并没有根本变化。我国行业收入差距中有一部分是由于行业差别所造成的合理收入差距。比如，信息传输、计算机服务和软件业与其他行业间的收入差距是由这一行业的技术特点所决定的，这就属于合理的收入差距。然而，我国行业收入差距中很大一部分是由垄断所造成的，这一部分就属于不合理的行业间收入差距。行业间过大的收入差距造成了巨大的负面效应，它将过多的人力资源集中到垄断行业，窒息了经济发展活力。

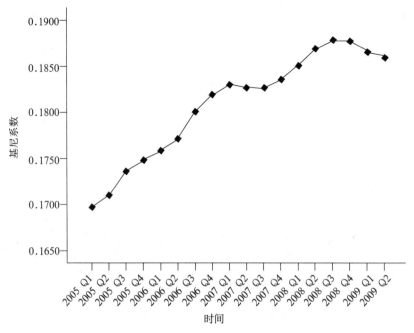

图2　国民经济各行业人均收入基尼系数

资料来源：由《中国经济景气月报》相关数据计算获得

（二）收入分配关系紊乱，直接收入分配差距扩大

自中国共产党第十四次代表大会之后，具有中国特色的社会主义市场经济逐渐在我国建立起来。与社会主义市场经济相适应的分配制度也随之在我国建立起来，即以按劳分配为主体、多种分配方式并存的分配制度，坚持效率优先、兼顾公平，各种生产要素按贡献参与分配。尽管社会主义市场经济以及与其相适应的收入分配制度逐渐在我国建立起来，但是收入分配制度在现实中却没有得到有效的体现，造成收入分配关系扰乱，直接导致收入差距扩大。

1. 政府过多涉入收入初次分配

市场经济条件下，生产的扩大是由资本和劳动等生产要素结合而共同推动进行，所以应该由各生产要素按照其在生产中的贡献进行初次再分配。在市场经济条件下，政府主要通过提供公共产品等来弥补市场失灵。因而，政府应该不参与到收入初次分配领域，而是通过税收方式获得收入而维持其正常运转。而在我国的分配制度中，政府直接涉入收入初次分配领域，其主要表现就是在各个关系国计民生领域起主导地位的国有企业。尽管进行了现代企业改造，但是我国大多数国有企业的经营方式在本质上并没有改变，所以它们并不是真正的市场经济条件下的企业。我国的国有企业之所以能够盈利，主要是依靠政府所赋予的垄断权力，从而获取垄断利润。在获取垄断利润的同时，国有企业却具有现代股份制的外表，所以它们的管理者就可以随心所欲地支配垄断利润。与此同时，由于政府是国有企业的最大股东，是政府收入的重要来源之一，所以也就丧失了对它们进行监管的动机。特别是在政府官员和国有企业管理者的个人谋利动机超过他们为人民服务的动机时，国有企业就成了部分人利用政府权力谋取个人利益的工具。由于国有企业主要是依靠垄断获取利润，所以国有企业已经成为将大众财富转化为少数人财富的工具。

2. 相关劳动法令得不到有效执行，劳动者权益得不到有效保护

如果仅从劳动法令条文来看，那么我国设立了世界上对劳动者权利保护最全面的劳动保护制度。然而，我国大部分劳动法令却成为一纸空文，在现实中得不到有效执行。因此，最低工资和工资集体协商等保护劳动者经济利益的相关制度也就无从谈起。与资本相比，劳动者在收入分配过程中本来就处于弱势地位。如果再缺乏法律对劳动者合法权益的保护，那么资本对劳动的侵犯就会发展到肆无忌惮的地步。在收入分配过程中，本该由劳动者享有的收入就会被资本所侵蚀，这也就是为什么珠江三角洲地区工资会长期保持不变的重要原因之一。由于资本对劳动收入的侵蚀，劳动收入比例过低，这成为进一步导致我国收入差距过大的一个重要原因。与此同时，由于劳动者获得的收入较少，劳动者的消费不足，进而影响到经济增长。特别是在国际金融危机的冲击之下，国内消费已经成为我国经济增长的重要动力源泉。如果劳动收入比例过低，那么将会直接影响到经济增长速度，进而引发一连串连锁反应。

（三）制约机制缺失，缺乏对收入差距的调节

在市场经济条件下，如果按照对生产的贡献在各类生产要素之间进行分配，那么必然会造成各生产要素所有者之间的收入差距。尽管上述收入差距是公正、合理的收入差距，但是仍然需要政府发挥收入分配的职能，从而保证所有的社会成员都能够获得能够维持其基本生存的收入。只有政府对收入进行再分配，才能既注重效率，又兼顾公平，才能维持整个社会的顺利运转。否则，按照效率原则，市场将会使富者越富、穷者越穷，造成收入差距不断扩大，最终整个社会将会崩溃。政府主要通过向富人征税并向穷人进行转移支付的方式来调节收入分配，以上所说的政府对收入分配进行调节的手段则主要是个人所得税和社会保障。然而，我国的个人所得税和社会保障存在许多问题，阻碍了它们收入分配功能的发挥。

1. 个人所得税对收入差距调节不力

我国个人所得税制度对收入差距调节不力主要由两方面原因引起：第一，我国缺乏切实可行的监测居民收入的办法。由于缺乏切实可行的对居民收入进行监测的办法，就使得政府无法掌握居民收入的实际状况。政府的税务部门不掌握居

民实际收入状况从而导致无法按照居民实际收入状况征收个人所得税，这就为逃税、避税提供了可能。第二，我国个人所得税制度存在一些问题，主要表现为课税方式不合理、免征额过低等问题。上述两个问题的存在导致我国个人所得税征收不足、个人所得税占 GDP 比重偏低（表1）。从表1中可以看出，我国个人所得税收入占 GDP 的比重只有 1.28，而 1994 年国际货币基金组织的研究表明，人均GDP 为 350～1700 美元的国家，它们个人所得税占 GDP 比重的平均值为 2.1%。[①]与此同时，我国个人所得税的纳税主体不是高收入者，而是广大的中低收入者。

表1　个人所得税占税收总收入及 GDP 的比重

年份	个人所得税收入/亿元	个人所得税占收入总额的比重/%	个人所得税占 GDP 的比重/%
1998	338.59	3.90	0.40
1999	414.24	4.02	0.46
2000	660.40	5.22	0.67
2001	996.00	6.57	0.91
2002	1211.10	7.13	1.00
2003	1417.30	6.93	1.04
2004	1737.10	6.75	1.09
2005	2093.91	6.78	1.14
2006	2452.32	6.52	1.16
2007	3184.98	6.44	1.28

资料来源：周晓舟.2008.我国个人所得税调节收入分配功能的现状研究及完善.中国人民大学硕士学位论文

2. 社会保障体系不完善

经过长时间的不断努力，我国已经建立起了覆盖城乡的社会保障体系，这一体系在保障人民基本生活方面发挥了积极作用。然而，我国的社会保障体系还存在许多不完善之处，这既不利于社会保障收入再分配功能的发挥，也不利于对居民基本生活的保障。第一，城乡社会保障制度之间存在巨大差异。尽管党的"十六大"以来，农村社会保障制度建设取得了巨大的进展，建立了农村新型合作医疗制度和农村最低生活保障制度，加强"五保"制度建设，但是农村社会保障制度依然不健全。农村社会保障制度发展的现状影响了农民的生活水平。比如，由于农村没有养老保险制度，农民只能依靠传统的养老方式进行养老。据零点调查的数据显示，农村居民依靠子女养老的占 51.6%，依靠个人储蓄养老的占 27.7%，而分别有 43.2% 和 32.4% 的城镇调查者以退休金/退休工资和社会基本养老保险作为养老金的来源，两者合计占 75.6%。[②] 第二，城镇社会成员社会保障制度不平

---

① 周晓舟.我国个人所得税调节收入分配功能的现状研究及完善.中国人民大学硕士学位论文，2008：9

② 2007 年中国居民生活质量调查报告.2008-04-01，http://www.china.com.cn/aboutchina/zhuanti/08zgshxs/2008-04/01/content_14027570.htm

等。中国部分社会保障政策仅仅针对特定群体人员，如城镇职工养老保险、医疗保险和失业保险，导致绝大多数劳动者被排除在社会保险制度之外，其直接后果就是城镇社会保险制度覆盖面过窄。2007 年参加医疗保险、失业保险、养老保险的在职职工占城镇就业人员的比例分别为 45.72％、39.67％、51.73％，仍分别有 54.28％、60.33％、48.27％的没有被覆盖。[①] 第三，城镇机关、事业单位与企业社会保障制度之间不平等。改革的滞后性导致城镇机关、事业单位与企业社会保障制度之间存在巨大的不平等，这种不平等直接导致了社会保障待遇的差距。

三、深化收入分配制度改革的对策建议

（一）深化收入分配制度改革，整顿和规范收入分配秩序

我国收入差距过大主要是由初次分配过程中收入分配秩序紊乱造成的，所以深化收入分配制度的关键在于整顿和规范初次分配过程中的收入分配秩序。初次分配秩序紊乱的根源在于政府过多地涉入初次分配过程之中，所以整顿和规范收入分配秩序的重点在于使政府从初次分配过程中退出。

首先，转变政府职能，缩小政府规模。由于缺乏有效的制约机制，我国政府往往具有扩充自己权力、控制更多社会资源的动机，这种动机的存在是政府涉入具体经济和社会事务的根源。政府所涉入的经济社会事务越多，它所拥有的权力就会越来越大，控制的社会资源越来越多，这样势必会要求政府的规模越来越大。因而，整顿和规范收入分配秩序的关键在于限制政府扩充权力和资源的动机，这就要求将政府职能由促进经济增长转变为保障民生。根据因事设岗的基本原则，政府从一般经济事务中退出之后会导致工作岗位减少，进而出现大量剩余人员，这就要求合并机构、精简人员。只有这样才能从根本上限制政府对权力和资源的追逐，才能从根本上整顿和规范初次分配过程中过多的政府涉入。

其次，推进国有企业改革，消除行业垄断。尽管政府行政权力是导致收入分配秩序紊乱的根源，但是作为政府附庸的国有企业才是扰乱收入分配秩序的始作俑者。从这一点可以看出，当前的国有企业与之前军队兴办企业对经济秩序的破坏在本质上是一样的。因而，整顿和规范收入分配秩序的关键在于斩断政府与国有企业之间的联系。在转变政府职能、缩小政府规模的基础之上，要根据不同的原则对当前的国有企业进行改革。凡是与公共利益无关的国有企业，国家应逐渐减少持股比例，最终使其成为由社会资本控制以营利为目标的现代化企业。由于当前的国有企业规模庞大，一般在一个行业处于垄断地位，所以政府要加大反垄

---

① 国家统计局数据库．http：//219.235.129.54/cx/index.jsp.2003～2005 年医疗保险和失业保险数据源于《中国统计年鉴 2008》

断力度，消除垄断门槛，鼓励其他所有制企业参与发展，增加行业竞争，从而最终消除垄断利润。对于涉及公共利益的国有企业，政府要直接经营，因为它们与政府的目标相同，都是为了服务于公共利益。在国有企业管理中，政府要按照现代企业管理模式对国有企业进行管理。

最后，促进劳动法令执行，保护劳动者的合法权益。既然我国已经制定了世界上对劳动者权益保护最为全面的劳动法令，那么就要促进法令条文的执行。一是建立行之有效的工资集体协商制度，这样才能扭转单个劳动者相对于资本的弱势地位，才能为劳动者争取到合理、公正的劳动报酬。只有建立行之有效的工资协商制度，才能形成劳资双方共决、共创、共享企业财富的新模式。二是适当提高最低工资标准，保证广大劳动者的合法权益。目前，我国大部分地区最低工资标准是当地平均工资的 20%～30%，这大大低于国际劳工组织所建议的占当地平均工资 40%～60% 的最低工资标准。因而，要适当提高最低工资标准，维持劳动者的基本生存条件。三是积极推进《中华人民共和国劳动法》和《中华人民共和国劳动合同法》的实施，为保护劳动者的合法权益提供法律支持。

（二）推进城乡一体化，积极推动农民收入增加，逐步缩小严重的城乡收入差距

首先，千方百计地保证经济增长速度，为农民就业提供保证。我国经济增长与就业之间存在长期均衡关系，而且经济增长是拉动就业增加的源泉。只有保持高速的经济增长，才能创造更多的就业岗位，才能吸纳农村劳动就业，从而增加农民收入。其次，积极推动城镇化进程，逐步减少农村人口占总人口的比例，这样才能增加农村人均土地拥有量并增加农产品需求量，从而推动农产品价格上涨，增加农民收入。最后，加快农村社会保障体系建设，减少农民开支。要从农民需求最迫切的医疗保险和最低生活保障制度入手，逐步提高它们的保障水平。积极探索建立农村养老保险制度，解决农村老年人口的养老问题。

（三）促进基本公共服务均等化，逐步缩小中西部地区的经济发展差距，从而缩小地区间收入差距

积极推进中西部地区的经济发展，特别是农村地区的经济发展，逐步缩小地区间收入差距。地方政府要积极引导中西部地区农村剩余劳动力到东部沿海地区就业，增加农民收入。中央政府要加大对西部地区经济发展的支持力度，加大对中西部地区的资金投入，与此同时适当对中西部地区进行政策倾斜。

（四）完善政府再分配机制，缩小收入分配差距

第一，建立切实可行的收入监测制度，从而能够对居民收入进行有效监测。

只有对居民收入进行全面监测，才能从根本上消除逃税、漏税的可能。第二，改革我国个人所得税制度。将我国的分类所得税转变为综合所得税，提高个人所得税的免征额等。第三，推进社会保障制度建设。从农村居民最需要的基本生活和医疗保障入手，发展农村最低生活保障制度和新型合作医疗制度，使得最低生活保障标准和农村合作医疗的保障水平在现有基础之上不断提高，保障农村低收入者的基本生活和农村居民的医疗需要。然后，随着农村经济发展水平的提高和农村纯收入的增加，政府发展养老保险制度，使得农民的养老方式由传统的家庭养老过渡到社会养老，将广大就业人员纳入到社会保险范围内，保障其合法权益，特别是就业于广大民营企业的就业人员。要按照城镇企业职工养老保险和城镇职工医疗保险制度对机关及事业单位养老保障制度和医疗保障制度进行改革，建立面向所有城镇劳动者的统一的社会保障制度。

参 考 文 献

程永宏 . 2007. 改革以来全国总体基尼系数的演变及其城乡分解 . 中国社会科学，
　　(4)：45～60，205
宏观经济研究院社会所课题组 . 2009. 完善收入分配机制的政策研究 . 宏观经济管理，
　　(4)：24～26，36
梁季 . 2010. 两个"比重"与个人所得税 . 税务研究，(3)：60～64
宋晓梧，苏海南，杨宜勇 . 2010‐06‐06. 做大"蛋糕"，更要分好"蛋糕"——专家热议当前收
　　入分配制度改革 . 光明日报，第6版
苏海南 . 2009. 我国收入分配领域存在的主要问题及对策 . 理论前沿，(15)：5～9
杨宜勇，池振合 . 2009. 中国社会保障政策回顾与评价 . 经济纵横，(11)：20～23
杨宜勇，池振合 . 2010. 2009年中国收入分配状况及其未来发展趋势 . 经济研究参考，
　　(6)：4～10
致公党中央 . 2010. 完善我国个人所得税制度　实现国民收入分配的合理化 . 中国发展，
　　10 (2)：84，85
周晓舟 . 2008. 我国个人所得税调节收入分配功能的现状研究及完善 . 中国人民大学硕士学位
　　论文

城市现代化建设中的工业文化
遗产保护与合理利用

程　萍

国家行政学院社会和文化教研部

随着我国工业现代化和城市现代化的进程以及经济和社会的迅猛发展，根据城市工业布局调整规划，众多工业遗产面临重要抉择，一些有价值的工业遗产正在遭到破坏和损毁，其保护和合理开发利用问题以及由此带来的如何与城市发展协调并进等问题，成为政府工作中既紧迫又不可回避的现实问题。

一、切莫错过保护与合理利用的最佳时期

我国工业化时间虽短，却经历了复杂的发展过程。近代早期工业有外资工业、民族工业和洋务工业等。新中国成立后，不少企业先后经历了私营、公私合营、国营、中外合资、股份有限公司等形式。工业文化遗产形式多样，历史文化内涵丰富，与各个城市的发展血脉相连。然而，城市现代化建设的现实，使得代表城市特色的工业文化遗产以越来越快的速度消亡，代之而起的是水泥"森林"和玻璃幕墙，带来的是"千城一面"。面对如此现实，国家文物局局长单霁翔指出：工业文化遗产在旧城改造的热潮中、在推土机的轰鸣中快速消失的一幕，依然在全国多座工业城市不停地上演，烟消尘散后，留下的是伤痕累累的城市记忆。在这样的背景下，我国工业文化遗产保护和合理开发利用正在逐步成为公众和政府关注的话题，寻找工业文化遗产与城市现代化建设的最佳结合点，成为衡量政府眼光的又一条标准。

目前，《保护世界文化和自然遗产公约》的 182 个签约国中，有 137 个签约国拥有世界遗产项目，其中有 23 个签约国拥有 43 项世界工业遗产。我国于 1985 年12 月 12 日加入该公约，截至 2010 年 8 月，共有 40 个项目列入《世界遗产名录》，其中都江堰被一些学者认为是工业（或称产业）文化遗产。2006 年，我国公布了第六批全国重点文物保护单位名单，钱塘江大桥、南通大生纱厂等 9 处近现代工业文化遗产榜上有名。加上 2001 年公布的第五批全国重点文物保护单位中的 2 处工业文化遗产——大庆第一口油井和中国第一个航天器研制基地，我国共有国家级的工业文化遗产 11 处。

2007 年，我国启动了第三次全国文物普查，国家文物局将工业建筑及附属物归为近现代重要史迹及代表性建筑的重要子类予以明确，表明政府已将我国工业

遗产保护列入议事日程。目前，各省市的工业文化遗产普查，已取得重要进展和成果。如上海把新发现工业遗产作为第三次文物普查的重中之重，经过两年多深入细致的工作，新发现了200多处工业遗产，并分别从历史分期、地域分布、产业类型以及建筑特点等四个方面进行分析总结，以照片、测绘图和文字说明等形式，进行了翔实的登记。特别是在上海世博园建设中，保留了许多见证我国工业发展进程的工业遗产，经改建，用于展馆、管理办公楼、临江餐馆、博物馆等，既大幅度降低了建设费用，又使老旧厂房完成了历史的转换，获得新生。令海内外最为关心的江南造船厂，将在世博会后再度"变身"，改建为中国近代工业博物馆群，成为上海城市的新亮点。上海的成功尝试，为我国工业遗产与城市现代化建设的有机结合做出了示范。无锡、沈阳等地也在工业文化遗产保护方面取得了令人瞩目的成绩和重要经验，一些老旧厂房和遗存，经过精心设计和改造，成为城市的新名片，如无锡市利用茂新面粉厂建立的"中国民族工商业博物馆"，沈阳铁西区利用原铸造厂车间改建的沈阳铸造博物馆等。

在这个急剧变革的时代，做保存历史、还原记忆的事，是需要眼光、胆识和勇气的。如果不能在第一时间想到和做到，损失将是无法弥补的，即便是复原或重建，要做到原汁原味，也基本是不可能了。随着科学技术的进步和我国城市现代化进程的加快，将会有更多完成使命的工业设施退出历史舞台，工业遗产的产生速度将进一步加快，其保护任务将越来越重，刻不容缓。面对城市土地资源紧缺的挑战和经济利益的巨大诱惑，各地政府不能再漠视工业遗产对城市历史、文化、居民情感所具有的独特价值，更不能错过保护的最佳时期，应尽早行动，使工业文化遗产保护与城市现代化建设齐头并进、相映生辉。

二、我国工业文化遗产保护存在的突出问题和改进建议

在我国，对工业文化遗产的保护和研究只是近五六年的事情，虽然取得了一些成绩，但问题却十分突出，表现为以下十个方面。

（一）认识不足，缺乏保护意识

一些城市的领导干部对工业文化遗产的价值认识不足，缺乏保护意识，没有将其列入政府的议事日程，特别是一些主管部门，片面理解城市现代化，在城市建设中，一味追求新建、快建，缺乏对工业文化遗产的统一规划、保护、管理与合理开发利用分析、创意，导致很多有较高历史文化价值的工业遗产被损毁，造成无法弥补的损失。

建议有关地方政府主要领导和分管领导提高对工业文化遗产保护及合理开发利用工作的认识，学习上海、无锡、沈阳、天津等地经验，学习和借鉴英国、德国等发达国家的经验与教训，把工业文化遗产的保护及合理开发利用与城市建设、

工业产业升级、生态环境恢复等放在同等重要的位置，进行统一规划，综合治理，联合创意，整体推进，通过工业文化遗产的再造，使城市建设更具特色。

同时，媒体也必须加大对工业遗产保护的宣传力度，通过举办展览、论坛、讲座等活动，使公众更多地了解我国工业遗产的丰富内涵，介绍相关知识，树立先进典型，营造保护工业遗产的良好氛围，增强全社会对工业遗址的保护意识。

（二）相关研究和保护比较滞后

由于起步晚，相关研究与保护比较滞后，在国家和地方层面上，尚处于"家底不清，现状不明"阶段，急需实施前期调研，分级摸清家底，建立档案和数据库，编制相关规划。

摸清家底可分几步走、分几个层次进行，采取从地方到中央，即从基层、从局部着手的做法，以县为最基层单位，层层建立工业文化遗产档案库。采取收集信息，实地调查，记录基础信息，分析确定各个不同历史时期工业遗产的具体名录，进行分级分类统计等步骤，建立档案和数据库，为编制工业文化遗产保护和开发利用规划，开展评估、保护和合理开发利用提供依据。

（三）缺乏法律规范和战略部署

目前，在国家层面，缺乏相关法律、法规、政策、战略和宏观部署；在地方层面，在城市改造、扩建过程中，无法可依，缺乏整体保护方案和措施。

在国家没有出台相应法律法规的前提下，各地应根据本地实际，尽快制定出相应的地方性政策法规，必要时采取有效措施，对工业遗产的拆、改、毁加以限制，防止重要遗产在尚未认定前被拆迁或被损毁。具有重要价值和意义的工业遗产一经认定，应当及时将其公布为文物保护单位，通过强有力的手段使其切实得到的保护。对于暂时未列入文物保护单位的一般性工业遗产，在严格保护好其外观及主要特征的前提下，审慎适度地对其用途进行适应性改变。

在面临结构性改造的工业区，要充分考虑改造对工业遗产带来的潜在威胁，将保护与利用列入整体改造规划，与区域改造有机结合。对于规模较小、无法再开发利用、必须拆除或搬迁的工业遗产，以建博物馆的形式，收集保留有关文物，集中保护并展出，以使公众及子孙后代了解我国工业发展的历史。

（四）管理体制混乱，保护标准不一

工业遗产分属不同行业和不同层次的部门管理，由于体制所限，难以归入文化部门或文物部门统一管理，管理体制各自为政，保护标准各行其是，管理模式五花八门，不利于遗产的长期、有效保护。

工业遗产一经评估、认定为文化遗产，应移交相应级别的文物部门，按照文

物保护的相关法律法规，统一保护和管理。尤其对于具有较高历史文化科技价值，但商业开发利用价值比较低的工业文化遗产，应尽快移交文物部门，由政府给予保护资金补贴。

（五）史学家和专业人才缺席

相关专家的缺席，导致一些工业遗产在复原、展示上不能正确反映历史风貌和完整的生产过程，甚至存在严重的错误。

因此，特别需要在工业文化遗产调查、复原、保护、改造和开发利用过程中，请专家参与，听取专家意见。要像重视古代文化遗产那样重视近现代的工业文化遗产，深入开展对工业遗产的价值评估、保护措施、理论方法、利用手段等多方面的研究，逐步形成具有一定水平的研究成果和比较完善的保护措施，建立科学、系统的界定确认机制和专家咨询体系，指导工业遗产保护与利用良性发展。

（六）专业评估体系和队伍不完善

在遗产评估方面，目前尚未有统一的评估标准和科学的评估体系、专业的评估队伍与人才，对于哪些该留哪些可拆，没有依据，有些工业遗产虽被部分地保留下来，但在改造过程中，整体环境已遭破坏，使遗产价值大减。

我国幅员辽阔，各地工业化过程各有特色，使得工业遗产本身具有等级性和地区性。各地区应组织专家确定本地区工业遗产的保护原则、保护范围和评估标准，以反映本地区工业化过程和对全国总体工业化进程的贡献。必须尽快建立评估标准和制度，并在此基础上，建立工业遗产分级管理制度，对不同等级的工业遗产区别对待，通过分级管理，优化资源配置，提高管理效率。

我国有学者提出工业遗产评估的六条标准，可以作为评估参考。这六条标准为：①古代和近代体现我国技术创造力的杰作或代表作；②在中国工业近代化过程中有过重大影响的民族工业企业代表；③对我国近现代工业发展产生过重要影响的工业与技术引进项目；④对促进经济增长、城市化和社会文化产生深远过影响的工业成果；⑤具有代表性的典型案例，如早期具有先驱意义的个案，起过独特作用而具有突出价值的案例，存留下来的稀有案例等；⑥新中国成立以来，在国民经济和社会发展中有过重要贡献和影响的工业企业。

（七）"保护性破坏"问题严重

工业遗产保护和利用的视野不宽，思路陈旧，开发创意不能很好地体现遗产本身的特性，不能巧妙地与周围环境统一融合，甚至破坏了工业遗产的整体性和周围环境，"保护性破坏"问题严重。

保护性再利用方案应对不同工业遗产地段和工业建筑设立明确的限制要求，

新的用途必须尊重工业遗产的原有格局、结构和材料特色，维护原始的人流活动，不仅保护躯壳，更重要的是保护历史氛围。

要与生态和环境保护统一规划，重视工业遗址区的生态和环境恢复再造，大量种植树木和各种植物，使自然环境与工业遗产保护利用有机结合；对于大型和特大型工业遗产的保护，可设立工业遗址公园，将旧的工业建筑群保存于新的环境之中，从而达到整体保护的目的。要对工业遗址公园及其环境进行统一设计，努力创造和设计出既记录和体现过去工业成就，又反映现在和未来的空间形态，在传统中融入新的形式和功能，使工业遗址公园充满浓厚的文化气息。此外，还要经济实用，能够吸引大众参观、游览、休闲、娱乐、健身、消费，而不只是一个为保护而保护的"摆设"。

（八）缺乏应急保护措施与预案

我国很多工业遗产所处地区的自然条件较差，有些地方生态环境破坏严重，一些遗产的厂房、设施年代久远，老化严重，隐患多，潜在的危机随时可能发生。除根据有关法规做好防火、防水、防盗等预防外，还需要根据工业遗产的特点和价值、本地区自然状况和灾害发生的历史与概率等实际情况，尽早做好针对性的预防规划和预案，进行分类防范。在不改变工业遗产原状的前提下，做好应急防范设计，充分利用新技术，不断完善，动态更新。

（九）保护与利用本末倒置

目前，在工业遗产的选留与保护的过程中，过分强调利用价值，对暂时无法确立其利用方式从而无法实现经济价值的遗产放弃保护与维护；保护与利用本末倒置，盲目开发，过分追求经济效益。

应充分认识到为狭隘的眼前利益而损毁具有文物价值的工业遗产是对民族、国家乃至后世的不负责任，是一种犯罪；应正确认识保护与利用的关系，保护是主要的、核心的方面，利用是为了更好地保护。建议各地遵循一个原则：对工业遗产价值一时评价不清的、利用方式没有论证确定的，利用方案没有考虑成熟的，应以暂时不动、不毁为宜。

（十）缺乏资金和政策支持

缺乏保护和开发利用资金，成为制约工业遗产保护利用的瓶颈，这主要表现在资金投入主体单一、渠道不畅、政策不到位。

各级政府都应拿出一定的资金投入工业遗产保护和开发利用，同时，建立工业遗产的多元化投入机制，引入多元化利益主体，公益性服务与市场化开发并举；发展民间保护组织和基金会，作为有能力集中反映公众意愿与利益的代表，也可

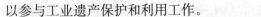

以参与工业遗产保护和利用工作。

对于工业遗产的保护、开发与利用，各地各级政府必须有足够的重视，充分借鉴发达国家的经验，尽量避免和少走弯路。同时，政府不可能大包大揽，必须以政策为引导，充分调动全社会的积极性，共同参与，共同推进，使工业文化遗产成为现代化城市中最具特色和文化氛围的新亮点。

参 考 文 献

刘会远. 2008. 浅析德国工业旅游的人文内涵. 现代城市研究，(1)：70～78
宋春兰. 2008. 浅谈工业遗产与保护——以天津三条石民族工业为例. 文物春秋，(3)：61～64
袁晓霞. 2009. 工业遗产的保护与城市景观设计. 哈尔滨工业大学学报（社会科学版），11 (3)：
　　51～67
张京成. 2008. 我国工业遗产管理体制改革与完善的几点思考. 科技智囊，(12)：38～43

长三角加速建成创新型区域的若干思考

李健民　张仁开　杨耀武　刘小玲
上海市科学学研究所

2008 年 7 月，国务院发布《关于进一步推进长江三角洲地区改革开放和经济社会发展的指导意见》（国发〔2008〕30 号），指出"包括上海、江苏和浙江两省一市的长江三角洲地区是我国综合实力最强的区域"，并要求长江三角洲（简称长三角）地区"大力推进自主创新，加速建成创新型区域"。这是对长三角区域科技在全国科技发展中的重要战略地位和带动作用的高度肯定，也是对长三角区域科技进一步支撑、引领、服务长三角区域乃至全国改革开放和社会主义现代化建设事业的更高要求。加速建成创新型区域，既是长三角自身发展的内在要求，也是长三角服务全国发展和参与国际竞争的历史使命。

一、关于创新型区域的理论思考

20 世纪 80 年代以来，在对国家创新体系、城市和区域创新体系的研究过程中，一些创新活动密集、创新资源丰富、创新绩效较好的国家、区域或城市成为学者们持续关注的对象，并因此掀起了对创新型国家、创新型城市的广泛研究。James（2001）在《创新性城市》一书中揭示了创新与城市之间的复杂性。2005

年，世界银行发表关于"东亚创新型城市"的研究报告，其中提出了一系列成为创新型城市的先决条件，例如，拥有优良的交通电信基础和功能完善的城市中心区，充足的经营、文化、媒体、体育及学术活动设施，较强的研究、开发与创新能力，受教育程度较高的劳动力队伍，政府治理有效、服务高效，拥有多样化的文化事业基础设施和服务等。

2005 年以后，国内部分学者开始关注创新型区域的发展问题。李海舰（2007）从确立企业技术创新主体地位、组建重大产业技术创新支撑平台、加快自主创新成果转化应用以及正确处理原始创新、集成创新和引进消化吸收再创新三者关系等四个方面提出了建设成为创新型区域的主要措施。赵海军（2007）揭示了创新型区域战略的科学意义，对创新型区域战略的基本问题进行了分析研究，认为创新型区域战略的形成必须重视和利用技术的空间转移规律，并充分发挥政府在营造创新环境中的行政保障和综合服务职能。黄寰（2007）认为创新型区域建设离不开内外环境的建设，必须构筑服务于创新型企业集群这一主体的自主创新平台，如政策平台、投入平台、组织平台和服务平台等。石忆邵（2008）从产业、城市和区域协同发展的视角，揭示了从创意产业到创意城市再到创新型城市乃至创新型区域的演进轨迹。段续丽（2008）认为创新型区域是创新型国家系统的主要组成部分，创新型国家的建设要充分重视创新型区域的建设，国家要尽可能地为区域发展提供有利的条件和良好的环境；创新型区域的建设则应与国家创新体系相一致，在国家创新体系的总体框架内，全面规划，分步实施。

综合国内外已有的理论研究和实证研究，我们认为，与"创新型国家"相对应，从科技创新的视角看，创新型区域是指具有一定地域空间、以创新为经济发展主要驱动力量、创新体系高效运转的区域。具体而言，创新型区域是一个由职能机构、组织和政策及其相互联系组成的有机整体，它通过系统内各要素的互动作用，推动区域新技术或新知识的产生、流动、更新和转化。它的构成要素既包括"看得见"的行为主体，如大学、企业、研究机构、中介组织和政府等；又包括"看不见"的运行机制、政策和法规等。所有的构成要素在知识生产、技术开发应用、产业化等创新过程中形成的相互联系和相互作用的逻辑关系及综合表现形态，就呈现出了系统性的创新。相对于区域创新体系而言，创新型区域应该包括以下几个方面：①具有一定的地域空间；②主要发展驱动力是创新；③以市场为导向、以企业为主体、产学研合作的技术创新体系是基础；④不同创新主体之间通过互动，构成创新体系的组织和空间结构，从而形成一个创新要素有机循环流动的系统；⑤更加强调市场运作与制度因素以及政府公共服务职能的合力作用。

本研究所指的"区域"特指跨行政区划的，其主要特征包括以下四点：

第一，创新型区域的发展动力是创新驱动。回顾人类社会的发展历程，社会经济发展经过了资源驱动、资本驱动和创新驱动，这是一个递进过程。区域创新体系以创新为目的，不断地创造、转让、扩散新知识和新技术，区域在创新中发展、进步，创新也是区域提升竞争优势的关键力量。创新型区域建设应该坚持自主创新，通过科学配置区域资源，勇于进行制度创新、组织创新，提高区域自主创新能力，发展特色主导产业，带动其他产业，实现产业结构升级。

第二，创新型区域的发展路径是系统耦合。以高等院校和重点研究院所为依托的知识创新体系，以促进知识、技术转移为目标的创新中介服务体系，以企业为主体、产业技术创新为重点的技术创新体系，以制度创新和环境建设为重点的政府宏观管理调控体系，以政府投入为引导的社会多元化创新投入体系等相互作用，形成有机联系，科技在区域经济社会发展中发挥支撑引领作用。

第三，创新型区域的发展基础是知识和人才。创新型区域尊重知识、尊重人才、尊重创造，积极推进创新团队建设，努力培养一支科技创造主力军。同时，扩大多种形式的国际和地区科技交流合作，最大限度地利用全球科技资源。

第四，创新型区域的发展机制是协同创新。一是具备优势竞争力的创新要素集聚，创新型区域犹如一个创新体系，各种创新要素是构成这个体系的网点或细胞，创新要素的竞争力决定了区域整体的创新能力。二是政策要素的激励与监管、人才要素的支撑与发展、资金要素的保障与投入、技术要素的转化与产业化、公共服务要素的引导与服务等创新要素功能发挥比较到位。三是各种创新要素在行为主体间高效流动，有助于降低创新风险、减少创新成本、加速创新速度、提高创新效益。

基于创新型区域的四个特征，参考《国家中长期科学和技术发展规划纲要（2006～2020）》对创新型国家的四条标准，以及国外创新型区域的研究情况，我们认为，判断一个区域是不是创新型区域，其衡量标准应该包括以下三条：

第一，区域整体的创新能力强。区域创新能力首先表现为自主创新能力，在各个生产领域内拥有更多的科学发现和重大的技术发明；融合汇聚相关技术成果，形成具有市场竞争力的产品和产业等。其次是科技对经济社会发展的支撑作用表现突出，科技成为经济发展的重要推动力，科技与经济社会协调发展。

第二，中心城市发挥引领作用。在区域当中，总有一个或几个大城市拥有更多的资金、人才、技术等资源的积累，对提高整个区域的创新能力发挥中心辐射和引领的作用。

第三，各子行政区相互配合、协同创新。创新型区域由各个子行政区组成，只有子行政区内各种创新要素资源自由流动，跨区域科技合作有序开展，才能通过有效的链接机制把各子行政区的创新实力整合成为区域的创新实力。

二、长三角建设创新型区域的现状评价

基于上述跨行政创新型区域的三个主要衡量标准，本部分主要从"区域科技

的创新度"、"中心城市的科技首位度"和"省市之间的科技协同度"三个方面对长三角建设创新型区域的现状、优势和瓶颈制约进行分析和评价（图 1）。

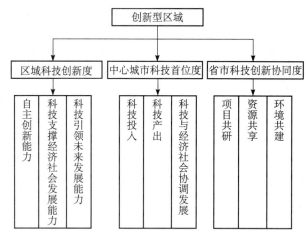

图 1　跨行政创新型区域评价思路图

（一）区域科技创新度分析

围绕自主创新能力、科技支撑经济社会发展能力、科技引领未来发展能力三个方面共 14 个指标（表 1），运用 SWOT 分析方法，从优势（strength）、劣势（weakness）、机会（opportunity）和威胁（threats）四个方面对长三角区域创新综合实力进行分析。

表 1　区域科技创新度评价指标

自主创新能力	（1）国内发明专利授权量
	（2）国际收录科技论文篇数
	（3）大中型工业企业技术引进经费与消化吸收经费的比值
	（4）设有科技机构的大中型工业企业占企业总数的比重
科技支撑经济社会发展能力	（5）高技术产业产值占工业总产值的比重
	（6）高技术产品出口额占出口额的比重
	（7）大中型工业企业新产品销售收入占产品销售收入的比重
	（8）知识密集型服务业增加值占生产总值的比重
	（9）技术市场成交合同金额
	（10）单位 GDP 能耗
科技引领未来发展能力	（11）R&D 人员数量
	（12）万人中科技活动人员数量
	（13）R&D 经费占 GDP 的比重
	（14）基础研究支出占 R&D 的比重

经过分析，我们发现，长三角创新度在全国和各区域中显示出三大优势：

第一，创新资源投入较大，居全国前位。R&D 人员 2008 年达到 45 万，占全国的 23.86%，在各区域中保持首位；R&D 人员四年中持续增长，增长幅度高出全国 24%。万人中科技活动人员数 2008 年达 89 人，比全国 42 人高出一倍，在各区域中名列第二，仅次于京津冀；四年中持续增长，增长幅度高于全国。在长三角区域内，上海万人中科技活动人员数达到 119 人，远远高出全国水平，在 31 个省（自治区、直辖市）中居第二位，仅次于北京。R&D 经费占 GDP 的比重 2008 年达到 1.96%，高于全国 1.42% 的水平，且增长幅度高于全国；在各区域中居第二位，仅次于京津冀。在长三角区域内，上海 R&D 经费占 GDP 的比重达到 2.64%，远高出全国水平，在 31 个省（自治区、直辖市）中居第二位，仅次于北京。基础研究投入占 R&D 比例 2007 年达到 3.79%，高于全国 4.35% 的水平；在各区域居首位。在长三角区域内，上海基础研究投入高于全国水平，在 31 个省（自治区、直辖市）中居第二位，仅次于北京。设有科技机构的大中型工业企业占企业总数的比重 2007 年达到 31.36%，高于全国 24.3% 的水平，且增长幅度高于全国。在各区域中，持续居首位，且增长幅度高于其他区域。

第二，创新产出效率较高，居全国前位。国内发明专利授权量 2008 年达到 11 035 项，在各区域中居首位；四年中持续增长幅度较大，2008 年比 2005 年增长 153.79%，远远高于全国增长 75.79% 的水平。在国际上发表的论文数 2006 年占全国的 24.8%，在各区域中占第二位，仅次于京津冀。技术市场成交合同 2008 年达到 539 亿元，占全国的 20%，在各区域中居第二位，仅次于京津冀；四年中成交合同金额持续上升。

第三，创新支撑发展较强，居全国前位。高技术产业产值占工业总产值的比重历年高于全国水平，2007 年达到 13.98%，高出全国 33.78%；除珠三角外，高技术产业产值占工业总产值的比重均高于其他区域。高技术产品出口额占商品出口总额的比重历年高于全国水平，2007 年高出全国 14.92%；在各区域中，除珠三角外，高技术产品出口额占商品出口总额的比重均高于其他区域。单位 GDP 能耗历年来低于全国水平，四年中逐年下降，2008 下降到 0.795 吨标准煤/万元，好于全国 1.102 的水平；在各区域中，除珠三角外，能耗均远低于其他地区。在长三角区域内，上海在 31 个省（自治区、直辖市）中低能耗居第二位，仅次于北京。知识密集型服务业增加值占生产总值的比重较高，2007 年上海高出全国 92.17%。

与此同时，长三角创新度在全国和各区域中显示出三方面的问题和不足。

第一，长三角与京津冀和珠三角存在某些差距。不如京津冀的有：R&D 经费占 GDP 的比重为 1.96%，低于京津冀的 2.47%；万人中科技活动人员数为 88.7 人，低于京津冀的 124.5 人；国际论文发表数 42 660 篇，低于京津冀的 45 026 篇；大中型工业企业新产品销售收入占产品销售收入比重为 20.6%，低于京津冀的 48.2%；单位 GDP 能耗三年下降了 11.7%，京津冀下降了 13.8%。不如珠三角的有：R&D 人员（万人/年）四年增长 63.6%，低于珠三角的 99.9%；R&D 经费占 GDP 的比重四年增长幅度为 24.5%，低于珠三角的 29.4%；国内发明专利授权量四年增长幅度为 153.8%，低于珠三角的 305.3%；高技术产业产值占工业总产值的比重低于珠三角，2007 年低于珠三角 41.9%；高技术产品出口额占商品出口总额的比重 2007 年比珠三角低 7.62%。

第二，长三角某些创新指标下降。国际论文发表数增长幅度低于全国，2006 年相比 2005 年，长三角增长 11.56%，全国增长 12.38%。技术引进经费与消化吸收经费比值出现反弹，2007 年高于 2006 年。大中型工业企业新产品销售收入占产品销售收入比重低于全国水平，2007 年长三角为 20.55%，全国为 24.51%，且增长呈下降态势，2007 年与 2006 年相比，长三角下降 7.81%，全国增长 3.64%。技术市场成交合同金额占全国的比重逐年下降，2005～2008 年，占全国比重分别为 23.93%、23.0%、21.5%、20.23；增长幅度低于全国水平，2008 年相比 2005 年，全国增长 71.8%，长三角增长 45.1%。研究开发机构和高等学校基础研究支出占 R&D 比例连续下降，2005 年为 8.69%，2006 年为 7.62%，2007 年为 7.39%。高技术产品出口额占商品出口总额的比重增长幅度 2007 年比 2006 年下降 1.85%。

第三，长三角中心城市上海的创新能力出现较多薄弱环节。国内发明专利授权量增长幅度低于江苏、浙江，2008 年与 2005 年相比，上海增长 113.2%，江苏、浙江分别增长 182.7%、194.5%。发表国际论文增长幅度低于江苏、浙江，2006 年与 2005 相比，上海增长 7.4%，而江苏、浙江分别增长 16.1%、14.1%。引进经费与消化吸收经费比值居高，高出全国 88.2%，更是高出江苏 225.7%，高出浙江 392.6%。同时，上海引进经费与消化吸收经费比值严重反弹，而江苏、浙江逐年下降，2007 年与 2006 年相比，上海提高到 227%，江苏、浙江却分别下降 34.5%、29.3%。设有科技机构的大中型工业企业占企业总数的比重历年低于全国和江苏、浙江，2008 年比全国低 37.9%，比江苏低 51.5%，比浙江低 60.2%；且增长幅度更低，2007 年相比 2005 年，上海负增长 8.5%，江苏增长 18.7%，浙江增长 11.5%。高技术产业产值占工业总产值增长幅度低于浙江，2007 年相比 2005 年，上海增长 12.65%，浙江增长 23.38%。高技术产品出口额占商品出口总额的比重 2007 年低于江苏 6.51%。大中型工业企业新产品销售收入占产品销售收入比重增长幅度严重下降，2007 年与 2006 年相比，上海下降 29.7%，江苏增长 31.5%，浙江下降 14.1%。知识密集型服务业增加值占生产总值的比重远低于北京，2007 年上海为 20.37%，北京为 35.17%。技术市场成交合同金额增长幅度低于全国水平，2008 年相比 2005 年，全国增长 71.8%，上海增长 64.5%。单位 GDP 能耗要大于浙江，上海是 0.801，浙江是 0.782。R&D 经费占 GDP 的比重增长幅度低于江苏、浙江，2008 年相比 2005 年，上海增长 13.3%，江苏增长 30.6%，浙江增长 31.2%。R&D 人员（万人/年）总量远低于江苏、浙江，2008 年仅占江苏的 48.69%，占浙江的 59.59%；增长幅度也低于江苏、浙江，2008 年相比 2005 年，上海增长 41.94%，江苏增长 52.58%，浙江增长 99.25%。万人中科技活动人员数增长幅度低于江苏、浙江，2008 年相比 2005 年，上海增长14.13％，江苏增长 33.2％，浙江增长 52.26％。基础研究支出占 R&D 比重出现反弹，2007 年比 2006 年下降 11.3％，但江苏增长 7.35％，浙江增长 6.62％。

（二）中心城市科技首位度分析

科技首位度是指：在长三角区域城市体系中，城市科技发展要素在最大城市的集中程度，表示方法是，选择长三角经济和科技最发达的六个城市进行比较，在某项指标中再根据数值大小依次选出首位城市为 P_1 和其他三个城市 P_2、P_3、P_4 综合进行统计，计算公式是：S（科技首位度指数）$= P_1 / (P_2 + P_3 + P_4)$。四城市指数越大，对其他城市的影响力就越大，一般认为指数要大于 1。

本部分主要围绕科技投入、科技产出、科技与经济社会协调发展等三个方面共 10 项指标对长三角中心城市的科技首位度进行分析（表2）。

表2　中心城市科技首位度评价指标

科技投入	（1）R&D 经费投入
	（2）地方财政科技拨款
	（3）各类专业技术人员数量
科技产出	（4）高新技术产业产值
	（5）专利授权量
	（6）技术合同成交额
	（7）高新技术产品出口额
科技与经济社会协调发展	（8）地方国民生产总值
	（9）第三产业增加值
	（10）污染源治理本年投资额

经过分析，课题组发现，在长三角主要城市中，上海的科技首位度日益下降，对周边城市的影响力逐渐减弱。

一是科技投入方面，上海的首位优势明显下降。在 3 个投入指标中，上海的首位度指数都出现了明显下降趋势，其中，R&D 经费投入的首位度指数下降了17.74％，地方财政科技拨款的首位度指数下降了 45.95％，各类专业技术人员数的首位度指数下降了 37.31％。

二是科技产出方面，上海的首位优势已基本丧失。在 4 个产出指标中，上海已有 2 个指标完全失去了首位优势，即高新技术产业产值和高新技术产品出口的首位已被苏州取而代之。2008 年，上海高技术产业产值 6041.98 亿元，低于苏州的6334.0 亿元，高新技术产品出口额为 713.08 亿美元，低于苏州的 796 亿美元。而且，上海高新技术产业产值的增长幅度均低于其他主要城市，2005～2008 年，上海高新技术产业产值增长 50.95％，南京增长 116.14％，苏州增长 105.3％，无锡增长 103.62％，杭州增长 205.1％，宁波增长 118.44％。

三是科技与经济社会协调发展方面，上海的首位优势开始下降。在所选的 3 个指标中，上海在"地方国民生产总值"和"第三产业增加值"2 个指标的首位度指数开始出现下降趋势。其中，地方国民生产总值的首位度指数下降了 5.74%，第三产业增加值的首位度指数下降了 10.4%。

（三）两省一市科技创新协同度分析

近些年来，长三角区域协同创新的趋势明显增长，呈现出项目不断拓展、内容不断深化、方式不断创新、效果不断提升的特点。

在项目共研方面。从 2004 年开始，三地科技部门启动了长三角重大科技项目联合攻关计划，三地共同出资、联合征集科技项目，面向共性需求和共同问题，开展联合攻关，得到了三地企业、高校和科研院所的积极响应。据统计，2004～2008 年累计安排项目 20 多项，经费共计 7000 多万元，涉及太阳能光伏、集成电路、创新药物、农业新品种、海洋生态、科技强警等多个领域，每年经费额度由 1000 万元提高到 3000 万元。另外，三地面向国家战略需求，密切配合，围绕艾滋病防治、乙肝治疗、太湖流域综合整治等重点突破，总投资为 3.37 亿元的太湖流域苕溪农业面源污染河流综合整治技术集成与示范工程已在浙江动工。

在资源共建方面。2006～2007 年，两省一市充分利用已有的区域创新体系协调机制，共同搭建了"大型科学仪器协作共用网"、"科技文献资源共享服务平台"等共享的科技公共服务平台，以及信息数据、大型仪器、农业种质资源、新药创制、集成电路设计等创新服务平台。2008 年，两省一市抓住国家启动面向企业创新支撑平台建设的契机，又联合组织启动了"国家长三角纺织产业创新支撑平台"和"国家集成电路产业创新支撑平台"建设。目前，区域性科技创新公共服务平台已成为推进长三角科技资源共享和优化配置的有效载体。如已经投入运行的"大型科学仪器设备协作共用网系统"，目前，通过该平台可以查阅包括安徽在内的三省一市 884 家单位共 3720 台（套）入网仪器设施，价值在 50 万元以上的高端科研仪器设备共 2561 台（套）（其中上海 1291 台，江苏 719 台，浙江 323 台，安徽 228 台），跨区域仪器设施服务量达 4000 多次。

与此同时，长三角两省一市在推进区域协同创新方面也面临诸多障碍和瓶颈：一是行政区划壁垒。由于地方保护主义、诸侯经济和行政区划的影响，各地之间的科技合作和交流浮于表面，很难实现真正的合作共赢，要实现现在跨省市的科技、经济一体化任重而道远。二是科技资源布局分散。长三角地区的各类创新资源丰富，但布局分散，自成体系，缺乏区域联动和互动，尚未形成"相互开放、知识共享、联合攻关"的协同网络，各个地区、各个部门表面上是相互开放的，但却很难真正放开。三是产业同构严重。有研究表明，上海与浙江产业同构性相似系数达到 0.76，上海与江苏达到 0.82，江苏与浙江则达到 0.97。其中，苏南、苏北、浙南、浙北的城市产业结构相似系数都在 0.95 以上（如无锡与镇江的相似系数已经达到 0.998）。四是恶性竞争不断。港口大战、招商大战不断上演，在融合的呼声中，长三角各个城市却又埋头进行着激烈的竞争。上海周边城市为争投资者，土地竞相压价，优惠恶性比并，甚至在中央互相告状。上海出台的"173 计划"也令周边城市相当紧张。五是科技中介服务能力有限。中介服务机构特别是跨区域的科技中介服务机构发育不好，规模小，能力弱，服务质量和水平低下，缺乏长三角统一的技术市场，没有统一的技术交易网络，市场不规范，技术经纪人的合法权益得不到保障。

在环境共建方面。两省一市共同编制规划计划、联合出台政策措施，着力推进长三角创新型区域政策环境建设。早在 2003 年 11 月，上海市、江苏省和浙江省人民政府就在科技部的指导下签订了《沪苏浙共同推进长三角创新体系建设协议书》，标志着长三角区域科技合作组织机制和工作机制的初步建立。在此协议的基础上，建立了由两省一市主管领导组成的长三角创新体系建设的联席会议制度，轮值主席由三方轮流担任。2005 年，两省一市科技部门在科技部的指导下，共同编制了《长三角区域"十一五"科技发展规划》，成为国家中长期科学技术发展规划纲要的重要组成部分。2007 年，两省一市科技部门委托相关研究机构和专家，经多次调研、专家咨询、讨论修改，制定了《长三角科技合作三年行动计划(2008~2010 年)》，共同实施"高新技术产业技术跨越行动"、"传统产业提升行动"、"民生保障科技行动"、"资源环境技术攻关行动"、"科技资源共享行动"五大科技行动，启动 14 个优先主题，提出将长三角基本建成为我国重要的科技创新中心区、科技资源共享区、生态和谐宜居区、科技产业创造区。2008 年，国务院颁布长三角地区发展《关于进一步推进长江三角洲地区改革开放和经济社会发展的指导意见》后，三地政府随即联合出台了《长三角地区贯彻国务院〈指导意见〉共同推进若干重要事项的意见》，科技部门以此为契机，进一步加强区域科技合作协调，在探索组建国家级自主创新综合试验示范区、突破关键领域核心技术、加快创新型人才培养和引进等方面提出了建设性意见，主要内容已被列入《贯彻国务院〈指导意见〉的实施意见》中。

三、长三角建设创新型区域的对策思考

当前长三角区域经济、社会发展已迈入由投资驱动向创新驱动的关键时期，加快推进长三角创新型区域建设，就必须把科技创新作为结构调整的中心环节，尽快使经济社会发展转到主要依靠科技创新的轨道上来。换言之，长三角建设创新型区域，必须把"协同创新"作为区域发展的总体战略：以增强长三角自主创新能力为核心，获取一批具有自主知识产权和原始创新的科技成果，培育一批具有竞争优势和全球影响力的科技创新及产业化基地，在协同培育区域优势集群产

业、有效整合区域科技资源、建立区域一体化创新体系、促进区域一体化发展上体现"提升、融合、率先、带动",共同推进区域经济结构调整和发展方式转型,实现长三角科学发展、和谐发展、率先发展、一体化发展。

(一) 国家层面:落实制度安排和统筹协调

国家要加强对区域合作及科技发展的宏观指导和统筹协调,推进相关制度安排和政策措施落到实处。

1. 建立健全对区域科技合作的领导协调机制

建立部-区会商制度。将现有的部省(市)合作上升为部-区合作。尽快建立科技部-长三角部区会商制度,并逐步充实发改委、财政、税务、人事等国家部(委)参与,形成部(委)-长三角会商制度,强化国家部(委)对长三角科技创新发展的指导和支持,协调解决长三角科技政策制定、重大科技专项目实施、重点产业发展中的关键问题。设立国家区域科技特派员制度,建议由科技部领导协调长三角区域科技合作与协同创新事宜,推进相关任务、政策和责任的落实。

2. 设立长三角自主创新综合试验示范区

建议国家借鉴浦东综合配套改革示范区相关经验,在长三角设立自主创新综合试验示范区,支持自主创新的政策在长三角自主创新示范城市(区)内先行先试,优先支持长三角地区探索资源节约、环境友好、社会和谐的发展模式,支持鼓励长三角在自主创新的地方性法律条例和行政法规方面进行探索,联合争取国家重大项目在长三角布点,在若干领域内取得制度性突破。

3. 建立区域科技合作绩效考核机制

争取科技部设立专门机构,加强对长三角科技合作的指导和协调;建议国家有关部门加强对两省一市相关部门及其主要负责人工作绩效的督促检查,并将其政绩考核作为区域科技合作工作的一项基础性、经常性工作。

(二) 两省一市:深化科技合作与协同创新

两省一市要积极探索新形势下区域协同管理新模式,坚持政府引导、多方参与,以市场为基础,以环境保护、节能减排、民生科技等公益性领域为突破口,进一步完善合作机制,深化区域科技合作,推进区域协同创新。

1. 完善政府科技合作的沟通与协调机制

强化长联办的宏观管理和统筹协调职能。建议将长三角创新体系建设联席会议制度由部门协商制度深化为在协商机制下的分工负责制,明确相应的职能分工,负责落实和组织实施相关具体事宜。相互开放科技计划,允许区域内各类科研机构跨地区参加科技项目的招投标,积极鼓励和优先资助跨地区联合申报的科技项目。各省市在制定年度科技工作计划时,要明确推进长三角科技合作的具体工作任务。

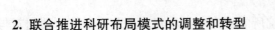

2. 联合推进科研布局模式的调整和转型

面向当前经济社会转型发展需求，联合推进区域科研布局理念和模式的转变，顺应服务经济发展大趋势，建立面向服务经济需求的新型科研布局体系。动员和部署各类科研机构，围绕区域经济社会转型发展需求，在研究方向、研究布局、研究项目、经费配置、队伍配备方面进行新一轮的适应性的调整，形成面向服务经济发展需求的新型科研格局。

3. 建立健全区域科技创新政策法规体系

参照国家科技规划与科技政策，尽快创制并完善区域科技创新政策法规体系。近期可联合制定《长三角区域科技合作项目管理办法》、《长三角区域科技资源相互开放与共享具体办法》、《长三角区域跨地区产学研合作实施意见》等相关政策或类似文件，协调规范长三角区域科技合作和协同创新行为。

4. 联合设立区域自主创新共同资金

联合争取国家资助，在科技部的支持和指导下，设立长三角科技发展合作新资金。两省一市每年应确定用于长三角区域协同创新的项目和经费，支持区域合作项目的研发与管理。共同资金由长三角区域科技创新与科技合作联席会议办公室具体负责运作和管理，结合区域产业发展特色和优势，联合组织实施国家科技支撑计划试点。

（三）上海层面：强化龙头带动与服务辐射

在长三角创新型区域建设过程中，上海要以更快的速度、更大的决心尽快实现经济发展方式转变，率先突破瓶颈制约，率先实现创新驱动，率先实现产业升级，率先实现转型发展，着力增强城市综合竞争力、城市资源配置能力和服务周边区域发展的能力，切实增强作为长三角龙头城市和创新核心的带动和辐射能力。

1. 提升上海的核心技术研发中心地位

上海要进一步加大科技创新的投入，提高科技创新的效率，彻底扭转目前片面追求创新政绩、忽视创新效率的做法。建议改革目前的科技统计和监测评估体系，在科技统计和考核中，弱化论文、专利申请或授权量的考核，加强对国际（PCT）专利、专利转化率、科技成果产业化率的考量，鼓励和引导企业、高校和科研院所瞄准经济与社会发展需求，切实提高科技创新活动的效率、效果和效益，确保上海在长三角核心技术的研发中心地位。

2. 着力打造战略产业的集聚中心

上海要加快培育创新集群，强化企业创新主体地位，形成若干区域性企业集团，以创新集群引领产业集聚，形成支柱产业规模优势、新兴产业价值优势、战略产业技术优势。深入推进产业结构调整和优化升级，以新能源汽车、生物医药、民用航空制造、先进重大装备为重点，以重大项目攻关为纽带，组成区域性产业技术联盟，充分发挥高校和科研院所的研究实力，实现产业核心技术的创新与突破。借鉴高铁技术创新的成功经验，举全市之力，围绕科技制高点、经济增长点和民生关注点，在国民经济关键性或战略性行业，选择若干关键技术环节，重点进行消化吸收和再创新，突破关键技术瓶颈。

3. 强化上海科技创新现代服务中心的作用

强化研发服务，进一步开放上海研发公共服务平台和上海光源等重大科技创新工程，鼓励本市范围内的国家重点实验室、重点高校、技术研究中心等面向长三角区域范围的企业、高校、科研院所和科研人员开放，强化上海作为长三角科技研发服务中心的龙头地位。充分发挥上海作为全国金融中心的融资优势，为长三角科技创新提供融资服务。推进金融与科技密切结合，探索金融支持科技创新的途径和方法，拓展科技金融结合渠道。制定和完善企业参与风险投资的相关政策，鼓励企业特别是大中型企业参与风险投资。着力发展科技信息服务业。以楼宇经济为依托，大力发展与科技创新和研发活动相关的会计、律师等专业服务业，加快发展海量数据存储和分析处理、海外技术并购评估服务、国际专利申请代理服务、海外研发投资环境评估等科技服务业，着力提升上海面向长三角开展科技信息服务的质量和水平。

参 考 文 献

长三角区域创新体系建设联席会议办公室 . 2008. 长三角科技合作三年行动计划（2008～2010年）（政府文件）

段续丽 . 2008. 创新型国家与创新型区域在创新过程中的关系研究 . 山西高等学校社会科学学报，（1）：49～52

国务院 . 关于进一步推进长江三角洲地区改革开放和经济社会发展的指导意见 . 国发〔2008〕30 号

哈肯 H. 1995. 协同学：大自然构成的奥秘 . 凌复华译 . 上海：上海译文出版社

黄寰 . 2007. 论创新型区域的平台建设 . 科技管理研究，（9）：16～17，27

李海舰 . 2007. 建设创新型区域的政策措施 . 太原科技，（8）：6～7，9

李健民，马学新等 . 2009. 长江三角洲发展报告 2008——协同创新与科技发展 . 上海：上海人民出版社

迈克尔·波特 . 2002. 国家竞争优势 . 李明轩，邱如美译 . 北京：华夏出版社

上海科技发展研究中心 . 2008 - 02 - 21. 长三角区域创新能力现状与提升对策 . http：// dm. sgst. cn/kjyjqbzt/kjfzyjjb/200812/t20081218 _ 304108. html

石忆邵 . 2008. 创意城市、创新型城市与创新区域 . 同济大学学报（社会科学版），（2）：20～25

杨俊宴，陈雯 . 2007. 长江三角洲区域协调重大问题的调查研究 . 城市规划，（9）：17～23

杨耀武，张剑波等 . 2007. 相关区县与长三角培育产业集群及协同创新路径研究报告，上海市科技发展研究基金软科学研究项目

于川江，徐长乐．2006．长三角科技合作的现状及动因分析．江南论坛，（7）：11～13

赵海军．2007．创新型区域战略的基本问题研究——兼论创新型区域发展中的政府职能．科技管理研究，（12）：22～23

James. 2005. Innovative Gities. International Marketing Review

OECD. 1997. National Innovation System. Paris：OECD

Rothwell R. 1992. Successful industrial innovation：critical factors for the 1990s. R&D Management，22（3）：221～239

Rothwell R. 1994. Towards the fifth-generation innovation process. International Marketing Review，11（1）：7～31

中国实现现代化依旧任重而道远

——专访中国科学院中国现代化研究中心主任何传启①

史艳菊　李东航

解放军报社

中国的发展水平到底怎样？"中国威胁论"频现于西方媒体原因何在？中国现代化进程中存在哪些制约发展的"绊脚石"？近日，记者采访了第二次现代化理论的提出者、中国科学院中国现代化研究中心主任何传启研究员。

一、中国经济水平与发达国家仍有百年差距

"'感觉'在很大程度上是靠不住的——人们'感觉'到的只是点，而不是面，它无法代表平均水平，也很难反映真实状况。"面对记者，何传启的开场白颇有哲学的意味。

实际上，何传启走上现代化研究之路，最初也是源于他的"感觉"。

何传启的家乡位于武汉市东北方向 70 公里开外木兰山脚下的一个小村庄，但他直到 16 岁上大学时才第一次见到武汉是个什么样子。"1979 年我考上武汉大学生物系，四年大学时光让我深刻体会到农村和城市生活的巨大差距。毕业后我来到中国科学院工作，我发现武汉和北京相比也有很大差距。"20 世纪 90 年代，何传启作为外交官到美国华盛顿工作，又感觉到中美两国之间"非常巨大的"发展落差："武汉是中国的一个大城市，但那时它与美国乡村小镇的发展水平相比差距

---

① 摘自《解放军报》，2010 - 03 - 29

仍然很大。"

1993 年，美国政府提出"信息高速公路"计划，引起全世界的关注。美国人率先向信息社会、知识社会过渡了，而中国当时每百人才拥有不到一部半电话，是世界平均水平的 1/14。震惊之余，何传启决定改行："我很感兴趣，美国的现代化水平到底有多高？于是，我就进行系统比较研究，这才真正理解中国与发达国家的经济水平差距有 100 年。"

那么，近 20 年后，中国的面貌已经发生了巨大的变化，中国与世界发展的先进水平差距有多大呢？

面对记者的提问，何传启用一系列数据做了回答：从人均国民收入看，高收入国家在 12 000 美元以上，世界平均值在 7500 美元左右，而中国只有 3000 美元，属于中低收入国家；从人类发展指数看，先进国家在 0.9 以上，世界平均值为 0.75 左右，中国接近 0.77，属于中等发展水平；从第二次现代化指数看，发达国家在 80 以上，世界平均值是 50 多一点，而中国刚刚达到 40，属于发展中国家的中游水平。

"还有一个指标更能说明问题。按购买力平价 1990 年不变价格计算的人均 GDP，2006 年中国为 3257 国际美元，大约相当于英国 1880 年（3556 国际美元）、美国 1890 年（3396 国际美元）、德国 1905 年（3265 国际美元）、法国 1912 年（3481 国际美元）的水平。这样算来，中国经济水平与发达国家相比依然有百年差距"，何传启说。

二、西方媒体解读中国发展水平的三个误区

一国的国情单凭感觉是很难作出理性判断的，然而，大多数人观察中国的发展水平，却正是凭感觉。何传启说："现在外国人到北京、上海等大城市待上几天，在大街上四处转转看看，就以为北京的高楼林立和上海的灯火辉煌便是整个中国的素描图了，这样一来他们肯定会高估中国的实际发展水平。其实，在很多时候，局部水平并不代表整体水平。中国还有很多很穷的地方，这些地方他们可能去得很少，甚至根本就没去过。而这些地方，也是中国发展水平的真实场景。"

何传启列举了西方媒体解读中国发展水平的三个误区。

第一个误区是以点代面、以偏概全。2006 年北京和上海两地的平均预期寿命和大学普及率等部分现代化指标，已经达到或接近意大利和西班牙等发达国家的水平。单看这两个城市，会让人觉得中国已经跨入发达国家的行列。然而，北京和上海作为中国最大的两个城市，发展指标肯定是远远高于中国平均发展水平的。中国真正的发展水平是：到 2006 年，中国的第一次现代化只完成了 86%，第二次现代化水平仅为发达国家的 40%；中国不仅仍然是一个发展中国家，而且在发展中国家中排名也不靠前，依旧属于发展中国家的中流水平。

第二个误区是以增长率代替发展速度。中国人均国民收入的年增长率的确超过了发达国家，但年增长量却远远小于发达国家。发达国家人均国民收入 2000 年为26 365美元，2006 年为 36 608 美元，6 年提高了 10 243 美元；而中国人均国民收入2000 年为 930 美元，2006 年为 2000 美元，6 年只提高了 1070 美元。"统计数字显示的结论甚至让人有些沮丧：尽管我们保持了二三十年的高速增长，但中国的人均国民收入与发达国家的差距实际上还在扩大。"中国经济建设仍然需要快马加鞭。

第三个误区是把总量指标当成发展水平指标。中国经济规模较大，按汇率计算的 GDP 大约排在世界第三位，按购买力平价计算的 GDP 能排到世界第二位。这样的排名的确很能振奋人心，但是，考虑到中国庞大的人口规模与国土面积，有这样的世界排名本就理所当然，没有什么好骄傲的。而在真正能反映国家发展水平的人均指标方面，中国并没有优势，只能排在世界中游水平。

对此，记者深有同感：今年 1 月下旬赴海地地震灾区采访途中经停加拿大和牙买加时，令许多中国记者没有想到的是，发展中国家牙买加的金斯敦机场有着与发达国家加拿大的温哥华机场一样便捷的免费公共无线网络供旅客候机时使用，而这是北京首都国际机场所不具备的。中国网民总数目前已居世界第一位，但是，根据何传启的研究数据，中国的信息共享指数只有 16，加拿大和牙买加则分别是73 和 56。

三、中国必须走出一条现代化的崭新路径来

从 2001 年开始，何传启主持的中国现代化研究中心每年都会发布一版《中国现代化报告》。厚厚的 10 本《中国现代化报告》，从现代化与评价到知识经济与现代化，从生态现代化到文化现代化，从地区现代化之路到世界现代化概览，研究对象涵盖人口规模超过 100 万的 131 个国家，用一个个数字真实地还原了中国在1700 年以来世界现代化进程中的发展轨迹与地位。

"你看我手里的这张图表，"何传启翻开手边的《中国现代化报告 2010》，指着"1700～2100 年中国的相对衰落和伟大复兴"图表说，"以按购买力平价 1990 年不变价格计算的人均 GDP 排名来看，1700 年中国排世界第 18 位，1950 年排世界第99 位，预计 21 世纪末能进入世界前 20 名；在世界现代化的 400 年间，中国国际地位的变化表现为一条 U 形曲线，在 1700～1950 年是下降期，1950～1990 年是低谷期，1990 年以来是上升期。预计到 21 世纪末，中国才能重新拾回 1700 年时的世界地位，跻身发达国家行列。"

四、中国的现代化依然任重而道远——你在发展，别人也在发展；中国追赶式的现代化过程，犹如逆水行舟，不进则退！

何传启说，中国的现代化是世界上人口规模最大的现代化，过去 300 年只有西

欧、美国、日本等20个国家和地区不到10亿人口实现了现代化，而未来100年中国要有近15亿人口实现现代化，这将是史无前例的。"我们在实现现代化的过程中遇到的问题，既有世界现代化过程中的普遍问题，也有中国自己的特殊问题，如人口、资源与生态、制度与观念、地区差距与贫富差距、两次现代化的双重压力和发展模式选择等。即便是扣除知识经济对物质资源的替代效应，中国庞大的人口基数也会对资源与环境构成巨大的压力。"

"国际经验并不足以解决中国的现代化问题，"何传启说，"按照世界现代化的历史经验估算，21世纪发展中国家升级为发达国家的概率约为5％，而中国在21世纪末升级为发达国家的概率不到4％。中国必须走出一条现代化的崭新路径来。"

可喜的是，从改革开放到建设社会主义市场经济，从探索新型工业化道路到建设创新型国家，从创建资源节约型、环境友好型社会到转变经济发展方式，中国正在走出一条新路来。何传启说："中国正在努力实现综合现代化，也就是第一次现代化和第二次现代化协调、复合发展，新型工业化、新型城市化、民主化、知识化、信息化、全球化和绿色化齐头并进。我们把这种将两次现代化压缩在一起实现的思路称为'运河战略'，就是不重复发达国家走过的老路，不在别人身后亦步亦趋，而是在两次现代化之间开凿一条'现代化运河'，迎头赶上发达国家水平。"

何传启根据这种"运河战略"的设想和过去15年世界发展的平均速度估计，中国有可能在2040年左右达到中等发达国家水平，实现邓小平同志在20世纪80年代为中国现代化进程设定的第三步战略目标。"如果我们能够提前10年实现小平同志提出的第三步战略目标，我们就可以用事实向世界证明，中国特色社会主义道路是成功的，为发展中国家的发展开创了一种全新模式！"

说到这里，一直言辞缜密严谨、态度温文尔雅的何传启激动起来，手指又点回到《中国现代化报告2010》中的那张图表上："世界现代化的400年，可以分作四段——18世纪是中国故步自封、相对衰落的100年，19世纪是中国懵懂孱弱、落后挨打的100年，20世纪是中国睡狮猛醒、自主自立的100年，21世纪将是中国奋起直追、伟大复兴的100年！自新中国成立以来，我们努力缩小着与发达国家的相对差距，实现了中华民族命运的U形转折，中华复兴已经曙光初现。我们这个时代的中国人，应该为此而自豪，更应该为最终实现现代化这一中华民族的百年梦想，付出更多的汗水与心血！"

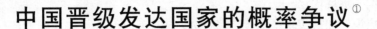

中国晋级发达国家的概率争议^①

韩 冰

《瞭望》新闻周刊

"如果完全按照历史经验来估算，中国 21 世纪末晋级发达国家的概率约为 4%；如果考虑到人口的因素，中国人口 13 亿～14 亿，发达国家人口 10 亿，中国的概率可能更小。"1 月 30 日，在"世界现代化 400 年暨《中国现代化报告 2010》专家座谈会"上，中国科学院中国现代化研究中心主任何传启如此说。

《中国现代化报告 2010》（本文下称《报告》，主题为世界现代化概览）是中国现代化战略研究课题组、中国科学院中国现代化研究中心《中国现代化报告》年度系列报告的第 10 本，分析了世界现代化的基本事实和未来前景，探讨了中国现代化的事实和前景。

《报告》中称，根据过去 300 年的历史经验，21 世纪发达国家大约为 20 个，发展中国家有 100 多个；发达国家有可能降级为发展中国家，发展中国家有可能升级为发达国家。发展中国家包括三组国家，它们分别是中等发达国家、初等发达国家和欠发达国家。21 世纪发展中国家仍然有成功机会，它们将争夺 5 张升级发达国家的门票。

4% 的"晋级概率"在座谈会上引起争议。"对未来的预测，把握不好，得出的结果就很滑稽，"与会的北京社会主义学院副院长陈剑对本刊记者说，"这 4% 根本没有什么意义。"

《报告》勾画了一幅世界现代化的"数字化全景扫描"，而在一些社会科学领域的学者看来，《报告》的方法和结论还有待商榷。

一、预计 2040 年基本实现现代化

"如果按 1990～2005 年的年均增长率估算，中国有可能在 2040 年左右达到中等发达国家水平。中国现代化的第三步战略目标有可能提前 10 年左右实现。"何传启对本刊记者说。

1987 年 10 月，党的"十三大"提出了中国现代化建设的"三步走战略"：第一步，1981～1990 年实现国民生产总值比 1980 年翻一番，解决人民的温饱问题；第二步，1991 年到 20 世纪末国民生产总值再增长一倍，人民生活达到小康水平；

---

① 摘自《瞭望》新闻周刊，2010-02-09

第三步，到 21 世纪中叶人均国民生产总值达到中等发达国家水平，人民生活比较富裕，基本实现现代化。

何传启说，如果实现第三步战略目标，中国现代化水平大体如下：

其一，经济现代化。人均年收入超过 2 万美元，关键经济指标的排名进入世界前 40 名。

其二，社会现代化。养老保险和医疗保险覆盖率达到 100％，城市化率和信息化率达到 80％左右。

其三，政治现代化。建成民主、自由、平等和高效的政治文明，国际竞争力的排名进入世界前 10 名。

其四，文化现代化。文化生活超过世界平均水平，文化创新能力的关键指标的排名进入世界前 20 名。

其五，人的现代化。大学普及率超过 80％，平均预期寿命超过 80 岁，人类发展指数排名进入世界前 20 名。

其六，生态现代化。经济增长与环境退化完全脱钩，人居环境质量基本达到主要发达国家水平。

《报告》认为，从 18 世纪 60 年代英国工业革命至今，世界现代化可以分为两大阶段，其中，第一次现代化是从农业社会向工业社会、从农业经济向工业经济、从农业文明向工业文明转变，是以工业化、城市化和民主化为典型特征的经典现代化；第二次现代化是从工业社会向知识社会、从工业经济向知识经济、从工业文明向知识文明、从物质文明向生态文明的转变，是以知识化、信息化和全球化为典型特征的新型现代化。

根据《报告》的研究结果，2006 年世界上有 29 个国家进入第二次现代化，有 90 个国家处于第一次现代化，有 12 个国家处于传统农业社会，有数百个少数民族生活在原始社会。在 21 世纪，预计有 100 多个国家将全面完成第一次现代化，有 80 多个国家将进入第二次现代化，发达国家将完成第二次现代化。

2006 年中国属于发展中国家中的初等发达水平，处于第一次现代化成熟期，第一次现代化已完成 4/5，第二次现代化水平约为发达国家的 2/5。2006 年，中国第二次现代化指数在全世界 131 个国家中排名第 70 位。

中国内地现代化发展不平衡。北京已经达到第二次现代化的起步期，上海和天津已经处于从第一次现代化向第二次现代化的过渡期，浙江等 7 个地区处于第一次现代化的成熟期，湖北等 21 个地区处于第一次现代化的发展期。

2006 年中国部分地区的部分指标已经达到或接近欧洲比较发达国家的水平。北京的第二次现代化指数、城市化水平和大学普及率已经达到意大利和西班牙的水平，综合现代化指数、平均预期寿命和成人识字率接近意大利和西班牙的水平。

二、中国"新人类发展指数"排名63

《报告》提出了"新人类发展指数",以衡量一个国家或地区在人类发展的五个方面的平均成就:健康长寿(预期寿命)、知识普及(大学普及率)、信息共享(互联网普及率)、环境优美(生活废水处理率)和富裕生活(人均购买力)。

联合国开发计划署在1990年推出人类发展指数,用以衡量一个国家在人类发展的三个基本方面的平均成就,包括健康长寿(预期寿命)、知识(成人识字率、综合入学率)和体面的生活水平(人均GDP)。

"人类发展指数比较适合第一次现代化过程中的个人现代化,反映的是工业经济时代的人类发展水平,现在面临着内部和外部的两种挑战,"何传启说,"内部的挑战是,人类发展水平提高了,这个评价标准部分已经被超过,例如,成人识字率,已经有70个国家饱和,小学入学率72个国家饱和。来自外部的挑战是,知识经济和信息化发展,互联网普及、环境保护、大学普及等指标没有被考虑进去。而新人类发展指数能够适应第二次现代化和知识经济的世界潮流和时代需要。"

根据"新人类发展指数",2007年新人类发展指数的世界前10名国家是挪威、芬兰、荷兰、丹麦、瑞典、美国、韩国、瑞士、英国和新西兰。中国内地的新人类发展指数的前10名地区分别是北京、上海、天津、浙江、江苏、广东、山东、辽宁、福建和河北。

2007年中国"新人类发展指数"排世界第63位。1980年中国"新人类发展指数"排世界第91位。在过去27年里,中国的世界排名上升了28位。

三、4%概率引发争议

"所谓的4%,是根据过去世界现代化的统计数据计算出来的,这只代表世界现代化的历史,不代表未来;如果我们能够在21世纪中期晋级中等发达国家水平,21世纪晋级发达国家的概率能达到22%,"在座谈会上,何传启解释说。

科技部办公厅调研室主任胥和平对本刊记者说:"如果是从过去历史经验进行估算,4%晋级概率的结论也有一定道理,但这么讲容易产生误解。什么是'发达国家'?这个概念是动态的,不好定义。没必要去衡量概率大小。"

何传启说:"如何认识这4%的概率?这里面有两层意思:一是我们继续采用发达国家的现代化路径的话,21世纪完全实现现代化、成功晋级发达国家的概率很小;二是说明中国必须寻求自身的现代化道路。"

"什么叫'完全现代化'?"陈剑说,"现代化是一个动态的、比较的概念,应该是'几位一体',政治层面包括公民权利的实现程度,经济层面包括人均GDP、恩格尔系数等,社会建设方面包括NGO数量、预期寿命、入学率等指标,还有文化软实力、生态文明建设等层面。关键看用什么指标衡量。"

在何传启看来，中国现代化面临着双重压力。"发达国家的两次现代化是先后进行的，而中国的第一次现代化仍没有完成，第二次现代化已经来临。所以，综合现代化、两次现代化协调发展应该是中国现代化的选择。"

陈剑不太同意"第二次现代化"的表述："我认为第二次现代化就是一种赶超战略，现代化是一个社会转型、变迁的过程，只不过中国在现代化过程中面临着信息社会的背景和挑战，这是以前我们没有估计到的情况。"

四、有没有必要追求排名

中国现代化的挑战不止于此。《报告》中称，2006年中国人口约为13亿，发达国家人口不到10亿；从人口规模角度看，中国的现代化任务超过发达国家的总和。

何传启说："发达国家在过去300年中，资源消耗过度，环境压力巨大。而未来100年，中国13亿～15亿人实现现代化，资源需求的强度将史无前例。如果扣除知识经济对物质资源的替代效应，中国的资源需求仍然巨大。"

他认为，"现代化包括生活和结构的现代化，也包括制度和观念的现代化，在知识经济时代，知识、制度和观念的现代化更为重要。在过去160年里，中国现代化模式大体属于工业化优先模式。制度和观念现代化的滞后和负面效应，会随着物质和技术现代化的推进而逐步显露，逐步成为影响中国现代化成败的关键因素。"

从《报告》中可以看出，从18世纪起，中国的国际地位变化呈现出一条U形曲线。1700年中国人均GDP排名世界第18位，而2100年中国现代化水平排名有可能进入世界前20名。

"没有必要追求'排名'，大家都在发展，不一定非要挤到前面去。现代化是人类共同的过程，是文明进步的过程，尽管现代化水平有高低，但经过一个漫长的时期，世界上大部分国家都能实现现代化，"胥和平说，"如果我们从农业社会成功转型为工业社会，就是推动了现代化进程。"

陈剑说："21世纪有可能是中国人的世纪，中国在国际舞台上将成为更主要的角色，人们的生活水平更高，也对世界人民生活水平的提高做出贡献。"

何传启说："作用力和反作用力总是相等的。中国现代化对世界产生的影响有多大，世界对中国实现现代化的影响就有多大。"

"一个伟大的民族必然选择现代化，中国现代化到了今天，不能依赖国际经验，不能依赖外国人开药方，一定要找到一条低成本、高效率的现代化路径，"他说。

未来晋级赛，中国胜算有多少？

——专访中国现代化战略研究课题组组长何传启研究员①

王莉萍

科学时报社

《科学时报》：《中国现代化报告 2010》（本文下称《报告》）提到世界现代化存在"马太效应"，人均收入的国际差距会不断扩大，是什么原因导致这种恶果？根据你的研究，目前国际社会对此可采取的有效杜绝方式有哪些？如何执行？

何传启：在 1700～2005 年，人均 GDP（PPP 方法）的国际差距从 2 倍扩大到 22 倍，目前国际差距还在迅速扩大。如果按照当前的国际环境和国际结构，国际差距只会扩大，不会缩小。国际差距扩大的原因很复杂。首先，发达国家发展比较快，有些欠发达国家发展比较慢，这就会增加差距；其次，国际贸易不公平，也会增加差距；最后，发达国家把自己的一些做法强加在发展中国家身上，而发展中国家无力承担发达国家所要求的条件，无疑会抑制发展中国家的发展，从而进一步扩大国际差距。

要控制国际差距的扩大，发达国家和发展中国家都有责任。国际社会需要有公平和公正的心态，需要从偏利竞争（指对一方有利而对另一方有害的竞争）向互利竞争（指双方受益的竞争）转变，需要增加国际技术转移和国际援助的力度，同时建立起公平的国际贸易和国际观念。大家都是地球村的公民，公平和公正地相互对待，就有可能合作双赢。

《科学时报》：《报告》中提到未来 100 多个发展中国家将争夺 5 张晋级发达国家的"门票"，这 5 张"门票"是如何推算得出的？另外，哪些国家与中国相比最具竞争力？中国与这几个国家的优劣势比较如何？

何传启：在过去 300 年，每百年都有一些国家从发展中国家升级为发达国家。18 世纪，美国从发展中国家升级为发达国家。19 世纪，澳大利亚、新西兰、加拿大和爱尔兰等从发展中国家升级为发达国家。20 世纪，芬兰、日本、新加坡和韩国等从发展中国家升级为发达国家。由此可见，21 世纪发展中国家仍然有成功的机会，但是，它们升级为发达国家的概率并不大，大约为 5%。所以，21 世纪大约有 5 张升级为发达国家的"门票"，等待 100 多个发展中国家来争取。中国具有一定的竞争能力。目前，中国在发展中国家属于初等发达水平，第一次现代化已经

---

① 摘自《科学时报》，2010－02－01，A1 版

完成 4/5，第二次现代化水平约为发达国家的 2/5。

但是中国发展不平衡，部分发达地区如北京和上海等的部分指标已经达到或接近发达国家的底线，如它们的平均预期寿命已经超过 80 岁，已经达到发达国家的平均值（79 岁）。

21 世纪，中国要想获得 1 张发达国家的"门票"，就需要进入世界前 20 名。2007 年中国在 131 个国家中大约排第 70 位，距离发达国家还有很大差距。并且现代化不是一劳永逸的，是动态的、发展的过程，这对于后进国家难度是不言而喻的。

从现代化水平的世界排名看，还有 50 个发展中国家排在中国的前面，而且中国是人口最多的发展中国家。在某种程度上，中国现代化的难度可能超过绝大多数发展中国家。

《科学时报》：《中国现代化报告 2008》中提出建立海南自由贸易区，去年底海南提出了打造旅游岛，你对此有何想法？你也曾被邀请到海南"布道"，根据与当地政府的接触，你认为采取什么方式才更适宜海南发展？

何传启：2008 年初，我们倡议建立海南岛自由贸易区，主要包括六大政策：自由贸易、自由投资、自由购物、自由旅游、自由留学和普及高等教育等。随后赴海南参加了几个会议，建议海南岛自由贸易区建设分三步实施：第一步，建设国际旅游岛，这也是海南自己的提法；第二步，建设自由贸易区，这是我们的建议；第三步，建设东方自由岛，这是我们的设想。就是要逐步把海南建设成为一个自由贸易岛、自由投资岛、自由旅游岛、自由留学岛和自由购物岛。未来的海南自由贸易区将是一个自由岛、公平岛、快乐岛、健康岛和幸福岛。2009 年 12 月，国务院正式批准海南国际旅游岛建设。国际旅游岛建设是一个良好的开端，是自由旅游的第一步，可以说它拉开了自由贸易区建设的序幕。今年，中国与东盟的自由贸易区协议正式生效。海南国际旅游岛建设可以借此机会与东盟自由贸易区对接，这不失为一条好的途径。

《科学时报》：你在《报告》中再次提到"国际经验不足以解决中国问题，'运河战略'是一条新途径"，这与你几年前提出的运河战略是否相同？其中有无新的建议？

何传启：2003 年《东方复兴：现代化的三条道路》一书系统阐述了"运河战略"。在 21 世纪，现代化有三条路：追赶现代化路径、第二次现代化路径和综合现代化路径。其中，综合现代化路径就是"运河战略"，相当于在两次现代化之间开辟一条新航线，两次现代化协调发展，迎头赶上未来的世界先进水平。经过 6 年的研究，这种设想被证明是合理的。在《中国现代化报告 2005》中，我们提出了经济现代化路径图，包括 36 个监测指标。在《中国现代化报告 2006》中，提出了社会现代化路径图，包括 36 个监测指标。在 2007 年，提出了生态现代化路径图，包括 36 个监测指标。2009 年的报告提出了文化现代化路径图，包括 30 个监测指标。按照这种"运河战略"设计的路径图，中国有可能在 2040 年前后超过世界平均水平，达到世界中等发达水平，现代化水平进入世界前 40 名。这样一来，我们距离发达国家的路程就会缩短。

《科学时报》：发达国家高能耗、人口少、高消费的发展模式不可持续，也无法仿照，中国应如何转变思路来完成现代化，又或者我们是否抛弃已有的现代化指标而从另一个角度来设置中国现代化的指标，比如，幸福指数之类？

何传启：现代化既有共性，也有个性和多样性。现代化指标的选择，一般采用共性指标。我们讲的运河战略、经济现代化、社会现代化、生态现代化和文化现代化路径图的 138 个监测指标，多数是共性指标。幸福指数之类的替代指标，只有一定的参考意义。中国现代化是一个百年大计，在不同阶段应有不同的模式和重点，不能笼统地讲转变思路。根据现有的研究结果，如果完全按照西方的发展经验，中国成为发达国家的概率将小于 4%。所以，中国必须寻求低成本和高效率的现代化新路径。

《科学时报》：我国提现代化很多年了，现在不少人都有对"迈向四个现代化"等口号的记忆。而你一直认为，国民对现代化并不真正了解，在你看来，研究现代化对于中国的社会、经济等的发展究竟能起到什么样的作用？

何传启：没有现代化研究，中国将很难实现现代化。如果完全按国际经验，21 世纪中国成为发达国家的概率约为 4%。2006 年中国人口超过 13 亿，发达国家总人口不到 10 亿。从人口规模的角度看，中国现代化任务超过发达国家总和，是美国的 4 倍，是西欧的 4 倍。如果考虑人口因素，按照国际经验分析，21 世纪中国升级为发达国家的概率会远远小于 4%，有可能接近零。所以，如果没有现代化研究，中国现代化的概率将小于 4%。

现代化是每一个伟大民族的必修课，是中国复兴的战略选择。只有认识现代化，才能实现现代化。如果你不知道什么是现代化，你能实现现代化吗？不能。要实现现代化，就必须了解现代化，认识现代化，研究现代化，就必须有现代化的人才。

我们建议，拿出全国科技经费的万分之一，建立"中国现代化研究基金"，支持现代化研究；重点建设和稳定支持几个现代化研究机构，例如，中国现代化研究院（现代化科学研究所）、北方现代化研究中心、南方现代化研究中心和西部现代化研究中心等，目前这些机构还处于待建中。2008 年中国研究与发展经费约为4600 亿元人民币，全国科技经费的万分之一约为 4600 万元人民币。用这些钱来支持现代化研究似乎不算多。因为这个研究涉及 13 亿～15 亿人的共同心愿，涉及中国复兴的百年工程。

机遇的时空概念与发展

——论邓小平的三维发展思想

吴宏亮　张利纳　丁　剑

郑州大学马克思主义学院

所谓机遇，即机会、时机之意。它是客观事物发展过程中，由诸多因素相互作用、相互影响而出现的一个天时地利人和的最佳时期。机遇广泛存在于自然科学和社会科学领域。把机遇引进关于中国经济发展问题的研究中是邓小平理论的一大特色。在我国改革开放和现代化建设的伟大实践中，邓小平同志正确地分析和判断当代世界的特点、主题和格局，把马克思列宁主义和当代中国实际与时代特征结合起来，提出了"抓住时机，发展自己"的科学决策，逐步形成了利用机遇、促进发展的伟大战略思想。

强调抓住机遇，是邓小平理论的重要内容，也是党的十一届三中全会以来我国得以高速发展的一条成功经验。党的"十七大"报告中指出："全党必须坚定不移地高举中国特色社会主义伟大旗帜，带领人民从新的历史起点出发，抓住和用好重要战略机遇期，求真务实，锐意进取。"这是对邓小平机遇思想的继承和发展，是从现实角度进一步强调要抓住机遇、推进发展。

一、机遇的时间概念

机遇具有时间的内涵。邓小平在探索建设有中国特色的社会主义的道路过程中，始终把时间问题摆在十分重要的位置，强调辩证把握时间，争取时间抓住机遇。邓小平反复告诫人们，"要注意争取时间，该上的要上"[①]，"有个抢时间的问题，不能不认真对待"[②]，要抓住机遇，"我就担心丧失机会。不抓呀，看到的机会就丢掉了，时间一晃就过去了"[③]。

机遇具有时效性。机遇不是停滞的，而是处于运动变化之中，从它出现到消失有一个或长或短的过程，它会随时间的流逝而成为过去。机不可失，时不再来。邓小平十分重视总结历史经验教训，多次从时间机遇的角度强调把握时间、抓住机遇的极端重要性。邓小平讲"机会难得"，对于中国来说，大发展的机遇并不

---

①　邓小平．邓小平文选．第三卷．北京：人民出版社，1993：25

②　邓小平．邓小平文选．第三卷．北京：人民出版社，1993：16

③　邓小平．邓小平文选．第三卷．北京：人民出版社，1993：375

多。20世纪60年代世界产业结构调整本来是我国加快发展的良机,但却因一再错过、痛失良机,拉大了与其他国家的差距。1975年邓小平主持国务院日常工作时,审时度势,把握了世界新技术革命挑战的机遇,进行全面整顿,并速见成效。但由于邓小平受到错误批判,使整顿流产、机遇流失,使我们的现代化建设遭受了严重挫折。面对经济全球化浪潮的挑战,要么搭上车,要么更落伍,我们必须以只争朝夕的精神去抓住稍纵即逝的机遇。

机遇具有不可重复性。它与时间一样都具有一维性,一旦失去,将不会重复出现。邓小平指出,及时决策、抓住时间是抓住和利用机遇的关键所在。机会难得,宜速作决断,不可拖延。要抓住利用机遇,必须采取果断行动,迅速做出决策,迅速落实,而不能做一些无谓的争论。"不争论,是为了争取时间干。一争论就复杂了,把时间都争掉了,什么也干不成。"① 总之,"机会要抓住,决策要及时"②。这是邓小平同志告诫我们在机遇面前不要争论,也不要犹豫。要当机立断,要决策及时,这才是抓住机遇的关键所在。

邓小平的时间机遇概念具有辩证特色。它不仅要求人们去抓时间、抢时间,利用好机遇,它还要求人们不能无视事物的发展需要一段时间过程,不能看不到未来的前途而丧失信心,不能急躁冒进、急于求成。邓小平把事物放在时间过程中去考察。他一方面坚信社会主义必然取代资本主义,但另一方面,他又看到这要经历一个长期的发展过程。20世纪90年代,苏联、东欧剧变,社会主义运动发生逆转,遭受严重挫折。此时,邓小平以一个伟大政治家的气魄郑重指出:"不要惊慌失措,不要认为马克思主义就消失了,没用了,失败了。哪有这回事!"③ 并坚定地回答:"社会主义经历一个长过程发展后必然代替资本主义。这是社会历史发展不可逆转的总趋势。"④ 邓小平对中国的社会主义重新审视,厘定为初级阶段。中国的社会主义是在半殖民地半封建社会的基础上,跨越了被马克思称之为"卡夫丁峡谷"的资本主义,直接进入到社会主义。这种跨越是历史提供的机遇,但建立起来的社会主义却不能跨越生产力发展的必备进程和客观阶段。然而很长一段时间,我们并没有很好地解决这个问题,犯了"左"的错误,抬高了社会发展阶段。"总的来说,就是对外封闭,对内以阶级斗争为纲,忽视发展生产力,制定的政策超越了社会主义的初级阶段。"⑤ 邓小平指出,社会主义是共产主义的第一阶段,巩固和发展社会主义制度还需要一个很长的历史阶段。只有社会主义经过很长时间发展到很高的历史阶段才能谈得上迈入共产主义的问题。

---

① 邓小平.邓小平文选.第三卷.北京:人民出版社,1993:374
② 邓小平.邓小平文选.第三卷.北京:人民出版社,1993:355
③ 邓小平.邓小平文选.第三卷.北京:人民出版社,1993:383
④ 邓小平.邓小平文选.第三卷.北京:人民出版社,1993:382,383
⑤ 邓小平.邓小平文选.第三卷.北京:人民出版社,1993:269

二、机遇的空间概念

机遇具有空间与地域的内涵。资源结构、区域特点、发展水平等的不同，决定了不同国家所具有的空间机遇的不同。机遇产生于事物的发展变化之中，产生于一事物与其他事物的相互作用之中。同样道理，我国发展的机遇也存在于国际形势和周边环境的变化及其联系之中，有着特定的空间性。

首先，邓小平把民族发展的机遇纳入世界交往的系统中。

邓小平在开放的世界坐标系上找准中国的位置，捕捉我们民族发展的机遇，进而又把对民族发展机遇的运用纳入世界交往的系统之中。在整个世界经济呈现出一体化、系统化的历史趋势下，邓小平认为，要发展社会化大生产，就不能把经济活动的触角仅仅局限于本国的范围之内，而要自觉地、理智地置身于世界这个大系统中，根据自身的位置、特点和条件，努力寻找有利于本国经济发展的联系形式和机遇。正是基于此种认识，他高瞻远瞩地指出，"现在的世界是开放的世界"、"中国的发展离不开世界"①。"现在任何国家要发达起来，闭关自守都不可能"②，放眼整个世界，没有一个国家能够在孤立的状态下实现现代化。而要不失时机地抓住和利用历史机遇，就必须加强交往，全方位、多层次地向世界开放，沟通与世界各国交往的渠道。

其次，邓小平从国际形势的重大变化中，发现和捕捉我国发展的机遇。

邓小平指出，当代世界有两个带全球性的战略问题，一个是和平问题，另一个是经济问题或者说发展问题。他认为："中国太穷，要发展自己，只有在和平的环境里才有可能。"③ 因此，这两个战略问题，对中国而言又是密切相关的。他客观地分析了当前国际形势的变化，指出，"现在国际形势看来会有个比较长时间的和平环境，即不爆发第三次世界大战的环境。我们……要紧紧抓住经济建设这个中心，不要丧失时机"④。"现在世界发生大转折，就是个机遇"⑤。提出，要利用机遇，把中国发展起来。

再次，邓小平从我国周边环境的变化中寻求发展机遇。

邓小平在分析和把握整个世界形势中，十分注意观察和分析我国周边环境的变化，认为亚太地区的崛起对于我国的发展是一个难得的机遇。亚太地区新兴工业化国家和地区经济的迅速发展，打破了西方的战略企图，使这一地区成为可与西方并驾齐驱的新力量。同时，亚太地区的迅速崛起为我国的经济发展提供了良

---

① 邓小平．建设有中国特色的社会主义（增订本）．北京：人民出版社，1987：67
② 邓小平．建设有中国特色的社会主义（增订本）．北京：人民出版社，1987：77
③ 邓小平．邓小平文选．第三卷．北京：人民出版社，1993：82
④ 邓小平．邓小平文选．第三卷．北京：人民出版社，1993：270
⑤ 邓小平．邓小平文选．第三卷．北京：人民出版社，1993：369

好的周边环境。亚太地区有近 2000 万华侨、华裔，他们拥有的雄厚资本为我国的经济发展提供了世界上独一无二的有利条件。此外，中国作为亚太地区的大国，没有中国的发展，亚太地区的进一步起飞是形不成的。邓小平正是在世界格局的这一重大变化中，及时揭示了我国加快发展的历史性机遇。

对于中国来说，亚太地区始终是战略上最为重要的地区，特别是在当前"亚太"概念已经扩展为包括部分中亚、南亚在内的"大亚太"时，其战略地位更加突出。从"大亚太"的视野出发，中国的主要战略方向有两个，一个面向太平洋，另一个面向亚洲内陆腹地。东盟地区论坛和上海合作组织分别是这两个战略方向上最主要的多边国际交流平台。用好周边国际环境，把握发展的历史机遇，就要紧紧抓住这两个国际交流平台。

最后，邓小平在世界总体格局中确立中国的地位，设计中国社会主义的发展。

邓小平冷静地观察世界格局的变化，指出未来的世界是一个多极的世界。在世界格局从两极格局向多极格局转变的过程中，中国要把握好机遇努力发展自己，成为世界多极格局中的一极。他指出："所谓多极，中国算一极。中国不要贬低自己，怎么样也算一极。"[1]"现在世界发生大转折，就是个机遇。……我们不抓住机会使经济上一个台阶，别人会跳得比我们快得多，我们就落在后面了。"[2]

根据世界格局发生的变化，邓小平指导我国适时地调整外交政策，奉行独立自主的和平外交政策，反对霸权主义，维护世界和平。"中国不打美国牌，也不打苏联牌，中国也不允许别人打中国牌。"[3] 中国属于第三世界，永远不称霸，永远不会欺负别人。外交政策的改变，是为了争取和平发展的国际环境。在和平的前提下，一心一意搞现代化建设，发展自己的国家，建设中国特色的社会主义。

三、用好机遇，加快发展

邓小平始终围绕着实现中国经济发展来论述有关机遇思想。利用机遇解决中国的发展问题是邓小平发展机遇观中最核心的思想。邓小平曾多次指出，抓住机遇，加快发展，关键是发展经济。抓住机遇的目的和实质，是为了促进自身的发展。"中国解决所有问题的关键是要靠自己的发展。"[4]"发展才是硬道理"。[5] 必须把发展放在首位，用发展来统领一切，在发展中变被动为主动，变不利为有利。"要善于把握时机来解决我们的发展问题。"[6]

① 邓小平．邓小平文选．第三卷．北京：人民出版社，1993：353
② 邓小平．邓小平文选．第三卷．北京：人民出版社，1993：369
③ 邓小平．邓小平文选．第三卷．北京：人民出版社，1993：57
④ 邓小平．邓小平文选．第三卷．北京：人民出版社，1993：265
⑤ 邓小平．邓小平文选．第三卷．北京：人民出版社，1993：377
⑥ 邓小平．邓小平文选．第三卷．北京：人民出版社，1993：365

当今世界正在发生着广泛而深刻的变化，当代中国正在发生着广泛而深刻的变革。机遇前所未有，挑战也前所未有，机遇大于挑战。我们必须抓住和用好重要战略机遇期，求真务实，锐意进取，继续全面建设小康社会，加快推进社会主义现代化。抓住机遇，应该从以下几方面努力。

1. 聚精会神抓发展

邓小平在对当代世界格局和国际形势全面深入分析的基础上，基于世界处于和平与发展的时代背景的科学论断，适时地做出了集中精力抓发展、推进现代化建设的决策。他指出，"中国人不比世界上任何人更少关心和平和国际局势的稳定。中国需要至少二十年的和平，以便聚精会神地搞国内建设。"[①] 由于苏联的解体，东西方对峙两极格局的终结，世界向多极化方向发展，这就为我国的发展提供了一个有利的和平国际环境，"我们就能放胆地一心一意地好好地搞我们的四个现代化建设"[②]。

当前，国际局势正发生着深刻的变化，国内改革发展稳定的任务十分艰巨。我们既面临着宝贵机遇和有利条件，也面临着不少新矛盾、新问题和新挑战。我们必须保持清醒的头脑，必须保持开拓进取的精神状态，聚精会神搞建设，一心一意谋发展，集中力量把我们自己的事情办好。邓小平同志指出"要抓住机会，现在就是好机会"[③]。他还说"现在，我们国内条件具备，国际环境有利，再加上发挥社会主义制度能够集中力量办大事的优势，在今后的现代化建设过程中，出现若干个发展速度比较快、效益比较好的阶段，是必要的，也是能够办到的。我们就是要有这个雄心壮志！"[④] 我们要坚持把发展作为党执政兴国的第一要务，把握好当前十分宝贵的战略机遇期，进一步深化改革，全面提高对外开放水平，加快经济结构的战略性调整，实现国民经济持续快速健康发展。

2. 广交朋友谋发展

邓小平在领导中国确立了以经济建设为中心的目标之后，就一直在国际舞台上努力寻找自己的发展机遇。邓小平指出，我们要坚持独立自主的和平外交政策，不参加任何集团，同谁都来往，同谁都交朋友。现阶段，抓住重要战略机遇期，促进发展，外交上就要广交朋友。

为了能够聚精会神搞建设，推进社会主义国家的现代化，争取一个有利于和平与发展的国际环境，邓小平同志在广交朋友的思想立场下，在对外政策上陆续做出了一系列重大调整：改变了我国 20 世纪 70 年代针对苏联霸权主义威胁而采取的"一条线"战略，坚决奉行独立自主的外交路线和政策；调整了过去曾以社会

① 邓小平．邓小平文选．第三卷．北京：人民出版社，1993：50
② 邓小平．邓小平文选．第三卷．北京：人民出版社，1993：128
③ 邓小平．邓小平文选．第三卷．北京：人民出版社，1993：375
④ 邓小平．邓小平文选．第三卷．北京：人民出版社，1993：377

制度和意识形态画线的做法，主张从国家战略利益出发处理国与国之间的关系，超越社会制度和意识形态的异同，按照和平共处五项原则发展中国同所有国家的友好合作关系，广交朋友；强调实行不结盟的外交战略，指出"中国的对外政策是独立自主的，是真正的不结盟"。① 在广交朋友政策的指导下，中国实现了外交局面的新发展，为我们现代化建设事业的发展提供了良好的国际环境。

3. 韬光养晦保发展

进入 20 世纪 90 年代前后，国际风云剧变，世界社会主义遭到严重挫折。两极格局瓦解，各种力量重新分化组合，世界进入新旧格局交替的大变动时期。中国面临西方国家联合施加压力和制裁的威胁。邓小平同志综观全局，对形势突变及时做出了精辟的论断，谆谆教导我们，强调"冷静、冷静、再冷静"②，及时提出冷静观察、沉着应付、稳住阵脚、韬光养晦、有所作为等战略方针。

邓小平认为，现实国际条件下，我们社会主义中国面对的形势很复杂、很严峻，但"我们可利用的矛盾存在着，对我们有利的条件存在着，机遇存在着，问题是要善于把握"③。为了利用当前存在的条件和机遇，邓小平认为，要冷静观察，稳住阵脚，不要当头，"当了绝无好处，许多主动都失掉了"④。不要因此分散过多的精力，而要在和平共处五项原则的前提下，处理好国家之间的关系，利用良好的国际关系搞好改革开放，发展自己的经济。

在邓小平"韬光养晦"的外交战略思想指导下，我国坚持独立自主的和平外交政策，既坚持原则，又机动灵活，利用矛盾，广交朋友，为我国争得了一个和平有利的国际环境，使国内经济建设取得了令人瞩目的成就。实践证明，"韬光养晦"的战略思想，不仅完全符合多年来国际斗争的实际情况，而且进一步丰富和发展了中国新形势下的国际战略思想，是中国坚持"独立自主"和平外交政策的思想基础，也是中国实现和平发展的重要保证。

中国改革开放和现代化建设的实践证明，我国经济、政治、文化方面取得的可喜成绩，无不与利用各种机遇有关。邓小平关于机遇的三维发展思想，在新世纪新阶段对中国特色社会主义道路也必将产生深远的影响和重大的指导作用。21世纪前 20 年对我国来说，是一个必须紧紧抓住并且可以大有作为的重要战略机遇期。历史一再证明，机遇极为宝贵，稍纵即逝。我们要深刻领会邓小平的机遇思想，增强自觉性、主动性、积极性和创造性，采取有力措施，抓住机遇大力推进我国现代化建设，使我国经济总量、综合国力和人民生活迈上一个新台阶，在中华民族的历史上谱写出灿烂的新篇章。

---

① 邓小平．邓小平文选．第三卷．北京：人民出版社，1993：57

② 邓小平．邓小平文选．第三卷．北京：人民出版社，1993：321

③ 邓小平．邓小平文选．第三卷．北京：人民出版社，1993：354

④ 邓小平．邓小平文选．第三卷．北京：人民出版社，1993：363

参 考 文 献

邓小平 . 1987. 建设有中国特色的社会主义（增订本）. 北京：人民出版社

邓小平 . 1993. 邓小平文选 . 第三卷 . 北京：人民出版社

郭胜伟 . 2004. 把握时代发展趋势的邓小平 . 北京：中央文献出版社

冷溶，汪作玲 . 2004. 邓小平年谱（1975～1997 年）. 下册 . 北京：中央文献出版社

孟继群 . 2008. 邓小平领导理论研究 . 北京：人民出版社

II. 现代化的理论与经验

Theory and Experience of Modernization

世界现代化的事实和原理

何传启

中国科学院中国现代化研究中心

如果从 18 世纪 60 年代开始的工业革命算起，世界现代化已有约 250 年历史；如果把时间定格在 21 世纪末，世界现代化进程将持续 340 年。在过去的两个半世纪，现代文明和国家的形成、发展、转型和互动，塑造了世界现代化的历史和现状。在 21 世纪，世界现代化将继续精彩纷呈。《中国现代化报告 2010》通过概要分析世界现代化的历史进程、基本原理和未来前景，为我们勾画了一幅世界现代化的数字化全景素描。根据这幅素描，本文简要介绍世界现代化的事实和原理。

一、世界现代化的事实和启示

一般而言，现代化是 18 世纪以来人类文明的一种深刻变化，是现代文明的形成、发展、转型和国际互动的复合过程，是不同国家追赶、达到和保持世界先进水平的国际竞争。《中国现代化报告 2010》采用过程分析、时序分析、截面分析和情景分析等方法，系统研究世界整体的现代化、世界 6 个领域的现代化和世界 131 个国家的现代化，时间跨度约为 400 年（1700～2100 年）。其中，131 个国家为 2000 年国家人口超过 100 万的、统计数据比较齐全的国家。通过系统分析和归纳整理，获得了世界现代化的基本信息，包括 20 个事实和 10 个启示等。

1. 世界现代化的基本事实

迄今为止，世界现代化进程涉及近 300 年历史和 100 多个国家。关于世界现代化的事实分析，不可能全面铺开，只能是提纲挈领。这里简要介绍 20 个基本事实。显然，这些事实只是世界现代化的基本事实的部分内容。

其一，世界现代化的起点：大约为 18 世纪 60 年代（英国工业革命）。

其二，世界现代化的终点：现代化是动态的，目前尚不能确定它的终点。

其三，世界现代化的阶段：从 18 世纪 60 年代到现在，世界现代化大致可以分为第一次现代化和第二次现代化两个阶段，涉及 18 世纪机械化、19 世纪电气化、20 世纪 50 年代的自动化和 20 世纪 80 年代的信息化四次浪潮。其中，第一次现代化是以工业化、城市化和民主化为典型特征的经典现代化，第二次现代化是以知识化、信息化和全球化为典型特征的新型现代化。

其四，世界现代化的类型：先发型现代化、后发型现代化、内源型现代化、外源型现代化等。

其五，世界现代化的国际结构：发达国家占 12%～15%，其他为发展中国家。在 131 个样本国家中，在 1700～2006 年，发达国家的个数为 12～20 个。

其六，世界现代化的地理分布：欧洲水平比较高，非洲水平比较低，其他居中。

其七，发展中国家现代化的起步时间：比先行国家晚 60～200 年。

其八，发达国家完成第一次现代化的时间：平均约为 160 年。

其九，完成第一次现代化的国家：2006 年约为 35 个，如波兰等。

其十，处于第一次现代化的国家：2006 年约为 90 个，如印度等。

其十一，处于传统农业社会的国家：2006 年约为 12 个，如布隆迪等。

其十二，进入第二次现代化的国家：2006 年约为 29 个，如美国等。

其十三，完成第一次现代化的人口：2006 年约为 11.3 亿，约占世界人口的 18%。

其十四，进入第二次现代化的人口：2006 年约为 9.7 亿，约占世界人口的 15%。

其十五，发达国家的人口：2006 年约为 8.2 亿，约占世界人口的 13%。

其十六，享受现代化生活的人口：2006 年为 8.5 亿～10 亿，占世界人口的 13%～16%。

其十七，发达国家降级成发展中国家的概率：100 年内为 8%～23%。

其十八，发展中国家晋级成发达国家的概率：100 年内为 1%～5%。

其十九，1960～2006 年的国际追赶：日本等 12 个国家地位上升。

其二十，20 世纪成功晋级发达国家的国家：包括芬兰和日本等。

根据第二次现代化指数和综合现代化指数的国家分组，2006 年的发达国家包括美国、瑞典、日本、丹麦、芬兰、挪威、澳大利亚、瑞士、韩国、加拿大、荷兰、德国、法国、比利时、新西兰、英国、奥地利和爱尔兰等。

2. 世界现代化的重要启示

世界现代化的近 300 年历史，不仅提供了基本事实和研究素材，而且包含丰富的经验和教训，可以提供历史启示。这里重点讨论借鉴意义比较大的启示。

（1）世界现代化既是一种世界潮流，也是一种社会选择

相对于人类文明，现代化是一种趋势。相对于不同国家和社会，现代化是一种选择。选择现代化的国家就会推进现代化，但不同国家的进程是不同步的。没有采取现代化的国家和社会，可能会努力保持原有（现存）生活方式；虽然它们的社会变迁也会发生，但它们与人类文明前沿的物质生活差距会逐步扩大。

（2）世界现代化既是一种文明进步，也存在不少副作用

现代化是一个有副作用的过程，不同阶段的副作用不同。第一次现代化的副

作用包括环境污染、生态退化、贫富差距和周期性经济危机等。第二次现代化的副作用包括信息鸿沟、网络犯罪和国际风险等。上一个阶段的副作用，可以成为下一个阶段的工作重点；解决上一个阶段的副作用，可以成为下一个阶段文明进步的新方向。在现代化进程中，需要抑制和减少现代化的副作用，降低现代化的社会成本。

（3）世界现代化以国家为基础、以世界为舞台

一般而言，国家现代化是世界现代化的基本单位，世界现代化的国际体系是国家现代化的竞争环境。国家现代化和国际竞争共同决定了国际体系的结构和变化，国际体系和国家自身努力共同决定了国家现代化的成效和国际地位。世界现代化是国家现代化、国际竞争和国际体系变化的一曲大合唱。既没有关起门来的现代化，也没有无视国家利益的现代化，国际互动是现代化的重要方面。

（4）世界现代化既有普遍的基本共性，也有广泛的多样性

在世界现代化的每一个层次和每一个方面，都可以发现大量的共性，从人类生活、结构、制度到观念都有一些共性；同样，在世界现代化的每一个领域和每一个阶段，都可以发现大量的多样性，包括国家水平、速度、模式和形式的多样性等。世界现代化的共性和多样性，并不相互排斥，而是客观规律的两种形态。

（5）世界现代化既有国际分化，也有国际趋同

一般而言，经济效率的国际差距扩大，经济结构的国际差距缩小，如产业结构和就业结构的国际趋同；人均收入的国际差距扩大，社会结构的国际差距缩小，如城市化和教育结构的国际趋同；政治行为的多样化，政府结构的国际趋同；文化观念的多样化，文化产业和文化设施的国际趋同等。分化和趋同发生在不同方面。

（6）世界现代化既需要纵向比较，也需要横向比较

世界现代化的纵向比较可以反映人类文明的进步，可以分析国家绝对水平的提高。世界现代化的横向比较可以反映文明发展的国际差距和地理分布，可以分析国家相对水平和国际地位的变化。如果国家绝对水平提高的速度慢于其他国家，那么，它的相对水平和国际地位就会下降；反之则上升。世界现代化的国际比较必须是科学合理的，有些指标不宜进行发展水平的国际比较，如语言等。

（7）世界现代化存在"马太效应"，人均收入的国际差距不断扩大

在国际体系中，虽然多数国家人均收入都会提高，但富国越来越富，穷国越来越穷，低收入国家相对贫困化。如果以按 2000 年价格计算的人均 GDP 为分析指标，1960～2000 年高收入国家与低收入国家的绝对差距从约 8584 美元扩大到25 767 美元，相对差距从 42 倍扩大到 66 倍。如果以按 1990 年价格计算的人均GDP（PPP）为分析指标，1960～2000 年高收入国家与低收入国家的绝对差距

从约 6577 国际美元扩大到 21 163 国际美元，相对差距从 6 倍扩大到 21 倍。世界现代化需要采取有效措施，防止"马太效应"的扩大化，控制和缩小国际差距。

(8) 世界现代化没有最佳模式，只有理性选择

在过去 300 年里，有些国家保持发达国家的地位，有些国家成功晋级，有些国家地位下降，比较它们的发展模式，没有得到具有明显倾向的结果。地位上升的国家，在第一次现代化过程中，既有工业化优先、民主化优先和城市化优先模式，也有经济优先、教育优先和协调发展模式等；在第二次现代化过程中，既有知识化优先、信息化优先和生态化优先模式，也有协调发展模式等。所以，不同国家需要研究和寻求自己的合适模式，简单模仿其他国家的做法是有风险的。

(9) 世界现代化的国际体系基本稳定，国家的国际地位可以变迁

在过去 300 年里，在 131 个统计数据比较齐全的国家中（2000 年人口超过 100 万的国家），发达国家的数量为 12～20 个，比例为 12%～15%；发展中国家的数量为 89～113 个，比例为 85%～88%。在 100 年里，发达国家降级为发展中国家的概率为 8%～23%，发展中国家升级为发达国家的概率为 1%～5%。现代化不是一劳永逸的，先进需要保先进，后进需要赶先进，世界将会丰富多彩。

(10) 21 世纪发展中国家仍然有成功机会，但晋升发达国家的概率比较小

现代化包括文明发展、文明转型和国际竞争。从文明发展和文明转型角度看，每一个国家都会取得成功，但成功有先后。从国际竞争的角度看，并非每一个国家都能进入世界前列。依据过去 300 年的历史经验，21 世纪发达国家将有 20 个左右，发展中国家有 100 多个，1～5 个发展中国家有可能晋级发达国家，100 多个发展中国家将争夺 5 张晋级发达国家的门票。21 世纪享受现代化生活的新增人口可能达到 7 亿左右，其中，大约 5 亿有可能来自发展中国家；21 世纪发展中国家的人口有可能达到 80 亿～100 亿；大约 100 亿发展中国家人口将争夺 5 亿张享受现代化生活的门票。可以预计，21 世纪世界现代化的国际竞争仍将激烈而富有理性。

二、世界现代化的科学原理

一般而言，现代化研究大约是从 20 世纪 50 年代开始的。在过去 60 年里，它大致有三次浪潮：现代化研究、后现代研究和新型现代化研究[1]。《中国现代化报告 2010》是全球第一部世界现代化概览，它系统介绍了过去 60 年的十种理论：经典现代化理论、后现代化理论、生态现代化理论、反思现代化理论、多元现代性理论、第二次现代化理论、依附理论、世界体系理论、继续现代化理论和全球化理论，其中，前六种理论是现代化研究的主要流派，后四种理论是现代化研究的相关理论。

在现代化理论的大家庭里，不同理论所包含的原理有所不同。这里以第二次现代化理论为例，介绍现代化理论的基本原理。1998 年以来，第二次现代化理论研究取得一批研究成果，出版学术著作 16 部，包括《第二次现代化丛书》7 本[2~8]、《中国现代化报告》10 本[9,10]等。第二次现代化理论包括一般理论、分阶段理论、分层次理论和分领域理论等。下面简介第二次现代化理论的一般理论。

1. 现代化的基本概念

一般而言，现代化有五层含义（表 1）。五层含义进行组合，可以产生多种定义。例如，现代化是现代文明的形成、发展、转型和国际互动的复合过程，是文明要素的创新、选择、传播和退出交替进行的复合过程，是追赶、达到和保持世界先进水平的国际竞争；现代化是 18 世纪以来人类文明的世界前沿和达到世界前沿的过程；现代化是文明发展、文明转型和国际互动的交集等。现代化发生在经济、社会、政治、文化、个人和环境领域，发生在先行国家和后进国家。

表 1   现代化的五层含义

项目	基本含义
一种变化	现代化是一种文明变化，是 18 世纪以来人类文明的一种深刻变化；它包括现代文明的形成、发展、转型和国际互动，包括文明要素的创新、选择、传播和退出，包括人类生活、结构、制度和观念的深刻变化等
一种状态	现代化是一种前沿状态，是人类文明的世界前沿（世界先进水平）
一个过程	现代化是一个历史过程，是达到世界前沿的过程；在 18~21 世纪，现代化过程可分为两个阶段：第一次现代化和第二次现代化；22 世纪还有新变化
一种转型	现代化是一种文明转型；在 18~21 世纪，它包括两次转型：从农业文明向工业文明的转型，从工业文明向知识文明和物质文明向生态文明的转型
一种竞争	现代化是一种国际竞争，是追赶、达到和保持世界先进水平的国际竞争

资料来源：何传启（2003）

现代化是 18 世纪以来人类文明的一种深刻变化，但并非所有的文明变化都属于现代化，只有满足现代化标准的变化才属于现代化。现代化大致有三个判断依据：有利于生产力的解放和提高，有利于社会的公平和进步，有利于人的自由解放和全面发展。在第二次现代化过程中，三个标准需要略有调整：有利于生产力的解放和提高又不破坏自然环境，有利于社会的公平和进步又不妨碍经济发展，有利于人的自由解放和全面发展又不损害社会和谐。

2. 现代化的过程

在 18~21 世纪，现代化过程可以分为两个阶段。其中，第一次现代化是指从农业文明向工业文明、从传统文明向现代文明的转型；第二次现代化是指从工业文明向知识文明、从物质文明向生态文明的转型（表 2）。第一次现代化是第二次现代化的基础，第二次现代化是第一次现代化的部分继承和部分转向，两次现代化的协调发展是综合现代化。

表 2　现代化过程的两个阶段

项目	第一次现代化	第二次现代化
时间	1763～1970 年	约 1970～2100 年
特征	从农业时代向工业时代、从农业文明向工业文明的转变	从工业时代向知识时代、从工业文明向知识文明的转变
变化	从农业社会向工业社会、从农业经济向工业经济、从农业政治向工业政治、从农业文化向工业文化的转变等	从工业社会向知识社会、从工业经济向知识经济、从工业政治向知识政治、从工业文化向知识文化、从物质文化向生态文化的转变等

注：根据人类文明和现代化的前沿轨迹划分

　　第一次现代化包括三次浪潮：18 世纪机械化、19 世纪电气化和 20 世纪 50 年代的自动化。第二次现代化将包括三次浪潮：20 世纪 80 年代信息化、21 世纪 20 年代仿生化和 21 世纪末体验化，其中后两次浪潮是一种预测。

　　现代化过程既有共性也有个性，既有一般规律又有多样性。现代化过程的 20 个共性特点是长期性、阶段性、不同步性、不均衡性、可预期性、多路径、路径依赖性、非线性、互动性、系统性、竞争性、革命性、多样性、复杂性、全球性、进步性、适应性、可逆性、副作用和成本性等。

　　现代化过程遵循 10 个一般原则，它们分别是进程不同步、分布不均衡、结构稳定性、地位可变迁、行为可预期、需求递进、效用递减、路径可选择、状态不重复和中轴转变原则等。

3. 现代化的结果和目标

　　现代化的结果可以从国家和国际体系两个层次进行分析。国家层次的结果主要是现代性、特色性和多样性的形成，包括劳动生产率和生活质量提高、社会进步、政治民主、文化多元、环境变化、个人全面发展、国家水平达到和保持世界先进水平等。国际体系层次的结果是国际体系和国家地位的变化，包括国际结构相对稳定、国家地位变化较大、国际分化和国家分层、欠发达国家相对贫困化等。

　　第一次现代化的结果：第一现代性的形成和普及，其特点包括工业化、城市化、民主化、科层化、制度化、理性化、世俗化、市场化、标准化、专业化、集中化、分化与整合、流动化、福利化、高效化、非农业化（农业比例下降）、现代科学和能源、大众传播和普及义务教育等；副作用包括环境污染、贫富分化和周期性经济危机等；部分传统价值持续存在并发挥作用，如文化遗产的作用等。

　　第二次现代化的结果：第二现代性的形成和普及，目前其特点包括知识化、信息化、服务化、网络化、数字化、智能化、全球化、创新化、个性化、多元化、分散化、绿色化、生态化、非物质化（物质和能源密度下降）、非工业化（工业比例下降）、郊区化、城乡平衡、终身学习和普及高等教育等；副作用包括信息鸿沟、网络犯罪、国际风险和国际不平等扩大等；部分传统价值持续存在并发挥作用。

　　现代化的国家目标：从政策角度看，第一个目标是国家进步目标，即提高劳动生产率和生活质量，促进社会的公平和进步，促进人的自由解放和全面发展；

第二个目标是国际地位目标，即追赶、达到或保持世界先进水平。发达国家的政策目标是保持世界先进水平。发展中国家的政策目标是追赶和达到世界先进水平。

4. 现代化的动力

现代化的动力因素包括创新、竞争、适应、交流、国家利益和市场需求等，动力机制包括创新—选择—传播—退出的超循环、创新驱动、三新驱动（图1）、双轮驱动、联合作用、复合互动、创新扩散、创新溢出、竞争驱动和生产力函数等。不同阶段和不同领域的现代化动力有所不同，不同层次和不同部门的现代化动力有所不同，不同国家和不同模式的现代化动力有所不同。

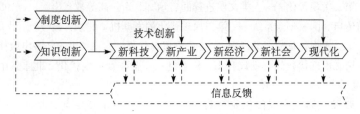

图 1　现代化过程的三新驱动模型

注：知识创新是发现、发明或创造某种新知识，包括科学发现、技术发明、知识创造、新知识首次应用和知识要素的组合创新。制度创新是建立一种新制度，包括法律、政策、程序、组织和制度要素的组合创新等。技术创新是技术发明的首次成功的商业应用并获得利益，包括新产品、新工艺、新方法、技术的显著性改变和技术要素的组合创新

5. 现代化的路径和模式

现代化的路径：现代化具有路径依赖性。21世纪的三条基本路径分别是第二次现代化路径、追赶现代化路径和综合现代化路径。还有多种细分路径。综合现代化路径是两次现代化的协调发展，并迎头赶上第二次现代化的世界先进水平。

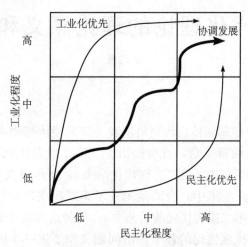

图 2　工业化与民主化的组合模式（示意图）

现代化的模式：现代化具有模式多样性，要素组合至少有 56 种模式。第一次现代化、第二次现代化和综合现代化的组合模式各有不同。例如，工业化优先、民主化优先（图 2）、知识化优化、信息化优先、追赶工业化和新型工业化模式等。

参 考 文 献

[1] 何传启. 世界现代化研究的三次浪潮. 中国科学院院刊，2003，18（3）：185～190

[2] 何传启. 第二次现代化——人类文明进程的启示. 北京：高等教育出版社，1999

[3] 张凤，何传启. 国家创新系统——第二次现代化的发动机. 北京：高等教育出版社，1999

[4] 何传启. 第二次现代化的行动议程 I：公民意识现代化. 北京：中国经济出版社，2000

[5] 何传启. 第二次现代化的行动议程 II：K 管理——企业管理现代化. 北京：中国经济出版社，2000

[6] 何传启，张凤. 第二次现代化前沿 I：知识创新——竞争新焦点. 北京：经济管理出版社，2001

[7] 何传启. 第二次现代化前沿 II：分配革命——按贡献分配. 北京：经济管理出版社，2001

[8] 何传启. 东方复兴：现代化的三条道路. 北京：商务印书馆，2003

[9] 中国现代化战略研究课题组，中国科学院中国现代化研究中心. 中国现代化报告 2001. 北京：北京大学出版社，2001

[10] 中国现代化战略研究课题组，中国科学院中国现代化研究中心. 中国现代化报告（2002～2010）. 北京：北京大学出版社，2002～2010

第二次现代化理论的理论意义和实践价值

邹兆辰

首都师范大学历史学院

1998 年，中国科学院何传启研究员发表《知识经济与中国现代化》、《知识经济与第二次现代化》两篇文章，首次提出了"第二次现代化"的概念。1999 年，高等教育出版社出版了三本《第二次现代化丛书》，何传启在《第二次现代化——人类文明进程的启示》一书中，全面地阐述了第二次现代化理论。2001 年，经济管理出版社出版了《第二次现代化前沿丛书》，何传启在关于知识创新和按贡献分配的两书中，对第二次现代化的若干前沿问题又作了进一步的阐述。2001 年，以何传启为首的中国现代化报告课题组完成了以第二次现代化理论为基础的《中国现代化报告 2001》、《中国现代化报告 2002》。2003 年，商务印书馆出版了何传启的《东方复兴：现代化的三条道路》一书，该书从东方复兴的战略选择的角度，进一步阐述了他的第二次现代化理论。2003 年开始，以中国现代化战略研究课题组和中国科学院中国现代化研究中心的名义陆续推出《中国现代化报告 2003》至《中国现代化报告 2010》。第二次现代化理论从最初提出到深入持续实施研究已经过了 12 年的历程，该理论本身也经过了很大的发展和深化，尽管对于该理论的一些观点学术界还有不同的看法，但今天对于这个理论在理论上和在社会实践上的价值，我们还是应该有一个基本的看法。本人对于现代化理论问题缺乏系统研究，在此仅谈一点个人的粗浅见解。

一、正在向现代化目标大步前进的中国需要有自己的现代化理论

党的十一届三中全会以后，我国进入了改革开放和现代化建设的新时期。1979 年 3 月，邓小平向思想理论工作者尖锐地提出："深入研究中国实现四个现代化所遇到的新情况、新问题，并且做出有重大指导意义的答案，这将是我们思想理论工作者对马克思主义的重大贡献，对毛泽东思想旗帜的真正高举。"邓小平已经注意到要总结世界各国现代化的经验的问题。他注意到日本在实现现代化过程中的经验，指出："日本人从明治维新就开始注意科技，注意教育，花了很大力量。明治维新是新兴资产阶级干的现代化，我们是无产阶级，应该也可能干得比他们好。"邓小平激励社会科学工作者要关注世界的变化，不能对世界的新事物、新趋势视而不见。他指出，世界天天发生变化，新的事物不断出现，新的问题不断出现，我们关起门来不行，永远陷于落后不行。

在邓小平关注世界、关注世界现代化问题的思想启示下，史学工作者开始把现代化的问题纳入历史研究的视野。自 20 世纪 80 年代中期以来，我国学者开始了系统的现代化理论和世界现代化历史进程的研究。基于对世界现代化问题研究的高度历史责任感，北京大学罗荣渠教授于 1986 年制定 "七五" 科研规划时便制定了 "各国现代化进程比较研究" 的大课题，并组建了北京大学世界现代化进程研究中心。该中心编辑的《世界现代化进程研究丛书》和论文集，在学术界产生了很大的影响。罗荣渠教授本人的两部力作——《现代化新论》和《现代化新论续篇》凝聚了他晚年在这个领域辛勤开拓的全部心血，受到了学术界广泛的关注。学者们认为，至 90 年代后期，罗荣渠教授在 "力图建立中国自己的马克思主义的现代化理论体系" 方面已经粗具规模。

在史学工作者关注现代化问题研究的同时，科学工作者也在关注现代化理论问题的研究。1978 年 3 月 18 日邓小平在全国科学大会开幕式上的讲话中指出：四个现代化，关键是科学技术的现代化。没有科学技术的高速度发展，也就不可能有国民经济的高速度发展。他强调，科学技术是生产力，这是马克思主义历来的

观点。邓小平回顾了人类的历史，谈到石器时代、青铜器时代、铁器时代、17世纪、18世纪、19世纪，人们使用的生产工具，掌握的科学知识、生产经验和劳动技能，都大不相同。由此看来，生产力，包括生产资料和劳动力是随着科学技术的发展而不断前进的，这是历史发展的动力，也是现代化的动力。在党的十一届三中全会以后，邓小平多次强调社会主义必须大力发展生产力。因为发展生产力，是社会主义本质的内在要求，只有大力发展生产力，才能显示社会主义制度的优越性，并为将来向共产主义过渡奠定必备的物质基础。他明确地指出："社会主义的任务很多，但根本一条就是发展生产力，在发展生产力的基础上体现出优于资本主义，为实现共产主义创造物质基础。"

1998年，在中国科学院工作的何传启同志，正是从科技创新这个角度，首次提出第二次现代化的理论的。何传启认为："第二次现代化可以追溯到20世纪初特别是20世纪中叶以来的现代科技革命，我们把20世纪70年代发生的信息革命和知识革命作为第二次现代化的起始。现代科技革命孕育了第二次现代化的种子，知识革命（包括科技革命、信息革命和学习革命）构成了第二次现代化的动力源泉。知识创新、制度创新和专业人才成为第二次现代化的主要推动力。"

可以看出，史学工作者和科学工作者都是在改革开放的新形势的影响下，在中国走上现代化建设的道路以后，响应时代的呼唤，从不同的角度来思考现代化的理论问题，并试图对汹涌澎湃地向前发展的中国现代化进程产生一定的影响，做出自己的贡献。建立现代化研究的中国学派是罗荣渠先生在20世纪80年代后期提出的。他说，中国为探索自己的现代化道路进行了长达100多年的艰苦斗争，但现代化研究在学术界一直未引起应有的重视。他认为，我们走过曲折漫长的道路，积累了丰富的资料，现在又在13亿人口的大国进行社会主义现代化的宏伟实验，所以要按照自己的特点走自己的路，不照搬外国模式，不丢掉自己的优越性。这样，单是中国的发展经验就可以形成一个现代化研究的中国学派，这既可以加速我国社会主义改革运动的步伐，也可以推动当前第三世界发展中国家现代化的新浪潮。可以说，罗荣渠先生的研究成果为现代化研究的中国学派的创立奠定了基础。如他自己说，他的书观点未必成熟，但总是中国人自己努力探索的成果。因为他所讲述的现代化的理论与历史的观点，不是西方人的现代化观点，而是中国人探索现代世界发展进程形成的新的现代化观点。

今天，我们同样也可以用这个观点来看待第二次现代化理论，不管还有哪些不成熟的地方，但它毕竟是中国人探索现代世界发展进程形成的新观点。它与国外的某些观点有相似之处，但不是盲目照搬西方学者的观点，而是中国人自己提出的理论。所以，从《现代化新论》到第二次现代化理论的各种成果，都应该引起我们的高度重视，应加强研究，充实完善，并在此基础上形成成熟的现代化研究的中国学派的理论。

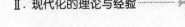

二、研究西方经典现代化理论，突出中国的理论特色

现代化的研究首先兴起于西方，我国学者的现代化研究包括现代化的历史进程研究，因此自然也要研究和借鉴西方学者的现代化理论。罗荣渠教授对此做出了突出的贡献，这体现在他的《现代化新论》和《现代化新论续篇》两书中。20世纪80年代以来，以帕森斯的结构功能主义为基础的美国现代化理论，罗斯托的经济增长理论，布莱克的"比较现代化"研究的理论和方法，亨廷顿的政治现代化理论，英格尔斯关于"人的现代化"的理论，以及对西方主流发展理论挑战和背叛的普雷维什和多斯桑托斯等人的依附理论，沃勒斯坦的世界体系论都是现代化研究者所关心的理论。为介绍西方的现代化研究，罗荣渠主编了美国学者亨廷顿等人撰写的论文集《现代化：理论与历史经验的再探讨》，杨豫、陈祖洲翻译了美国学者布莱克主编的论文集《比较现代化》，谢立中、孙立平主编了《二十世纪西方现代化理论文选》，这些论著使人们对西方的现代化理论有了更多的了解。

在当时很多学者研究西方国家的现代化理论的同时，何传启的第二次现代化理论的著作也对西方学者的现代化理论进行了系统的研究和评介。在《东方复兴：现代化的三条道路》一书中我们可以看到：在第三章中，他系统地分析了经典现代化理论、依附理论、世界体系理论；在第四章中，重点分析了后现代化理论；第五章则研究了可以被看做是第二次现代化理论的生态现代化和再现代化理论。这些介绍表明，中国学者在研究现代化问题时，对西方学者的各种现代化理论是高度重视的。因为西方发达国家是现代化的先行者，我们必须了解他们的经验教训，研究他们的理论观点，才能提出自己的现代化理论。

在借鉴和吸收西方学者现代化理论的同时，中国学者也力图建立自己的现代化理论。罗荣渠认为：中国学者应该"归纳和总结近两个世纪以来的丰富历史经验，建立起自己的一套研究现代发展问题的综合理论架构"。他认为当时国际上不同的流派使用不同的名称，都不能令人满意。在没有找到一个更确切的科学术语之前，不妨把这项研究的总题目暂定为现代化理论或现代发展理论。但是，"作为新的现代化理论，不论在概念上、理论上、方法上都不同于六十年代盛行的西方现代化理论，这一区别是不容混淆的"。罗荣渠本人在现代化理论问题上有过很大建树，特别是他以马克思主义的唯物史观为基础，力图阐明现代化的动力问题，这一点很值得关注。他认为：尽管历史的发展过程是一个充满矛盾的异常复杂的运动，众多的独立和依存的变数在交互作用，必然因素与偶然因素交织，前进与倒退交错，这数不清的相互作用的变量形成的历史合力总是围绕经济发展的中轴线进行的；而经济发展的高度归根结底是由生产力的发展水平决定的……我们把这一观点称为社会进步与经济发展的"中轴原理。"

何传启对于罗荣渠等老一辈现代化研究者在理论和历史研究方面所取得的成

果高度重视，并得到很多启发。同时，他的第二次现代化理论在继承老一辈学者的基本理论的基础上又有所创新。作为一名科学工作者，他不仅重视生产力发展的作用，又特别强调科技创新这"第一生产力"在现代化发展中的作用。他认为：在第一次现代化过程中，经济发展是第一位的，物质生产扩大物质生活空间，满足人类物质追求和经济安全的需要；社会发展具有工业化趋同的倾向，工业化大生产是工业社会的生产特征。在第二次现代化过程中，生活质量是第一位的，知识和信息生产扩大精神生活空间，满足人类幸福追求和自我表现的需要；物质生活质量可能趋同，但精神和文化生活将高度多样化，知识和信息的生产、传播和应用是知识社会的动力源泉。何传启把知识和科技的创新在第二次现代化的过程中的动力作用进行了深入的分析。他认为：知识创新导致科学和技术的结构变化；科学和技术结构变化导致经济和社会的结构变化，经济和社会结构变化需要和伴随着大量的制度创新；制度创新又会促进知识创新；制度创新和知识创新导致政治和文化结构的变化；知识创新和制度创新的相互作用推动了现代化进程。何传启强调：工业革命和政治革命启动了第一次现代化，知识革命和信息革命启动了第二次现代化，第二次现代化的动力是知识创新、制度创新和专业人才。

三、第二次现代化理论立足世界现代化发展的现实与中国现代化的特殊要求

第二次现代化理论的提出是从人类文明进程的总体趋势出发的，何传启的第一部第二次现代化理论丛书书名就叫《第二次现代化——人类文明进程的启示》。在对整个人类文明发展历程的回顾中，他认为人类已经走过了工具时代、农业时代、工业时代和知识时代，他从知识、遗传、财富、权力、组织、竞争、战争和文化等八个方面对这四个时代的变化进行了分析。他把从农业时代向工业时代的转移过程称为第一次现代化，而将从工业时代向知识时代的转移过程界定为第二次现代化。这里，第一次现代化是世界历史不争的事实，无论从理论上还是事实上都是确定无疑的，尽管过去没有第一次现代化的提法。那么，第二次现代化是不是也是不争的历史事实呢？在这部书中，何传启综合比较了全球130多个国家和地区的文明进程和发展水平，认为到20世纪90年代约有10个国家达到了知识文明的水平，40个国家和地区达到了工业文明，还有80个国家和地区处于农业文明的水平。标志着这10个国家已经向知识时代的转移过程，是从现代科技革命、信息革命、学习革命、知识经济、知识社会、知识文明在全球的新进展，这个过程就是第二次现代化的过程，阐述这个过程的理论就是第二次现代化理论。

第二次现代化理论的提出，不仅基于对人类发展的历史进程的启示，更重要的是由于中国起步晚需要加速实现现代化这样一种客观事实的要求。何传启在他

的《第二次现代化——人类文明进程的启示》一书中将最后一章命名为"中国快行"，这反映了作者对中国现代化发展现实的充分关注。在这一章中，他回顾了中华文明在历史上的辉煌及对世界文明的影响。但是，他又指出：16世纪、17世纪的科学革命和18世纪的工业革命及其扩散，最终使欧洲国家走到了世界文明的前沿，而当时的中国清朝最高统治者，认为那只是"雕虫小技"而不屑一顾，从而使中国失去了工业文明崛起的机会。书中通过一系列事实说明，在工业革命发生以来的200年间，中国从18世纪的世界一流国家下降为19世纪的世界二流国家，到20世纪初进一步跌落到世界三流国家的水平。

自改革开放新时期以来，中国开始走上现代化发展的快速路。但是，事实说明，到20世纪90年代，中国仍然是一个农业文明的国家，工业文明的发展程度不高；中国要赶上中等发达国家还有很长的路要走。他认为，当时世界上已经有10个国家进入知识文明发展阶段，40个国家和地区达到工业文明水平。中国要在21世纪中叶赶上当时的中等发达国家水平，而那时的中等发达国家都已经进入知识文明发展阶段，成为知识文明国家，这就要求中国在21世纪中叶也进入知识文明发展阶段，成为知识文明国家。鉴于中国实现现代化所面临的问题，何传启提出了第二次现代化的理论，认为中国必须将工业化和知识化一起协调发展，把两次现代化的任务同时完成。中国实现现代化的特殊要求，就是何传启提出第二次现代化理论的事实基础。

在《东方复兴：现代化的三条道路》一书中，何传启就包括中国在内的东方国家实现现代化的战略选择提出了三条道路，这就是第二次现代化的道路、追赶现代化道路和综合现代化道路。第二次现代化道路就是已经完成第一次现代化的国家向第二次现代化目标前进；追赶现代化道路就是加快完成第一次现代化，接着向第二次现代化目标发展；而综合现代化道路就是将两次现代化的任务协调起来，加快实现第二次现代化的任务。而中国的发展道路，就应该是综合现代化道路。因此，第二次现代化理论不仅仅是一种理论层面的东西，更重要的是一种现代化的发展战略，具有非常强的现实指导意义。

四、从《中国现代化报告》看第二次现代化理论的实际应用价值

从《现代化新论》到第二次现代化理论的提出，特别是10本《中国现代化报告》的出版，体现了中国学者对现代化研究的关注点的转移，也就是说现代化研究的热点已经从理论的、历史的研究转向现实的、发展的、对策性的研究。

第一，关注现代化研究的人从历史学者扩大到关注现实发展的各个领域的人们。由于第一次现代化对世界上的发达国家来说已经是发展的历史了，对还没有实现工业化的国家也有一部分是历史了。这就意味着这些已经走过的道路是不可能改变的了，只能将其作为经验教训来总结。但是第二次现代化对多数国家来说

还是一个正在进行的过程。所以，对第二次现代化问题的研究就涉及关于现实发展的决策问题了。比如，我国第一次现代化的那些任务还没有达到，人均 GDP、非农化、城市化、教育普及等都与发达国家相比还有很大差距。但是第二次现代化的要求已经提上日程，如经济全球化、信息化、环境保护、知识经济等。我们不能等待走完第一次现代化的道路之后再开始第二次现代化，所以何传启的课题组近些年大讲"运河战略"，就是要搞一条从第一次现代化通往第二次现代化的直通车。这就是发展战略问题。因此，关注第二次现代化问题研究的学者队伍就大大扩大了，而不仅仅是历史学家的事情了。从参加现代化论坛的学者来看，包括来自国家发改委、国务院发展研究中心、国务院研究室、中央办公厅调研室、中国科学院、中国社会科学院、国家开发银行、国有资产局、全国人大、全国政协、中央党校等单位的研究人员，高等院校的研究人员、各地区现代化研究人员，包括某些经济部门的研究人员。现代化研究中心提出的《中国现代化报告》每年年初出版，在"两会"召开前夕就可以发出去。它可以为各个地区的发展、决策起到某种参考的作用。现代化的研究可以与我国现代化的实践发生更紧密的关系。

第二，《中国现代化报告》确立了自己的现代化评价体系。我们看到，在这套报告中，课题组建立了一个系统的现代化的评估体系，并且能够把这个体系持续地运用下去，在 10 年的实践中不断发展完善，并形成了自己的特色。

报告对现代化的评估涉及范围很广，能够从不同的角度来应用第二次现代化的理论和自己的评价体系。这 10 年来，出版的报告不仅包括现代化理论、进程与展望（2003 年），而且进一步扩展到地区现代化（2004 年）、经济现代化（2005年）、社会现代化（2006 年）、生态现代化（2007 年）、国际现代化（2008 年）、文化现代化（2009 年）、世界现代化概览（2010 年）等方面。我们可以看到，整个现代化报告的出版过程，就是第二次现代化理论向各个领域深化的过程。

第三，《中国现代化报告》具有一定的预测功能，并且不断提出有助于加快实现第二次现代化的建议，使报告对于中国现代化的战略决策能够起到一定的参考作用。例如，在《中国现代化报告 2003》中，课题组提出未来 50 年中国现代化的战略建议，除整体上选择综合现代化模式，实施"运河战略"外，还提出工业化和工业转移并举、城市化和城市扩散并举、推进信息化和网络化、继续参与经济全球化、实施生态现代化战略等战略重点的建议。在《中国现代化报告 2004》中，课题组提出促进地区现代化战略措施的六点建议，包括成立国家地区开发署，探索和推进以人为本、适度均衡发展战略，省级地区研究和制定地区现代化战略等。在《中国现代化报告 2005》中，课题组提出了促进中国经济现代化的 10 个建议，提出如果保持 1990～2002 年经典经济现代化的年均增长率不变，中国完成经典经济现代化大约需要 28 年，即到 2030 年前后完成经典经济现代化的预测。在《中国现代化报告 2006》中，课题组提出 21 世纪中国社会现代化需要完成的三项基本任务，即在 2020 年前从欠发达水平升级初等发达水平，2050 年升级为中等发达水平，2100 年前升级为发达水平。在《中国现代化报告 2007》中，课题组提出促进中国生态现代化建设的 10 个措施，即在未来 50 年内以生态经济、生态社会、生态意识为三个突破口，以轻量化、绿色化、生态化、经济增长与环境退化脱钩的方针促进生态现代化。在《中国现代化报告 2008》中，课题组提出中国国际现代化的"和平鸽"战略设想，作为 21 世纪中国国际现代化的战略选择。在《中国现代化报告 2009》中，课题组提出中国文化现代化的政策建议，以文化生活现代化为主体，以文化内容现代化和提高文化竞争力为两翼，包括 27 个战略措施和大量政策建议，重点在于公民文化素质、中华文化振兴和中华文化保护三个方面。在《中国现代化报告 2010》中，课题组提出了中国现代化的前景素描，即根据 1990～2005 年的年均增长率估算，勾画了中国现代化的前景，包括 20 项内容；认为中国有可能在 2040 年左右达到中等发达国家水平，邓小平提出的"三步走"的发展战略，有可能提前 10 年左右实现。

尽管第二次现代化理论的有关成果在其论述的某些地方会有不精当之处，但是 10 年的实践证明：第二次现代化理论和以这个理论为指导的《中国现代化报告》，对中国整体和各个地区现代化发展进程的反映，对中国现代化发展未来的预测，对中国现代化战略决策的选择，对中国现代化与世界各国现代化进程的比较观照等，已经起到了不可或缺的实际作用。它将成为中国学者研究现代化问题的晴雨表，可以清楚地反映出中国现代化问题研究的关注点、研究的深度及水平，它对加快中国现代化进程提出的各种建议，也会得到各级、各地有关领导和专家们的更多关注。

参 考 文 献

邓小平 . 1994. 邓小平文选 . 第二卷 . 北京：人民出版社

何传启 . 1999. 第二次现代化——人类文明进程的启示 . 北京：高等教育出版社

何传启 . 2003. 东方复兴：现代化的三条道路 . 北京：商务印书馆

罗荣渠 . 1993. 现代化新论：世界与中国的现代化进程 . 北京：北京大学出版社

罗荣渠 . 1997. 现代化新论续篇：东亚与中国的现代化进程 . 北京：北京大学出版社

中国现代化战略研究课题组，中国科学院中国现代化研究中心 . 2001～2010. 中国现代化报告
（2001～2010）. 北京：北京大学出版社

发展中国家现代化成功率论纲

曾昭耀

中国社会科学院拉丁美洲研究所

一、问题的提出

在我们的现代化研究中，有两件事情值得注意。一件是 2004 年以来，一些密切关注中国经济和社会发展状况的中外有识之士提醒中国领导，要特别警惕出现"拉美化"倾向。他们指出，按国际经验，在人均 GDP 达到 1000～3000 美元的时候，现代化进程便达到一个关键性的阶段，可能会出现两种前途：一种是搞得好，经济社会会进入"黄金发展期"，即保持一个较长时间的经济持续快速增长和实现国民经济整体素质的明显提高，顺利实现工业化和现代化；另一种是搞得不好，就会出现所谓的"拉美现象"，即出现贫富悬殊、失业激增、两极分化、社会动荡，经济社会发展长期徘徊不前甚至倒退。他们认为中国的发展已经逼近了这个临界点，如何避免"拉美化"，把中国引向"黄金发展期"，是决定中国人民历史命运的大事情。另一件是 2008 年以来拉美国家相继大规模举行庆祝活动，纪念它们的独立 200 周年，纪念活动的主题大体上都是总结历史经验，思考和探究拉美国家社会经济发展缓慢的原因。这恰好与我国近年来的"拉美化"之忧是同一个主题，也就是要解决一个发展中国家如何在自身传统的基础上，参与世界发展潮流，实现新的跨越，以赶上发达国家的水平的问题。恰在这时，中国现代化研究中心发布了 2010 年的研究报告，对 21 世纪中国现代化的发展前景作了一个预测，认为21 世纪中国升级为发达国家的概率几乎接近于零。这个预测以极端尖锐的形式，再一次把上述关系着广大第三世界国家人民前途命运的问题提了出来，震动了整个中国社会：一个已经连续 20 多年高速增长、连年创造经济奇迹、让中国人民感到无比自豪的中国现代化进程，怎么会是这样一个结果呢？很多人对此想不通。据不久前媒体的民意调查，对于这个预测，绝大多数人表示怀疑，只有大约 20％的人觉得有些道理。

因为这个预测同中国人民近 20 年来的亲身感受距离实在太远，他们对此有怀疑是可以理解的，但科学研究毕竟不能感情用事，必须凭事实说话，采取实事求是的态度。那么，后发国家现代化的前景到底如何？是不是真如研究报告所说的那么暗淡？怎样来认识这个问题？这确是我们现代化研究者必须要深入研究的一个重大问题。能不能解决好这个问题，关系着国家、民族的前途。我认为，研究中心提出这问题，是抓住了现代化研究的命脉，在现代化研究历史上具有重要的理论意义和现实意义。

二、拉美的事实

2009 年拉美报刊上有一篇文章说："我们无需回溯多久的历史就可以发现，美国同拉美国家出发点的条件并没有多大的区别。譬如 1750 年，所有美洲国家的贫穷程度大致上都是相同的。但是仅仅 250 年的历史，就使得北、南美洲地区的财富产生了天渊之别。"

这个"天渊之别"到底是多大的差别？1700 年，美国的人均收入（527 国际美元）还不如巴西（529 国际美元）和墨西哥（568 国际美元），但是到 1990 年，这三个国家的人均收入已经拉开了惊人的距离，分别为 28 263 国际美元、3090 国际美元和 4966 国际美元。到 2000 年，美国的人均 GDP 上升到 34 950 美元，而墨西哥则仅为 5720 美元。有一份资料说得更形象，说 2007 年，墨西哥的国内生产总值（7410 亿美元）仅相当于美国伊利诺伊州的生产总值，巴西的国内生产总值（6210 亿美元）仅相当于美国纽约州的生产总值，阿根廷的国内生产总值（2100 亿美元）仅相当于美国密歇根州的生产总值。

如果把 1700～1992 年美国同墨西哥及巴西的人均 GDP 作一个比较，贫富差距不断拉大的现象就更清楚了。

美国和墨西哥人均 GDP 的比例如下：1700 年为 0.93：1；1820 年为 1.69：1；1870 年为 3.46：1；1900 年为 3.54：1；1913 年为 3.62：1；1950 年为 4.59：1；1973 年为 3.96：1；1992 年为 4.22：1。

美国和巴西人均 GDP 的比例如下：1700 年为 0.99；1820 年为 1.92：1；1870 年为 3.32：1；1900 年为 5.82：1；1913 年为 6.33：1；1950 年为 5.72：1；1973 年为 4.24：1；1992 年为 4.65：1。

总之，拉美独立革命至今已有 200 年，拉美开始现代化至今也已近一个半世纪，但是截至目前，拉美还没有一个国家称得上是发达国家。也就是说，两个世纪来，这个地区 33 个国家中升级为发达国家的比率仍然为零。现实虽然残酷，但却是客观存在、无可否认的事实。

三、关于后发国家不能升级为发达国家原因的种种解释

如何解释这个事实？历来都存在严重分歧。

在拉丁美洲，主要有两派意见：一派是激进派的意见；另一派是主流派的意见。激进派的意见主要是依附论学者的意见，依附论学者将世界资本主义体系描绘成一个由中心和外围构成的体系，处于依附地位的外围只能作为中心经济扩张的一种反应而活动，具有产生不发达的特性。依附论也有色彩不同的多种学派，

包括原拉美经委会领导人劳尔·普雷维什的思想，早期依附论者巴兰和弗兰克的革命理论，费尔南多·恩里克·卡尔多索和恩佐·法来托的依附发展思想等，但它们都有一个共同的观点：拉美发展的中心动力是在自己的国家之外，因此，它们的选择受到中心资本主义发展的限制；为了摆脱这种限制，外围的生产结构必须改革，改革的一个基本要素就是必须实行进口替代工业化。

主流派的意见主要是传统的或新古典主义经济学家的意见。他们认为，不发达的最一般的原因在于狭小的市场规模、缓慢的资本积累、缺乏外汇和熟练工人，以及可怜的不民主的政治组织。

另外，近年来也有一些政治首脑人物倾向于从自己身上找原因，如哥斯达黎加总统就认为，把一切坏事的责任都归咎于美国是不公正的，因为双方发展的起点一样，至少 1750 年以前，所有的美洲人大体上都是一样的穷。而且，拉美发展高等教育甚至比美国还早，但是，当工业革命在英国出现的时候，德国、法国、美国、加拿大、澳大利亚、新西兰等国都搭上了这趟列车，而拉丁美洲却置若罔闻，使得工业革命像一颗彗星掠过一样，没有人注意它，从而丧失了一个重要的机会。50 年前，墨西哥比葡萄牙富裕。1950 年，巴西的人均收入比韩国高。60 年前，洪都拉斯人均财富高于新加坡，而经过 35 年或 40 年之后，今天的新加坡已经是一个人均年收入 4 万美元的国家。事情弄成这样，肯定是拉丁美洲人自己有什么事情做错了。

在我们国内，最早研究这个问题的是北京大学已故教授罗荣渠。他深入研究了后发国家所面临的"迟发展效应"的问题，并得出结论说："第三世界发展中国家之间及其与发达国家之间，出现差距拉大的趋势。指望其中多数国家在现行的世界经济秩序下赶超发达国家，是根本不可能的。那些在竞争中最落伍的国家，即最不发达的国家，将分化为'第四世界'，并面临经济恶化的异常严峻的形势。"[1] 目前，国内主要有两派意见，一派是"后发劣势"论，另一派是"后发优势"论。前者认为后发国家的主要问题，是存在后发劣势，只有模仿好西方发达国家的共和宪政体制，才能克服这种"后发劣势"，实现国家的现代化；后者则反对此种"劣势"论，认为经济发展的速度主要取决于技术创新，后发国家可以利用同发达国家的技术差距，通过引进先进技术的方式，来加速技术变迁，从而使经济发展得更快。这就是所谓的"后发优势"。正因为有这种"后发优势"的存在，后发国家才有可能赶上发达国家。

四、现代化的客观规律

在上述几种意见中，较能解释拉美现代化零成功率的理论，恐怕还是罗荣渠

---

① 罗荣渠. 现代化新论. 北京：北京大学出版社，1993：207

教授的"迟发展效应"理论和拉丁美洲的"依附论"。但是"依附论"存在明显的局限性，在这派学者看来，发展中国家除了革命，似乎找不到别的出路，从而给人一种悲观主义的感觉。所以，最关键的还是要深入探讨现代化的客观发展规律。笔者认为，从拉美国家一个多世纪现代化努力的历史经验中，至少可以总结出如下几条带根本性的规律。

1. 资本主义世界体系的中心-外围结构和中心国家的排他性规律

不发达外围是资本主义世界体系一个客观的存在，而且是与发达中心不可分割的一种客观存在，是资本主义生存与发展的需要。这是资本主义发展的一条客观的历史规律。外围与中心的矛盾必然随着国际秩序的民主化而激化，并最终葬送资本主义。

大量的历史事实证明，资本主义发达国家特别是霸权国家毫无例外地都阻挡不发达外围国家的工业化。

2. 全球化进程的周期性规律

历史证明，全球化是周期性地呈浪潮式向前推进的，并同英国工业革命开始的现代化进程密切相关。

第一个全球化周期发生在 15～18 世纪，是欧洲列强通过征服和掠夺美洲，进行资本主义原始积累的过程。几度争霸的结果，霸权先后归了荷兰、法国和英国。争霸失败的法国发生革命后，欧洲秩序大乱，造成了全球化进程的第一次断裂（1789～1860 年）。全球化的断裂造成了殖民统治链条上的薄弱环节，从而发生了拉丁美洲的独立革命，拉美从而获得了政治上的独立。但由于拉美自身条件的不成熟和欧洲列强的争霸，拉美贻误了第一次工业化的大好机遇。

第二个全球化周期发生在 19 世纪末叶至 20 世纪中叶。这一时期资本主义已演变成帝国主义，帝国主义阶段的资本主义具有特别强烈的侵略性和掠夺性，因而开始了全球性的殖民扩张，从而形成了资本主义的世界殖民体系，政治上算是独立的拉美国家被沦为半殖民地。这一时期所启动的拉美早期现代化只能是一种依附性的现代化。第一次世界大战爆发后，全球化进程再一次陷入断裂，这一次的断裂由于 20 世纪 30 年代的世界经济危机和接踵而来的第二次世界大战而形成了一个长达半个世纪之久的断裂期。在这次全球化进程断裂所形成的资本主义统治链条的薄弱环节上，爆发了俄罗斯的十月革命、中国的革命以及包括拉丁美洲在内的广大发展中国家的民族民主革命和工业革命。拉美国家开始了自主型的现代化进程。可惜，由于第三世界改善国际经济秩序努力的失败，拉美的工业革命和现代化进程因债务危机而陷入断裂。

第三个全球化周期发生在 20 世纪 70 年代以来的这个时期。在这个周期中，世界的情势发生了重大的变化，主要表现为以下三个重大的具有划时代意义的事件：第一个是第三世界的崛起和世界殖民主义体系的崩溃；第二个是东欧剧变，华约消亡，德国统一，苏联解体，"冷战"结束；第三个是邓小平在中国领导的改革开放。三大事件证明：过去那种欧美与亚非拉之间垄断支配与依附从属关系的格局已被打破或正在被打破，世界正在逐渐走向多极化，走向全球和平发展的时代。维护霸权与反对霸权的斗争以及不断爆发的经济危机会不会带来全球化进程的第三次断裂，会不会对发展中国家的现代化进程再一次产生不利的影响，现在还难以预断。

全球化的历史证明，在资本主义的国际秩序下，全球化进程的每一个高潮都是发达国家资本主义全球性扩张的高潮，只有在全球化断裂时期，发展中国家才有可能在这个断裂的缝隙中获得一些自主发展的机会，但都未能持久。

3. 现代化进程的时间差规律

拉美工业化的起步晚于欧美国家100多年，这是决定后发国家落后命运的第一个现代化"时间差"。这个"时间差"是拉美国家一切发展难题的根源。这个"时间差"越大，国家就越落后，翻身的机会就越少。怎样才能弥补这个"时间差"呢？唯一的办法就是要创造一种具有赶超速度和赶超效能的"第二个时间差"，即在每一个单位时间内，发展的速度都要超过发达国家；没有这样一个新的"时间差"，所谓"升级发达国家"就是一句空话。为了创造出这样的一个"时间差"，不但要调动每一个人的积极性，尤其要发挥国家的组织作用，依靠科技，充分发挥科技的后发优势。而这是处于依附地位和被排斥地位的国家所做不到的。

4. 后发劣势递增与后发优势递减的规律

随着第一个"时间差"的扩大，后发劣势会相应的递增，如先发国家在它们那个时代并没有遇到什么环境挑战，没有想过像气候变化这种人类共同的生存危机问题，但是，如今的发展中国家还没有实现工业化就已经面临如何"改变"生活方式的问题了；中国实现工业化还需要好几十年，但气候变化已经不允许中国将传统经济模式再延续几十年。又譬如，先发国家的上层阶级并没有受过什么高消费示范效应的影响，所以，其对下层劳苦阶级的剥削还能限制在其成本核算所许可的范围之内，而今发展中国家的上层阶级因为有发达国家上层阶级高消费示范效应的影响，其生活之腐败和对下层劳苦阶级的剥削是无度的，而且随着"时间差"的扩大，情况会日益恶化。比如，拉美腐败程度最严重的国家就是现代化"时间差"最大的国家海地和巴拉圭（在2005年透明国际公布的世界各国腐败指数排行榜上分别居155位和144位），这就很能说明问题。至于后发优势递减的例子，最典型的就是"知识产权"对发展中国的限制。富国当初在其发展的时期根本就没有受过什么"知识产权"条款的极端性制约，但是，它们现在却要利用这些条款来保护自己的公司、打压贫穷国家的公司，等等。

5. 后发国家的政治发展规律

后发国家的政治发展规律至少包括以下两个方面：

第一，后发国家现代化进程的政治领先规律。后发国家的现代化并不是内源性现代化，现代化的目标完全是被外在决定的，并不是成熟经济基础上产生的资产阶级的自发行为，因此，必须首先有先进政党的领导和国家机器的推动。这是与先行现代化国家完全不同的。所以，政党的建设和政权的建设极其重要。

第二，政治优势决定现代化成败的规律。后发国家是在资本主义的世界体系中谋取生存和发展的，它们的现代化必然会遭到国际霸权势力的种种阻挠。如20世纪80年代以来，霸权国家为了控制世界和维护霸权，竭力鼓吹"私有化"和所谓"民主化"。因为"私有化"可以严重削弱人民大众的经济力量，从而削弱他们的政治力量；民主化虽然可以调动一切社会个体的积极性，但同时也可以调动社会最落后势力的政治野心；对于落后国家的现代化来说，封建割据性的落后势力与"私有化"、"民主化"相结合，具有最严重的破坏性。它必然会在落后国家激化社会矛盾，制造社会动乱，甚至引发内战。所以，发展中国家为了实现国家的现代化，必须创造自己国家的政治优势，保证政治和社会的稳定，这是决定现代化成败的一条颠扑不破的规律。

然而，正是在这两个方面，实行资本主义制度的拉美国家没有什么可以抵御西方霸权国家政治攻势的武器，因而自独立以来，它们始终未能实现政治和社会的持久稳定。这是拉美国家现代化之所以难以成功的主要原因之一。

五、发展中国家现代化成功之路何在

以上五条规律都属于资本主义现代化进程的规律。正是这些规律的存在，才决定了发展中国家的多数国家永远无法达到发达国家水平的命运。但是，历史证明，没有出路的制度最后总是要灭亡的，因为历史总会创造出自己的出路来。在当今时代，这出路就是创建与现代社会化生产力相适应的社会主义制度。所以，对于后发国家来说，还必须掌握社会发展的一条最根本的规律，这就是社会主义必然胜利的规律。

社会主义之所以必然胜利，是因为历史证明，只有这个制度才能代表全人类的共同利益，才能实现全人类的和谐；也只有这个制度才能用人民民主专政的政治力量稳定政局、稳定社会；用国家机器的组织力量集中人力、物力、财力和智力，赶超前沿现代科学技术，发展现代化成功所不可少的核心现代工业体系。在拉美，目前还只有一个社会主义国家古巴。墨西哥著名政治学家和社会学家卡萨诺瓦在考察了这个社会主义国家之后曾说：可以毫不夸张地说，古巴比任何第三世界国家都发展得快。古巴的发展指数包括它的工业化水平、在某些部门的新技术、居民的生活水平，特别是它消灭了贫困，都是无可怀疑的。还有古巴的全就业政策、全民保健、人均12年以上的教育水平。但是，就是这样一个始终坚持正义原则的国家，美国却不能相容，竟然对它实行了40余年的封锁，并且封锁至今

仍没有解除。美国的封锁，说明后发国家现代化之艰难；同时，在数十年封锁之后，社会主义国家古巴依然巍然屹立，也说明社会主义制度政治上的强大。

参 考 文 献

安格斯·麦迪森.2003.世界经济千年史.伍晓鹰等译.北京：北京大学出版社

罗荣渠.1993.现代化新论.北京：北京大学出版社

诺姆·切姆斯基.2000.新自由主义和全球秩序.徐海铭，季海宏译.南京：江苏人民出版社

中国现代化战略研究课题组，中国科学院中国现代化研究中心.2010.中国现代化报告2010.北京：北京大学出版社

中国现代化战略研究课题组，中国科学院中国现代化研究中心.2008.中国现代化报告2008.北京：北京大学出版社

Cardoso E. 1992. Ann Helwege. LatinAmerica's Economy：Diversity，Trends，and Conflicts. Massachusetts：The MIT Press

Gurus Hucky. 2009. ¿Por qué Latinoamerica es más pobre que los EEUU? Mayo 15th

Hernando De Soto. 2003. The Mystery of Capital：Why Capitalism Triumphs in the West and Fails Everywhere Else. New York：Basic Books

Jacobs F. 2007. 131—US States Renamed For Countries With Similar GDPs. http：//bigthink. com/ideas/21182

Pablo González Casanova. 1974. La Democracia en México，printed and made in México. México：Ediciones Era

Peach J T，Adkisson R V. 2002. United States-Mexico income convergence? Journal of Economic Issues，(2)：127，128

Susanne J，Edward J，Mc Caughan. 1994. Latin America Faces the Twenty-First Century：Reconstructing a Social Justice Agenda. Boulder and London：Westview Press

瞿秋白和孙中山现代化思想比较

项光勤

江苏省社会科学院社会学研究所

1878~1882年是孙中山在檀香山学习的五年，夏威夷人民强烈的民族主义热情和反抗殖民统治的斗争对青年孙中山的生活情趣、价值观念、思维方式等产生了潜移默化的影响，并促使他对清朝统治下的中国前途与命运产生无限联想，后

来孙中山毕生为国家独立、民族命运而奋斗，与他在人生观形成时期的这种见闻、感受不无关系。

鸦片战争后，随着西方近现代科学和文化的输入以及留学运动和新式学堂的兴起，中国出现了一个新的知识阶层。他们的知识结构、思维方式、世界观与传统的封建知识分子表现出越来越大的不同。这个阶层的第一代是洋务知识分子和共和知识分子。孙中山即是共和知识分子的代表。在《上书李鸿章》中，孙中山明确指出，"欧洲富强之本，不尽在于船坚炮利，垒固兵强，而在于人能尽其才，地能尽其利，物能尽其用，货能畅其流——此四事者，富强之大经，治国之大本也"。十分明显，《上书李鸿章》的四点宗旨，都是希望中国学习西方，保护和发展本国工农商业的大计，可以说这是孙中山最初提出的一个发展中国民族资本的经济纲领。其中以"农政之兴尤为今日之急务"的主张，体现了孙中山重视农业在国民经济中的基础地位、以农业现代化为首选的经济思想。

孙中山的三民主义是中西文化的产物。孙中山在回忆旅游欧洲脱险后，暂留欧洲，以实行考察其政治风俗，并结交其朝野贤豪。两年之中，所见所闻，殊多心得。始知徒致国家富强、民权发达如欧洲列强者，犹未能登斯民于极乐之乡也，是以欧洲志士，犹有社会革命之运动也。予欲为一劳永逸之计，乃采取民生主义，以与民族、民权问题同时解决。此三民主义之主张所由完成也。这说明，孙中山在旅游欧洲期间就已经开始关注民生问题。在以后的生涯中，孙中山看到了欧洲发达国家贫富悬殊的社会现象，怀着使中国在推翻清王朝之后发展民族经济时避免重蹈覆辙的愿望，悟出了减轻人民负担、缓和社会矛盾的重要性。这种基于对贫富悬殊的担忧而萌发的改善民生的愿望，既有中国社会兴亡治乱的历史渊源，又反映出西方社会学说的直接影响。因此，可以说，"三民主义"是中西文化的产物。下面以《建国方略》为例来说明孙中山的现代化思想。

《建国方略》是孙中山总结以前革命活动一再受挫折的经验教训的思辨结果。他在这里重新提出了救亡图存、改造中国的系统性的战略思想和实施计划。尽管孙中山在其中提出了含糊的"破坏之革命成功，而建设之革命失败"的教训问题（即此"成功"是哪一次？"破坏之革命"，或许指武昌革命），但是他的意图是令人钦佩的。他认为，对于建设之革命，一般人民固未知之，而革命亦莫名其妙。也就是说，孙中山要纠正革命党人因为长期革命斗争，却忽视了革命只是手段，而非最终目的的观念。因此，孙中山认为，当革命破坏告成之际，建设发端之始。革命和建设不可分开，革命之破坏与革命之建设，必相辅而行，犹人之两足、鸟之双翼也。孙中山纠正此观念，便使他的民族主义包含了两层意思，既有反帝反封建的斗争思想，又包含了要建设一个独立富强中国的思想，前者是太平天国和义和团斗争思想的继续，后者是19世纪清末改良派的要求和思想。

显然，孙中山不满足革命的破坏手段的功能，因其尚不能建设一个新世界，也不能发展社会生产力。他要向国内外证明一个伟大的民主革命家的气魄和爱国主义的执著精神。他苦口婆心地向他的听众们再三说明，中国必须摆脱穷困和屈辱，消灭愚昧和落后，使中华民族早日跨入世界的先进行列。孙中山反复强调，我们革命之后，要实行民生主义，就是用国家的大力量，买很多的机器，去开采各种重要矿藏……用机器去制造货物，……中国将来矿业开辟，工业繁荣，把中国驾于它们之上。为此，孙中山描绘了一幅诱人的民主共和国理想的蓝图《实业计划》（《建国方略》中三部著作之一），实行国家资本主义的统一规划，吸收外国投资，迅速发展中国现代大工业。

另外，孙中山还提出了实施宏伟计划的具体步骤：军政、训政、宪政三个阶段，从而试图摆脱君主专制和封建官僚的统治体系，迈向适应现代经济基础的民主分权制度（"王权宪法"）。同时，孙中山力图在较为深广的文化背景下提出"心理建设"，他认为，"夫国者，人之积也，人者，心之器也。国家政治者，一人群心理之现象也。是以建国之基，当发端于心理"。这是孙中山注重宣传三民主义的原因之一。

即使是粗略地了解一下孙中山改造中国的战略思想和计划，也不能不强烈地感受到孙中山继洪秀全（空想社会主义）、康有为（改良派的"大同社会"）之后的三民主义（力图避免资本主义严重后果和激进的土地改革计划的"民粹主义"）理想的热情和魄力。他把"建设"的目光投射到全方位的社会各个层次上：社会制度、价值体系、意识形态和文化形态等。而且他的民生主义是三民主义中最具有特色的内容，即试图解决人民生活的实际问题，成为比欧美资产阶级自由、平等、博爱更有魄力的政治口号。

年轻的共产党人瞿秋白对于孙中山的主张并不陌生。当他还是北京俄专的学生代表时，就以"五四"青年所共有的胆魄和激情，尖锐地抨击了已经"变态经济"的殖民地中国的某些人，却还想抄欧洲工业革命的老文章，提倡"振兴实业利用外资。——这是中了美国资本主义新式侵略政策的邪"[1]。瞿秋白还激动地呼喊，"我们所以求普遍的是什么？是求实现真正的民主、民治、民本的国家或世界"[2]。孙中山对于"五四"青年的激进态度，只好予以宽容的苦脸。1923年初自"俄乡"归来的瞿秋白已经选择了马克思主义作为自己坚定的政治信仰。他在参与制定国民党"一大"宣言草案时，就有更多的机会去理解孙中山的三民主义和由共产国际制定的国共两党合作的政治基础原则，加上他在国民党"一大"上被选为国民党中执行委员会的候补委员，因而当时他对孙中山"破坏与建设"的评估，不能不添上"慎重"二字，至少他不能轻易地把孙中山作为直接的评判对象。当

---

① 瞿秋白．瞿秋白文集·文学编·第一卷．北京：人民出版社，1985：30
② 瞿秋白．瞿秋白文集·政治理论编·第一卷．北京：人民出版社，1985：25

年轻的胡也频还未听说杭州雷峰塔倒掉原因的一年前，瞿秋白就已经在有影响的《社会科学概论》（1924 年 6 月 18 日）中提出了"建设与破坏"的命题，认为基础变易到一定程度，不得不破坏这些种种上层建筑，而有规划的社会是人类第一次全体自觉的伟大的建设事业。要建设新的，不得不破坏旧的，要恢复旧的，也不得不破坏新的。所以破坏有两种：一种是退步的；另一种是进步的。同时，瞿秋白还认为，革命的怒潮时期一定有很大的破坏，然而这一破坏是资产阶级的防御所引起的——是社会之不得已的牺牲，是建设的代价，亦是建设的第一步。

在这里，瞿秋白显然以全新的社会科学方法论重新解释了孙中山的"建设与破坏"的命题，而且还提出了与孙中山不同的思辨结论。首先，瞿秋白认为资本主义并非是拯救和改造中国的良方妙药，这个见解体现在《帝国主义侵略中国的各种方式》（1923 年 5 月 26 日）、《中国资产阶级的发展》（1923 年 6 月 2 日）等文章里。瞿秋白指出，中国的宗法社会遇到了帝国主义之政治经济的侵入，而起崩溃，方开始有真正的"资产阶级的发展"，这种畸形的胎记决定了中国资本主义的发展是适应外国帝国主义而非适应中国经济生活。瞿秋白还进一步指出，军阀财阀（官僚资本）勾结帝国主义，扰乱经济，为资产阶级的发展之直接障碍，当然不能为中国争取独立解放。资产阶级之中，大商阶级依赖外国资本，每每易于妥协，或者想一个军阀来统一太平，以适应其经济需要，或者竟想利用外国势力驱逐军阀。瞿秋白经过一番分析论证后认为，中国资产阶级的发展绝无独立之可能，更绝无充分之可能。这已经宣告了在中国自由发展资本主义是行不通的。

瞿秋白在列举了大量的经济数字之后，依据经济状况决定社会态度的思维逻辑（毛泽东以后的《中国社会各阶级的分析》等文章也是采用此方法）认为，此种资产阶级发展的程度，本不能发生什么民主共和国的运动。所以大多数资产阶级反对清朝的动机，发于间接的恨帝国主义者多，而起于要求民权者少。这实际上指出了孙中山以往革命斗争屡遭失败的重要原因之一，并不是革命党人不知"革命之建设"是失败的根源。显然，瞿秋白是要强调目前不仅不是"革命破坏之成功"，而是要进一步丢掉改良的一切幻想，坚决地"破坏"帝国主义侵入中国的政治经济手段及其基础——官僚资本主义、军阀等，然而这后者往往是孙中山"建设"或"破坏"依靠的力量。瞿秋白也并非抹杀资产阶级反帝的进步倾向，但是更重视产业工人和破产农民是国民革命运动中反帝反封建的主要力量。在瞿秋白看来，既然第一步"革命之破坏"任务未完成，那么"革命之建设"也只能是以后的事情，否则只是一种奢侈的想法。因此，瞿秋白得出结论，中国经济的独立必须发展工业以及大农业经济，消灭商业偏畸发展之现象，得此目的，必须政治的独立。至于瞿秋白政治信仰所支配的"破坏与建设"的更高层次的意义，自然与孙中山有着本质的区别。

瞿秋白在寄给胡适的《东方文化与世界革命》一文中运用了普列汉诺夫"五

项式"的经济基础决定论。他认为，颠覆宗法社会、封建制度、世界的资本主义，以完成世界革命的伟业，如此方是行向新文化的道路。也就是说，如果不能坚决破坏"东方文化"的经济基础，那么谈论重建新文化等都是徒劳的。瞿秋白这个主张不仅是对胡适等人说的，也是对孙中山"破坏与建设"主张中所渗透的儒家政治文化意识的一种不同的见解。

孙中山认为，中国儒家的"忠孝仁爱信义"种种的旧道德，固然是驾乎外国人，说到和平的道德，更是驾乎外国人。这种特别的好道德，便是我们民族的精神。我们以后对于这种精神不但是要保存，并且要发扬光大，然后我们民族的地位才可以恢复。他还推崇儒家的"格物、致知、诚意、修身、齐家、治国、平天下"的理论，认为这都是振兴民族的"内治"、"外修"的功夫。中国儒家思想是否有超越时代的意义，在此暂不赘述，但是孙中山谈论文化问题的主张难与"五四"新思潮合拍，即使是胡适也曾经对孙中山谈及"古文胜于白话"一事提出批评。因此，敏感的瞿秋白在谈到"建设与破坏"话题时认为，孙中山的改良式"破坏"潜伏着"退步"的危险因素，不仅包括对旧的经济基础的改良态度，也包括对上层建筑的。瞿秋白认为，"革命的怒潮时期……是社会之不得已的牺牲，不是容忍，便是复旧，反而弄得只有继续不断的不自觉的零星的破坏，永久不息的痛苦：无产阶级不自觉的也一定要行改良运动，可是进一步，退两步，永久不得建设"。孙中山逝世后，瞿秋白驳斥了外国攻击孙中山《建国方略》的谬论。

对于孙中山的三民主义，瞿秋白随同包罗廷一起，对之进行了重新解释。例如，1923 年 11 月 28 日瞿秋白随同包罗廷共同起草的《关于中国民族解放运动和国民党问题的决议》指出：一、关于民族主义。旧三民主义中的民族主义，只是不甘心受异族统治，反对满洲人统治中国；新的民族主义，应当高举打倒外国帝国主义和本国军阀统治的旗帜。因此，国民党应当依靠国内广大农民、工人、知识分子和工商业者阶层，为反对世界帝国主义及其走狗，为争取民族独立而斗争。二、关于民权主义。旧三民主义中的民权主义，仅以推翻封建君主专制政权、建立资产阶级立宪政权为目标；新三民主义，应当有利于中国广大劳动人民群众，使得他们在国家政治生活中享有充分的权利和自由。三、关于民生主义。旧的三民主义中的民生主义，不过是核定地价，部分收回国有，是不彻底的改良主义；新的民生主义，应当把外国商业、商店、铁路和航运交通收回国有，土地归农民所有。此外，决议还提醒国民党重视和放手发动工人阶级的力量，全力支持工人阶级政党——中国共产党。总之，瞿秋白和孙中山对于三民主义观点的不同，反映了他们在实现中国现代化道路上的原则分歧。孙中山主张改良，却并未抛弃资本主义，瞿秋白主张能够触动资本主义的根基，实现无产阶级领导下的社会主义。这便是瞿秋白和孙中山在实现现代化道路问题上的根本区别。

参考文献

瞿秋白纪念馆．1991．瞿秋白研究．第三卷．上海：学林出版社
瞿秋白纪念馆．1993．瞿秋白研究．第五卷．上海：学林出版社
瞿秋白纪念馆．1996．瞿秋白研究．第八卷．上海：学林出版社
瞿秋白纪念馆．1998．瞿秋白研究．第九卷．上海：学林出版社
鲁迅纪念馆．1993．鲁迅先生诞辰 110 周年纪念文集．上海：百家出版社
孙淑，汤淑敏．1999．瞿秋白与他同时代人．南京：南京大学出版社

资本全球化与现代化的悖论

陈广亮

河南师范大学

　　全球化和现代化作为当代世界社会发展的两个最明显的趋势，成为当前中外学术界和行政界极为关注的热点话题。全球化按照它本身的逻辑会在其驱动力资本推动下实现全球政治、经济、文化等方面的一体化整合，而现代化既是一个历史过程又是一个历史结果。作为一个历史过程，它用来概括人类社会形态发生质变的一个过渡；作为一个历史产物，它用来指称人类社会经过一个社会形态质变的过渡时期所达到的社会发展的一个更高阶段——在这个阶段，人类实现了由农业经济向工业经济、由农业社会向工业社会、由农业文明向工业文明的飞跃。简言之，经过现代化将使人类进入"一个取得技艺的现代理性阶段，达到主宰自然的新水平，从而将自己的社会环境建立在富足和合理的基础之上"。

　　依据马克思主义的科学原理，我们知道唯物辩证法的一个基本观点和总特征就是，任何事物之间都存在着普遍的联系，那么当代世界社会发展的两大趋势之间究竟存在着什么样的辩证关系？如若按照现实中两者的并行发展又能否实现各自基于自身逻辑预定的图景？笔者经过调查发现，虽然全球化和现代化是当代世界社会发展的两大趋势，但是中外的学者大家由于注目于对两大趋势的分别研究，很少把两者联系起来进行深入的探讨，仅有的一些探究也多是集中在对二者实质运行过程的外围考察。例如，俞宪忠教授在探究全球化与现代化关系时，看到了全球化对现代化发展的客观推动，而未看到资本转动的全球化是现代化发展的根本阻碍。著名文学家王蒙先生更是得出了"全球化与现代化一致的"的论断。而

笔者在通过深入研究后发现，当今世界社会发展的两大趋势之间存在着一个明显的悖论，一方面，全球化由于其驱动力资本具有的无限的追逐剩余价值的本质属性将主观地向着一个全球垄断的极限迈进，最终企图实现全球的跨国资本家阶级之间相互妥协以共同获取全球无产者阶级的剩余价值——一个少数人实现和谐统治多数人的理想图景；另一方面，作为与全球化同时的朝未来社会发展的一个大趋势和必然趋向，现代化笃定要实现的是整个社会形态的转型——最终使社会经过一个过渡时期达到政治民主化、经济产业化、精神合理化、社会开放化——一个代表着整个人类发展意愿的趋向。这样，资本转动的全球化与企图完成社会形态转型的现代化之间本身就存在着非此即彼的矛盾。或许有不少人会产生疑惑，既然全球化和现代化是一个悖论，那么当今世界现代化发展的动力是什么？已经取得的一定的发展又作如何解释？毋庸置疑，在谈到现实全球化时代发展的未来趋势时，没有人会怀疑随着社会的发展人类最终将走向一个真正民主、自由、富强、文明、和谐的现代化社会的必然性，问题在于在人类社会为实现这一历史跨越的过程中，资本全球化的现实发展将是现代化实现的主要障碍，所以必须改革和扬弃现行的应用推动全球化发展的资本动力系统机制，因为真正实现人类社会现代化的推动力来自于社会主义力量的发展。因而本文的主要意图即是试图揭示资本全球化与现代化实现的矛盾，并在此基础上展示社会主义和民族主义对现代化实现的中流砥柱作用。

一、资本转动的全球整合——全球化与现代化的两难

（一）资本全球化的历史发展主观地阻碍着全球现代化的实现

由于全球化是以资本为核心的动力系统驱动运转的一个历史过程，因此考察全球整合的历史过程即是探寻资本对其驱动的过程。正像马克思在对资本运动的研究中所发现的那样，资本从其真正形成之时起，一方面尽管带来了人类社会的巨大发展，实现了人类七大洲的紧密联系，客观地推进了社会的现代化，但是另一方面，它所形成的社会并非真正的人间乐土，"资本来到世间，从头到脚，每个毛孔都滴着血和肮脏的东西"。一部资本诞生以来驱动全球整合的历史就是用"血与火的文字"压榨劳动者利益的历史，这显然与现代化要实现的整个人类的政治民主平等、经济产业化自动化、文化多元化多样化、人的自由全面发展、社会的和谐合理发展相违背。

1. 原始资本积累时期的全球整合呈现的社会转型特征与现代化的矛盾

15世纪末16世纪初，随着新航路的开辟、商业革命，资本拥有者为了追逐更多的利润，积极积累和扩张原始资本，同时开始了在国内外的奔走：在国内主要是通过不平等的暴力剥夺原来的小土地所有者——农民的土地，同时获得了廉价

的劳动力，实现了人的社会身份的转变；在国外，获取求得自身发展所必需物的早期殖民者通过一系列赤裸裸的侵略、抢劫行径，变其他国家地区为其殖民地或半殖民地，变其他民族和人民为其消费品消费对象和商品原料生产者。这样由于资本的拥有者的全球奔波，整个世界从此开始密切联系。显而易见，在世界走向真正全球整合的过程中，社会的转型即现代化是以少数国家内部的资本拥有者阶级政治上对内构建自身的阶级统治、经济上对内对外残酷剥削压迫其他劳动生产者、文化上全球扩展一种影响其他居民、企图将之改造成利用工具的观念或意识范畴的标志推进着社会的发展。这样，无论是从现代化实现的科学图景内容还是从为社会发展付出的必要代价的目的的角度出发，资本驱动的全球整合都与之南辕北辙。

2. 近代国家建立，工业革命时期形成的全球初步整合与现代化的矛盾

作为促进资本进一步运转和巩固早期资产阶级革命之果的近代民族国家，它的建立是适应资本的发展并按照资本的意志建立的强力机器：一方面，资本利用民族国家顺利获得自身自由发展所需要的空间条件和物质条件，同时避免它可能遭遇到的外部竞争；另一方面，"民族国家则代表资本来组织社会力量打破可能危及资本的种种限制"。因此，以英国为首的西方国家能够在近代率先进行生产力领域的科技革命——第一次工业革命，除积累了雄厚的原始资本、充沛的产业工人后备军以及拥有广阔海外殖民地市场导致的传统生产方式变革必要性等条件外，资产阶级政权的确立和现代资产阶级民族国家的建立成为其率先革新的政治保障。这样，资本驱动的工业革命的顺利展开极大地改变了整个世界的面貌——实现了资本驱动的全球的初步整合——初步奠定了资本主义制度在世界范围内的统治，构建了资本主义的初步殖民体系，初步形成了统一的资本主义世界市场。概括而言，客观上资本确实在这一时期对社会发展中做出了巨大的贡献，然而也正因为如此，资本转动的全球整合也无限地昭示了其理想中的经济全球化景象：建立在少数资产者阶级联合统治基础上的全球政治民主共治、经济自由往来、文化多样繁荣——不平等的两极世界的和谐对立。显而易见，资本转动的全球化过程中的工业革命尽管带来了社会生产力的飞速发展、生产关系的改进，如近代交通方式的变革、城市化的加速，但与代表整个人类意愿的现代化的基本趋向却完全相反。

3. 资本运转垄断阶段的全球化的第一波呈现出与现代化的矛盾

资本的运行从本性上说是追逐剩余价值的无限扩张的运动，自然资本的这种扩张性在追逐利润的生产中必然会随着市场的激烈竞争而走向垄断。19世纪中后期随着西方众多的现代资产阶级民族国家的建立，资本本性引发的这种竞争便步上了日趋激烈和快速发展的轨道。因而，在这种背景下展开的首先也是主要以电的发明为突破和标志的第二次工业革命，尽管伴随着其进程人类社会的发展在客观上也取得了一个更加剧烈的质变：从大规模工业产品的批量生产到交通工具、通信工具的革新、发明再到电地照明、电影的出现，这确实使人类的发展获得了一个极大的进步，然而也正是由资本驱动的这次科技先导引发的变革主观上实现了资本对自身垄断式经营和对世界整合即全球化的第一波扩展——几个主要的资本主义国家的大资本生产者实现了对国内外资源的瓜分式垄断、确立了资本对全球资源的第一次整合：在各自的国内，几个主要的资本主义国家实现了对重要行业的托拉斯（康采恩/卡塔尔/辛迪加）式垄断。例如，作为美国的托拉斯式大型垄断组织之一，1879 年成立的洛克菲勒美孚石油公司在成立之初即掌握了全国石油产量的 90％；在整个世界上，资本第一次实现了对全球资源的整合——最终在世界范围内确立了资本主义制度，构建了资本主义的殖民体系，形成了统一的资本主义世界市场。这即是一些论者为什么坚持在 19 世纪末就出现了高度全球化现象的原因所在。然而，由于资本驱动的全球化把其对全球垄断式整合的本意以外观上无所顾忌的赤裸裸的不平等和压迫形式呈现，因而这只能算是资本转动的全球整合的低层次的不成熟的实现。不过从资本全球化的第一次整合中，我们可以明显地看出其理想中的全球整合图景与人类社会现代化转型的矛盾：由资本带动的人类社会的发展从属于持续地为其生产剩余价值服务的特性使人类整体的绝大多数和大自然成为其御用工具或对象与追求政治民主、经济富强、文化多元、人的自由的现代化主旨明显背离。

4. 当代跨国资本发展阶段向高形态挺进的全球化与现代化的矛盾

根据马克思主义政治经济学原理，资本对剩余价值的榨取建立在对产业工人劳动力的剥削和资本的竞争性积累上。20 世纪初，由于几个主要的资本主义国家对全球资源的瓜分殆尽，资本进一步发展的前景就倒向了战争——传统的通过强制和血腥的方式实现资本积累时代的必然趋向。两次世界大战的引发一方面显示了资本会不惜一切力量来保证它的扩大再生产条件，哪怕发动世界战争，甚至以整个星球为敌的否定性本质；另一方面也促使资本的传统积累方式必须改进到依靠科技的进步上。这样，随着第三次科技革命的蓬勃开展、第三世界国家的独立和兴起，特别是布雷顿森林构建的世界货币体系崩溃后形成的新体系下衍生的革新金融手段（如期货合同、互惠信贷）引起的货币自由流通，极大地鼓励了跨国资本的四处流动和投机，这其中尤以跨国公司为主要代表的跨国资本驶出国家边界在更深、更广层次上向全球的生产和销售的扩展，从而大大加快了全球再一次地向更高层面的一体化。但是由于当代全球化其驱动的动力没有改变，资本依旧是——尽管是以更隐蔽的方式——推动经济全球化整合的动力，因此当代世界的政治不平等、经济两极分化、文化隐形渗透、人与自然的生态失衡状况就不可避免，全球社会的现代化转型就不可能全面实现。很显然，整个人类现代化转型的实现始终受着资本驱动的经济全球化整合方式的主观阻碍。

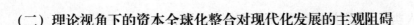

（二）理论视角下的资本全球化整合对现代化发展的主观阻碍

按照马克思《资本论》理论，资本本质上是追求剩余价值的价值，并且其自身运作的逻辑是保证它的再生产条件。因此，资本从其产生的那一刻起就处在一种永不停息的追求剩余价值的运动中。从资本榨取剩余价值的对象或来源上看，由于资本对剩余价值的敛取建立在对产业工人的劳动力剥削和对其他资本的竞争上，因而资本运转的无限扩张运动从其伊始就确知了自身的奋斗方向：对劳动力和其他资本从一切方面在程度和广度上纵深发展。这一方面清楚地显示了资本本性是为了追逐剩余价值而在全球范围的程度和广度上极力拓展，因此客观上造成了全球各地的相互有机联系即全球化，而正是资本的无限追逐剩余价值的在程度和深度上的扩张运动促成了整个世界的全球政治、经济、文化等的一体化趋向。我国学者巨永明教授在论及资本对全球化的关系时曾明确指出，"我们在一定意义上不得不说全球化本质上是资本扩张的产物，是资本所要完成的历史使命"，另一方面，也正由于资本是在对立性关系中竭尽一切手段追逐剩余价值的特质，由此造成了整个世界发展的大失衡：政治上，强国之间依据实力和利益划分势力范围，形成了类似于郊区—首都—郊区式的众多中小国家恭维少数大国的不平等极化格局；经济上，以世界范围的劳动分工为基础根据承担的不同的特定经济角色形成了中心区域—半边缘区域—边缘区域式发展结构；文化上，强权资本的观念意识始终不停地渗透、扩占、同化、消解着其他民族的本土文化；社会发展上，资本对产业工人的过度剥削和与其他资本的竞争性发展间歇地破坏着整个社会生态系统的生存能力，此外，追逐剩余价值的无限扩张和唯利是图的本性促使资本的发展不断地破坏着人与自然的平衡，造成全球环境污染、生态失衡；人的发展上，"物"（资本）对人的统治和固定的分工使之成为单向度的片面的个体。简言之，资本全球化由于资本的竭尽一切方式谋求少数人对多数人的在一切领域、一切空间的剥削，因而资本的全球化追求的是两极分化、对立的一体化整合。显然，这不仅极大地阻碍了世界被剥削的大多数个体和国家的现代化，而且从根本上制约了资本国和资本者的全面的现代化。换句话说，由于资本追逐剩余价值的全球扩张是建立在对国内外产业工人的剥削和与其他资本的竞争性积累上，显而易见，这种由资本驱动的全球整合带来的资本与劳动力和资本与资本之间的关系都是对立性的："资本与劳动力之间的'垂直关系'是剥削者与被剥削者之间必然的敌对关系，而资本与资本之间的'水平关系'是剥削者在分配他们联合从工人阶级那里攫取利润时形成的竞争性斗争关系。"因此，以唯利是图为主要标志的资本，其追逐剩余价值的扩大再生产越是畅行无阻，其他群体和国家的现代化转型将越是受到压制和阻碍。

二、人类实现现代化转型的真正推动力量——社会主义

作为反映人类社会由传统形态向现代形态过渡的一种历史趋势，现代化其实现的真正推动力将落在社会主义及其国家肩上，这是由社会主义是扬弃片面推动、最终阻碍现代化的资本的否定性和人类社会现代化转型的既定大趋向与社会主义自身属性的某种契合决定的。

一方面，随着人类社会生产力的不断发展，进入近代以后，进行社会的转型即由自然经济状态向商品经济状态过渡成为历史发展的必然。而由于商品经济阶段社会发展的本质特征是"物"是实现社会普遍发展的中介媒质即社会的发展建立在以物的依赖为基础之上，这样资本作为能够产生剩余价值的价值，其以自身物化的货币表现形式首先实际地以"社会中介物角色"担当起促进社会发展的重任，然而这仅仅是资本为了实现自身不竭追求的剩余价值而附带产生的客观效果，所以当资本作为一种生产方式和上层建筑结合起来以更广、更深的步伐展开其全球范围内的追逐剩余价值时，对现代化转型的阻碍即明显地表露出来。社会主义作为商品经济阶段实现人类社会发展的一种社会形态同样具有促进社会现代化转型的物化中介媒质，尽管由于人们对于全新的社会主义的认识模糊和忽视，直到最近才注意到社会主义同样属于商品经济发展阶段，它不仅同样是实现人类全球整合的力量，更重要的它还是实现人类真正的、全面的现代化转型的唯一驱动力量。因为社会主义同样以空间上普遍联系——全球的实现密切联系为生产平台，而且自身亦具有不断变革以顺应社会发展的品性。

另一方面，人类社会现代化转型欲图实现的政治民主、经济富强、文化多元、社会和谐和人的全面发展是社会主义（共产主义）必经的实现自身更高目标的一个前提或基础阶段。第一，社会主义从其形成过程和制度特征来说，实现现代化是其题中的应有之义。社会主义作为一种根本区别于以往一切以剥削和压迫为主要特点的先进的社会制度，它追求的政治民主、经济公有、文化多样和人的全面发展必然在实现现代化的基本目标之后，才能得到更进一步地发展。因此，它的形成过程和实现本身即要必然地推动和实现人类社会的社会形态的重大转型。第二，社会主义从其理念的形成历史来说，它经历的从原始的朴素意识到空想式构造再到最终科学观念的成型是人类一直以来孜孜不懈的追求，现代化作为人类理想中社会主义形态实现的一个必经阶段，它的实现必然要在社会主义建设的驱动下呈现。第三，社会主义从其本质上说，它是实现人类现代化转型的根本。显然，以解放生产力，发展生产力，消灭剥削，消除两极分化，最终实现人的自由和社会和谐为本质追求的社会主义无疑是保证生产力和科学技术的持久平稳发展，确保社会发展的成果惠及整个社会，实现社会的全面进步和人的全面发展的真正动力，也是现代化转型全面、完整实现的真正动力。

三、迄今未发现资本全球化和现代化悖论的原因探微

一方面，由于我们对任何事物、规律的认识和把握都需要一个过程，尤其像对现代世界整体运转规律趋势的把握更是需要一个逐渐认识的过程。这样，由于全球化和现代化作为现代世界社会发展的两个客观趋势其明晰的显现和被人们注意研究的时间很短——全球化在国内外的研究只有 20 年，现代化的研究也不过 40 年，因而许多有关全球化和现代化的从宏观到微观的探索才刚刚起步，再加上已有的一些研究或者失之过窄，或者失之宽泛，尤其是缺少运用多学科方法对现代世界社会发展的宏观的综合研究，因此，对于只有建立在对全球化和现代化进行了全面深入细致研究基础上才能更好地进行二者关系的探讨自然更是需要一个过程。再者，虽然资本全球化和现代化是当今世界社会发展的两个最明显的趋势，并且是中外学术界和行政界极为关注的热点话题，但是多数论者的研究由于过于集中于对两者的各自探索，并且迄今尚未对两者概念和具体内涵形成一个一致的认识，因而忽视了对两者之间关系的深入探讨。

另一方面，造成迄今未注意到资本全球化是制约人类现代化转型的主要因素的原因还在于无论是理论界抑或行政界都把全球化的过程误认为就是人类现代化的过程，尤其一些极端的论者甚至把西化、欧化看做是现代化的方向。从理论上说，我们知道，由于人类社会开始从自然经济阶段向商品经济过渡的时间即人类社会开始进行现代化转型的时期和人类世界开始经历从分散到整体、从封闭到开放的时期即经济全球化整合的时期同时，因而国内外不少的专家学者把它们当作了同一历史实践。英国著名学者安东尼·吉登斯认为，全球化是"世界范围社会关系的紧密化"，是"现代性从社会向世界的扩大，是世界范围的现代化"。国内学者罗燕明则直陈，"抗拒全球化就是抗拒现代化"。从社会实践的角度来说，西方国家由于率先开始资本全球整合，因而客观上带动了其社会的巨大发展，以及它们因此对世界其他国家地区资本文明式的全面扩张给其他国家和地区的人们以强烈的影响，使后者误以为西化、全球化的过程即是社会的现代化转型。

参 考 文 献

阿列克斯·卡利尼克斯 . 2005. 反资本主义宣言 . 罗汉，孙宁，黄悦译 . 上海：上海译文出版社

安东尼·吉登斯 . 2003. 超越左与右——激进政治的未来 . 李惠斌，杨雪冬译 . 北京：社会科学文献出版社

德赛 A R. 1993. 重新评价"现代化"概念 . 见：罗荣渠 . 现代化：理论与历史经验的再探讨 . 上海：上海译文出版社

巨永明 . 2008. 资本全球化与二十世纪世界历史运动 . 北京：线装书局

马克思，恩格斯．1995．马克思恩格斯选集．第2卷．北京：人民出版社

王逢振．1998．全球化、文化认同和民族主义．见：王宁，薛晓源．全球化与后殖民批评．北京：中央编译出版社

王蒙．2007．全球化视角下的中国文化．词刊，（3）：34～37

俞宪忠．2001．全球化与现代化．济南大学学报，11（6）：71～73，79

杨雪冬，张世鹏，李惠斌等．1997．关于全球化问题的学术讨论．马克思主义与现实，（2）：67

现代化对文化知识产权的挑战

吕 江

美国东密歇根大学

随着世界现代化浪潮的推进，非物质文化遗产的持续发展成为人们热切关注的问题。这不仅因为非物质文化遗产是各个地方的民族文化之精髓，对提高、发展文化现代化有着极重要的作用，同时也因为其具有市场价值，成为具有产业营销的潜在资源[1]。21世纪以来，一方面，现代化、信息化及全球化使得非物质文化遗产快速、大量地消失；另一方面，非物质文化遗产转而进入文化产品及文化服务市场，被经营运作，从而渐渐失去了其原有的本土传承的自然活态流变性及其相对的恒定形态。在现代化的过程中，传统文化的重要组成部分——非物质文化遗产面临着前所未有的挑战及机遇。

在迎接、面对挑战及机遇的时候，学习借鉴各个国家和地区的经验与教训，对于中国这样一个拥有丰富的传统文化、现代化发展极为迅速的国家来说，尤为重要。本文主要介绍和讨论近期西方学者对"文化知识产权"这一问题的研究及实践。特别就如何对由当前全球化及现代化大潮和科学技术所带来的新挑战，提出了一些有意义的概念和参照资料。

当前在世界范围内，随着全球化及现代化浪潮的到来和冲击，文化的形式、实践以及对其的理解在很大程度上被重新构建，并且涉及如何合理掌控市场化的问题。面对这些新的各种变化、威胁及机遇，本土的人们（indigenous peoples）、地方社会（local communities）和民族国家（nation states）纷纷行动起来参照或借助西方无形知识产权系统，来划界他们自己的文化遗产。世界性的机构有联合国

---

① 侯晓斌．非物质文化遗产资源产业化研究．见：中国科学院中国现代化研究中心．中国文化现代化的新探索．北京：科学出版社，2010：213～217

教科文组织（UNESCO）和世界文化遗产组织（WIPO），其正发挥着越来越重要的协调作用；与此同时，很多不同领域，诸如法律学、生物药物学、音乐史学、人类学、历史学、民俗学、社会学、考古学、经济学、档案学、博物馆学等的专家和学者，甚至很多大型的工业财团、娱乐公司，也主动或被动地投入到此类现象的研究、实践、争论甚至争斗中。有特色的地方文化，这一长期以来为人类文化学者所关注的课题，其命运和所属权已经被更多的领域所关注和探讨。这一发展过程为文化学者们，如民俗学家、音乐史学家、人类学家提供了许多新的视角和挑战。

近年来，西方学术领域出现和广泛应用了许多新术语以及新概念，诸如传统语言及文化、文化自觉意识、文化危机性、全球文化政策、文化的稳定及创新、交叉文化、文化盗用方式、知识商品化及文化商品化、文化纠纷、全球文化遗产争议政策、经济全球化所引发的地方文化之争、传统文化及资源的公有性和私有性、文化所属权、资产保护及营利、人类文化产权及流通、非物质文化遗产、文化补偿，等等。这一现象的产生体现了目前文化领域（无论主动也好、被动也好）进入了新的国际互动阶段的现实，同时也反映出传统文化的发展正处于前所未有的新阶段。

现代化的推进对传统文化的所有权产生出诸多方面的冲突，现从以下五方面进行阐述。

一、地方文化所有权及文化冲突之一：文化的盗用

首先，讨论地方文化所有权及文化冲突。美国威廉大学人类学教授麦克·布朗（Michael F. Brown）是率先提出"地方文化所有权"的学者之一。经过大量的案例实践，布朗认为，以西方所谓的无形知识产权系统来运作非西方文化无形知识产权，会给当地民众、社团、地方政府和国家带来许多问题、混乱、破坏甚至灾难。2003 年他著书《谁拥有本土文化》①，研究本土文化产权的形式和显现方式，提出文化产权之争起源于文化盗用现象的界定。文化自觉意识使人们醒悟到了盗用文化的行为。如下例：

澳大利亚土著人与航空公司关于他们部落图案的产权之争。土著人状告航空公司侵权，盗用他们部落的图案形象为其航空公司商标形象。因为他们有了文化自觉意识，认识到他们的文化产权被盗用了。因此，要求对他们的非物质文化遗产进行保护和申报。航空公司同土著部落发生了强烈争执：如何制定文化赔偿、界定谁真正拥有这一所有权，等等。整个过程曲折漫长且又具有伤害力。

实际上对文化的盗用和偷盗文化的行为是常见的。比如，数十年前，日本制

---

① Brown M. Who Owns Native Culture? Boston：Harvard University Press，2003

造的一种仿"中国风"形式的瓷盘盛销到欧洲，其风格完全模仿中国晚清制造的"中国风"式的瓷盘。商人便利用欧洲人爱好收藏"中国风"① 瓷器的偏好，盗用这种形式以牟取利益。

美国有家调料公司为扩大产品知名度，将近年非常流行的印度某种调料加入到传统的已经非常闻名的印第安人品牌的调料中，并将新内容写入说明中。而印第安和印度在英文中都是 India，这显然是在混淆品牌以达到盈利的目的。

二、地方文化所有权及文化冲突之二：知识产权理念的形成及运作

在日常的生活中可以看到，有许多可被称为文化盗用和偷盗文化的现象。原先谁也不曾注意这种现象。然而为何这种现象被重视、被讨论、被公布于众、被法律审理呢？它就是知识产权之争。知识产权理念的产生，可以说是社会、经济发展的结果，是商品经济的产物。对某些地区和国家来说，这是随着西方文化及现代化的传入而产生的。本土的人们醒悟到了地方文化所有权的意义及权益。他们行动起来保护地方文化所有权，保护自己的知识产权。

然而，本土的人们接受知识产权的理念，以及操纵它的过程，是极具挑战性的。生搬硬套西方文化的模式，其结果必然会威胁本土文化的自然成长。因此，盗用知识产权的行为引起的地方文化所有权之争，已成为文化研究中凸现的课题。文化学者一方面关注如何在全球化及经济大潮中保护非物质文化遗产，同时又必须关注这种冲击给传统和本土文化所带来的变化。大量的案例表明，生硬地照搬和人为地申报本土文化产权，其结果都非常混乱。只有注重实效的协商才能使各方面都较为满意。现介绍案例。

智利的土著部落流传着许多草药偏方。美国某大制药公司为取得这些偏方的产权，同当地社团联系。因界定归属权而导致地方社团组织间和谐的传统友谊破裂，造成社团组织与公司间的联系极为混乱。最令人关注的是，偏方产权的争夺，使商品经济的概念严重地受到冲击并渗透到当地人们的价值观念之中，并对他们的传统生活习惯、思维方式产生重大影响。文化学者麦克·布朗认为这种生硬地强加于本土民众的做法，是一种后殖民主义的侵略行为。

1992 年联合国大会批准认可了，关于对国家所控制的生物资源的财产权、传统知识产权的保护和利润分享的建议。然而在实施中这一"生物勘察"计划时，碰到了一些困难。例如，美国亚利桑那（Arizona）大学同墨西哥国立自治大学就当地草药的生物研究计划②在与本土团体打交道的过程中，遭遇到复杂的困难。因

---

① 中国风—Chnoiserie，兴盛于欧洲 17～18 世纪的文化风格

② The prospecting project was funded by the US Government's International Cooperative Biodiversity Group (ICBG) program. In the project, researchers from University of Arizona and their industry partners collaborated with researchers from the Mexico's National Autonomous University (MNAU)

为难以界定谁可以真正代表地方权益，或谁拥有这一文化遗产权。被夸大的期望引起交涉的冲突，追逐利益引起的冲突贯穿于整个生物勘察的过程中，最终各方不欢而散。结果研究小组为避免本土社区的纠缠，就从市场和路旁收集材料，并开展研究和发表成果，与当初的为保护传统知识产权和分享利润的初衷完全背道而驰。

关于这类案例，有学者认为①，西方不应该强加给本土人们"生物勘察"的概念。有学者批评②，将传统知识作为知识产权太理想化了。历史上，知识产权同占有欲及个人主义思想体系，构成资本主义社会的一个特性，是属于西方文化的范畴。克瑞·海顿③认为市场实际可将社会和知识产品改变，其过程是以异化遗传的方式来进行的。比如，在新自由主义（nio-liberalism）阴影的笼罩下，大自然也堂而皇之地成为商品，并以市场的技巧来操作。文化学者们人为，也许北美对南美的文化介入，如果没有任何盈利目的，将取得较好的结果。实际上，"生物勘察"这个战略，原本是为了避免生物多样性资源的地方化和私有化；国家利用这种方式，来避免对本土社区的直接冲击。然而，"生物勘察"所带来的负面影响却是社会的和文化的。当谈判合同之时，非本土的价值观念逐步取代本土社区的传统观念，自然环境的原生意义也在改变。当最终所谓共有的盈利流入本土社区后，人们的生活方式也将改变，并且文化传统也将随之毁坏。因此克瑞·海顿认为，不能为保护生物的多样性而进行"生物勘察"，而以破坏人类的文化多样性为代价。这种新时期的文化现象的确对文化学者提出了新的挑战甚至冲击。

三、地方文化所有权及文化冲突之三：文化产业的营销

伴随着现代化及知识经济的迅猛发展，具有国际性、文化强烈冲击性及市场商业运作性的新问题，以迅雷不及掩耳之势凸现。由于商业动机的刺激和经济链条的中介，文化产业已经成为第三产业中迅速崛起的一个庞大的"产业群"④。

以盈利为目的音乐商业化剧烈地冲击着音乐界，大众今天能否听见或是听不见哪些音乐，都由版权和金钱来决定。传媒公司之间相互竞争以掌控世界市场，实际上这种音乐的变革潜在的将"知识产权"推广到世界各地⑤。而如何操作使用音乐版权法，不同的文化有着不同的方式。民俗学家特别注意到，口头文化或民

① Hayden C. When Nature Goes Public：The Making and Unmaking of Bioprospecting in Mexico. Princeton，NJ：Princeton University Press，2003

② Greene S. Indigenous People Incorporated? Culture as Politics，Culture as Property in Pharmaceutical Bioprospecting. Current Anthropology，2004，45（2）：211～237

③ Hayden C. When Nature Goes Public：The Making and Unmaking of Bioprospecting in Mexico. Princeton，NJ：Princeton University Press，2003

④ 蔡嘉清. 文化产业营销. 北京：清华大学出版社，2007：1

⑤ Scherzinger M R. Music，Spirit Possession and the Copyright Law：Cross-Cultural Comparisons and Strategic Speculations. Yearbook for Traditional Music，1999（31）：102～125

间音乐事实上很难接受使用音乐版权法。版权法承认唯一、独立的发明，而传统民间音乐是属于全社区的①（public domain）。目前有些生产商甚至买断某本土音乐家的表演，使追踪纪录音乐的学者再也无法继续记录这一音乐的发展。因为本土音乐家拒绝再为任何人表演，除签约的公司外。可以看到音乐版权法可能会限制民间音乐的自然发展。有些民歌手不愿公开演唱，因为本社区将他们的音乐作为社区的财产登记注册了。

从某种程度上来说，市场的商业运作推动了传统音乐的传播，但它又抑制或改变了传统民间音乐的传承过程。由此而来，许多从事保护非西方音乐的国家和国际法便应运而生。早在 20 世纪 90 年代初，就触及了研究者、生产商、原作者之间的交涉事宜。社区代理通常被认为是最佳的控制层面。经验表明，面对迅速增长的市场能量，音乐史学家应努力争取首先登记录音版权取得对音乐传播的控制。这些做法势必会引发知识产权之争及文化冲突，或因知识产权之争及文化冲突而引发一些做法。

四、地方文化所有权及文化冲突之四：文化补偿

前面讨论过地方文化所有权，涉及文化盗用的问题。有盗用就应有赔偿，那么，就此引出文化补偿的讨论。如同地方文化所有权一样，文化补偿也是一把"双刃剑"，有其双重性。看一看下面的例子。

1990 年，美国布什总统签署了《美国土著人坟墓和保护案》（Native American Graves and Protection Act，NAGPRA）。NAGPRA 要求将所有印第安遗骸、宗教项目、埋葬奉献物和日用品一律还给原部落的所在地。凯瑟琳·芬-黛于 2002 年著书《坟墓的判决：美国印第安人的赔偿运动与 NAGPRA》②。此书描述了美洲印第安人遣送运动、执行法律、历史背景及有关问题。人们大都视此运动是对美国印第安人文化、宗教和产权的保护。对于美国印第安人来说，法案是融合他们族群步入主流或大社区的起点。而有些人，特别是一些科学家，视其为威胁科学的一项政治措施。因为许多"文物"被送回原部落后，对它们的保护措施、手段可能有影响。美国学者凯瑟琳·芬-黛以科罗拉多州的福特·露易丝学院所进行的归还收藏品的活动为研究对象，细致地探讨了文化补偿过程所涉及的历史、文化、宗教、民族、法律、政治等方面。她发现，由于部落与部落之间、部落与个人之间、部落与政府之间矛盾不断，一些意想不到的冲突发生了。例如，某小部落申报了某项遗产的所有权，并要求归还。正在商讨之际，另一大部落前来申报对此项遗

---

① Feld S. Pygmy POP：A Genealogy of Schizophonic Mimesis. Yearbook of International Music，1996

② Fine-Dare K. Grave Injustice：The American Indian Repatriation Movement and NAGPRA. Lincoln：University of Nebraska Press，2002

产的所有权。原因是在地理位置上，小部落坐落于大部落中间，因此，大部落认为其应拥有此项所有权。

由于文化补偿这个问题具有复杂性，应该更加仔细地制定文化补偿的操作细节。因为补偿的过程，也是不断为知识产权而战的过程。美国涉及本土文化的博物馆，常常受理关于知识产权和文化赔偿的案件。很多民俗学学者和人类学学者都从事此类工作。

归还物质文化遗产的过程，促进了人们对非物质文化遗产的兴趣。印第安纳大学教授杰森·杰克逊于 2002 年发表了关于实施 NAGPRA 的文章①。这篇文章提供了一个有趣的例子。Sam Noble，Oklahoma 自然博物馆，曾收藏一件由 Caddo 部落的头人维乐（Weller）先生捐赠的祭祀仗。当初，在维乐去世后又无继承人的情况下，由某大学考古学家说服了维乐的夫人，将祭祀仗捐献给博物馆。此物不仅是博物馆的收藏珍品，也是进行科研及教学的重要案例。在 NAGPRA 运动中，Caddo 部落的后代要求索还祭祀仗。之后，此祭祀仗成为 Caddo 部落后代的集体拥有遗产，而且今后世世代代永远拥有。而原拥有者——博物馆虽然继续担负着收藏祭祀仗的任务，则无论何时，在何种情况下，都不再可能获得拥有权。有趣的是，Caddo 部落的后人的确重新利用祭祀仗，恢复并举行了节日祭祀舞蹈。实际上博物馆成为祭祀仗的遮风避雨场所，而丧失了早前拥有此物时的权力。

五、地方文化所有权及文化冲突之五：文化保护及发展的可持续性

以上我们看到了西方学者们通过他们的实践和研究，所得到的经验及提出的一些有建设性的概念及建议。对当代进行的保护和研究工作，具有相当的参考价值。让学者更为关注的是，使用知识产权保护本土资源所带来的是非物质文化方面的变化。较多的情况是，知识产权法不一定符合本土文化的价值观。最明显的例子就是对于非物质文化遗产的保护，一方面遗产保护可能只流于数据管理，成为表面文章；而另一方面又难以避免地影响和改变着遗产的内容、形式和发展。的确，知识产权及地方文化所有权是把"双刃剑"，各地区在引进、操作它的同时，要看到它的另一面，即对地方文化的负面影响甚至破坏作用。这正是我们要非常重视和谨慎之处。

在全球化及现代化大潮的冲击之下，在市场化商品化的竞争中，以及所面临新技术的挑战，势必会有更多学者投身于有关研究之中。一方面要关注如何在全球化及经济大潮中保护非物质文化遗产；另一方面又要关注这种冲击给传统和本土文化所带来的变化。特别是要关注有关文化遗产的全球性政策，如申报世界文

---

① Jackson J B. Notice of Intent to Repatriate a Cultural Item in the Possession of the Sam Noble Oklahoma Museum of Natural History, Norman, OK. Federal Register, 2002，67（197）：63153~63154

化遗产。不仅要保证所申报的物质和非物质文化遗产的质量及内容，更重要的是要关注在申报前后及过程中本土文化的变化。在变化多端的全球化这一背景之下（而非在原应平等的世界大文化圈之中），涉及的世界文化遗产的文化经济将如何成长？入选世界文化遗产保护名单后，这些"遗产"在当地其本身的变化，其他未入选的"遗产"的变化也应予以关注。

学者们不应只限于研究文化的多元化性，同时更要注重它的发展①。所谓关注发展，是指还要对其可持续性和不可持续性进行研究。再进一步对活遗产进行保护，如推动建立活档案、活资料馆等。有不少成功的经验值得我们借鉴。

联合国教科文组织于 2002 年举办的丝绸之路节日庆典之旅活动被公认为是成功之路。它提出了新的保护理念：要适宜地相互拥有，而不是固定地防御；是联网而不是划界；是交流交换而不是限制约束。其概念是：人来人往，文化长存。大批的国际民俗学家、艺术家、商业人士纷纷参与了这个活动。

能否真正保护地方文化遗产和非物质文化遗产？这种保护能否激发传统的创新性？在被世界和国家政策性地保护后，地方文化和非物质文化会如何变化？这些都是新时期具有挑战性的课题。很多中国学者已经非常重视和研究这些课题。大家要以国家及世界经济和文化为背景和支托，紧密联系国计民生，传承和保护我们的传统文化、地域文化、文化基因和内涵。要以不同于以往的方法，从更加广而宽的角度，渗透到众多的领域进行可持续性研究。

普世价值观建构与多元文化的相互制衡

杨 岚

南开大学文学院

我们目前所处的是一个全球化的时代，经济全球化、政治国际化、世界文化多元化的趋势愈演愈烈，世界各国各民族的命运关联空前紧密。美国次贷危机可引发全球金融风暴，朝核问题可能随时升级，两国局部冲突可能导致全世界高度紧张，一些国家非科学发展模式导致地区环境污染和生态失衡、资源枯竭、全球变暖，可影响到全人类生存条件，某地区文化遗产和自然遗产的破坏

---

① Adra N. The Relevance of Intangible Heritage to Development. Anthropology News, 2004, 45 (3): 24

可引起世界范围的关注和指责。地球村的观念深入人心，世界公民意识在新新人类中普及，虚拟空间网络社会的世界通则正在迅速形成，并影响到现实社会的发展。随着人类生存范围扩大、交流广泛深入，文化视野融合的同时文化冲突也在加剧，文化危机感和忧患意识在强化，尤其在与人类文明的终极关怀和文化发展命运相关的问题上，更是情感聚焦点，大规模的文化冲突和文化认同都发生在这些环节。

全球化以现代化为主题。以工业文明、商品经济、信息文明为基础的现代化进程把世界多数国家推到一条轨道上，共同面对的全球性问题和不断趋同的经济政治游戏规则，加速了文化同质化进程，而各民族的危机意识和自我独立意识也在觉醒，文化趋同现象与文化多元化的相互制衡意识并存。

一、普世价值建构的基本原则

全球化时代的人类生存方式在趋同，行为规则和思维方式也在趋同，而首先能取得一致的不会是经济利益、政治主张或意识形态领域，那里往往是利益争夺白热化的焦点，而在基本道德规范和共性的审美需求领域，人类更可能体会到人性共性。在价值理想目标领域达成的一致，会逐步与维持基本生存发展规则的基础价值观汇通，形成共同规则。就迫切性和必要性而言，普世价值原则成为异质文化交流的思想前提，以此为基础的国际法、联合国政治、经济共同体、文化资源库等逐步建立，促进类意识和类情怀的形成。

普世价值应是"普适"的，必须得到广泛认同，这决定了其必须是底线价值或高限的价值理想，才能因其共同利益一致或抽象理想的相似而达成共识，如在国际人权公约、科技伦理规范、环境保护职责、反对战争契约、人类文化遗产保护、自然生态保持、真善美价值追求等方面。

作为普世价值建构的基础原则，孔子的"己所不欲，勿施于人"和基督教的"己所欲施于人"广为人知。相比较而言，前者是"不宜如此"的底线伦理，后者是"应该如此"的高限伦理；前者是常态下的行为准则，后者在不幸境遇中更易得到认同。孔子的忠恕之道更易成为和平共处的共性原则，而积极进取的传道精神也可能有以自己的价值观强加于人的生硬之处，易引起抵触情绪，而不易被异质文化所理解和接受。

费尔巴哈《幸福论》把孔子"己所不欲，勿施于人"（尤其处于平安幸福时，互不侵扰是维持和平稳定的准绳，笔者注）与《新约》中"己所欲，施于人"（自己处于不幸时所渴望的帮助可成为体察他人需要的指针，笔者注）的观念并提，并竭力推崇前者，"在许多由人们思考出来的道德原理和训诫中，这个素朴的通俗的原理是最好的最真实的，同时也是最明显而且最有说服力的，因为这个原理诉诸人心，因为它使自己对于幸福的追求服从良心的指示"。这是利己的道德，"但同时也是健全的、纯朴的、正直的、诚实的道德，是渗透到血和肉中的人的道德，而不是幻想的、伪善的、道貌岸然的道德"①。从费尔巴哈的理解中我们可看到这一原则的素朴和切实，从而与西方宗教道德的理想主义和极端性质区别开来。

"己所不欲，勿施于人"可作为自然法的出发点，如霍布斯在《利维坦》中宣称："自然法便无须作任何公布或宣布，因为它就包含在全世界都承认的这样一句话中：'己所不欲，勿施于人'。"① 可见，这一原则也可成为现代法治社会的法理基础。

弗洛姆则提出其反题"施于人者返于己"。他在《寻找自我》中也提到："'己所不欲，勿施于人'这是一项最基本的道德原则。但是，下述说法也同样无可非议：你施于他人的任何行为，同时也是针对你自己的。破坏任何人的求生力量，自己必然会遭报应——尊重生命，包括他人和自己的生命，是生命过程本身的相随物，是心理健康的一个条件。在某种意义上，破坏他人是一种可与自杀的冲动相比拟的病态现象。"② 这一引申使这个原则由己及人、由人及物，可成为生态伦理建构和文化生态平衡的出发点。

德国柏林的一个公园（得月园）中有一孔子雕像，底座刻有其名言："己所不欲，勿施于人"，这可能也是一种暗示，这条原则可能是法西斯主义和西方文化霸权主义的克星。在全球化时代减少文化尖锐冲突也有赖于此。普世价值不应成为推销西方价值观的保护伞，而应是人类共同价值系统建构的奠基工程。同时，"己欲立而立人，己欲达而达人"（《论语·雍也》），可能有其更积极的一面，更利于全球化时代的文化互惠互利、和衷共济。

二、普世价值的基本内涵

各民族文化体系都可能在普世价值系统中贡献自己的文化观念，只要是留存至今的文化总会有普适性的成分，适应自然环境和人文环境的千变万化演化而来的文化系统是活的有机体，其价值系统也是历史地形成和调适的精神结构，包含着丰富的价值真理和情感智慧。

目前试图在世界范围内普遍得到承认并可作为普世价值基础概念的，既有西方现代价值观念如人权、民主、法制、平等、自由、博爱，也有东方的天人合一、社会和谐、世界大同、中和中庸、仁爱慈悲、精神超逸等，这些观念虽在不同文化体系中发育，却是人类的共同价值追求。虽然传说中变乱语言使各自孤绝发展

---

① 费尔巴哈. 幸福论. 转引自：张国珍. 善与恶的角逐——伦理卷. 北京：中共中央党校出版社，1998：158

② 弗洛姆. 寻找自我. 转引自：张国珍. 善与恶的角逐——伦理卷. 北京：中共中央党校出版社，1998：255

的人类文化未能与上帝抗衡，而在全球化时代，语言和文化交流在强化人类的力量，共同价值观使人类应对全球性危机的能力大增。危机中的转机和发展契机也在显现。

保护基本人权，反对战争，越来越成为共同价值的底线。过去我们还会强调人权的文化背景、人权与国情的关系等，现在中国已加入国际人权公约，承认那些率先由西方人提出的观念是全人类共同的追求；过去我们还会强调以正义的战争击败不正义的战争，以暴力革命建筑合理的正义的理想社会，而在毁灭性武器出现后，反对战争，主张和平解决问题成为为人类负责的明智态度，一些以原有政治格局、意识形态、道德观念和传统习俗为依据而形成的爱恨情仇一时灰飞烟灭，人类激情世界的暴风骤雨往往是短暂的，"飘风不终朝，骤雨不终日。孰为此者？天地。天地尚不能久，而况于人乎？"[①] 而人类关于文明的命运的思考是永恒的，可持续发展、科学发展、和谐发展成为多元文化的共同追求。

高科技时代科技野性发展已将人类推向一个高速前进但不明目的地的轨道，人类情感体验在这新奇冒险中也如乘过山车般狂飙跌宕，即时性、变幻性、模糊性、不可测性的情感在生活中成为常态，而稳定恒久、明晰规律的情感反成为珍罕。在外部世界的飞速变化中，人类内心的安宁成为精神奢侈，需高度修养修炼方能到达。信息技术使虚拟世界的抽象生存成为主流，基因技术使人类改造自然和自身的活动深入到创造性和目的论的层次，新能源和新材料技术为人类解决目前的难以持续发展的困境和危机直接服务，海洋技术和航天技术则拓展了人类的生存空间。人类文化发展走向与科技革命浪潮同步，高科技不仅改变了人类的生存方式，也改变了人类的内在世界，突出的就是，理性向情感世界的全面渗透，情感向符号世界（通过现代抽象艺术）和物质世界（通过设计）的外化，形成情感冷却和扩散并存的趋势，与传统情感世界狂热而凝聚的状态形成对照。高科技与高情感对应，泛化的情感世界中，情感生产和情感消费大规模进行，而精神复制盖过精神原创，人类内在世界也在机械化，也许只有通过这个长长的黑色走廊才能在新感性、新感觉、新鲜感情的基础上重新建构生机活泼的人类情感世界。

传统价值观集中体现于宗教、道德、政治等领域，而现代价值观在科技伦理、经济伦理、审美观念中体现得也很充分。普世价值观为人类文明发展提供了一个人文理性和人文关怀的安全防线。环境科学、消费伦理、多元审美标准等在科技肆虐、物欲横流、审美迷失的文化场域中寻求出路。

普世价值中还包括对自然的尊重，保护生态，保护环境，对一切生命形式的珍视和关爱，应是生态文明建设阶段的主要原则。当代信息文明与生态文明并建，在智能化机器武装的人类越来越强势的背景中，人类和自然的二元对立格局愈演

---

① 任继愈. 1985. 老子今译（修订本）. 第23章. 上海：上海古籍出版社

愈烈，直至濒于断裂，全球性的能源危机、环境危机、生态危机已昭示出自然系统对现代文明发展模式的否定，这是绝对的否定：地球支撑不了高消耗、高污染的发展模式，物种快速减灭，生存基本条件恶化，生态系统不可逆地趋于失衡甚至崩溃。——人类必须反省和重建人与自然的关系，谋求可持续发展之路。而人与自然关系模式的调整势在必行。人类对自然的回归意识既表现为生态保护、环境保护和循环经济的推广，也表现为旅游热和自然遗产保护，还表现为生态伦理和生态艺术的兴起。

三、普世价值与多元文化制衡

人类精神文化领域中理性因素与非理性因素的不平衡、科学文化与人文文化的不平衡，使生态平衡观念的呼唤格外迫切而强大起来，"深生态观"在大众文化中也开始走红，人们关注的焦点由自然生态到社会生态，再到精神生态、文化生态的平衡，逐步形成共识，并推向实施。

西方现代化模式的人与自然二元对立格局不是人类文明的唯一选择，东方的"天人合一"观念可以救偏补弊。人类是地球家园的守护者，地球也是人类命运的维系点，生物多样性、文化多样性是人类文明持续的必要条件，生态伦理是高科技时代人类应该秉持的行为原则，对自然的深情大爱、对异质文化的欣赏应是当代人格的情感基质。

普世价值在建构和传播中遭遇地域性、民族性的价值偏见阻碍，会被指斥为西方文化霸权或东方文化扩张等，而事实上这种精神征战和扩张也的确在进行。在传统情感世界，宗教情感中体现着普世价值的视界，道德情感中凝结着共同价值的颗粒。现代情感世界中，政治情感中推广着强势的文化，包含着在殖民化过程（全球化的野蛮形式）中被迫形成的普世价值观，商品流通和全球性经济合作中（全球化的文明形式）也在促销和促成似乎是主动选择的普世价值观。当代情感世界中，科学无国界、审美趣味无争辩、意识形态淡化的思潮中消解了情感藩篱，普世价值与共同情感在理性导引和感性认同中逐步融合。

价值观是文化系统的内核，文化体系的命运决定其价值观的地位，如世界四大文化体系：西方文化、中国文化、印度文化、阿拉伯文化体系等，在人类文明发展的不同阶段曾经各领风骚，而在其文化居优势地位时，其价值观便广泛传播，得到普遍认同，本民族文化的自豪感也油然而生；当作为生存方式系统化的文化已经落伍，不适宜现代生存，使秉承文化的民族难以生存时，文化凝聚力便会下降，其原有价值观解体便不可避免，文化情感领域激烈冲突。例如，我国从鸦片战争到五四运动期间的文化困惑和文化痛苦至今仍难以挥去。历史上改朝换代、异族统治时，均会遭遇情感危机，作为文化遗民文化人的体验格外惨烈，甚至会发生文化殉情、观念战争的现象。普通大众对社会巨变期的价值崩溃阶段和价值重构阶段所形成的观念混乱、行为失范、内心冲突，也是深有体会的。不同文化体系碰撞交流中，对峙时期的敌对情绪会形成类似于"非我族类，其心必异"（见《左传》）、"敌人赞成的我们就反对，敌人反对的我们就赞成"的极端心理，而且万众一心，众志成城，不容置疑，民族文化情感在热战期间不可挑战，否则会成为众矢之的。一旦时过境迁，冷静下来，这些心态的狭隘偏激之弊立现。

在文化势力对比悬殊，或一方战胜另一方时，文化价值评估容易失当。成者为王败者为寇，文化某方面的强项或弱项会在激情中放大，遮蔽了对文化整体的认知和评价，伴生的文化情感往往激烈而偏颇。激烈的文化冲突平息后，文化情感领域的后遗症仍会长期存在，文化中心主义、文化优越感、文化霸权主义、文化殖民主义等是优势文化在民族心理中的投影，而文化悲观论、屈辱情意综、文化敏感症、文化敌意普泛化等则是文化劣势留下的民族心理创伤，这些文化偏见会影响对文化价值观的客观评估，引发文化行为失当，对曾经的优势文化的文化政策可能有误导，对曾经的劣势文化的发展模式选择也会有消极影响，最终对人类文明健康发展有害。

各民族文化体系均有自己的优点和缺点，这两者往往一体两面，构成文化的特点。民族文化塑造民族性格，每个民族均或多或少地有"我族中心"、"我族优越"的心理，曾经占据领先地位的文化更明显，都试图推广自己文化系统中的价值序列，认为自己珍视的价值应是全人类的共同价值。不同时代确有优势文化的价值观盛行的文化景观，如原始文明后期的印度文化、奴隶制时期的古希腊罗马文化、中世纪的阿拉伯文化、农耕时代的中国文明、工商时代的西方文明，都曾将自己的文化价值观远播各方，形成普世价值观的雏形和现实形态的脚本与资源。

价值观的竞争在信息文明时代会成为文化较量的焦点，经济政治势力的斗争最终在观念文化领域决出胜负。全球化时代，文化产业在生产结构中占据主导地位，文化市场国际化运作，网络文化冲破国家民族界限，文化冲突与文化交流空前深入，文化情感世界也空前复杂，开放、宽容、理解、对话、建设性等成为正向的文化情感的基石，文化情感从激越走向平和，从自我标榜走向相互欣赏，或可"各美其美，美人之美，美美与共，天下大同。"（费孝通语，1990 年）① 中国传统文化中大同世界的理想与西方文化中的乌托邦冲动，可能在信息技术平台上，以和平融合的方式，渐趋一致。多元文化体系的互相借鉴和互相制衡，在飞速发展的高科技时代，或可为人类文明的可持续性增加一些保险系数。

---

① 贾仲义．美美与共——全球化时代人类生存必需的修养、情怀与智慧．中央民族大学报，2008－04－03（第 2 版）

参 考 文 献

彼得·科斯洛夫斯基.1999.后现代文化——技术发展的社会文化后果.毛怡红译.北京：中央编译出版社

赫伯特·马尔库塞.1988.单向度的人.张峰译.重庆：重庆出版社

赫伯特·马尔库塞.1989.现代文明与人的困境.李小兵等译.北京：生活·读书·新知三联书店

赫伯特·马尔库塞.2001.审美之维.李小兵译.桂林：广西师范大学出版社

列维·布留尔.1986.原始思维.丁由译.北京：商务印书馆

陆扬,王毅.2006.文化研究导论.上海：复旦大学出版社

赛义德.2003.文化与帝国主义.李琨译.北京：生活·读书·新知三联书店

石泰峰.1998.称量主义的天平——法律卷.北京：中共中央党校出版社

谢少波,王逢振.2003.文化研究访谈录.北京：中国社会科学出版社

约翰·奈斯比特.2000.高科技·高思维.尹萍译.北京：新华出版社

张国珍.1998.善与恶的角逐——伦理卷.北京：中共中央党校出版社

现代化比较的再思考

周学政

北京体育大学

现代化研究进行到现在已经经历了一个相当长的时间，对于什么是现代化，以及如何进行现代化的研究已经是汗牛充栋。与之相对应的是，对现代化的比较研究也越来越多，特别是对中国和其他国家的现代化比较研究进行得如火如荼，大有不比较就不能称为现代化研究之势。在这样的背景下，我们需要思考，为什么要进行现代化研究，如何进行现代化研究。特别值得我们思考的是，我们进行了这么多的比较研究，一种忽略事物本质现象的数据决定论正在充斥着我们的研究，对于基于数据的比较研究应该如何看待，本文拟就此问题谈一下笔者的看法。

一、为什么要进行现代化比较

为什么要进行现代化研究，这应该成为我们进行比较研究的出发点，同时也是归宿之所在。只有搞清楚了为什么这样做，才能把事情做好，这是非常简单的道理。那么，经历了如此之多的现代化研究之后，反过头来我们再思考中国现代化道路的时候，不可避免地要看世界，同时，笔者认为，我们在看世界的同时也应该看历史，只有从国际和国内两个角度对中国的现代化道路进行分析，才能够让我们更加明白为什么要进行这种比较。

1. 从国际角度看，学习先进国家的经验，避免自己走弯路，是中国人进行现代化比较的主要出发点

毋庸置疑，中国的现代化道路比国外起跑得晚、走得曲折，道路上遇到的各种阻碍更多。中国的基础和历史背景是不可忽视的一个重要问题。那么，从国际角度看，中国人为什么要进行现代化比较研究？笔者认为，学习先进国家的经验，避免它们的教训，防止自己重走别人走过的弯路，这才是中国人进行现代化比较的出发点。

从国际经验来看，世界上东西方的差距不只是始于近现代科技革命或者产业革命，严格来讲，东西方的差距自古就一直存在着，不过是在你追我赶的过程中互有快慢。如果我们从经典现代化的角度来看，可能会认为过去的东方始终是慢于西方的发展，可是如果我们从人类历史的漫漫长河来看，东方也曾经遥遥领先于西方。至于后来的李约瑟问题，更是道出了许多东方人的心声。而我们要关注的不仅仅是东西方为什么会有这样的差距，其实更重要的是如何减小这种差距。

2. 从国内角度看，探索中国人自己的道路，追寻一条有中国特色的现代化道路，是进行现代化比较的归宿

要缩小我国与先进国家在现代化方面的差距，最重要的，笔者以为应该探索一条符合中国人自己的道路，也就是中国特色的现代化道路，这应该成为我们进行现代化比较的归宿。基于中国的基本情况和特点，从实际出发探索自己的路，这已经成为中国人的共识。对于现代化这条道路而言，中国人的选择并不是自动实现的，而是被动、迟发、外在推动的。虽然现代化的理念来自于国外，但是从中国人的选择来看，自 20 世纪 70 年代末中国实行改革开放以来，中国人对自己道路的选择更加理性，更能够从自身的实际出发探索自己的道路。

应该说，在新中国成立以后，我国提出了要建设四个现代化的目标，虽然对其具体内容有过不同的认识，但这是基于对我国当时所处历史条件的分析基础上提出的符合实际的目标，这一目标既体现了当时中国人的选择，也体现了中国人长期以来对现代化认识的一个深化。从现实的发展来看，中国人在 20 世纪五六十年代，乃至 80 年代初对现代化到底要如何搞应该说还是不清晰的。只是到了后来，开始了深入的基于国际视野的现代化比较之后，中国人才开始思索自己的道路。

因此，从总体上看，我们今天进行比较研究，目的无非两个：一个是通过国际比较学习别人的经验和长处，避免自己走别人走过的弯路；另一个是探索自己的道路，使自身的发展更加科学和"现代化"。

二、如何进行现代化比较

对不同的事物进行比较，可以有很多不同的角度，会呈现出很多不同的状况。对现代化的比较，笔者认为，应该充分考虑不同主体的不同基础和所处的历史阶段，同时最重要的是要充分考虑文化背景的不同。

1. 进行现代化比较研究应该充分考虑现代化主体所处的不同历史阶段

不同的历史阶段决定了每个国家和民族不同的发展程度，东西方的历史对比已经非常清晰地展示给我们不同历史阶段所带来的不同情况。

从人类历史的发展分析，古代东方特别是古代中国为人类历史做出了巨大的文明贡献，这种贡献不仅体现在思想文化领域，而且体现在以中国古代科技为代表的科技文明方面。这些古代科技文明成为整个人类文化的宝贵财富，也启迪着整个人类的思想发展。但是，可惜的是，到了近代，以儒家文化为核心的东方思想逐步不能适应以"科学"或者说"现代"为主要表现形式的"近现代社会"。这种不能适应，不仅表现在器物层面的文化上，更多的还表现在深层次的思想文化层面。于是东西方的思想冲突不断，文化的相互冲击不断。

客观地讲，每个民族和每个国家在人类历史上的发展都会受到外来文化的冲击，这种冲击是由不同国家和民族发展的不同历史阶段所决定的。当所有的民族都在地球上你追我赶的时候，那些不能适应这种竞争的民族必然会落在别人后面。因此，从这个角度看，当我们进行现代化比较的时候，也应该看到这种不同历史阶段所带来的影响。

2. 进行现代化比较应该充分考虑现代化主体的不同基础

正是由于不同的历史阶段，才决定了不同的国家和民族在"现代化"的道路上所基于的基础是不同的。

首先，不同的现代化主体的资源禀赋存在很大不同。资源禀赋论认为，不同的国家由于地理位置、气候条件、自然资源蕴藏等方面存在很大不同，使得各国在社会发展、生产格局方面也产生很大的不同。这种不同导致各国和各民族发展的过程中不得不考虑这些因素，并将其作为发展的重要基础。从历史上看，孟德斯鸠就曾经提出过地理环境决定论的观点，他认为，气候对一个民族的性格、感情、道德风俗等方面会产生巨大的影响，并且认为，土壤或者说地理对国家的政治经济文化会起到决定作用。这种观点在某种程度上体现了资源禀赋不同而导致的发展基础不同。其实也启示我们，在进行国家之间的对比分析时应该充分考虑其发展的基础，而不能一味地进行对比而不考虑实际情况。

其次，不同的现代化主体在思想观念方面存在很大的不同。由于文化的形成不是一朝一夕之事，而是经历了千百万年的民族发展之后形成的，因此，以思想文化观念为主要表现形式的文化在不同的民族中体现出不同的特色。由于思想文化观念的不同，每个国家和每个民族在发展道路上会呈现出不同的情况，从而造成了在现代化过程中呈现出不同的基础。

3. 进行现代化比较应该充分考虑文化社会背景

每个国家和每个民族在人类历史上都会留下这个国家和民族特有的历史特色，这种历史文化构成了一个国家和民族生存的历史空间，在这个空间里，各个不同的民族和国家不断传承着自己的文化，形成了自身的特色，从而为世界文明做出了各自的贡献。

从世界范围看，不同的大洲之间在文明上确实存在很大的差别，这种差别的形成是与各个民族的历史文化传统紧密相关的。东西方不同文明的冲突在近现代变得越来越明显，另外，不同文明之间的相互融合也越来越多。在这样的背景下，对现代化进行比较，应该看到这种不同的文化社会背景会给参与到比较之中的各个国家和民族造成巨大的差异。

总之，在进行现代化比较的过程中，应该充分考虑不同国家和民族的历史文化背景，以及其所处的历史阶段和发展基础，只有从实际出发充分考虑不同的情况，才能够看清不同的比较主体所处的历史方位，探索符合自身的发展道路。

三、现代化比较的再思考

对现代化的比较研究是现代化研究的一个重要方向，在解决了为什么要进行比较研究和如何进行比较研究之后，应该考虑的就是，进行比较研究能够给我国的现代化发展带来什么样的启示。笔者认为，我们进行现代化比较研究，其目的就在于通过纵向比较，看清自身所处的历史位置，明确发展的方向；通过横向比较，对比国际经验，探索自身道路。

1. 现代化比较的目的

1）通过纵向比较，看清历史位置，明确发展方向。中华民族是有着五千年悠久历史文化的民族，中国人民经过了几代人的奋斗，终于找到了救国之途和复兴之路。在这条道路上，中国人以自己特有的民族精神支撑了国家的发展。应该说，在过去的时代里，中国人对这条道路的探索思路是很清晰的，对自己所处历史方位的认识也是非常清晰的。之所以这样就是因为我们通过历史的纵向比较看清了自身所处的历史位置，明确了发展的方向。而这也正是我们进行比较研究的一个重要目的，即通过历史的比较，分析研究自身的发展，从而达到探索更加符合自身道路的目的。

2）通过横向比较，对比国际经验，探索自身道路。进行比较的第二个目的就是通过横向的比较，也就是国与国之间的比较，以及我国和发达国家与地区之间的比较，对比国际经验。他人的经验教训，可以为鉴，这对于我国这样一个基础发展并不好的国家来说确实具有很大的借鉴意义。历史上，中国人摆脱了闭关锁国的政策之后，开始放眼看世界，通过对比不同国家和地区的发展，探索了适合自己的道路。在政治上，中国人经历了多次的斗争后最后选择了马克思主义，这正是进行国家比较之后做出的自然选择。在现代化的道路上，同样也需要通过横向的比较，为自己找到一条更好的道路。

2. 中国的现代化道路如何走

中国的现代化道路走到今天，已经基本上形成了比较清晰的思路，但是，我们也应该看到，世界的不断变化，要求我们根据新的形势和环境不断提升自身的发展水平，探索更加符合自己的道路。

笔者认为，我国的现代化道路，应该从如下两方面入手。第一，还是应该坚持发展是硬道理的观念，不断通过发展来解决问题，通过发展来带动社会的进步。如果没有了发展，其他的一切都是空话，只有不断发展，才能够使中国人民过上更好的生活，才能实现中华民族的伟大复兴。第二，要在发展的过程中不断根据新的形势和要求调整发展战略，通过战略上的超前、科学规划，未雨绸缪，解决发展中遇到的问题。这正是我们进行现代化比较的最根本归宿之所在。通过这种比较，为战略的制定和调整提供新的思路，即看到自己的进步与发展，又能够避免走别人走过的弯路，还可以探索出符合自身的道路。

总之，我们认为，现代化比较研究，对于我们认清历史方位、看清中国所处的位置、探索自己的道路具有非常重要的意义。中国人在现代化的道路上已经找到了一条符合自身发展的道路，只有在这条道路大方向的指引下，通过不断调整发展战略，找到更加符合时代和世界要求的具体方法，才能够早日实现中华民族的伟大复兴。

设计与现代性

陈红玉

清华大学国家文化产业研究中心

伴随工业革命，人类社会迎来了标准化、机械化的大批量生产时代，这也使设计从制造业中分离出来，成为一门独立的职业。传统手工业时代中，作坊主和工匠既是设计者又是制作者，甚至还是销售者和使用者，工业革命后，从制造业中独立出来的设计，经过再分工，形成造型与功能设计两部分，设计师承担着设计的职能。现代设计的起源始于 19 世纪中后期，其标志是英国的工艺美术运动；19 世纪末到第一次世界大战则为现代设计的准备期，第一次世界大战、第二次世界大战之间的机械化时代是现代设计的青春期，这是现代主义的成熟时期；第二次世界大战以后，伴随着消费社会的成熟，设计的现代主义也朝向后现代主义发生了转向。显然，现代设计的发展历程与文化的现代性是同步的，在这个过程中，消费的扩张是不言而喻的。

自从瑞勒·班纳姆（Reyner Banham）① 将设计、消费和文化导入所谓"现代性"进行讨论后，"消费"和"现代性"在设计研究领域便不再是陌生的词汇，"现代性"和"设计"从此也成为相互关联的对象，被用来描述消费社会的不同阶段，二者相互关联的基础是大众消费和消费文化。而从现实的层面来讲，20 世纪是设计不断凸显自身的时代，消费和设计所表现出的不同历史阶段的特征，揭示了现代设计研究的根本方向。

这一界定和描述的背景就是设计业的成长，言外之意是设计渐渐来到了凸显自身的时代。而这一点是在第三阶段因设计研究的成熟才得以逐渐明确。本文所关注的对象属于第三机器时代（不同阶段的划分当然也不是绝对的，在必要的时候论文所涉及时间范畴完全有可能延伸到第二机器时代甚至以整个 20 世纪作为历史背景）。20 世纪 70～80 年代属于第三机器时代顶峰时期，这也是设计自我确立的时代，其对社会环境的典型描述是消费社会的成熟和后现代主义的发展。在设计产业成熟的英国，音乐思潮和青年文化影响下的设计是后现代主义的试验场，经过波普的激进，设计深化了消费与文化的联系，而且在职业化的道路上完成了身份的确立。

对设计意义的文化性质而不是设计生产或接受的强调，这是英国文化研究所强调的。伯明翰当代文化研究中心和米德尔塞克斯理工学院派主持英国设计史艺术学士课程，其研究最主要的内容是关注设计的表现手法，这种方法源自于罗兰·巴特倡导的符号文化批评。将客体或影像理解为文化符号的分析法就是罗兰·巴特在《神话学》（Methologies）及其后来的研究中所采用的方法。约翰·沃克用这种方法对伦敦地铁地图进行了精辟的分析，在理解被设计对象的分析研究模型中，沃克从历史视角出发，把地图的出现置于伦敦交通的扩张和现代化背景

---

① 瑞勒·班纳姆（Reyner Banham，1922～1988 年），是英国的一位建筑批评家、作家，最著名的著作是 20 世纪 60 年代的《第一机器时代的设计和理论》、1971 年的《洛杉矶：建筑生态四论》。班纳姆 1976 年从伦敦移居到美国。他曾师从安索利·布朗特（Anthony Blunt）、斯格弗莱德·格迪恩（Siegfried Giedion）和尼古拉斯·佩夫斯纳（Nikolaus Pevsner），佩服斯纳启蒙他学习现代建筑的历史。在《第一机器时代的设计和理论》中，班纳姆越过佩服斯纳的主要理论，联系现代主义去建构一种新的思路，并暗示了大众消费的重要性。班纳姆还著有《现代建筑导论》（1962 年），随后该著作题目改为《大师的时代：关于现代建筑的个人观点》，他与独立团、1956 年标志波谱艺术诞生的"这是未来"展也有着紧密关系，曾预言第二机器时代和大众消费。

下，对地图计划的实现以及实际实现的复杂功能进行了解释，以视觉元素制作方式将地图的视觉形式和组织与它的功能范围联系起来。

采用这种理论和文化研究途径，将单纯的图示影像分析转为物质文化和通俗文化分析，这将研究者带入了设计史领域。迪克·赫布迪奇起初研究的是亚文化群，后来逐步开始研究亚文化的物质元素。他在《布洛克》上的系列论文中对诸如 1935～1962 年的流行品味、小型摩托车对"摩登派"风格和生活方式的意义、通俗艺术风格等问题进行了探索。这些论文都基于一个重要的观点，那就是"社会关系和过程只能以它们在个体面前呈现的形式而被个体占用"。这里的形式指的是被设计物质的形式，同时也指思想和意识形态的形式，这些形式"完全被置于公司资本主义经济和文化背景之下"①。

20 世纪晚期的消费文化与生活方式的变化，见证了现代设计的变革。70 年代初福特主义向后福特主义的转变是现代向后现代转变的历史转折点，现代设计在这一转折之处遭遇了自身的危机和变革，发生了现代设计向后现代设计的转向，设计产业政策的实施，加速了后现代设计的到来。具体而言，现代主义设计伴随的是福特主义的生产方式，后现代主义设计伴随的是后福特主义的生产方式，不同的经济与消费模式决定了设计的特点。设计在这两种不同经济模式中折射了自身变革的身影，设计的这一变革是消费主义旗帜下后现代的浩荡之军，其直接结果是设计的职业化和设计业体系的完善。

要想回答关于设计的种种问题必须超越设计而去讨论文化层面，但关于设计文化却是一个有待确定的问题，莫里约·维塔在讨论到这一问题时就指出，"用黑格尔的术语'痛苦的认识'来形容对设计、设计文化的研究是比较适当的"②。正像威廉·莫里斯（William Morris）告诉我们的那样，社会变化使人可以和物质建立起一种与以前不同的更为平衡的关系。但是，每一个文化体系都会把自己置于一种在它和表达该文化体系的社会之间建立起来的辩证关系之中。设计也不例外。事实上，设计作为一门与一切领域密切相关的学科，其相关性就赋予了设计一种其他知识领域不一定具备的中心性，而这种中心性地位赋予设计者的是社会责任而不是权威。到今天，设计的文化和社会意义以及在视觉领域的正统性才终于被引起重视。

在文化层面上，现代向后现代的转型过程中，设计自身与文化的联系变得紧密了。设计研究对设计文化的强调使设计史作为一门学科独立出来，这是设计成长和理论成熟的标志。赫伯特·西蒙提出设计科学之后，设计作为普遍的认识更加明显了，人们更有理由从一个更广泛的空间去思考设计在现代社会中的地位和

① Dilnot C. The State of Design History, Part I: Mapping the Field. Design Issues, 1984, 1 (1): 4～23
② 莫里约·维. 设计的意义. 何工译. 艺术当代, http: //arts. tom. com/1004/2006214 - 25402. html

意义。设计参与社会分工和生产过程，还积极参与社会生活和文化建构，设计已经渗透到社会文化的各个层面。从社会分工上讲，设计业是较晚的社会分工之一，设计师的职业化是在 20 世纪后期形成的。

现代设计以来，社会的文化运动与设计思潮的紧密联系是值得思考的，现代设计史的每一个转折之处都与现代社会的发展有着一种巧合，从工业革命的机器生产与设计到 1851 年水晶宫、工艺美术运动，到战后现代设计的成熟，再到 20 世纪 60 年代的波谱设计，最后是 20 世纪晚期设计产业的兴起，这条线索是关于现代设计史，也是关于社会史和文化史的，英国 200 多年的设计实践见证了这一历史，这是设计"在场"的明证，也是设计在消费文化的沃土中自行"去蔽"的历程。

值得关注的是，在评价当代社会内部各种因素的变化时，学术界也与商业界一样把消费放在一个特别重要的位置。综观各商家和学者针对 20 世纪 70～80 年代消费所提出的解释，无不围绕一个主题，即"消费者革命"，这种主题一反往常的认识，将眼前发生的变化视为划时代的一场革命，其主导思想就是现代化的逻辑。这就是，随着社会不断寻求革命，商业的发展不但会使经济学领域改变面貌，而且将对社会和文化生活产生深远的影响。20 世纪晚期所掀起的有关消费者至上主义的大讨论，就是这种深远影响的集中体现，人们越来越明晰地把文化和消费结合在一起来界定当代文化，学术界也越来越强调把消费作为文化研究的根本方面。

从这些讨论来看，消费似乎成了列维·施特劳斯所说的理解社会生活的一种"交流系统"[1]，这种由消费所带来的消费权力模式被看成是其他权力的结果。从政治语言到学术评论，从经济分析到通俗形象，观点层出不穷，在谈到消费和身份时，福兰克在《通往大众消费之路》[2] 中指出：福柯关于权力的内在性话语模式，为研究消费及其身份提供了一个理论框架。正如福柯所坚持的那样，权力的关系并不与其他类型的关系（经济发展、知识关系、性关系）截然分开，而是存在于后者之内。按照这一思路，关于设计的消费和身份问题，我们可以说，其中的权力关系不仅仅是其他网络的投影，而是与包括消费在内的领域紧密相连的。消费与西方资本主义社会经济、文化体系之间存在着一种长久的互动关系，其直接参与了西方现代性的历史建构，消费文化是在现代化过程中逐步发展起来的一种占支配地位的文化模式。

因此，在现代主义向后现代主义转变的过程中，消费是一个内在的动力，设计则是这个内在动力链条上的一个结点。在这个过程中，设计也伴随着自身的革

① Douglas M，Baron C. Isherwood. The World of Goods：Towards an Anthropology of Consumption. London：Allen Lane，1979：87

② Nava M，Richards B，Macrury I. Buy this Book：Studies in Advertising and Consumption. London：Routledge，1997：218～235

命，从现代到后现代的历史过程就是设计自我显现和完善的过程。在消费社会，消费既是社会控制的一个强有力的因素，也是生产的动力。设计作为生产的重要环节，直接作用于消费，现代设计生长于市场和消费需求之中，消费在物理意义上消解客体的同时，也在社会和文化的意义上塑造主体，并因此找到了使个体整合到社会的方法，与消费相连，设计成为个体通向现代性的途径，在这条途径上，设计扮演着桥梁的作用，在这一意义上，消费文化是基础，设计是中介。

消费是 20 世纪晚期设计文化研究的焦点，设计则同时被认为是当代文化即消费文化的内在方面。消费社会学认为消费本身就是文化，消费及其消费品均是表达意义的符号体系和象征体系，从一定层面上讲，"消费决策构成了当今文化至关重要的源泉"[①]。那么，消费本身作为文化的一部分，设计与文化研究建立在这个基础之上，以追问设计在消费文化中的意义。佩尼·斯帕克是英国设计史的创始人，她的研究主要集中在设计与文化领域，强调把对设计与文化关系的考察看做是设计研究的基础，《设计与文化：20 世纪设计导论》这一方面的代表作品，在引言中，佩尼本人也强调了她对 20 世纪文化与设计关系的重视："这是一本关于 20世纪设计与文化的著作，'文化'一词在其最民主的意义上被用在整个文本之中，这一个包含着观念和价值的概念，被作为整体的现代社会所表达着，而不是仅仅触及人类行为这个层次本身，相比较而言，设计在这里被理解为影响每个人的现象。"[②] 这种在设计的意义上对文化的定义，"被认为有一个广阔的关联，经济、政治和技术，它们是决定主流社会文化结构的力量。设计也被这些力量影响着，结果，设计成为文化的密码"[③]。佩尼不仅探讨文化怎样影响设计，也关注设计在通过对象、组织和个性和行为方式是怎样在文化形成过程中扮演的角色。自 20 世纪以来，设计和文化在较为广泛的意义上，已经逐渐成为相互依赖的对象，而且这种关系对于现代文化而言有着特殊的意义。

佩尼还在文化研究中强调大众生产和大众消费、设计与现代性、后现代性的联系，认为这是考察设计与文化的立足点，"设计在消费之中发挥着重要的作用，不费吹灰之力，通过消费的中介作用，它以人工制品和图像参与社会和文化领域的交流"[④]。设计对于市场的增长是在大众消费扩张的时期，佩尼认为这个时期开始于路易斯·姆福德（Lewis Mumford）所说的"工业化第三阶段"，也就是 19 世

---

① 罗钢，王中忱. 消费文化读本. 北京：中国社会科学出版社，2003：52

② Sparke P. An Introduction Design and Culture：1900 to the Present. 2nd edition. London：Routledge，2004：XIX

③ Sparke P. An Introduction Design and Culture：1900 to the Present. 2nd edition. London：Routledge，2004：XIX

④ Sparke P. An Introduction Design and Culture：1900 to the Present. 2nd edition. London：Routledge，2004：2

纪后半期电力开始被使用的阶段，在那个时候，英国就开始在一些消费领域使用机械化方法。很多产品在 19 世纪后期比以前花更多地提供给消费者，到 20 世纪初，英国市场出现除尘器、吸尘器和缝纫机以及随后的自行车、汽车。她认为，在工业资本主义结构的当代西方社会里，设计被刻画为一个双重的联盟：大众生产和大众消费，两者几乎决定所有的一切，两个世纪以来，对设计来说最有意义和最有力量的因素就是逐渐与大众生产和大众消费的结合，这一点比其他任何历史事件都更能决定现代社会的特征。在最近几十年里，制造工业把设计从其最初的、一般的和很大部分是无名的地位变成生产过程中的一个要素，把它变成消费者产品销售的一个重要部分，设计也因此成为人们注目的焦点。同时，设计以往的意义并没有消失，设计成为生产过程和销售过程的中心。

尽管设计史在这两个方面也曾经比较模糊，从 20 世纪的批评家和设计史学家们在处理它们的时候所显示出来的疑虑来看这也是一件非常困难的事情，类似于佩夫斯纳（Nikolaus Pevsner）、路易斯·姆福德（Lewis Mumford）、赫伯特·里德（Herbert Read）和斯格弗莱德·格迪恩（Siegfried Giedion），他们都支持现代运动的功能主义观念，都倾向于把设计当作人为的而不是日常生活的概念。从这一点来看，设计在现代社会就是大众交流的一种形式，在现代社会扮演着根本性的作用，包括实践的和心理的，连同日常生活，同时在两个方向设计，作为大众产品的无声的品质在我们的生活中扮演着默默无闻的但却是根本的地位。另外，设计和设计师对社会做出反应，反过来，设计本身也会改变社会行为方式，比如，索尼随身听、小型磁带播放机鼓励人们在地铁里小跑和旅行，这类的行为却也深深植根于社会之中。

研究消费文化的学者们自然就把眼光和视角集中在这些购物或"体验"之上，从而使设计成为他们研究的对象。这也是设计文化这一角色引起文化研究极大关注的原因。在让·鲍德里亚和安伯特·埃柯德文本中非常明显，还有皮尔·布迪厄尔和迈克·费瑟斯通和弗雷德里克·詹明信等，都在讨论消费文化和设计的物与符号。不过，佩尼认为，尽管他们的观念大部分来自设计的启示，但也并非所有人都能充分认识到设计的存在。

20 世纪 80 年代，设计成为消费文化的重心。消费文化作为一种主流的、文化的、经济的和政治的力量，影响着人们生活的诸多方面，包括外出购物、旅游等。购物场所、主题公园和其他休闲场所，以及任何一个消费的场所，都充满了不同特色、标志着不同品牌和身份的场地与环境的设计，人们在这些被设计过的环境里购买设计的物和享受着某种体验，无论从对象和环境的外在形式来讲，还是从内在品质和身份认同来讲，设计都起着决定性的作用。购物经验也经常是文化研究的对象，被看做是后现代社会的主要经验，由此经验所形成了一种文化主体，即消费文化，使我们不得不意识到设计在日常生活的视觉和物质文化中所扮演的角色，人们需要商品借以"使文化身份显现和稳定"①。拜伦·伊舍伍德和索尼亚·利文斯通等借用人类的田野调查，以探索人们如何通过商品消费来构建自己的社会文化身份，而调查结果进一步地说明了他们的观点：消费、商品和图像在其间所起的重要作用。

在消费社会，设计不仅带给人们物质或者精神上的体验，而且设计也是身份的缔造者，在从视觉文化到设计文化旅途上，设计、设计师、消费者都在身份确立的过程中找到了自己的位置。人们在消费活动中所经验的现代性是日常生活的重要组成分，设计的图像和产品作为经验的对象而成为个体通往现代性的途径，设计参与消费文化和现代性的建构，从而成为当代文化的显性要素，这是设计业成长的结果，也是现代、后现代的历史选择。

浅论社会现代化进程中的公民私权利

陈　鑫　杨薇薇

武汉大学后勤服务集团

随着教育、科技、经济等方面的发展，我们已步入社会现代化的时代，这种现代化体现在以下几个方面：一是从传统农业社会向现代工业社会的转变，从现代工业社会向知识经济社会的转变；二是进行了一场深刻的、全面的社会变革，不仅仅是指经济和科学技术，还包括政治、组织、社会结构、生活方式、思想文化等各个方面；三是其主要内容以科学技术为先导和关键，将人的现代化作为主题。[1]在这种现代化的进程中，人们的私权利（private right）也发生着巨大的变化，私权利逐渐成为人们日益关注的一个热点。对于它的定义，有很多种说法，有说私权利是指"就公民个体而言的个人权利，因为它具有私人（个人）性质，因此称为私权利"[2]。又有说私权利是指"以满足个人需要为目的个人权利，具有私人性质"[3]。还有说私权利是法律规定法律关系的主体或享有权利人，具有自己这样或不这样的行为的能力或资格。

无论怎样界定私权利，有两点是肯定的，第一点就是私权利强调"私"的性质；第二点是私权利与公权力（public power）相对应，两者是一对既对立又统一

---

① Douglas M，Isherwood B C. The World of Goods：Towards an Anthropology of Consumption. London：Allen Lane，1979：59

的矛盾。我国两千多年的封建社会重公权而轻私权的传统，使得私权利长期以来没有生长、发展的空间，而随着时代的进步、社会的发展，我国对公民的私权利的尊重与重视程度日益提高，公民私权利在社会现代化的背景下，呈现出如下特征。

一、社会现代化进程中公民私权利的积极特征呈现

1. 独立性逐渐增强

所谓独立性，主要强调的是"人的意志不易受他人的影响，有较强的独立提出和实施行为目的的能力"[4]。公民的私权利随着社会现代化的进程，相比来说具有较强的独立性。在社会现代化的法律体系中，涉及公民私权利的运行规则一般被界定为"法无明文禁止皆可行"，那么这也意味着"每个人只要其行为不侵犯别人的自由和公认的公共利益就有权利（自由）按照自己的意志行动"[5]。公民的私权利在一般情况下不受他人干扰，能够更独立地做出选择与决定。在市民社会生活领域，非重大事由是不受公法或公权力非法剥夺的，"在民事生活、经济生活领域，由当事人根据自己的意愿决定自己的行为，任何人都没有权力将自己的意愿强加于他人，即使是国家也只能在当事人之间发生纠纷不能通过协商解决问题时，以仲裁者的身份进行裁决"[6]。

2. 自觉性更加明显

随着时代的进步，公民的权利意识日益增强，而人一旦有了权利意识，就"明确了他在社会关系中的地位和作用，明确了自己实际占用什么和应当占有什么，实际支配什么和应当支配什么，一句话，就明确了他自己作为社会一员所具有的实际自由度和应有自由度"[7]。因此，我们可以欣喜地看到，很多时候，大家都会主动地去知法、去关注与自己切身利益相关的法律规章制度；大家更注重对自己权利的维护。2004年3月十届全国人大二次会议通过的宪法修正案已经把"国家尊重和保障人权"郑重地载入宪法，更强调了社会现代化进程中对公民合法权益的保护。公民逐渐能够做到"知晓自己享有哪些权利，善于运用法律手段维护自己的权利和尊严，积极为自身的权利而奋斗，把对权利的主张作为当然的价值标尺"[8]。公民维护私权利的自觉性逐渐提高。

3. 民主性、平等性更加巩固

《中华人民共和国宪法》第三十三条明确规定，中华人民共和国公民在法律面前一律平等。国家尊重和保障人权。任何公民享有宪法和法律规定的权利，同时必须履行宪法和法律规定的义务……第三十五条规定，中华人民共和国公民有言论、出版、集会、结社、游行、示威的自由……第三十七条规定，中华人民共和国公民的人身自由不受侵犯……第四十条规定，中华人民共和国公民的通信自由和通信秘密受法律的保护。"一律平等"的提出，以及"自由"二字在宪法中反复

出现，显现出了国家对公民私权利的尊重与保护。现代公民的私权利相对而言民主性、平等性更加巩固了。这种民主性主要表现在对公民自身的广泛的权利和自由的确认和保护，而且公民还可以依据法律来规范、制约和监督国家权力的运行；这种平等性主要表现在法律面前，人人平等，不允许有超越法律的特权现象和特权公民的存在。

二、社会现代化进程中出现的私权利滥用

上述公民私权利积极特征的呈现是国家对公民人权的尊重与保护的结果，而公民的私权利得到肯定、人民利益得到保护，国家的凝聚力与向心力也会随之增强，从而为更好地建设繁荣昌盛的国家奠定坚实的基础。但在社会现代化的进程中也出现了私权利扩大化和滥用的现象。

1. 私权利扩大化而损害他人利益（权利）

随着时代的进步，市场经济社会中经济因素的驱动，人们对自己权利的运用已出现了扩大化趋势，过度重视与保护、过分维护与在意自己的私权利，甚至不惜损害社会或他人的利益或权利。如为争抢某种利益而发生了情节严重的纠纷，商户为了赚取更多的利润而欺骗、损害客户的利益等。新闻媒体曾经报道某乘客因为公交司机没有按他的要求随地停车搭载，就特地拦下公交车，对司机进行辱骂，甚至动手从而使司机造成轻微伤害。他的行为导致司机无法正常开车，全车乘客的时间都被耽误；司机正常驾驶的精神状态被干扰，可能造成潜在的交通事故危险。这样的事情，表面上看来情节比较轻微，不构成违法行为，但是却已造成了危害。因此可以说，私权利的扩大化已不是单纯的私人行为的不慎，而是泛用、滥用，从而成为社会行为，并给社会带来危害性。

2. 私权利滥用触犯了法律

这一条与上述内容一脉相承，情节轻微的不良行为没有触犯法律，但是当情节、性质变得严重，那么就有可能触犯我国的刑法或者是民法、经济法、商法等范畴的法律。如"当私人生活空间发生了杀人、抢劫等具有严重社会危害性的行为，国家就会干预，因为这是公权力的职责，也是其存在合理性的根据"[9]。刑法中也会有明确的罪责刑规定。还有一些不良行为法律没有在刑法中予以规定，而是在民法里面用物权法、侵权行为法等予以了规定。以盗窃罪为例，盗窃罪的概念为"以非法占有为目的，秘密窃取公私财物数额较大或者多次盗窃公私财物的行为"，其客体是公私财产权利，客观方面表现为秘密窃取数额较大的公私财物或者多次盗窃公私财物的行为。[10]《中华人民共和国刑法》对"数额较大或者多次盗窃"也有相应的规定，各省、自治区、直辖市高级人民法院也可根据本地区经济发展状况，并考虑社会治安状况，在规定的数额幅度内，可分别确定本地区执行的"数额较大的标准"。此外，数额不大但又构成对财物的非法占有的一些轻度盗

窃行为造成的损害也可以适用民法来进行调整。

3. 私权利的泛用、滥用严重冲击社会道德规范

社会现代化的进程中，由于公民享有较多的私权利，言论、出版等方面都较为自由，不少人为了出名，或者为了谋取个人利益，在媒体的推波助澜下，以丑、揭短、暴露一些不该曝光的事件来达到扬名的目的，或者炫耀露富，或者将自己拜金主义之类的不良习性作为一种自我得意的事情加以宣扬，有的人还对此给予关注和支持，更是助长了这种私权利的泛用和滥用。他们的行为貌似没有损害社会或他人利益，法律上对此也没有明文制约，但这种不良现象的出现对中国传统文化与道德、精神中的谦虚谨慎、孝顺、勤俭节约、自力更生等进行了颠覆，严重冲击了社会道德规范。

三、社会现代化进程中规范、制衡私权利成为必然

通过分析私权利泛滥产生的问题，笔者认为，当今时代，要适应社会现代化的发展趋势，更好地建设现代化的国家，就应该运用适当手段对过度发展甚至滥用私权利的行为予以制约。这种制约并不是绝对的限制，而是在依法的前提下，对一些"恶性"私权利进行制约、引导，对于合理、"良性"的私权利我们依然要保护、维护和巩固。

1. 依法治理

英国思想家米尔曾经提出"伤害原则"，值得思考。"他主张给予个人最大范围的权利，但若允许一个人随心所欲、自行其是必引起伤害，因此法律干涉人们的行为是必要的。那么这种干涉的标准又是什么呢？为此，他将个人行为分为自涉性和涉他性，提出只有伤害别人的行为才是法律检查和干涉的对象。简言之，社会干涉限制他人权利的目的是社会的自我保护。权利不可滥用。"[11]在严重损害他人利益的情况下，依法治理是对私权利制衡的一个重要手段，之所以强调这一点，既是对私权利的制约，也是对公权力异化和滥用的规避，通过依法治理，在两者之间寻找一个最佳平衡点，这样才能确保私权利的正当行使、公权力的合理运作。法治是最有效的制度安排，其核心是要求公民守法，也要求政府守法，使公权力与私权利处于一种均衡状态。要想做到这一点，"我们在实现法治的过程中，就必须坚持两个法治原则：①对公权力，法无明文规定（授权）不得行之；②对私权利，法无明文禁止（限制）不得惩之。并将其贯彻到立法、守法、执法、司法、法律监督等法制建设诸环节中，作为判断公权力行为和私权利行为是否合理、合法、有效的重要依据，使公权力和私权利之间保持一种均衡统一的定位，使我国真正走上法治化道路"[6]。

2. 依规约束

在法律保障的同时，也需要行政规章制度的补充，需要政府或者相关管理部

门结合实际，制定相应的管理规定，使公民的行为能够符合要求，在出现相应的不良行为，却因情节轻微不属法律调整内容的时候，运用行政管理规定加以约束、加以管理，使滥用私权利的人能够对自己的行为的危害有更多的认识，对自己行为的后果有更多的考虑、有更多的自律，从而减少可能出现的私权利滥用。

3. 依德惩戒

有一些行为虽然也属于损害他人的行为，但是因为情节轻微可能不会受到法律或行政处罚，有的行为没有违反任何法律或者行政规章制度，但是却会造成不良的社会影响，形成不良的社会风气，如说脏话侮辱别人、自暴隐私、炫耀露富等。针对这种情况，建议应充分发挥道德惩戒的作用，对于不能用法律或行政规章制度约束的，呼吁媒体和社会舆论建立道德约束机制，在社会中营造良好的舆论氛围，通过舆论和道德力量，减少和避免一些不良行为的出现，宣扬中华民族的传统美德和一些优秀的精神，宣扬新时代"八荣八耻"的社会主义荣辱观。在建立道德约束机制的同时，笔者认为，道德惩戒也要注意度，要注意正确的舆论导向。它既要能起到相应的警示作用，又不能超出行为本身的情况，过度伤害事情的当事人。如网上流行的"人肉搜索"，它类似于道德惩戒的一种手段，将有些不良行为的当事人在网上给予曝光，让当事人受到身边以及各地网民的舆论谴责，表面上看，这是达到了道德惩戒的效果，但是，如果当事人没有主观恶意，也没有对别人造成伤害或者伤害极其轻微，那么这样的舆论影响对当事人来说是难以承受的，造成的伤害甚至远远超过当事人自己的行为对别人、对社会造成的影响。所以说，道德惩戒的度应该慎重把握，既要达到相应的效果，又要避免像中国封建社会将道德惩戒变成对一些轻微的不良行为或者是根本就不是不良行为的管制枷锁。

4. 依"言"引导

有些时候，公民滥用自己的私权利，甚至采取一些过激行为，损害社会、他人的利益，这其实也是一种言论渠道丧失的侧面反映。虽然公民有言论、思想的自由，但也需要有倾听的渠道，需要正确地引导。笔者认为，这种引导应该由执行公权力的代表——政府来主导，通过加强与公民的沟通，建立良好的沟通交流机制，从而引导公民正确行使自己的私权利。孟子《尽心下》中说"山径之蹊间，介然用之而成路，为间不用，则茅塞之矣"，意思是说山中小径经常有人走则成为路，如果少行则会被茅草阻塞。这从一个侧面暗喻了沟通的重要性。目前，大部分的地方政府都已经设置了接待日、信箱、信访办公室、听证会等，这些都是非常好的沟通渠道，现在需要的是将这些沟通渠道建设得更加落实、更加细化，形成长效的机制，定期、定时地与公民进行沟通，而且有问有答，使公民的言论得到政府的更多关注，公民的建议能够得到更多的反馈或处理，那么公民私权利的行使也就得到了更好的引导。

要建设民主法治、公平正义、诚信友爱、充满活力、安定有序的和谐社会，私权利的合法、合理行使是其中一项重要的内容，必须引起各方面的高度重视，并仔细思索如何在保证私权利正当行使的同时，有效规避私权利的滥用，促使公民健康、有序地行使私权利，更好地维护个体的利益和社会的利益。做到了这一点，社会和谐也就有了坚实的基础。

参 考 文 献

[1] 郭德宏．什么是现代化．新视野，2000（2）：45～47

[2] 刘金花．论法治社会中公权力和私权利的均衡定位．山西青年管理干部学院学报，2002，15（2）：40～4

[3] 邸灿．公权力与私权利的冲突与平衡．合作经济与科技，2009，4：120，121

[4] 仇德辉．数理情感学．长沙：湖南人民出版社，2001

[5] 姜昕，王景斌．公法法治：从尊重私权开始．行政与法，2005（5）：82～85

[6] 汪渊智．理性思考公权力与私权利的关系．山西大学学报（哲学社会科学版），2006，29（4）：61～67

[7] 公丕祥．法制现代化研究．南京：南京师范大学出版社，1995

[8] 姚蕾．中国行政公权力对私权利侵害的现状分析．兰州大学法律硕士学位论文，2009

[9] 叶传星．在私权利、公权力、社会权力的错落处．法学家，2003（3）：11～15

[10] 马克昌．刑法．北京：高等教育出版社，2007

[11] 佘川．法律与医学杂志．论器官捐献法立法原则，2000，7（2）：69～72

中国现代化进程中的现代性问题研究述论

高飞乐[1]　高　远[2]

1. 福建省委党校　2. 福建江夏学院

一、中国现代化进程中的核心问题

以人类社会发展的宏观视野观照，中国社会的现代转型实质上是300年来缘起于西欧，随后席卷全球的现代化历史运动的一个组成部分。现代化作为人类社会演进过程中一个特定发展阶段的历史现象，内在地具有自身的本质规定性，正是这种本质规定性构成了现代工业文明的核心——现代性。现代性作为现代工业文明的核心，规约着世界的现代化发展进程，从而深刻地影响了各个国家和民族由前工业文明向工业文明转变的历史变迁。

既然现代性是工业文明的核心，体现了现代化的本质属性，那么无论是工业文明的优点还是缺点，无论是现代化进程中的成果还是困境，都必须到现代性之中探寻它的根源。世界现代化发展的历史表明，现代性确实是一种伟大的解放力量，它有力地推动了人类社会的现代化进程。但是，现代性又具有内在的局限性，它在历史地展开的过程中日趋偏颇，推动社会发展的动力日渐减弱，而其固有的弊端却日益暴露。回望300年来人类社会现代化的历史过程，人们可以清楚地看到：在现代性的推动下，迅猛发展的现代工业文明创造了繁荣的经济活动和丰富的物质财富，但是也造成了人的精神世界的萎弱和个体的孤独；在人与自然的关系中，虽然工业文明时代人的主体地位获得极大的提升，但是由于人类倚仗科学技术而对自然贪婪地索取，自然界以自身状况的不断恶化来报复人类。

今日中国在现代化道路上急速前行的过程中出现了不少问题。无疑，这些问题必然具有中国自身的特点，但是由于这些问题是在现代化过程中产生的，它们与世界现代化过程中曾经发生的，以及那些至今仍然存在的弊端具有本质的一致性，同样反映了现代性的内在矛盾。所以，要认识并解决中国社会现代转型过程中出现的问题，进而推动和保障中国现代化的顺利发展，就应当对现代性问题进行深入的理论反思。

20世纪90年代以来，随着社会转型进程的加速，日趋解体的计划经济体制和不断生成的市场经济因素彼此交织、碰撞和冲突，导致现代化发展中的各种问题呈现出集中爆发的态势，从而使中国社会迅速进入矛盾凸显期。正是在这一时期，中国学术界针对中国社会转型的现状开始了理论上的反思。这一反思的可贵之处在于抓住了当代中国社会转型的核心问题——现代性问题。在不到20年的短短时间里，中国学术界各领域广泛展开的关于现代性问题的讨论，可谓是众声喧哗。通过对不同论者各自的立场、态度和观点的分析比较，可以将中国学术界在现代性问题方面的论争，区分为反现代性、赞同现代性和后现代性三种类别。

二、"反现代性"论者对现代性的态度及其观点

20世纪90年代以后，中国内地儒学研究与传承进入一个新的历史时期。在这一时期，不但涌现出了一大批认同儒学价值或同情儒学价值的研究者，也出现了一些以传承儒家道统自任的"大陆新儒家"。这些"新儒家"因当今中国社会的急剧变迁及其出现的问题，对现代性持强烈反对的态度。他们从文化保守主义立场出发，力图建立以儒学为核心的当代中国的文化系统和政治架构。保守主义的反现代性论者的主要代表人物有蒋庆、康晓光、盛洪等。

蒋庆对现代性的批判和否定主要在文化层面上展开。围绕着中国文化的基本

性质及其历史命运问题，蒋庆提出：中国历史上出现过四次文化危机，第一次危机在春秋时代出现，到汉武帝时代结束，历时 500 余年；第二次危机出现在汉末至唐初，大约 400 年；第三次危机发生在宋代，朱熹理学的形成使这次危机得以化解；第四次危机从晚清的鸦片战争起至今已逾 160 年，仍未成功解决。这次危机是中国历史上最深刻、最广泛的一次全方位危机，中国文化遭受到西方文化前所未有的巨大冲击和全面挑战。这次危机在中国人的生命信仰、思想观念、制度架构和国际关系四个层面都得到了充分的表现。近代以来，中国的知识分子为解决这一危机选择了各种不同的路径，从而形成了洋务派、维新派、立宪派、革命派和清流派之分。蒋庆认为，前述四派可以归结为"现代化派"，他们效法西方必然导致"以夷变夏"，从而丧失了中国文化的根基。只有清流派坚持中国文化本位不动摇，以回应西方文化的挑战。蒋庆还认为，进入民国后中国知识分子中又形成了自由主义西化派、社会主义派和新儒家，三派都可归为"现代化派"。虽然近一个世纪以来这三派互相批评攻击，但是这三派都仍然延续晚清以来"以夷变夏"之路，不仅不能解决危机反而加重了"中国文化的歧出与危机"。蒋庆呼吁，中国知识分子要"回到中国文化本位的立场上来解决中国的发展问题"，在儒家的圣贤文化与王道理想的指引下，"把中国的现代化建设成为一个有文化根基的体现'天道性理'的道德的现代化"[1]。

康晓光的反现代性致思主要表现在如何建构当代中国理想的政治架构方面。为此，他以儒家政治学说为理论依凭，在对马列主义尤其是对自由主义严厉批判的基础上，提出了反现代性意味甚浓的"现代仁政"说。在康晓光看来，无论是马克思主义还是自由主义，都无法为当代中国的政治秩序提供合法性阐释。要建立中国的政治合法性理论，向外求索没有出路，必须返回过去，求教于儒学。他提出，"经过损益的儒家学说——现代仁政理论——有可能成为中国的权威主义政府的合法性理论"[2]。康晓光认为性善论是现代仁政说的逻辑前提，贤人治国与民本主义原则是现代仁政说的基本要素，儒家的"禅让"与"革命"说则为"现代仁政"说提供了权力转移理论。总之，康晓光心目中理想政制的新蓝图其灵魂是东方固有的儒家思想，而非来自于西方的马克思主义或自由民主主义。所以，他把这种关于未来的通盘构想称为"儒教国"，而将建立"儒教国"的过程称为"儒化"。从某种意义上说，"儒化"这一概念是针对"民主化"的，康晓光又用"再中国化"与"再西方化"来分别指称"儒化"与"民主化"。在他看来，在未来中国，如果西方文化胜利了的话，中国政治将走向民主；反过来，如果儒家文化能够复兴的话，中国政治将走向仁政。

另一位"大陆新儒家"的代表人物盛洪则从中西文化传统中有关人群意识认同上的差异性出发，对现代性进行了批判。盛洪认为，从中华文明与西方文明的历史比较来看，两者在族群意识的认同方面存在着巨大差异。西方文明强调对人类中的一部分人因生理或文化方面的特征而达成一种身份的共识，这就是民族主义的文化。而中华文明并不强调不同族群之间的差异，更注重于以"天下"的视阈观照不同人群之间的关系问题，所以中国文化是"天下主义"的文化。盛洪认为，由在民族主义只是对一部分人的认同，所以民族主义文化内在地包含着不同人群之间的对立因素，而民族主义意识的过度张扬，必然导致民族之间、国家之间的利益冲突和暴力行为。现代西方工业文明所推崇的自由主义和个人主义就是建立在民族主义文化基础之上的，过于注重局部利益和个人利益，建基于此的社会机制从全球范围来看不可能是有效率的。[3]他认为近代以来在中西文明的碰撞和较量中，秉持天下主义的中国文化固然曾经了付出沉重的代价，但是今日世人已经看到，民族主义的不断扩张将会导致人类的毁灭，而能够使人类避免这一灾难的只能是天下主义文化。为此盛洪提出，当今世人必须以"天下主义"来抗衡西方现代性的民族主义。他认为，天下主义包含着与儒学精神一致的"天下为公"、"世界大同"的理想，只有真正实行天下主义，世界才有可能赢得未来。

三、"赞同现代性"论者对现代性的态度及其观点

在关于现代性问题上，中国学术界多数论者都对现代性持赞同的态度。之所以如此，显然是与当今中国社会正处于现代化发展阶段，现代性对中国的现代化进程仍然发挥着推动作用的现实相关联。不过，由于理论视角的差异，赞同现代性的论者对现代性的理解和阐释形成了多种样态，择其要者有"资本现代性"、"文化现代性"和"制度现代性"等论说。

1）"资本现代性"论者着重从资本与现代性的历史运动和逻辑关系方面展开分析，其主要论者包括丰子义、张雄、鲁品越等人。丰子义指出，现代性说到底是在现代生产基础上资本运动的产物，是随资本运动兴起和发展起来的。资本逻辑就是不断追求最大限度的利润，利润的驱使必然要求资产阶级不停地变革、创新。正是资本的这种内在本性，刺激了现代性的生成和发展。现代性的逻辑发展说到底是由资本逻辑支配的。正是资本自身不断增值的内在要求，促成了现代社会从思想上的启蒙、理性，发展到政治上的民主、自由，再发展到经济上的平等，又在社会生活的各个方面提出新的公平、合理、正义以及全面发展的要求。因此可以说，现代性的这种发展逻辑正是由资本逻辑推动造成的；现代性逻辑所反映的深刻内容和所内含的深层动因，正是资本运动的逻辑、商品生产和消费的逻辑。[4]

基于"现代性内涵于资本的逻辑之中"这一理论预设，张雄认为，既然现代性作为人类经济实践活动的产物，那么它必定要与现实经济生活融为一体。在现实的经济生活中，货币作为符号化的资本先于现代性而存在，并强力地催动着现代性的萌动和发生；现代性只是在货币经济运动的历史过程中，才不断成长并趋

于成熟的。货币符号以其特有的张力构成一种现代性社会不可或缺的能动的关系结构。"从某种意义上说，货币使得现代性具象为货币化生存世界。"[5]

鲁品越等论者进一步指出，"生活世界的货币化是资本带给人类社会的最根本的变革，是现代性生成过程的最基本的环节。它不仅将充满感性色彩的五彩缤纷的生活世界，转化成货币数量世界，而且使生活世界具有增殖能力，成为自我追求增殖而不断扩张的世界"[6]。因此，生活世界货币化过程也就是资本扩张过程，这个过程贯穿在整个现代社会的发展史中。它的巨大作用，在于形成了社会经济体系追求自我扩张的强大动力，并由此形成推动社会生产力的强大动力。[6]

2）"文化现代性"论者主要是从人类生存的价值和意义这一角度来理解和阐释现代性。持这种理论视角的论者有衣俊卿、周宪等人。衣俊卿认为："判定一个国家或地区的现代化程度的核心指标不应当是经济增长等外在的特征，而应当是人的行为和社会运行的内在文化机理的现代化程度，即现代性的生成状况。"[7]现代性批判的主要任务不是去论证如何彻底抛弃或超越作为理性的生存方式、文化精神和社会内在机理和图式的现代性，而是一方面防止现代性的某一维度过分膨胀，对于现代性其他维度以及人与人、人与类、人与自然的关系造成损伤和破坏；另一方面阻止现代性的内在理性机制及其权力结构过分集中化、同一化和总体化，以免现代性整合成一种集权的而又无所不在的精神的和实体性的力量，导致对于人类生存的价值和意义基础的颠覆，以及对于现代性所内在追求的关于个体的和类的积极的价值目标的破坏。他认为，对中国社会而言现代性尚未形成一种"扎根"的状态，而造成这种状况的深层原因是现代性的生成遭遇到社会内在的顽强的文化阻滞力。[7]

周宪基于鲍曼的"现代性的历史就是社会存在与其文化之间紧张的历史"这一论断，指出"存在着两种现代性及其深刻的历史冲突"。自启蒙运动以来，西方文明史存在着两种彼此对立的现代性——社会（启蒙）的现代性与文化（审美）的现代性，两者构成了无法消除的分裂：第一种现代性是资本主义发展的历史产物，即科学技术、工业生产、市场经济和现代社会生活方式；第二种现代性即现代文化和艺术，两者之间"有一种既恨又爱的关系"。他指出：社会的现代化，在启蒙理性的作用下，逐渐转化为对秩序、统一、绝对和永恒的迷恋，反映了资本主义政治-经济-科技一体化制度模式的特性，而现代主义文化作为一种审美的现代性和文化的现代性，揭露的恰恰是前一种现代性的不可能性以及它的专制和暴力。[8]

3）"制度现代性"论者则强调制度建构对于现代性的实现是一个不可或缺的根本条件，高全喜、任剑涛、张博树等论者持这一观点。在论及现代性与制度现代化的关系问题时，张博树认为现代化至少应包括器物现代化和制度现代化两个层面，一个国家在现代化过程中现代性实现的程度如何，主要不在于器物层面而在于制度层面。他提出，制度现代化的基本框架由政治结构、经济结构、社会整合结构和个体人格建构四个子结构构成。制度现代化进程体现了人类社会发展的一个普遍规律，它不因种族、文化、地域、历史的差异而转移。当然，在世界范围制度现代化进程的普遍性规约下，具体的民族和国家的现代化历史生成过程总带有某种偶然性。[9]

任剑涛认为，当代中国社会现代性变迁面临一种尴尬的制度变革的抉择困境，于是在中国，现代性问题呈现出独特的"中国问题性"："一方面，我们要认同源自西方的现代性，尤其是它的制度安排，因此，我们与传统的断裂，绝对不是一个由我们的情感可以驾驭的问题。另一方面，以往我们认同的现代性方案，乃是西方非主流的现代性方案，它已经被证明是一个无法将中国人带入现代境地的失败方案。因此，我们要想真正接纳现代性，享受现代性的制度安排给我们带来的丰裕生活与良好秩序，就不能不同时与这种新传统诀别。现代性的基本精神与动力，现代性的制度安排与现代性的基本生活氛围，构成了现代性的中国问题。"[10]为此，任剑涛强调：诚然，现代性不等于西方性，我们认同现代性不等于认同西方国家，更不等于认同西方国家政治上的具体制度安排。但是，西方国家现代性的典范性、西方国家宪政制度安排的优越性，则是我们在审视现代性问题时不得不认取的。[10]

高全喜则进一步指出，在中国日渐融入现代性世界大潮的今天，至为关键的不是我们是否能够保持自己的民族意识和民族精神之类的文化问题，而是如何建设一个现代性的共和、宪政、民主的政治制度的政制问题。要成为现代意义上的中国人，"根本在于先打造一个普遍性的制度平台，在于为现代中国人的全面发展，为中国人的心灵和精神的自我意识和文化主体性提供一个正义的制度基础，而这恰恰是中国二百年来无数先贤未竟的事业，是最为缺失的骨骼"[11]。他认为，政治是需要今天的中国人用心力、用民族精神来建设的，但是，这个精神力的现实建设或实践，其首要的目标不是文化和政治意识形态等精神产品，而是制度产品，不是与现代性的其他民族争一个文化上的或政治意识形态上的高低优劣，而是解决我们自己的制度难题，是根本性地解决中国如何步入现代性的政治制度之门槛的问题。只有当中国人真正地建立起一个宪政的政治制度，真正地步入现代性的洪流（抑或泥潭）时，我们或许才有资格谈论民族精神、民族文化和文化主体性。

四、"后现代性"论者对现代性的态度及其观点

20 世纪中叶，西方发达资本主义国家在实现了高度工业化的基础上，开始步入后工业社会。伴随着后工业社会的来临，欧美地区逐渐形成了一种新的思潮——后现代主义思潮。在欧美地区，20 世纪 50 年代末 60 年代初这一思潮起源于文学和艺术领域，70 年代后扩展到哲学领域，80 年代后则覆盖了政治学、经济学、社会学、教育学等整个社会科学领域，并且越过学术领域弥漫于西方社会生

活的方方面面。20世纪80年代初，就有中国学者向国内学术界介绍后现代主义，但是当时仅仅把它看成是当代西方文学思潮中刚刚出现的一个新流派而已，因而国内学术界并没有对其给予足够的重视。只是到了80年代中期，美国学者詹姆逊到北京大学开设有关后现代主义文化思潮的讲座，才引发了中国文化理论界了解、介绍和研究后现代主义的热情。然而，在80年代中后期已经引起中国文化理论界骚动的后现代主义，对于此时的中国学术界其他领域的绝大多数研究者来说，尚被看做是与己无关的议题而冷眼相望。只是到了90年代，中国学术界的哲学、社会学、政治学、教育学等领域才意识到后现代主义思潮已经席卷而来，由此才仓促上阵，开始关注并研究后现代主义。

随着对后现代主义思潮了解和研究的不断深入，中国学术界围绕着当代中国社会发展的历史阶段、基本性质、主要特征与现代性和后现代性的关系等问题展开了讨论。一部分论者认为，中国作为正在由传统农业社会迅速向现代工业社会变迁的后发型现代化国家，当前面临的历史任务不是摒弃现代性接受后现代性的问题，而是如何建构现代性的问题。因此，他们的观点是坚持现代性，反对后现代性。另一部分论者则认为，在现代性的缺陷已经日益凸显的今天，仍然毫无警惕地全面接受现代性的理念是相当危险的；相反，西方后现代理论对现代性的批判却契合了中国文化传统的精神并且是对当今中国发展的一种警示。所以，他们的态度是批判现代性，赞赏后现代性。后现代性论者认为，固然目前中国社会尚处于工业化、现代化的发展阶段，但是现代性在西方发达工业社会产生的种种弊端同样可能而且有些已经在中国出现，所以，今日中国社会同样必须摒弃现代性并且要敢于接受后现代性。

基于后现代主义的非主体性、多元性、去中心化、反同质化的特点，中国学界赞赏后现代性的论者对于现代性的态度以及有关现代性与后现代性关系的看法，并没有形成统一的观点，而是呈现出众声喧哗的状况。当然，通过对各个论者相关文本的分析，我们仍然可以归纳出后现代性论者的若干基本观点：第一，当代中国问题不能简单地归结为单一的现代性问题。由于历史与现实的原因，中国的现代性体验充满了悖论矛盾，造成前现代、现代、后现代之间互相缠绕、相互冲突又相互共谋的复杂局面。"如果简单地用现代性来界定中国当代社会处于现代社会阶段，而忽视了当代社会的前现代遗存，或由此否认当代社会中日益滋生蔓延的后现代氛围，就会导致对中国当代诸多问题分析的片面化和简单化。"[12]第二，"现代性"的终结是今日中国一个无法回避的课题。"告别纠结我们百年的'现代性'，会使在世纪之末即选择关头的我们去进行新的探索和寻找。目前我们要做的不是在这一终结面前怀旧和感叹，而是更加明智地探索未来。"[13]第三，"从现代性到后现代性"是当今中国社会及文化进程的路标。当下中国高速的经济成长、大众文化的勃兴，与世界联系得更加紧密以及新的市民社会的日趋成熟，都带来了旧的现代性话语难以应对的挑战。而后现代性话语被适时地引入，则为解释处于快速变化中的当下中国出现的社会和文化问题，提供了具有阐释力的理论框架。[13]第四，必须站在后现代性的立场上完成对现代性的批判和清算。"现代性自身已无力挽救所陷溺的危机，依靠现代性的自我修复能力已无法完成现代性的自救。因此，要彻底地诊断、反思和批判现代性，就必须跳出现代性的陷阱，在现代性的断裂之处，在现代性的脱域之处，即站在后现代性的立场上反观现代性，以完成对现代性的批判和清算。"[12]

参 考 文 献

[1] 蒋庆. 中国文化的危机及其解决之道. 西南政法大学学报，2005（1）：3～13

[2] 康晓光. 仁政：权威主义国家的合法性理论. 战略与管理，2004（2）：108～117

[3] 盛洪. 从民族主义到天下主义. 战略与管理，1996（1）：14～19

[4] 丰子义. 马克思现代性思想的当代解读. 中国社会科学，2005（4）：53～62，206

[5] 张雄. 现代性逻辑预设何以生成. 哲学研究，2006（1）：26～36，127

[6] 鲁品越，骆祖望. 资本与现代性的生成. 中国社会科学，2005（3）：59～69，206

[7] 衣俊卿. 论中国现代化的文化阻滞力. 学术月刊，2006（1）：8～16

[8] 周宪. 文化的现代性对抗启蒙的现代性. 粤海风，1998（6）：25～28

[9] 张博树. 现代性与制度现代化. 上海：学林出版社，1998

[10] 任剑涛. 现代性、历史断裂与中国社会文化转型. 厦门大学学报，2001（1）：57～66

[11] 高全喜. 文化政治与现代性问题之真伪. 博览群书，2006（10）：30～37

[12] 宋一苇. 后现代在中国：时尚的？还是批判的？中国图书评论，2006（3）：25～28

[13] 张颐武. "现代性"的终结——一个无法回避的课题. 战略与管理，1994（3）：104～109

正确认识中国现代化过程中的农村发展问题

陈庆立

全国人民代表大会培训中心

在中国现代化进程中的时空坐标上，中国农村发展的内容已不再是以单一形式出现，包括农村经济、政治、文化与社会的和谐、科学发展等多个层面相结合的形式日趋突显，逐渐构成农村发展的主线。近年来中央在政策和战略发展布局上，经济增长与社会建设、保障民生并重的特征较为明显，这就意味着今后我国在保持农业、农村经济持续稳定发展的同时，还要更多地关注农村经济社会的全方位协调发展，这也是中国现代化进程中赋予当代中国农村建设发展的又一新视角。

一、继续加快协调统一统筹城乡发展

（一）统筹城乡发展的必要性

面对当代中国经济社会发展的现实问题，党的"十七大"报告明确指出："协调发展取得显著成绩，同时农业基础薄弱、农村发展滞后的局面尚未改变，缩小城乡、区域发展差距和促进经济社会协调发展任务艰巨。"[①] 农村和农业发展的滞后已成为整个国民经济持续、快速、健康发展的重要制约因素，失衡的城乡结构也使得"三农"问题成为国民经济发展中比较突出的矛盾和焦点问题。因此，统筹城乡发展既是当代中国经济社会发展内容中的重中之重，更是对长期实行的重城轻乡政策的历史反思。

在党的"十七大"上，胡锦涛总书记强调："统筹城乡发展，推进社会主义新农村建设。解决好农业、农村、农民问题，事关全面建设小康社会大局，必须始终作为全党工作的重中之重。要加强农业基础地位，走中国特色农业现代化道路，建立以工促农、以城带乡长效机制，形成城乡经济社会发展一体化新格局。"[②] 这是党中央根据新世纪我国经济社会发展的时代特征和主要矛盾，致力于突破城乡二元结构，加快推进工业化、城镇化，缩小城乡差距、地区差距，实现国民经济持续、快速、健康发展和经济社会协调发展所采取的重大战略决策，也是当代中国现代化进程中内在的必然要求。

（二）统筹城乡发展存在的主要问题

改革开放以来，我国社会经济建设获得快速发展，在"工业反哺农业、城市支持农村"和"多予、少取、放活"等一系列支农、强农、惠农政策的落实下，统筹城乡发展工作也取得了巨大成就，人民生活水平有了很大程度的提高。但由于长期以来工、农建设步伐的不协调，诸多问题仍然存在。

1) 城乡公共服务水平不均衡，农村社会事业发展滞后。由于历史欠账较多，农村教育、文化、医疗等社会事业的发展还相对滞后，特别是农村社会保障体系建设刚刚起步，无论是覆盖面还是保障水平，都与城市存在较大的差距。

2) 农业基础比较薄弱，农村生产生活条件落后。农村特别是中西部地区水利、交通、电力、通信条件较差，2008 年全国还有 2.5 亿农民饮水安全缺乏保

---

①② 摘自胡锦涛在中国共产党第十七次全国代表大会上的报告

证，近 100 个乡镇不通公路，近 1 万个乡镇不通沥青路和水泥路，约 200 万户农村人口用不上电。一些地区村镇布局不合理，农田基础设施老化失修，垃圾处理、生态保护设施缺乏，加上非农建设中受到损坏的农田水利灌溉系统没有及时规划重修，非农占用耕地后新补充的耕地质量较低，农业的抗灾能力与产出能力受到削弱。

3）农民的民主权利和财产权利尚未得到切实保护，侵犯农民权益问题时有发生。农民土地权益尚未得到有效保护，低价征收征用农民土地、补偿不到位等问题较突出，征地纠纷频繁发生。农民工的权益保障还不到位，农民工工资水平较低，最低生活保障、工伤保险、子女教育、廉租住房等权利缺乏有力的制度保护。

4）以工促农、以城带乡的长效机制尚未建立，相关政策和体制有待进一步完善。我国总体上进入了以工促农、以城带乡的发展阶段，但统筹城乡发展的能力还有待于进一步提高，特别需要下更大的决心来调整国民收入分配结构，切实向农村特别是中西部地区农村倾斜。在规范转移支付、完善农业补贴政策、加强政府支农资金管理等方面，还有大量工作要做。一些涉及统筹城乡发展的深层次改革，如推进大中城市户籍制度改革，建立覆盖城乡的统一的社会保障体系，以及形成促进农村土地依法流转的机制等方面，也需要进一步加大改革力度。

（三）统筹城乡发展的对策措施

当前，加大统筹城乡发展力度，必须深入贯彻落实科学发展观，"把统筹城乡发展作为全面建设小康社会的根本要求"[①]，进一步落实统筹城乡发展的主要措施：

1）调整国民收入分配格局，加大对农村的财政和金融支持力度。改变财政支出向城市、工业倾斜的局面，加大财政对农业支持和反哺的力度。通过政府主导和制度设计，使基本建设投资和信贷投资更多地用于支持农村建设。进一步深化农村金融体制改革，增加新的融资渠道，解决农民贷款难问题。

2）整合专项资金，提高资金使用效率。当前，中央和省级政府用于解决"三农"问题的资金有很大一部分以专项资金形式分散于各个垂直体系，部门利益影响和条块分割严重，导致资金使用效率不高。而且，这些资金往往经过中央或省、地市、县、乡镇、村五六个层级才到达农户手中，中间的"跑、冒、滴、漏"问题使其实际效用大大缩水。针对这种情况，在支农资金的管理和使用中应协调好"条条"和"块块"的关系，整合分散在各部门的资金，集中财力为农民办大事、办实事，同时减少资金投放的中间环节，让农民直接得实惠。

3）改革征地制度，让农民更多分享土地增值收益。在符合国家土地利用规划、严格控制非农用地总量的前提下，将更多的非农建设用地留给农村社区集体

---

① 摘自 2010 年中央"一号文件"

组织开发，使农民直接分享土地收益，促进农民增收。据调查，在广东和江苏，一些农民通过集体组织参与土地开发，以土地为资本参与工业化和城镇化，既有工资性收入，又有经营物业（集体建厂房出租等）收入，收入增长较快。这样既有利于筹集新农村建设资金，又有利于农民增收、缩小城乡差距。据统计，广东省 1999 年农民人均生产性纯收入中非农产业收入比重达到 51.1%，超过了一半；2009 年，农村居民人均工资性收入占纯收入比重超过六成。

4）加大投资力度，促进农村社会事业发展。加大对农村社会事业投入的力度，加快发展农村教育、医疗卫生、社会救助和社会保障事业。推进城乡义务教育均衡发展，逐步提高农民医疗保障水平，大力发展农村社会保障事业，并重点解决好失地农民的社会保障问题。

5）提高农业组织化程度，创新农户与龙头企业的利益联结机制。广东省率先推行"公司＋基地＋农户"的产业化经营模式，逐步解决了小生产与大市场对接的难题；天津市西青区辛口镇的农民自发组建的曙光沙窝萝卜专业合作社，积极应对千变万化的大市场，有效组织全村农户的小生产，增强农民在市场上的主动权，提高"沙窝萝卜"的市场竞争力，使品质优势变为品牌优势。这都证明了进一步完善农户与龙头企业利益联结机制，可以有效地促进农民增收。通过发展农村合作经济组织和行业协会、强化基层供销社的功能等途径，提高农户生产的技术水平、组织化程度和抗风险能力，使农民既能取得农产品生产收入，又能分享农产品加工、销售过程中的利润。此外，加大政府扶持力度，通过财政投入、金融优惠以及相关政策倾斜等措施，促进农村合作经济组织稳步发展。

二、继续加强建设实施农村社会保障制度

（一）建立和实施农村社会保障制度的必要性

一个国家的社会建设是否完善和健全，直接反映了它的现代化发展水平。在当代中国现代化进程中，农村社会保障的发展和推进关系到农村经济社会的全面健康发展，也关系到农村的社会稳定。与计划经济体制下大包干的农村生产方式不同，我国农村现在实行的是联产承包责任制，这样就由过去的农村集体大生产转变为现在的以家庭为单位的个体生产。而农村社会保障体系并没有跟上这种变化，旧的社会保障体系被打破，而新的社会保障体系没有建立起来。

21 世纪中期我国人口增长将达到高峰，庞大的人口使我国相对贫乏的自然资源面临超负荷的危机。当前计划生育难点在农村，失控也在农村。我国人口多，主要是农村人口多，在农村推行计划生育，就必须相应的解决农村的养老、医疗方面的保障问题。目前农业劳动者之所以只能依靠家庭保障，是因为家庭人均收入低，而多一个子女就意味着多一分保障，这就直接刺激了多生多育，再加上其

他因素，从而使农村人口控制一直就比城市难。此外，计划生育的推行也加速了人口老龄化的过程。必须通过建立农村社会保障制度，使农村居民的养老、医疗走向社会化，保证农民"老有所养"、"病有所医"、"贫有所扶"、"残有所助"，这样才能解除农民的后顾之忧。

建立农村社会保障制度，能够调节收入分配、缩小贫富差距。社会保障制度作为一项社会政策，应该是以追求社会公平为价值目标，旨在保障公民个人及家庭的基本生活需求和生活水平的提高。农村社会保障制度作为农村社会经济发展的"稳定器"、"安全阀"、"调节器"，可在坚持效率优先的前提下，做到兼顾公平。

可见，在当前我国农村经济发展水平较低的条件下，正确认识农村的实际情况，在增强农业生产能力的基础上，建立起与我国经济发展状况和农民保障需要相适应的、城乡统一的社会保障制度，是完全符合中国现代化发展进程规律的。

（二）农村社会保障存在的主要问题

我国的农村社会保障体系是以农民社会养老保险、失地农民社会保障、农民工社会保障、农村低保、农村社会救助（包括农村灾害救助）、"五保户"供养、农村社会福利事业和新型农村合作医疗等为基础的制度体系，其中，农村社会养老保险是国家保障全体农民老年基本生活的制度，是政府的一项重要政策。从1991年试点到2009年，全国参加农村养老保险的共6000万人，其中有地方政府补贴的仅为1000万人。我国目前农村社会保障体系存在的问题，具体来说，有以下几点：

1）农村养老保障基本制度尚不完善。目前，新农合已经有了基本制度，农村最低生活保障也已经有全国性的指导文件，农村"五保"供养有了行政法规，农村社会救助、农村社会福利事业也都有相应规定，上述几方面可以说基本上有章可循。目前缺乏全国性基础制度的是农村社会养老保险。

2）农村社会保障资金不足，城乡差距较大。目前，各级财政对农村社会保障的投入较少。社会养老保险方面，全国参加农村养老保险的共6000万人，其中有地方政府补贴的仅为1000万人，中央财政没有补助。一些中西部地区反映，县级财政困难，缺少开展农村社会保障工作的资金。当前很多集体经济基本没有来源，社会保障体系建设中要求集体负担的部分很难落实。

3）管理体制、机制需要完善。农村社会保障管理主要涉及民政、人力资源和社会保障、卫生等多个部门，各管理机构如何加强协调协作，形成合力，齐抓共管，提高决策部署的科学性，增强工作推进的有效性，避免信息和资源浪费，需要认真研究。

4）社会保障资金管理缺乏法律保障，难以保值、增值。由于农村社会保障体制尚未确立，社会保障尚未立法，更没有形成法律体系，使农村社会保障无法可依、无章可循，致使农村社会保障基金管理缺乏约束，资金使用存在风险大，无法解决保值、增值的问题。有的将社会保障基金借给企业周转使用，有的用来搞投资、炒股票，更有甚者利用职权贪污盗窃，致使基金大量流失，严重影响基金的正常运转。

（三）建设和实施农村社会保障制度的对策措施

1）进一步提高对健全农村社会保障制度重要性的认识。在保障民生（尤其是广大农村居民）的社会建设中扩大内需无疑也就成为当代中国现代化进程中农村经济社会发展的新特征。在当代中国的整个现代化建设过程中，要始终把农村的社会保障建设放到重要位置，这不仅是一个与现代化建设同步的过程，也是一个不断加快农村经济社会又好、又快发展的过程。

加快建立覆盖城乡居民的社会保障体系，保障人民基本生活，是党的"十七大"提出的明确要求。一方面千方百计地大力发展农村经济；另一方面将以改善民生为重点的社会建设、社会保障提到重要议事日程上来。这样，农村居民社会保险被纳入全国城乡居民一体化视野中，提高了广大农民抵抗和应对来自各个方面风险的能力，并进一步化解了当前农村社会中蕴藏的社会矛盾；在农村社会建设的完善和社会保险的发展中挖掘出广大农村的消费内需，从而更好地促进农村经济发展。

2）切实加大对农村社会保障体系建设的投入。以新型农村合作医疗制度为例，它的目标就是为了解决农民的因贫无医、因病致贫、因病返贫问题。当前由于农村医疗体系落后、地方财政支持不足等问题，广大农民因病致贫、因病返贫问题十分突出。因此，要合理确定中央财政和地方财政分担比例，中央财政投入主要向中西部地区倾斜。在重点推动新型农村社会养老保险的同时，视财力状况逐步提高农村最低生活保障、新农合、农村"五保"供养、农村社会福利事业的保障水平。从中央文件的有关精神也可以看出，今后的经济社会发展会继续按照城乡统筹的要求，将社会建设的重点放在农村，逐步加大公共财政对农村社会保障制度建设的投入。

3）进一步完善相关法律、法规。①修改土地管理法，进一步完善对被征地农民社会保障的相关规定，提高征地补偿安置水平，完善征地程序，增加社会保障费用，提高被征地农民的保障水平。②抓紧制定"自然灾害救助条例"、"农村最低生活保障条例"和"城乡医疗救助条例"，增强农村社会保障工作的规范水平。③尽快出台全国性的农村社会养老保险指导意见，在全国范围内建立基本的、统一的农村社会养老保险制度框架，使农村社会养老保险工作有章可循。

4）因地制宜，稳步实施。我国地域辽阔，各区域自然条件和经济社会发展建设成效差距相对悬殊，进而导致各地农村社会保障工作基础不一。要制定出更具针对性、可实施操作性的农村社会保障制度，就必须因地制宜、稳步实施。针对我国农村发展的不平衡性、收入水平的较大差异性及单一层次社会保障制度无法满足各实际情况中的需求的情况，必须建立以基本社会保障为主体，乡村集体保障和家庭保障等形式并存的，多层次、低水平、广覆盖（最终覆盖所有适龄农民）、共同负担（基金由政府、集体、个人共同负担）、统分结合（基金的经费筹集、管理与使用实行社会统筹与个人账户相结合）、社会化管理的社会保障体系。加快建立覆盖城乡的社会保障体系，推进社会保障的省级统筹和跨省接续，消除城乡居民消费的后顾之忧。

三、继续规范农村发展制度建设与体制创新

当代中国的整个现代化建设过程中的一个重要内容就是制度和体制的建设。与过去的一些决策相比，当前中央政府的一系列新政策更注重对农村、农民和农业问题的全局性、根本性、长久性的关注，这主要表现在对农村经济社会发展的制度建设和体制创新上。

首先是农村发展体制的创新。党的十七届三中全会审议通过的《中共中央关于推进农村改革发展若干重大问题的决定》指出，要"抓紧在农村体制改革关键环节上取得突破，进一步放开搞活农村经济，优化农村发展外部环境，强化农村发展制度保障"。在体制建设中形成促进农村经济社会科学发展的制度保障，更好地促进今后农村的改革发展。

其次要加强农村基层民主制度建设，努力提高农村干部在领导经济社会科学发展等方面的能力。建立和完善体现科学发展观和正确政绩观的干部考核评价体系，把农业投入、粮食生产、农民增收、耕地保护、环境治理、和谐稳定等作为考核基层领导班子工作绩效的重要内容。

再次要创新当前农村基层工作方式，促进农村经济发展与农村基层组织的职能转换相结合。在新时期，我国农村基层组织正在经历工作重心的战略性转移，过去所具有的"催粮派款"、"征税收费"、维持农村治安等行政管理职能在不断弱化，而引导农村经济发展、组织协调公共事业等服务职能在不断加强。然而，一些乡镇服务职能转变的滞后，影响着新农村建设和新时期农村经济发展的进程。因此，创新农村基层组织的工作模式和探索农村基层工作服务体系就成为当务之急。从某地调研的情况来看，有的农村基层组织以村民服务中心为载体，整合各类服务资源，提高了村级组织的综合服务能力；有的地方在村务公开、民主管理的"阳光作业"中，把村民关心的热点问题与干部廉政建设相结合，改善了干群关系，促进了农村和谐发展。

最后继续加强农村经济社会科学发展更需有法制保障。在建设社会主义新农村过程中，要深化农村各项改革，加强基层民主和基层组织建设，加强农村精神

文明建设，创建平安乡村、和谐乡村，这些都始终离不开法制的有力保障。

当前中央财政加大对农业、林业和水利等基础设施建设的投资，一些投资已开始发挥带动地方投入、拉动农村内需、改善民生的作用。这些建设项目的出台和实施都是依法进行的，地方基层政府要跟上建设发展步伐，必须不断加快农村法治化进程，在法律法规上提高意识，加强相关法律的规范和保障。农民要想创造更多的财富，除拥有一技之长外，更需具有一定的法律知识。农村建设发展过程中，农民只有不断地学法用法，提高自己的法律水平，才能适应经济的日益发展和社会的不断进步。

在依法治国的背景下建设社会主义新农村，无论是农业产业结构的调整、农村综合改革的深化、农村公共事业的发展，还是农村社会各种关系的调节，都离不开相关法律的规范和社会保障。为此，新农村建设中必须大力强化依法治农、依法建农、依法兴农的法律意识和法治精神，切实把农业发展、农村建设和农民利益纳入一个系统化、规范化的法律环境之中。

四、继续培育适应现代化发展的新型农民

当代中国的现代化建设过程中，现代化的关键环节就是中国农村的现代化，广大农村人口是现代化这个中心环节的重要内容。随着知识经济和信息时代的到来，低水平的农村经济发展模式正在逐步退出人们的视野，中国新型农民的教育和培训成为一个非常重要的问题正日趋引起关注和重视。

（一）培养新型农民的必要性

纵观国内外的现代化进程，对农民素质的培育是农村劳动力转移的一个重要环节，因为农民工的职业技能素质直接影响其就业。在18世纪末西方主要资本主义国家相继发生的工业革命中，较短时间内有大批的农村劳动力进入城市。为了适应城市工业化的要求，成年人的职业技能培训立即成为一个亟待解决的社会问题。而在目前我国的经济社会发展战略中，农村劳动力的职业技能素质也已经成为制约我国农村劳动力转移的"瓶颈"因素。

人才资源是推动经济发展和社会进步的重要力量。目前，我国农业从业人员的素质低，科技在农业增长中的贡献率只有39％，每年2000多项能应用的科技成果推广不到1/3，其根本原因是农民接受新技术的能力差，大部分劳动力不能掌握现代科学技术，仍然沿用传统的生产方式和方法从事生产，加上农业技术推广人员不足，致使许多先进的科学技术和方法难以推广。在已经转向城市的农民工中，部分因无法适应工业化和现代化对从业者职业技能的要求而逐渐被边缘化，农民工的职业技能素质不高也就成为农民工真正融入城市的障碍。

目前正在进行的社会主义新农村建设是当代中国科学发展战略进程中的一部

分。其中，农民不但是新农村建设的主体，还是新农村建设的主要承担者，这个特殊群体的能力素质和能力培育也是发展中的重要环节。因此，从社会主义新农村建设、当代中国现代化进程中可以看出，与阶级层面上的其他发展主体相比，农民在被关注的程度和力度上都有了对应于自身主体地位的界定。

（二）培养新型农民需要应对的问题

1）受教育程度低。农民受教育程度是衡量农民文化素质的重要标准，最新的农村居民家庭劳动力状况数据显示，4.9亿在家务农的农村劳动力中，高中及以上文化程度的只占13.8%，大专及以上文化程度仅占1.1%，而初中文化程度的占52.2%，小学以下文化程度的占34.1%（其中文盲、半文盲占6.9%），且接受过系统农业职业技术教育的不足5%。整体素质偏低，仍属于体力型和传统经验型农民，不具备现代化生产对劳动者的初级技术要求。

2）技术素养水平低。绝大多数农民对农业的新科技、新成果、新信息反应迟钝，接受消化能力不强，不能有效地掌握科学知识和技能，接受实用技能的培训就更少，有的农民即使在技术人员的指导下也很难完成。新技术、良种技术、无公害技术等先进的农业技术推广效果大打折扣，一些先进的技术如计算机技术就更难在农业中得以应用。

3）思想观念相对落后。由于数千年来中国农村形成生产规模小、思想守旧、居住分散而又封闭的局面，农民在艰苦的环境下，长期受到封建思想禁锢，逐渐养成了墨守成规、安于现状、自给自足的生活方式。他们对土地有着深厚的依赖情节，不愿离开土地从事其他行业，而原有的以家族式劳动为主要生产方式的生产劳动又缺乏团体合作式，不能形成农业发展的规模化、产业化。

4）法制观念淡薄。由于传统人治观念的影响，现实中的某些司法不公正现象和农村法制建设的滞后，多数农民对法律认识不深、了解不足，多数人头脑中缺乏正确引导自己社会行为的法律准则。有的片面理解"保护农民利益"、"尊重农民自主权"的规定，将之等同于"绝对自由"，阻挠基层政府依法行政。有点法律政策意识扭曲，只讲个人利益，不讲社会义务。有的在权利受到损害时，很少运用法律手段来维护自己的合法权益，往往采用上访、暴力等处理纠纷，导致农村社会矛盾相对比较突出。外出务工人员由于法律意识薄弱，劳动合同签订率不高，在出现劳动纠纷时往往处于劣势地位。

（三）培养新型农民的对策和措施

针对我国农村劳动力整体素质不高的现状，既要依托产业发展对农民开展农业实用技术培训和职业技能培训，又要积极引导和教育农民遵纪守法、提高修养、崇尚科学、移风易俗，使之成为"有文化、懂技术、会经营"的新型农民，为推进农村产业结构调整、加快农业产业化进程、增加农民群众收入提供智力支持和人才保障。这是新农村建设的一项根本内容,也是一个非常迫切的要求。没有以农民综合素质为基础的现代化,就不可能有农业和农村的现代化,而没有农业和农村的现代化,就不可能有整个国家的现代化。现代新型农民的培育,在很大程度上决定着农业和农村现代化发展的步伐,决定着我国经济社会发展战略总目标的实现。

辽宁抚顺县坚持从培育知识型、服务型、致富型农民党员入手,努力把农村党员培养成"有文化、懂技术、会经营"的新型农民,领跑新农村建设。一是充分利用农村党员现代远程教育资源,远程中心结合产业结构调整,制作和刻录《优质果树栽培技术》等一些针对性强、使用性强的乡土课件光盘,发放到各乡镇村远程教育站点,组织党员群众学习,通过在电台、电视台开辟科技教育频道等方式,开展以国家新出台的惠农政策、扶贫开发、新农村建设等方面的知识培训,逐步消除农村"没知识、没文化的党员";二是开展文化、科技、卫生"三下乡"活动,把科技光碟、科普挂图和书籍资料亲自送到"土专家"手中,让他们在学中用、用中学,不断提高自身的能力和水平,用科技理论充实自己的土经验、土办法;三是通过组织推荐、个人报名的方式从农村选派100名有初、高中文化程度的"土专家"、"田秀才"参加中央、省农函大学习,通过高层次的理论学习,增强自身能力,在原有的知识基础上再上一个档次,现已有100多人结业并获得"绿色证书",把"土专家"、"田秀才"培养成为"土博士";四是将农村的"土专家"、"田秀才"按各自的专长分类,聘请相关行业的专家、教授有针对性地进行实地培训和现场教学,通过各种专业培训使农民党员的专业技能有一个新的提高。

广东省在推进农民教育培训,确保农民转移就业上坚持贯彻"双转移"战略,加强农民转岗转业培训。扩大"农村劳动力转移培训阳光工程"的培训范围,加大贫困农户劳动力就业技能培训力度。加快建设基层农民科技教育培训基地,实施新型农民科技培训工程和现代农业技术人才培训计划,提高农民务农技能,促进农民在农业产业化组织就地就近转移就业,成为职业化的现代农业工人。

辽宁抚顺县培育新型农民党员和广东省推进农民教育培训的对策措施都值得总结和借鉴,对于使农村劳动者更好地参与社会经济建设,推进城镇化进程,具有重要的现实意义。

英国经济学家克拉克认为,随着人均国民收入水平的提高,劳动力将不断地由第一产业向第二、三产业转移。所以,从某种意义上讲,农民劳动力转移是推动经济发展和现代化进程的基本力量,而农民劳动力素质的提高则是实现城镇化的关键。在本质上,农村剩余劳动力的转移过程就是一个农民劳动力素质对城镇化的适应过程,适应程度的高低显然取决于能否对广大农民进行广泛而深入的劳动力素质教育。应该看到,加强对农民的培训,是提高农村劳动力素质、增强其就业能力、实现农村劳动力稳定转移的关键。

中国语境下的政治民主化
与社会稳定的博弈和平衡①

李昌庚

南京晓庄学院经济法政学院

一、问题的提出

关于社会稳定问题，学术界讨论已经很多。从已有的研究成果来看，关于社会稳定的内涵已经基本形成共识，即社会稳定是一种动态的、相对的稳定。比如，邓伟志、沈跃萍等人提出，"任何国家经济要发展，社会要进步，政治要民主，就必然要从静态有序的政治稳定走向动态有序的政治稳定"②。陶德麟、汪信砚等人认为，"社会稳定不是指社会生活的稳而不动、静止不变，而是指社会生活的安定、协调、和谐和有序，是通过人们的自觉干预、控制和调节而达到的社会生活的动态平衡"③。丁水木、陆晓文等人认为，"现代意义上的社会稳定是指一种全面有效的社会管理条件下的社会相对有序状态"④。黄建钢等人认为，"社会稳定是从社会不稳定发展而来的，而社会不稳定又是从社会稳定变化而来的"⑤。李笃武认为，"社会稳定要由静态有序的稳定转向动态有序的稳定"⑥。曹德本也认为，"社会稳定作为一种动态的存在形式，本身就是发展，而且是发展的理想状态"⑦，等等。邓小平早就说过，"稳定和协调也是相对的，不是绝对的。发展才是硬道理"⑧。中国历史上数千年的专制主义"大一统"的僵化的社会"稳定"大大降低了劳动生产率、延缓了中国现代化进程，足以值得我们反思。对此，西方学者休谟、亚当·斯密、马克思等人以及中国有些学者均有论述。当帝国列强打开清帝

① 本文为李昌庚主持的中国法学会部级课题"中国语境下的民主化与社会稳定的博弈与平衡"（课题编号：D0803）阶段性成果之一，已发表在《学习与实践》，2009（4）：66～75

② 邓伟志主编. 变革社会中的政治稳定. 上海：上海人民出版社，1997：48

③ 陶德麟主编. 社会稳定论. 济南：山东人民出版社，1999：4

④ 丁水木等. 社会稳定的理论与实践——当代中国社会稳定机制研究. 杭州：浙江人民出版社，1997：51

⑤ 黄建钢等. 社会稳定问题研究. 北京：红旗出版社，2005：3

⑥ 李笃武. 政治发展与社会稳定——转型时期中国社会稳定问题研究. 上海：学林出版社，2006：82

⑦ 曹德本，宋少鹏. 中国传统政治文化与社会稳定. 长春：吉林大学出版社，2001：8

⑧ 邓小平. 邓小平文选. 第三卷. 北京：人民出版社，1993：377

国门户时，马克思曾经形容为"正如小心保存在密封棺木里的木乃伊接触到新鲜空气"。[①] 因此，对于什么是社会稳定，已经基本形成共识，无需再加以详细论证。总之，笔者认为，我们所讲的社会稳定应是相对的稳定、动态的稳定。所谓社会稳定，是指社会规范有序和合理渐进的发展。这种稳定意味着公民权利的享有和释放，并适应了当时社会经济发展水平，它本身就容纳了社会上所有富有理性的、合理的能够推动社会进步的一切活动。[②] 这种共识是学术交流的共同平台，也是我们进一步探讨社会稳定问题的重要理论前提。

我国近现代以来第一次社会转型时期是在清朝末年辛亥革命以后，但由于日本侵略等原因而中断。第二次社会转型是在 1949 年新中国成立以后，但由于教条主义等因素而发生严重畸形。当前，我国正处于第三次社会转型时期，面临着前两次社会转型没有完成的历史使命，即政治民主化及其国家现代化进程，同时也是社会极易不稳定时期。这是所有后发型发展中国家所面临的共同问题。正如美国学者亨廷顿所言，"无论从静态或动态标准来衡量，向现代化变化的速度愈快，政治上的不稳定性就越来越大"[③]。他进一步指出，"现代性孕育着稳定，而现代化则引发不稳定"[④]。针对 20 世纪 60 年代许多亚非拉国家民主政治的失败、社会的动荡和经济发展的缓慢，包括部分西方学者在内的很多人认为：现代化与政治稳定不可兼得，其中政治民主与政治稳定更是如此。[⑤] 为此，亨廷顿当初极力推崇权威政治，甚至不惜以牺牲自由和权利为代价，采取专制的方法来维护社会秩序。正因为如此，他的《变动社会中的政治秩序》在广大发展中国家备受关注。我国有些学者也认为，"西式民主带给发展中国家的往往是连续不断的动荡和缓慢的经济发展"[⑥]。有些学者常以此为例，即印度的民主并没有带来经济的高速发展，而东亚国家的权威政治却带来了经济的快速发展。[⑦] 我们从中不难看出，很多学者仅仅关注了亨廷顿等西方学者的上述观点，但却忽视了亨廷顿后来对自己观点的修正，即认为权威主义只是短暂的权宜之计，民主制度是最可取的、最能保证政治持续稳定的政治制度。[⑧] 而且，有些学者仅仅看见印度民主没有带来经济快速发展

① 中共中央马克思恩格斯列宁斯大林著作编译局编. 马克思恩格斯选集. 第二卷. 北京：人民出版社，1972：65

② 笔者早在 1995 年大学本科毕业论文中就提出该观点，但当时没有发表，直至到高校工作后才考虑发表此文. 李昌庚，万腊庚. 公民权利与社会稳定关系初探. 行政与法，2004（7）：78～80

③ 亨廷顿. 变动社会中的政治秩序. 张岱云等译. 上海：上海译文出版社，1989：50

④ 亨廷顿. 变动社会中的政治秩序. 张岱云等译. 上海：上海译文出版社，1989：51

⑤ 陶德麟主编. 社会稳定论. 济南：山东人民出版社，1999：444

⑥ 路日亮主编. 现代化理论与中国现代化. 银川：宁夏人民出版社，2007：351

⑦ 张蕴岭主编. 亚洲现代化透视. 北京：社会科学文献出版社，2007：161

⑧ 有些学者或许是由于自身认识的局限，但有些学者可能是基于投机利益之所需，但邓伟志等则认识到了这一点. 参见：邓伟志主编. 变革社会中的政治稳定. 上海：上海人民出版社，1997：172

的一面，但却没有看见印度民主给印度带来政治稳定的另一面①；仅仅看见东亚国家的权威政治带来经济快速发展的一面，但却忽视了权威政治的经济神话后来逐渐破产的另一面。② 由此带来的结果是，很多学者对经济发展、政治民主化和社会稳定的相互"矛盾"关系并没有给予清晰明确的回答，并因此极力推崇亨廷顿早期的权威政治观点，那么在中国这种具有集权传统的政治土壤中很容易支持一个集权的政府，并因此过分地强调"稳定"而可能丧失或进一步延缓中国的现代化进程。

此外，有些学者虽然已经认识到，后发型发展中国家的社会转型时期政治民主化是影响社会稳定的最重要因素，认识到不能以强调"稳定"来牺牲政治民主化，政治民主化是必然趋势，并提出"民主立国是解决发展中国家现代化与稳定两难命题的基本政治途径"③。但是，可能基于敏感话题或知识的局限而回避了最需要回答的问题，即：如何实现国家现代化及其政治民主化？如何在现代化及其政治民主化进程中尽可能地降低对社会稳定的负面效果？而只是泛泛地谈论要进行政治体制改革，或绕开主题讨论浅层次的腐败问题、农民工问题、人口流动问题、通货膨胀问题、失业问题甚至高校问题等对社会稳定的影响及其对策。更需要指出的是，我国学者都忽视了一个问题，即我国现代化及其政治民主化进程可能更容易激化已经存在的民族问题和台湾问题，尤其是民族问题，从而更深层次地影响到社会稳定。其实，其他问题影响社会稳定是暂时的，是前进中的问题，从长远来看对社会稳定是有积极意义的。而民族问题和台湾问题则关系到我们能否吸取苏联、东欧国家的经验教训，关系到国家的统一和能否真正长治久安。由此可见，现有的许多研究不能解决我国现代化进程中迫切需要解决的社会稳定问题。

鉴于此，笔者试图从影响我国社会稳定最根本的因素即政治民主化视角加以分析。虽然笔者知识有限，但良知告诉我，必须直面中国政治民主化及其现代化进程中最迫切需要解决的问题！

二、如何破解经济发展、政治民主化与社会稳定的"矛盾"命题

人类社会在社会发展实践中面对"民主"时，有些人却常存在着两种困惑，从而影响对民主的选择与实践，对于处于社会转型时期的广大发展中国家更是如此。

---

① 但邓伟志等则认识到了这一点。参见：邓伟志主编. 变革社会中的政治稳定. 上海：上海人民出版社，1997：168

② 但曹德本等则认识到了这一点。参见：曹德本，宋少鹏. 中国传统政治文化与社会稳定. 长春：吉林大学出版社，2001：165

③ 陶德麟主编. 社会稳定论. 济南：山东人民出版社，1999：436。邓伟志等也表达了类似观点。邓伟志主编. 变革社会中的政治稳定. 上海：上海人民出版社，1997：171

（一）"民主不一定带来经济发展"的困惑

有人认为，民主不一定带来经济发展，并常拿印度的民主和东亚国家的权威政治作比较，认为印度的民主带来的是低效无能和经济发展的缓慢，而权威政治带来了东亚的经济繁荣，如日本、亚洲"四小龙"等。其实，就东亚国家而言，权威政治不等同于专制，东亚国家的权威政治强调国家的强势力量和政府的权威，但并没有否定民主基础，东亚国家依然有着很强的经济自由和社会自由，绝不是有些人基于既得利益或投机利益需要而误读为权威政治就是集权或专制。因此，东亚国家的经济快速发展与民主有直接关系。尽管权威政治在一定程度上影响了民主政治的发展，但这只是暂时的，随着经济的进一步发展，权威政治的经济神话将逐步破产，[①] 政治民主化程度必将提高。东亚国家的历史已经证明了这一点，如日本、韩国等。如前所述，亨廷顿后来对自己观点也进行了修正，即认为权威主义只是短暂的权宜之计，民主制度是最可取的、最能保证政治持续稳定的政治制度。[②] 我国在借鉴东亚国家发展经验的时候，必须辩证地看待权威政治，而不是简单的"拿来主义"。

印度与东亚国家就政治比较而言，民主的共性多于个性，而不是简单地对立，其差异主要在于国家职能对待社会经济态度强弱的不同。印度国家对社会经济的职能过分软弱，而东亚国家则强调了国家对经济的适当调控。我们必须清醒地认识到，"印度民主的低效无能"不能归咎于民主本身，而恰恰主要在于其经济落后和政府职能的软弱。民主本身并不存在低效无能问题。贫穷绝不意味着不要民主，而是如何使民主与经济发展相适应。这是其一。其二，任何一项制度都不是完美的，民主并不必然苛求效率，这是民主的应有内涵。因此，民主的追求并不必然渴求其经济发展的重任，经济发展不是民主的必然义务，民主是人性价值追求，两者属于不同层次问题。虽然经济发展影响民主实现程度，但无论经济是否发展，并不能阻挡公民的民主权利追求。其三，经济发展的因素很多，民主与其并不必然地存在关联。印度经济发展缓慢有着众多原因，将经济发展缓慢的责任仅仅归咎于民主未免显得幼稚。而且印度仅仅是个案，世界上还有更多民主带来经济发展的例子。凡是后起之秀的发展中国家多为民主国家，或许民主化程度不是很高，这也正是民主与经济发展相适应的成功表现。其四，相对而言，民主从长远来看，更多地表现为与经济发展存在正相关关系，民主有利于经济发展。相比较其他国家而言，虽然印度经济发展暂时缓慢，但印度民主却带来了相对良好的社会稳定，并且为印度经济腾飞奠定了坚实的政治基础，印度的后起发展将比专制国家有着

---

① 曹德本，宋少鹏．中国传统政治文化与社会稳定．长春：吉林大学出版社，2001：165

② 邓伟志主编．变革社会中的政治稳定．上海：上海人民出版社，1997：172

更大的发展空间（专制国家往往有着更多的发展后遗症，从而为未来动荡留下隐患）。权威国家也有发展后遗症，虽在民主基础上的自我调整与适应经济发展而予以化解，但也给社会带来了一定损失，如东南亚一些国家、韩国等。我国在借鉴东亚国家经验时，需要重视此问题（下面将予以阐述）。笔者以为，上述关于印度民主与经济发展的关系对人类社会研究民主与经济发展的关系具有普适性意义。

（二）"民主不一定带来社会稳定"的困惑

有人认为，民主也不一定带来社会稳定。其实，从民主与经济发展的角度来看，这类人的观点可以归纳为以下两种原因：一是民主超前于经济发展；二是民主滞后于经济发展。

就第一种原因而言，有人常拿广大的亚非拉发展中国家作比较，认为这些国家民主实验的失败带来了社会的动荡。其实，这不是民主的过错，而是经济落后或是民主实践不成熟（民主制度设计或实施过程中的缺陷）造成的。这说明，民主要与经济发展相适应，既不能滞后也不能超前。但我们能否得出结论：贫穷不需要民主呢？答案显然是否定的。"贫穷"意味着政治民主化程度低，但并不等于不要民主。有些经济落后的国家常以此偷换概念，从而为专制和既得利益者寻找借口。贫穷和专制的结合只能带来更加的贫穷和更为严重的社会不稳定，尽管专制在一定阶段或许能带来经济发展和社会稳定，但只能是昙花一现，是不可能持久的。历史上的德国即是明证。正如有些学者指出，"一个在规范上将人等级化的社会要实现真正的稳定是不可能的——除了兵临城下式的沉默"①。因为专制的本性是压抑人性，扼杀了人的创造力；经济的发展伴随公民权利诉求的增长是人类社会发展的基本规律。民主是社会个体人性价值追求，具有普适性价值；而社会稳定是执政者的执政需求，民主没有承担社会稳定的义务，但可以成为执政者实施民主的价值目标。在经济落后国家或地区，民主要与经济发展相适应，并不等于不要民主。

就第二种原因而言，如果现有的政治体制不能适应经济发展伴随的民主诉求而产生的社会动荡，就更不是民主的过错，而是民主严重滞后经济发展的结果。民主滞后经济发展时，或许由于经济的高速发展而表现出一定的稳定期，但迟早会带来社会动荡并影响到经济发展（但一些特殊国家在一定阶段例外，如一些阿拉伯国家）。对于广大后发型发展中国家而言，更多的属于第二种情形，这也是后发型发展中国家普遍面临的两难困境，同时也是人们最为关注的问题。因为后发型发展中国家在时空上跨域了西方发达国家的历史进程，同时面临着经济发展和民主权利的双重诉求，而政治体制的转型则有一个时间过程，而且执政者更喜欢

---

① 周永坤. 宪政与权力. 济南：山东人民出版社，2008：535

追求稳定而牺牲民主，而社会个体更喜欢珍惜民主的人性价值追求。正如戴维·伊斯顿所言，政治动乱"主要是社会飞速变革，以及新的集团被动员起来涌入政治领域，而同时政治制度却发展缓慢的结果"①。但随着政治制度的变革、民主进程的加快，社会将趋于更高层次的稳定。如同亨廷顿所言，民主制度是最可取的、最能保证政治持续稳定的政治制度。② 从此意义上说，这种不稳定是必然的，是前进中的不稳定，是国家现代化及其政治民主化进程必须付出的成本与代价，体现了社会进步，最终将带来真正意义上的社会稳定。因此，我们必须正视这种不稳定，不能因所谓的"稳定"而牺牲经济发展、国家现代化及其政治民主化进程。正如邓小平同志所言，"强调稳定是对的，但强调过分就可能丧失时机"③。

此外，亨廷顿曾经说过，"产生政治动乱并非由于没有现代性，而是由于要实现这种现代性而进行的努力。如果说穷国显得不稳定的话，并不是因为它们穷，而是它们想致富"④。或许他的观点是对发展中国家在发展和变革中容易产生社会动荡的一种现象描述，应该说这种现象描述是正确的，属于上述第二种情形。但如果追溯社会稳定根源的话，他的观点则显然是片面的。其实，穷国不稳定的根源乃在于贫穷，而不是经济发展和社会变革。虽然贫穷在一定的历史阶段可能表现出社会"稳定"，但却是一种低层次稳定，而且往往与专制相伴随。因此，这不是我们所追求的真正意义上的社会稳定。这种"稳定"是以牺牲人的权益为代价的。而且，这种"稳定"不是均衡的、持久的、动态的，而是危机四伏的，最终将因贫穷和专制而被摧垮。这种"摧垮"的过程恰是经济发展及其国家现代化的进程，是对"贫穷"和"专制"否定的过程。

综上所述，国家现代化及其政治民主化必须与经济发展相适应。"民主制度的存在与高水平的经济发展之间有着高度的相互关系"⑤。如同马克思所言，经济基础决定政治上层建筑，"社会关系随着生产力的变化而变化"⑥。一般而言，经济越发达的国家，其政治民主化程度越高，社会稳定程度越高（因资源和伊斯兰教等因素，一些中东阿拉伯国家在一定阶段存在特殊性）；经济越落后的国家，其政治民主化程度越低，社会稳定程度也越低。如果政治民主化程度滞后于经济发展，迟早会带来社会不稳定；同样，如果政治民主化程度超前于经济发展，也有可能带来社会不稳定，但这不是必然的。

---

① 戴维·伊斯顿. 政治生活的系统分析. 王浦劬等译. 北京：华夏出版社，1999：39
② 邓伟志主编. 变革社会中的政治稳定，1997：172
③ 邓小平. 邓小平文选. 第三卷. 北京：人民出版社，1993：368
④ 亨廷顿. 变动社会中的政治秩序. 张岱云等译. 上海：上海译文出版社，1989：45
⑤ 安德鲁·韦伯斯特. 发展社会学. 陈一筠译. 北京：华夏出版社，1987：91
⑥ 中共中央马克思恩格斯列宁斯大林著作编译局编. 马克思恩格斯选集. 第一卷. 北京：人民出版社，1972：108

对于后发型发展中国家而言，民主必须与经济发展相适应，但经济落后绝不意味着不要民主。经济发展必然伴随着民主诉求而可能产生社会不稳定，但我们绝不能为了所谓的稳定而牺牲经济发展、政治民主化及其国家现代化进程。民主是人类社会的价值追求，具有普适性价值，民主是我们的必然选择！邓小平早就多次强调，"没有民主就没有社会主义，就没有社会主义的现代化"①。党的"十七大"也进一步明确提出，必须加强社会主义民主政治建设。我们现在所要考虑的是，在经济发展过程中，如何满足社会民主诉求，如何实现政治民主化及其国家现代化，而又降低其成本与代价，减少其对社会稳定的负面影响，不至于引发较大的社会动荡，实现社会转型的平稳过渡。高水平的民主与高水平的经济发展相适应，必然带来高水平的社会稳定。正如亨廷顿所言，"现代化程度较高的社会一般比现代化程度较低的社会更加稳定"②。中国也不例外。

三、中国语境下的政治民主化对社会稳定的负面影响

从理论上说，也是从长远来看，只有民主和法治能够真正实现社会稳定和国家的长治久安。古希腊学者亚里士多德早就说过，"一种政体如果要达到长治久安的目的，必须使全邦各部分（各阶级）的人民都能参加而怀抱着让它存在和延续的意愿"③。但是，在一个社会转型时期的国家或地区，即旧体制和旧的价值观念尚未彻底打破，而新体制和新的价值观念又尚未完全建立或有效实施的阶段，民主化进程很容易对社会稳定产生负面影响，引发社会动荡。就中国而言，过去长期以来是通过单位制度、政治领袖和政党权威、对社会成员流动的控制、意识形态的批判等维持社会稳定④，但随着经济发展伴随着政治民主化及其国家现代化进程的加快，维持社会稳定的传统机制将逐步被打破或变革，而适应市场经济和民主法治的新的社会运行机制又尚未完全建立或有效运行的时候，将很容易引发社会不稳定问题。近年来，云南孟连事件、贵州瓮安事件、甘肃陇南事件等即是个案表现。这是政治民主化与政治体制转型摩擦所产生的内在负面影响，也是民主化及其现代化应有的成本与代价，也是所有社会转型的国家或地区都可能面临的问题。鉴于学术界对此论述颇多，在此不再详述。而且，这种体制转型摩擦的负面影响通过政治体制改革在一定时期后将会自动缓解或解决。

但是，对于中国语境下的政治民主化及其现代化而言，除了上述内在负面影响外，我们更需要关注可能因此而产生的外在负面影响。

---

① 邓小平．邓小平文选．第二卷．北京：人民出版社，1983：168
② 亨廷顿．变动社会中的政治秩序．张岱云等译．上海：上海译文出版社，1989：43
③ 亚里士多德．政治学．吴寿彭译．北京：商务印书馆，1965：88
④ 李笃武．政治发展与社会稳定——转型时期中国社会稳定问题研究．上海：学林出版社，2006：59

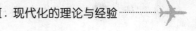

（一）中央政府权威问题

中国作为后起的发展中国家，必须以比发达国家更快的速度发展，才能立于不败之地。这就必然决定了西方国家几百年历史分阶段出现的问题将在转型时期的中国集中爆发，如贫富差距问题、未富先老问题、经济发展与环境保护、生态平衡的双重压力问题、经济发展与民主诉求双重压力问题等，再加上人口众多、地区发展严重不均衡、民族问题和台湾问题等现实国情，从而决定了转型中的中国必须要有一个强有力的中央政府及其中央权威。然而，在我国政治民主化及其现代化进程中，中央政府一旦面对矛盾激化时，就有可能出现两种极端：一种是倒退，在政治上重新回到中央集权的时代，从而使中央权威与政治民主化及其现代化发生背离；另一种是陷入中央政府失控状态，中央权威削弱，地方诸侯兴起，民族容易分裂，政治民主化及其现代化进程难以推进或可能夭折。这恰是我国在政治民主化及其现代化路径设计中必须考虑的问题，即如何在民主、法治的基础上实现中央权威。

（二）民族问题和台湾问题

众所周知，我国存在历史遗留的台湾问题，也存在着因我国的藏族、维吾尔族等民族特定的历史造成的民族分裂问题。从理论上说，也是从长远来看，政治民主化及其现代化有利于民族问题和台湾问题的解决，也是解决民族问题和台湾问题的根本途径，最终有利于民族团结、国家统一和社会稳定。但是，对于处于社会转型时期的中国而言，在政治民主化及其现代化进程中，在社会民主权利诉求增长的同时，还有可能伴随着地方自治权和民族自决权要求的进一步提高，尊重民意与维护国家统一和民族团结的交织，从而为"台独"势力和民族分裂势力提供合法借口。这是其一。其二，当传统的解决民族问题和管理民族地区的有些制度和方法失灵时，而我国适应民主权利诉求的新型的解决民族问题和管理民族地区的制度与方法又尚未有效构建或有效实施时，那么在本未完全融合中华民族而有少数具有离心倾向的民族内部，就很有可能给民族分裂势力造成可乘之机，制造民族分裂，造成社会动荡。

此外，在我国政治民主化及其现代化过程中，由于中央政府忙于应付体制转型摩擦的诸多矛盾，尤其是在如前所述而万一可能发生的中央政府失控或中央权威削弱的情况下，很容易给民族分裂势力和"台独"势力以可乘之机，引发民族分裂危机和国家统一问题。因此，我国又面临政治民主化及其现代化与民族团结和国家统一的双重压力。这是我国政治民主化及其现代化路径设计中必须高度重视的问题。

四、社会稳定视野下的中国政治民主化的路径设计

对于处于社会转型时期的中国现状而言，政治制度化发展水平落后于经济发展水平及其民主诉求的发展程度。其结果将可能是，把民主化自身的矛盾以及我国所附加的民族问题和台湾问题等一并显露出来，从而引发社会的不稳定。邓小平早就说过，"现在经济体制改革每前进一步，都深深感到政治体制改革的必要性。不改革政治体制，就不能保障经济改革的成果，不能使经济体制改革继续前进，就会阻碍四个现代化的实现"[①]。所以，必须深化政治体制改革，加快民主政治建设及其国家现代化进程。

但我国在深化体制改革时，必须准确把握两种态度：①如何正确对待国外的文明成果。既然我们选择了市场经济，那么与市场经济相适应的诸多制度就具有一定的普适性价值，如法律制度、经济制度等。正如有些学者指出，西方人最先创立的东西，并不就是西方的专利；现代性所要求的制度框架的普遍性，乃深深扎根于人类本性的同一性和人类文明进化的共同性之中。以民主政制而言，它就以集权导致腐败这一人类共同的弱点为前设；市场经济则相好利益驱动对人类经济行为的普遍效用。[②] 因此，对于有些适合我国国情的国外文明成果为何就不可以大胆地加以借鉴呢？难道我们非要重走一遍西方国家老路吗？当然，绝不是简单和全盘照搬。②如何正确对待国情。长期以来，很多人有意或无意地避免被别人贴上"西化"的招牌，从而使"国情"成为最时髦的词汇，并到了滥用的地步。殊不知，许多人所谓的"国情"恰恰是我们民族的劣根性，是我们既得利益者的存在理由。过分迁就所谓国情，而被现实的国情所腐蚀，容易使中国永远滞后于人。陈独秀曾经说过，"若是决计革新，一切都应该采用西洋的新法子，不必拿什么国粹、什么国情的鬼话来捣乱"[③]。此话固然偏激，但从中道出了当时很多人滥用国情以此维护既得利益和回避改革的真实现状。人口众多、民族众多、地区发展严重不均衡、严重的城乡二元结构问题、民族问题和台湾问题等是我国如何民主、现代化和实现社会稳定的真正国情考量，但绝不是某些人所谓的拒绝民主和现代化的国情理由。

从我国来看，政治民主化及其现代化进程导致的新旧体制转型摩擦的内在负面影响往往通过进一步的政治体制改革经过一定时期将自动缓解或解决。比如，经济发展伴随民主诉求的提高而产生的社会稳定问题，我们可以通过疏通民主诉求渠道，改革和完善政治体制，如人民代表大会制度、司法制度、政党制度、新

---

① 邓小平．邓小平文选．第三卷．北京：人民出版社，1993：176
② 张博树．现代性与制度现代化．上海：学林出版社，1998：151
③ 陈独秀．今日中国之政治问题．新青年，第5卷第1号，1918年7月。转引自：公丕祥．中国的法制现代化．北京：中国政法大学出版社，2004：225

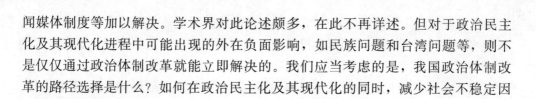

闻媒体制度等加以解决。学术界对此论述颇多，在此不再详述。但对于政治民主化及其现代化进程中可能出现的外在负面影响，如民族问题和台湾问题等，则不是仅仅通过政治体制改革就能立即解决的。我们应当考虑的是，我国政治体制改革的路径选择是什么？如何在政治民主化及其现代化的同时，减少社会不稳定因素，又实现国家统一和民族团结，并把现代化的成本与代价降低到最低限度？

在政治民主化及其现代化路径设计方面，有人提出渐进式改革和激进式改革的路径选择。笔者以为，这是误区。关于"激进式改革"提法是针对20世纪90年代初期苏联、东欧国家的变革而言的，因而有人把中国目前的改革称为"渐进式改革"。其实，苏联、东欧国家当初发生的变革并非是当时执政者所预想的，也不是他们改革的命题和目的，因而就无从谈起"激进式改革"，只能说他们没有改革尤其是没有政治体制改革或者改革方法不当，从而导致了他们所没有想到的结果。既然如此，也就没有所谓的相对而言的"渐进式改革"。如果就他们所谓的"激进式改革"和"渐进式改革"而言，前者容易引发社会动荡，并容易带来意想不到的其他负面效果（苏联、南斯拉夫即如此），从而使现代化成本太高；后者可能一时"稳定"，但容易使问题积重难返，从而最终可能爆发社会动荡，而且容易延缓现代化进程（中国要警惕此倾向）。因此，这两者均不可取。中国也不例外。中国的改革既要避免所谓"激进式改革"可能产生的民族分裂和社会动荡等难以挽回的负面影响，也要避免所谓"渐进式改革"可能产生的问题积重难返和延缓现代化进程的负面影响。笔者以为，中国不是在"激进式改革"和"渐进式改革"虚假命题中选择，而是在可控和可预见的范围内，以民主化及其现代化为目标，有计划、有步骤、有目的地推行改革。至于发生不可预料的突发政治事件导致社会变革，则不是改革的命题，也不是本文的话题。

鉴于此，笔者以为，我国政治民主化及其现代化路径设计可以从如下几个方面展开思考。

（一）改变城乡和地区发展二元格局，实现合理化差异的全国一体化发展

我国是一个典型的城乡二元发展的格局，"城市建得像欧洲，农村建得像非洲"。城市和农村无论在财富方面还是文化素质、价值观念等方面都存在着很大的差异，从而在民主化及其现代化进程中表现出来的权利诉求就有很大差异。农村中没有多少文化素质的妇女、老人和儿童等这部分群体，不会对我国民主化及其现代化进程产生多大的负面影响。但是，游离于城市和乡村的数量庞大的农民工群体，尤其是其中文化素质较高的农民工群体，一方面他们接触了城市和外部世界，价值观念转变，权利诉求增长，但由于文化素质的差异，权利诉求又缺乏必要的理性；另一方面由于众所周知的户籍制度等体制性障碍，他们现在又不能完全被城市及我国现有的体制所吸纳，造成城乡有差别的国民待遇。如果我们在政

治民主化及其现代化路径设计中没有充分考虑这个问题，必将对社会稳定产生负面影响。尤其是 2008 年的金融危机导致大量农民工失业，从而给社会稳定造成很大压力。

没有农村的现代化，就没有国家的现代化。我们必须做好如下几项工作：①国家加快农村集体土地改革，加快土地流转，实现土地适度规模经营，提高农村土地市场化和土地利用效率。②国家加大农村投入，避免"剪刀差"现象的进一步延续和加重，加快农村非农产业的发展，增强农村剩余劳动力的吸纳能力。③加快我国城市化步伐，提升城市化水平，创造条件转移和吸纳我国农村剩余劳动力。④加快户籍制度的改革，把农民从户籍束缚中解放出来，逐步实行城乡同等的"国民待遇"。⑤建立农村社会保障体系，包括农村社会养老保险、农村合作医疗保险、农村最低生活保障制度等。唯有建立城乡一体的社会保障制度，改革土地制度和户籍制度等，才能把农民真正从土地生存保障功能中解放出来，实现城乡发展的一体化。① 这是我国政治民主化及其现代化的重要基础，也是现代化进程中保持社会稳定的重要基石。当前，党的十七届三中全会专题讨论农村工作，把农村工作放在党和国家现阶段工作重点。笔者以为，这是明智之举和理性选择，也是我国政治民主化及其现代化的重要步骤。

与此同时，我国还存在非常严重的东、中、西部发展的巨大落差，尤其是改革开放以来，虽然中西部地区经济社会发展也取得了巨大成就，但相对于东部沿海地区而言，差距却越来越大。财富和文化的反差不仅带来价值观念和权力诉求的差异，而且在地区之间资源的流向、人口的流动等方面也存在着严重的不均衡现象，必然隐藏着地区间、民族间的矛盾，一旦面临外因，这些矛盾则极易爆发。在此背景下，政治民主化进程则很容易爆发隐藏的地区间、民族间的矛盾，并进而引发社会动荡。因此，我国在不违背经济发展规律的同时，在发展东部地区经济的同时，通过中央政府的财政转移支付制度等政策倾斜措施，加快中西部地区的经济发展，尤其是西部地区的发展。当前，我国"西部大开发战略"和"振兴东北老工业基地"等政策措施就是明智之举。这既是解决民族问题和维护社会稳定的战略措施，更是我国政治民主化及其现代化进程中的又一重要步骤。

（二）市场经济、社会中间层组织、市民文化和市民社会的成熟

进一步建立健全市场经济体制，加快经济发展，从而为政治民主化及其现代化奠定坚实的物质基础。市场经济的发展有助于各种社会团体等社会中间组织的

---

① 李昌庚. 新路径视野下的农村集体土地所有权的反思与重构——兼评《物权法》第五章. 学术论坛，2007（7）：125～130

出现，这是市民文化和市民社会形成的重要标志。一方面，在市民社会和政治国家之间构建团体社会，使社团组织成为社会不同利益主体的重要制衡力量，寻求社团自治与国家干预之间的平衡。① 社团组织就成为市民社会和政治国家之间的缓冲带，既有利于国家政策和法律的实施，也有利于社会民众权利诉求的释放，以私权利制约公权力，维护民众的合法利益，从而有助于社会稳定。西方学者托克维尔就提出了著名的"中层组织"理论，认为美国强大的社会中间层组织使得美国建立了稳定的民主制度。② 另一方面，社会中间层组织和市民社会的形成推动了国家和政府职能的转型，不断地向社会禅让权力，减少国家不必要的干预，从而最大限度地降低政府腐败。由于建立起稳定的政府——市民责任权利结构，公民权益得到最大限度的保护，从而减少和消除了引起社会动荡的根源。因此，市民文化和市民社会还是社会稳定的根本机制。③ 由此可见，大力发展市场经济、培育社会中间层组织、市民文化和市民社会是我国政治民主化及其现代化的又一重要基础和实施步骤。

（三）改革和完善中央与地方关系，适当分权，构建宪政框架内的中央权威

长期以来我国实行的是一种高度中央集权的管理体制，行政区划层级过多，地方政府缺乏独立的人格，中央政府往往成为国家经济发展的唯一变量。委托代理链过长，信息不对称现象严重，容易削弱地方自主权和蚕食地方利益，使地方政府尤其是基层政府权利义务不对等，合法的良好资源难以合理配置地方政府尤其是基层政府，进而导致"上有政策、下有对策"的现象时有发生，或是消极或低效政府管理行为，并因此容易使地方政府尤其是基层政府成为社会矛盾的集结点，从而增加国家治理成本。而且这个问题并没有因为我国后来的中央与地方逐步分权的改革而得以彻底解决。随着分权化过程的推进，地方政府在对中央政府的态度上，具有经济抗衡与政治服从的双重裂变的倾向，地方政府的政治行为和经济行为常常会在目标、运作方式等各个环节上产生较大的冲突。分权化调动的是地方政府将自身利益最大化的积极性，地方政府尽可能地打政策"擦边球"，寻求地方新财源，实现地方经济的发展和决策权的扩大。④ 因此，在中央与地方之间缺乏法定且明确的事权与财权划分的情况下，在中央政府没有规则约束下的随意放权与收权的过程中，很容易使地方政府产生本能的经济"对抗"，滋长地方保护主义。与此同时，集权和不规范的随意分权也容易挫伤民族自治地区的民族积极性，很容易给那些本未完全融合中华民族而有少数具有离心倾向的民族内部的民

---

① 吕忠梅，陈虹. 经济法原论. 北京：法律出版社，2007：216
② 王煜主编. 社会稳定与社会和谐. 北京：社会科学文献出版社，2006：28
③ 张蕴龄主编. 亚洲现代化透视. 北京：社会科学文献出版社，2005：344
④ 吕忠梅，陈虹. 经济法原论. 北京：法律出版社，2007：175

族分裂势力创造分离条件，必将影响民族问题和社会稳定问题。

因此，为了处理好我国政治民主化及其现代化进程中的中央权威问题、民族问题和台湾问题等，我国必须加快改革和完善中央与地方关系，适当分权，构建宪政框架内的中央权威。邓小平早就说过，"权力要下放，要解决中央与地方的关系"①。具体而言，可以考虑如下几个方面：首先，我国必须加大行政区划改革的力度，合理划分行政区划层级，减少委托代理链。其次，对于部分省（自治区），根据地域面积、人口分布和民族状况等因素，可以考虑再分解省级行政区划，增加省级区划。像美国、俄罗斯等国省级单位比我国多得多，这有利于地方自治，也有利于减少民族问题。再次，从宪政的高度理顺中央与地方的关系，在确保中央政府宏观调控权威性和保障国家统一的前提下，转变政府职能，下放部分财权，使事权与财权相适应，充分保障地方的自主权和自治权，使其权利义务对等，调动地方的积极性。在此基础上，并在坚决反对民族分裂或"变相独立"的基础上，对于新疆、西藏和台湾等地区可以考虑借鉴我国特别行政区和联邦制国家的某些经验，完善民主宪政框架内的地方或民族自治权，从而使"台独"势力和民族分裂势力无借口可言。其实，中国共产党在成立初期就曾经提出以民族自决和联邦制原则解决我国民族问题的主张②，尽管这存在历史的局限性，尽管我们不一定照搬联邦制原则，但为我们思考和解决民族问题提供了更多的视野。总之，中央与地方的分权应当建立在以宪政为基础的法律制度保障机制上，把中央和地方各级政府的事权、财权以及相互之间的人财物关系通过法律制度化的游戏规则合理界定和明确划分，从而克服中央政府随意性放权与收权的缺陷，既能保障中央权威，又能调动地方积极性，并从根本上杜绝地方保护主义的源头，同时也更有利于解决民族问题和台湾问题。因此，这是我国政治民主化及其现代化进程中非常重要的基础和实施步骤，直接关系到国家统一和社会稳定问题。

有些学者或许担心中央权威与民主化及其现代化的矛盾③，其实这是因为此中央权威是建立在集权基础上。如果中央权威建立在宪政框架内的分权基础上，则不存在此矛盾。中央权威不等于集权，更不等于否定民主，而是民主在不同社会发展时期实现的方式和程度不同而已。我们必须辩证地看待印度式民主和东亚国家的权威政治，然后在此基础上，考虑借鉴日本、韩国等东亚国家以及泰国、马来西亚等东南亚国家的发展模式。

（四）分权基础上的地方试点、单位试点与全国性法制化推广

我国长期以来实行的集权和不规范的随意分权，导致我国很多事情"中央政

---

① 邓小平. 邓小平文选. 第三卷. 北京：人民出版社，1993：177
② 沈荣华. 中国地方政府学. 北京：社会科学文献出版社，2006：171
③ 黄建钢等. 社会稳定问题研究. 北京：红旗出版社，2005：91

府做不好，地方地府做不了"。我国地域广阔、人口众多、民族众多、地区发展严重不均衡等现实国情，决定了国家政策必须因地制宜，不能"一刀切"。我国必须在分权的基础上，赋予地方合理的自主权和自治权。当前，我国中央政府允许地方政府自行房市救市的做法就是一个明智之举。同样，对于政治民主化及其现代化进程也是如此。我国不能一步到位地统一实施政治民主化及其现代化措施，否则要么可能引发社会动荡或付出更多的成本与代价，要么可能时间严重滞后，延缓现代化进程。因此，我国的政治民主化及其现代化进程的最好做法就是，在保障国家统一和中央权威前提下的分权基础上，允许各地方根据自己的情况进行探索和试点，包括人大体制、司法体制、行政体制、政党体制、选举制度等，就如同当初的农村生产承包责任制等。各地方情况差异很大，决定了各地方政治民主化及其现代化进程的时间不同、路径不同、模式也有差异等，从而为我国提供了多种模式和经验，这是非常宝贵的。这也是从根本上解决民族问题和台湾问题的重要手段之一。同时，我们也应当允许具备条件的各单位内部进行探索和试点，包括执政党和各民主党派内部民主问题、高校内部民主问题、企业内部民主问题等。即使有些地方、有些单位试验失败了或产生了负面影响，也不会影响全局，而且也能及时弥补和完善。

然后，中央政府根据各地方、各单位试点经验进行汇总，将其成熟的经验在中央逐步实施。中央政府在实施过程中予以总结，将其成熟的成果上升到宪政的高度，并在宪政的框架内通过法律予以制度化，然后在全国推广。这是民主化及其现代化成果法制化的必然表现，是巩固民主化及其现代化成果的根本措施，也是民主政治成熟的标志，从而实现社会的平稳转型。

五、结语

政治民主化及其现代化进程伴随着社会稳定问题，这已经成为广大发展中国家普遍面临的问题。对于中国而言，我们不仅面临着体制转型摩擦的内在矛盾，而且还面临着民族问题和台湾问题等诸多外在负面影响，这也正是我国国情考量所在。因此，中国政治民主化及其现代化路径设计有着更为复杂的因素。我们千万不能等到实现了城乡、地区一体化发展和市民社会的成熟等，再来推行政治民主化及其现代化进程，那是所谓的"渐进式改革"，必将延缓中国现代化进程，使中国丧失发展良机，终将使发展成为一场"梦"，反过来又会阻碍经济发展和市民社会的成熟。我们也不能推行不顾我国现实经济发展水平及相应国情基础上的政治民主化及其现代化进程，那是所谓的"激进式改革"，将可能因此造成民族分裂，引发社会动荡，付出沉重代价。我国应当消除"激进式改革"和"渐进式改革"的伪命题干扰。政治制度化水平落后于经济发展水平的中国现状决定了我国必须进一步深化政治体制改革，结合我国现实国情，吸取苏联、东欧国家的经验教训，基于上述政治民主化及其现代化路径设计的同步考量，加快我国社会主义民主政治建设及现代化进程，实现社会的平稳转型。我们为此而期待！

新中国现代化战略的演变与反思[①]

何爱国

复旦大学中外现代化进程研究中心

现代化战略是对现代化目标、路径与方式的一种战略规划，是现代性工程的理论表达。现代化特别是工业化，是晚清以来中国发展的强力诉求。新中国成立后，最初是准备采用自主探索的新民主主义现代化战略，后转为学习苏联式经典社会主义现代化战略，1956 年以后则走上了借鉴苏联、自主探索之路，现代化战略在不断调整与发展之中。具体来说，经历了九次转变。

一、先工业化后社会化、以市场体制为基础、先发展农业与轻工业后发展重工业的现代化战略

这是一种新民主主义现代化战略。中国共产党一开始认为新中国成立之后的新民主主义社会应该是一个相对独立的、发展时期很长的民主主义社会，在这个社会里容许私人资本广泛发展，以推进工业化建设，在工业化完成的基础上，进入社会主义革命与社会主义建设。新中国成立之初，详细构思了以发展农业和轻工业为重心的新民主主义工业化道路：第一步，以发展农业和轻工业为重心；第二步，发展重工业；第三步，大大发展轻工业，使农业机器化，并大大提高人民的生活水平。政协一届二次会议上闭幕词中继续阐发了先工业化后国有化与社会化的政策主张。甚至认为私营工业国有化与农业社会化"还在很远的将来"，要等到国家经济事业和文化事业大为兴盛、全国人民考虑成熟并同意之后。

新民主主义现代化战略继续并发展了新三民主义现代化战略，是一个在市场化基础上、以工业化为中心、多种经济成分并存发展的现代化战略，基本适合我国国情。在经济恢复时期（1949～1952 年）短暂实施过，后由于苏联的强大压力以及我们确实缺乏建设社会主义现代化的经验，在自主探索方面冒的国内外风险

① 教育部人文社会科学重点研究基地重大项目（06JJD810004）"中国社会主义现代化指标体系研究"；复旦大学金苗项目（09JM005）；复旦大学 2010 年度亚洲研究中心项目

都比较大，不久这种战略就被苏联式经典社会主义现代化战略所取代。

二、学习苏联经验，先社会化后工业化，以单一公有制与计划体制为制度基础、以重工业为中心的现代化战略

这一现代化战略可称为"苏联式经典社会主义现代化"战略，又称为"工业化与合作化并举"，或"一化三改"的现代化战略，以过渡时期总路线为代表。先社会主义化（城市经济国有化，农村经济先集体化后国有化），后工业化与农业机械化。工业化道路则是：优先发展重工业，以重工业为中心，忽视农业与轻工业发展，压低人民生活需求，维持较低的生活水平。制度基础则是：以国有制为主的单一公有制、按劳分配的单一分配体制、以指令性计划为主的集中统一的计划管理体制、统包统配的人力资源管理体制、全国统一的工资管理体制、以统收统支为主的财政管理体制、以中央部门直接管理为主基建管理、企业管理与物资管理体制、统购统销的生产生活资源供给体制、国家通过农村公社与城镇企事业单位全面管理个人生活的单位社会体制、城乡分离发展的城乡二元发展体制等。实现社会主义工业化、农业社会主义化、机械化的阶段发展战略是：15 年打下基础；50 年基本完成。

"一化三改"的现代化战略主要实施时期是"一五"计划时期，但其深刻影响一直延续到改革开放。由于实施单一公有制与高度集权的计划体制，各种社会力量的生产积极性长期受到压抑，生产效率低下；同时由于偏重重工业而忽视农业、轻工业与服务业，导致剩余劳动力长期积压，人民生活水平长期得不到提高。

三、借鉴苏联经验，多方兼顾、统筹安排，容许民营经济发展、重视农业与轻工业发展的现代化战略

这一现代化战略可称为"借鉴苏联，统筹兼顾"战略，其提出是在苏联破除了对斯大林的个人崇拜之后，我们也破除了对苏联式经典社会主义现代化理论与实践的迷信，转而提倡解放思想、自主探索的中国特色社会主义现代化道路。这一现代化战略的核心理念是十大关系统筹兼顾、合理安排。在独立自主探索中国社会主义现代化道路时期，我们对苏联新经济政策进行了重新认识，提出中国在社会主义基本制度建立以后，也可以搞多种经济成分并存的新经济政策，以适应生产力发展的需要。这一现代化战略的核心是要求高度重视农业发展，吸取苏联不注重农业发展、导致农业长期停滞的严重教训。

"借鉴苏联，统筹兼顾"战略对经济大调整（1961～1965 年）与改革开放影响较大，但在当时并没有得到认真执行。由于我国家底很薄迫切需要发展，国内外环境高度紧张又带来发展的急迫性，于是，"统筹兼顾"战略刚提出不久，就被以"快"为灵魂的高速赶超型现代化战略取代。

四、以"以钢为纲"、"全面跃进"为主题，以"土洋并举"与"群众运动"为方法，以高速发展、赶英超美为目标的赶超型现代化战略

这一现代化战略可称为"大跃进"战略或"赶英超美"战略，是苏联影响与中国自主探索相结合的产物，也是前面两个现代化战略综合的结果。其继承了土改与合作化以来群众运动的工作方法，也继承了"一五"计划以来以重工业为中心的工业化偏好，更是在美国与苏联压力下"争一口气"的直接反应。

"大跃进"战略是作为"三面红旗"被提出的，主张全国要迅速工业化，在农村也要实现农村公社化、工厂化、农业机械化、工业化，决定苦干三年，改变面貌，赶英超美。还提出10年之内实现农业机械化的发展战略。高度重视重工业，特别是钢铁与机械工业发展，主张"以钢为纲"、"钢铁元帅升帐"。号召党委书记挂帅，全民炼钢，土洋并举。其结果是，重工业挤掉了农业、轻工业与商业，出现了国民经济比例关系的重大失调与异常严重的粮食危机。

"大跃进"战略重视工业，轻视农业；重视工业产量，轻视质量与效益；重视重工业，轻视轻工业、商业与各类服务业；重视土办法，轻视洋办法；重视主观能动性，轻视客观规律与科学方法；重视群众运动，轻视规章制度；重视"一大二公"，轻视个人利益与市场机制。虽然完全付诸执行的时间是1958～1960年，但是，由于这一战略是作为"三面红旗"提出来的，不允许基本否定，因此，对此后的发展仍然有较为长期的影响。

五、以农业为基础、工业为主导，农工商并举，以计划经济、单位社会、城乡二元为制度基础的现代化战略

这一现代化战略可称为"农工商并举"战略，亦可称为"大调整"战略，是对前一时期现代化战略及其实施后果进行反思与调整的结果，是对前一战略严重偏差的修正。其既打上了前一战略的很多烙印，如以工业为重点，以单一公有制与计划经济体制为制度基础，以将来继续赶超为目标等，也吸收了统筹兼顾战略的合理因素，如综合平衡、重视农业等，同时也有一些新的思考，如发展农业生产责任制、试办托拉斯、城乡二元体制与单位社会体制严格化并定型化，同时也把赶英超美的时间大大延长到100年以上。在严重的农业危机面前，这一现代化战略重视农业与轻工业，甚至商业，要求把"重、轻、农、商、交"的发展次序调整为"农、轻、重、交、商"，工业要挂帅，农业与商业也要挂帅，实施农工商并举、轻重工业并举。

这一现代化战略主要执行期是1961～1965年的大调整时期。随后，由于对国际国内形势的估计越来越严重，该战略逐渐被"四清运动"、"三线建设"与"文化大革命"所打断。

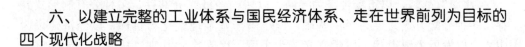

六、以建立完整的工业体系与国民经济体系、走在世界前列为目标的四个现代化战略

"四化"战略是第一代中央领导集体在工业化与农业现代化战略的基础上提出来的，1954 年全国人大一届一次会议政府工作报告中对此正式进行了阐述。但一开始提的是交通运输现代化，而不是科学技术现代化，后来交通运输现代化并入了工业现代化，加上了科学文化现代化，但又去掉了国防现代化。该战略 1964 年与 1975 年在三届人大一次会议与四届人大一次会议政府工作报告中最终明确定型（农业、工业、国防与科技）并巩固下来，并确定了两步走的现代化路径：第一步，到 1980 年代以前，建立完整的独立自主的工业体系与国民经济体系；第二步，到 2000 年以前，实现四个现代化，走在世界发展前列。改革开放以来，"四化"战略被"小康"战略取代。

"四化"战略提出的过程中，我们对工业化的理解发生了重大变化。我们不再把苏联实现工业化的标准（现代工业总产值占工农业总产值的 70%）用于中国——如果按照苏联标准，1959 年我们就可能实现工业化，但是我们还有 5 亿农民从事农业生产，因此，苏联标准并不能反映我国国民经济的实际情况，而且可能产生松劲的情绪。我们把工业化的标准重新调整为建立独立自主的工业体系与国民经济体系，注重工业结构与国民经济结构的综合平衡与独立完整。

"四化"战略基本上是一种赶超型的经济现代化战略，定的指标与目标比较高，又受到 1957 年以后阶级斗争不断扩大化的干扰，特别是十年"文化大革命"的严重干扰，虽然取得了很大成绩，但是两个阶段的发展目标都没有完成。这是导致它在 20 世纪 80 年代不得不转型为"中国式四个现代化"，即"小康"战略的原因。

七、以经济建设为中心、以发展为硬道理、以市场经济为导向、以致富光荣为主题、以先富到共富为发展路径、以小康为目标的中国式现代化战略

这一现代化战略可简称为"小康"战略，是邓小平在综合中国传统文化、现代化实际与未来预期的基础上提出来的，由"四化"战略蜕变而来，成为改革开放以来中国现代化的基本战略，也成为邓小平理论的重要组成部分。1979 年 12 月 6 日，邓小平在会见日本首相大平正芳时正式提出了中国式现代化战略——"小康"战略。"小康"战略提出以来被不断充实与发展。1987 年中共"十三大"报告正式确认了"温饱（到 1990 年）—小康（到 2000 年）—基本现代化（到 2050 年）"三步走的发展路径，对第二阶段的发展作了战略部署。核心是要普及初中教育，大城市还要基本普及高中教育。主要领域工业技术要大体接近经济发达国家 20 世纪 70 年代或 80 年代初的水平。特别提出要加强人口控制与环境保护，维持生态平衡。最后在 2002 年，中共"十六大"报告中正式把"小康"战略发展为"全面小康"战略。

"小康"战略，以市场经济为导向，以多种经济成分共存、多种公有制形式共存、多种分配方式共存为经济基础，以小康与基本现代化为目标，以经济建设为中心，以发展为硬道理，以致富光荣为主题，以先富到共富、从城乡二元到城乡一体、从单位社会到真正的社会化为发展路径。改革开放以来 20 多年得到坚决、认真的贯彻执行。除了少数指标外，"小康"战略的发展目标与各项具体指标定得比较恰当，符合国情、民情、世情，在 20 世纪末基本上达到了小康水平，实现了总体小康。但是，就全国范围与各个具体方面而言，小康水平仍然是低水平的、不全面的、不协调的，需要巩固与提高，需要更长时期的全面建设。"全面小康"战略由此应运而生。

八、以依法治国、完善市场体制、健全社保体系为基础，以"可持续发展"为导向，以"科教兴国"、"人才强国"为手段，以基本实现工业化、全面建设小康社会为目标的现代化战略

这一现代化战略可称为"全面小康"战略，是对此前"小康"战略的接续、完善与发展，与"小康"战略相衔接。"全面小康"战略在 20 世纪 90 年代末期"基本小康"目标即将完成之际就开始酝酿，到 2002 年中共"十六大"正式形成。

"小康"战略的基本架构与主体内容已经成为"全面小康"战略的有机组成部分。但是，"全面小康"战略毕竟是在"小康"战略长期实践并取得巨大成绩的基础上构思出来的，因此，"全面小康"战略在新基础、新形势下有了新的导向、目标、内容、手段与特征。"全面小康"战略的基本目标与基本内容是，到 2020 年，国民生产总值比 2000 年翻两番，基本实现工业化，较大幅度地实施城镇化，建成完善的社会主义市场经济体制，建立比较健全的社会保障体系，依法治国全面落实，基本普及高中教育，可持续发展能力不断增强。

"全面小康"战略内涵"可持续发展"战略（1994 年提出）、"科教兴国"战略（1995 年提出）、"人才强国"战略（2000 年提出）、"依法治国"战略（1997 年中共"十五大"提出）、"西部开发"战略（1999 年提出）等一系列新的发展战略，是这些新的发展战略的有机集合。不少战略在 20 世纪 90 年代已开始实施，因此，"全面小康"战略实际的启动时间早于理论总结时间。

其中，"可持续发展"战略是由"发展是硬道理"战略中的环境保护政策、计划生育政策、资源节约政策综合深化发展而来，可以说是此前"发展是硬道理"战略的继承、完善与发展，又开启了"科学发展"战略的孕育，是此后的"科学发展"战略的三大核心发展理念之一。"可持续发展"战略由 1994 年出版的《中国 21 世纪议程》正式提出，1995 年江泽民在中共十四届五中全会上强调"在现代化建设中，必须把实现可续发展作为一个重大战略"。要求根据我国国情，选择有利于节约资源和保护环境的产业结构和消费方式。此后在党的"十五大"、"十六大"、"十七大"报告中都得到反复强调。

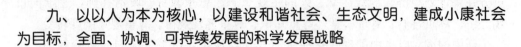

九、以以人为本为核心，以建设和谐社会、生态文明，建成小康社会为目标，全面、协调、可持续发展的科学发展战略

这一现代化战略可称为"科学发展"战略。"科学发展"战略是在"小康"战略、"全面小康"战略基础上的继承与发展，也是在"发展是硬道理"战略、"可持续发展"战略基础上的继承与发展。"科学发展"战略既构成 2007 年中共"十七大"确立的新的"全面小康"战略的主体部分，同时又超越了"全面小康"战略，把发展视野投向了更远的未来与更大的发展空间，成为新的"全面小康"战略的指导思想，同时也是未来中国很长时期发展的主导战略。

"科学发展"战略在 2003 年正式提出，胡锦涛先后三次作了有关"科学发展"的讲话：第一次是在全国防治非典工作会议上，提出了科学发展的三大理念：全面发展、协调发展、可持续发展，并对此进行了具体阐释，还阐释了评价科学发展的指标体系构成与有效保障科学发展的资金投入体系构成。第二次是胡锦涛发表了《树立和落实科学发展观》的讲话，提出了科学发展观的基本含义、三大发展理念、树立和落实科学发展观的意义与原因，科学发展观与"发展是硬道理"的理念的关系、增长与发展的关系。第三次是在纪念毛泽东同志 110 周年座谈会上，胡锦涛完整地提出了科学发展观的科学内涵（包括一个发展核心、三大发展理念、五大发展方法）与十大对策。

结语：演变态势及其经验教训

新中国成立至今，现代化战略一直随着国情与国内外形势的变化而演变。从演变的趋势看，在现代化战略的属性方面，逐渐偏离与超越传统的苏联式经典社会主义现代化战略，向着真正自主创新的中国特色社会主义现代化战略转变。在现代化基本理念方面，由简单地把现代化化约为工业化，逐渐向深入挖掘现代化的内涵、不断拓宽现代化的广度与深度演变，最终把现代化看做一个从传统的小农手工社会向市场工业文明社会与生态文明社会深刻转型与科学发展的过程。在现代化的目标方面，从过分注重在经济总量与工业产量方面赶英超美、国力强大，逐渐转向关注本国人民的生活水平与生活质量，建设和谐社会。在现代化的内容方面，从过分注重经济现代化（工业现代化与农业现代化）、国防现代化与科技现代化，逐渐转向经济现代化（市场经济与新工业化）、政治现代化（民主政治与依法治国）、军事现代化、生态现代化（建设生态文明）、社会现代化（建设和谐社会）、科技现代化、文化现代化、人的现代化（人的全面发展）全方位发展。其中，在经济现代化的结构与品位方面，从过分注重工业发展，特别是注重重工业发展，逐渐向三大产业协调发展，大力发展第三产业。从过分注重工业产量，特别是注重重工业产量，逐渐向更注重质量与品种转变。在现代化的手段方面，从

过分强调计划经济、群众运动、人的主观意志、思想教育、政治挂帅，逐渐向市场经济、尊重自然、尊重科学、尊重知识、尊重客观规律、尊重规章制度转变。

新中国成立以来中国现代化战略演变几经波折，留下了深刻的经验教训，给我们今后的现代化战略设计与选择留下了宝贵的财富。主要包括以下几点：第一，必须保持现代化建设的和谐稳定环境，长期以现代化为中心任务，不能动摇，不能再以政治运动、阶级斗争、群众运动去冲击现代化建设。第二，必须从本国基本国情出发，从本国的资源禀赋与民族文化传统出发，在虚心学习国际现代化的先进经验的基础上，充分发挥本国的现代化潜力与实际能力，不能照搬照抄别国现代化战略与实践模式。第三，必须以本国人民的现代生活水平与质量的提高为基本目标，不能一味地赶超发达国家以扬眉吐气。第四，现代化的基础虽然是经济现代化，但不能把现代化化约为经济现代化，现代化是经济、政治、社会、文化与人的全面转型的过程，具有多面向、多层次、多维度、多重性，因此，设计现代化战略必须从全面性、系统性与整体性出发，在以经济现代化为中心的基础上进行综合考量。第五，提出现代化战略固然需要以各种指标为规范，但指标的择取及目标值在参考发达国家经验的基础上，必须充分考虑本国实际，并权衡各种预期变数，不能生搬硬套、强行摊派、强制执行，更不能搞一个或几个指标单向突进。第六，必须适应现代化不断变化的新形势，根据国情变化与国内外现代化研究的新成果不断调整现代化战略，不能把现代化战略僵化。

参 考 文 献

刘少奇.1985.刘少奇选集.下卷.北京：人民出版社
毛泽东.1977.毛泽东选集.第五卷.北京：人民出版社
毛泽东.1999.毛泽东文集.第六卷.北京：人民出版社
毛泽东.1999.毛泽东文集.第八卷.北京：人民出版社

"小康"与中国的现代化

徐 英

贵阳市委党校

关于现代化的研究已有 60 年的历史，现代化理论的演变及其现代化的发展过程表明，在不同的国家和地区，由于历史、意识形态、社会制度、地域等国情的原因，现代化的发展水平、发展速度、实现方式、路径均不尽相同。所以，既要遵循现代化的共性规律，又要从各个国家的特殊性、个别性上去认识现代化。中国在现代化建设过程中既要科学地借鉴发达国家的现代化经验，也要深入分析中国特殊的历史进程、独特的社会经济结构和现实的发展水平，紧密结合中国实际，走中国式的现代化道路。

一、小康与"中国式的现代化"

新中国成立初期，由于我国的工业、农业、文化、军事都不强大，因此把实现工业现代化、农业现代化、国防现代化、科学技术现代化确定为建设社会主义的目标。"四个现代化"的表述和明确提出是毛泽东等国家领导人在革命和建设实践过程中逐步清晰、完善起来的，从1954年9月15日，毛泽东在中华人民共和国第一届全国人民代表大会第一次会议《为建设一个伟大的社会主义国家而奋斗》中指出："准备在几个五年计划之内，将我们现在这样一个经济上文化上落后的国家，建设成为一个工业化的具有高度现代文化程度的伟大的国家。"到1964年首次在第三届全国人民代表大会一次会议政府工作报告中明确提出，要把中国建设成为一个具有现代农业、现代工业、现代国防和现代科学技术的社会主义强国，以及实现四个现代化目标"两步走"的设想，这些目标和设想都表明了我国要实现现代化的愿望和决心，同时也成为中国改革开放后邓小平提出"中国式的现代化"的重要理论基础。

邓小平结合中国底子薄、人口多、耕地少的国情，借鉴世界各国现代化建设的先进经验，对我国现代化建设问题进行了深入思考，他抓住了中国现代化进程中的主要问题，那就是要改变贫穷、落后的面貌，提出了中国的现代化应该是"中国式的现代化"，他把现代化与"小康"、"小康社会"紧密联系在一起，赋予了"现代化"新的含义，这样的联系让中国现代化进程中的目标更具体、更切合中国实际。

小康社会是一个既具有深厚历史积淀，又带有鲜明时代特征的词汇。在中国古代，小康社会是相对于大同社会而言的，在这个社会中，"老者衣帛食肉，黎民不饿不寒，……仰足以事父母，俯足以畜妻子，乐岁终身饱，凶年免于死亡，……"（《孟子·梁惠王上》）。党的十一届三中全会后，1979年3月30日邓小平在党的理论工作务虚会上指出："我们当前以及今后相当长一个历史时期的主要任务是什么？一句话，就是搞现代化建设。能否实现四个现代化，决定着我们国家的命运、民族的命运。"并在会上第一次提出"中国式的现代化"的概念。之后，1979年12月6日在会见日本首相大平正芳时，邓小平首次使用"小康"、"小康之家"来描述"中国式的现代化"的发展战略。邓小平谈到"所谓小康社会，就是虽不富裕，但日子好过"①，"在我国现代化建设的第一步发展过程中，我们的变化是小变化，翻两番，达到小康水平，可以说是中变化。到下世纪中叶，能够接近世界发达国家的水平，那才是大变化"②"我们的目标，第一步是到2000年建立一个小康社会"①，邓小平当时提出"小康社会"这个概念，是同"翻两番"相联系的，是以1980年的人均国民生产总值为基数，到1990年翻一番，到20世纪末翻两番。1982年9月党的"十二大"把实现小康确立为20世纪末我国经济建设的奋斗目标，这是党的全国代表大会报告中首次使用"小康"的概念。1987年党的"十三大"又将实现小康作为我国现代化"三步走"发展战略：第一个阶段，到1990年国民生产总值比1980年翻一番，基本解决人民群众的温饱问题；第二个阶段，到2000年国民生产总值比1980年翻两番，广大人民群众的生活达到小康水平；第三个阶段，到21世纪中叶，中国将达到中等发达国家水平，人民生活比较富裕，基本实现现代化。1990年12月党的十三届七中全会审议通过的"八五计划"，对中国现代化进程中的小康作了具体的全释：小康就是在温饱的基础上，物质及文化精神生活更加丰裕，社会服务不断完善，人民生活质量进一步提高。

可见，中国的"小康社会"发端于邓小平对实现"四个现代化"的现实思考，脱胎于"中国式的现代化"。这个小康社会叫做"中国式的现代化"，它是中国现代化进程中的一个必经阶段。

二、全面小康与中国现代化的推进

从1978年到20世纪末，伴随着中国经济的持续快速发展，人民群众生活总体上实现了小康。我国人均国民生产总值达到800美元，原定于2000年国民生产总值比1980年翻两番的目标，提前于1995年完成，我国已经顺利地实现了"三步走"战略的第一步、第二步现代化发展目标，可以说，人民生活总体上达到了小康水平。但是，由于中国人口多、底子薄、地区发展不平衡等因素，所达到的小康还是低水平、不全面、发展很不平衡的小康。2000年人均国内生产总值只有800多美元，属于中下收入国家的水平，还是一个偏重于物质消费的小康，或者说只是解决了生存性消费，对于发展性消费，还没有完全满足城乡人民的需要。地区、城乡、各阶层之间还存在较大差距，2000年东部地区人均国内生产总值已经达到1400美元，而西部地区只有600美元。2000年，我国尚有近3000万人温饱问题没有完全解决，城镇有近2000万人生活在最低生活保障线以下。为此，2000年10月，党的十五届五中全会明确提出，新世纪我国进入了全面建设小康社会、加快推进社会主义现代化的新的发展阶段。党的"十六大"报告进一步更加明确地提

---

① 邓小平.邓小平文选.第三卷.北京：人民出版社，1993：161
② 邓小平.邓小平文选.第三卷.北京：人民出版社，1993：143

出了全面建设小康社会的奋斗目标，就是使全国人民都能过上比较宽裕的小康生活，并逐步过上比较富裕的生活。但是，无论是总体小康还是全面小康，仅是我国现代化建设的一个循序渐进的阶段。

全面建设小康社会与推进中国现代化建设是相辅相成、互相促进的。党的"十六大"报告指出："我们要在本世纪头二十年，集中力量，全面建设惠及十几亿人口的更高水平的小康社会，使经济更加发展、民主更加健全、科教更加进步、文化更加繁荣、社会更加和谐、人民生活更加殷实。经过这个阶段的建设，再继续奋斗几十年，到本世纪中叶基本实现现代化，把我国建成富强民主文明的社会主义国家。"这表明，小康建设不是一个简单的经济总量的指标，而是一个不断丰富、不断完善的综合性目标。全面建设小康社会，就是要从经济、政治、科教、文化、社会、公平等方面建设小康社会。

全面建设小康社会具有与现代化理论相吻合的内涵：一是大力发展经济，加快推进经济现代化。必须加强经济建设，大力发展生产力，特别是发展先进生产力，建设社会主义物质文明，提升综合国力和国际竞争力，基本实现工业化，加快推进城镇化，逐步缩小各阶层差别、城乡差别和地区差别。健全社会保障体系，促进社会充分就业，提高人民收入，使其过上更加富足的生活，建成完善的社会主义市场经济体制以及更具活力、更加开放的经济体系。二是建设社会主义政治文明，推进政治现代化。人们的生存和发展，不仅要有宽裕的经济生活、丰富的文化生活，而且要有民主、平等、和谐的政治生活。政治生活对经济生活和文化生活具有促进和制约作用。只有发展社会主义民主，使人民享有各种民主权利，才能享有正常的经济生活和文化生活；只有健全社会主义法制，才能保障人民过上正常的经济生活和文化生活；只有维护社会的安定团结，为人民提供安居乐业环境，才能使人民的经济生活和文化生活幸福美满。三是必须大力发展文化，推进文化现代化。维护好、实现好、发展好人民群众基本文化权益，是实现全面建设小康社会的重要目标之一。当经济生活达到小康水平之后，对精神文化生活的要求也就相应的提高。因此，要大力发展面向现代化、面向世界、面向未来的民族的、科学的、大众的社会主义文化，促进全民族思想道德素质和科学文化素质的不断提高，促进人的全面发展。四是改善生态环境，推进生态现代化。加强生态环境的保护和建设，是全面建设小康社会、现代化进程和保证人类社会可持续发展的重大战略任务。因此，必须协调好人类发展同资源、环境、生态的关系，努力改善生态环境和美化生活环境，提高社会福利水平。努力开创生产发展、资源节约、生活富裕和生态良好的文明发展道路。增强可持续发展能力，促进人与自然的和谐，推动整个社会走上生产发展、生活富裕、生态良好的文明发展道路。

现代化宏伟目标的实现，必须也只能分阶段加以实施。作为中国现代化建设进程中一个具有继往开来意义的重要历史阶段，全面建设小康社会是改革开放 30

多年来中国社会发展的历史延续，是实现现代化建设第三步战略目标所必经的承上启下的发展阶段。这一现代化中间阶段的完成或者这一驿站的到达，意味着再经过 30 年左右的奋斗努力，到 21 世纪中叶，中国将基本实现现代化，达到世界中等发达国家的水平，中国将建设成为富强、民主、文明的现代化国家，实现中华民族百年图强的伟大梦想。同时，中国式的"小康"的现代化道路，将成为一个具有世界意义的现代化发展模式。

参 考 文 献

布莱克．1992．日本和俄国的现代化．周师铭等译．北京：商务印书馆

邓小平．1993．邓小平文选．第三卷．北京：人民出版社

罗荣渠．1993．现代化新论．北京：北京大学出版社

毛泽东．1977．毛泽东选集．第五卷．北京：人民出版社

毛泽东．1986．毛泽东著作选读．下册．北京：人民出版社

中国现代化战略研究课题组，中国科学院中国现代化研究中心．2010．中国现代化报告 2010．北京：北京大学出版社

华盛顿共识与北京共识综述

——兼论新千年以来当代社会发展理论的新动向

胡慧华

首都师范大学政法学院

一、"华盛顿共识"与"北京共识"探源与考量

自 2004 年雷默发表了《由华盛顿共识到北京共识》的论文后，"北京共识"这一理论就在国内外学者中引起了极大的反响。在这篇文章中，雷默提出了当代社会发展过程中的华盛顿模式和北京模式问题，围绕着这一观点，国内外学者从不同的理论视角、不同的学科体系进行了深入的阐述，这些阐述涉及如何认识中国当代社会发展道路模式、发展中国家和发达国家的不同发展路径和规律以及人类社会发展是否具有共同的利益和普世价值等方面。作为从事理论思考和哲学研究的人文科学工作者，我们感到更有必要提出自己的初步思考和见解，希望这种思考和见解能汇入当前社会发展建设的种种思潮之中，以对中国当前的现代化发展

道路和取向有所理论贡献。

概而言之，学者们的讨论大致涉及以下几个方面。

（一）"华盛顿共识"与"北京共识"的基本内涵

"华盛顿共识"通常是指 20 世纪 80 年代以来位于华盛顿的三大机构——国际货币基金组织、世界银行和美国政府，针对拉美国家减少政府干预、促进自由贸易和金融自由化的经验而提出并形成的一套政策主张。美国学者约翰·威廉姆森（John Williamson）在 1989 年将它归结为"华盛顿共识"，共包括 10 条改革发展建议：①加强财政纪律，压缩财政赤字，降低通货膨胀，稳定宏观经济形势；②把政府开支的重点转向经济效益高的领域和有利于改善收入分配的领域（如文教卫生和基础设施）；③开展税制改革，降低边际税率，扩大税基；④实施利率市场化；⑤采用一种具有竞争力的汇率制度；⑥实施贸易自由化，开放市场；⑦放松对外资的限制；⑧对国有企业实施私有化；⑨放松政府的管制；⑩保护私人财产权。其核心思想是自由化、市场化、私有化和财政政策稳定化。"华盛顿共识"是以新自由主义经济理论为基础的，是新自由主义的理论和政策的升华。从"华盛顿共识"提出的政策主张可以很明显地看出，它片面强调市场机制的功能和作用，轻视国家干预在经济和社会发展进程中的重要性和必要性，推崇市场原教旨主义；主张私有化，宣扬"私有产权神话"的永恒作用，反对公有制；主张贸易自由化，放松对外资的限制，实际上就是要实现自由化。可以说，这些主张与新自由主义的理论和政策主张如出一辙。

"北京共识"是应对"华盛顿共识"而提出来的，其是由美国高盛公司高级顾问乔舒亚·库珀·雷默（Joshua Copper Ramo）于 2004 年 5 月 7 日在伦敦《金融时报》上全面阐述的。5 月 11 日，英国外交政策研究中心全文发表了他撰写的题为《北京共识》的报告。在雷默的报告中，所谓的"北京共识"，主要是对中国崛起和独特的发展道路的概括，这一理论主要是基于对"华盛顿共识"的深深怀疑而提出来的，表明了中国根本不是按照"华盛顿共识"的金科玉律而发展起来的。雷默认为，中国的模式是一种适合中国国情和社会需要、寻求公正与高质增长的发展道路。创新和实验是其灵魂；既务实又理想，解决问题灵活应对，因事而异，不强求划一是其准则。它不仅关注经济发展，也同样注重社会变化，通过发展经济与完善管理改善社会状况。"北京共识"是对中国发展模式以及其示范效应的表述，表明了一种区别于"华盛顿共识"的尝试的成功。"北京共识"，概括来说就是中国实行改革开放政策以来的发展经验，其中不少是可供其他发展中国家参考的，可算是一些落后的发展中国家如何寻求经济增长、社会繁荣和改善人民生活的模式。

就雷默而言，他的核心观点是"我把中国的道路称为北京共识，中国已发现自己的经济共识，北京的全球发展模式吸引追随者的速度与美国模式使它们敬而远之的速度一样迅速"。雷默就此把北京共识概括为三个定理（主动创新、可持续和平等的发展模式、自主的国际关系）和三个公理（反冲动能、有中国特色的全球化、中国的新道路）。客观地说，雷默提出的"北京共识"令人眼前一亮，此前尽管有对中国发展道路的各种不同概括，但都没有在"北京共识"这样的理论高度上来进行逻辑化、系统化。正如庞中英教授所言，"北京共识"标志着世界开始用一个新概念、新眼光来看待发展中的中国。在雷默提出"北京共识"后，对中国的发展道路和发展模式的正面肯定就一直成为国际主流媒体的重点关注。美国《国际先驱论坛报》网络版 5 月 20 日刊登的题为"中国将以自己的方式改变"的文章，称赞中国以循序渐进的方式推进政治改革的果断英明。英国《卫报》5 月 27日刊登的题为"中国解决亿万人民温饱问题的经验"的文章，认为中国的崛起为其他国家提供了除西方发展道路模式之外的一个强有力的选择。墨西哥《每日报》5 月 24 日刊登的题为"中国：亚洲的地平线"的文章，认为中国的奇迹是依照自身情况理智地来制定社会经济发展政策的必然结果。

当然，面对国际社会给予我们中国的盛誉，我们绝不能就此洋洋得意、沾沾自喜，而要冷静地进行理性的分析和思考。朱耀斌教授的话可谓一语中的："北京共识"是对中国改革开放模式的初步理论概括，目前对此的解释力尚显不足。俞可平教授也发表了同样的观点：雷默以"北京共识"概括的中国模式是不完整的；对中国特色社会主义现代化的研究，也就是对中国模式的研究，中国学者也应当有一种责任感，即在重大的国际学术事务中，没有中国学者的声音也不行。

（二）对"华盛顿共识"与"北京共识"的评价

"华盛顿共识"作为一种发展理念，准确地说，其实一直都不断遭遇到其他思想的挑战。著名经济学家斯蒂格利茨就曾详尽地分析和总结了"华盛顿共识"的缺陷，他认为：第一，"华盛顿共识"是不适当的；第二，成功的发展战略是不能简单地通过"华盛顿共识"的限定来实现的，发展中国家应当通过重要的实质性的途径来参与整个过程；第三，"一刀切"的政策注定会失败，在一个国家有效的政策对另外一个国家未必适用；第四，对某些领域，经济科学尚未提供足够的理论依据和经验事实就一些国家应当采取何种行动达成广泛共识。"北京共识"是当前形形色色的延续"华盛顿共识"理论中最富有生命力和影响最大的一种。这是因为，中国在实行改革开放之后，由于把社会主义制度的优越性与市场经济能有效配置资源的优点有机结合了起来，在积极引入市场调节的同时更加注重国家宏观调控的质量和手段，这种渐进式的改革促使中国经济发展持续良好快速地增长，势头之猛、之强令世界震惊和钦佩，尤其在发展中国家以及转型国家中，更显一枝独秀。中国经济的巨大成功，在全球经济持续低迷的背景下，对世界经济产生了积极影响，使其他国家在分享到中国经济成果的同时，也树立了谋求自己国家发展的信心。于是，对中国发展道路进行概括的"北京共识"就应运而生。"北京共识"至少向人们显示：每一个国家都可以根据和凭借自身的条件实现发展。而"华盛顿共识"认为，一种发展模式可以适用于世界上所有的国家，把发达国家发展市场经济的具体经验作为一种普世性的原则，在世界各国特别是发展中国家推行，不考虑这些理论存在的前提和应用的条件。这可以说是导致拉美国家在推行"华盛顿共识"过程中所产生的痛苦失败经历的重要原因。于是人们开始多方面地反思全球化，抵制全球化的消极面，许多国家调整发展战略和政策，似乎"华盛顿共识"已日渐式微，甚至还有人指出，"华盛顿共识"已经或者即将灭亡。但是，"华盛顿共识"的失败并不在于它的内容（主要表现为上述的10项）的错误，这些内容可以说在成熟的市场经济体制中被认为是必需的。尽管目前在拉美国家的践行出现了一些问题，但我们绝不能就此反驳这些内容与市场经济的内在联系。准确地说，"华盛顿共识"的错误在于它单纯地认为不同国家在进行市场化改革时所选择路径都是相同的。其实，中国的经济社会发展经验已经证明，市场经济模式才是经济不断增强的主要动力。说到底，如果没有实行市场经济体制，没有充分发掘市场经济的效率，就不可能有今天中国的繁荣富强。在经济全球化的今天，把本国经济纳入世界这个大市场是大势所趋，任何国家、任何民族都是难以避免的。这就是说，每一个国家都不应该把过去旧体制下所欠的账全一股脑儿算在市场经济的发展模式上，不分青红皂白地把"华盛顿共识"一棒子打死，这显然有失公允。而"北京共识"最引人注目的一点不是它背离了"华盛顿共识"的基本价值观，恰恰相反，它是从一个全新的角度——充分发挥个人的积极能动性——来分析问题。正是由于"北京共识"这一鲜明特点，令世界上正在苦苦寻求社会发展道路和方向的国家耳目一新，"北京共识"在一定程度上能满足它们的理论诉求和心理追求。

客观地讲，"北京共识"还处于形成之中，还没有完全定型。它的一些典型特征才初露端倪，但尚未充分展现，是一个不成熟、不完整的模式，还需要进一步检验，也需要进一步研究。"北京共识"的魅力不仅在于它已经取得的成功，更在于这种模式所具有的可持续性。可持续性是"北京共识"在当今世界能真正站稳脚跟并产生广泛影响的关键所在。就像雷默所说，中国的弱点是它的未来，中国模式是个过程，而不是解决方案。"北京共识"的理论性、逻辑性和系统性虽然没有"华盛顿共识"那么强，但是，前者的核心就在于"变"。正如"北京共识"的提出者雷默在2004年所说：中国有足够的灵活性，是典型的"测不准社会"。改革开放过程中，无论我们的发展模式多么灵活多变，但都没有从根本上动摇中国政府坚持走具有中国特色社会主义道路的基本原则。

从社会发展更广泛的意义上说，到目前为止，"华盛顿共识"在历史上所发挥的作用和所做出的贡献更大，它所包含的基本取向还是我们需要坚持和秉承的。

（三）"北京共识"是否能取代"华盛顿共识"

2004年，联合国秘书长在接受记者采访时表示：中国依靠独特模式实现发展的有益经验非常值得其他国家，特别是发展中国家借鉴。南开大学周建军等博士甚至认为："北京共识"是更适合中国、印度等新兴经济体的经济发展模式，应取代"华盛顿共识"并逐步成为其他发展中国家学习的榜样；"北京共识"及其所代表的中国模式将造福于世界人民，成为当代经济发展的成功模式。中国青年政治学院田春生教师也持同样的观点："北京共识"是中国转型经验的概括与总结；中国的经济发展模式不仅适合中国，也是追求经济增长和改善人民生活的发展中国家效仿的榜样。

与"华盛顿共识"相比，"北京共识"的确在指向目标、发展思路、方法选择等方面都有很大不同，而且"北京共识"特别强调各国的发展必须根据自己的国情，走一条适合自己发展的道路。但在客观冷静地分析了"北京共识"的这些优点之后，我们还必须清醒地认识到，这些不同并不意味着"北京共识"就能取代"华盛顿共识"。原因具体有：首先，从经济层面来说，前者是对后者的一种有益补充。"华盛顿共识"具有合理的内核，其强调的是市场经济的目标，而"北京共识"更多的是突出达到这一目标的可能途径和取向。正如马克思主义哲学是在充分吸收和消化了黑格尔哲学的"合理内核"基础上形成、发展、成熟一个道理。其次，从涵盖内容来讲。"北京共识"涉及面更广泛、内容更繁杂、具体方法更灵活多样；而"华盛顿共识"则主要是从根本上强调一些必要条件和基本准则。两者是继承、发展和深化的关系，根本不存在谁取代谁的问题。

（四）"北京共识"是否具有普世价值

雷默曾在回答香港《信报》记者提问时认为，建立在"北京共识"基础上的中国发展模式具有以下四点可供其他国家参考的"普世价值"：①为了创造一种允许试验和失败的环境，在政府与公民之间达成一种新的契约；②中国向世界提供了一条全球化的新思路，即根据当地适应性的要求融合全球思想，把西方的东西拿来变成自己的东西，实现"有中国特色的全球化"；③中国在经济崛起过程中，与其他国家的经济利益捆绑在一起；④"国家不论大小，一律平等"的外交策略。

除此之外，"北京共识"还具有以下世界意义：

1）经济转型进程中要正确处理改革、发展和稳定的关系。对于发展中国家来说，一定要正确处理改革、发展和稳定三者的关系。要先稳定后发展，以发展促稳定，以改革促发展，实现改革、发展和稳定之间的协调和平衡。

2）在全球化时代，发展中国家在经济转型过程中要将国内改革与对外开放有机结合起来。发展中国家应当根据自己的国情，扬长避短，主动积极地参与全球化进程，并始终保持自己的特色和自主性。

3）坚持市场导向的改革，同时辅之以强有力的政府调控。对于发展中的转轨型市场经济国家来说，市场功能和机制这只"看不见的手"确实重要，但市场这只"手"仍然需要政府那只"看得见的手"进行有效调控。

4）以经济发展为中心，努力保持社会稳定，追求社会与自然的协调发展和可持续发展。经济转型必须保证经济增长，但经济增长不等于社会发展。经济发展必须与环境保护、生态平衡、国民素质提高、社会安定、文化教育等相协调，最终促进人与社会、自然之间的和谐发展。

5）将效率和公平放在同等重要的地位，以人为本，努力提高城乡居民的生活质量。经济转型过程中一个最基本的原则是，必须从总量上增加大多数人的经济和政治利益，使多数人从改革中得到好处，分享经济发展和社会进步带来的福利。可以说，正是由于"北京共识"所具有的以上可效仿和适用的"普世价值"，才使得这一理论在当代发展中国家广泛盛行。

二、当下视野中现代化道路的选择

当今世界，现代化的发展道路正成为席卷全球的不息浪潮。在实践上形成了蔚为壮观的全球景象，在理论上也成为一个广阔的研究领域。现代化的发展道路在西方发达国家出现以后，不仅很快在西方，而且逐渐在世界各地流转开来，成为不可阻挡的世界性的历史潮流。这一发展道路之所以为世界各国争先恐后地仿效，现代化之所以成为全人类普遍认同的社会发展模式，固然不能排除西方各国经济感召作用的影响，但我们认为，主要应该还是因为这种社会模式本身所具有的合理性。诚然，这种模式本身也具有不少需要解决的问题，如现代化过程中的过分自由化、市场化、物化以及两极分化等，但是，所有这些问题与现代化所带给人类的福祉比起来，又显得并不可怕和严重。而且，随着社会和经济的进一步发展，人类也越来越清醒地认识到，现代化的发展过程并不是尽善尽美的，也需要我们认真地解决一些在发展过程中所出现的负面问题。客观地说，任何社会都不存在永恒不变的、固定的发展模式，这是因为，社会发展实践是社会发展模式的客观来源，社会发展实践的不断推进，为社会发展模式源源不断地提供着新鲜的养料，随着社会向前发展，其发展模式也必然不断更新。而且任何社会发展模式都会有其局限和缺陷，人类只能求更好、更美，而不能求完美无缺。就当下而言，现代化作为一种在全球范围内广泛盛行的社会发展模式，应该说，是目前人类所能建构的最好的社会发展模式，尽管不排除人类在未来还能找到更好的社会发展模式的可能。

既然现代化是当今人类的普遍选择，而这种选择又是有利于人类自身的生存和发展的，那么，生存于世界一体化时代的中国也应该而且不得不做出这种选择。只有这样，中国人民才能更好地生活，中华民族也才能更好地屹立于世界民族之林，中国的社会主义现代化也才能更快地实现。经过 30 多年的改革开放，现代化的发展道路已不再是资本主义所特有的唯一模式，中国所走的现代化道路已经被实践证明也必将能实现现代化，这已经成为大众的普遍共识，也已经不成为问题了。而且，在建构于"华盛顿共识"基础上的西方社会发展模式指导下，世界在走向物质现代化的过程中，过分强调物质占有、享受的社会风气却越来越烈，在人与自然、人与人、人自己本身各方面都出现了不同程度的裂痕，这种裂痕的后果及危害在现代西方社会已经日益凸显。而这种裂痕的后果及危害又通过人类的生存危机得到了鲜明的表现。正是基于这样的思考，我们努力寻求一种不同于现代西方的社会发展模式。另外，随着世界经济和社会形势的改变，当前的各国现代化发展道路以及它置身其中的世界语境，都正在发生新的巨大变化。我们已有的关于现代化的理论面临着前所未有的挑战，传统、现代和后现代的种种矛盾纠结在这个关口，统一的声音消失在众声喧哗的轰鸣之中。社会发展的新状况和多样化呼唤新的具有阐释力的理论话语的生成。

在经济全球化的时代，各国因为自身的经济、政治、文化和社会发展的国情不同，某一个固定的理论和模式在某一个国家可能具有强大的生命力和组织力，但如果不根据实际情况来变通，其他国家是很难完全套用的，也就是说，单一的模式在当下已经很难应付复杂多变的所有国家客观经济发展形势。"北京共识"的发展模式也好，"华盛顿共识"的发展模式也好，只要能在不同历史境况下有所侧重有所作为，只要能实实在在地引导国家持续、稳定、良性的发展，可以说就是一个行之有效的模式。世界各国都有其独特的发展经验，关于发展的理念也是多种多样的。事实上，除目前广为关注的"北京共识"与"华盛顿共识"外，还存在"欧洲价值观"、"后华盛顿共识"和"新德里共识"等。不同的国家不可能都采用同一种发展模式，"北京共识"也是中国自己在探索社会现代化的过程中摸索出来的。

总之，"北京共识"是现代化过程中社会主义中国对社会发展道路模式的一种探索，其在理论形态和涵括内容的体系化、逻辑化和深度化各方面还待进一步挖掘、拓展和推进。我们并不能因为中国在社会主义现代化建设过程中所取得的巨大成绩就据此认为"北京共识"是一种具有普世价值的社会发展模式（如果我们把它定义为一种社会发展模式的话）。而且，"北京共识"在许多方面即使在当代的中国社会主义现代化建设过程中还有待充实、发展和深化。与"华盛顿共识"相比，"北京共识"更准确地说是中国在探索社会发展过程中的一个成功经验，这一经验的取得与中国社会发展的实际是紧密相连不可分的，其任重而道远。虽然其中也蕴涵了一些当代社会发展中的共性问题，但按照马克思主义"理论来自实践"的观点来看，如果脱离了中国社会这一实际而单纯的提倡或践行"北京共识"，将可能会适得其反。中国本无意向其他国家推销自己的发展道路或发展模式，因为在一个国家行之有效的发展道路或发展模式模仿运用到另外一个国家未必管用。然而，否认模仿样板不等于排斥吸取经验，中国也是在借鉴世界各国特别是发达国家在进行现代化过程中的经验基础上发展起来的。正是在这个意义上，我们有理由相信，中国没为发展中国家提供可以照抄照搬的样板，也没有主动向外推销，但中国在摆脱贫困谋求富强道路上所作的成功探索和所取得的伟大成就，对于今天世界上诸多还仍然在探索中的发展中国家具有借鉴意义。当然，"北京共识"所概括的中国发展模式是随着中国改革开放的历程而形成和发展的，中国改革开放的步伐在不断向前推进，中国现代化进程在不断向前推进，作为对现实社会发展的实践规律和实践经验进行梳理总结的"北京共识"，也必然处于不断动态发展中，还是一个未竟的发展模式。

参考文献

崔之元. 2005. 中国与全球化：华盛顿共识还是北京共识. 北京：社会科学文献出版社

田春生. 2005. "华盛顿共识"与"北京共识"比较初探. 经济社会体制比较，(2)：77～80

余东华. 2007. "华盛顿共识"、"北京共识"与经济转型. 山东社会科学，(11)：92～96

俞可平. 2005. 热问题与冷思考——关于"北京共识"与中国发展模式的对话，中国与全球化：华盛顿共识还是北京共识. 北京：社会科学文献出版社

周建军，何恒远. 2005. 中国转型的世界意义：从"华盛顿共识"到"北京共识". 世界经济与政治论坛，(1)：72～75

朱耀斌. 2006. "北京共识"：对全球化背景下中国改革解释力的分析. 湖南社会科学，(6)：101～104

Ramo J C. 2004. The Beijing Consensus. The Foreign Policy Center

Stiglitz J E. 2004. Post Washington Consensus Consensus. IPD（Initiative policy dialogue）based on Columbia University working paper series

论硅谷的超常型默示知识管理制度

及其对中国的启示[①]

方竹兰

中国人民大学经济学院

进入 21 世纪，中国正在努力发展创新经济，建设创新型国家。创新经济的发展阶段分为引进改良型和原始创新型。美国已经处在原始型创新阶段，中国还只

---

① 本成果得到中国人民大学"985 工程"中国经济研究哲学社会科学创新基地的支持

是处在引进改良型阶段，中国如何从引进改良型创新经济向原始型创新经济过渡，需要学习美国的经验。硅谷是美国原始型创新经济的发源地和栖息地，学习美国的创新经济经验，最好的切入点是研究美国硅谷的知识管理。硅谷之所以成为美国原始型创新经济的代表，其奥秘在于其超常型默示知识的管理制度系统，探索这一制度系统的奥秘，对于中国创新经济的发展十分必要。

一、明示知识与默示知识

我们可以把经济发展中的知识分成两大类：明示知识和默示知识，然后再将明示知识和默示知识分别分为如图1所示的两类。

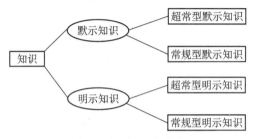

图1　关于知识的分类

各类知识的定义与举例如表1所示。明示知识是可以用语言和文字系统表达的知识，分为常规型明示知识和超常型明示知识。常规型明示知识是在前人提出的知识的基础上进一步概述的知识，如自然科学和社会科学的各种教科书；超常型明示知识就是在大多数人还普遍处于未知状态下首次提出的知识，如爱因斯坦的相对论和纳什的博弈论。

默示知识是不能够用语言和文字系统表达，只能通过个人的经验、技能、手艺、兴趣、爱好、天赋、灵感、激情，发散性表达的知识。默示知识涉及那些只有个别人才掌握的知识，Polanyi的一个著名谚语这样说道："我们知道的远比我们能够表达的多。"这些知识很难向组织中的其他人传授，从而很难共享。默示知识可以分为常规型默示知识和超常型默示知识。常规型默示知识是一般人身上具有的特殊的技能、手艺和经验，如会修车。超常型默示知识是指具有经济和社会开创性价值的特殊天赋、灵感、兴趣、爱好和激情，如发明家所具有的一些特质。

表1　各类知识的定义与举例

超常型默示知识	常规型默示知识	超常型明示知识	常规型明示知识
与天赋和灵感相关的不能用语言和文字系统表达的知识	不能用语言和文字系统表达的特殊技能、手艺和经验	在大多数人还普遍处在未知状态下首次提出的知识	在前人提出的知识的基础上进一步概述的知识
发明家	修自行车	爱因斯坦的相对论和纳什的博弈论	一般自然科学和社会科学的教科书

创新经济的发展当然需要超常型知识，既需要超常型默示知识，也需要超常型明示知识，但是更需要超常型默示知识，因为超常型默示知识的经济增值性更强。我们可以根据使用超常型默示知识和超常型明示知识的比例，将创新经济阶段分为原始型创新经济和改良型创新经济。我们说美国处于原始型创新经济阶段，就是指美国更多地使用了超常型默示知识；中国处在引进改良型创新阶段，就是指中国更多地使用了超常型明示知识。

从时间序列角度，超常型默示知识处在超常型明示知识之前，超常型默示知识通过一定时间的积累，可以生成为超常型明示知识，然后又有新的超常型默示知识产生；超常型明示知识和超常型默示知识各自相对独立存在，既有一个互相补充的关系，也有一个互相转化的关系。但是超常型默示知识总是领先于超常型明示知识。

我们从超常型默示知识往往存在于超常型明示知识之前的时间特征可以断定，年轻人中存在着大量的超常型默示知识，这可以解释为什么很多年轻人不能从理论上系统地表达自己的知识，但是却能够凭借激情和天赋进行创业。年轻人可能在明示知识的拥有上比不上中老年人，甚至在常规知识上也不如中老年人，但是在默示知识的拥有上，尤其是在超常型默示知识的拥有上比中老年人更有优势，在中老年人的明示知识辅佐下，年轻人的超常型默示知识可以产生巨大的经济价值和社会价值，这就是人类知识分布的多样性和复杂性。我们对于这种知识分布的复杂性和多样性的了解才刚刚开始。

设定超常型默示知识的主要拥有者是年轻人，对于年轻人的创业的激励实际上是对于超常型默示知识运用的激励，我们可以从一个新的角度解释硅谷成功的原因——为年轻人运用超常型默示知识创新创业提供了其他地区所无法相比的制度环境，一个显而易见的现象是硅谷著名企业创立者的年龄一般都不超过30岁（表2）。

表 2　硅谷著名企业创立者的年龄

公司名称	创立年份	创立者	创立者年龄/岁
Oracle	1977	Larry Ellison	33
Apple	1976	Steve Jobs	21
		Steve Wozniak	26
Cisco	1984	Len Bosack	29
		Sandra Lerner	29
Sun	1982	Vinod Khosla	27
		Bill Joy	28
		Andy Bechtolsheim	26
		Scott McNealy	28
Google	1998	Larry Page	25
		Sergey Brin	25

公司名称	创立年份	创立者	创立者年龄/岁
eBay	1995	Pierre Omidyar	28
		Jeff Skoll	30
Yahoo	1995	David Filo	29
		Jerry Yang	27
Netscape	1994	Marc Andreessen	23
Intel	1968	Robert Noyce	41
		Gordon Moore	39
		Andy Grove	32
HP	1939	Bill Hewlett	26
		David Packard	26

资料来源：Lebret H. Start-Up：What we may still learn from Silicon Valley. Stanfort：Standford University Press. 2007：27

设定超常型默示知识大量地存在于年轻人身上，硅谷成为年轻人创办高新技术企业成功的福地，就显示出硅谷存在超常型默示知识管理的制度系统。

二、硅谷的超常型默示知识管理制度

硅谷的超常型默示知识管理制度系统既包括显性的制度结构（如法律、规则），也包括隐形制度结构（如文化、习惯、行为规则等），在很大程度上更体现在硅谷的文化、习惯，价值观等隐形制度结构中。著名硅谷研究专家罗文教授很明确地指出：政府在美国计算机工业和随后硅谷公司兴起的过程中扮演了重要角色，但是政府并未给该地区任何特殊待遇。既然硅谷能够在正式制度条件一样，没有给予任何特殊待遇的条件下发展成创新经济的栖息地，肯定有其自己的非正式制度——文化或习惯，这是在研究硅谷超常型默示知识管理的制度结构时，特别需要关注的（Rowen，2007）。

硅谷超常型默示知识管理的制度环节大致如下。

（一）硅谷具有促使年轻人自我发现超常型默示知识的诱导制度

超常型默示知识具有个体性和潜在性特点，不能用文字和语言系统表达。即便拥有者个人都很难完全认识到，其他人则更难事先发现，硅谷的制度系统中明显存在着对于超常型默示知识拥有者的诱导制度，其诱导强度比任何地方都要显著。我们可以通过"硅谷之母"——斯坦福大学的教育过程看出这一特点。

斯坦福大学的教育过程充满着对于年轻人自我发现超常型默示知识的诱导，学校不局限于给学生灌输书本上的知识，而是激励学生在校期间充分认识和发掘自己身上潜在的天赋、灵感、兴趣和潜能。一旦学生在校期间发现了自己的天赋、灵感、兴趣、爱好、特长和潜能等，希望马上到实践中去实现，学校便积极支持学生在校期间就创业。为了使学生对自己的超常型默示知识尽可能早地自我发现，学校的各类课程安排了高密度的专题讨论类课、学科研究类课程、问题思考类课程，以及企业、社会的实习类课程，还有大量的跨学科研究讨论会。教师的工作论文往往需要在与学生进行的专题对话中，互相启发共同研讨，进一步完善。学校充满了既严肃认真又自由民主的学术空气。在充分的研究讨论中，学生逐步认识到自己能干什么、想干什么，充满创业的刺激和冲动。可以这样说，学生一进斯坦福大学的校门，就不再是一个书本知识的被动接受者，而是自己的潜在的创新型默示知识的发现者和实现者。

每年，斯坦福创业网都会发起全球性的创新锦标赛，根据经济社会发展的需要解决一个待解的难题。对于参加竞标赛的学生团队来说，如果他们具有解决现实科学研究难题的初步方案，视为能揭开"神秘事物"的面纱，那么他们将得到资助以使他们的创新成为现实。这种自由探索的活动给学生提供了自我发现和自我实现的机会。

（二）硅谷具有对超常型默示知识进行可持续评价的特殊机制

超常型默示知识具有模糊性、试错性特征，连拥有者自己在自我发现后都不能及时地给出定量分析和投入产出预测，考虑到对超常型默示知识的分析评价异常困难，硅谷的制度结构就给予超常型默示知识拥有者一个尝试期、扶持期。在硅谷，爱好、灵感、兴趣和特长都可以实验，鼓励创新，即使失败也可以重新选择。允许尝试、宽容失败使创新者在多次选择和重新选择的过程中完成对自身超常型默示知识的自我评价，硅谷对于失败的容忍度，甚至非常明显地区别于东部地区。

硅谷人之所以对失败采取非常宽容态度，是基于对导致成功的超常型默示知识的评价难度的清醒意识。斯坦福大学的前校长唐纳德·肯尼迪坦率斯承认：我们在选择是为这个或那个还是其他科学投入的时候，往往非常困难——很难做出取舍，虽然这是一个非常重要的事情，因为你不可能真正知道下一个成功将是什么。我们也不可能知道我们正在从事的哪件事情将为人类带来巨大的福祉，只能在探索的过程中逐步趋近。

（三）硅谷具有超常型默示知识的竞争和超越机制

超常型默示知识具有动态性和阶段性特征，当一段时间内的超常型默示知识经过发展成为超常型明示知识甚至成为常规型明示知识后，其阶段性功能开始下降，应该有新的超常型默示知识引领创新潮流，否则社会的科技进步放缓，产业结构提升受阻，经济发展会缺少动力和活力。新的超常型默示知识潜藏在新一代年轻人身上，幼稚的年轻人、脆弱的超常型默示知识就像是嫩绿的幼苗需要呵护，就像将出生的雏鸟需要孵化。硅谷制度承认并推动超常型默示知识之间在空间状态和时间序列上的动态竞争，鼓励幼苗时期的超常型默示知识成长，引领新的时代潮流。自第二次世界大战以来，至少有五次主要的技术浪潮影响着硅谷的发展见图2。每一次浪潮都建立了人才、供应商、金融服务提供者的网络，这种网络有助于产生下一次技术浪潮（Rouen，2000）。

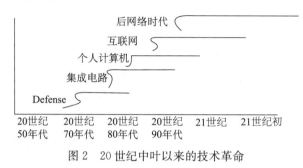

图 2　20 世纪中叶以来的技术革命

顺应每一次技术革命浪潮在硅谷产生的新企业的创始人，都是看起来很幼稚的年轻人，如果没有硅谷环境给予的扶持和呵护，他们不可能顺利成长。硅谷过去曾造就了英特尔、苹果、甲骨文、思科、易趣和雅虎、谷歌。目前硅谷又在孕育着新的创新，向互联网内容创造者、向环保和清洁技术、新能源技术、生命信息科学技术创新基地转化，在生物及生命科学、医学、再生/清洁能源等领域的研究已经在全美领先。如 2007 年"生命科学"的创业公司达 862 家（其中旧金山湾区占 202 家），占全美创业投资的 31％。硅谷已成为世界"生命科学"研发和产业化的中心。在生物技术如成功克隆人体坯胎、抑制肿瘤干细胞研究等方面都取得了新成就。在再生能源领域，如风能、太阳能、地热、生物能等新兴能源领域捷足先登。如在硅谷，无论是老牌的高科技公司还是风险投资创新公司，近年来都不断地加入太阳能工业。风险投资已开始将上亿美元资金投入硅谷太阳能研发和生产，人们称硅谷将成为"太阳谷"及"绿色之谷"。

我们可以认定：新的硅谷公司仍然是年轻人的创造，因为他们身上具有进一步延续硅谷辉煌、开拓新兴产业的超常型默示知识。硅谷面临的挑战，实际上就是新的一代年轻人具有的超常型默示知识通过激烈竞争实现历史性超越的机遇。硅谷这个创新型地区处于一个熊彼特的"创造性的毁灭"的永无止境的演进之中。创新正是由新的突破和把握由这些突破所带来的变化的创业者所驱动的。

（四）硅谷具有促进超常型默示知识拥有者合作的隐形组织流程

超常型默示知识具有高级人力资本的专用性和依存性特征，需要一定的组织载体才能发挥作用。但是，一般的常规性行政组织或公司组织不能完全满足超常型默示知识所有者的创新需要，原因在于超常型默示知识不可能首先被大众迅速认可，也不能等待常规性组织的按部就班地批准程序。如果超常型默示知识能够被常规性组织及时吸收，那么美国创新经济的发源地就是 128 公路地区而不是硅谷。128 公路地区的大公司规模、生存历史以及与政府的紧密关系都是硅谷创新型企业所不能比拟的，但是恰恰是这些正式组织因素在一定程度上阻碍了 128 公路地区的创新速度（Rowen，2007）。

超常型默示知识的专用性合作先是小众的，即专用性合作的前提，源于超常型默示知识所有者认识到对方具有的未来潜能，而产生的互相欣赏和互相吸引。互相欣赏者无法靠正式的组织组合起来，必须靠自己建立合适的非正式组织，才能将各类人力资本、非人力资本等诸要素整合到一起，实现超常型知识的价值创造。硅谷存在的非正式组织合作的制度形式大致可分为两种：拥有超常型默示知识的人力资本所有者之间的合作；拥有超常型默示知识的人力资本所有者与非人力资本所有者之间的合作。

拥有超常型默示知识的人力资本所有者之间的合作通过各种私缘形式实现：亲人之间的血缘、朋友之间的情缘、同乡之间的地缘、同学同事之间的业缘、爱好之间的趣缘、灵感之间的心缘、目标之间的志缘、性格之间的气缘、精神信念的神缘、个人利益的物缘等。硅谷小企业的创业都是从这些看似不正式的私人交往关系开始的，比如，雅虎的两个创始人是同学和朋友关系，谷歌的两个创始人也是同学和朋友关系。各种非正式组织关系的交织导致硅谷的非正式组织结构是多种而不是单一的缘分的综合。依靠这种非正式的组织结构关系构成的社会网络，工程师不仅可以在同一行业的公司之间跳槽，他们还从一个行业或行业部门跳到另一个行业或部门，从技术公司跳到风险资本公司或大学研究机构，依凭跨组织的链条，松散地织造了硅谷的创新创业网络。

拥有超常型默示知识的人力资本与非人力资本之间的非正式组织的典型形式，是创新企业家与风险投资家之间的合作。人力资本与非人力资本所有者之间合作需要风险投资家的直觉和眼光。这种直觉和眼光的运用实际上创造了一种全新的非正式投资担保模式，从而创造了一种根据超常型默示知识的特征设计的风险投资非正式组织，它为创新企业家与风险投资家之间的合作提供了组织条件。

非正式的投资担保组织制度比正式的投资担保组织制度更符合原始型创新的需要。

正式的投资担保组织是以货币资本为主导的担保。这种信用担保制度有其自身的缺陷，首先是风险态度的消极性。在社会经济活动中，由于信息的不确定性，风险总是存在。但如果只看到风险存在的客观性，看不到社会上有许多能将高风险转化为高收益的创新型人力资本所有者，则是消极片面的。实际上，从积极全面的角度看，高风险的存在，也是高收益预期的存在，关键看能不能充分发挥承担高风险、创造高收益的人力资本所有者的潜能，现行的信用担保制度在寻找这种稀缺人力资本时，显得消极被动。其次是风险防范效果的不确定。当时提供的货币担保的可靠性会随着时间的变迁而变化，因为货币资产的价值随着时间的推移也许增值也许减值，甚至流失，极易产生虚假担保、盲目担保。再次是加大人力资本所有者的创业难度。特别是那些没有经营业绩、没有资金担保，但具有创业潜能、能够提供未来创业收益的高质量人力资本所有者贷款难度很高，造成整个社会资源的浪费，也造成社会财富创造源泉的堵塞。因此，单纯依靠货币资本的信用担保制度是不完善的。从实践效果看，并没有通过担保创造最大的社会价值。

硅谷流行的风险投资模式，从以货币为本的信用担保为主转向以人力资本本身的信用担保为主。所谓以人力资本信用担保为主，一是从总的信用担保思路上，树立以人为本的积极的社会信用担保体制，不是一开始就将重点放在风险发生之后用什么来弥补的思路上，而是放在寻找社会上稀缺的、能将风险转化为收益的人力资本所有者上。用人的能力事先防范风险的发生，并利用高风险创造高效益，这是有别于货币担保的积极担保方式。二是用股票期权的方式将担保抵押在未来的投入产出预期，而不是用于已有的非人力资本抵押品上。超常型默示知识拥有者往往没有过去的业绩，也没有实物资产可以抵押，如果按照常规型的担保方式，超常型默示知识拥有者就没法获得资金创业，高新技术中小企业的创建就非常困难，在这种情况下，用股票参与的方式解决了抵押品的缺失。风险投资家创造了能力识别的投资预期担保。三是风险投资家促进了人力资本信用制度的完善。每一个人力资本所有者置于信用评估的环境中，要想得到风险投资，就需要有信用，将其社会活动过程中有关系到诚信与否的行为，通过具体的指标进行跟踪记录，这样一来便使每一个人力资本所有者不敢有丝毫懈怠，一生都具有保持良好信用记录的内在动力。

风险投资家的投资决策实际上改革了传统的常规型的投资担保方式（表3）；改风险防范的被动性转为主动性，将以物为本的风险防范转变为以人为本的风险防范；将风险的防范从事后移到事前，使风险的发生概率降到最小；同时将投资的重点放在未来价值的创造，而不是过去价值的计算上，风险投资家成为超常型默示知识的具有独到眼光的识别者。

表 3　两种担保模式的对比

三个特征	对待风险的态度	担保效果	对人力资本的影响
传统的货币资本作为信用担保	消极对待风险；被动地寻找人力资本	风险防范效果不确定	加大人力资本所有者的创业难度
人力资本本身的信用担保	用人的能力事先防范风险的发生；人力资本主导	着眼于创新的未来价值；股票期权的方式将担保抵押在未来的投入产出预期	促进了人力资本信用制度的完善

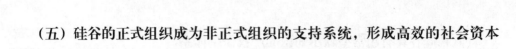

（五）硅谷的正式组织成为非正式组织的支持系统，形成高效的社会资本网络

超常型默示知识拥有者的合作虽然是从小众的、非正式组织起步，但是硅谷的正式组织对非正式组织的孵化能力，却成为非正式组织产生的肥沃土壤。硅谷的正式组织与非正式组织协作，形成硅谷独特的社会资本：高科技企业与大学之间不仅在研发上默契合作，而且将大学作为科研开发人才的生产和培训基地。比如，谷歌公司创业者本身是斯坦福大学的毕业生，谷歌公司又与斯坦福大学合作，斯坦福大学为谷歌公司提供人才，谷歌公司则为大学提供经费；同时，硅谷周边的大学也高度重视与企业的合作，鼓励科研人员和广大师生创业。

而企业与大学合作只是硅谷社会资本系统的一个子系统，大量社会服务型中介机构的存在，是硅谷社会资本的另一个重要组成部分。硅谷的"中介机构"，是为高技术创新企业提供特殊服务的专业化机构，高新技术企业需要的服务总能够通过中介服务机构获得。

获得优秀人才的服务由人力资源服务中介提供，如各种猎头公司用敏锐的眼光在全世界范围内为高新技术企业选拔各种各样的专门人才。硅谷的人力资本结构真正实现了海纳百川的高度国际化。硅谷包罗了世界各国各种族的高学历人才，目前，硅谷32％的人口是美国以外出生的，20～45岁的年轻人占一半以上，其种族构成中白人占49％、亚裔占23％、西班牙语系人占24％。大学林立、院所云集为硅谷注入了顶级智能活力，这里聚集了1000多位美国科学院院士、40多位诺贝尔奖获得者。

获得创业资金的服务由金融中介机构提供，金融资本服务机构为创新企业提供丰富的风险资金和完善的金融服务。硅谷拥有全世界最发达的风险投资机构。尽管旧金山湾地区仅占美国人口的3％，但全美600多家风险资本企业中有近半数将总部设在这里，在任何时候，总有两三千位风险资本家在硅谷周围寻找下一个"机会"。硅谷银行成为小企业的"金融保姆"。风险投资公司、纳斯达克市场及完善的金融服务体系为创新企业提供了充裕的营养资源。另外，纳斯达克市场还为风险资本的退出提供了市场，形成了完善的融资及资本退出体系，加速了资本的流动和进一步的风险投资。

获得财务和法律的服务由财务服务和法律服务的中介机构提供。科技企业家人力资本的片面性需要管理服务型人力资本的专用性弥补，管理服务性机构的服务产品提供，大大节省了创新企业的人力、物力，提升了管理、决策质量，提高了创新的成功率。律师的密度大约是十个工程师对应一个。会计师则为企业提供税务服务，每五个工程师中就有一个会计师。

硅谷的中介服务体系既是硅谷社会资本产生的根源，也是硅谷社会资本产生的表现。硅谷社会资本的网状结构促进了各创新要素的整合，是硅谷地区创新能力的根基。

(六) 硅谷具有超常型默示知识的产权保护体系

美国硅谷超常型默示知识的产权保护体系具有立体多维的特征。

企业通过申请专利对自身的超常型默示知识进行产权保护。硅谷的公司都认识到申请专利及对其保护的重要性，因为拥有专利的数量是公司上市股票价值的重要因素之一。拥有自己的专利技术，公司可以自由进入市场而不会被起诉、吸引投资和提高公司信誉，并可以防止竞争对手进入公司潜在的市场。据2006年的一项统计表明，全美20个最具发明创造的城市中13个位于加州，而其中10个在硅谷。平均每年约有4000多项专利申请注册。美国公司与每位新来的雇员签订保密合同，当雇员离开后应遵守合同，履行保密义务，一般保密期限为该技术作为商业秘密的整个有效期。

大量专业型专利保护机构对超常型默示知识产权的保护：在专利的申请方面，企业和大学科研人员取得一项发明后，一般交由专门负责专利的机构去申请专利。这些机构一般由具有技术、法律和市场经营知识的三方面人员组成，且有一套严格的受理程序，包括创新成果的登记、检索、评估和申请专利等。如惠普公司的专利管理中心，由法律、技术、市场等人才组成，其中1/3负责申请专利，1/3负责查询，1/3负责维护、转让、保护公司的专利。

专门设计保护大学超常型默示知识产权的法律——《拜杜法案》激励发明专利的开发和利用。根据美国有名的《拜杜法案》，联邦政府资助的发明，所有权归大学；企业和其他机构资助下的发明，通常也归大学拥有；大学制定明确的对超常型默示知识拥有者的收益激励制度，斯坦福大学规定，在校师生发明的专利一经授权，允许其获取1/3专利收益或享有等值股份。许多从大学走出去的创业者通过将大学的发明进行商业化，从而实现了个人、大学和社会的三赢局面。

企业内部对超常型默示知识的产权保护，通过对产权发明人的保护具体实施，使创新得以持续。硅谷的公司积极推行职工持股计划（employee stock ownership plan，ESOP）。ESOP主要是在经营阶层和公司创立同仁间进行分股，由于大家认为公司就是他们自己的，所以能真正调动经营阶层和创业人员的积极性，在公司创立之初即实行ESOP，比在发展起来以后实际职工全员持股好得多。高技术公司实行ESOP尤能成功，因为公司发展的关键取决于创业者核心团体的人力资本，而不是取决于货币资本的投入。硅谷公司和传统公司一个关键的不同点，在于硅谷公司并未预设上限。虽然薪资和优先认股权之间的股票分配是受到监控的，但是个人或团体可以从一项特殊的产品中获得无上限比例的利润。根本的原理在于如果公司获利而使个人致富的话，将个人利益与公司利益动态地结合在一起水涨船高。超常型默示知识创造的价值是巨大的，正因为从分配制度上保障了超常型默示知识拥有者对所创造价值的占有比例，从而保障了超常型默示知识的可持续投入，才导致了美国创新能力的可持续发展。

（七）硅谷形成超常型默示知识与超常型明示知识之间的知识互补与转化流程

在创新经济的发展过程中，超常型默示知识对原始型创新非常重要，但超常型默示知识与超常型明示知识之间有着天然的紧密联系。

首先，发动原始型创新的超常型默示知识终究要被提炼为超常型明示知识，而且只有在被提炼后才能逐渐成为被大众认可的理论、机制、产品或服务，从而产生经济和社会价值。所以，年轻人在超常型默示知识的运用过程中必然要自我提炼，将处于模糊和隐蔽状态的超常型默示知识概括为超常型明示知识。这样就将社会知识的链条有机地串联起来，在串联起社会知识链条的同时，也搭建起创新经济的利益链条，将创新者到一般大众的知识流循环过程与创新者创新成果走向市场和社会有机地结合起来。硅谷的企业通过模块化网络繁衍的生命力能够证明这一点。如 20 世纪 70 年代，即 IBM 的 360 系统取得成功并进入无缝运转状态，订单如潮，利润飙升，而 IBM 公司的工程师却开始了大批量"大跳槽"。"跳槽"的工程师中，许多都曾参加了 IBM 360 系统的设计和制造。他们"跳槽"之后，几乎全部在硅谷创办起属于自己的、能为 IBM 360、IBM 370 系统提供兼容性模块的公司。短短 30 多年里硅谷诞生了 8000 多家高科技公司，可以说，模块化造就了硅谷企业的繁衍，而企业的繁衍背后则是超常型默示知识与超常型明示知识及常规型知识的串联，形成可持续循环的知识流过程。

其次，超常型明示知识对超常型默示知识的引导和扶持。如果说有自己独立研究成果的优秀的教师是典型的超常型明示拥有者，那么凡是超常型明示知识拥有者多的学校，年轻人的创新创业就更多可能：斯坦福大学商学院光从学生人数来说，总共有 720 名 MBA 学生，只有一种叫 Sloan 的企业管理人才培训计划，为期 10 个月，每年只招收 50 人左右。斯坦福大学商学院要求学生有一定的理论深度，因为它相信，商学院的毕业生应该从商学院的教育中至少受益 20 年。也就是说，他们不仅应该了解他们在毕业后会面临什么样的商业世界，也应该有足够的才智来应付 20 年以后经过了变化的商业世界。斯坦福大学商学院在强调实际管理经验的同时，也强调对经济、金融、市场运转等理论的长期性研究，研究成果也比其他一流商学院更多一些。过去几十年来，这所商学院好几位教授的研究成果都获得了诺贝尔经济学奖。同时，斯坦福大学商学院在近年来的教学中特别强调高科技的运用，很多课程的内容都涉及如何创立高科技公司，如何在某个行业或大企业实行技术转变，以及如何运用新技术来开发新产品等。为此，学校每年要从硅谷等地邀请很多高层企业管理人员来为学生授课，讲述他们的实际经验。而很多 MBA 学生在念书的时候，就参加硅谷小公司的商业计划、发展和管理，在没有毕业时就与这些公司建立了密切的联系。

三、硅谷超常型默示知识管理制度对中国的启示

中国正经历从引进改良型创新经济阶段向原始革命型创新经济阶段的转型，尤其需要学习硅谷的经验，建立超常型默示知识的管理制度系统。

（一）转变以常规型知识为主导的知识认知模式，建立有利于年轻人创新创业的科学的知识理念系统

什么样的知识算是知识？对于此，中国的精英和大众实际上并没有认识清楚。从中国人目前的行为方式判断，中国人习以为常的知识概念内容主要是常规型知识，原本是最重要的知识内容的超常型知识尤其是超常型默示知识往往被忽视。比如，就知识内涵而言，总是注重能够用语言和文字表达的知识。为什么？没有文字和语言表达的知识被认为没有评判标准、靠不住；就知识外延而言，对既定的规制的尊重往往超过对新生事物的认可。为什么？因为既定的规制往往已经被大家遵守，成为常规型知识，而新生事物则是未被大众认可的新知识。就知识主体而言，相信老年人超过相信年轻人。为什么？因为老年人的知识一般是可以用语言和文字系统表达的明示知识，而年轻人的知识还不能系统地用语言和文字表达。就知识的载体而言，集体的知识往往凌驾于个体的知识之上。为什么？因为集体的知识是集体内每个成员的共享知识，而共享知识往往是常规型明示知识，个体知识往往是个人独有，个人独有的知识不是超常型默示知识，就是常规型默示知识，集体很难分享。就知识的生产方式而言，引经据典往往比超前探索更顺利。为什么？因为可以引经据典的知识一般已经是前人创造的超常型知识，被今人广泛学习后成为常规型的知识，而超前探索的知识往往是今人还没有创造的潜在的超常型知识。中国千百年来的历史文化传统潜移默化的知识认知模式，已经使我们在一定程度上忽视了超常型知识的存在。由于超常型知识没有进入中国人的知识框架，所以我们的资源管理、经济管理、政治管理、文化管理、教育管理、科研管理、劳动力管理、干部管理、知识分子管理等凡是涉及人力资本的管理都相对缺乏对年轻人探索、对质疑批判意见、对新创意、新理论、新思路的快速判断和吸纳能力，习惯于对常规型知识的灌输和遵循，缺乏一套从超常型默示知识到超常型明示知识，然后到常规型知识的动态知识管理流程。所以，中国国家创新力建设的第一步是建立以超常型默示知识为主导的新的知识认知模式。

（二）以新的知识认知模式指导教育改革，把培育青少年的超常型默示知识作为教育的首要任务

中国的教育改革已经多年，但是还没有找到灌输常规型知识与培育超常型默

示知识相辅相成的教学方法。目前的教育现状是，我们宁愿不惜牺牲孩子的健康去反复灌输已经常规化的知识，也不愿意给予孩子施展天赋、爱好、兴趣的自由时间。从幼儿园到大学的十几年间，孩子们承受着繁重的常规型知识灌输，不仅损害健康，也磨灭了孩子身上潜在的超常型默示知识。其根本原因在于，知识的概念不清，我们连什么是知识本身都还没有认识清楚，所以把最重要的超常型默示知识排斥在知识之外，把培育超常型默示知识最关键的教育活动当作了正规教学之外的课外活动。比如，我们的教育把体育、音乐、美术等能力训练和社会实践等课程单纯地看成了与教学活动相矛盾的负担可有可无，典型地反映了目前教育中的知识理念误区。实际上，体育课培育竞争力、合作力，音乐课培育想象力，美术课培育观察力，社会实践培养创造力，它们都是超常型默示知识的重要学习方式之一，本来就应该包含在教学内容中。但是在以常规型知识为主的教育中，学校片面追求升学率，以分数论英雄。中考、高考中体育、音乐、美术等成绩没有决定性意义，这就使得教师也好、家长也好，只追求升学率。有调查显示：在升学和考试压力下，我国近 70％的毕业班学生在休息日和节假日参加课外辅导，平均每人要参加 3 个辅导班，最多的要参加 6 个，将近 70％的学生在上课日每天的家庭作业时间超过两小时。日本青少年研究所 2000 年对中、日、美三国初中、高中学生课外体育活动的问卷调查显示，参加课外体育活动的初中生，中国为8％，日本为 65.4％，美国为 62.8％；参加课外体育活动的高中生，中国为10.5％，日本为 34.5％，美国为 53.3％。

严峻的现实促使我们思考在科学知识观的基础上改革我们的传统教育观，根据超常型默示知识培育和应用的规律，在常规型知识的教育基础上，将培育学生的超常型默示知识作为教学的目标和重点。围绕青少年创新的知识和能力的培养目标进行教育体制改革。在学习书本知识的基础上，通过观察思考能力、分析批判能力、想象开拓能力、实验操作能力、排困解难能力、协同合作能力的持续培养获得。探索对天赋、特长、兴趣、爱好、灵感培育的教学和考核方法，从以常规型知识的教学与考核为主转向以超常型知识的教学考核为主。围绕新的教学内容、教学目的、教学方法、教学评估展开全面改革。将青少年潜在的超常型默示知识培育成现实的超常型默示知识，建立中国教育的动态知识流程，是中国教育适应创新型国家能力建设需要迈出的第一步。

（三）以新的知识模式指导人事制度改革，把激励年轻人的超常型默示知识应用作为人事工作的核心

自上而下的以行政等级为特征的人事管理制度反映出旧的知识模式的弊端——根据常规型知识的特点将人事管理集权化、统一化、等级化。集权化容易使权力拥有者把自己的个体知识存量作为知识管理的标准，导致其权力自私和知识自负；统一化容易使常规型知识在行政等级的管理系统中成为主流，而超常型知识则被边缘化；等级化强调的是自上而下的指令，强调管理的规范和稳定，对超常的知识有一种天生的厌恶和抑制。从被管理者的行为方式看，为了在等级体制中获得生存和发展的空间，体制内个人不得已把自己的知识存量和增量调整为符合常规型知识的预设框架，那些不在领导视线之内的超常型知识，尤其是超常型默示知识就可能被压抑和消减，自生自灭。即便是自上而下的行政等级可以在一定程度上发现并容忍超常型默示知识，也由于其层层叠叠的等级决策结构，而使超常型默示知识的认可过程变得滞后和僵化。对新创意、新理论、新技术求全责备，束缚了年轻人的创造性。超常型默示知识内在地存在于年轻人身上，其表现的方式是非规范的和非常规的，与行政等级的自上而下的谋求的常规化管理相悖。所以，以常规型知识为主导的行政等级管理不符合创新经济发展的要求，需要在新的知识认知模式指导下改革：由于年轻人的超常型默示知识是无法用语言和文字系统表达的隐形知识，所以，让所有年轻人在一个开放自由的环境下放开手脚想事做事，管理者诱导他们自我发现，鼓励草根创新；对年轻人的失败采取宽容的态度，把年轻人的失败后再创业看成是年轻人超常型默示知识的认识和评价过程，建立失败后的继续创业的扶持机制；超常型默示知识的产生和应用是动态竞争的，但又是脆弱、稚嫩的，需要管理者维护一个公开、公平的竞争机制，维系一个公开、公平、公正的竞争局面，通过能力本位的竞争，让拥有超常型默示知识的年轻人不需要关系、背景就能脱颖而出，在全社会形成优胜劣汰的局面。

把激励年轻人的超常型默示知识作为人事工作的核心，需要将行政人事制度转型为知识人事制度。知识人事制度的重要特点是超常型明示知识与超常型默示知识之间循环关系的建立。激励年轻人的超常型默示知识，不是政府运用行政力量事无巨细地去操作，也不是政府设计一个工程去分配资源，而是要充分发挥专家学者具有的超常型明示知识对年轻人的指导和识别功能，让专家学者充当培育年轻人的主角。专家学者的超常型明示知识对于处在萌芽期的超常型默示知识有鉴别、发现、培育、引导、扶持、保障等的巨大功能。让专家学者成为年轻人超常型默示知识的发现者、培养者、资源配置者是知识人事制度的运行特点。

专家学者是用自己的超常型明示知识引导年轻人的超常型默示知识的主体，也是将年轻人的超常型默示知识上升为超常型明示知识的主体。年轻人的超常型默示知识不能用语言和文字系统地表达，只有先在实践的过程中体现出来，专家学者将实践中的超常型默示知识提炼成超常型明示知识，把超常型默示知识提升为超常型明示知识，带动拥有常规型知识的人力资本所有者，由此形成全国的创新局面。专家学者将超常型默示知识提炼为超常型明示知识，可以将原本不能用语言和文字系统表达的知识变成可以用语言和文字系统表达的知识、超常型明示知识，为超常型知识的社会认可和社会传播奠定基础。专家学者对超常型默示知识的提炼揭示了科技和社会发展的内在规律，减少了人们在处理人与自然的关系、人与人的关系、人与自我的关系中的盲目性；专家学者对超常型默示知识的提炼也揭示了人们面对未来探索中的问题及问题根源，激励人们产生面对未来解决现实问题的动力。专家学者将超常型默示知识、超常型明示知识到常规型知识的流程打通。人事管理应将对年轻人超常型默示知识的激励与对知识分子的超常型明示知识的激励协调起来，尊重知识，尊重知识分子，让超常型知识在体制内尽可能快地被应用于创新。

（四）根据新的知识认知模式，构建新的知识管理的组织结构

创建超常型默示知识的知识管理系统需要组织创新。超常型默示知识的主体是年轻人，他们之间的结合一定是在互相欣赏和互相吸引的基础上的横向合作。横向合作的自组织一开始可能不是正式的，非正式的创新组织可以根据各种私缘关系建立起来：亲人之间的血缘、朋友之间的情缘、同乡之间的地缘、志向之间的意缘、同事之间的业缘、信仰之间的神缘、利益之间的物缘等，但可以与纵向管理的正式组织并存，激活组织的活力。即便在等级结构中，也需要开辟自治空间，如科研共同体、教授治校等；需要创新鼓励社会自治组织成长的法律法规，允许年轻人在自组织的基础上应用自己的知识进行创新，不受传统层级组织结构的束缚，实行弹性组织结构制。正式的行政等级组织天生不是创新的发动机，如果行政等级组织自以为是创新的发动机，包办干预创新，则会因行政组织的强势遏制真正的创新。因为超常型默示知识拥有者自发形成的非正式组织是脆弱且稚嫩的，恰恰需要正式行政组织的扶助。

在私缘关系基础上建立起来的社会微观自组织有可能在职业关系、行业关系、阶层关系、权利关系、地区关系层面上形成社会中观自组织，形成在年轻人自由组合基础上的自下而上的中观自组织。

微观创新自组织和中观创新自组织构成创新的社会组织系统，将从事创新的社会组织与国家组织进行对接。国家组织是在社会自治组织基础上建立的，超常型默示知识与超常型明示知识在社会自治组织的环境中生长应用。确定国家组织权力根源于社会的授权，限制国家组织对创新的干预和高成本资源配置方式。培育国家组织对社会创新的敬畏心态；不干预社会创新，跟进社会创新；创新知识和创新组织是超常规的，超常规会对常规带来一定的不稳定性和破坏性，但是这种破坏是建设性破坏，需要国家组织对建设性破坏及时认可，依靠社会组织的活力保持国家爱组织的活力，依据社会创新组织的需要调整国家组织的创新职能。

（五）创新超常型默示知识的复合产权制度

超常型默示知识具有高生产性、高价值性的特点，但是不能用语言和文字系统表达的特点使产权保护比较困难。在创新型默示知识管理中需要确立复合型产权制度：一是从国家层面。对于超常型默示知识通过实践转变为超常型明示知识后，用专利、著作权、品牌等显性产权制度来保护，但是这只是宏观层面的产权保护。二是从企业层面。当超常型默示知识拥有者将企业创建成功后，企业内部需要有人力资本产权制度保护，在企业股权比例上、期权价格上、年薪上、决策权力上体现超常型默示知识的价值，保障超常型默示知识对企业的控制。这是企业制度上的显性产权保护。

更重要的是隐性产权保护，所谓隐形产权保护制度是显性制度背后的文化层面上的产权保护——国家给予实践中超常型默示知识探索的认可与保护。创业自由、平等竞争、协商讨论、个性表达、包容失败、表达宽松、异见宽容、人事宽厚的文化环境都可以归结为隐性产权保护制度。不是要用明确的契约文字保护，而是用氛围、文化、社会精神心态去保护。全社会对创新创业的认可，对个性、激情、兴趣爱好、灵感创意、开拓探索的尊重和支持，是隐性产权制度的重要内容。

对硅谷超常型默示知识管理制度奥秘的探索才刚刚开始，总结硅谷经验，从知识管理的角度开掘中国创新经济的源头，对于中国从引进模仿型创新向原始革命型创新升华具有重要的理论价值和实践价值，需要中国理论界和实践界的共同努力。

参 考 文 献

陈金伟，苗建军.2008.模块化时代垄断效率研究.产业经济研究，（6）：23～27

仇向洋.2010-03-26.硅谷成功的经验及其对我们的启示.论文网

马丁.凯瑞.2009.硅谷的历史与活力.美国创业投资协会

名校介绍-斯坦福大学.2010-04-26.互动百科网.http：//www. hudong. com/wiki/%E6%96% AF%E5%9D%A6%E7%A6%8F%E5%A4%A7%E5%AD%A6

腾讯科技.2009-09-21.惠普在最受尊敬的亚洲100家国际企业中排名第九.http：//tech. qq. com/a/20090921/000037. htm

王志章.2007-05-29.美国硅谷成长因素分析.联合早报网

徐冠华.2010-04-26.科技创新与创新文化.中国科研诚信网

杨晓升.2005-09-15.多角度审视应试教育的弊端.齐鲁晚报

Chong-Moon Lee, Miller W F, Marguerite Gong Hancock et al. 2000. The Silicon Valley Edge. Stanford：Stanford University Press

Rowen H S. 2007. Marking IT-The Rise of Asia in High Technology. Stanford：Stanford University Press

Wong B P. "The Chinese in Silicon Valley ", 2006

试论印度现代化的历史经验

张　雷

中国人民大学马克思主义学院

印度的现代化是一种外生型的现代化，就是在国际环境的影响下，社会受外部冲击而引起内部思想和政治的变革从而推动经济变革的道路。印度的现代化"既不同于社会主义道路，又有别于西方资本主义道路，是一条糅合两者因素加以适当改组而成的印度式的道路"[①]。近年来印度的现代化取得了较大成就，积累了很多经验，总结印度现代化的历史经验对于广大发展中国家进行现代化建设有着重要意义。概括地说，印度现代化的历史经验主要包括以下几个方面。

一、把握住机遇、选准适合本国发展的突破口是印度现代化的基本思路

"纵观近世以来各国的现代化，凡属成功的经验都是具有独立自主性的选择性现代化，而盲目崇外、照搬外国模式的现代化未有不累遭挫折者。"[②] 印度现代化的引擎与传统现代化道路依靠传统制造业不同，其是信息产业、生物技术产业、制药业和精密机械制造业等高新科技产业。"印度 2004 年 GDP 结构为 24∶25∶51，显然其服务业（第三产业）比重远高于第二产业。"[③] 国际普遍认为，印度将成为"世界办公室"，与中国成为"世界工厂"的现代化道路不同，推动印度经济现代化的是信息技术、通信和金融等行业。"IT 和软件产业在印度的经济增长过程中具有举足轻重的地位，这有利于加强印度和'英美世界'的联系，也就是指包括美国、加拿大、英国和澳大利亚，它们目前是印度软件服务部门最大的市场。"[④] 印度走出了一条以文化促动知识产业发展的信息化现代化道路。在信息化经济的带动下，印度已逐步摆脱了农业经济的社会结构，步入了以服务业占主导地位的知识经济的经济时代，创造了一种在农业国家发展信息化经济的现代化模式。印度是一个人口众多的农业国家，面对传统的以地理位置为核心、地域分割为主体的局面被世界市场概念逐渐取代的新形势，印度政府采取了一种避免与竞争对手发

---

① 林承节．印度现代化的发展道路．北京：北京大学出版社，2001：35

② 罗荣渠．现代化新论．北京：北京大学出版社，1993：340

③ 印度产业结构：服务业是亮点．2009 - 6 - 25．http://finance.icxo.com/htmlnews/2009/06/25/1391294.htm

④ 桑贾亚·巴鲁．印度崛起的战略影响．黄少卿译．北京：中信出版社，2008：26

生直接冲突的迂回进攻策略。利用世界竞争格局的空间，合理利用国际经济协作与分工，利用国际竞争激烈碰撞的缝隙，致力于对新市场的长远开发，发展信息产品的非主流市场，致力于以生产工具为标志的革命，发挥后发优势，缩短和跨越了从人力工具到动力工具再到智能工具的社会生产力发展阶段。印度根据具体国情，扬长避短，采取上述战略性措施，将信息经济的重点投向软件开发领域，不失时机地研究开发新产品，占领竞争对手尚未涉足或涉足不深的领域。印度的信息化发展模式为广大发展中国家包括中国发展信息化提供了有益借鉴。

二、渐进与均衡发展相结合的改革思路是印度现代化的精髓

从国际经验看，不同国家在现代化进程中因改革背景和外部环境的差异而走上了不同的改革之路。20世纪80年代以后特别是1991年以来印度逐步进行了经济改革，这是印度现代化进程中的重要一笔。印度的改革选择的是渐进的调整思路，是在时间、速度和次序选择上以演进式的制度变迁方式进行的变革。因为渐进式的改革能够以较小的社会成本和经济成本保证各阶级阶层的福利水平，从而减少改革的阻力。经济改革主要体现在金融体系、对外开放、农村发展和收入分配制度等方面。印度的改革效果符合国内经济社会情况和国际环境变迁，并因此走上了现代化快速推进之路。由于经济改革的目的不仅在于资源的市场化配置，其根本目标在于提高全民的福利水平。采取完全市场化改革政策将会导致资源配置扭曲及收入分配和经济结构失调，使经济现代化面临窘境。印度的殖民地历史背景、多邦制及种姓制度长期存在，"等级主义态度影响了民族的同化和融合，是今日印度民族和教派众多、民族矛盾和教派矛盾异常尖锐的文化心理根源"[①]。印度改革的重要目标是平衡各种矛盾及推进现代化进程。因此，印度采取比较均衡的改革路径，包括平等的教育机会、相对完善的社会保障和医疗体系等。从其政策效果来看，印度的区域经济增长仍存在较大差距，但经济持续快速增长，其人均收入差距并没有超过公认的警戒线，"2005年基尼系数为0.325"[②]；成为经济转型国家收入分配差距较小的国家之一。渐进和均衡增长相结合的改革路径，为印度经济发展潜力创造了内生的条件，推动了印度现代化进程，是印度现代化的精髓所在。

三、开展"绿色革命"是印度现代化的重要保证

从20世纪60年代中期到80年代中期，印度在农业领域开展了一场以推广应用农业新技术为主要标志的"绿色革命"。这场革命的实质是"一场农业

---

① 尚会鹏. 种姓与印度教社会. 北京：北京大学出版社，2001：343

② 权衡. 贫富差距中国比印度严重吗 比较基尼系数要谨慎. 2006-6-22. http://finance. sina. com. cn/review/20060622/13212673161. shtml

技术革命，它促使印度实现了从传统农业向现代农业过渡过程中的一次飞跃"①。开展绿色革命的 20 多年，印度在农业方面取得了很大成就。一方面，新技术的引进、消化和推广利用，使农作物总产量和单产水平都有了大幅度提高；另一方面，加速了人们对农业新技术的认识和观念更新，推动了农业基础设施和支持服务体系的完善与发展。在 20 世纪 60 年代末以前，印度每年都要从美国等西方国家进口粮食几百万吨甚至上千万吨，因此耗费大量外汇。"绿色革命"的成功"保证了全国粮食自给有余，并正在创造更多出口的条件"②。"绿色革命"不仅推动了粮食生产的革命，而且推动了农业一系列革命，包括以提高奶牛产量为目标的"白色革命"，以提高旱地作物产量为目标的"第二次绿色革命"，以改进水产养殖和捕捞技术、增加水产品产量和出口创汇为目标的"蓝色革命"。"绿色革命"推广带来的另一重大成果是农业多种经济的发展和农业产业化因素的加强。③ 农村中家境富裕的高种姓阶层（即务农种姓）和农场主大多受过较好的教育，他们较快掌握和采用新的农业技术，通过资本主义的经营方式致富，把农业推向市场化、商品化的道路。"绿色革命""已不再仅是一场粮食增产运动，而是力图通过现代化科学技术手段，投入大量资金来提高农业生产率，改变农村的落后面貌，使传统农业向现代化农业转型"④。总的来说，印度"绿色革命"推动印度现代化上了一个新的台阶，是印度现代化的重要保证。

四、科教兴国、重视发挥知识分子的作用是印度现代化的重要推动力

"经济文化落后国家的追赶型现代化过程，更是文化思想剧烈变革的过程，由于西方文化思想的广泛影响，使这些国家文化思想领域的变化的速度大大加快了。"⑤ 印度独立前受英国的控制，印度传统文化受到了压制，但涌现出了一批受过近代西式教育和掌握了近现代国际交往工具——英语和科技知识的知识分子，并逐渐形成了一个具有世界影响的新型知识阶层，且在此后振兴印度民族文化、领导民族独立运动和推进国家现代化等方面发挥了重要作用。印度独立以来的历届政府都很重视科教兴国，有效地推动了科学教育事业的发展。印度奉行精英主义，注重培养国际人才。印度是公认的科技大国，其软件业人才不仅素质高，数量上也有很大优势。"印度信息产业发展的背后是强大的科技人才库（talent pool）的支撑。印度拥有仅次于美国的第二大科技人才储备库。目前有 140 多万的软件编

① 长青．印度的绿色革命及其带给我们的启示．中国软科学，1995（10）：97
② 林承节．印度现代化的发展道路．北京：北京大学出版社，2001：23
③ 林承节．独立后的印度史．北京：北京大学出版社，2005：582
④ 赵鸣歧．印度之路——印度工业化道路探析．上海：学林出版社，2005：282
⑤ 聂运麟．政治权威现代化与政治稳定．信阳师范学院学报，2000（4）：7

程人员。"① 印度在"信息人才方面，印度在半个世纪前开始投入巨资仿照美国麻省理工学院的模式，在全国陆续建起了 6 个'印度理工学院'。这些学院的毕业生，已逐渐成为印度发展信息产业的骨干。"② 印度人在美国不断取得成功，美国硅谷里的 2000 多个企业中，40％企业是由印度人领导的。在大力培养国内软件人才的同时，印度政府还通过优惠政策吸引海外软件人才回国。海外印度裔人口近 2000万人，其中 3000 余人属于各科技领域的顶尖人才，大多数分布在欧美国家，主要集中在美国。近年来，印度政府在税收、股权、金融、待遇、创业辅导、子女教育等方面制定了一整套优惠政策，吸引了大批印度海外科技人才回国，不少回国人才已成为包括软件产业在内的高科技产业发展的重要的中坚力量。因此，"要跟上世界新技术革命的步伐，以信息化来带动工业化，提高我国经济的发展水平，必须充分发挥科学技术的关键作用。"③

五、政府高度重视推进现代化并常抓不懈是印度现代化的根本保证

印度政府高度重视通过经济计划指导宏观经济发展来推进现代化进程。印度的经济是市场经济，但利用经济计划进行宏观经济管理却是印度独立后历届政府所奉行的方针。历史经验表明，经济计划已成为印度政府指导经济发展的有力工具，并在调控经济发展方面发挥着重要作用。在经济计划的制订和实施中，印度政府发挥了宏观经济决策者作用，明确提出优先发展的经济部门，对宏观经济的发展方向发出了明确的指引信号，通过实行资源的倾斜性配置，引导宏观经济沿着经济计划所规定的方向发展。政府还通过法律、行政手段规范宏观经济发展。市场经济从某种意义上来说就是法制经济，只有依靠完备的法律法规来制约市场经济行为，才能够保证经济秩序、促进经济发展。因此，印度历届政府制定了一系列法律来保障经济健康发展，如《合同法》、《财产转让法》、《银行公司法》、《商品买卖法》、《专利法》、《外汇管理法》等。印度政府通过广泛的国家立法来干预宏观经济，调控公私营企业的行为，规范整个市场经济秩序，已收到显著效果，当然也不可避免地产生了一些消极影响。从宏观调控角度来看，法律手段是一个重要且有效的工具。最后由政府发挥调节者作用，通过经济杠杆调节宏观经济发展。近年来，印度的经济现代化正在加强市场调节作用的力度和广度，但从独立至今的现代化发展历程来看，国家在大部分时间里发挥了重要的干预作用，而且在今后经济发展中仍将发挥重要作用。

---

① 沈开艳. 印度软件业发展的优势. 2005 - 6 - 24. http：//news. eastday. com/eastday/node127047/node127048/node127092/node127135/node127137/userobject1ai1204926. html

② 陶文昭. 当今中国与印度经济发展、信息技术发展之比较. 思想理论教育导刊，2005（1）：75

③ 秦宣. 党的第三代中央领导集体与中国现代化. 2009 - 11 - 5. http：//theory. people. com. cn/GB/10322293. html

六、注重探索适合本国的经济可持续增长和发展的模式是印度现代化的重要环节

对于一个新兴市场经济国家来说，经济增长和发展具有可持续性至关重要，而经济能否可持续增长，笔者认为主要取决于以下两方面的因素：其一，国民经济发展模式是否符合该国的存量禀赋结构及其动态演进；其二，当经济增长面临制度或要素瓶颈时，能否通过改革和开放来突破瓶颈。总的来说，印度的现代化模式是自下而上、市场主导型的。因为印度在经济起飞之前就已处于市场经济体制下，阻碍其经济增长与发展的主要原因在于存在过多的政府管制，所以只要放松政府管制，市场的力量就会得以释放，经济就会迅速增长。"印度经济有其自身的优势和特色，其中很重要的一点在于，印度是亚洲地区接触全球贸易循环最少的国家之一，其国内消费在国内发展中的作用大于投资的作用。"① 印度注重经济的可持续发展，加强经济增长的软环境建设，提升内生增长潜力。印度十分注重转变经济增长方式，平滑区域差距与人均收入差距。印度的经济发展"主要建立在服务业基础上，由于经济主要集中于服务行业，印度得以成功克服经济发展中的艰难险阻"②。印度注重经济可持续发展对于广大发展中国家来说很值得借鉴，在坚持对外开放标向的同时，兼顾国内经济均衡发展目标，通过新的制度安排来调整资源配置方式，创造经济可持续发展的条件，保持国民经济协调与均衡增长。此外，印度还注重调整利用外资的政策，改善国际收支失衡状态。积极探索经济可持续发展的模式是印度现代化迈向成功的重要环节。

参考文献

陈峰君．2000．东亚与印度：亚洲两种现代化模式．北京：经济科学出版社

林承节．2001．印度现代化的发展道路．北京：北京大学出版社

林承节．2005．独立后的印度史．北京：北京大学出版社

罗荣渠．1993．现代化新论．北京：北京大学出版社

桑贾亚·巴鲁．2008．印度崛起的战略影响．黄少卿译．北京：中信出版社

尚会鹏．2001．种姓与印度教社会．北京：北京大学出版社

赵鸣歧．2005．印度之路——印度工业化道路探析．上海：学林出版社

中国现代化战略研究课题组，中国科学院中国现代化研究中心．2010．中国现代化报告 2010．北京：北京大学出版社

---

① 时殷弘，宋德星．世界政治中印度和平崛起的现实与前景——一种中国人观点．神州交流，2010 (1)：24

② 〔德〕卡尔·皮尔尼（Karl Pilny）．印度中国如何改变世界．陈黎译．北京：国际文化出版公司，2008：168

未来人才的观察与思考

陈永申

国有资产管理局

《中国现代化报告 2010》指出，在 21 世纪，发展中国家升级为发达国家的概率为 5％，拿到 5％的入场券，进入发达国家的行列，是举国的最高战略目标。实现这一战略目标的途径是科学地超常发展。这一选择的战略核心是造就能适应、推进我国在现代化进程中超常发展——中国现代化之路的人才。

社会现代化与人的现代化是互为条件的因果关系。如何塑造能适应、推进社会现代化的人才，应从历史的、逻辑的、想象的、国际比较等思维去探索。这是一个复杂的系统问题。这些问题因篇幅所限将另文讨论，本文仅讨论人才与社会现代化。

一、人才与社会现代化

自然社会孕育了人类，造就了人类的进化成长；反之，人类的进化、能力的提高、智力的发展又推动了社会的进步，创造了社会文明……人类的进步与社会的发展互为条件、互为因果。从某种意义上说，社会的现代化实质是人的现代化。

综观人类社会的历史，技术上的革命性进步，聚焦了该历史时期社会的飞跃——现代化进程中生产发展的新阶段以及人的理念、思维、素质能力和行为的一大提升。例如，由牛顿经典力学体系引发的以蒸汽机为标志的技术革命，使人类社会由农业社会跃进工业社会；麦克斯韦的电磁理论，催生了以发电机、电动机为标志的技术进步，使人类进入了比较完善的工业社会并迎来了科学大发展时期；由爱因斯坦的相对论和量子力学，导致了以原子能技术、电子计算机技术与信息技术为标志的新的科技革命，并正在驱动人类社会向第二次现代化迈进，拉开了生态社会的序幕。

探讨未来人才，既要考察现在的智力、科技发展态势，也应分析、想象未来社会的形态、经济运行特点和人们新的生活模式、人与自然系统（简称"人-地"系统）的运行，以及对未来人的理念、思维、智力、行为准则……的影响与要求。

二、未来社会将是充满神奇想象、创意的仿生感知的智能时代

据《自然周刊》报道：美国开发一种纳米机器人，能通过患者血液进入肿瘤组织，释放药物切断致癌基因；英国差日邮报网站也曾报道伦敦大学正研究近乎

"接近心灵"、知道人们在想什么的计算机；IBM 发明了"植物塑料"；中国农业科学院研发出"数字植物工厂"；瑞士研发出神奇真菌，可令稻谷增长快 5 倍；丹麦拟建智能环保住宅；上海世博会中国民企展出了微藻制油；日本正在研发梦幻般的太空帆……这一切使我们有理由推测、想象未来社会，将是神奇的、充满想象、创意、缤纷多彩的，是一个有无限创新空间、令人向往的，以及奇妙、和谐、舒适的、可持续发展的智能社会。

在新的历史进程中，人类正在经历"脑力革命"。在这场脑力风暴中，人脑将逐渐从重复运算、普通智力操作和一般记忆中解放出来。面对各种挑战，不断学习，从自然、社会、人文等科学的知识、思维碰撞与交叉中，以前所未有的宇宙尺度和纳米尺度，进行奇问、想象、探索、研究、规划科学设计等一系列涉及社会、文化、经济、生活中的技术。一个崭新的社会将是：

（1）社会中的技术体系、生产模式、生活方式建立在生态理念、生态哲学、生态文明的基础之上。

（2）社会中的各类技术，将以纳米技术为基础，信息与生物技术相融合，生物芯片、生物传息器、生物感知将广泛应用于各种灵巧的智能机器人中。

（3）数值模拟、虚拟技术将广泛应用于想象研究、规划、预测、设计中，服务于经济、文化、生活等各个方面，极大地拓展了智力探索平台。

（4）智能网络如同人的血脉，布满整个社会。智能网络具有如下特征和功能：

一是具有层次性、系统性，主干与支流、微流，纵横交错协调运行。

二是智能网络是一种增值网络，不仅能传输信息、数据，还能对信息进行综合、加工、延拓，产生新的信息。

三是应用于经济活动，网络是一种创造财富的新系统。它可承载不同时空的经济流（商品流、资源流）、知识流（知识、技术、人才），联结研究、设计、生产、销售、市场分析与调控中心，使各个环节协调运行，实现个性化服务，产生最佳的效益和效果。在这一新系统中，知识和创新处于中心地位，运行遵循协调性、精确性和"同时工程学"思想、原则，改变了设计与生产分离的传统体制，新的运行模式要求系统各个环节、工作越来越专业化和精细、准确，要求个人化，使岗位人员的调换变得困难。

新的创造财富系统，以知识为基础，系统结构依创新、市场等不断调整、变化，适时孕育出灵活、高效的小企业。系统需要并要求其操纵人员（员工）不断学习，及时了解新情况，掌握新知识、新技能，系统能不断创造新的就业机会。

新的系统，将生产与消费联结成一个循环过程，上游产业的废弃物成为下游产业的原材料，使资源得到综合利用、多次加工、增值，实现资源利用节约、高效，废弃物排放最小化和无害化，引导人类进入绿色、洁净时代。

四是智能网络有利于实现资源共享、社会公平。系统与相应灵巧终端设备联结，可实现远程、健康监督、诊断、治疗，远程教育和优质教育资源共享，科研、创新合作，文化交流与共享。

五是智能网络，有助于依法、合理、科学地管理监督、行政，执法透明，有助于引导、监督公众德行，促进社会正义、和谐，有助于文化多元和社会可持续发展。特别值得指出的是，对于不合法、不科学的行政审批程序系统可自动阻其执行，并发出提示或警示，可取代大量纪检人员，节约大量资金，有助于防止腐败。

（5）未来社会，在宇宙探测中，人类将迎来大物理时代，实现星际航行的梦想和地球深层探测，随着细微、精准技术集成的广泛应用，人可用意识操纵灵巧运行，使意识与物质运行联动，"接近心灵"。并产生新的哲学思维，使唯心论与唯物论走向辩证交叉互补而不是对立。

（6）未来社会，高度重视创新、精细、精准、速度和效率。社会的主体是科学家、工程技术创新者、设计者、教育家、文化学者、艺术家、管理专家、精细技师、能人巧匠。

人才是社会最重要的资源、社会现代化的根本推动力。社会中的人才大体可分为高智能人才、中智能人才和低智能人才。

三、人才的内涵、类别结构与未来人才素质

1. 人才的内涵

在西方，人才是指"具有超凡智力的人"，或具有高智商的人。在中国，人才没有确切的定义，常指超乎一般的人、社会精英、各类专家学者、工程师、设计师、发明家、革新能手、巧匠、企业家、领导者等。未来人才是能适应、驾驶社会的精英、各行业的能人。

必须指出，人才有类型和层次之分，有一般人才、杰出人才，人才的概念是相对的，可以相互转化，是一个动态概念与过程。

2. 人才的类别、结构

按行业、职业不同，人才有千万种。本文拟从知识结构、思维、组织结构等方面进行归类。

（1）按知识结构不同，人才有不同的分类。具有一般基础知识的"平式结构"人才，具有专业知识的"纵式结构"人才，受过通才与专业教育的"T"形、"兀"形结构的复合型人才。复合型人才既是专家又可当组织者。

（2）按思维或工作方式不同，人才可分为思维型人才、直觉猜测型人才、技能型人才。

思维型（推理型）人才，适合研究问题和与人合作研究；直觉猜测型人才，通常视野广、思维活跃，适合当组织者；技能型人才，适合设计、革新和精细技术工作。

（3）按组织结构不同，可分为兼思维与组织整合的人才或兼思维与技术的人才。这类结构人才，适合从事科研组织领导，从事总工程师、总设计师工作，从事规划决策、企业管理工作，从事部门、地区领导工作。

3. 人才的组织结构

（1）研究型群体组织。这种组织结构有较少层次，群体间自由度大，可自由组合，彼此间有良好的交流氛围、交流场所，有利于充分发挥研究人员自主探索及潜能开发。成员间是平等的水平关系。

（2）规划与工程设计群体组合。其组织结构属"T"形或"方"形结构，同时存在"垂直"关系和"水平"关系，但彼此有一定的弹性空间和自主性。行为主要受目标、规则约束或按特别指令运行。

（3）设计-执行群体组合。如生产与销售的混合组织，它是"T"形或"方"形与垂直形的混合结构。这种混合型组织，需要多种类型人才同时协同运行，是实现零库存组织的基础。

（4）执行群体组合。生产、工程施工属这种组织结构，是一种"垂直结构"，层次多，集中度高，运行中按计划指令完成任务，需要大量的技术能手、能人。

4. 未来人才应具有的素质

（1）从幼儿开始便受到德、智、体、美等的良好教育与熏陶，有理想，有明确的人生观，热爱学习并终生坚持。

（2）有开阔的心胸、视野、优良品行。有健康的心理、平衡的心态，热爱生活，情绪愉快且稳定，有极强的自控能力，有良好的生活习惯、健康的身体，有责任心，朴实，执著，坚韧，有自觉心、同理心、爱心，诚信，谦虚，有良好的人际关系和团队精神。

（3）热爱学习，善于学习。有极强的求知欲望，掌握良好的学习方法，"能无师自通"，能终生坚持学习，有较宽的基础知识和坚实的专业知识或技能。

（4）好奇心强，有敏锐的观察力、想象力与思考能力和独立的个性。

好奇心和科学质疑是人的智慧特殊的探索性本质，是学习认识之门；观察力是一切科学和艺术创造的前提，没有良好的观察力，思维就缺乏基础；思考能力是衡量智力高低的重要标志，是智力开发的核心。在观察与创新意识驱动下，思考由条理性（逻辑）正向与逆向进行思考，进行综合思维、发散思维、灵感思维，走向创造性思维和进行道德思维，而思维是建立在宽厚的知识、丰富的想象和良好记忆的基础上的，它不是杂乱的、无根的。

综上所述，21世纪的人，应具有：

（1）高情商，即良好的观察力、记忆力、想象力、判别力、思维能力和应变（适应）能力。

（2）高情商，即有良好的品行、极强的自控力、激励能力，有自觉心、同理心、爱心，真诚，谦虚，包容，善解人意，善于沟通，有足够勇气面对挑战，勇敢，执著，坚强，对学习、工作有兴趣，融入生活。

在人才的培养和遴选时，我们往往忽视了情商的培育和考察。美国的一家研究机构调查发现，一个人在社会上的成功，智商的影响力占20%，情商占80%。对于领导者来说，情商的影响力是智商的9倍，因此有人说，智商使人得以录用，情商使人得以晋升。这值得深思。

参 考 文 献

阿尔温·托夫勒.1991.权力的转移.刘江等译.北京：中共中央党校出版社

陈永申.2010.生态哲学与生态文化初探.见：中国科学院中国现代化研究中心.中国中国经济现代化的新路径.北京：科学出版社

陈永申.2010.文化现代化的若干问题.见：中国科学院中国现代化研究中心.中国文化现代化的新探索.北京：科学出版社

冯天瑜等.2005.中华文化史.上海：上海人民出版社

刘青.2007.李开复的人才观.北京：中国纺织出版社

路易丝·伯兰斯卡姆，杰姆斯·凯勒.1996.21世纪的创新战略.陈向东译.北京：光明日报出版社

王极盛.1999.创新时代.北京：中国世界语出版社

王银江，王通讯.1988.未来人才学.贵阳：贵州人民出版社

杨沛霆.1978.近代科学技术的继承与发展.北京：科学技术文献出版社

余谋昌.2002.生态哲学是一种新的哲学范式.科学新闻周刊，(9)：34

中国科学院计划财务局.1982.技术知识的产生特点及功能.中国科学院图书馆情报室

中国现代化研究课题组，中国科学院现代化研究中心.2010.中国现代化报告2010.北京：北京大学出版社

以人为本的若干思考

王　佐[1]　李春敏[2]　王晓玲[2]

1.《建造师》杂志　2.中国林业科学研究院

现代化的实质就是用科学发展观指导下的新型制度设计和文化观念取代传统的发展方式和观念。科学发展观的核心就是以人为本。能否实现以人为本的制度设计和观念转变是上述转型成败的关键。以人为本的制度设计，其核心指向不仅包括人类的幸福与全面发展，还必然包括人性与社会、人性与自然之间如何保持

最佳状态的平衡。

显而易见的是，这样一种转型因与传统文化多有相悖之处而显得困难重重。正如中国科学院中国现代化研究中心主任何传启研究员在 2010 年年初指出的那样："制度和观念现代化，其滞后的负面效应，会随着物质和技术现代化的推进而逐步显露，成为影响中国现代化成败的关键。"因此，让更多的人了解以人为本的价值就显得尤为重要。

简言之，如何体现完整人性的价值是以人为本的核心，也是我们研究问题的出发点和归宿。而实现完整人性的价值的基本途径就在于创造和设计与人类生存和发展相关的一切重要关系保持平衡和谐的文化与制度。

一、以人为本的前提是对人和人性的科学分析与认识，正确处理人性与道德、人性与法律的关系是其关键环节

在我们的传统文化中对道德至上的突出强调其实十分不利于人性的科学认识。要解决这个问题需对以下三点有一个清醒的认识。

1. 真实、科学地观照人性

1）只有真正具备了对人性的科学认识，才能实行真正的以人为本。人本主义作为一种学说发端于文艺复兴时期，其突出特点是强调人的感性本能等完整人性，并将人置于社会的中心，进而确立人在国家政治生活中的主体地位。理解完整人性的价值是科学认识人性的核心。科学考察人性的出发点应是：人是怎样的？科学认识人性的第一步，首先是了解自然状态下的人性。一般来说，人们所熟悉的社会人性（偏重于理性、道德、克制与共存）虽然主要由社会文化决定，但其仍是以自然人性为基础，严格地说它是自然人性的延续和升华，或者说是其组成部分。所以，一个人如果对自然人性毫无概念，那么其对社会人性的认识和理解肯定会出偏差。相对于社会人性，自然人性一般更偏重于感性、欲望、释放与竞争。自然人性与社会人性共同构成完整人性。以人为本的核心就是体现完整人性价值的统一。

2）遗传密码是决定自然人性的基础。大自然的法则又是解释遗传密码的关键，因为人性是大自然长期演化的产物。它本身是一种自然的东西，在相当程度上，自然人性与理性世界是分离的。人们永远不可能在人性的深处找到社会伦理的最终保证。自然人性的终极原因不可能通过沉思自身得到解决，它只能向宇宙法则提出诉求。

所以，科学人性观首要规则是：大自然的法则高于人性的法则，人性由大自然产生，亦由大自然制约和规范。这是决定人性的深层原因。而自然界的三大规律：新陈代谢、对立统一、物竞天择亦无不深刻地体现在人性和人类社会之中。

简约地说：人性与世间万物一样永远处在新与旧、生与死、正确与错误这样一种生生不息的转换之中，其基本动态形式便是竞争与共存，而二者的大致平衡

有效地保证了人类社会的进步与稳定；反之，二者的失衡往往是社会动荡乃至衰落的原因。

3）科学探索人性的出发点在于：必须在自然制约的观照下理解人性。人和人类社会归根结底是大自然长期演化的产物，是生物进化的最高形式，所以从根本上说人类不可能脱离宇宙动力机制规范和制约，而事实上上述宇宙三大规律几乎无时无刻体现在人性和人类社会之中。

4）以新陈代谢为例，人类300万年的历史，就是一个从低级到高级不断进步、不断更新的代谢过程。而就单个个人而言，人的一生也是一个新陈代谢的过程。人生要处理的事情千头万绪，但真正最基础性的事情就是两件：一是进食；二是繁殖，其他则大都是此二者的衍生品。比如，你说你终日忙于工作，但工作的根本目的是为了填饱肚子；你说你为了攻读学位而努力学习，但拿学位的最终目的，是为了获得一个更好的工作条件，这从根本上说既是为了吃得更好，也可为寻找可心的情侣创造条件。

而进食与繁殖都是新陈代谢的直接形式，进食是维持新陈代谢的最基本方式，繁殖则是为了新陈代谢的可持续性，人们的意识和欲望似乎也为新陈代谢规律所指引。人们都有这样的体会，人的欲望似乎无穷无尽，而且往往一个欲望刚刚满足马上就会产生新的欲望，这自然也是新陈代谢的一种方式。

5）对立统一规律的作用更是贯穿于我们生活的方方面面。几乎我们面临的所有问题都是矛盾着的两个方面，如生与死、善与恶、美与、正确与错误、强大与弱小，这些矛盾不仅互相斗争、互相依存、互相转化，如市场经济与计划经济，既有相互斗争的一面，也有相互依存和转化的一面，如资本主义国家常常借用经济计划的手段干预和调控宏观经济，社会主义也会用市场经济手段来发展自己的经济。对立统一规律揭示了宇宙自然的法则是平衡有序，平衡，自然有序；不平衡，则无序。天人合一就是人类与宇宙自然平衡，失去平衡，自然混乱，混乱就是人类的灾难。《老子》中"天之道，损有余以补不足"所讲的就是平衡的重要作用。

6）竞争是新陈代谢最基本的表现形式，新事物总是通过竞争取代和淘汰旧事物。这就是所谓的物竞天择，大自然的美丽和多样性正是通过自然-战场上残酷的竞争与牺牲换来的，这个过程就是所谓天择，适者生存，不适者淘汰。35亿年的生物进化史就是一部竞争史。就我们的社会而言，尤其是在实行市场经济的这些年代里，应当说每个人对竞争都会有深刻的体会：你如果在各种竞争中表现不够出色，那你就很难避免被淘汰的命运。

7）了解这些问题的根本意义在于人们都要明白一个简单的道理，那就是人只能发现规律，不能制造规律。人只能在顺应自然的基础之上发挥一些能动性，而不能将自己凌驾于自然之上。这是认识人性的铁律。

通过对生物进化规律的了解，我们都应该明白这样一个道理：人一生的几十年、文明社会的几千年乃至人类史的 300 万年，如果与我们遗传密码 35 亿年的积淀相比较，实在显得微不足道。所以，我们对大自然所成就和塑造的人性须有足够的认识和尊重。

8）由大自然所成就的人性其实也是人们从事社会生活和经济生活的基础性元素。对于这个基础，人们必须理性地予以面对和把握。善待人性、合理地疏导与释放人性才能使社会平衡、和谐地向前发展。所以，正确认识人性和把握人性是现代社会得以建立的一个必要前提。

9）进化和遗传规律表明：遗传基因只保存那些对物种保存有利的元素，其中不论善恶，但人类的遗传基因代表了生物进化的最高水平。在生存优先这一进化规律的作用下，在所有生物种群的大千世界中，人类遗传基因中所积淀的善恶因子几乎达到了登峰造极的地步。例如，动物中的善，至多表现为同一种群间不同个体间有限的相互照应与呵护，而人类中的释迦牟尼或马克思则有着普度众生和解放全人类的伟大胸怀。动物中的恶，至多表现为狮子把一只羊吃掉，而人类中的恶魔如希特勒则可以开动战争机器把与他毫无冤仇的成千上万人杀光。

在人类对这个问题无从把握的年代里，恶人当政常常造成巨大危害，无论是古代的尼禄或隋炀帝，还是现代的希特勒和墨索里尼，他们释放出的恶都使生灵惨遭涂炭以及社会经济凋敝和倒退。

10）儒家的主张是用道德的修炼来抑制人性的恶，但历史已经证明这种方式的效果极为有限，因为人性中的恶与善一样来自 35 亿年的深厚积淀，它不可能被根除，而只能是与人类共命运。它也是最终导致人类衰亡的内部因素。

诚如波普尔所言："我们需要的与其说是好的人，还不如说是好的制度，我们渴望得到好的统治者，但历史的向我们表明：我们不可能找到这样的人，正因为这样，设计甚至使坏的统治者也不会造成太大损失的制度是十分重要的。民主政体与专制政体的区别是在民主政体下，可以不流血地推翻政府，而在专制政体下只能通过流血手段推翻政府。"

这里，我们真正应该明白的道理是，只有建立以权力制约权力的制度，才能真正抑制人性恶给社会造成的危害。

11）文化是人性高级形式，它是人性的折射与升华，在相当程度上它是一种放大了的人性。

文化一经形成其对人性又有着巨大的反作用，甚至会成为人性的主导力量。开放型文化对人性的良性释放是绝好的助推器，压抑型文化则是窒息和摧残人性的枷锁。一般而言，开放型文化大都主张以人为本，强调用法律来维护大多数人民的自由和平等。压抑型文化则主张专制独裁，并突出强调人治、等级和服从伦理。由压抑型文化所主导的社会其最明显的一个特征就是内部结构的不平衡。这种文化如果过于强大，那么它必然成为落实以人为本的障碍。

12）在人性这个问题上，中国传统文化的主流（这里主要是指由官方钦定的儒家文化）更倾向于"德治"，然而此类"德治"在更多的情况下却是"君道"的"婢女"。

所以它是人治或专制的变种。它的出发点是：人应该怎样？其规则先验地认为"道之大义归于天。天不变，道亦不变"或曰"以人随君，以君随天，故屈民而伸君，屈君而伸天，春秋之大义也"（董仲舒的《春秋繁露》）。它直白地解释是：道，是为君道，君道的合法性源于上天。

天命不改，君父的权力不容置疑。这种权力意味着它可以解释天道、规范人性，以及对臣民任意生杀予夺。所以，它的实质内容是：皇权至高的法则。人性在皇权面前只是微不足道的仆役。这显然是一种典型的压抑型文化。

正是这类规则在我们文化中的持久影响和深入人心，才使得以人为本在相当程度上流于形式。

2. 人们在自己的文化道德体系中不能体现出完整人性价值的内在平衡是社会不和谐的主因

1）人类历史证明：社会不和谐的主因就在于人们在自己创造的文化道德体系中不能体现出完整人性的内在平衡。人们总是喜欢基于统治者的意愿，用社会人性去压迫自然人性，得不到正常释放的自然人性必然异化出逆反社会的能量，并最终释放出巨大的破坏力。而大权在握的统治者更喜欢用自己的自然人性去肆意压迫大众的社会人性，这自然会激起更为强大的逆反社会的能量。这些能量定期、不定期地爆发，使社会处于无休止的动荡之中。

2）中国历史上道德至上、以德治国的政治实践及其相应的历史负效应是这种不平衡的一个写照。这种文化基本倾向是：道德绝对高于人性。它的核心内容则是：皇权绝对高于人性的法则。

朱熹更是将其概括为：为了实现所谓的"天理"必须最大限度地压抑人性，即"存天理灭人欲"。而"天理"即道德规则的解释权（自然也包括制定权）只属于皇帝及其御用文人。这自然让我们容易理解为什么马克思要说"东方国家是家庭的扩大"而实行的则是"普遍奴隶制"，他是在说，在享有父系家长至高无上权威的皇帝面前，所有臣民在不同程度上都具有"奴"的属性。这样一种社会特征，正是"存天理灭人欲"之类的文化规则得以产生的原因。显然，这类既有违人性又缺乏示范效应的文化规则是不大可能得到人们内心真实认同的。相反，这类人性的普遍压抑文化造成的是民族素质的整体下降和人性的极度扭曲，并使整个民族活力和创新潜能的极度萎缩。同时，在这种无视人性、取消人的权力的情况下高谈克己、奉公，其结果却是百倍地加剧了人们的利己贪欲，并造成整体性"道德失灵"。因为科学和历史已反复证明：对人性压抑有多深，人性的反弹就有多大。因此，正确理解人性的法则总体高于道德的法则，用科学的态度理顺人性与道德的关系是落实以人为本的前提。

3）充实我们的文化道德体系，以体现出完整人性的内在平衡是必要的。

其要点在于：更清醒地认识人性和社会的真相，作任何决策时务必要考虑正反两方面的因素，切忌走极端。感性是人类最基本的认知形式，切忌以无限夸大理性的方式对其任意贬低。尊重多数人的自由选择，抑制乃至废止那些与公民无因果关系的权力。确立法律至上的原则，其关键点仍是对人性真实深刻的认识，并力求把我们的认识安放在自然规律的基础之上，遵从自然原则、遵从人的本性。在此，参照两千多年前希腊伟大的思想家亚里士多德的"自然正义"原则十分有益，该原则表明："自然正义不同于约定正义，前者在任何地方都有效。"斯多亚派哲学家克里斯普有一个更进一步的解释："宇宙秩序体现为一种动力原则，人性是它的体现。道德是按照自然本性（理性）生活，自然法便是理性认定的基本价值。"更通俗的解释是人性的法则总体高于道德的法则（或者是道德服务于人性的法则）。因为人性是人的根本，道德是人性的产物，它只是人性的一部分，它尤其不能成为摧残人性的力量。

人类的实践表明：自然人性的实现不仅是人类不可替代的幸福源泉，同时也是活跃人类思维与创造力的巨大动力，所以应当最大限度地予以满足，其极限止于尊重普遍人类尊严，即他人的平等权。这里的"极限"体现的正是道德对人性的服务作用。

正如康德所言："我们的直观永远是感性的，而使我们能思维的感性直观对象的是知性，感性与知性谁也不比谁优越。这两种能力不能互换其功能。感性不能思维，知性不能直观。只有通过他们的联合才能发挥认识。"他还说："理性对于对象没有直接关系，而只是对知性有关系。他只有通过知性才有他特定的经验使用。"尼采也说："一切有益于健康的道德，都受生命本能所支配。"可见，唯有感性基础之上的理性才能真实地存在。如果感性是残缺或扭曲的，那么理性的失误就有可能被无限放大。只有建立两者相对平衡的文化机制，尊重生命本能的尊严，保持完整人性的内在平衡，才能达到真实的理性境界。

3. 以法律的形式维护人性的尊严、制约人性的邪恶是达成完整人性的内在平衡的唯一途径

1）亚里士多德曾经指出：人类在其完满时，是最优良的动物。但是如果违背法律和正义他就是一切动物中最恶劣的，因为武装是比较危险的，人天生具有武装，这就是运用智慧和德性，他可以把它们用于最坏的目的。所以，如果他无德，就会淫凶纵肆，贪婪无度，成为最肮脏、最残暴的动物①。

---

① 亚里士多德．政治学．吴寿彭译．北京：商务印书馆，1997

汤因比说得更为一针见血："对人类社会来说，自从文明发祥以来，除细菌和病毒以外，屠杀人类的最可怕的敌人，不是别的，正是人自身。"[①] 社会文明的实质；就是设计科学有效的制度，允许合理的冲动欲望的实现，而遏制有害于他人的冲动欲望，否则，仅靠人性的自觉，社会就有可能乱作一团。

弗洛伊德认为，人一方面是爱的动物，但是另一方面，却又是天生的攻击性动物。也就是说，除了爱（性）的本能，人还有攻击本能，它是死亡本能的集中体现。他写道："人类这一动物被认为在其本能的天赋中具有很强大的进攻性。因此，他们的邻居不仅仅是他们的潜在助手或性对象，而且容易唤起他们在他身上满足其进攻性的欲望，即毫无补偿地剥削他的劳动力，未经他的允许便与他发生性关系，霸占他的财产，羞辱他，使他痛苦，折磨他并且杀死他。'人对人是狼'。"他认为，攻击本能的存在是扰乱人际关系的一个重要因素，它使得人类文明社会始终存在崩溃的危险。因此，文明必须尽最大的努力来对之加以限制。

当然，真正有效的限制就是法。法之所以是必需的，是因为以人类自身的力量不可能做到根除恶。如前所述，人类的遗传基因代表了生物进化的最高水平。在生存优先这一进化规律的作用下，人类遗传基因中所积淀的善恶因子几乎达到了登峰造极的地步。历史已经证明，以人性自觉为基础的德治是力不从心的。

2）对人性的研究还表明，善恶总是相伴而行。马基雅维里在诗作《美妙的愚蠢》中有言："这曾经是并将永远是如此：恶尾随着善，善也跟着恶。"也就是说，人在追求善的时候，恶总是相伴而行，而且恶的因素往往难以排除。

歌德尔之所以在西方世界声名显赫，就在于他的不完备定理以深邃的穿透力对诸种方法论作了高屋建瓴的总结——我们尽管希望追求完美，但追求完美是不可能的，因为世界本身就不是完美的。歌德尔定理认为凡命题都可证明的系统必定是不完备的系统。这就在理论上进一步印证了新陈代谢和对立统一规律。那就是，任何事物都是一个新陈代谢的过程，都有其发生、发展和衰亡的历程，有其代替旧事物，尔后又被更新的事物所取代的历程。因此，任何事物内部都有相互矛盾的两个方面：一是促使其成长、发展和壮大的方面；二是促使其走向败落和灭亡的一面。这两个方面互相斗争、互为依存、互相转化，即既对立又统一。

其实，对于这个道理我们每一个人都深有体会。因为人的一生就是在生与死、善与恶、正确与错误、前进与后退等种种矛盾中度过的，而且在整个自然界，小到蝼蚁，大到太阳，没有一物能够最终摆脱新陈代谢规律的制约，也就是说，任何事物不管多么如日中天，它最终都要走向灭亡。歌德尔定理的重大

---

① 汤因比，池田大作. 汤因比与池田大作对话录. 荀春生，朱继征，陈国梁译. 北京：国际文化出版公司，1999：126

意义就在于它特别指出了任何事物都是不完美的，也是不可能完美的，其不完美的部分最终将导致它的衰败乃至灭亡。这就是善恶总是相伴而行的真正含义。

3）正是基于人性的多样性和复杂性，马基雅维里主张人需要理性和立法者的指引，必须以法治国。用法律的强制性来规范人的行为、制约人的邪恶本性。他还说："公民的美德起源于良好的教育，它又起源于法律，因法律使人善良。"在此，法律所导致的善良并不是指人在良心上的自觉，而是强调运用法律的强制力量来迫使人们把公共利益置于一切个人利益之上。

伊曼努尔·康德更精辟地指出："现代国家应有这样一部宪法，它按照法律提供最大的人类自由，这些法律使每个人的自由同别人的自由得以共同存在。人民一定应当是被代表的，所以它本身不仅有指挥权，而且有力量在不通过造反的情况下恢复自己的自由并有力量拒绝听从摄政者。"

人性的合理释放、人类精神的健康发展是人性尊严的体现，只有"按照法律提供最大的人类自由"，这种人性的尊严才能获得保障。因此，以法律的形式建立科学有效的制度是实现人性尊严的根本途径。

二、正确处理人与自然的关系是实现完整人性价值的前提

1. 宇宙秩序是决定人性的关键

通俗的表述就是，大自然的法则高于人性的法则，即人性本身是大自然的产物，自然界通过35亿年生物进化所形成的遗传密码不仅基本规范着人们的行为方式，而且总体制约着人类的进化方向。这是决定人性的深层原因，也是我们认识人性的起点。

2. 长期以来，人们一直以为自己是所谓万物之灵，并自封为宇宙的中心、万物的主宰，坚信所谓的人定胜天，但事实却雄辩地证明了人类挑战自然能力的有限性

尼采曾经指出，在"过去的时代，人们曾经通过指出人的神圣起源来证明人的高贵伟大，但是，这种方式现在行不通了，因为，无论人类进化到多么高的程度——他最后站的地方说不定比他开始站的地方更低——他都无法移居一个不同的更高的世界，正如蚂蚁和蠼螋在其'尘世旅程'结束时仍然与神和永生毫无关系一样"[①]。

人和人类社会归根结底是大自然长期演化的产物，是生物进化的高级形式，从根本上说人只是一种高级动物，所以人类不可能脱离宇宙动力机制规范和制约。因此，正确处理人与自然的关系，在自然制约的观照下处理好人和人类社会的发

---

① 李银河．李银河搜狐博客，2009

展问题，是实现完整人性价值的前提。

3. 在过去的数千年中人类社会纵然灾祸频仍、改朝换代，但发展节奏始终是缓慢而平静的。因为文明的范式不曾突变，人类挑战自然远未达到登峰造极的地步

人类与自然之间的基本关系相对是平衡的。当人僭越了创造者的位置，自封为宇宙的中心、万物的主宰，自以为可以为所欲为的时候，他们将自己的欲望、价值观念和各种思想体系强加于自然，造成了自然秩序的混乱，并引发了社会和内心秩序的混乱。人类所面临的人口爆炸、资源枯竭、环境破坏、精神失落等都是人类为所欲为发展现代科技的必然后果。近现代工业革命以来所确立的价值过于极端地强调了人性的张力，从而造成了人与人、人与整个自然甚至每个人在内心深处平衡的失调，引发了人与人的分离、人与自然的分离以及人类的身心的分离。这些如不能得到及时纠正，必将导致资源和生存环境毁灭性的灾难！

恩格斯指出："我们不要过分陶醉于我们对自然界的胜利。对于每一次这样的胜利，自然界都报复了我们。每一次胜利，在第一步都确实取得了我们预期的结果，但是在第二步和第三步却有了完全不同的、出乎预料的影响，常常把第一个结果又取消了。"——实践已经证明恩格斯的话是真理，"有其利必有其弊"，对利弊详加分析实行综合平衡实乃唯一选择。

大哲学家老子最为核心的命题是"唯道是从"和"道法自然"。他不仅提倡人与自然的和谐统一，尤其强调了自然的神圣不可侵犯以及它对世间万物的统御作用。阿诺德·汤因比曾经深刻地指出，老子"推断人类在获得文明的同时已经打乱了自己与'终极实在精神'的和谐相处，从而损害了自己在宇宙中的地位。人类应该按照'终极实在'的精神生活"[①]。只有通过"无为"戒绝那些反自然的活动，才能使人类获得真正的自由与安宁。因此，建立人类与自然以及人与人之间的平衡关系是我们必须解决的重大问题。

4. 特别应当引起人们重视的是，由自然所赋予的人类本能是不可能人为地加以改变的

强行压制的结果只能适得其反。从这个意义上说，正确地了解人类的各种本能，弄清它们之间的关系以及它们与大自然之间的关系，尤其是对那些互相对立的因素进行适当协调与平衡，是实现完整人性价值、保证社会和谐稳定的前提。

德治的实践效果之所以无法与法治相提并论，是因为德治企图在无视或硬性改变人性的基础上引导人们向善，而法治则是在承认和尊重人性本能的基础上制定扬善抑恶的规则并督促人们实行。其实，尊重人性首先意味着尊重自然，因为人性是自然的一部分，实现人与自然的平衡首先须保持人类自身的平衡。

---

① 汤因比.中国的百家争鸣，转引自：李世东，陈应发.2008.老子文化与现代文明.北京：中国社会出版社

5. 平衡的关键是度的把握

历史与现实的经验一再表明，一个良性发展的社会必须实现人性与道德的平衡、人性与社会的平衡以及社会中公平与效率的大致平衡，并最终达成人类与大自然的平衡。而建立相应的测度标准对相关因素加以有效的测量和规范方能使其达到大致的平衡。凡是这类标准相对规范和完善的时代，社会也相应的稳定并向前发展，否则社会就会陷入动荡和混乱。人类的经验表明：唯有实行法治，这种测度标准和规范标准的建立方有可能。

6. 唯有在这种实现了人性与道德的平衡、人性与社会的平衡以及社会中公平与效率的大致平衡的和谐世界中，人类才会产生高度的道德自觉

在这种道德自觉的引领下人类乃可实现自身的可持续发展并真正实现与自然界的平衡和谐，才有可能迈向新的高度。

三、建立相对均衡的政治权利结构和经济权利结构才能真正实现完整人性价值的统一

体现完整人性的价值其意义在于，人类只有实现了自身的平衡和谐才有可能实现其与大自然的平衡和谐，否则专制与暴政便可轻易地强奸民意、摧残人性，使人类的社会环境与自然环境处于周期性的灾难之中。而社会和谐实现的根本途径就是使我们的一切政治经济活动都要围绕增进人的自由与幸福、增进人民的福利而展开，而均衡的政治权利结构和经济权利结构是实现这一目的的前提。

1. 人民本位或人民主权观念即是以人为本的最高形式，也是建立均衡社会结构的理论基础，而保障全体人民的自由是其核心内容

实行以人民为本位的文化转型和制度重构是落实科学发展观的重要课题。明末清初著名思想家王夫之曾经深刻地指出：改革政治的关键在于改变传统的政治目的，传统的政治目的只是为少数人的利益、为一家一姓的幸福。而理想的政治应当为所有百姓的利益而实施。

2. 人民为本位或人民主权的实现路径，主要是实行文化转型基础上的制度重构

人的需求从根本上说就是活生生的老百姓在政治上的自由权利和经济上的各种选择权利和分配权力。这种权利只有上升到法律层面，即通过宪法和法律规则才能得以落实和保障。

卢梭指出："一切立法体系的最终目的——可以归结为两大主要目标即自由和平等"，黑格尔也表示"在自由与平等这两个简单的范畴中，经常地集中体现了构成宪法的基本原则"，康德则进一步指出："现代国家应有这样一部宪法，它按照法律提供最大的人类自由，这些法律使每个人的自由同别人的自由得以共同存在。"马克思则更直截了当地告诉人们：共产主义就是"自由人的联合体"。值得

注意的是，西方经典作家都不曾像我们这般将民主放在首位，其原因十分简单，因为他们认为民主只是手段，这种手段的目的是保障全体人民的自由，而平等的意义就在于：没有平等权的自由必定是少数人的自由，而不是人民的自由。一个社会如果将自由与平等上升到文化高度，它必然会导致民主政治，这值得我们深思。显然，国家的政治结构中如果不能体现出人民的自由与平等，均衡的政治权利结构和经济权利结构自然无从建立，以人为本也只能流于形式。

3. 历史的经验值得注意，在西方，两千年前的古希腊人在此问题上就进行了卓有成效的实验

古希腊人鲜明而独特的治国方法就在于，一反古代东方国家普遍认同的个人在国家中卑微无力、无足轻重这一传统观念，而代之以个人在国家中享受自由权力这一全新观念。它的伟大意义就在于开辟了治国方略上的以人为本，即实现人类精神解放的伟大道路。所以在两千年后它终于风靡世界，成为当今西方世界的主流文化。

4. 马克思主义独树一帜，提出了"解放全人类"的响亮口号，也就是把古希腊时代局限于奴隶主阶级的自由

现代资本主义社会主要局限于资产阶级的自由扩大到全体人类，其具体方法是通过无产阶级专政建立社会主义。社会主义社会是一个自由人的公社，它实行劳动群众支配生产资料，劳动群众支配国家政权的生产者自治原则，在生产上则实行自主协调、共同参与、共同决策的计划经济，并通过各尽所能按劳分配实现最大限度的公平与公正。这乃是真正的人民为本位，它是以人为本为最高形式。换句话说，如果没有人民的自由，以人为本就是一句空话。

虽然马克思的原则在实践中走了样，但是人和人类的解放，以及最大公平公正的实现仍是人类社会发展所面临的最需迫切解决的问题之一，马克思的社会主义原则和方法仍然闪烁着真理的光芒。苏联解体最为深刻的教训之一就是它们的方法离开了人和人类解放以及促进最大公平公正这一基本的社会主义原则，而把国家变成了新贵们的利益共同体，可是选择这种必然失掉民心的方法导致了国家的灭亡。

事实充分说明，选择正确的方法和战略对于国家的发展有着极为重要的意义。选择正确的方法关键是具备选择能力和正确的实施手段。对于一个国家和民族而言，只有在以人为本的前提之下，建立均衡的政治权利结构和经济权利结构，国家的发展才能具有可持续性，而任何以特殊利益集团或统治集团为本位所衍生出来的种种治国方略，肯定会将国家和民族引入歧途。

5. 按照马克思原则，共产党人的崇高目标是"解放全人类"，建立一个实现了真正人人平等社会的"自由人的联合体"

按照这一原则，共产党人在任何时候都应坚持以人民为本位、为大多数人谋利益的最高政治原则，它是我们的根本出发点和最终归宿。

6. 建立均衡社会结构的实质是从法律上确立并有效地维护全体人民的各项基本权利

以人为本首先要以人民的需求作为社会的根本，这种需求既包括老百姓在政治和经济上的基本权力，也包括他们的各种精神文化需求以及他们作为人的各种本能需求。只有建立相对均衡的社会结构，特别是相对均衡的政治权利结构，这些具体的权利和需求才能得以落实和保障。因为和谐的基础是平衡，是各种社会力量的相对均衡。如果没有相对均衡的社会结构，即政治权利和经济权利集中在少数人手中，那么和谐社会仅仅具有理念意义，它只是一句口号。口号式的和谐社会对人民来说没有实际意义，而只有建立了相对均衡的政治权利结构和相对均衡经济权利结构，以人为本的和谐世界才有可能真正实现。

而均衡的社会文化结构和法律制度体系是产生均衡社会的前提。政治上多元化的平衡，决策机制的民主化，经济上力行公平公正的分配原则，更多地强调对规则与制度的遵守与尊重。只有废弃那些超越于法律之上的权力，真正确立法律的尊严特别是宪法的尊严，并将以人为本在司法体系层面真正落实到每个人的正当权利诉求中，使每个人的基本权利不受侵犯。

四、以公平与效率相对均衡的发展战略代替 GDP 中心主义的发展观

人是社会的中心，人的需求是一个社会最根本的需求，GDP 中心主义的发展观须向人本主义的发展观转变。而追求公平与效率相对平衡的发展战略是人本主义发展观的核心。

1. 发展经济固然是人类社会发展的基础，但是以人为本的发展必须包括在发展过程中如何形成个体能力的有效提升、人们在发展过程中如何自由选择，以及更多地强调社会全体成员的共同发展和社会的协调发展

特别需要营造人们共同发展的自由环境和空间。这些都需要通过实行公平与效率相对平衡的发展战略才能实现。

2. 在效率优先幌子下的 GDP 中心主义其指向是物而不是人

1）市场经济是靠资本的本性来调节的经济制度，唯利是图是资本的最大特征，强烈的垄断倾向、贫富急剧分化的"马太效应"是其突出的特性，市场经济就是对资本本性的顺从，它总是以人性和自然为代价，它往往会带来强大的社会消极状态和普遍的社会焦躁心理。

市场崇拜带来的是效率崇拜、速度崇拜和规模崇拜。GDP 中心主义的发展观即是此类崇拜的一种形式。实践效果表明，它只有利于少数官僚和利益集团，而于国家和广大人民几无益处。

2）在 GDP 中心主义的发展观的指导下经济发展是人们追求的唯一价值目标，衡量经济发展的标准被归结为 GNP 和 GDP，GDP 等于国力，经济增长等于社会发展，而这些指标又被简化为各种货币单位，最终被完全简化为各种数据。但是，许多经济统计数据的持续攀升与人的幸福感不仅没有必然联系，甚至反而是矛盾的。从西方所谓的"全球幸福指数"来看，排在最前的往往是经济和技术落后，但传统和自然保存较好的国家，而世界第一经济和科技强国的美国却排在接近最后。

3）美国经济学家斯蒂格利茨用"充满穷人的富裕"一词来形容这种 GDP 指标与真实社会福利的脱节。这恰恰印证了在 GDP 中心主义的发展观的指导下中国贫富急剧拉大的社会现实。

数据显示，在过去的十几年中全国约有 6000 万国有企业和集体企业职工下岗，4000 万农民失去土地或人均占有土地不足 0.3 亩。7000 万股民在股市中损失 1.5 万亿，城市中 1.5 亿人失去社会保障。基尼系数超过 0.53～0.54，城乡差别达 6 倍之巨。政府社会保障、义务教育公共方面的公共投入在 GDP 中比重在各国中居倒数第一，而用于行政、豪华建筑的投入在 GDP 中的比例却是世界第一[①]。

显而易见，这样一种以既得利益集团的利益取向为依托的发展方式如果不向人本主义的发展方式转变，灾难性的后果显然会发生。在世界金融危机的大背景下尤其如此。

3. 公平与效率并重在人类发展史中的作用

1）公平与效率这两个概念与人性有着深厚的渊源，自然人性中的竞争本能在社会人性层面升华为效率需求，自然人性中的共存本能在社会人性层面升华为公平需求。

2）历史与现实的经验一再表明，一个良性发展的社会必须实现公平与效率的大致平衡，而建立相应测度标准对二者加以有效的测量和规范方能使二者达到大致的平衡。这就是人们所熟悉的法治。凡是这类标准相对规范和完善的时代，社会也相应的稳定并向前发展，否则社会就会陷入动荡和混乱。也就是说，唯有法治才能维系公平与效率的相对平衡。

3）从人类发展史的角度看，公平与效率也具有等同的重要价值。因为人既是天生的强者，又是天生的弱者。天生的强者在于人类可以运用智慧有效地应对自然，天生的弱者在于：人不像很多动物那样，具有应对自然的天然技能，一只小鸡只要出了蛋壳就具有啄食的本领，而一个人长到 5～6 岁，甚至 7～8 岁还不能完全自理。一个手无寸铁又脱离了社会的人，在毒蛇猛兽面前肯定是不堪一击的。所以，从 300 万年前人类诞生的那个时代起，人类就须通过群体的协作去应对严酷

---

① 改革内参，2005（29）（内部资料）

的自然。正是这种群体间的通力合作，才使得人类社会产生了一次又一次的飞跃，并创造了后世光辉灿烂的文明。而协作有效性的第一保证就是公平，在几百万年的人类发展史中人类曾经对这一简单的真理有着刻骨铭心的记忆。许多学者的调查研究都证明：无论你送给一个原始部落成员一件多么完整的物品，他们都会将其分成若干相等的份数交给每一个成员，其实他们也许并非不知一件完整物品的价值所在，只是在他们那里公平几乎与生命等价。因为放弃公平，也就等于动摇了协作的根基，而协作的瓦解对于一个生产力低下的原始部落来说，不仅意味着效率的终止，甚至还意味着生存的终止。

所以在人类社会的童年，在社会生产力低下这一前提下，人类曾经很好地兼顾了公平与效率，使二者达到了有机的统一。

4）自人类进入阶级社会之后，群体间的协作在相当程度上转变成了由强势集团或国家机器执行的形式，因而，公平的作用自然大大降低。但是从深层次上说，在注重效率的同时兼顾公平，使二者大致趋于平衡仍是人类发展的关键因素。

比如，我国的汉唐明清盛世局面的开创，主要的一个原因就是当时采取了相对公平的政策，统治者通过强力抑制了强势集团对民众的过度盘剥与豪取，同时通过收敛自己的欲望，让民众获得发展与喘息的机会。如前173年汉文帝下令不准贵族和官员擅自向百姓征税，又于前167年下诏免除百姓的所有田赋租税。

唐太宗则采取轻徭薄赋、选用廉吏、使民衣食有余的政策，使人民从隋末沉重的负担中解脱出来。正是这种人民相对公平权利的获得，给当时的社会发展带来了极高的效率。汉、唐、明均被西方公认为是当时世界的头等强国或第一强国，其经济文化皆属于当时世界的最高水准。然而统治者一旦放弃了这种相对公平的政策，腐败和无节制的压迫就会丛生，人民就会重新沦入水深火热、饥寒交迫的悲惨境地，这不仅使发展的效率急剧下降，还会出现大的倒退和逆转。

5）马基雅维里曾经指出一个一般性的结论：如果"人民控制其城邦，那么，城邦在一个短时期内就能起飞，变得强盛伟大"，"经验表明城邦只要处在自由之中，才能政通人和、国富民强。一个城邦国家决心要达到伟盛，就必须从各种政治奴役中解放出来"。他讲的其实就是公平对效率的重要作用，从各种政治奴役中解放出来，也就意味着实现了最大的公平，他认为这是达到伟盛的一个必要条件。

所以，追求公平与效率真正的辩证统一，正是追求人类的理想。公平不只限于追求程序的公正，而且要追求公正的程序、追求结果的公正。公平是提高社会福利的一种手段。公正最终能创造出巨大的需求，从而推动效益的提高。公平和效益的平衡，将为社会的共赢创造条件。公正的程序、公正的结果唯有法治社会才能达到。

4. 以公平与效率相对均衡的发展战略代替 GDP 中心主义的发展观

1）自 20 世纪 70 年代中期新自由主义在世界范围内兴起以来，不公正在许多人的教科书里，第一次不加掩饰地成了历史发展的动力。似乎扩大不公平是推动经济增长和现代化，进而推动历史发展的动力。这种理论，将公平和发展对立起来，将公平和效益对立起来。它们认为，世界上的弱势群体、弱小民族和弱小国家必须为自己的弱小承担100％的责任，必须为效益低下负责任。一种以扩大不公平，甚至是以不公平为支点的经济模式，在世界范围内泛滥。这种体制为了提高竞争，忽视结果公正，而强调"程序公正"。但是，"程序公正"并不等同于"公正的程序"。结果，在世界范围内，精英集团开始大规模地通过垄断或控制程序来达到"体制寻租"的目的。全球化就是"美元体制寻租"的体系。在许多国家，包括美国这样的发达国家，在某种公平体制倒塌的同时，中下层人民被全面地排斥在"程序"之外。这种追求不公平的经济模式，最终导致了百年一遇的经济危机，被证明是真正低效益的体制。

2）值得注意的是，中国的许多主流经济学家在西方新自由主义的误导下，一直坚定地相信，"效率就是盈利能力和私有化，不平等是缺乏效率的结果"。

当这些学者成为对制定中国经济政策具有举足轻重影响的人物时，中国社会经历了巨变。在新自由主义经济政策的错误指引下，中国许多国有企业私有化，导致了经济上的两极分化，贫困的劳动人口上升。这种情况发生在一个曾经被视为世界上最平等的国家。大量工人被解雇，许多人失去了社会保障、医疗保险甚至是受教育的机会。私有化过程中滋生的腐败现象引发了人们的极度怨恨，因为政府官员侵吞国有资产的现象司空见惯。腐败随着欢迎外资的政策而进一步恶化，因为跨国公司一向以在第三世界的腐败行为而著称。

3）虽然众口鞭挞，但私有化、不断上升的通货膨胀和不加鉴别地欢迎外来投资的现象没有减弱。20世纪90年代末期，管理层收购日渐风行，他们将国有资产以实际价值的一小部分卖给"关系好的人"或是官员。这不仅违反了我国宪法，还大大恶化了日益尖锐的社会矛盾。

4）斯蒂格利茨2009年6月在北京大学演讲时语重心长地指出，中国在评价成功时，应该更加重视一些其他指标，包括考察资源消耗和环境退化的绿色净国民产出，社会中位收入而不是平均收入，有关社会平等的指标——基尼系数，以及预期寿命、教育程度等。在诸多关于如何改进GDP的意见中，斯蒂格利茨特别强调了就业指标的重要性。简言之，就是唯有建立了公平与效率相对平衡的机制，发展才有真实的意义。

5）重温这方面的历史经验是必要的，唐太宗的重臣马周曾经向太宗坦言："臣闻天下者，以人为本。必也使百姓安乐，自古以来，国之兴亡，不由积蓄多少，在百姓苦乐也。"也就是说，只有在保障人民劳动和享受自己劳动成果的权利之后，才能谈得上国家的发展。

2000多年前管仲辅佐齐桓公在齐国推行的改革也具有突出的借鉴意义。管仲的改革将富民作为第一要务。他说"凡治国之道，必先富民。"原因说来简单，因为"民富则易治也，民贫则难治也"。"故治国常富，而乱国常贫。是以善为国者，必先富民，然后治之。"（《管子·治国》）管仲的高明就在于，他知道：如果没有最广大民众的支持和拥护，政权就不会稳固。他们改革要富民，目的是强国。

真正可贵的是管仲在实践中将经济政策的重心围绕富民而制定和执行，他的施政方针是"政之所行，在顺民心；政之所废，在逆民心。民恶忧劳，我佚乐之；民恶贫贱，我富贵之；民恶危坠，我存安之；民恶灭绝，我生育之"《管子·牧民》。他还告诫各级官员，对人民要"足其所欲，赡其所愿，则能用之耳"《管子·侈靡》。这是讲，只有比较公平地对待老百姓，让他们的愿望都能实现，就会得到相应的回报，即使他们能比较容易地接受、贯彻、执行国家的政令，这样，政权必然安定巩固。管仲还进一步解释说："民不足，令乃辱；民苦殃，令不行。"（《管子·版法》）管仲主持改革的一大亮点，就是用相对公平的准则施德于民，最终使齐国走向繁荣与强盛。齐国先贤管仲治国经验特别值得今天的执政者认真借鉴与学习。

6）已故著名经济学家萨缪尔森在论述经济政策的目的时曾作过充满人本精神的表述：经济行为的目的是"能够用物品的数量来换取生活的质量"，经济政策的"最终目的是要有助于控制和改良。如何才能减少经济周期的动荡？如何才能促进经济进步与效率？如何才能使合乎要求的生活水平更加普遍？如何才能避免世界的生态学的祸害？……为此，我们必须尽力树立一种客观和超然的态度：不管个人的好恶要就事物真相来考察事物"①。这里着重强调的是发展与目标之间的关系不能本末倒置。

7）斯蒂格利茨正确地指出，"GDP 只是一个量的指标，而不是一个质的指标。GDP 没有考虑财富分配，也没有道德价值观"。他认为，GDP 最大的一宗"罪"是没有考虑社会和人的发展。这种片面强调效率优先，以扩大不公平，甚至是以不公平为支点的经济模式如不进行有效转换，其必将把国家和民族引向灾难。

GDP 中心主义之所以应当被舍弃就在于它破坏了社会的内在平衡。而平衡如果无休止地被破坏，那么毁灭就是唯一的前景！

8）唯有实行公平与效率并重的发展战略，才能最大限度地调动人民的积极性与创造性，并获得最高的效率。

马基雅维里指出，国家政权——不论是民主的还是专制的——最终都必须以符合公意作为其基础。他还强调："人民的目的比贵族的目的要来得公正，前者只是希望不受压迫，而后者却希望压迫。"同时他把人民的声音比作上帝的声音，认为他们是王权的仇视者，是国家光荣和公共利益的热爱者，他们与贵族在同样受

---

① 萨缪尔森．经济学．高鸿业译．北京：商务印书馆，1982

约束的条件下犯的错误更少。所以，平民拥有保护"自由"的权力可防止共和政体蜕变为君主政体，可更好地维护共和国的生存。

也就是说，公意和民意于国家生存不可或缺。这是万古不易的永恒真理！因此，只有以人民的利益为决策依据，实行公平与效率统一的发展战略，才能真正调动人民的积极性与创造性，进而获得最高的效率。具体而言，我们的每项大政方针皆需以公意为引导，皆需贯彻公平与效率并重原则指标。同时，确立经济发展的目的是为了人和人类社会全面发展的理念。

落实科学发展观、改变官员的政绩考核标准不能只停留在口号上，而应有切合实际的措施保障。这些措施的制定、实施和监督都应有人民参与其中。应下大决心，放弃那些过度而无效的投资，大力发展教育、社会福利事业和创新型文化事业。官员必须向人民负责，受人民监督的制度应尽快建立。上级至高无上的观念应为法律至高无上的规则所替代。

9）大千宇宙世界本质上是个平衡系统，自然界的平衡如果被破坏，自然灾害就会降临。人体机能的平衡如果被破坏，人就会生病乃至死亡。公平与效率的关系是人类社会中最重要的平衡关系。这种平衡一旦被打破，社会自然要百病滋生，甚至走向灭亡。

五、唯有平衡支点的理性抉择才能做到真正的以人为本

平衡之于人类极为重要的原因在于，与人类生存与发展相关的各种要素只有在比较平衡的状态中才能产生创新的活力。平衡的支点相当于使各类物质保持平衡的稳定器。良好的文化氛围和制度设计是保证人性和社会得以平衡的最佳稳定器。人类只有真正找到并把握好了这个稳定器，才能将以人为本的观念真正落到实处。

1. 高扬创新是有性繁殖的真谛

在生物进化的漫长历史进程中，与有性繁殖的历史相比无性繁殖的历史要久远得多。然而无性繁殖经过了近 30 亿年的发展，物种的形态和种类却鲜有变化（仅局限于原始的细菌和低等的藻类）。而有性繁殖一经出现，却能够在较短时间内创造纷繁多姿的多元化大千生物世界。

它带给我们最为深刻的启示就在于，物种自成体系的无性繁殖因过度封闭而使其基因的内在创新机能近乎窒息。而有性繁殖的物种，其发展必须以与异性的结合作为前提条件，这种结合使双方的基因得以进行有效的沟通、交流与融合，使其基因的内在创新机能得以激活和较为充分地释放。这就使得一种开放型的机制在生物世界得以确立。在这种开放型的机制中，自然界迎来了一次又一次伟大的创新。我们今天所能见到的大自然的美丽和多样性正是这类创新的产物。人类的产生则是这类创新最伟大的成果。从这个意义上说，人类本身就是创新的产物。

而立足于本体，以开放的态度与异质进行积极有效的沟通、交流与融合乃是创新与发展的基本前提。

有性繁殖带给我们的另一个重大启示是：既然人类和多元化大千生物世界都是有性繁殖的创造物，那么有性繁殖中最基本的关系——两性关系的平衡自然是所有平衡中最重要最基本的平衡。或者说，多元化大千世界平衡的密码大体隐含在两性关系的平衡之中。两性间的差异可以说体现在方方面面，其中最不可思议的差异就是精子与卵子之间的比例竟然是 1：800 倍！然而，如此巨大的差异却并不妨碍二者的完美结合，并且这种结合的成果无一例外地体现了两性间的绝佳平衡——子女从父母那里继承的遗传基因永远是相等的。所以，人类恐怕首先要把握两性关系平衡的要领，才能真正获得人类自身生命的平衡和其他社会关系的平衡。而爱与平等精神的高度体现正是这类要领的核心元素之一。

还有一个启示，正如哲学家叔本华指出的那样，"两性关系在人类生活中扮演着极重要的任务，它是人类一切行为或举动之不可见之中心点"。因为，对于人来说，幸福感是衡量人生最重要的标准，也是所有目标的最终目标。一个机能正常的人都知道：内在的东西比外在的东西重要得多。平衡和谐的两性关系正是这种内在东西的重中之重。这种关系在使我们感受幸福的同时还会激发出巨大的激情与活力，后者乃是引领创新的绝佳催化剂。

最后，有性繁殖引发我们的一个重要思考是，两性之间唯有处于平衡的最佳状态，他们各自内在创新机能才能发挥到极致，才能创造最为丰硕的成果。而平衡的最佳状态的获取在于选择最佳的平衡支点。在人类的体验中：爱，就是一种最佳的平衡支点。爱，其实是多重元素的集成，其中包括幸福、痛苦、奉献、平等、尊重、激情、活力与进取。人类虽然知道爱，但是人类却很难真正认识爱和把握爱。

人类的文明史曾经一再证明，唯有在创新中人类社会才能得到不断的发展。人们需要牢记的是，开放、沟通、交流与融合是创新的内在条件，这些唯有在各种关系的平衡中才能做到。而找到最佳的平衡支点又是建立各种平衡关系的关键。

2. 人类是创新的产物，创新又是人类的重要本能

然而，人类的这种本能在大多数情况下只是以潜在能量而存在，这种潜能唯有在适宜的社会文化氛围中才能充分地发挥出来。最佳平衡支点的理性抉择在于有效地营造这种社会文化氛围，使人类的竞争和共存本能得以建立最佳的平衡关系。唯有在二者平衡的条件下，人类巨大的创造能力才能有效地发挥出来。

我们以往在发展中的种种失误，相当程度上就是没有选准社会平衡的支点。无论是儒家的道德至上还是 GDP 中心主义的以物为本，前者企图在无视或硬性改变人性的基础上引导人们向善，后者则干脆见物不见人，其实践效果都是社会与

人性的失衡。

一位留美学人的观察颇为耐人寻味，他说："我是认真地观看了好多次美国共和、民主两党内的竞选演讲和现场辩论，鲜明地感觉到那是一种外表争斗、内里统一的竞争，不同于我们中国人熟悉的外表和美、内里惨烈的倾轧。他们好像是戴拳套有护具有裁判的良性格斗比赛，比赛的目的是分输赢，选手一般不会受伤，即便受伤由于有裁判也无大碍，一场打败了，下一场还可以再来。而我们则好像是打死不偿命的终极格斗，没有拳套没有护具也没有裁判。这样我们的招都是致命的狠招，选手轻易不发招，但发招就致命，所以选手们只要中招就很难有生还的可能，毋庸说参加下一场比赛了。两相比较，我们的斗争功夫似乎比美国人高，斗争精神也比美国人狠。"他还认为："尤其可怕的是，中国人遵循的斗争法则是自然法则，不像美国人遵循的是他们人造的法则。"[①]

也许这话显得直白刻薄（当然在对外关系上这种情况就调了个，美国人遵循的是地地道道的丛林法则，中国人遵循的则是人造的法则），然而却道出了作为我们社会平衡支点的社会文化结构确有严重缺陷的事实。至少它的实践效果是过度地强调人性的竞争本能，并使人类的共存本能处于相应的淡化和压抑状态，因而使社会经常处于失衡和不稳定的状态之中。

唯有平衡支点的理性抉择才能做到真正的以人为本与社会的和谐进步。

有一种观点总是用极端化的眼光去观察各种文化间的相互关系，并把它们之间的斗争加以绝对化。这其实是一种作茧自缚的蠢人心态。

实事求是地说，各种文化间的相互关系与有性繁殖有其相同之处，它们都可以建立彼此间的平衡关系并在此基础上相互学习乃至融合。文化与其他事物一样都有其两面性，都有其优点和缺点。以他人之长补自己之短在人类历史发展中的例子不胜枚举。

著名人类学家博厄斯认为："人类的历史证明，一个社会集团，其文化的进步往往取决于它是否有机会吸收邻近社会集团的经验。"唯有理性地分析和看待各种文化优劣，对其优点兼收并蓄为我所用，才能最终确立我们的发展优势。

当下，我们最需要做的是选择一种理性的平衡支点。这种选择的关键在于它是否有利于中国大多数人民的幸福和中华民族的发展，而不是探讨它究竟源于东方还是西方。建立人民主权原则下规范的法律制度是这个支点的核心。尽管这一制度源于西方文明，但实践确实证明没有别的制度在服务人性、造福人民方面比它效果更好。人民主权原则下民主制度是一种很好的平衡工具，它是不同利益群体在公意基础上的合作与妥协。实践证明：对于人和人类社会来说，这是一种成

---

① 雄英．"中国造"入教堂，提供圣灵纪念品．2010－2－23．乌有之乡网，http：//www.wyzxsx.com/Article/class20/201002/133073.html

本最低、代价最小、社会效果最好的方式。

民主的方式一旦形成制度并强制推行便是法治，法治是人性与社会平衡最有效的工具，也是一个政府是否真正实施以人为本的最佳检测手段。

六、结论：实现完整人性价值统一的根本途径在于寻求人性与社会内在的平衡，人类社会也唯有在平衡中才能实现真正的可持续发展，才能做到真正的以人为本

1）人和人类社会的二元结构决定了竞争的不可易性，而过度的竞争会使人性和人类社会严重受损，平衡则意味着将过度的竞争予以化解，至少可将斗争的烈度降至最低。

2）公意意味着一种真谛、一种完整人性的真谛。如果将人性当作一种集合概念，公意便是完整人性最好的表达方式。由于人性和人类社会显现的各种矛盾错综复杂甚至相互对立，因此以公意为基准对人性和人类社会的各种错综复杂关系实行综合平衡是实现公平与效率辩证统一战略，进而体现完整人性价值，建立和谐社会的唯一选择。

3）民主就是一种很好的平衡工具。民主是不同利益群体在公意基础上的合作与妥协。实践证明：对于人和人类社会来说，它是一种成本最低、代价最小、社会效果最好的方式。

4）民主的方式一旦形成制度并强制推行便是法治，法治是人性与社会平衡最有效的工具，也是一个政府是否真正实施以人为本的最佳检测手段。

5）科学而成熟的测量标准体系是实行法治的前提，没有完整的测量标准体系法治便是一句空话。

6）教育与道德的力量十分重要的。没有人民道德自觉的力量，民主和法治社会便无从建立。

7）文化是人性的折射与升华，开放型文化大都主张以人为本，强调用法律来维护大多数人的自由和平等。因此，致力于建立开放型文化是我们的当务之急。

8）人类行为的各种非平衡方式，是产生不和谐因素与动荡的根源。

9）发展必须是社会各种因素的综合考量，其中公平与效率的平衡、人与自然的平衡以及自然人性与社会人性的平衡是重中之重。公平与效率的关系是关乎社会稳定与否的平衡关系。这种平衡一旦被打破，社会自然要百病丛生，甚至走向灭亡。

10）平衡社会的建立，在一定条件下（如强势权力集团完全无视公意）亦需借助非平衡手段，所谓在斗争中求生存即此道理。

11）科学发展观的核心就是以人为本，能否实现以人为本的制度设计和观念转变是中国实现现代化转型成败的关键。以人为本的制度设计，其核心指向不仅包括人类的幸福与全面发展，还必然包括人性与社会、人性与自然之间如何保持最佳的平衡。

参 考 文 献

陈晓晨 . 2009 - 11 - 05. 斯蒂格利茨：GDP 是充满穷人的富裕 . 第一财经日报，B05

管仲 . 2009. 管子 . 北京：燕山出版社

李银河 . 2009. 尼采和他的致命真理 . 新浪网李银河的博客

尼科洛·马基雅维里 . 2005. 论李维 . 冯克利译 . 上海：上海人民出版社

萨缪尔森 . 1982. 经济学 . 高鸿业 . 北京：商务印书馆

沙少海 . 1989. 老子全译 . 徐子宏译注 . 贵阳：贵州人民出版社

孙承芳 . 2008. 西方民主理论史纲 . 北京：人民出版社

王佐 . 2008. 儒家文化与创新思维 . 科学决策，(4)：40～42

王佐 . 2009 - 08 - 01. 齐国先贤治国经验的启示 . http：//bolg. 51xuewen. com/wangzuo/
    article _ 14797. htm.

王佐 . 2009 - 04 - 27. 儒家政治伦理与中国现代化的思考 . http：//bolg. 51xuewen. com/wangzuo/
    article _ 10944. htm.

于野，李强 . 2006. 马基雅维里——我就是教你恶 . 北京：新世界出版社

张敢明，康彩霞 . 2008. 经济学若干难题研究 . 北京：中国广播电视出版社

张明 . 2009 - 11 - 4. 现代化与人和自然的矛盾 . 乌有之乡网 . http：//www. wyzxsx. com/Arti-
    cle/class10/200911/92414. html

Ⅲ. 现代化的途径与案例

Approaches and Cases of Mordernization

中国现代化必须走自己的新路
——访中国科学院中国现代化研究中心主任何传启教授

王 淼
中国改革报社

2010 年 1 月 30 日，中国科学院中国现代化研究中心在京发布《中国现代化报告 2010》。报告对中国现代化的前景进行了预测分析，指出我国有望提前 10 年左右实现中国现代化"三步走"战略。报告提出的诸如在 21 世纪末中国晋级发达国家的概率为 4% 等观点也引起了广泛的争议。就《中国现代化报告 2010》的主要观点，本报记者对中国科学院中国现代化研究中心主任何传启教授进行了专访。

记者：首先，对于《中国现代化报告 2010》的出版向您表示祝贺。请您谈谈《中国现代化报告 2010》的最主要贡献是什么？

何传启：《中国现代化报告 2010》有许多新意，其中有六点值得大家讨论。

其一，它是全球第一部"世界现代化概览"，是世界现代化 400 年的数字化全景素描。

其二，它发现 100 年内，发达国家降级为发展中国家的概率约为 10%，发展中国家升级为发达国家的概率约为 5%。21 世纪发展中国家仍然有成功的机会，它们将争夺 5 张升级发达国家的门票。

其三，它首次集中介绍了现代化研究的 10 种理论，系统阐述了现代化的基本原理。其中，第二次现代化理论是由中国学者提出来的。

其四，它发现，中国有可能提前 10 年左右实现第三步战略目标。如果不发生重大意外，按 1990~2005 年年均增长率估算，中国有可能在 2040 年左右超过世界平均水平，达到中等发达国家水平，基本实现现代化。

其五，它证实，现代化的国际经验不足以解决中国问题。如果完全按世界现代化的历史经验，中国 21 世纪成为发达国家的概率约为 4%。如果考虑到中国人口超过 13 亿，发达国家人口约为 10 亿，中国成为发达国家的概率就会小于 4%。所以，如果没有现代化研究，中国很难实现现代化；如果找不到中国自己的现代化路径，中国很难实现现代化。

其六，它提出了新人类发展指数，它适应知识经济时代的新特点和新需要。

记者：您多年来一直坚持现代化研究，《中国现代化报告》也已经出版了 10 本，能否请您结合您的研究经历介绍一下您所讲的现代化与大家常说的现代化的区别和联系？

何传启：一般而言，现代化有基本词义、理论含义和政策含义三种解释。现代化的基本词义是指成为现代的，满足现代需要的，大约公元 1500 年以来出现的新特点和新变化。现代化的理论含义是指从传统向现代的转变，不同学派有不同解释。现代化的政策含义是指现代化理论的政策应用，需要与时俱进。不同国家不同时期政策不同，如工业化和追赶世界先进水平等。现代化的习惯用法则是认为最新的、最好的、最先进的就是现代化的。

1998 年，我发表了两篇文章，第一篇是《知识经济与现代化》，发表在《光明日报》上；第二篇是《知识经济与第二次现代化》，发表在《科技导报》上，提出第二次现代化理论。第二次现代化理论认为，现代化有五层理论含义。

其一，现代化是一种文明变化，是 18 世纪以来人类文明的一种深刻变化。它包括现代文明的形成、发展、转型和国际互动，包括文明要素的创新、选择、传播和退出，包括人类生活、结构、制度和观念的变化，包括不同领域、不同层次和不同方面的变化。

其二，现代化是一个历史过程，是有阶段的历史过程。在 18～21 世纪的 400 年里，现代化可以分为第一次现代化和第二次现代化两个阶段。其中，第一次现代化有三次浪潮：18 世纪的机械化、19 世纪电气化和 20 世纪 50 年代的自动化，其典型特征是工业化、城市化和民主化等；第二次现代化也会有三次浪潮：20 世纪 80 年代的信息化、21 世纪 20 年代的仿生化和 21 世纪下半叶的体验化，目前的典型特征是知识化、信息化和绿色化等。前四次浪潮是历史事实，后两次浪潮则是一种预测。

其三，现代化是一种文明转型。在 18～21 世纪，现代化包括两次转型，其中，第一次现代化是从农业文明向工业文明的转变；第二次现代化是从工业文明向知识文明的转变。这一转型将包括从工业经济向知识经济、从工业社会向知识社会、从工业政治向知识政治、从工业文化向知识文化、从物质文化向生态文化的转变。

其四，现代化是一种国际竞争。它是追赶、达到和保持世界先进水平的国际竞争。

其五，现代化有两种观察角度。从国内角度看，现代化是一种文明发展和文明转型，每个国家都可以做现代化，都可以取得进步，但完成的时间有先后。从国际角度看，现代化是一种国际竞争，只有达到世界先进水平的国家，才能算是现代化的国家。根据历史经验，只有部分国家能达到世界先进水平，也就只有部分国家是现代化国家。

概括地说，现代化是 18 世纪以来人类文明的一种深刻变化，是现代文明的形成、发展、转型和国际互动的复合过程，是文明要素的创新、选择、传播和退出的复合过程，是追赶、达到和保持世界先进水平的国际竞争。

记者：我们注意到《中国现代化报告》中提到的中国现代化发展的严重不均衡问

题，这样一种不均衡对于中国的未来发展及您所说的成为发达国家有哪些机遇和挑战？

何传启：中国现代化的不平衡性表现在三个方面：地区不平衡、领域不平衡和指标不平衡。

其一，地区不平衡。一般而言，北方和南方水平相当，西部水平比较低，沿海地区水平高于中部地区，中部地区水平高于西部地区。中国地区差距为5～10倍。

其二，领域不平衡。社会现代化水平高于经济现代化水平，生态现代化水平比较低等。

其三，指标不平衡。第一次现代化有6个指标已经达到标准，4个指标没有达到标准，包括人均GNI、农业劳动力比例、服务业增加值比例和城市人口比例等。

现代化具有进程不同步和分布不均衡的特点。在现代化过程中，地区差距从扩大到缩小，然后波动。当然，如果地区差距过大，可能会引发社会问题。

目前，中国有四个地区已经进入第二次现代化，其他地区处于第一次现代化，这就形成了两次现代化并存的局面。我们面临的挑战是，如何认识这种局面，如何对待这种局面，如何利用这种局面促进中国的现代化。

这种局面带来的挑战是：同一个政策在不同地区有不同的效果。一个政策，它适合于某个地区，也许并不适合于另一个地区。那么，怎么办？

这种局面带来的机遇是：在不同地区，可以试行不同的政策，积累经验然后推广；可以鼓励地区进行政策创新，发挥不同地区的积极性。

记者：中国的现代化排名问题一直是广大读者关注的一个热点问题，请您谈一下，应该如何看排名以及今年大家关注的成为发达国家的门票问题。

何传启：现代化是一个复杂的长期的历史过程，涉及人类生活方方面面的变化。科学家研究现代化，不仅需要研究不同领域和不同方面的变化，也要研究现代化整体的变化，不能只见树木，不见森林。衡量现代化整体的变化，没有标准方法。有些学者采用理论模型或评价模型，对国家现代化水平进行综合评价，于是就有了世界现代化指数和国家排名。这是科学研究的一种通行做法。当然，这种做法也有局限性，因为数据并不能反映全面的事实，有些时候数据会掩盖一些事实，例如，现代化指数没有反映国家现代化的地区差距等。

《中国现代化报告》采用了三个现代化指数，于是有三种国家排名。

第一次现代化程度：主要衡量国家第一次现代化（工业化和城市化等）的实现程度，包括10个评价指标，并以1960年工业化国家平均值为标准值。目前，大约有35个国家第一次现代化程度为100%，表示它们已经完成第一次现代化，达到或超过1960年工业化国家平均水平。

第二次现代化指数：主要衡量国家第二次现代化（知识生产、知识传播和知识应用）的相对水平，包括16个评价指标，并以当年高收入国家平均值为基准值。

综合现代化指数：主要衡量国家现代化的相对水平，包括12个评价指标，并以当年高收入国家平均值为参考值。

三种指数的评价指标、评价方法和评价标准有所不同，评价结果可以相互补充。

中国现代化的世界排名，反映中国现代化的相对水平和国际地位，它是相对值，不是绝对值。它反映了过去的成绩，不代表未来的水平。它揭示了我们的国际差距、优势和不足等，值得大家关注。

21 世纪发展中国家加入发达国家俱乐部的门票约有 5 张，这是根据世界现代化的 300 年历史经验计算出来的。过去 300 年的经验，主要是西方国家的经验。它包含三个含义。

首先，21 世纪发展中国家有成功机会，但升级发达国家的概率有限。

其次，如果采用西方发展经验，21 世纪发展中国家升级为发达国家的可能性大约为 5%。目前的绝大多数发展中国家，100 年后仍将是当时水平上的发展中国家。

再次，如果按照西方发展经验，中国升级为发达国家的概率约为 4%。这说明，中国不能简单采用西方经验，必须要有自己的理论创新，必须走自己的现代化新路。

所以，我们建议加强现代化研究，并建议成立中国现代化研究院（现代化科学研究所）等研究机构，建立中国现代化研究基金和开设现代化理论课程，为中国现代化建设和民族复兴的宏伟事业，探索新路径，研究新理论，培养专业人才。

交通现代化的新挑战和发展重点

李连成

国家发展和改革委员会综合运输研究所

一、交通现代化的历史地位演变

（一）交通运输发展阶段的划分

荣朝和于 20 世纪 90 年代提出运输化理论，认为运输化是工业化的重要特征之一，也是伴随着工业化而发生的一种经济过程。运输化理论从长期角度刻画了以交通设施演化为标志的交通运输与社会经济发展之间的关系，把运输发展阶段划分为前运输化阶段、初步运输化阶段、完善运输化阶段和后运输化阶段，运输化各个阶段是随着经济发展阶段的不断高级化的演变而发展的，见图1。前运输化阶段主要发生在工业革命之前，从原始游牧经济、传统农业社会到工场手工业阶段。与大工业对应的是运输化阶段，而运输化本身的特征又在"初步运输化"和"完善运输化"这两个分阶段中得到充分发展。在初步运输化阶段，纺织原材料、煤炭、矿石、钢铁等方面的运输需求急剧增加，国家首先必须从数量上迅速扩大运输能力，以尽快满足急剧增长的运输需求。进入完善运输化阶段以后，多批量、高价值的运量比例上升，对运输质量的要求更加严格，运输业的发展更多的是体现在质的改善上。后运输化阶段，经济社会发展对运输质量方面提出了更严格的标准，在社会中的相对地位上开始让位于信息化。

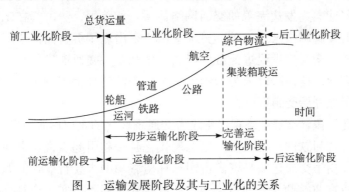

图1　运输发展阶段及其与工业化的关系

（二）交通现代化在现代化进程中地位及其关注重点的演变

交通现代化主要包括交通设施设备现代化、交通运营管理现代化、交通制度现代化、交通可持续和交通意识现代化。在交通运输发展的各个阶段，交通现代化在现代化体系中的地位不同，交通现代化关注的重点亦有所不同，见表1。

表1　交通现代化地位和主要任务的演变

运输化阶段	对应的工业化阶段	交通现代化的地位	交通现代化的主要任务
前运输化阶段	前工业化阶段	★☆☆☆☆	充分利用自然交通区位条件
初步运输化阶段	工业化初期、中期	★★★★★	交通基础设施设备现代化、交通运营管理现代化
完善运输化阶段	工业化后期	★★★☆☆	交通制度现代化、交通可持续和交通文化现代化
后运输化阶段	后工业化阶段	★★★★☆	交通可持续（生态）和交通文化现代化

★越多意味着交通现代化在现代化体系中的地位越高

前运输化阶段，自然交通区位条件是最重要的交通资源，自然交通区位条件的利用成为决定交通运输业发展的重要因素。自然交通条件比较好的地区，如有能够被利用的江、河，如地势平坦的平原地区等，交通运输便首先发展起来。由此，得天独厚的自然条件加上相对低廉的运输成本使得充分利用自然环境的内河

运输首先出现，随之出现的是利用临近河流和河道人工开挖的运河。

初步运输化阶段，交通现代化主要关注的是交通运输生产系统的现代化，即交通基础设施、运载工具技术装备和运输服务管理等方面的现代化水平。在工业化初期，交通现代化的地位十分重要，交通现代化既是工业现代化的起源或重要组成，如英国工业革命中蒸汽机车的发明与广泛使用、汽车的发明与普及，又是工业现代化的基础，现代工业的发展无不以发达的交通运输网络系统为支撑。1954年中国政府首次提出的"四个现代化"中就包括了交通现代化。

完善运输化阶段，交通设施设备的现代化程度已经不再是交通现代化的最主要任务，而让位于交通制度现代化、交通可持续和交通文化现代化。各国在这一阶段一般已经建立起发达完善的交通网络体系，如美国、法国等在工业化完成前后，交通基础设施网络已经完备，美国甚至后来出现了拆铁路的现象。由于交通网络体系完善，交通建设促进经济发展的作用减弱，交通现代化在现代化体系中的地位开始弱化。这一阶段人类活动不断接近资源和环境容量限制值，交通运输的资源环境问题开始受到重视。

后运输化阶段，交通生态现代化成为交通现代化的重要内容。随着20世纪下半叶社会对环境问题的广泛关注，生态现代化越来越引起重视，交通现代化被赋予新的内涵。由于交通运输是资源占用和环境影响的主要行业，能源消费和污染物排放的比重在20％以上，没有交通生态的现代化就不会实现全社会的生态现代化。随着社会发展对资源、环境问题的关注，自完善运输化阶段后期，交通现代化在现代化体系中的地位越来越高。

二、我国交通现代化面临的新挑战

（一）我国所处的工业化阶段和运输发展阶段

"十二五"时期，我国工业化继续推进，工业结构将实现由以能源、原材料型重化工业为主导向以重加工业和技术密集型产业为主导的转变，服务业也将明显提升。"十二五"处于工业化中期向工业化后期转变的过渡时期，工业比重可能达到峰值。

我国区域发展不平衡，东西部地区运输化水平存在较大差异。我国东部若干最发达地区应该相对其他地区较早开始向比较完善的运输化阶段转化，中西部地区应该还处在需要继续加快运输化步伐的阶段，而西部若干落后地区仍旧处于相当初级的运输化阶段。

（二）我国交通现代化面临的外部环境

1）国内石油能源严重短缺，土地资源约束日益严重。我国石油对外依存度已

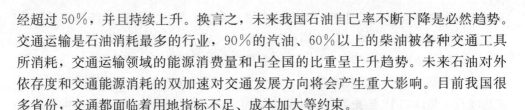

经超过 50%，并且持续上升。换言之，未来我国石油自己率不断下降是必然趋势。交通运输是石油消耗最多的行业，90% 的汽油、60% 以上的柴油被各种交通工具所消耗，交通运输领域的能源消费量和占全国的比重呈上升趋势。未来石油对外依存度和交通能源消耗的双加速对交通发展方向将会产生重大影响。目前我国很多省份，交通都面临着用地指标不足、成本加大等约束。

2）应对气候变化将是影响交通现代化方向的重要因素。一是温室气体排放引起全球气候变化已经在各国达成共识。根据国外相关研究成果，运输业排放的二氧化碳约占全社会的 22%，交通运输对氮氧化物排放的贡献率在 60% 以上。此外，80%～90% 的一氧化碳来自交通部门，交通运输系统排放的苯、碳氢化合物等也占有绝对份额。根据最近研究，欧盟 15 国 1990～2004 年交通温室气体排放量增加了 26%，快速增长的交通运输业被视为欧盟国家实现《京都议定书》减排目标的最关键因素之一。二是为了应对气候变化，各国均将承担减排义务，我国是最大的碳排放国，面临越来越大的减排压力。我国政府已经制定到 2020 年碳排放强度下降 40%～45% 的目标。三是考虑到我国是最大的发展中国家，累计二氧化碳排放较低，按照共同但有区别的原则，我国在进入发达国家行业前，可以按照相对减排思路承担减缓温室气体排放的责任。但按照目前经济发展速度，再考虑价格上涨和汇率升值因素，我国保留发展中国家的时间不超过 10 年，这意味着在 10 年左右，我国必须改变经济增长方式，走低碳绿色发展道路，争取发展空间。

3）科学发展观赋予交通现代化新的内容。我国经济社会发展观念已经由片面追求物质增长的传统发展观发展到以人为本的科学发展观。2003 年，党的十六届三中全会通过《中共中央关于完善社会主义市场经济体制若干问题的决定》，首次提出"科学发展观"，要求"坚持以人为本，树立全面、协调、可持续的发展观，促进经济社会和人的全面发展"。2004 年，十六届四中全会通过《中共中央关于加强党的执政能力建设的决定》，第一次正式提出"构建社会主义和谐社会"，明确提出要"注重社会公平"，改变了 1993 年以来"效率优先，兼顾公平"的提法。2005 年，十六届五中全会通过的《中共中央关于制定"十一五"规划的建议》，要求"全面贯彻落实科学发展观"，"加强和谐社会建设"。2006 年，十六届六中全会通过《中共中央关于构建社会主义和谐社会若干重大问题的决定》，完整阐释了"构建社会主义和谐社会"的基本任务。这一系列重要文件和基本理论构成了从"科学发展观"到"社会主义和谐社会"的系统理论体系，成为我国经济社会发展新的战略指导思想。科学发展观要求交通发展由粗放型向集约型、由重建设向重管理转变。

（三）我国交通基础设施和载运工具的技术现代化水平处于世界领先水平

从我国交通运输业的发展情况看，无论是基础设施还是载运工具的技术含量，其现代化水平在世界均已处于世界先进水平。例如，高速公路是公路基础设施高级化的一个衡量指标，2008 年我国东部沿海地区甚至中部地区的若干个省份的高速公路路网面积密度已经超过人口同样密集、但经济发达程度更高的部分欧洲国家的高速公路网密度。在铁路方面，我国目前已经拥有 6552 公里高速铁路，根据在建项目，预计 2015 年我国高速铁路将达到 1.2 万公里以上，初步形成世界最大的高速铁路网。铁路运输装备上，大秦铁路 2 万吨重载运输，2008 年时速 350 公里的京津高速城际铁路通车运营，2009 年武广高速铁路通车，无论是货运的重载运输，还是客运的高速运输都位居世界先进水平之列。

三、未来我国交通现代化的重点

交通发展有三大社会责任：支持经济发展、协调资源生态、促进社会和谐的社会责任。交通现代化要尽量实现上述社会责任。在传统发展观阶段，主要关注的是交通运输支持经济发展的责任。因此，这一阶段，交通现代化的主要任务是尽快建立起具有相当规模的、具有现代科技水平的交通基础设施网路、运载工具和运营管理水平，以支持国民经济发展。在科学发展观阶段，交通运输业与资源生态协调发展和促进社会和谐发展的社会责任凸现。从世界范围看，交通现代化更加关注交通可持续（生态）和交通文化现代化。

（一）绿色发展、和谐发展是交通可持续发展的战略选择

实现交通可持续，交通运输业必须主动承担与资源生态协调发展的社会责任，走绿色发展之路。交通运输是资源消耗型产业，随着我国交通网络的密度、通达程度越来越高，交通发展对土地、能源、气候等资源环境的占用也越来越多。我国石油能源短缺，国际气候变化的责任压力越来越大。舒适化、快速化和个性化是未来出行需求的自然趋势，需要消耗的资源更多。我国是人均资源贫瘠的国家，交通运输业必须承担起与我国资源条件相协调的社会责任，建立可持续的交通发展模式。第一，政府通过规划、产业政策等手段建立有利于资源节约型交通模式发展的环境和基础；通过运输需求管理手段、广泛的宣传手段等引导全社会树立正确的交通消费观。第二，交通管理部门通过规划、项目审批等行政手段和适当的经济手段，以合理数量的资源，尤其是合理的不可再生资源的优化配置，支持合理规模的交通运输基础设施建设。第三，以最适宜的技术和经济承受能力为标准，在交通建设中尽可能地以技术和资金资源替代土地、能源、生态环境等不可再生资源的消耗。

实现交通可持续，交通运输业必须主动承担起促进社会和谐发展的社会责任，走和谐发展之路。交通运输发展，在体系内要实现方式间的和谐发展，体系外要促进社会的和谐发展。首先要促进不同运输方式的和谐发展。

各种运输方式适应着不同特征或层次的运输需求，在综合运输体系中都处于不可或缺的地位，综合运输体系的建设不应强调某种方式而抹杀或主观延迟其他方式的建设和发展，交通运输发展理念要从强调分工、重点发展转向组合发展和协调发展，促进各种运输方式比较优势的充分发挥。其次不同阶层、群体合理运输需求得到充分满足是交通运输业促进和谐社会建设的应有之义，其中要优先实现基本运输需求的普遍服务。社会阶层不断分化，运输需求的多样化是社会发展的必然。在资源供给充分的情况下，达到经济规模的运输需求都应该得到满足，不存在孰优孰劣的问题，不能以损害某些群体的运输福利而满足另一部分人的运输福利。在存在资源约束的情况下，应该优先满足基本运输需求。我们要正确把握当前的运输需求结构，既要提供高端运输需求服务，也要防止出现盲目追求舒适化、快速化，超前消费等问题的产生。

（二）建立科学有序的交通文化是交通现代化的重要方向

当习惯成为自然，当意识成为价值观，也就转变为文化，一种比经济更有生命力的事物。交通设施设备现代化、运营管理现代化、制度现代化等都体现着一定的交通文化，而随着通过设施设备等提高运输效率的潜力越来越小，交通文化成为交通现代化的最后源泉。当前，交通文化现代化要在全社会树立节约的交通消费观，首先在交通运输管理部门倡导和树立起资源节约型交通发展和消费观念。交通文化现代化要建立良好的交通秩序，并内化于社会成员，即自觉遵守而非被迫遵守。交通秩序可以提高道路交通资源利用效率，良好的秩序带来的是整个道路的交通畅通，从而提高出行速度和可靠性。凡是城市交通情况比较好的城市，不仅仅有发达的公共交通系统（特别是地铁），城市居民不过度依赖小汽车，出行有序、行人守则、汽车礼让行人也是普遍的社会现象。

参 考 文 献

程选，岳国强．2010．"十二五"国内外发展环境的变化和经济可实现的增长水平．中国投资，
　（2）：26～29
李连成．2010．交通现代化指标体系的基本框架．综合运输，（3）：13～16
荣朝和．2004．运输化阶段性与加快铁路发展的关系．探究铁路经济问题．北京：经济科学出
　版社

用现代化的理念解决城市交通堵塞问题

许云飞　金小平

浙江省交通科学研究所

中国的城市交通堵塞已经到了一个十分严重的地步，打开互联网就可以发现，几乎各个城市都在惊呼城市交通堵塞，不仅大城市这样，连一些中小城市也出现了严重的交通堵塞情况。和平年代尚且如此，一到战争发生，或遇冰雪、洪水、大雾、粉尘等应急情况，后果将不堪设想。因此，如再不对此进行专项研究，不下重手加以解决，势必会影响大局、影响全局。

对症下药，治理城市交通堵塞才能有效。我们只有认真分析原因，找到主要原因，然后抓住主要矛盾全力解决，问题才能迎刃而解。本文想就这一全国性的问题，用现代化的思维作一分析和解剖，并用现代化的理念来解决。

一、必须正确认识的几个问题

（一）小汽车是城市交通堵塞的罪魁祸首？

有人说，城市交通堵塞是因为这些年来城市的小汽车太多了，小汽车是城市交通堵塞的罪魁祸首。这种看法来源于一些领导和城市管理部门，他们总是信誓旦旦地说：小汽车以每年 30％～40％的增速在增加，而城市道路每年才增加 5％～6％，因此城市交通堵塞是势所必然。

这种说法貌似有理，其实有很大的片面性，尤其是领导和城市交通管理部门拿这个理由来辩解，就明显有推脱自己城市规划不周、城市交通建设不好责任之嫌了。

表 1 列出了发达国家四个大城市的人均汽车保有量情况。由表中可见，发达国家的汽车人均保有量为 0.25～0.50，平均每人 0.36 辆；表 2 列出了中国东部几个大城市的人均汽车保有量情况，最高的自然是首都北京，已经达到人均0.29 辆，最低的是国际大都市上海，人均仅 0.08 辆，7 个城市的人均车辆保有量与发达国家的平均值 0.36 相比，最高的北京已达 83％，最低的上海仅为22％，7 城市平均正好是发达国家平均水平的 50％。而且，我国城市道路的宽度一般均比国外城市的宽敞，因此，说我国城市交通堵塞的罪魁祸首是汽车太多，实在有失公允。

表1　发达国家城市人均汽车保有量情况

城市 \ 指标	人口/万人	民用汽车/万辆	人均民用车/辆	城市平均水平
纽约	1800	750	0.25	0.36辆/人
伦敦	751	380	0.50	
东京	1300	550	0.42	
首尔	1045	297	0.28	

而用汽车保有量增加速度超过城市道路增加速度来说明是汽车增加太快造成城市交通堵塞，就更是谬论。试想，如果在适当的地区增加一段地铁，其"城市道路"长度增加并不多，但其对改善城市交通堵塞的效果就不是30％，而是200％、300％，甚至500％。所以，我国许多城市的城市规划、城市交通规划和建设不合理才是问题的症结所在。

表2　中国东部大城市人均汽车保有量情况

城市 \ 指标	人口/万人	民用汽车/万辆	人均民用车/辆	占发达国家平均水平比例/％	占比平均/％
北京	1423	413	0.29	80	50
杭州	660.45	157.9	0.23	64	
广州	750.53	133	0.18	50	
济南	610	111	0.18	50	
南京	595.8	101	0.17	47	
天津	1007	140	0.14	39	
上海	1900	150	0.08	22	

（二）高架、轻轨严重影响城市环境？

以北京为例，当年就是以种种理由阻止建设高架和轻轨，如不利于中央领导安全，破坏城市环境，污染城市，等等。其实，这些理由都是有悖唯物辩证法的。按照唯物辩证法的理论，任何事物都有两个方面，这两个方面在一定的条件下可以变化和转换，关键在于我们的工作。高架和轻轨只要我们通过科学的组合和设计，是可以与领导人的安全、城市环境达到交相融合、"水天一色"的。同样的理由，即使不建高架、轻轨，该不安全的还是不安全，该影响城市环境的还是会影响。而且，北京"摊大饼"式的城市发展，给首都的交通带来了多大的麻烦，已经无需我在这里多说了。我几次到上海，从所住的高楼俯瞰高架和轻轨，只见高架桥上车流如梭，川流不息，而轻轨以每三分钟一列的频率在不断地奔驰，轻轨车站上的人如潮水一波又是一波，假如没有这些，上海会是什么样呢？

当然，再好的设计也不可避免会有瑕疵，高架、轻轨对城市的空间产生负面影响的情况也常有发生，但老百姓的心中有杆秤，他们没有对这横加指责。为什么？因为他们很清楚,与其说天天饱受交通堵塞的痛苦,还不如在这方面做出点牺牲了。

(三)"不能修地铁"?

关于这件事最典型的例子是泉城济南。有的人甚至扬言要写血书,说谁提出修地铁,谁就是泉城济南的千古罪人了。

这里发生了一个奇怪的逻辑,"修地铁一定会破坏泉水"。

正如任何事物都是一分为二的,修地铁确实有造成破坏济南泉水的可能,但这是"可能",而不是"一定"。如果因为工作存在风险就不干,那轮船能造出来吗?飞机能翱翔于天吗?不要说发明轮船、飞机的时候存在着很大的危险,就是到了已经发达、成熟的今天,不也常有轮船沉没、飞机坠地的事情发生吗?!幸亏我们的前人没有被这种"有危险就不能做"的威胁所吓倒,否则,我们恐怕如今还只能过原始人的生活。

济南有泉水,修地铁必须高度重视这个问题,精心设计,精心施工,使得我们的地铁工程不仅不会影响泉水的喷涌,还有助于保泉、养泉,这才是辩证唯物主义的态度。当时我就指出,在北园路下修地铁就能达到对泉水保护有益无害的效果。但是一些人一再利用权力阻挠,使得济南的地铁整整晚规划了 20 年。我保守估计,这将给济南和山东的经济将至少造成 1000 个亿的损失。

总之,对于一个城市的交通来说,我认为地铁几乎是不可缺少的,只是何时建设需要斟酌,但是规划一定要提前,线路一定要预留好。下面不妨引段资料供大家参阅。

巴黎地铁每天的客流量超过 600 万人次,仅从这个数字您也可以想象这个庞大的地下交通系统的发达程度。有一种说法:无论您站在巴黎市区的哪一个点,离您 500 米内肯定有个地铁站。这种说法可能并不严格成立,但从中也可以看出巴黎地铁网点的密集程度。

把地铁作为主要交通工具,是巴黎人的一种生活方式。当人们向您讲一个地理位置的时候,总是说:地铁某站。如果有个公司邀请您去它们的办公室,或者邀请您去参加一个宴会,不是安排汽车来接您,只是告诉您乘地铁怎么走,对此您丝毫没有理由据此来判断对方的热情程度。乘地铁没有交通阻塞之虑,没有找不到停车位之苦,快捷、方便、效率高,何乐而不为呢?

纽约,地铁总长 1142 千米,是世界上最长的城市地铁;英国伦敦有 800 万人口,地铁 500 千米,共有 273 个地铁车站,可日运 300 万人次,足够解决 40% 的出行需要;巴黎有 1000 万人口,轨道交通承担着城市 70% 的交通量;东京轨道交通也承担了 80% 的交通量。[1]

---

① 地铁改变世界 地铁加速中国 到底地铁带给你我怎么样的机遇 . 2009-5-20. http://bbs. szhome. com/commentdetail. aspx? id=74013246

(四) "快速公交"就可以解决城市的交通拥堵问题?

快速公交也叫 BRT (bus rapid transit),就是利用现代巴士技术(如大容量、低地板、低成本、低排放的巴士,以及先进的光学导向巴士),在城市中开辟巴士专用道(或修建巴士专用路),配合智能交通系统(ITS)技术,采用轨道交通的运营管理模式(车站买票上车),实现轻轨交通的服务水平。这种新的公共交通模式既具有保持轨道交通的快速、大容量的特点,同时又具有传统巴士公共交通的灵活、便利性和经济性的特点。

巴士快速交通系统在世界各国引起积极的反响。自 20 世纪 90 代年以来,美国的城市几乎再也没有任何新的轻轨交通项目,而更多的是发展巴士快速交通系统。南美的库里蒂巴、圣保罗、波哥大、基多以及澳大利亚的布里斯班、悉尼,加拿大的渥太华、墨西哥城、印度尼西亚的雅加达、印度的班加罗尔等越来越多的城市加入了 BRT 的行列,巴士快速交通系统在世界上已形成了一股新的潮流。

这几年,我国 BRT 发展神速,这主要是因为一方面城市交通堵塞越来越严重,急需找到一种快速交通运输方式来排忧解难;另一方面,相对于轨道交通,它投资省、见效快、审批容易。所以,快速公交系统的建设已在中国城市全面铺开。作为中国第一条快速公交线,16 公里长的北京快速公交 1 号线已于 2005 年 12 月 30 日正式投入运营,此后昆明、杭州、济南等城市的快速公交相继建成,投入运行。据了解,还有 20 余个城市正在进行快速公交项目的研究、设计和建设的工作。

但是,有一种倾向应该引起注意,那就是认为快速公交是解决城市交通堵塞最好的方法。所以,必须对快速公路交有一个正确的定位。快速公交是解决城市交通堵塞比较好的交通方式之一,它的优点是投资较少、见效较快,这种方式比较适宜于道路资源相对比较富裕、红绿灯和道路交叉口比较少的路线。但是,这种交通方式也有其致命的缺点,那就是它仍然受到红绿灯和道路交叉口的制约。有的地方,如厦门干脆把快速公交建成高架的了,这样当然就没有红绿灯了,但相比建高架所花费的代价,其实这也是不合算的。另外,对于本来道路资源不宽裕的道路,如果给快速公交一个专用车道,就会使其他车辆苦不堪言。

因此,对快速公交一定要正确定位,因地制宜地使用。

(五) 公交网络建设不到位是因为市场经济不健全?

其实,解决城市交通堵塞问题最基本的还是做好公交网络的建设。如果我们的公交网络建设到位,使我们的老百姓感觉到自驾车、骑自行车不如乘公交方便、安全时,城市交通堵塞的问题也就比较好解决了。

细究公交网络建设不到位的原因，有一个认识误区必须要扭转，那就是认为公交网络建设不到位的原因是市场经济不健全。

这些年来，市场化成了最时髦的名词。凡是生产搞得不好、经济上不去的，无论是地区还是企事业，都会被扣上一个"市场经济不健全"的帽子。可是我们看见的是：教育产业化，使教育不公平越来越严重，上学难成了我们国家的"大难"，一个老师带几十个研究生，有的研究生连见导师的面都难；医疗市场化，其结果是看病贵、看病难，住院必须有陪人，有段时间连乘电梯也要交钱；体育市场化，使群众性的体育活动场所没有了，足球球员的工资翻了几百倍，球风差不说，水平反而下降了；城市建设市场化，使房价一再飘升，几亿老百姓变成"房奴"，而那些地产老板暴发户则富得流油，以至烧钱为乐。山东莱州一位县委书记曾带我参观了当地政府直接运作建成的一个职工小区，里面设备相当不错，小区里面托儿所、幼儿园、健身场地等设施也很全，房价才每平方米1100多元。他说就这个价，政府一分钱也不赔，从拆迁到回迁，三年的住宿和安家问题全是老百姓自己解决的，但三年没有一个老百姓投诉。老百姓经常到工地参观，自发地维护、监督，看着一天天长高的房子，他们高兴、开心，回迁时都放鞭炮，感谢政府给他们办了好事。参观后这位令我终生不忘的书记说了一句令我十分震撼的话，他说："谁说计划经济效率就一定低？像这种事关土地征用、老百姓拆迁等事项的问题，由政府来操作效率最高。所以，问题的关键不在市场经济还是计划经济，关键在我们政府的官员是否有一颗为人民服务的心，是不是以权谋私。"

城市公交，事关千家万户的利益，公益性明显；城市公交搞好了，老百姓出行方便，城市交通不堵，大家心情舒畅，社会和谐，所以它的外特性正效应也十分显著。不过，城市公交还是要收费的，必须通过买票决定你是否可以乘坐，所以它具有价格排他的特性。依据上述分析，城市公交属于准公共类物品。这一经济特性决定了它一方面可以投入市场，通过市场化运作以提高效率，解决部分人的就业，提高部分人的生活条件和生活水平，同时方便老百姓出行，解决城市交通堵塞问题；但另一方面它的公益性和正的外部特性决定了政府应该投入和补贴，以体现政府服务人民、着力于公益管理和建设的本质。比如，夜间延长公交车次，完全有可能出现一个乘客也没有的情况，从经营角度讲是亏本的，但从公益服务角度讲是必需的，这里的亏本就应该由政府来补贴。还有，要达到前述的公交线路设计和以民为本的运行要求，是需要很多投入的，由于城市公交的微利性，决定了市场机制的失效，政府也必须投资。所以，政府对公交不能完全的市场化。

（六）城市交通堵塞完全是交通的问题？

这也是一个很大的误区。城市交通堵塞的问题是由很多种原因造成的，虽然的确有交通规划、建设、管理问题，但还有城市规划和建设的问题、领导观念问题、政策取向问题、科技发展问题、人才素质问题，等等，是一个牵涉众多部门、事关方方面面的问题，因此解决这个问题同样牵涉到方方面面，绝不是交通主管部门一家就能够解决的。

二、必须用现代化的理念解决城市交通堵塞问题

（一）城市规划现代化理念的反思

1. 现代化一定要把工作和生活区域远离分隔吗

20世纪80年代前，一个人的工作地点尤其是企业和工厂，一般总是与所居住的地方离得不远，所以，上下班步行或者骑自行车均可解决。只有到了节假日，人们需要"上街"的时候才需要坐车"进城"。不能说那时候不集约，生活区、宿舍区也是很大的楼群。随着社会的发展，现代化的逐步实现，高楼开始林立，人们上班的地方和生活的地方离得越来越远，于是上下班必须乘车了，乘车不方便，就设法设立单位班车，条件好的买私家车，于是交通也就越来越拥挤。因此，在很多人的眼里，这是现代化发展的必然结果。

我不这么认为，我觉得现代化确实可以以车代步，但是也不一定人为地一定要把生活区和工作地点远离分割。我们可以让一批富起来的人为了自己的舒适和安逸，为了住到各种豪宅而舍近求远，但为何不可以照顾大部分工薪阶层，让他们能够就近而居呢？所以，真正以人为本的现代化就是要在政策上采取倾斜，对于一些大企业、大事业单位在建设时，就统筹土地的安排，使它们同时建设或优先购买配套的职工居住区。我想，我们的城市规划如果把这作为一条原则考虑，就一定能从基础上为解决城市交通堵塞问题做好铺垫。

2. 高楼为何不把政府办公完全集约起来

现在城市的高楼中，有不少是政府的办公大楼。我不反对政府建高楼，因为政府需要办工。但是，政府建高楼不是为了摆阔气，更不是为了领导、公务员的方便和舒适，而是为了政府服务的对象能够得到方便和实惠，为了提高政府办事的效率。但是现在的情况却恰恰相反。

以一些省的交通厅为例，交通厅底下有很多处室，还有很多主管局。譬如公路局、港航局、运输管理局，还有很多政府性的"大企业"，什么"交投公司"、"高速集团"、"咨询中心"，等等。如果将这些处室、部门、中心都放在一个大楼里，下面来办事，就不用跑来跑去坐车了，同时内部联系也更方便、快捷。可现在的情况是，交通厅有大楼，底下的公路局、港航局、运管局也有大楼，有的离得还很远——这会为城市增加多少人流和车流，这样的拥挤难道也是"现代化"之必需、必然？

3. 现代化不是大城市化

从某种意义上讲，现代化就是城市化，现代化的指标中有一项重要的指标就

是城市化水平起码要达到 60％以上。但是，"城市化"不等同于"大城市化"。城市化的核心内容是大批农民成为了城市居民，很多中心城镇变成了中小城市。而且，城市也有个定位，如首都，全国只能一个，它是一个国家的行政中心，因此，工业尤其是大工业就不能在这里发展。如果定位是旅游城市，那么这个城市主要发展旅游业，规模就不一定要大；工业城市也有重工业和轻工业之分，建设的规模和对交通的设计都要有所区别。

4. 现代化不是大马路化

造高楼、扩马路，现在几乎成了中国现代化的同名词，其实这又是一个误区。现代化当然与基础设施的建设规模和档次有关，但并非一定要造高楼、扩马路，而现在这样的"现代化"已经使不少城市得了"城市病"。如马路不断改建、拓宽，使得马路绿化无法"林木成荫"，城市绿化大规模倒退；由于大片大片的土地硬化，热岛效应严重。更有甚者，土地渗水机能恶化，致使地下水得不到有效补充，没雨时缺水严重，下大雨时又排水不畅，造成洪涝灾害，甚至出现人员伤亡的严重后果。

另外，马路宽了，车速快了，车流急了，而路口数量依旧，红绿灯数量不变，从而大大增加了交通堵塞的概率。而且横过马路的时间加长，不仅延长了堵塞的时间，还更容易发生交通事故。

5. 现代化不等于消灭旧城

在一些人的眼里，现代化就是"新"，似乎新的总是比旧的好。在我看来，现代化的本质是先进，但"新"和"先进"绝非同质。如中国书法，这些年来出了不少"新"家，但有谁能超过王羲之？新建筑更是层出不穷，但那些高耸入云的建筑就比我们的故宫、苏州的园林先进了？很多人都已经感受到，现在的瓜不甜、菜不香，难道这也叫现代化？城市也是这样，现代化不等于消灭旧城。山东济南的古人，还知道在发展商埠时，不拆旧城，而是在原旧城的西门外新建，就形成了现在的经路、纬路、火车站、邮政局。可到了我们这一代建设现代化了，把旧城搞得乱七八糟，钱不少花，工夫不少下，但旧城失去了神韵，新城难以成名。

6. 城市规划必须优先考虑交通

据一些哲人考证，人类的发展是先有交通、后有城市的。人们生活需要交流，要走路，走的人多了，于是就有了路，有了应运而生的交通工具。交通线会出现交叉，交叉点往往是人们歇息的地方，所以人比较多，交流也比较需要，于是交叉点就成了人们往来和交换、交流的集中地，慢慢就成了枢纽。随着交通线上交通流的增加，那些比较重要的交通线上的枢纽就会发展成城市。

这里回溯城市的起源和发展，是为了说明在城市规划中优先考虑交通规划的必要性。现在，城市规划和交通规划分属两个部门，往往互相之间不尊重、不通气，这是缺乏现代化理念的一种表现，必须予以纠正。

（二）城市交通规划必须遵循的几个现代化理念

1. 长远理念

一个城市，从规划建设到粗具规模、大致建成、逐步完善、基本完善，直至成熟丰满，形成文化积淀，起码需要几个世纪。因此，城市的规划一定要立足长远，这才是真正的城市建设现代化理念。

而现在国内很多城市尤其是一些中小城市的规划，几乎是每换一任领导，就会有一次变动，美其名曰"现代化"，实在是反其道而行之。对一些文化积淀浑厚的文化古城、名城的城市规划，其实更要有长远理念。

城市规划是这样，城市交通规划也是这样。如前所述，城市的起源应该是先有交通、后有城市。因此，城市的规划必须有交通规划的支撑。换句话说，城市规划如果考虑 50 年，城市交通规划也必须考虑 50 年。

2. 各种交通方式综合运用理念

城市的交通方式有很多种，按所处位置讲有行驶汽车的地面道路、高架道路、专用道路，行驶铁路车辆的地上（一般火车）、地下（地铁）、高架（轻轨），按有无轨道有轨道交通、道路交通，按快慢有普通交通、快速交通，按动力有汽车、电车、人力车、其他动力车（煤气、太阳能、风能、混合能）和步行，按载人方式还可区分为私家车、公交车、旅游车、公务用车。按经济学的原理，它们之间存在弱替代性，不存在强替代性，即任何一种交通方式都在一定的环境里存在合理性。如果用科学发展观来统领城市的交通，就是因地制宜地使用和发展每种交通方式，使它们之间构成一种融合、和谐的关联关系，协同完成每一项运输行为，达到高效、节能、减排、舒适的目的。

诚然，对每个环境不同的城市，这些交通运输方式使用的侧重一定会有所不同，就是对同一个城市，由于发展的原因，情况也会出现变化，因此各个城市必须因地、因时制宜地使用、变化和控制。但是，不管如何变化，各种交通方式综合运用的理念不能改变，管理城市交通的水平高低正是在如何综合使用和处理它们之间的方便换乘上体现出来。

3. 以人为本理念

城市交通规划者、领导者一切工作的核心都是"为人民服务"，这话虽然听起来有些反现代化，但谁也不应该否认如果一个政府、一个部门连承认"为人民服务"的勇气都没有，那这个政府总有一天会被人民所掀起的波涛所颠覆。

我认为，胡锦涛总书记提出的"以人为本"的科学发展观，其实与毛主席提出的"为人民服务"是一致的，体现到城市交通的规划和建设上，就是在规划和建设时，考虑的不应该只是如何方便管理，而是如何方便绝大多数人民的通行及其生活。

目前有一种理论，认为决定中国命运和发展的是一批社会精英、一批弄潮儿，因为他们掌握着国家很大一部分财力和权力，所以我们的政策要倾向于他们。这种理论虽然目前还只是在一定的场合和范围流传，但确实已经在某些政策上有所体现，如房地产、教育、卫生等方面，很多政策总会考虑他们的利益和动向，而不去关注大部分群众的利益。在我们城市交通的规划和建设上，有的地方在城建资金短缺的情况下，对一些豪宅小区的道路忙不迭地建宽大的通道，而对于事关大部分群众的公共交通建设却迟迟没有作为，这就不是"以人为本"。也许会有人说，那些人也是"以人为本"人中的一部分，所以考虑他们的利益没什么不对。但是，我认为这里讲的"以人为本"，主要的基本的不是指他们，即指现在已经富起来的，甚至已经富可敌国的这部分"人"，而是目前绝大部分仍然处于工薪低水平的人民。对于那部分已经富起来的"人"，在城市交通规划和建设中恰恰应该较少考虑，甚至必要时采用征税等手段让他们提供一部分建设资金。

4. 节能、减排、环保、绿色理念

节能、减排、环保、绿色，到今天已经不单单是一个经济问题，而是一个政治问题了，通过最近人大决议、总理讲话、国务院通知，这个问题也已从经济行为上升到了政府行为。既然如此，作为城市交通规划和建设这样重大的问题，作为解决城市交通堵塞这样的民生大事，自然应该坚决贯彻这种理念。

城市，是几十万、几百万甚至上千万人民工作和生活的场所，因此，为之服务的城市交通规划和建设必须贯彻环保和绿色的理念。第一，不能破坏原有的生态环境，即使必须做出相应变更环境的举措，也必须做到与原有的生态环境协调、融合。如建设高架，一定要使高架路如长虹出世，或似花园横空，起到美化城市天空的效果，一定要使由此而产生的噪声和污染化为乌有。城市道路，应该和以前一样，一路延伸，一路绿色，两边树木参天，车在路上行驶，如在公园中漫游。有人说这是做梦，我想未必，关键在于建设和设计的人是否有环保、绿色理念，有关部门是否舍得在这些环节上投资。世上无难事，只怕有心人。只要领导、干部、职工都有心，肯定能办得到。

节能、减排是建设环保、绿色交通的具体内容，在目前具有特别重要的意义。这是因为，我国的政府已经通过权威机构向世人做出了节能、减排的定量目标，即 2006 年初通过的《中华人民共和国国民经济和社会发展第十一个五年规划纲要》提出，2006～2010 年，单位 GDP 能耗要降低 20％左右、主要污染物排放总量减少10％的约束性指标。我国政府承诺到 2020 年单位国内生产总值二氧化碳排放要比2005 年下降 40％～45％，节能提高能效的贡献率要达到 85％以上。"'十一五'规划提出这两个约束性指标是一件十分严肃的事情，不能改变，必须坚定不移地去实现。"国务院总理温家宝在十届全国人大五次会议上作《政府工作报告》说这句话时，语气坚定，目光沉稳，赢得了人大代表们长时间的掌声。总理的话，传递出的是决心和信心。2010 年，《国务院关于进一步加大工作力度确保实现"十一五"节能减排目标的通知》说，"'十一五'节能减排指标是具有法律约束力的指标，是政府向全国人民做出的庄严承诺，是衡量落实科学发展观、加快调整产业结构、转变发展方式成效的重要标志，事关经济社会可持续发展，事关人民群众切身利益，事关我国的国际形象"。

因此，我们在解决城市交通堵塞、规划和建设城市交通的时候必须树立这样的理念。

5. 智能交通理念

智能交通是当今国际交通运输领域发展的前沿，其推动了信息、通信、控制、新能源和汽车技术在交通运输平台上的融合和集成应用，引起了交通领域各个方面的革命性变化。对以智能交通技术为代表的现代交通技术应用，可以全面提升交通运输业供给能力、运行效率安全性能和服务水平，加快交通产业升级和结构优化进程，是发达国家提供给我们的有益启示，也是我们在实践中得到的验证。未来中国智能交通发展趋势包括：在现有基础设施网络上利用信息技术和智能交通技术进行系统集成；大力推进智能交通技术在城市公共交通系统中的应用；更加关注智能化和新能源车辆技术的研发；强化智能交通技术在交通安全中的应用；充分利用通信技术的进步为发展智能交通创造机遇。

随着城市现代化进程加快，传统的交通管理方式已显得力不从心。所以，要高度重视智能交通系统的建设，换一种思路应对交通拥堵。这就是要树立智能交通的理念，利用先进的电子技术、信息技术、传感器技术和系统工程技术，对传统交通管理系统进行改造。如已研发的日立智能交通系统能够对每一个路口、高架桥、隧道、停车场等地方以智能控制，通过一系列的模拟系统分析，选择最好的模式，有效地解决城市堵塞的难题。

三、缓解城市交通堵塞的具体建议

（一）鼓励卫星城、中小城市的发展

可以通过轻轨和城铁等快速交通，引导城市向周围点状扩散，形成卫星城。每个卫星城自成一体，内部的交通流畅舒适，与主城有快速通道连接。这样的城市发展理念可以从根本上缓解大城市交通堵塞的问题。

解决"三农"问题是保证 21 世纪中叶我国基本实现现代化的关键，而解决"三农"问题绝非使农村变成城市，其正确的思路乃是通过城市化，即逐步把一些地理位置优越、处于重要交通干线上的中心城镇发展成中小城市，把大量的农民吸引到这里变成城市居民，而留在原地的少量农民通过大型化、机械化、专业化、产业化成为现代化的农作物种植大户。只有这样才能解决"三农"的问题。而要做到这样，科学地

规划和建设交通是先导和关键。现在的新农村建设必须注意这个问题。

(二) 限制政府办公大楼的离散建设

一个城市就是一个政府大楼，所有的办公机构全部设在里面。大楼内有先进的、现代化的交通设施，便于互相交流和协同。大楼和外部有通畅的快、慢车道。此举如果真能实现，必将大大减缓城市的交通堵塞。

(三) 支持企事业就近建设或购买生活集约区

未来的城市规划要支持企事业尤其是大型的企事业就近建设住宿区、生活区，把相当大一部分城市交通消化在企业和事业单位内部。

(四) 城市规划要考虑 100 年

城市规划要考虑 100 年，20 年不行，30 年也不行，50 年还短，100 年起码，200 年最好。

据了解，现在日本设计的一种房子，主骨架是固定的，可以保证 100 年没问题，而外表和内部是可以根据需要经常变化的。房子的设计尚且要考虑 100 年，城市规划考虑 100 年的要求自然也不算高。只有不懈地经过百年的累积建设，才有可能树木参天、绿荫盖地；才有可能在地下形成完善的、稳固的、便于维修管理的管道系统，形成通达全市各个角落的地铁系统，才会形成特有的城市文化和城市文明。100 年，不多也。

(五) 城市交通规划要和城市规划同步

城市规划要考虑 100 年，城市交通规划也要考虑 100 年，而且是和城市规划同步规划、同步建设、同步发展。这才符合城市交通的内涵，才能从基础上保证城市交通的流畅，也不会产生现在我国大部分城市都出现的交通堵塞的情况。

(六) 大中城市交通规划必须有轨道交通

轨道交通虽然投资大、工期长，但其效率是其他交通方式无可比拟的，而且也具有节能、减排、环保、绿色的功效。因此，大中城市必须有轨道交通，而且应尽早规划。至于何时开始建设可以因地制宜，统筹企划，但规划必须提前做好，并预留土地。

(七) 公交建设优先并覆盖整个城市

城市是大量人口聚居的地方，包括普通公交、快速公交、地铁、轻轨的公交系统不仅可以大量地输送人员，而且票价较低，理应成为城市交通的绝对主力。

而且公交带有很大的公共产品的特性，因此自然也应该是国家和政府关注并投入的重点。所以，公交建设优先是不言而喻的。

首先，资金投入优先。城市建设资金中应该有相当大的一块投入到城市公交的建设中去，政府从出卖土地资源所得收入中也应该大部分投入到这项工程中来。

其次，道路资源的分配优先。城市土地资源是有限的，不应大量地分配给高楼大厦的建设，而是要确保城市道路资源的用地，在道路资源的分配中又要优先分配给公交，并优先建设。

最后，公交建设本身一定要注意覆盖整个城市，否则居民由于换乘不便或无法到达最后的目的地而选择其他交通方式，那么其缓解城市拥堵的主力军作用将大打折扣。

覆盖整个城市的公交应该做到以下几点。

1. 线路设计要合理

首先，要覆盖全市所有地方，不能有死角。只要有居民小区的地方，只要有上下班的企事业，都应该有公交车可以到达。其次，换乘方便。覆盖全市，并不意味着每个人都可一趟车就能到达目的地，那是不合理也是不可能的。换乘不可避免，但设计要方便，不能要求"零换乘"，但应该达到"10换乘"，即从A车下来换乘B车的步行时间，一般不能超过10分钟。最后，必须考虑夜间的可到达性。第一，晚间收车不能早，最早也不能在21点前。第二，晚间通宵车的设计同样要考虑覆盖的全市性和换乘的方便性。随着夜晚的来临和逐步深沉，公交车的间隔时间可以逐步拉长，但始终不能停驶。比如，从原来的10分钟一趟改为21点后15分钟、22点后20分钟、23点后30分钟、24点后60分钟、1点后90分钟一趟；又从2点的90分钟到3点后的60分钟、4点后30分钟、5点后的20分钟、6点后15分钟、7点后到21点的10分钟一趟，始终给需要的人以希望。有些线路由于晚间客流量实在太少，可以在一定的时间后停驶，但必须保证这路车停驶后，乘客仍然可以通过晚间行驶的另一线路到达目的地，只是线路可能远一些，钱可能花得多一些而已。

2. 运行要科学

每一条线路都要有监控设施和反馈、调整环节，调度和指挥本线路有序地运行。例如，设置卡时点，负责解决车辆间隔均匀问题；设置摄像头和巡视员了解客流集疏和突发事件；准备机动车辆以便疏散个别站点人流过于集中和车辆发生故障问题等。

3. 要认真学习国际上的一些先进经验

如韩国的"四色公交车"经验。过去，韩国首都首尔的公交车拥挤不堪，人们牢骚不断。这促使政府痛下决心，对首尔交通体系进行改革。从2004年7月1日起，四色（红、黄、蓝、绿）交通系统正式开始实行：红色公交车的目的地一般是首尔郊区，人们如果要到郊外去旅游，大都乘坐红色公交车；黄色公交车通往城市的中心地区，由于是在人口密度较大的市中心行驶，黄色公交车是人气最旺盛的汽车，它们的号码也很好记忆，只有两位数；蓝色公交车是运行在首尔城市主干道上的汽车；而绿色公交车又叫支线公共汽车，主要运行在首尔市的支线道路上，它们的任务就是把乘客送往换乘地点，如各个地铁站。自从公交车变成四种颜色之后，交通秩序有了很大的改观。乘坐公交车的乘客越来越多，无形中减轻了私人驾车对城市交通造成的负担，缓解了首尔的交通堵塞问题。又如日本公交车人性化的设计。东京的最主要公共交通工具电车（轻轨）、地铁四通八达，密如蛛网，初来乍到者真有找不着北的感觉。但是，东京各路电车、地铁都是以颜色来区分的，只要你跟着"颜色"走，准能找到你要乘或者换乘的电车、地铁的站台。还有许多客流量大的公共设施也都是用颜色引导的，在楼道里的地面上就画有红、绿、黄等各种颜色的线条，你只要顺着线条走就行，不需要东问西问。而有些标示牌和示意图是不需要跟着走的，像站台内的过往车辆时间表，细致到各个时间段有几辆过往车、几分抵达、间隔多少、工作日和休息日分别是一种什么情况等，这些都有助于你出行的计划性。在日本各种公共场所的时钟都是精准的，电车、地铁基本上是准时准点运行。如果有一天偶然电车或地铁发生了什么事故，影响了你的行程，你可能在出站时会得到这样的一张纸条，上面写着致歉的话，并告知是因为交通方面的原因耽误了你的行程。而这小小的纸条就是一个凭证，成千上万的人不必为解释为何迟到而费神，只要将这个小纸条交给老板或上司就行了。

4. 常听意见，常动"小手术"改善微循环

在一些道路拥堵的结点，只要做一个"小手术"，就能有效缓解交通拥堵状况。这种办法花费不多，却能起到立竿见影的效果，在短期内能有效缓解部分路段的拥堵状况。比如，有的路的交叉口是一个大拐角，车辆必须拐大弯，导致路口经常发生拥堵，但只要在这个位置稍微动点手术，把锐角改成钝角就会使交通通畅。又如很多路口不允许左转，造成大量左转车的不便，其实只要去掉局部花坛，增加一个左行车道就可解决。这样的微循环不畅的问题在每个城市都普遍存在，只要设立一种渠道，经常听听群众的呼声和好建议，及时发现，再由政府出面会同有关方面协调，群策全力，很快就会逐个解决，使得城市交通得到大的改善。

（八）综合运用各种交通方式并联网

前面已述城市的交通方式有很多种，常见的有高架、地铁、轻轨、普通公交（又分汽车、电车）、快速公交等，而且每一种交通方式都在一定的环境里存在合理性。如果用科学发展观统领城市的交通，就应该因地制宜地使用和发展每种交通方式，使它们之间构成一种融合、和谐的关联关系，协同完成每一项运输行为，达到高效、节能、减排、舒适的目的。

最近我从北京机场到城区，乘坐快轨，有一种感觉非常好，那就是这条轨道交通的建设和使用非常灵活，一会儿在地面，一会儿又转到地下，到达东直门后和北京的地铁网衔接。它的建成和运行反映了北京解决城市交通堵塞观念的一个重大转变，我相信，循着这个思路发展，再过一些时间，北京的城市交通堵塞问题一定会得到比较好的解决。

这里的关键是两点：第一，是各种运输方式综合运用，不把解决城市交通堵塞的"宝"押在一种或几种运输方式上；第二，是不管采用那种运输方式，都要求联网，不仅是这种运输方式的联网，还要求几种运输方式之间的联网。网络的最大贡献在于能够起到 $1+1>2$ 的功效。

还有一个问题需要明晰，那就是人力车也是一种交通方式。最近几年，有不少城市把自行车道甚至把摩托车道都挤到了人行道上，这是一个方向性的错误。自行车不仅不能取消，还要积极提倡，因为它符合节能、减排、环保、绿色的世界潮流。最近，我在杭州工作，发现在美丽的杭州城有几个城市交通亮点。第一，是到处可见红色的自行车租车点，人们依据一定的手续就可以在每一个租车点自动租车和还车，只要时间不超过一个小时就免费。在这里不仅保护和发展了自行车交通，而且也联成网络，可谓世界先进水平。第二，是在每一个路口的自行车道停车线上，都建有棚子，使得骑自行车的人在这里等候红绿灯转换时不受阳光暴晒、雨水淋冲之苦。这一个个小棚，不仅体现了城市交通的人性化管理，还表明了对自行车这种交通方式的肯定和支持。第三，是在杭州城区内，在斑马线上行走的行人是得到绝对尊重的，哪怕汽车在正常的绿灯穿越时若看见有行人欲过斑马线，也会主动停车并示意行人先过。有很多路口的电子显示屏上也常打出"车让人"的文字，这在国际上也许不算什么新鲜的事，但在国内，绝对是首屈一指的。

（九）高架、轻轨、快速公交集约建设

这个想法的形成有一个过程。2008 年秋冬我去上海参加一个专家咨询会，住在轻轨金沙江站附近，在所住宾馆的北窗俯视，只见轻轨和高架平行架设，轻轨在南，高架在北，两者相距约 200 米。于是一个遐想油然而生：为何不把这两者集约建设呢？ 2009 年夏天我到厦门调研，考察了厦门的快速公交。厦门的快速公交确实是快，因为它是走高架桥的，与一般的快速公交相比，完全没有了红绿灯之制约。但是，问题也随之而来，厦门没有了一般的公交，大量的汽车行驶在一般的地面交通上。也就是说，厦门快速公交的"快"是建立在牺牲几十倍于它数量的汽车的"不快"的基础上的。

　　城市的空间资源本来就是非常有限的，为了尽可能地做到环保、生态，高架、轻轨的架空建设尽可能要适度，不要过度影响城市空间的生态，这是其一；建设高架和轻轨都需要一个相当长的时间，这段时间往往会给城市交通和人民生活带来极大的不便和"痛苦"，这是其二。因此，如果能把高架和轻轨同步规划和设计，并且同步集约建设，将极大地减少上述两点给城市带来的问题，不仅可有效地减少对城市空间带来的不利影响，而且可大幅度地降低财力、人力、物力和能源的损耗，减少二氧化碳的排放，实为一举多得之创新举措。笔者进一步联想：通过精心设计，还可把快速公交再集约进来。如高架的中间是一个上下层结构的箱体，其上层是快速公交，下层是轻轨，这两者的车站可以共享；箱体的两侧是行驶中、小型车的高架上下行车道。这样的设计国际上恐怕也还没有，也算是笔者的一个大胆设想吧，具体见图1。

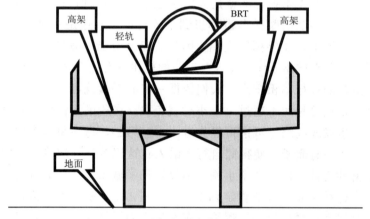

图1　设想图

（十）注意保护自行车和步行通道

　　随着城市的发展和汽车的增加，全国各城市汽车挤占自行车道、自行车和摩托车又挤占人行通道的情况不断发生，还有愈演愈烈之势。所以，必须大声呼吁：保护自行车道和步行通道！

　　首先，要提高认识，把自行车和步行作为城市交通的一种交通方式来认识和看待。既然是城市交通方式的一种，它就理应得到相应的待遇。所以，我们这里说的是保护，而不是乞求，保护者有理，破坏者违规。

　　其次，要采取切实的措施。作为一种临时性的应急措施，挤占一段时间自行车道和步行通道尚可理解，作为一种长期的通行规定，就是不能容忍的了。所以，凡是出现挤占自行车道和步行通道的城市都应该迅速建设高架，让大量的汽车通过高架行驶，减少地面车道的占有量，进而恢复自行车和步行通道。

（十一）处理好城市管理中一些与交通堵塞密切相关的事项

1. 立交

与高架桥、轻轨、地铁等相比，立交桥投资省、建造周期短，而且其作用也不可忽视。我曾经观察和分析过南京市的交通，它的立交桥运用得很好，所以虽然道路不是很宽，但总体上说来，车流比较通畅。南京市立交桥能起到这么好的作用，主要得益于它的系统设计。虽然立交桥也是一个一个建设的，但是在建设之先，每个立交桥的功能，这个立交桥和那个立交桥之间的联动作用，都已经作了周详的考虑，所以，经过一个阶段立交桥建设的积累，就好像是在南京市建设了一个准高架桥网络，自然大大有利于减轻城市交通堵塞了。

根据我国城市发展的实际情况，在相当长一段时间内，以建设立交桥来解决城市平面交口太多的问题，恐怕还是主流。因此，对立交桥的建设一定要通盘考虑，要结合城市规划，结合城市交通长远规划（具体讲就是结合轻轨、地铁、高架桥的建设规划）来设计和布局，起到画龙点睛、四两拨千斤的作用。

2. 停车场

国家规定停车场用地总面积按规划人口的每人 0.8 平方米至 1 平方米设计。一座写字楼每 100 平方米的建筑面积配备机动车位的指标是 0.5 个，娱乐性质建筑的指标是 1.5～2 个，餐饮性质的指标是 2.5 个，但房地产商为了节省建停车场的成本，尽量扩大营业面积，往往不按规定建设停车场。所以，大部分城市都存在停车场太少的问题，造成车辆挤占马路，从而进一步加剧了交通堵塞。建议采取切实措施，大力扶持建设地下的、立体的、多层的、旋转式的、智能管理的停车场。对大商场、大酒店和大的娱乐场所，要强制性建设停车场，没有一定规模的停车场不批准建设和营业。同时，引进现代化的管理手段，加强对各类停车设施的管理，尽可能提高每个停车泊位的周转率。

3. 道路的随意挖掘

现在市区的道路重复修、重复掘的问题十分严重，群众都戏称为"拉链"，一条道路常常是刚刚修复又被掘开，影响真的极坏。分析原因，首先是领导的系统观念薄弱，其次是各部门各自为政。

解决办法，一方面需要有个综合部门主持协调和管理，另一方面就是实施"共同管道"工程。"共同管道"工程是指将两种以上管线和预测未来需要的管线一起共同置于一个结构体内的工程。该工程的建设、使用和管理都是通过一定的法规来运作，从而达到不需再挖道路之目的。在欧美等发达国家和地区，"共同管道"的建设几乎与现代化都市同步建设。例如，法国巴黎下水道系统 1833 年建设，英国伦敦地铁之"共同管道"1861 年建设，德国汉堡"共同管道"建于 1890 年，日本则于 1923 年东京大地震后开始建设。近年来建造的有俄罗斯莫斯科绿城"共同管道"、红场"共同管道",法国里昂码头"共同管道"、巴黎塞纳河畔新区"共同管道",英国狗岛、伦敦巴比肯新社区"共同管道",日本东京临海副都心、横滨 MM21"共同管道",中国台湾的"共同管道"工程也已有 10 多年的历史……各项资料显示,世界各国或地区对"共同管道"之建设都极为重视。

在处理这个问题时还有一点要注意,就是有的单位掘路面积虽然很小,但是在交通要害之处,造成的影响甚至超过大面积开挖。建议在控制掘路总量的同时,更要控制"开掘点",对一些不经批准、违规违章开掘、破坏路面的单位和个人,要予以严厉制裁。

4. 道路的维修和保养

城市交通设施尤其是道路的建设、维修、养护,有两个问题必须解决。

第一,维修要及时,而且是道路发现损坏立即维修。路面的损坏都是从一个小地方开始的,由于没有及时维修,这个小地方的损坏就会导致大的损坏,而且损坏越大,汽车的颠簸越厉害,造成的损坏更严重,如此恶性循环,弄得道路损坏厉害,群众怨声载道,还容易诱发交通事故,再维修时就必须停止交通,造成交通堵塞。

第二,道路的维修要基本不影响交通。往往有这样的情况,当一个工程或一条道路维修好了,因维修这条道路而增加了负担的那条路又坏了。为此,建议成立现代化的维修小分队。这种小分队,人员精干,设备先进,可以称之为"道路维修 110"。一接到哪里道路损坏,可立即赶赴现场抢修,而且大都是利用深夜突击抢修;由于故障比较少,维修设备又先进,往往很快就能修好。表面上看,组织小分队,需要一定的投资,实际上与动辄就对马路进行大修的投资相比较,这样的开支要少得多。而且由于得到及时维修,所造成的全社会的社会经济效益是很大的。上海很多过街天桥、道路的维修及养护都是采用这种方法,而且在凌晨 0~5 点这个时间段里进行。

(十二)让智能交通普及于城市交通

应该大力发挥"智能交通"在缓解城市交通堵塞中的主流作用。

"智能交通"一个常见的用处就是对交通信号灯的控制。比如,可以感应路口排队车辆的数量,对红绿信号灯进行自动适时调整。当南北方向等候的车辆较少、东西方向的车辆较多,"智能交通"系统可以自动缩短南北方向绿灯的时间,延长东西方向绿灯的时间。

"智能交通"的另一个突出作用是实施"虚拟交通"。"虚拟经济"是党的"十六"大后出现的一个新名词,其中有一个意思指的是用计算机模拟经济活动。为了保证城市交通建设的科学性、可行性,解决城市交通堵塞的问题,也有必要实施"虚拟交通",这其实也是智能交通在缓堵城市交通中的应用。建议各城市尤其是大城市拨出专款,运用高科技手段,制作"城市交通模型"。以后,对每一个事关交通的规划、项目、工程都要输入该模型，先进行城市交通的动态模拟，以便预先发现问题，及时加以解决。出现严重城市交通堵塞时也可迅速把拟解决的方案输入模型，事先预测解决的效果，以求得到最佳解决。

我们应该尽快学习、引进、消化发达国家用智能交通解决城市交通堵塞的先进经验和办法。例如，早在 1999 年春天，丹麦的 13 个城市和 22 个区的 149 个城市公共汽车站，就先后安装了先进的车站管理系统，采用射频识别标签技术，专门管理每天超过 800 多班次的公共汽车进出。又如，丹麦的瓦埃勒公交汽车站位于市中心，四周是城市建筑和居民社区，车站场地十分狭窄，极易造成交通拥堵。但这个站在候车大厅、车站内咖啡馆、小饭馆的墙壁上等处都设有电子信息牌，方便乘客获取各条线路公共汽车到站和离站的时间等信息。车站内特别设有专门为盲人乘客服务的连续发出信号的盲文电子信息牌，盲人闻声前去触摸就可以知道自己所乘车次的交通信息，按动信息牌上突出的按钮，扬声器便会发出语音提示，从而避免了乘客误点、乘错车现象或因四处走动造成慌乱，这在很大程度上减轻了人员密度高的场地给人带来的不舒适的感觉。

向低碳转型：中国现代化发展的新主题

梁本凡　李河新

全球低碳城市联合研究中心

一、中国经济发展与碳排放增长

能源消费是经济增长的动力，是碳排放的主要的来源。美国橡树岭国家实验室研究数据表明，1952～2007 年，因化石能源消费，中国的碳排放总量增加了 51 倍。

由图 1 可见，中国的经济增长、能源消费和碳排放总量之间，呈现出一个指数型耦合相关关系，三条曲线处于高度重合或平行状态。这表明，中国的经济增长、能源消费增长和碳排放增长倍数之间的变动与发展，基本上是同步的。

影响我国碳排放增长的主要因素有经济增长速度、能源消费结构、能源碳排放系数和单位 GDP 产出的能源投入强度等。

例如，图 2 中的第 3 项与第 6 项（energy/GDP），是生产单位 GDP 的能源强度指标，这个指标，客观上是对产业结构、生产技术的描述。技术进步、结构转型与优化必然减低能源强度。第 4 项（GHG/energy），是单位能源消耗的温室气体排放量，称

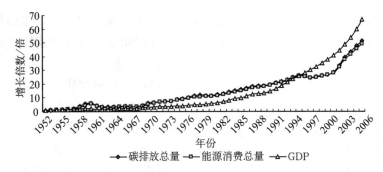

图1 中国碳排放、能源消费与 GDP 增长过程变化（1952～2007 年）

注：1952 年不变价，数据由全球低碳城市联合研究中心朱守先博士计算与提供

为排放因子或排放系数，与产业结构无关，但与能源结构和能源中的碳含量有关。新能源占一次能源的比重、综合能源的排放因子，是影响低碳发展的重要因素。

$$\frac{\underset{1}{\text{GHG emissions}}}{\text{population}}$$

$$=\left(\underset{2}{\frac{\text{GDP}}{\text{population}}}\right)\times\left(\underset{3}{\frac{\text{energy}}{\text{GDP}}}\right)\times\left(\underset{4}{\frac{\text{GHG}}{\text{energy}}}\right)$$

$$=\left(\underset{5}{\frac{\text{GHG}}{\text{population}}}\right)\times\left(\underset{6}{\frac{\text{energy}}{\text{GDP}}}\right)\times\left(\underset{7}{\frac{\text{GDP}}{\text{energy}}}\right)$$

$$=\left(\underset{8}{\frac{\text{GDP}}{\text{energy}}}\right)\times\left(\underset{9}{\frac{\text{energy}}{\text{population}}}\right)\times\left(\underset{10}{\frac{\text{GHG}}{\text{GDP}}}\right)$$

图2 影响碳排放的主要因素分解

1952 年，我国煤炭消费的比重超过了 90%，到 2009 年，总能源消费中煤炭的消费总量仍占 69.9%。由于煤炭的碳排放系数高（表1），所以，以煤炭消费为主的能源消费结构，决定了我国单位能源消费具有高碳排放特征。2006 年，我国综合能源需求为 24.627 亿吨标准煤，二氧化碳排放量为 53 亿吨[1]，综合能源二氧化碳排放系数为 2.152，碳排放系数为 0.5869。

表 1 我国化石能源排放系数

项目	吨标准煤/吨碳	吨标准煤/吨二氧化碳
煤炭排放系数	0.7476	2.7412
石油排放系数	0.5825	2.1358
天然气排放系数	0.4435	1.6262

我国单位 GDP 产出的能源投入强度近年来有很大的改善，但是与发达国家相比，仍有很大距离。经济的高速增长，是决定中国碳排放高增长的另一个重要因

---

[1] 中国城市科学研究会主编．中国低碳生态城市发展战略．北京：中国城市出版社，2009：19，20．这个数据与美国等机构提供的数据差别较大

素。在单位 GDP 产出所需的能耗基本不变的情况下，碳排放高增长与经济的高速增长，呈正相关关系。1952～2007 年，我国能源消费总量和经济总量分别增长了 49 倍和 67 倍，相应地，中国的碳排放总量增加了 51 倍。

李善同等在假定 2010～2050 年我国全要素生产率从 3％降到 2％，能源利用效率每年提高 2.5％～3％等条件下，设定基准情景，对我国未来能源消费需求与碳排放作了系统的分析与预测。

从表 2 可见，虽然我国单位 GDP 能源消耗处于迅速改善状态，能源结构也越来越变得低碳，但由于人口增长与人均 GDP 的增长，我国能源消费总量在 2045 年以前，一直将保持增长。由此而导致的碳排放总量在 2045 年以前也一直处于增长状态，2010 年，人均二氧化碳排放为 5.09 吨，到 2045 年，人均二氧化碳排放将达到 8.98 吨。

表 2　基准情景下我国未来能源消费需求与碳排放增长

年份	2010	2015	2020	2025	2030	2035	2040	2045	2050
人口/万人	134 659	138 606	141 841	144 773	146 211	146 724	146 768	146 123	144 639
人均 GDP/元	22 679	33 752	46 620	61 313	78 664	98 646	119 633	144 018	172 061
能源消费总量/亿吨标准煤	31.93	40.96	47.80	54.08	59.10	62.80	64.42	65.06	64.40
单位 GDP 能源消耗/（吨标准煤/万元）	1.105	0.847	0.698	0.586	0.492	0.413	0.347	0.290	0.241
碳排放总量/亿吨	18.68	23.76	27.49	30.83	33.39	35.17	35.75	35.78	35.10
人均碳排放/吨	1.39	1.71	1.94	2.13	2.28	2.40	2.44	2.45	2.43
人均 CO_2 排放/吨	5.09	6.28	7.11	7.81	8.37	8.79	8.93	8.98	8.90
碳排放系数	0.585	0.580	0.575	0.570	0.565	0.560	0.555	0.550	0.545

注：碳排放系数，笔者参照 2006 年我国碳排放系数拟定；碳排放总量、人均碳排放和人均二氧化碳排放，由笔者计算得出

资料来源：中国城市科学研究会主编．中国低碳生态城市发展战略．北京：中国城市出版社，2009：180，181

二、中国碳排放强度的区域分布特征

2006 年，中国的人均二氧化碳排放为 4.05 吨[①]。2007 年中国的人均二氧化碳排放为 4.99 吨，比世界的平均水平高出 0.29 吨[②]。中国区域的碳排放强度分布，具有以下区域特征：

全国人均二氧化碳排放水平，呈一带两区分布格局，见图 3。

---

① 中国城市科学研究会主编．中国低碳生态城市发展战略．北京：中国城市出版社，2009：16

② 美国数据由全球低碳城市联合研究中心朱守先博士计算提供

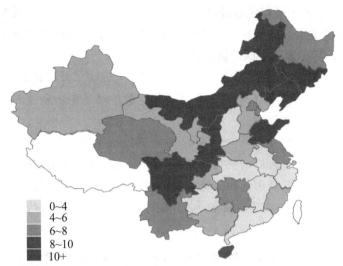

图 3   全国区域人均二氧化碳排放量（2007 年）（单位：吨二氧化碳/人）
注：数据由全球低碳城市联合研究中心朱守先博士计算与提供。此为工作简图，中国所属南海诸岛
被省略，余同

西部地区，为中碳排放区，人均二氧化碳排放为 4～8 吨，围绕全国人均二氧化碳排放水平上下变动，范围包括青海、宁夏、甘肃、新疆等省（自治区）。

中部地区，为高碳排放区，人均二氧化碳排放在 10 吨以上，范围包括四川、内蒙古、辽宁和吉林等省（自治区）。

东部地区，为高低碳交错排放区，人均二氧化碳排放为 0～10 吨。范围包括上海、浙江、福建、海南、广东、广西、河北、山西、河南、安徽、江苏、重庆、湖北、湖南、云南、四川、黑龙江、山东等省（自治区、直辖市）。

全国万元 GDP 的二氧化碳排放水平，西北高东南低，呈带状梯度分布格局，见图 4。东南沿海地带，为低碳排放区，万元 GDP 二氧化碳排放为 0～2.5 吨。范围包括上海、浙江、福建、海南、广东、广西等省（自治区、直辖市）。

中部地带，为中碳排放区，万元 GDP 排放为 2～4 吨。范围包括河北、山西、河南、安徽、江苏、重庆、湖北、湖南、云南、四川、黑龙江、吉林、辽宁、青海等省（自治区、直辖市）。

京津与黔冀是中部地带的特例。其中，京津万元 GDP 二氧化碳排放为 0～2.5 吨，而黔冀万元 GDP 二氧化碳排放在 4 吨以上。

北部地带，为高碳排放区，万元 GDP 二氧化碳排放在 4 吨以上，范围包括宁夏、甘肃、新疆、陕西、内蒙古等省（自治区）。

主要受人均 GDP 不同的影响，单位 GDP 的碳排放水平与人均碳排放水平存在一定的空间差别。如贵州，人均 GDP 水平低，所以万元 GDP 的二氧化碳排放水平高。

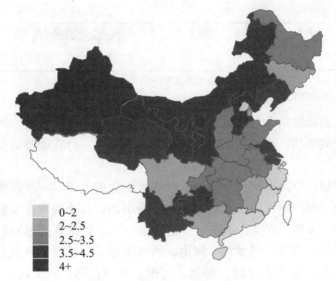

图 4　全国区域碳强度示意图（2007 年）（单位：吨 CO_2/万元 GDP）

注：数据由全球低碳城市联合研究中心朱守先博士计算与提供。此为工作简图，中国所属南海诸岛被省略

三、中国各地低碳减排压力状况

与"G8＋5"国家和世界平均水平相比，中国碳生产率属于较低水平，2007年中国碳生产率仅为世界平均水平的 28％、法国的 6.8％。由于以煤炭为主的能源消费结构，中国的碳能源排放系数较高。在"G8＋5"国家中，2007 年中国的碳能源排放系数仅低于印度，比世界平均水平高出 0.73 吨 CO_2/吨标准油，见表 3。中国低碳减排压力，来自于中国我国碳排放总量，在 2010 年已超过美国，位居世界第一；我国的人均碳排放水平，达到 1.39 吨，超过世界平均水平。

表 3　"G8＋5" 碳排放指标比较（2007 年）

国家	人均碳排放/（吨碳/人）	碳生产率/（万美元/吨碳）	碳能源排放系数/（吨碳/吨标准油）
中国	1.36	0.18	0.967
美国	5.25	0.87	0.671
加拿大	4.38	0.91	0.449
墨西哥	1.15	0.74	0.781
巴西	0.5	1.36	0.443
法国	1.59	2.63	0.385
德国	2.54	1.58	0.674
意大利	2.03	1.75	0.674
俄罗斯	3.05	0.29	0.624
英国	2.37	1.88	0.67
印度	0.38	0.27	1.062
日本	2.64	1.29	0.651

国家	人均碳排放/（吨碳/人）	碳生产率/（万美元/吨碳）	碳能源排放系数/（吨碳/吨标准油）
南非	2.48	0.23	0.926
世界平均	1.28	0.64	0.763

资料来源：http://cdiac.ornl.gov/；BP 世界能源统计（2008）；国际统计年鉴（2009）。由全球低碳城市联合研究中心朱守先博士计算与提供

中国各地碳减排压力，取决于各地碳预算亏损与盈余的程度。碳预算亏损地区，存在碳排放负债，减排压力大；碳预算盈余地区，存在碳排放空间，减排压力小。

由图 5 可知，全国碳预算亏损与盈余的省份分四大类：一是碳预算大幅亏损地，主要是山西与内蒙古两个重要煤炭资源输出地；二是碳预算小幅亏损地，包括上海、辽宁、天津、河北、山东、宁夏等地；三是碳预算接近亏损地，包括北京、新疆、青海、吉林、黑龙江、海南、浙江等地；四是碳预算盈余地，包括甘肃、陕西、江苏、重庆、福建、湖北、云南、江西、河南、广西、安徽、湖南、广东、四川等地。

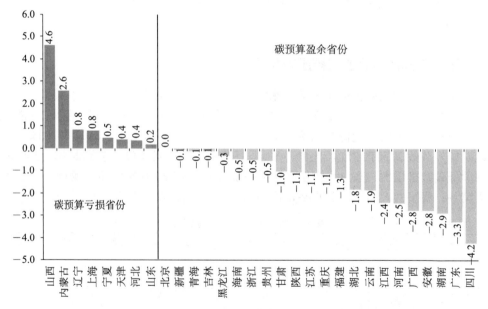

图 5 2007 年中国碳预算盈余和亏损省（自治区、直辖市）

注：计算方法是假定经济年平均增长速度为 9.89%，碳排放强度下降 40%，由全球低碳城市联合研究中心朱守先博士计算与提供。西藏自治区等地因缺数据而被省略

四、中国低碳发展情势与问题

2009 年 11 月 2 日，国务院总理温家宝在与欧盟委员会主席巴罗佐通电话时表

示，哥本哈根会议成功的关键，是要坚持《联合国气候变化框架公约》及《京都议定书》，坚持发达国家与发展中国家"共同但有区别的责任"。

但是，以丹麦为首的西方国家却不愿意这样做。它们不仅不理中国政府的建议，而且脱离巴厘路线图，在气候峰会上，背着中国与众多发展中国家，抛出所谓丹麦议案，置中国于不义，置发展中国家于不利。

我国代表团在温家宝总理的领导下，联合与团结印度等发展中国家，采取了针锋相对的措施，勇敢地与西方国家集团进行博弈，抛出了新方案，挫败了对方的阴谋。

最终，哥本哈根世界气候峰会以我国主导的气候方案取代丹麦等发达国家方案而结束会议，赢得了谈判的主动权，赢得了尊严，赢得了发展中国家的广泛赞誉，赢得了全国人民的广泛支持。由此，引爆 2010 年中国低碳热。

1. "两会"热议低碳经济

全国人大与全国政协在"两会"期间，收到了大量有关如何落实我国减排承诺的低碳经济议案。九三学社中央有"关于推动我国经济社会低碳发展的建议"，民盟中央有建议适时开征碳税的提案。到 3 月 9 日，全国人大常委会委员长吴邦国做《全国人大常委会工作报告》时，"两会"热议中国低碳经济达到高潮。该报告全面总结了全国人大常委会 2009 年积极推动应对气候变化工作，进一步阐明了发展低碳经济的重要意义。在全国政协十一届三次会议新闻发布会上，新闻发言人在回答记者提问时表示，"低碳经济"这个词是这一届政协委员提案当中的关键词。

大多数"两会"代表已经意识到：气候变化是全人类面临的重大挑战，需要国际社会合作应对。加大应对气候变化工作力度，是我们推动科学发展、提高可持续发展能力的内在要求。在以低碳技术和产品为核心的新一轮国家竞争力角逐中，谁领先一步，谁将引领世界经济发展潮流，并成为国际市场的最大赢家。作为最大的发展中国家和碳排放大国，中国的选择不仅决定着未来自身核心竞争力的发展前景，也决定着世界的未来。

我国正处于加速工业化、城市化进程中，对资源尤其是能源矿产资源的消耗仍有较大增长需求，资源供给与经济发展需要间的矛盾会越来越突出，环境保护和应对全球气候变化的压力也会越来越大。要实现我国社会经济的各项发展目标，解决目前存在的环境和发展矛盾，走低碳经济发展道路是最佳选择。

2. 民间低碳活动风起云涌

"两会"以后，我国民间低碳活动风起云涌。其中，影响面较大的主要活动类型有以下几种。

（1）创立"低碳联盟"

武汉首批 54 家企业签订"低碳联盟"，共同倡导生产加工与产品质量以低碳为准绳，做"绿色低碳企业"。"绿色低碳企业"需要满足以下几个条件：主要产品服务质量水平高，组织质量保证能力高，绿色环境管理与绿色能源利用水平高，社会权益保护、节能减排指标好。

（2）低碳企业培育

武汉市质量技术监督局汉阳分局成立了低碳专家组，帮助企业建设质量管理体系，实现节能降耗增效。为低碳企业培育、邀请技术含量高的中关村节能公司，为武汉企业设计、组织与实施低碳方案。

（3）主办低碳论坛

大自然地板（中国）有限公司等企业创办"零碳联盟"，在上海世博园零碳馆主办"零碳在中国"领袖论坛。通过购买碳汇及种树等形式，大自然地板（中国）有限公司成为国内制造行业首家"零碳"企业。

（4）签订自愿节能减排协议

江西共青城开放开发区管委会及所属企业向九江市政府签署自愿节能减排协议，承诺模范遵守国家节能减排的相关法律法规，积极参与节能减排工作，并计划于 2010 年底前淘汰辖区内现有的高能耗、高污染企业。以 2009 年为基准，到 2010 年 12 月，规模以上工业增加值能耗实现下降 6%，万元 GDP 能耗降低到 0.275 吨标准煤；到 2012 年 12 月，规模以上工业增加值能耗实现下降 12%，万元 GDP 能耗降低到 0.255 吨标准煤。

综上所述，自哥本哈根会议以后，国家、政府、企业、民间组织广泛参与到低碳经济中来，节能减排更深入地渗透到了人们的日常生活之中。2010 年可以称为中国低碳经济年。

3. 城市低碳发展已经起步

城市是国家与区域的政治、经济与文化中心。在国家与区域经济向低碳转型过程中，城市起着非常重要的作用。中国是碳排放大国，而中国城市是低碳减排的主力军。因此，城市低碳发展，具有十分重要的意义。

我国城市低碳发展正呈星星之火，可以燎原之势。地方城市政府是低碳发展的坚定支持者与推动者，但各地的做法各有不同特点。这里仅选一些有代表性的做法进行介绍。

（1）西宁：环境工程引领低碳经济

西宁以环境工程引导低碳经济发展。开展了"煤烟型锅炉综合整治"、"违法排污企业整治，保障群众健康"等环保专项行动，完成了 29 千米长的南川河、湟水河治理，修建了近 10 千米长的滨河游园，形成了近 200 万平方米的水面，增加绿化面积近 100 万平方米。新建了湟水森林公园、鲁青公园、南凉虎台遗址公园、浦宁友好公园和青藏高原野生动物园。青海洁神环境能源产业有限公司开发餐厨垃圾与"地沟油"回收利用项目。从 2008 年 6 月开始，每天集中处理全市近 3000 家餐饮企业每天产生的餐厨垃圾 100 余吨、废弃油脂约 3 吨，树立了餐厨垃圾变废

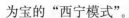

为宝的"西宁模式"。

（2）中山：打造新能源产业基地

中山市将培育和发展新能源产业，把新能源产业打造成中山市具有核心竞争力的优势支柱产业，将中山建设成为广东省新能源产业基地、全国新能源产业示范基地。目前中山市已编制出《中山市加快新能源产业发展的若干政策规定》和《中山市新能源产业发展指导目录（2010年版）》。中山市人民政府与广东省发展和改革委员会还联合主办中山市新能源产业发展论坛，宣传推介中山市新能源产业的发展规划和政策措施。

（3）重庆：建造节能低碳楼宇

重庆市渝中区政府与西门子签订了建筑节能合作谅解备忘录，双方将积极探索利用西门子领先的节能楼宇技术和解决方案，推进渝中区的节能减排工作，把渝中区打造成重庆市"低碳经济"的示范窗口。

（4）随州：建筑倡导绿色节能

随州市城市建筑倡导绿色节能，大力推广新型材料的应用，走"低碳经济"之路。主要行动有三项：一是自2006年以来，重拳打击黏土砖厂。截至2009年年底，该市城市规划区范围内已关闭黏土砖厂5家，推广使用新型墙体材料砖12亿标块，节约土地1980亩，节约标准煤7.44万吨，减少二氧化硫排放1711吨。二是推广使用太阳能光热系统提供热水。市烟草公司综合楼顶，面积达125平方米的太阳能光热系统已经安装完毕，并配备了空气能热泵系统，在连日阴雨天和冬天阳光不够强烈时提供热水，一年平均有10个月不需要其他能源，节能率达70%以上。三是申报省级建筑节能示范工程。目前在建的长盛大厦，按照节能65%的标准设计，采用太阳能光热光电系统、雨水回收系统、空气能系统等国内先进的建筑节能技术，每天可提供35吨生活热水。

（5）成都：打造"零碳成都"品牌

成都正在实施打造"零碳成都"城市品牌工程，发展低碳经济既做减法又做加法。"做减法"就是让经济运行的各个环节、各个企业节能减排，实现低碳化；"做加法"就是要加强新能源、可再生能源等非碳基能源的开发、研发，培育以低碳排放为特征的新的经济增长点。虽然理论上"零碳成都"欠科学，实践上"零碳成都"目标难以实现，但是，作为一种愿景，还是十分美好的。

（6）镇江：打造太阳能产业基地

镇江规划做大做强薄膜太阳能产业，打造中国建材光伏产业基地。目前，中国建筑材料集团有限公司与镇江实行战略合作，计划用三年左右时间，在镇江开发建设1万平方米以上的新型太阳能房屋，形成全国最大的薄膜太阳能电池组件和TCO玻璃生产能力，设立太阳能应用研究院，从源头开始，把整个薄膜太阳能产业链完全打通，用最低的成本做出最好的产品，建设新能源应用研究基地。

(7) 金华：设立异地开发区

金华市在当地经济开发区内划出一片土地，设立异地开发区，给地处上游区域经济欠发达的磐安县开发，所得税收等收益均归磐安县。在异地开发区内，金华市委市政府充分授予磐安县县级经济管理权限，分期给予磐安县开发空间，由磐安县人民政府组建开发区管委会，独立行使园区内的县级经济管理权。园区内的建设管理也由磐安县开发区管委会自主实施。但园区总体规划、税收等经济政策，要与金华市区接轨，避免不协调和不公平竞争。土地征用由金华市开发区统一组织实施。

2009 年，金华异地开发区内企业为磐安县创造了 1 亿多元的税收，提供了 1 万余个就业岗位，区内企业的员工多数是磐安人。同时，磐安县原来乡乡镇镇办工业，境内生态环境处处受威胁的局面，得到极大改善。目前，磐安县已成为"国家级生态示范区"，森林覆盖率达 75.4%，98% 的河道水质保持在 I 类标准，空气质量常年保持在国家 I 级标准。

(8) 延安：试点"太阳能屋顶"建设

为发展低碳经济，延安市政府出台了《延安市民用建筑节能管理办法》，推广建筑节能技术，扶持太阳能技术的开发与推广。从 2010 年起，延安新建建筑施工图须审查备案、从材料的购买到安装完成都将有专门部门进行检测。不但要采用供热分户计量、按量收费，而且还将大力实施"太阳能屋顶"计划。延安规划局综合办公楼的太阳能光伏发电项目，是全省第一个"太阳能屋顶"试点工程，计划一次性投资 735.56 万元，年限内维护费 90 万元，寿命 25 年，建成之后年发电量约为 232 449 度，相当于标准煤 83.68 吨的发电量，从而可以减少二氧化碳排量约 220 吨。延安市的国家机关、学校、宾馆、医院等公共建筑，也将成为太阳能光热光电技术的首批推广对象。全市城镇区域内新建 12 层及以下住宅和新建改建的宾馆、酒店、医院、公共浴室、商住楼等有热水需求的公共建筑，统一设计和安装太阳能热水系统。

(9) 潍坊：打造新能源产业发展基地

潍坊积极推进新能源产业发展，打造胶东半岛太阳能、风能、生物质能、地热能等新能源生产基地。电源结构已从单一煤电，向风电、太阳能、生物质能发电并举的方向发展。自 2009 年初，昌邑、滨海、安丘等风电场并网发电，同时昌邑生物质发电项目和沼气发电项目等也并网发电。装机容量为 22.4 万千瓦，年底达到 48 万千瓦，年可发电 12 亿度，节约标准煤 37 万吨，减少二氧化碳排放量百万吨。

(10) 深圳：投放"减排节能"电动车

电动出租车投放市场，标志着深圳在全国率先进入电动汽车元年，也标志着我国出租车开始进入电动车时代。深圳比亚迪自主研发的 E6 纯电动车采用了"绿

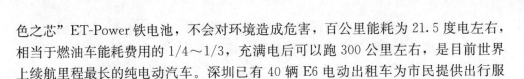

色之芯"ET-Power 铁电池,不会对环境造成危害,百公里能耗为 21.5 度电左右,相当于燃油车能耗费用的 1/4~1/3,充满电后可以跑 300 公里左右,是目前世界上续航里程最长的纯电动汽车。深圳已有 40 辆 E6 电动出租车为市民提供出行服务,是全球首个正式运营电动出租车的城市。

(11)天津:发展集中供热,贷款节能减排

近年来天津不断优化投资结构,积极协助符合条件的天津市企业争取国外优惠贷款,加大对节能减排、环境保护、社会事业等领域的投入。天津将利用法国开发署 4000 万欧元贷款建设大任庄项目,总投资 7.6 亿元人民币,规划建设装机容量 700 兆瓦热源厂一座,53 公里一级热水管网和 82 座小区热力站。项目建成后替代小锅炉房,每年可节煤 13.8 万吨、节水 21.8 万吨、节电 1000 万千瓦时,能减少灰渣排放量 1.4 万吨、烟尘排放量 5700 吨、二氧化碳排放量 2200 吨。

4. 主要问题

纵观中国城市低碳经济发展形势,分析各地低碳经济发展策略与行为,存在的主要问题有:大部分城市没有低碳发展规划就开始行动,有行动的城市项目选择定位不当,公共投入不计成本,国民福利浪费严重。

例如,上海世博园太阳能发电应用项目,创下了世博历史上"太阳能发电应用规模之最"。但由于太阳能发电技术还处于示范阶段,发电成本每度 2~2.5 元,比目前水火发电成本高 1.5~2 元。"高价"太阳能的应用,需要高额政府支出与补贴,这必然导致国民福利的损失。目前,太阳能发电越多,国民福利损失就越大。太阳能发电工程实施过早,资本锁定闲置浪费就越严重。

现在,国内的一些公共太阳能示范项目,如太阳能路灯、太阳能发电供热,投资大,效果不好。北京十渡风景区太阳能路灯的地面亮度,远不及初十的月亮。白天好看,形成了路灯风景线,晚上仍然漆黑一片,老百姓称之为浪费工程。

延安规划局综合办公楼的太阳能光伏发电项目,注定是全省第一个财政与公民福利浪费工程。因为每度电的发电资金成本高达 4.5 元(不计利息),国民福利浪费约 2690 万元。延安是一个经济并不富裕的地区,如果太阳能发电项目在全市推广,还不知会对政府财政造成何种负面影响。

五、中国区域低碳发展战略方向

要从区域与城市市情和发展阶段出发,探索适合各地自己特色的低碳发展道路与发展战略。

1. 开展低碳发展规划研究,构建全国低碳区域发展新格局

一个区域,一个城市,如何发展低碳,需要在科学研究的基础上,编制低碳发展规划,明确低碳发展目标、定位、原则、方向、任务、重点项目、时序等。应结合节能减排工作,鼓励城市建立低碳经济示范区、开发低碳居住空间、实验

低碳城市公交系统等，为公众深度参与创造便利条件。同时，通过广泛的宣传动员，进一步倡导企业和公民开展绿色生产、绿色经营、绿色消费，实践低碳生活方式，特别是戒除以大量消耗能源、大量排放温室气体为代价的"面子消费"、"奢侈消费"等。碳排放强度应纳入城市"十二五规划"中。根据规划，各地区、各城市的政府部门应制定发展低碳经济的指导意见，明确低碳试点发展的区域与地点、项目与行业；开展行业或流程的能源强度与碳排放标准统计工作，规定可再生能源使用比例，筛选和推广国家重点低碳技术及示范工程。

2. 改革节能减排指标分配制度，提高区域统筹减排效率

国家"十一五"节能减排目标到 2010 年年末即将完成。它是以 2005 年的不变价，以 2005 年作为基数，单位 GDP 能耗降低 20％。对不同的省区市来说，这个目标责任的分配是有区别的。海南、西藏，"十一五"国家给的节能减排目标是 12％；吉林省分配的任务最重，为 30％；大多数省（自治区、直辖市）为 15％～20％。"十一五"期间目标责任分配的原则是"谁能减"，而不是"谁有责任减"。

哥本哈根会议上，我国承诺，到 2020 年单位 GDP 的二氧化碳排放将比 2005 年下降 40％～45％。这一减排目标的分解，"十二五"期间应该落实 25％～30％，"十三五"期间应该落实 15％～20％。因为，越到后面，节能减排难度越大。

"十二五"期间应该落实的 25％～30％，仍然按不同省区市责任有别的原则进行分配。不过，分配原则必须是"谁有责任减"与"谁能减"相结合。只有改革节能减排指标分配制度，才能提高区域统筹减排效率。

全国碳预算亏损与盈余为识别"谁有责任减"提供了科学的依据。其中，碳预算大幅亏损地——山西与内蒙古，应承担更大的减排责任；碳预算小幅亏损省地，包括上海、辽宁、天津、河北、山东、宁夏等地，减排责任也是少不了；碳预算接近亏损地，包括北京、新疆、青海、吉林、黑龙江、海南、浙江等地，要承担一定的减排责任，碳预算盈余地，甘肃、陕西、江苏、重庆、福建、湖北、云南、江西、河南、广西、安徽、湖南、广东、四川等要承担适当的减排责任。

全国万元 GDP 的二氧化碳排放水平，是识别"谁能减"的重要依据。

东南沿海地带，上海、北京、天津、浙江、福建、海南、广东、广西等地，为低碳排放区，万元 GDP 二氧化碳排放为 0～2.5 吨。可减潜力不大，尤其是上海、北京、天津和浙江，可减潜力更小，但由于经济实力强，又属于碳预算小幅亏损或接近亏损地区，所以，直接减排责任比重分配要小，间接减排责任比重分配要大。

中部地带，范围包括河北、山西、河南、安徽、江苏、重庆、湖北、湖南、云南、四川、黑龙江、吉林、辽宁、青海等地，为中碳排放区，万元 GDP

二氧化碳排放为 2～4 吨。直接减排责任比重分配与间接减排责任比重分配相当。

北部和西部地带，宁夏、甘肃、新疆、陕西、内蒙古为高碳排放区，万元GDP 二氧化碳排放在 4 吨以上；青海、贵州等人均收入较低的省，以适当分配直接减排责任为主。

所谓直接减排，就是当地出资，在当地减排。所谓间接减排，就是一地出资，到外省区减排，实现减排局部利益与全局利益的最优化。间接减排机制的实现，一是碳交易，二是签订"三可"协议。

3. 政府投入型公共低碳发展项目必须考虑投入产出效率

私人资本搞低碳经济项目，一定会考虑投入产出比。政府投入的公共低碳项目，也必须考虑投入产出效率。那些需要政府高额支出与补贴的低碳发展项目，除研究与实验外，不应搞示范工程，更不能号召推广。

4. 通过产业结构调整与能源供应结构调整，进行节能改造，降低单位GDP 的能耗，仍然是我国低碳发展的主要途径

中国的煤炭消费比重在全球大国中是最高的，世界平均的煤炭消费比重是 29%，印度煤炭消费比重是 53%。中国将能源结构调整到印度水平，还有很大的空间。

目前，中国投入产出效率高的低碳能源开发项目，有水电、核电开发。我国水能理论蕴藏量超过 6.7 亿千瓦，居世界第一位，但开发率不到 30%。我国西南地区的减排，要重点通过进一步实施水电开发来实现。

东部沿海缺煤、缺油、缺汽的省（自治区、直辖市），要重点发展核电等零碳能源。全世界正在运行的核电机组有 439 台，发电量占世界发电总量的 17%。欧洲 1/3 的电力来自核能，占其发电总量的 80% 左右。而我国目前正在运行的核电机组只有 12 台，占全国发电总量的比重仅为 1.92%。所以，核电还有巨大的发展空间。太阳能发电、风能等新能源造价高，供给不稳定，经济效益不高，暂时仍不属于大规模发展范围。

内蒙古、山西、陕西等煤炭开采加工区，要提高能源回采率、煤炭加工中的能源利用率，实行节能效益免税制度。

国内企业应进行节能改造、重点节能锅炉和节能灶的推广与使用。一些能源密集、经济效益不好的产业，要主动向海外转移。传统产业的改造升级转型与旅游文化产业的发展等均是低碳发展的战略重点。

全国各城市要重点抓好交通节能、建筑节能、夜景照明节能等工作。夜景照明要限制在晚 11 点，交通节能主要在于提高城市公共交通出行比重，减少私人小汽车出行带来的能源高消费。

5. 创建可以有效降低减排成本的碳市场

全球低碳城市联合研究中心副主任陈洪波博士说，排放交易天然不只应用于温室气体，但温室气体天然适合排放交易。其原因是：温室气体排放结果与减排效果在全球具有无地区差异性、无时间差异性。所以，它可以设计为一种规模极大、成本极小的金融工具，可以储存，可以进行现货与期货买卖。

与其他减排措施相比，通过碳市场实现 GHG 减排，成本很低，效果很好。目前国内节能减排，既没有让企业承担具体的量化减排指标，也没有对各行业、各地区、各企业的初始排放配额进行分配，没有建立碳市场。国内的 CDM 碳交易，是以国外买家为主的碳项目初级市场，其本质是远期合约交易。企业只能通过 CDM 来换取部分减排收入，并且受到国外机构的严格审核和限制。所以，建立碳市场，尤其是建立全球碳市场，是降低减排成本的重要方式。

6. 建立并完善"碳足迹"标识和产品认证制度

建立并完善"碳足迹"标识和产品认证制，可以倡导低碳消费模式，促进企业加快低碳产品的研发，以市场需求为导向，低成本引领产业经济向低碳经济转型。

7. 加强低碳经济立法工作

要对可再生能源法进行修改，进一步明确编制可再生能源开发利用规划的原则和主要内容，完善规划编制、审批与备案制度，从法律上确立国家实行可再生能源发电全额保障性收购制度，建立电网企业收购可再生能源电量费用补偿机制，设立国家可再生能源发展基金，要求电网企业提高吸纳可再生能源电力的能力等，对推动我国可再生能源产业的健康、快速发展，促进能源结构调整，加强资源节约型、环境友好型社会建设具有重要意义。

8. 制定适合各地情况的低碳经济发展政策

一般建议的政策有：通过改革能源价格形成机制，构建反映市场供求关系、资源稀缺程度和环境损害成本的价格体系；改革资源税制度，将碳税纳入环境税范围，来部分反映传统化石能源生产和使用所导致的气候变化等外部成本。给予补贴，鼓励新能源的发展。

这里需要提醒的是，无论是税收政策、补贴政策还是减排配额政策设计，都不可过于激进，否则，不是补贴全世界，就是破坏产业的出口竞争力和就业岗位贡献力。对私人太阳能发电上网电价进行补贴，不能高于发达国家标准。一个全民社会保障制度还没有建立起来的发展中国家，用百姓的税收去补贴全世界是不对的。

六、结束语

减缓与适应气候变化，已演变为一个国际政治问题。国际气候谈判的实质，是分配稀缺的温室气体容量资源。帝国主义者对疆土的瓜分斗争早已结束，但对温室气体排放空间分配的政治博弈才刚刚开始。2009 年底哥本哈根世界气候峰会之所以能引爆中国低碳热，在于这次会议中，中国在气候谈判中的角色不同于此前的任何一次。中国以非常积极、主动的态度，站到了谈判桌前，从过去世界游戏规则的接受者、参与者，转变为世界游戏规则的制定者与主导者。同样，中国区域低碳发展，也存在着全球利益、国家利益与地方利益的激烈博弈。

中国政府要鼓励各级地方政府参与国内碳减排、碳交易等游戏规则的制定与博弈。只有这样，中国的区域低碳发展，才会健康、快速地推进。

中华民族现代化的机遇和挑战

黎碧珺

广西华讯电子商务

当今时代，民族现代化应该成为且已经成为世界现代化发展的新趋势，民族现代化研究也应该成为而且已经成为世界现代化研究的新命题。特别是中华民族现代化，是中国现代化的有机构成部分。中国现代化应包括中华民族现代化和中国国家现代化两个方面。中华民族现代化与中国国家现代化二者之间，既密不可分，又有不同的特性特征，且不可等同或不可替代。深入研究二者间的区别，已经成为备受关注的现代化理论研究难以回避的新课题。

中国作为世界现代化中的构成部分，中国现代化既以世界现代化作为参照系，又必须走中国特色的道路，即中国模式。中国模式的内在规定性源于中华民族的传统文化和现代文化，中国国家现代化的根源在于中华民族现代化。随着中国国家现代化在全球范围内面临的机遇与挑战，中华民族现代化的发展进程也同样面临着机遇与挑战。

一、中华民族现代化与中国国家现代化

（一）中国现代化

中国现代化包括中国国家现代化和中华民族现代化互为里表、互为标本的两个方面。中国国家现代化和中华民族现代化之间，不是并列关系，更不是对立关系，而是有联系、有区别、有交叉、有交织，有共同、有不同、且不可分割、且不可替代的复杂性系统关系。

（二）中国国家现代化

世界第一次现代化是以工业化、城市化和民主化为典型特征的经典现代化，第二次现代化是以知识化、信息化和全球化为典型特征的新型现代化。中国现代化大约比世界现代化晚了100年。从1949年开始的中国现代化进程，虽然是中华民族现代化与中国国家现代化同步进行，二位一体，但是较为彰显的是中国国家现代化的印记。在1950～2000年，中国现代化水平在快速提高。如果保持1960～2000年40年平均发展速度不变，中国第一次现代化实现程度将在2015年前后达到100％，相当于1962年发达国家的水平。

中国现代化进程无论是概念和内涵，实质上都是指中国国家现代化，其中中华民族现代化理念并未明晰。所谓的中国现代化，是中国国家现代化与中华民族现代化的模糊混合。

现代化是社会、经济、政治、文化体制由传统类型向现代化类型变迁的进步过程。现代化由政治领域的民主化、经济领域的工业化、文化领域的理性化、社会领域的城市化、人类领域的现代化、生态领域的现代化五大指标来衡量是否达到标准。当前世界第一次现代化与第二次现代化并存，发达国家与发展中国家之间发展进程并不均衡。与此类似，当前中国第一次现代化与第二次现代化并存，区域发展水平也不均衡。21世纪的中国现代化正追赶世界现代化的脚步，处于全面现代化时期。

上述对中国国家现代化现状的解析没有明晰地反映出民族现代化的历史特征与民族现代化的文明理念。因此，中华民族现代化的命题，已成为现代化理论工作者面前的历史课题与任务。在纪念中国共产党诞生80周年的江泽民讲话中，在胡锦涛所做的党的"十七大"政治报告中，都提出了中国共产党是中国工人阶级先锋队，同时又是中华民族先锋队的明确理念。因此，实现中华民族现代化，必将成为全中国人民和整个中华民族的共识。

（三）中华民族现代化

中华民族现代化是指中华民族全面复兴，巍然屹立于世界现代化民族之强林；具有中华民族传统文化与中国现代文化和全人类先进文化的有机融合的生产生活方式；整个中华民族大家庭的所有民族成员具有高度认同水平的和谐融洽的文明社会共同体。国家是由同一民族或者有共同认同感的多民族构成的，民族是构成国家的基本条件之一。国家是经济上占统治地位的阶级进行阶级统治的政治权力机构，而民族是构成阶级社会的基本组成部分。从属性上说，民族主要反映社会自然形式的属性，国家主要反映社会人权属性。从特征上说，国家是社会经济、文化的政治权力形态；民族是社会政治、经济的文化形态。从结构上说，国家是权力政治结构，民族是权力文化结构。

因此，民族是国家的基础，民族是国家的躯体。国家是民族的骨骼，国家是民族的历史阶段，国家代表着民族的利益。国家和民族二者之间，具有密切、内在、不可分割的血肉联系。国家因民族利益而存在，民族因国家利益而凝聚，但不是相反。因此，中华民族现代化与中国国家现代化，在中国现代化进程中，具有不可替代的作用。中华民族现代化，既是一个伟大的社会工程，也是一个伟大的民族工程。中华民族现代化是包括政治结构、经济结构、文化结构，以文化结构为核心的民族结构现代化。中华民族结构现代化与中国国家结构现代化之间相互交叉、相辅相成、互为支撑、不可替代。

(四) 中国国家现代化的中华民族现代化因素

中国民族的人口规模，生活生产方式，语言、文字特色文化，生态环境，民族交流等内容都打上中国国家现代化发展的烙印。中华 56 个民族具有共休戚、共存亡、共荣辱、共命运的高度认同感。由于发展程度和发展水平存在一定的差异而不可避免地存在各种矛盾。如何化解矛盾、消除对抗是中国国家现代化中的战略性课题和难题。

(五) 中华民族现代化的中国国家现代化因素

中华民族现代化中存在着中国国家因素。中国国家政治改革有效推进民族政治体制的改革，中国经济"模式"深刻促进民族经济发展；保障民族安全、实现统一、维持良性循环又是中国国家现代化伟大使命。

民族现代化发展的生命力，主要从宗教、信仰、风俗、语言、文字、心理等文化形态领域与国家现代化产生认同。中国的国民经济建设是以实现中华民族的腾飞、以全面提高中华民族的生活水平和生活方式进步、以有利于和谐社会发展为追求的终极目标。

所以，中华民族现代化与中国国家现代化互为前提、互为目标、互相支撑。只有在较好实现中华民族现代化的前提下，才能更好地促进全面实现中国现代化。同样，只有在较好的实现中国国家现代化的前提下，才能实现全面的中华民族现代化。

二、中华民族现代化面临的机遇和挑战

中华民族现代化面临的机遇和挑战与中国国家现代化面临的机遇和挑战密不可分。下面的叙述试图以中华民族现代化的机遇与挑战为视角和侧重点。

中国现代化是中国 21 世纪的奋斗目标，在经济全球化、科技全球化、文化全球化的背景下，中国国家现代化与中华民族现代化都面临着强大挑战和难得机遇。

和平与发展问题已成为当今时代主题，当前中国面临完成第一次现代化的压力和加快进入并努力实现第二次现代化的巨大压力，所以中华民族现代化面临的机遇大于挑战，具有中国特色的中华民族现代化发展战略具有比发达国家更大的上升空间与时间。

下面从衡量中国现代化发展水平的六大指标中涉及的政治、经济、生态、人文、国际五大领域来分析在我国现代化发展进程中中华民族现代化面临的机遇和挑战。

（一）政治领域

2001 年江泽民指出，我们党要始终成为中国工人阶级先锋队，同时成为中国人民和中华民族的先锋队。这是对马克思主义建党学说的新发展，体现了国家本位和民族本位的高度一致性，说明新时期中华民族已经站在新历史的高度，中华民族现代化成为中国国家现代化的最高追求境界。因此，作为经济增长速度最快，政治地位、军事实力、国际影响力显著增强的发展中国家，代表其利益的中华民族在新时期发展将会备受国内外各方关注。

不可忽视的是，中国国内外民族不安定因素仍然存在。而中国的现代化进程需要和平与发展的良性环境必须解决这些问题，而要判断和把握中华民族现代化面临的机遇与挑战的战略性，需要把"和平与发展问题"与"和平与发展"两个内容在理论与思想上理性区分开来。

（二）经济领域

在经济全球化的背景下，作为发展中国家之一的中国的经济发展速度举世瞩目，成功走出金融危机与抵御自然灾害的经验为别国提供了宝贵借鉴。因此，中华民族现代化与世界、国家经济现代化的发展机遇可以共享。但如何解决经济全球化发展大环境中来自国内经济体制的制约与缓解境外强国外贸压力，又是中华民族实现现代化发展的艰巨任务。

（三）生态领域

机遇：当前保持生态平衡、崇尚绿色、促进节能减排、实现低碳目标是世界性主题。实现生态领域人类科技文明成果，自然、社会、经济资源在世界范围内的多民族共享，这既是国家生态环境的课题，也是民族生态环境的课题。以国家或民族为单位来实现生态平衡的目标，这是一个世界性的新契机。

挑战：全球生态环境的恶化是当前残酷的事实，个别发达国家仍然在违背"节能减排"绿色公约，并且歧视、无视发展中民族的利益与诉求。要在生态领域实现中华民族现代化，既需要兼顾国家实力，还需要解决国内外的阻力。

（四）人文领域

机遇：2008 年奥运会，中华民族精粹在世界面前得到了淋漓尽致的展现。2010 年上海世博会又使中国成为世界精品文化的荟萃之地。21 世纪将是中华文明全面振兴的世纪，将是中华民族文化全面实现现代化的世纪。

挑战：①民族文化的传统与现代概念需要理性实现；②中国 13 亿人口规模影响中国民族现代化的发展进程；③中华民族与国外民族文化的理性融合问题仍将是一个长久的课题。

（五）国际领域

机遇：经济、政治、文化全球化进程中，中华民族现代化在国际领域面临新契机。

挑战：中华民族现代化如何在世界现代化的潮流中既保持中国特色、中华民族特色，又兼收外国优点；既赶上速度，又保证效率，这仍是一个艰巨的挑战。

三、如何实现中华民族现代化

中国现代化正从第一次现代化向第二次现代化过渡，中国民族现代化研究也应该成为而且已经成为世界现代化研究的新命题。

（一）发展民族政治

应以中国国家政治现代化带动民族区域自治制度现代化。针对新时期中国民族政治的新特征，应在民族立法权、变通执行权、财政经济自主权、语言文字自由权、少数民族干部任用优先权上作相应的改革。针对"藏独"、"疆独"、"台独"势力表现出的新形式，国家应该采取新措施。民族的问题用民族的方式解决。提高区域问题由区域自我解决的能力和实力。着力培育少数民族和汉民族的中华民族的认同感。实施民族解颐工程、民族调解工程、民族调节工程。

转变民族政治观念，提高中华民族觉悟与民族认同。大力提倡民族与亲和民族通婚，对建立在自愿基础上的跨民族通婚实施奖励政策，对跨民族通婚的下一代给予优惠的待遇。

（二）发展民族经济

要加强民族间交流，发展民族经济，继承先进性。要在国内民族之间、国内民族与国外民族之间协调发展，实现由传统生产方式向现代化生产方式的转变。

（三）弘扬民族文化

中国 56 个民族历史悠久，文化特色显著，相互交融。中华民族文化现代化发展中"精华与糟粕"、"传统与现代"、"国粹与洋气"这三个问题的解决，弘扬了中华民族文化，影响着中华民族现代化的进程，进而影响着中国国家文化现代化的进程。国家与民族间现代化的进程又相互影响。

（四）以中华民族为单位，实现与世界上其他民族的理性交流

中华民族是友好的民族，站在民族国际化的角度发展中华民族政治、经济、文化，能更好、更快地促进中华民族现代化的全面实现。

四、中华民族现代化的伟大意义

（1）中华民族利益代表中国国家的利益，中华民族现代化的成就也是中国国家现代化的成就，实现中华民族现代化，能增强中华民族自豪感。

（2）中华民族现代化与世界现代化潮流相吻合，能更加丰富中华民族文化的内涵。

（3）中华民族现代化与中国国家现代化互为目标，中华民族现代化使国家现代化更具有中国特色，更具有中华民族意识。

（4）实现中华民族现代化能够更加增强中华民族的凝聚力和向心力。

（5）中华民族现代化使国家更强大、民族更强盛，中华民族在世界民族强林中更有自信与尊严，更有话语权。

（6）中华民族现代化是世界现代化的组成部分。中华民族现代化的成绩、经验与教训给世界现代化提供了借鉴。

参 考 文 献

艾森斯塔德．1988．现代化：抗拒与变迁．张旅平等译．北京：中国人民大学出版社

何传启．2010．现代化目标的世界坐标．见：中国科学院中国现代化研究中心．中国现代化战略的新思维．北京：科学出版社

中国现代化战略研究课题组，中国科学院中国现代化研究中心．2010．中国现代化报告 2010．北京：北京大学出版社

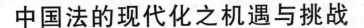

中国法的现代化之机遇与挑战

赵　刚

天津市滨海新区大港人民检察院

　　法与现代化有着密切关系。法作为社会关系的调整与符号系统，其现代性因素不断增加的过程体现了现代社会的本质特征，因其作为现代社会中人的一种生存方式和价值标准又成为现代化的基本标志和有力保障。从清末变法修律开始，法的现代化在我国已有近百年的历史，这一历史进程涉及诸多的政治、经济、文化等社会问题，非常复杂。笔者试就中国法的现代化的机遇与挑战课题略陈管见，仅与同仁探讨。

一、中国法的现代化的历史回顾与时代机遇

（一）中国法的现代化的历史进程回顾

　　中国较大规模的法的现代化运动集中于两个历史阶段：第一个阶段是从 20 世纪初到 40 年代，持续 40 余年；第二个阶段由 20 世纪 70 年代末开始，至今也有 30 多年的时间。与这两个阶段相对应，有两次引介和学习西方法律制度及思想的热潮，也有两次大规模的国家立法运动。1902 年以收回领事裁判权为契机，清末变法修律运动在制度层面开启了中国法的现代化的进程。清末通过变法修律不仅在形式上改变了古代的"诸法合体"、"刑民不分"的法律体系，而且形成了以宪法为主导的公法与私法相分离，为民权伸张提供了空间，同时将司法从行政司法合一的状态下分离出来并加以独立。这都标志着中华法系传统架构的正式解体和中国现代法体系的诞生。在此基础上，"中华民国"时期法的现代化又经历了辛亥革命法制、北洋军阀法制及南京国民政府法制三种模式，重要的现代化成果是创制了六法全书，建立了较完备的立法和司法体系。总结第一个阶段法的现代化运动，从其表现来看，试图彻底摒弃先前中华法系所赖以存在的法律根基，但因很少能触动先前的经济、政治和文化根基，带有鲜明的半封建半殖民地色彩，因而具有现代化变革的不彻底性。当代中国法的现代化开始于 1978 年党的十一届三中全会，绵延至今，逐步深化。十一届三中全会以来，党和政府领导全国人民在法治理论上进行拨乱反正，确立了"在法律面前，人人平等"等现代法治观念，提出了加强民主法制、实现依法治国的法的现代化任务；面对几乎空白的现代法制建设，领导制定了法制现代化纲领和宏大的立法规划，并在短短 20 年间，完成了西方国家上百年走过的立法路程，初步形成了以宪法为核心的社会主义法律体系；领导

了大规模的普法教育,有规划、有组织地传播法律知识,肃清封建法制观念,培育现代法治意识,较第一阶段法的现代化运动更为深入法治内核,呈现出现代化法的发展趋势。

(二) 中国法的现代化的时代机遇

中国现代法律制度的建立始于清末,但清末的法律改革实际上只是中国学习西方技术与政治法律制度以救亡图存而开展的一系列制度变革尝试中的一环。把清末的法律改革和继起的国家立法运动置于这一背景下考虑,法的现代化运动只是 19 世纪以来中国人试图通过追求国家现代化解决其面临危机的努力之一部分,是传统中国向现代社会转变过程中不得不迈出的重要一步。党的十一届三中全会以来展开的中国社会变迁,实际上是要继续完成从传统社会向现代社会的历史转型。在这一转型过程中,法的现代化成为中国现代化实践中的一项重要任务,但这次法的现代化不是历史简单的断裂与重续,而是面临着时代机遇,承载着保障国家现代化的重要使命。就历史基础来看,中国法的现代化是需要几代人需要为之奋斗的世纪伟业,经过中国人民的百年艰难奋斗,中国的社会转型总体来说已经基本完成,粗具法的现代化雏形。就时代背景来看,始于 20 世纪 80 年代的改革开放和社会变迁为法的现代化进程提供了决定性支撑:社会主义市场经济体制初步建立,社会主义法律体系逐渐成形,公民现代法治意识开始成长。总之,现代化法的确立是与社会的政治、经济、文化变革完全兼容的,可以完成共时性的变革。

二、中国法的现代化的历史沉疴与时代挑战

(一) 中国法的现代化的历史沉疴

从法的现代化来源来看,中国法的现代化兼有外源型现代化和内发型现代化的特征。第一阶段以外源型为主,是在清末和民国时期半殖民地半封建社会的时代背景下,在外部因素的压力下,政府试图通过变法来救亡图存;而在第二阶段则以内源型为主,面对国内相对落后的经济和薄弱的法治现状,面对建设社会主义市场经济和法治国家的历史重任,执政者选择了依法治国的方略,开启了法的现代化的进程。同时在对外开放的环境中,在入世后面临来自国外的压力和全球化的挑战下,我国法制必须要融入世界,主动选择和被动接受都决定了法的现代化进程不可逆转。而从我国国情出发,充分借鉴西方法律资源,建立有中国特色的社会主义法律制度成为法的现代化的最终目标。总结两次大规模法的现代化运动,外来法律资源与本土法律传统文化的关系始终是法的现代化能否成功的关键,而我国法的现代化的反复与断裂证明此历史沉疴不容忽视:我国法的现代化运动

明显带有功利和工具色彩，历届政府忽视我国重人治缺法治的历史传统，出于现实的迫切需要，以西方法律资源为主要参照系，主要是模仿民法法系，并通过自上而下大规模的造法运动来推行阶级意志和国家政策。这种以立法主导型的现代化启动方式由于法律的社会基础不稳定，造成国家与社会之间、国家法与民间法之间的紧张关系。集中表现为法制变革在前，法律观念变革在后，先进的西方法律观念很难被社会接受，精英与大众之间存在巨大的心理落差，思想领域斗争非常激烈；正式制定的国家法与传统习惯、礼俗等民间法始终存在争斗，传统的利益群体与传统观念相结合，与外来的法律制度和文化形成尖锐的对立，这种矛盾或明或暗地不时发生作用，成为法的现代化的巨大阻力，使法的现代化进程经常出现反复，从清末的礼、法之争，到"中华民国"政府曲折的宪政之路，再到十年"文化大革命"中的砸烂"公检法"，都反映出法的现代化之路布满陷阱。外来法文化要真正与本土法文化融合，直至建立社会主义法治国家，最终实现中国法的现代化，要经历一个相当漫长且曲折的历史时期。

（二）中国法的现代化的时代挑战

回顾第一阶段法的现代化运动，在西方法律思想影响下，近代中国曾出现过呼唤民主和法治的思潮，但是由于缺乏经济基础和社会变革的支持，在中国始终未建立起现代意义的法律制度，法的现代化道路不时被内外因素所打断；而在第二阶段法的现代化运动，在党的领导下，通过改革开放推动经济的发展和市场化，这既是中华民族生存的迫切需要，也是当代中国法的现代化的基础性条件。而法的现代化作为一种新的制度设计，其核心就是法治建设，尽管也有被动接受西方法律资源的依附性，但主要还是内发于社会主义市场经济和民主政治的自主要求，法的现代化运动实现了从被动接受到主动选择的历史性过渡，经过了"加强法制"到"法治国家"的阶段性升级，从而实现了质的飞跃。总之，第二次法的现代化进程是在中国特殊的国情基础之上展开的，并与我国的改革开放紧密联系、互相推动，在广度和深度上都远远超过第一次法的现代化，其面临的时代挑战也不少：在法律全球化的背景下，我国法的现代化运行不能孤立于世界，但如何在外国一些反华势力的"西化"、"分化"的噪声中有选择性地借鉴西方法律资源以建立中国特色社会主义法系，而在坚持社会主义意识形态的前提下如何保持民族性、如何协调本土传统法律文化与外来法律文化的和谐和交融，都需要在实践中不断摸索，不可能中断这一历史进程但其中可能会有反复，也可能会有倒退；我国现代化进程实施是赶超战略，要抓住战略机遇期实现超越式发展，时间紧迫，进程压缩带来社会的急剧转型，法的现代化进程带有过浓的功利色彩，不少民众对法律的理解是单向片面性的，法律不是被信仰而是被实用主义所操弄，导致在现实生活中并没有实现法律之治，人情、权力大于法的关系型和人治型社会治理方式还占据一定空间。基于市场、契约和规则的法治社会还没有真正到来，法的现代化的社会根基还是不牢固的，随时有动摇的可能。

三、中国法的现代化的战略构想与前景展望

（一）中国法的现代化的战略构想

中国法的现代化是指与中国的立法、执法、司法、守法和法律监督的整个法治建设及中国现代化的需要相适应的、法的现代性的不断增加的历史过程。在20年代80年代至今的中国社会变迁的时代背景下，中国法的现代化要客观地看待现代化进程中的成绩与不足，坚持立足中国国情借鉴全球化特别是西方先进法律制度与文化，着力构建中国特色社会主义法律体系，建设社会主义法治国家。为此建议在战略推进上将重点放在以下几个方面：①法的现代化要与社会政治、经济、文化同步推进。总结第一次法的现代化中断的教训，可以得出物质文明、政治文明、精神文明是法的现代化基础的基本结论。法制现代化不是孤立进行的，它必须与社会政治、经济、文化同步发展。实现法的现代化，建立法治国家，是以市场经济的相当发展为经济基础，以民主政治的相当完善为政治基础，以发达的权利义务观为核心的精神文明为思想文化基础的。因此，法的现代化与中国经济、政治、文化的现代化要齐头并进、同步发展。特别是法是对现存社会关系的确认，法的超前必须要适度，要受到严格控制。②构建中国社会主义法治文化，在全社会树立现代化法律意识和法治观念。经过近30年持续不断的努力，我国公民的权利意识、法律意识普遍有所增强，社会主体对法治的适应正在逐步形成。草根阶层将可能成为推动中国法制现代化重要的甚至是主要的力量。法的现代化应重视这种力量，把精英与大众阶层推进法治的积极性都调动起来，共同构建中国特色社会主义法治文化。中国特色社会主义法治文化要坚持宪法法律至上，依法治国，坚持法律面前，人人平等，将私权与公权放在至少同等重要的地位，实体与程序正义并重，尊重和保障人权等法的基本价值和理念。为此，一方面要靠教育，通过普法和法学教育达到提高公民法律素质的目的；另一方面要靠司法实践，在法律活动中使公民养成守法的习惯，并积极利用法律保护自己的合法权益。现代法律意识和法制观念的确立，可以促进我国法的现代化的进程，又可以巩固法的现代化的成果。③法的现代化转向以执法为主导，稳步推进司法现代化。我国于2010年建立比较完备的社会主义法律体系的现代化目标基本实现，立法机关的这项重大任务已经基本完成，在法制较为完备的基础上要将法的实施确定为法的现代化的重要目标。法律重在实施，为此应考虑到执法特别是行政执法的主动性，法的现代化要由立法主导型转向执法主导型，实现有法必依、执法必严、违法必究。司法活动具有天然的被动性和终局性，要通过司法体制改革实现司法相对独

立，这是法的现代化的关键。要通过推进司法现代化确保司法公正与效率。司法现代化具体包括司法主体、司法理念、司法体制、司法程序、司法权行使等方面的现代化，其中司法体制的现代化至关重要。我国目前进行的司法体制改革主要目的就是要推进司法体制现代化，使之与现代文明相符合，还意味着司法体制按照政治、经济、民主现代化的要求而做出合理化的安排。其包括的主要内容有：排除地方保护主义，维护司法的统一性；防止司法权的任意性，以保持司法者的中立性；给当事人以充分的诉讼权利等。

（二）中国法的现代化的前景展望

法的现代化确实是从西方起步的，但是法制现代化并非像韦伯所断言的那样是西方文明的独占品。中国法的现代化就是中国人在本国的历史条件下所进行的一场传统型法制转向现代型法制的法律变革运动，有其特殊的历史运动轨迹，具有独特的发展道路，其发展前景必然是体现社会主义意识形态和自身民族特点的中国特色社会主义法的现代化模式的确立。在全球化背景之下，我们不要刻意地固守计较英美法系和大陆法系的优劣，破除姓"社"、姓"资"的观念，只要对我们的发展有利的，都可以拿来参考，经过同化、整合成为我国法律制度有机的组成部分，推动我国法的现代化进程。在当代中国法的现代化进程中，特别是对于那些反映社会管理及现代市场经济运行一般规律的外域法律文化的有益因素，在法律移植过程中必然会有选择地继承和采纳，以便使当代中国法制与世界法律文明的通行规则接轨沟通。闭关自守、盲目排外，只能导致法律文明进步张力的丧失，甚至某种危机。然而，由于中国法律发展从传统走向现代的历史起点、过程、条件以及主体选择与其他国家是各不相同的，法的现代化必须要坚持本土化和民族化，对传统中华法系的要进行辩证的扬弃，要按照本民族的特质而发展。总之，在建设中国特色社会主义理论的指导下，法的现代化已成为中国社会整体现代化的题中应有之义，中国特色社会主义法律体系和法治模式的最终确立必将为世界法律文明发展提供独特的法的现代化模式。

参 考 文 献

公丕祥，夏锦文．历史与现实：中国法制现代化及其意义．2002－03－03. http：//lw. jcrb. com/
　shownews. aspx? articleid＝13092&page＝5
公丕祥．1997. 国际化与本土化：法制现代化的时代挑战．法学研究，（1）：87～100
秦国荣．2000. 论中国法制现代化过程中的几个重大关系．山东社会科学，（5）：63～67

草原文化的现代化挑战

刘德林

内蒙古师范大学

在大力弘扬优秀民族文化、构建和谐社会、实现中华民族伟大复兴的今天，草原文化焕发出勃勃生机和活力，同时草原文化也在现代化的过程中经受不同的挑战；在当前社会主义物质文明、政治文明、精神文明、社会文明、生态文明建设同步推进的时代背景下，草原文化不仅是生态文明，也是精神文明，甚至是政治文明建设的重要组成部分。深入研究草原文化，是推进现代文明建设、实现中华民族伟大复兴的重大课题之一。

中华文明有三大主要源流：黄河文化、长江文化、草原文化。草原文化作为具有鲜明地域特点的文化类型，在漫长的历史年代中与中原文化、南方文化共存并行、互为补充，为中华文明的演进不断地注入生机与活力。中华民族的草原文化，从广义的角度分析，包括北方草原（今之内蒙古草原）、西域地区、青藏高原三大板块；从狭义的角度分析，则专指北方草原。

本文不对草原文化的内涵进一步探讨，草原文化的研究以及关于草原文化的概念已经有了共性认识。本文采用内蒙古社会科学院院长、研究员发表于《内蒙古日报》（汉）的文章《略论草原文化的内涵、特征与基本精神》中的提法，文章对草原文化做出了中肯性的定义：我们认为，所谓的草原文化就是世代生息在草原地区的先民、部落、民族共同创造的一种与草原生态环境相适应的文化，这种文化包括草原人们的生产方式、生活方式以及与之相适应的风俗习惯、社会制度、思想观念、宗教信仰、文学艺术等，其中价值体系是其核心内容。

一、草原文化的外延

草原文化在发展的过程中，衍生出不同的类型和不同的品种，但都是奠基在草原这个根本的地域和思路之上。草原文化丰富多样、风格各异，由于不同地域、不同民族，甚至同一地域和同一民族也有不同的文化创造和传承的方式，一般可以理解为建立在由草原地区和草原人民塑造或者传承的文化形式，如服饰、饮食、居住、生产、生活、礼仪、节日风俗等文化形式都是草原文化的外延。比如，蒙古族的那达慕就是节日文化的一部分；甘南藏族由于长期生活在气候寒冷的高原上，过着逐水草而居的游牧生活，喜欢穿用羊皮缝制的藏袍，藏袍宽大肥长、耐磨保暖，白天束带为衣，夜晚解带当被。藏袍一般样式是领宽，腰肥，袖管长出手面1尺多，下襟长出脚面2～3寸，开右襟。

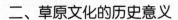

二、草原文化的历史意义

（一）中华文化的元素之一

在我国历史发展进程中，草原文化作为中华文化的有机组成部分，以其丰富的内涵和独有的精神特质对中华文明和世界文明的发展产生过重大影响。自古以来，草原民族和草原地区就不是游离于中华民族大家庭之外，而是作为中华民族的重要组成部分而存在。例如，龙是中华民族的图腾，中华民族号称"龙的传人"。龙文化的发祥地在内蒙古赤峰地区，匈奴单于的牙帐称为"龙庭"，女真人建立的金朝的都城称为"黄龙府"，清朝入关、定鼎中原打的也是"青龙旗"，由此足见马背民族也同是"龙的传人"。

（二）中华文化发展的动力

草原文化为古老的中国注入并丰富了文明的元素，同时也为中华文明的文化新陈代谢提供了动力和新鲜的力量，并且对中华文明发展模式进行了探索，从而在整体上把整个中华文明的层次提高到一个新的境界。例如，每当中原王朝衰落、草原游牧民族入住中原的时候，这就对整个中华民族的文化交融和发展做出了巨大的贡献，并且在中国历史上，元朝疆域辽阔，政制健全，对提升中华文明做出了巨大的贡献，正是这种文明的自我调整和发展，才使中国文明成为四大文明古国中唯一没有中断的文化。这一方面反映了草原民族自古以来就是祖国大家庭的重要成员，另一方面也说明了华夏文明的向心力、凝聚力和生命力。

（三）中华文化的多样性

作为中华民族文化的三大主要发源地之一的草原文化，是中华文化多样性的重要组成之一，尤其在历史长河中，各民族之间、各地区之间不断交往，长江文化与黄河文化不断交流与交融，两者之间已经出现同一性，难以区分。正是我国的草原文化坚持传统、保护文化，才使得我国的文化在现代市场化冲击之下保留了文化的多样性。在世界经济一体化的大背景之下，当前除了草原文化在缓慢地改变之外，黄河文化、长江文化已经"泯然众人已"，因此草原文化保留了中华民族文化的正统性和纯正性，为寻找中华民族文化之源提供了一个便捷的途径和鲜活的素材。

三、草原文化的现代挑战

（一）市场经济的大潮

市场经济基本上不依赖于一定社会制度而存在，它是社会历史活动发展到一定阶段才可能出现的一种人文现象，因此其产生必然有一定的人类文化、伦理基础；

市场上任何财富形式和财富运动，都隐含着丰富的人文内容；人的市场活动从人类总的文化趋向来看，也有着深远且崇高的人文目的。

市场经济的脚步摧毁了一切传统文化的阵地。中国积累几千年的文化传统在市场经济大潮面前仿佛"手无缚鸡之力"。圣人云：不义而富且贵，于我如浮云。亚圣云：鱼，我所欲也，熊掌，亦我所欲也，二者不可得兼，舍鱼而取熊掌者也。生，亦我所欲也，义，亦我所欲也，二者不可得兼，舍生而取义者也。这就是中国两千年的主流文化传统——儒家传统，在重商抑末、重利轻义面前，"仁、义、礼、智、信"显得一文不值，盲目追求财富与金钱，攀登权力与地位的高峰，坚信"人生识字糊涂始，刘项从来不读书"。市场经济追求短期效应，苟求"过把瘾即走"的投机心理，在这种心理支配下，焚林而猎，涸泽而渔，杀鸡取卵，对传统的生态观念和传统的长远打算顾之不及。市场经济是一种竞争性经济形态，也就促使人们盲目追求速度与效率。同时主张"弱肉强食，适者生存"的丛林法则，这种法则与传统文化中的扶弱济贫、互帮互助、相互冲突，使人在利益和金钱面前失去了人的本性。坚持"群体本位"和"整体主义"的文化思维，我国传统文化对个人主义、个人利益持批判态度，而市场经济强调的是个体自主决策、自主经营、自负盈亏的自主意识，"将个体个人目标置于群体目标之上的文化属于个体主义的类型，反之，将群体目标置于个人目标之上的文化属群体主义的类型"。

在金钱与利益面前对安身立命的文化根基失去了昔日的尊重地位，甚至对素以敬仰的文化进行了商业性的开发和商业性的包装，在金钱的掩盖下，文化成为市场经济大潮下的试水者。文化的品味和涵养失去了，更重要的是文化的魅力和地位失去了。

"市场经济历来就是善恶并存、利弊兼备的双刃剑，而社会主义市场经济正是要依靠社会主义制度的优越性，更充分地发挥市场对人力、物力资源合理配置的调节作用，加快社会主义现代化的步伐，同时尽可能限制和防止市场经济带来的种种弊端。"这种"限制和防止"很大程度上依赖于中国传统文化的渗透和影响。

（二）经济全球化的大潮

在现代语境中，"全球化"（globalization）已然成为一个极具扩张性和吸引性力量的"现代性"（modernity）概念。由于它蕴涵着不可剥离的现代性意味，且被赋予了越来越强烈的现代人类目的论的价值期待，从某种意义上说，它甚至正在成为一个表达现代性价值目的的关键词语，因而它不仅拥有日益普遍化的事实描述性和经济解释力，而且也日益被赋予了一种超经济的价值评价性和跨文化的话语权力。

在全球化面前，很多人失去了辨别力，面对"乱花渐欲迷人眼"的时代，对

"改头换面"和"换汤不换药"的东西全盘吸收，形成了崇洋媚外与自我贬低。这种文化的自我贬低的心态是一种不自信和在外界冲击下的慌乱。对外来的东西倍加赞扬，而对自己的东西不加珍惜。对自己的文化只是一味地继承和保护，不求创新与发展。中国的语言文字大约有120种，已有一半正在衰退，几十种濒危。河南民间戏剧新中国成立后平均每年消亡一个剧种（原有80种）。徽州、侗族的一些古建筑被搬迁到美国和日本。中国工艺美术协会副理事长王勇认为："不尽力抢救保护，再有10年，60％以上的传统工艺美术品种将不复存在。"河南省政协副主席夏挽群不无忧虑："现在中国民间传统文化消亡的速度远比我们工作的速度要快得多。"法国一私立博物馆馆长对中国专家说："100年后，中国人要研究苗族的服饰文化，还要到我的博物馆来研究。"日本医学权威大昉敬节嘱其弟子："10年后让中国向我们学习中医。"于是，我们遇到了正面临着从不发达状态升起的民族的一个关键问题：为了走向现代化，是否必须抛弃使这个民族赖以生存的古老文化传统……从而也产生这样一个谜：一方面，它必须扎根在自己历史的土壤中，熔炼一种民族的精神，并且在殖民者的个性面前显示出这种精神和文明的再生；另一方面，为了参加现代文明，它又必须参与到科学、技术和政治上的理性行列中来，而这种理性又往往要求把自己全部的文化传统都纯粹地、简单地予以抛弃。事实是：每个文化都无法承受及吸收来自现代文明的冲击。这就是我们的谜：如何又成为现代的而又回到自己的源泉；如何又恢复一个古老的、沉睡的文化，而又参与到全球文明中去。

吴良镛教授曾经引用国学大师王国维先生的一句极富哲理的话来说明中西之学是相互促进、相得益彰的："中西之学，盛则俱盛，衰则俱衰。风气既开，互相推动。且居今日之世，讲究今日之学，未有西学不兴而中学能兴者，亦未有中学不兴而西学能兴者。"著名红学家冯其庸也曾说过，一个民族没有传统文化就没有根。

四、草原文化现代的转构

（一）草原文化的世俗化

世俗化是一个宗教的概念，"世俗化意指这样一个过程，通过这种过程，社会和文化的一部分摆脱了宗教制度和宗教象征的控制。他们看待世界和自己的生活时，根本不需要宗教解释的帮助"。世俗化是现代化的产物，是对现代化的一种促进。

在众多对世俗化的界定中，席勒尔（Shiner）对这个概念所包含的各种含义的分析被认为是最为详尽的。他认为，这个概念有六种含义：其一指宗教的衰退，由此而导致先前被接受的宗教象征、教义和制度丧失了其重要性，这一现象在无宗教的社会里达到了顶峰。其二指与"此世"越来越大的一致性，在这种一致性中，人们的注意力远离超自然者，转向此生的急迫需要和问题。宗教关切、宗教组织与社会关切、非宗教组织越来越难以区分。其三指社会与宗教的分离，宗教退回到其自身的独立的领域，成为个人的私事，获得一种完全内向的特征，并且不再对外于宗教本身的社会生活的任一方面产生影响。其四指宗教所经历的一种转化过程，也就是宗教信仰和制度转化为非宗教的形式。这包括原先被认为是以神圣的力量为根基的知识、行为和制度转化为纯粹的人类的创造和责任。其五指世界的非神圣化。随着人和自然成为理性的因果分析的对象和控制对象，世界丧失了其神圣化的特征，因为在这些解释和控制中，超自然者已经不再发挥任何作用。其六指从神圣社会迈向世俗社会的运动或变化，也就是抛弃对传统的价值和实践的信奉，转而接受变化，并将所有的决定和行为都建立在理性的和功利主义的基础之上。

草原文化的世俗化就是草原文化的草原文化从神圣社会迈向世俗社会的运动和过程，也就是草原文化的一种自然演变，抛弃传统的价值和表达形式，以达到社会大众脍炙人口和喜闻乐见的内容与形式。在草原文化演变的过程中，由于固守着核心价值和固定的形式，这样草原文化在传播和发展的活力与动力上显得比较沉闷。传统只有在创新的基础上才能生存，创新只有在传统的根基上才有生命。草原文化的世俗化，是对草原文化的一种普及和创新，同时也是一种保护和扬弃。在草原文化世俗化的过程中"除魅"是重要的一环，同时也要"建构"草原文化，否则草原文化在世俗化的过程会变成一种筐，什么都可以往里装！世俗化是大众化，但大众化不是庸俗化。

（二）草原文化的事业化

草原文化的发展面临着文化事业和文化产业两种选择，文化事业单位在对草原文化保护和创新的过程中，发挥了巨大作用；文化事业是一种公益性的事业，以对文化建设和文化保护为主切入点。西方国家没有文化事业的概念，文化十分明确地以产业的形式来发展。但西方国家也存在一些为社会公益事业服务而不营利的机构和组织，即文化非营利组织。2002 年 6 月 10 日"美国文化机构及文化消费观众的经济影响"研究机构披露：美国非营利性的文化产业每年在国民经济活动中产生 1340 亿美元的收益，其中文化组织消费为 532 亿美元，文化消费者的其他副产品消费为 808 亿美元。这里所谓的文化非营利性组织可以认为相当于中国特色的文化事业。

文化产业对草原文化的传播和发展起到了一定的促动作用。文化产业化成为目前国家和地方大力推行的一个经济政策和文化政策。本文认为草原文化的建构在于加强草原的事业化，即把草原文化作为一种事业来做，当成一种追求，作为一种理想。目前国内外对文化产业还没有一个统一的界定，其内涵因国家或研究者的不同而存在差异。胡惠林（2001）认为，文化产业是一个以精神产品的生产、交换和消费为主要特征的产业系统。从产业角度对文化产业定义的有，英国学者贾斯廷·奥康纳认为，文化产业就是"指以经营符号性商品为主的那些活动，这些商品的基本经济价值源于它们的文化价值"。这里把文化产业的产出认定为"符号性商品"，扩大了产业范围。李江帆（2003）认为，文化产业就是国民经济中生产具有文化特性的服务产品和实物产品单位的集合体。由此可以看出文化产业是一种以利益和市场、以产品和经济作为立足点，因此难免在草原文化的开发和利用上走上了唯利是图、粗制滥造的地步，这种对草原文化的传播既是一种破坏，也是一种阻碍。

草原文化的事业化就在于培养一批热爱文化事业的从业者，同时为文化事业的建设提供一定的经济支撑；文化事业化不仅对保护文化有重要意义，对提升整个国家和民族的文化素养文化水平也有重要意义。

草原文化是中华文化重要的组成部分。中华文化既有自己核心的精神价值和思想脉络，又融汇了中华民族文化中的精华部分，因此草原文化具有博大精深、源远流长的特点，是多内涵、多元素、多风格、多色彩、多特质相统一的文化，它伴随着中国各民族分进、融合、共荣的过程而形成与发展。深化草原文化研究，有利于维护民族团结和国家统一，有利于弘扬爱国主义和民族精神，有利于向世界展示中国丰富多彩的民族文化，也有利于树立和落实科学发展观，构建社会主义和谐社会。

（三）草原文化的时代化

时代的演变是文化演进与传承的一个展示，同时为文化的发展和创新注入了新鲜的元素；"传统与现代是对立的，传统是过去的现代化，是今天的古代化。因之，传统是一种惰性的力量，一种保守力量，是现代化的阻力，是包袱"。少数民族传统文化是其民族劳动生活智慧的结晶和创造，在民族的发展历程中起过进步和促进作用。伴随着生产力和生产方式的进步，某些传统文化已经不适应社会生产和生活，有些甚至成为民族发展进步的桎梏，"一切以往的道德论归根结底都是当时的社会经济状况的产物"。但是由于思维的惯性和文化的惰性，这些传统或者落后的文化成分还不愿意退出历史舞台。应该认识到"任何演变都包含舍弃，任何创造都包含破坏"。"传统并不仅仅是一个管家婆，只是把它所接受过来的忠实地保存着，然后毫不改变地保持着并传给后代。它也不像自然的过程那样，在它的形态和形式的无限变化与活动里，永远保持其原始的规律，没有进步。"

草原文化要发展、要创新、要转型，就不能拒绝时代的特色和时代的风格。创新是文化的生命力，在现代化的过程中，文化越来越具有融合与交流的趋势，就是汉族文化也同样会受到外来文化的冲击。"需要说明的是，把冲击少数民族传统文化的外来文化都说成是汉文化是不确切的，因为除了汉语之外，当今处于主导地位的社会思想、价值观念、流行的服饰、音乐，交流方式、建筑风格，生活器物，都很难说有多少真正属于汉族文化的成分。实际上，传统的汉族文化也在受到外来文化的冲击。"

现代化越是发展，对文化融合交流的力度越大，就越是引起对传统文化保护与传承的担心。每一个民族都有自己的民族文化和民族心理，都希望本民族的文化得到发扬和传承，在现代社会竞争或交流的背景下，都希望增加本民族或本地区的特色和发言权，因此把本地区、本民族的文化作为竞争的砝码、作为有利的资源。但是文化如果不与时代紧密相连，文化不体现时代的特点，就会在时代背景下失去话语权、失去市场。

正如米希尔·兰德曼指出的："文化创造比我们迄今所想象的有更加广阔和深刻的内涵。""支配动物行为的本能，是动物物种的自然特征"，"人的行为则是靠人自己获得的文化来支配的。"在社会进步与发展的大潮下，草原文化要迎潮流而上，既要展现草原文化的传统特色，又要体现时代的风格，成为时代发展的一个动力源，成为时代进步的成果！

参 考 文 献

埃德加·莫林，安娜布里吉特·凯思.1997.地球——祖国.马胜利译.北京：生活·读书·新知三联书店

曹红.1999.维吾尔族生活方式.北京：中央民族大学出版社

黑格尔.1997.哲学史讲演录.第一卷.北京：商务印书馆

胡惠林.2004.文化产业发展的中国道路.上海：人民出版社

李江帆.2001.我国文化产业的定位与发展.学术研究，（9）：64～68

李宁源.2010-10-16.中国将立法保护中药中医——三大难题困扰中医发展.www.Chinanews.com

李鹏程.1995.论市场经济作为文化伦理现象.中国社会科学，（5）：59～71

米希尔·兰德曼.1988.哲学人类学.阎嘉译.北京：工人出版社

桑新民.1996.我国宏观教育发展中的价值取向.教育研究，（7）：25～32

王希思.2000.论中国少数民族传统文化现状及其走向.民族研究，（6）：8～16，105

吴团英.2006-10-26.略论草原文化的内涵、特征与基本精神.内蒙古日报，第007版

叶兴法.2007-07-23.抢救民间艺术刻不容缓.http://www.tieliu.com.cn/tlys2/2007/200707/2007-07-23/20070723110105-69231.html

中共中央马克思恩格斯列宁斯大林著作编译局.1972.马克思恩格斯选集.第3卷.北京：人民出版社

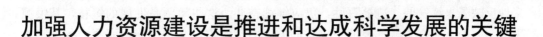

加强人力资源建设是推进和达成科学发展的关键

赵谊伶[1]　曾　铁[2]

1. 上海市徐汇区教师进修学院　2. 上海市徐汇区社区学院

一、引言

落实人力资源建设、提高劳动者的素质，不是某些人的"专利"，它涉及全体劳动者。科技进步速度太快，迫使每一位劳动者都要学习、"充电"，知识结构应转型升级，否则将难以胜任工作。科学发展仰赖劳动者素质的高低及提高，需教育、培训发力；具备一定科学文化素质的劳动者，是科学发展的提升器。

历史证明，处于产业高端的国家得益于教育所作的贡献，后起的产业升级迅速的新兴国家更是在教育结构变革中获益。只有具有大批较高科学文化素质的劳动者和关键、核心技术，才能升级"中国制造"，掌握行业和市场主导权，方可摘掉"世界打工仔"之帽。新加坡教育在其产业升级过程和国家发展中扮演了积极且具有根基性的角色，新加坡学者严崇涛在《新加坡发展的经验与教训》一书中强调："世界经济的竞争已经从以土地、人口、资本等资源为基础的竞争转移为以教育、科学、技术、管理为动力的知识领域的竞争。人口数量已经不再是决定因素，即使它过去曾经起到一定作用。现在起决定作用的就是人民平均的受教育水平。"

高投入、高消耗、高污染式的 GDP 增长方式，不能再持续。在享受了人口、资源红利后，我们须着眼于人力资源及其提升，以有效推进经济发展与社会进步，进而实现科学发展。人力资源建设是全方位、全员性的，而非部分人群；唯有提高劳动者素质，才能支撑、托举发展。质的提高。以质图强，迫切需要提高劳动者的科学文化素质，这是永续发展的战略基点和必由之路。世界银行测算，在影响经济增长的自然资源、物质资源和人力资源等生产要素中，人力资源的贡献在发达国家是 49%、在发展中国家为 31%。美国经济学家舒尔茨的人力资本理论提出：教育、在职培训和医疗保险是人力资本投资的"三驾马车"。

二、90°扫描观察与思考

我们发展了，但应冷静、理性，不能得意忘形，而应全面、辩证地认识 GDP 及总量（清末前，我国经济总量一直位居世界第一，直到 1890 年才被美国超过；甲午战争爆发时我国的 GDP 是日本的 5 倍左右；1936 年是日本的 2 倍多）很有必要。正视现实、深度思考存在的问题，谋划再发展，才能不迷糊、不被"唱衰"，进而健康发展。以下是"另一只眼睛"看发展、看现状的结果，它从多角度直观地反映了永续发展、造福百姓，仍应继续奋斗。这些问题是发展的短枝，其根源都与公民素质有关联。国情要求我们的人力资源建设必须加强、完善，各层次人力资源、人力资本都应提高。唯此，科学发展的愿景才能如期实现。

（一）科技和技术创新等方面的问题与差距

1）2002 年度《国际竞争力报告》中"国内市场上是否有合格的工程师"一栏显示，在参与排名的 9 个主要国家中，我国排在末尾；在随后年度的同样报告里，此项调查指标排名我国没进阶。[①] 我国每千人中从事研发的工程师和科学家只有 0.5 个，日本是 5.1 个；我国每千名就业者中科研工作者约为 2 人，德国是 7.2 人。世界知识产权组织发布的《2008 年世界专利报告》显示：到 2006 年我国生效的专利量是美国的 1/10；在世界排名前 12 个专利拥有国所有生效的专利总和里，我国占 3.4％（美国占 33％，日本占 21％），其中这 3.4％中还有很多是由在我国的外企申请的。

中国现代国际关系研究所公布的美、日、英、德、法、中、俄的国力评估，我国排位最末，其指标有经济、科技、军事与资源等。我国与发达国家的差距集中在教育、科技水平，以及创新能力和经济开放度等方面。中国科学技术信息所的《中国在世界科学中的地位和影响评估》指出：我国科学在全球的影响力仍不高，在 19 个主要国家里排名第 13 位。我国的科技经费占 GDP 比例长期没达到 1.5％的目标，而日本常年高于 3％，居世界第一。所以，1999 年 4 月朱镕基总理接受美国有线电视新闻网记者采访时曾说："我认为，再过四五十年甚至 60 年后，中国会发展起来。但即便在那时，中国也不会超过美国，更不可能对美国构成什么威胁。"[②]

2）2009 年，我国企业 500 强利润总和超过美国企业 500 强。但分析这 500 强企业，还是暴露了我国企业长期存在的问题，如企业多是大而不强，跨国企业很少；传统制造和资源型企业太多；垄断企业高居首位；国企过多等。我国企业 500 强中大众消费品牌企业太弱，缺少世界知名的消费产品制造商和消费品牌，这是"中国制造"难上台阶的致命点。2009 年 7 月，美国《财富》杂志评出的世界 500 强企业，我国有 43 家企业上榜；美国《商业周刊》杂志和国际品牌集团（英特品牌）联合发布的"全球最佳品牌排行榜"，我国品牌则无一上榜。

2009 年 9 月，世界经济论坛公布了《2009～2010 年全球竞争力报告》，其排名里中国香港地区连续两年排第 11 位，在亚洲国家和地区中排名第三位，落后于新加坡和日本。该排名根据 12 项指针的分数厘定，评分细项有 120 个。排名涉及 133 个国家及地区，2008 年名列前茅的国家和地区 2009 年仍排在前列，前 20 位中

① 万润龙．我国工程量宏大，工程师紧缺．文汇报，2009 - 10 - 18，第 2 版
② 朱镕基．朱镕基答记者问．北京：人民出版社，2009

升幅最大的是中国台湾地区，跳升 5 级至第 12 位；而中国内地升了 1 级至第 29 位。报告说，中国内地仍有需进一步发展的领域，尤其是在金融市场成熟性、技术准备和高等教育方面。

核心专利、长期垄断性专利、高利润专利、上游专利和涉及国家安全专利的多少，是持续发展的核心。我们的体制缺乏竞争力，至今无有效推动创新的机制，技术创新薄弱，创新能力弱，缺乏拳头产品，高新技术、关键技术稀缺，有持续竞争力的核心专利太少，下游、低端技术较多是我们的特点。因此，2008 年胡锦涛总书记在"两院"院士会议上再次强调：自主创新能力是国家竞争力的核心，独立自主，自力更生，无论过去、现在和将来，都是推动我国科技事业发展的根本立足点。在关系国民经济命脉和国家安全的关键领域，真正的核心技术和关键技术只能依靠我们自己，只能依靠自主创新。

3）2009 年，我国科技人员发表的国际论文数位居世界第二，但我们的科技影响力和对世界科技进步的贡献并没同步增长。我国的国际论文主要是跟踪别人的论文、解决别人论文里需修补的非原创性问题；基础科学研究大多属论文导向的跟踪型研究。中国科技信息研究所的数据表明：2008 年度我国 SCI 论文总数为 11.67 万篇，较 2007 年增加 2 万多篇，占世界论文总数份额的 9.8%，位列世界第二，仅次于美国。但从引用情况看，我国科技人员作为第一作者的论文，平均每篇被引用 5.2 次，与世界平均值 10.06 次相比，仅为一半，即我国科技论文的整体水平距世界平均水平还有差距；1999～2008 年，我国累计被引用次数超过 200 次的国际高影响论文只有 106 篇。2008 年我国论文中约有 10% 的论文被引次数高于世界平均值，即 10 篇中只有 1 篇超过世界平均被引用数。日本文部科学省科技政策研究所的调查显示，从引用频率最高的重要论文比率看，2007 年美国重要论文占世界的 40%，英国和德国分别超过 10%，日本为 7%，中国约为 6%。

我国每年取得约 3 万项重大科技成果，其平均转化率为 20%，实现产业化不到 5%；高校科技成果转化率不到 10%，医学科技成果转化率不到 8%。[①] 而发达国家人力资本对经济的贡献率已达 75%，我国大体是 35%；经济增长中科技贡献度我国只有 39%，远低于发达国家；我国高技术产业在 GDP 中所占比重仅为 10%，也低于发达国家。定量研究显示：近 30 年来我国经济增长驱动力主要来自生产要素投入的增长，经济增长是粗放型的；近 30 年的经济增长质量没有得到改善，技术进步的影响没在实质上取得进步。

科技创新力是科学发展的内力，加快形成更多拥有自主知识产权的技术和产品，是持续发展的诉求与任务。自主创新能力不强，缺乏核心技术、关键技术等，已制约着发展及水平，"大、多"不等于强！下面是一些例子。

我国是现行 DVD 播放机最大的制造地，1998 年我国厂商提出了新一代 DVD

---

① 陈青. 基础医学离临床应用有多远. 文汇报，2010-01-01，第 7 版

技术标准——EVD，并于 2004 年成为国家行业标准，但它没获得国际认可，从而不能上升为国际标准。高清 DVD 标准——索尼支持的"蓝光标准"，最后成了市场的唯一标准。这其中既有我们的电子企业技术实力、企业影响力不如索尼、东芝等国际大企业的原因，也有缺乏对竞争战略的合理规划等因素。

我国计算机与信息服务自主研发比重较低，配套的软件、硬件开发不足，仍依赖外国技术，计算机基础软件大量地要靠进口。

我国太阳能电池产量世界第一，占全球的 1/3，但许多新的研发成果都在国外，其核心技术我国几乎为零（光伏产业中的重要材料多晶硅，我国只能生产、出口高能耗的工业级粗硅产品，高端产品要进口）。

由于技术落后和劳动者素质不高，2008 年我国 GDP 占世界总量的 6.5% 左右，但消耗的标准煤、钢材和水泥则分别占世界消耗量的 15%、30% 和 54%。我国许多产品产量全球第一，导致与空气、水、土地、煤、油等有关的污染与耗能也名列前茅（二氧化碳排放我国是世界大户）。

我国造纸技术落后，造纸工业耗水量极高，平均每生产 1 吨纸，需耗用淡水 100 立方米，其废水对环境污染很严重。

我国生产的发光二极管（LED），其芯片绝大多数依靠进口；进口的 LED 产品可达 100～150 流明/瓦，国产 LED 产品约是 70 流明/瓦。

高端数字化医疗设备大多是进口的。

风能发电的涡轮电机以及轴承、变流器、齿轮箱等技术我国没掌握；我国大飞机的心脏——民航发动机也要进口（交通领域涉及动力技术，我们都缺乏"中国心"）等。

国际产业分工有条 U 形曲线，一端是高利润的研发、设计、标准制定等，另一端是高利润的品牌、销售和服务，中间是低利润的加工生产。如不能形成以技术进步为基础的新竞争优势，我们将会长期停留在 U 形曲线的中间段，徘徊在国际产业链的中低端。随着土地、能源、人工等要素成本的上升，随着老龄化社会的到来，我国所依赖的低成本"比较优势"将不复存在。[①]

4）我国汽车企业始终没能形成汽车内燃动力技术的研发与自主创新能力，动力总成产品图纸基本上靠仿制或购买，产品核心技术仍依赖外国公司。我国是汽车产量的巨人，核心技术则是矮子！我国的汽车工业如继续是在核心技术上依靠外国的生产加工型企业，不掌握内燃动力产品与节油技术等，可能在 10 年内就会因汽车油耗高而丧失市场。[②] 我国是制造"千万汽车大国"，但国内自主品牌汽车的市场占有率仅为汽车市场份额的 25% 左右（2009 年千万辆汽车产量中绝大多数——约 750 万辆均非中国创造，仅是在中国制造而已）。我们是汽车生产和消费

---

① 任仲平．决定现代化命运的重大抉择．2010－03－01．人民网．http：//cpc. people. com. cn/GB/64093/64099/11043400. html

② 黄震．北美汽车公司的衰落对我国汽车节能的启示．民进申城月报，2009－09－30，第 1 版

大国，但在品牌知名度、产业集中度、汽车新技术、国际竞争力与自主创新力等方面，我国生产的汽车与欧、美、日还有明显差距，尤其是在关键技术和中高档轿车、SUV 领域。① 我国汽车尾气净化技术、变速箱技术落后，油品质量也不高。

（二）教育和培训方面的问题与差距

1）我们是世界第三大经济体，但我国高素质人口比例不大，只是美国 100 多年前的水平；农村中有一半的劳动力没念过中学，全国文盲人口超过 1 亿。② 中国科学院院士杨福家指出："我国的国民素质与国际水平的差距不仅依然存在，而且还在扩大。"③ 2000 年，我国 25～64 岁人口中受过高中及以上教育水平的比例是 18%（美国、韩国此比例分别是 87%与 66%）；2003 年，我国 25～64 岁人口平均受教育年限为 8.3 年（2003 年美国此比例是 13.17 年；2000 年日本为 12.75 年、韩国为 11.48 年）。2000 年，我国农村 15～64 岁人口人均受教育水平为 7.33 年，比城市的 10.20 年少 2.87 年；现在我国城市人力资本积累基本处于中等教育和高等教育阶段，农村则处于普及初中与小学文化程度阶段。④

2005 年，我国 15～64 岁劳动人口有 9.33 亿（男性 4.75 亿、女性 4.58 亿），占全国总人口比重是 71.38%。我国 15 岁以上人口和新增劳动力平均受教育年限分别是 8.5 年和 11 年；2008 年，我国高等教育毛入学率是 23.3%，有高等教育学历者超过 8200 万人。据不完全统计，2005 年农村劳动力中，小学及以下文化程度者占 37.3%，初中文化程度者占 50.2%，高中文化程度者占 9.7%，中专文化程度者占 2.1%，大专及以上文化程度者占 0.6%；受过专业训练的农民占 9.1%。

2）21 世纪初，上海高级人才与总人口的比例是 0.51%，美国是 1.65%，日本是 4.95%，德国是 2.47%，新加坡是 1.56%。⑤ 2010 年初，上海总工会发布的五年一次"职工队伍状况调查"显示："80 后"职工（指一线生产员工、专业技术人员、企事业一般管理干部以及中、高层管理干部等）具有技术等级职称的比例和因技术职称晋升的比例都低于全市职工平均水平；具有 1 个或 1 个以上技术等级或职称的"80 后"职工不足五成，占 44.2%；近五年有技术等级或职称而晋升的更少，只有 19%；被调查的近 4000 个上海职工中具备大专及以上文化程度者占调查数 57.7%，受教育程度较高，但技术水平与受教育程度不成正比、不匹配等。⑥ "80 后"职工是职工队伍中的新生主力，此情势不改变后果堪忧。

① 张毅等．虽年产千万辆车 却不是汽车强国．解放日报，2009 - 10 - 21，第 7 版
② 中央电视台项目组．国情备忘录．解放日报，2010 - 02 - 27，第 8 版
③ 杨福家．国民素质是世博会最大的展品．文汇报，2010 - 02 - 26，第 2 版
④ 李洪庆．市场经济条件下中国人力资源宏观管理设计．中国建设人力资源强国学术研讨会论文集．复旦大学，2009
⑤ 上海人事局．人才战略与现代化国际大都市．上海：上海人民出版社，2002
⑥ 陈玺撼等．"80 后"职工实践能力成短板．解放日报，2010 - 01 - 13，第 9 版

3) 中国社会科学院的《国际形势黄皮书》显示，主要国家综合国力评估日本位居世界第二，我国排名第七。我国许多领域总量上赶超了日本，人均占有量方面却没超过；硬件易超越，制度、环境、教育等建设却很漫长（1907 年，日本在世界率先普及 6 年义务教育。1949 年以来日本教育经费占 GDP 的 5％以上，我国则长期没实现 4％的既定目标；2007 年我国的教育财政支出占 GDP 的比例为 3.32％，2008 年的比例为 2.86％，低于世界上最穷的地区：2005 年拉美和加勒比海以及撒哈拉以南非洲此比例是 5.0％，丹麦、瑞典高达 8.28％和 6.97％）。《中华人民共和国教师法》中有 "教师的平均工资水平应当不低于或略高于公务员平均工资水平" 之条文（上海法定则是高出 10％），至今仍没兑现。

有关调查表明，我国的青少年计算能力排名第一，创造力却排倒数第五。公民科学素质不高、整体科技力不强是我国的软肋。中国科学技术协会 "2007 年中国公民科学素养调查" 结果显示，我国公民具备基本科学素养的比例为 2.25％，与发达国家相比仍有较大差距。2009 年 12 月，美国科学院院士丘成桐教授参加 "丘成桐中学数学国际奖" 颁奖会议受访时强调：这些年来中国引进了大量外国人才，对中国发展起到了积极的推进作用。但是，中国未来发展从根本上说还需要中国自己培养的人才。[①] 上述国际竞争力排名，芬兰连续多年居第一，这与它已无初中程度以下的劳动者有关；日本的发达与其无文盲有关。瑞士产品与服务以优质而闻名天下，其成功归因于人力资源和与之相关的教育培训，瑞士教育对于国家竞争力的贡献主要在高等教育与科研和高质量的职业教育，该国有许多训练有素的高水平技工。韩国、以色列的迅速发展也与其长期重视教育、培训有关。

4) 教育富民、强国，美国是标本。美国是世界上人才最多的国家，它集聚了全球 1/2 的研究生、1/3 的本科生和 1/4 的各类科技人员等，这些均与其重视教育和巨大的教育投入有内在的逻辑关系。2005 年，美国联邦政府对继续教育、职业培训的财政投入占其教育经费的 14.90％，达到 170 多亿美元（2006 年，我国各级政府教育经费支出的此比例是 5.33％，约 523.4 亿人民币）。检索美国历年的总体（联邦、州与市政府等平均）财政支出及比例，可以发现其教育投入仅次于国防支出，位居第二位。所以，它的科技实力、经济实力等长期居世界之首。2006 年诺贝尔科学奖全部由美国科学家获得，2009 年 13 位诺贝尔奖获得者中有 9 位是美国人；世上 70％的专利出自美国；从诺贝尔奖得主到世界一流大学排名数看，美国占绝对优势；比较重大、有突破性的成果很多来自美国，这些都与其教育及水平有直接关系。

上海交通大学倪军教授在公布其对中、美排名前 10 名大学及人才培养体系对比研究结果时说：我国要成为创新大国、强国，有待于高校变革，特别是人才培

---

① 万润龙.中国发展需要自己培养的人才.文汇报，2009-12-22，第 4 版

养与科研制度的创新等。[①] 他在"中美大学与创新体系比较"演讲中指出：我国大学本科生存在六大软肋，即解决问题能力、创造性、自信心、领导力、团队合作与表达能力均显薄弱；我国大学生熟谙方程式，不善"应用题"，即解题能力较强，实际问题建模能力不足，从实际问题里提取、建立方程式能力薄弱。为此，钱学森指出："中国还没有一所大学能够按照培养科学技术发明创造人才的模式去办学，都是些人云亦云、一般化的、没有独特的创新东西。"

三、结语

1）用廉价劳力、自然资源等打工、赚钱，曾是我国经济发展的优势与特色，以后这将逐渐失效。发展，人才至上、第一，劳动者素质的提升，其"溢出效应"多元、巨大和显著。人力资源建设是发展的关键支持系统，绿色经济、低碳生活需大批具备较高素质的公民推进、落实。科教强国、科学发展，人的发展与内涵发展是要素，人的素质及提高决定着发展的方向与水平，人力资源建设则是发展的要件。新加坡前总理吴作栋指出："教育是迈向更美好生活的关键，通过教育，我们会拥有更好的技术、更高的生产力和更灵活的应变能力。"建设人力资源强国与科学发展具有因果关系，劳动者素质及其提高是有效推动科学发展的内能。人的综合素质及其提高是发展之基，提高人力资本是科学发展的永恒课题与前提。教育水平不高，发展忧患多多；劳动者素质不佳，发展必受羁绊。

2）我国处于工业化中后期，重化工工业较活跃，较快进入科技含量大、深加工和现代服务业发展之轨道是当务之急，走提升劳动者素质促发展和内生增长之路是永续发展要径。绿色发展、绿色社会需加强人力资源建设和大批具备较高素质的劳动者构建、维护。实现 GDP 绿色增长和社会全面发展；发展人性和有尊严、体面地生活；让公民精神与物质均发展、丰富，都需要教育、培训，需要优化各层次人力资源及建设。充分利用教育、培训型塑，提高劳动者素质，提升劳动者生活品质、品位，这是科学发展的旨归与实务。做实教育，做好培训，改善、提升劳动力素质，才能有效地提高科技、创新力与软实力，扩大增长空间与发展水平。推进、达成科学发展，人的素质及其提高是基石。

3）科学发展重在质量及其提高，经济增长和社会发展要协调、共进，不能有增长、无发展或小发展。与发达国家相比，我国的科技水平差距较大，永续发展仍存在教育、文化与技术等方面的瓶颈。提供充足、优质的人力资源，是科学发展的保障，人的素质及其提高是持续发展关键所在。发展，需提升教育发展力、社会和谐力、文化号召力、科技创新力等，保增长，促改革，惠民生，提高综合国力都得仰仗劳动者素质及其提升。教育是竞争力之源，教育投资则是提升

---

① 姜澎. 中美大学创新体系差别在哪. 文汇报，2010−01−07，第 6 版

国力之本。人力资源充裕、实力壮大了，发展才能从投资推动阶段进入创新推动阶段，才能让发展方式契合发展目的。如是，经济实力、科技力与综合国力及影响力方可增强。劳动者素质不高是发展的路障，开发人力资源、提高人力资本，其功效涉及发展的一切。促进低碳发展、构建绿色中国，教育、培训是基础。人均教育水平与科技实力等上不去，经济规模再大也是苍白、"缺钙"和无血色的。可持续发展源于劳动者素质，发展当加强各级教育与培训，提高人力资本价值。

4）发展，必须优化、发展各级各类教育与培训，必须崇尚知识、人才。为所有教师提供良好的工作、生活条件，这是建设人力资源强国的选择。教育、教师是培育各级人才的母体，发展教育、提高教育质量与大批优秀的教师正相关，优质教育与大批优秀人才的涌现正相关。加强人力资源建设，培养人力资本，提升人力资本水平，促使公民心强、身壮，这是发展的根本。科学发展与否取决于"短板"，即广大百姓的受教育水平及其生活质量、幸福指数的高低。2009 年，知名物理学家、香港科技大学校长朱经武卸任时，为香江赠言："教育是一项投资，人才就是产品，一定要有耐性。"在接受中新社记者采访时他说：发展教育，首先要增加财力支持，愿意投资，且需要具备耐心；给教育界"松绑"相当重要，越宽松越好，让学校、教师都能主动起来，发挥创意。

参 考 文 献

黄雨清等 . 2010 - 03 - 12. 要让职工素质跟上转方式步伐 . 劳动报，第 3 版

加里·贝克尔 . 2007. 人力资本理论：关于教育的理论和实证分析 . 郭虹译 . 北京：中信出版社

上海社会科学联合会 . 2009. 中国经济 60 年：道路、模式与发展 . 上海：上海人民出版社

舒尔茨 . 1990. 人力资本投资：教育和研究的作用 . 蒋斌，张蘅译 . 北京：商务印书馆

曾铁 . 2007. 韩国的教育和经济发展研究 . 发展·效率·公平 . 上海：上海人民出版社

曾铁 . 2009. 人力资源建设：提升科学文化素养和科学发展的基础 . 第一届中国人力资源建设学术研讨会论文集

曾铁 . 教育的经济价值和效果国外研究概述及启示 . 2006 沪徐汇区业余大学课题

曾铁 . 教育和经济发展关系研究 . 2004 年安徽省教育厅人文社会科学研究项目（2004SK192）

曾铁 . 2008 科学教育与科学发展关系的现实思考 . 第四届中国科学学与科技政策研究会学术年会论文集

张春敏等 . 2009 - 12 - 31. 人力资源是企业发展的"第一要务" . 文汇报，第 8 版

郑若麟 . 2010 - 01 - 13. 从棒杀到捧杀：法国媒体忽悠谁 . 文汇报，第 7 版

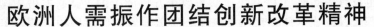

欧洲人需振作团结创新改革精神

——由欧洲债务危机说开去

裘元伦

中国社会科学院欧洲研究所

2010 年 5 月 10 日凌晨，欧盟 27 个成员国财政部长达成了一项总额为 7500 亿欧元的救助机制，以帮助可能陷入债务危机的欧元区成员国，防止希腊债务危机蔓延。这项被称为"欧洲稳定机制"的资金来源由三部分组成：一是欧元区成员国政府共同为一个"特殊目的机构（SPV）"提供担保，以便让该机构能在市场上筹集 4400 亿欧元资金，用于向陷入困境的成员国提供流动性贷款；二是欧盟全体成员国将通过扩大现有的国际收支援助基金提供 600 亿欧元；三是国际货币基金组织将提供至少 2500 亿欧元。与此同时，欧洲中央银行也打破常规，同意购买欧元区成员国政府债券和其他货币市场证券，以纠正证券市场的偏差。这一巨额救助方案一经出台，果然立竿见影，当日欧美股市大涨，欧元对美元汇率回升。然而这种兴奋仅持续了一天，第二天开始即又回归疲态，因为投资者怀疑欧元区"问题国"难以实行为得到救助而必须履约的大幅度削减公共开支和增加税收以减少财政赤字和政府债务，市场依然非常担忧欧盟一些成员国的财政和整个经济前景。不仅如此，人们甚至对欧元本身能否继续存活、对欧元区是否可能消亡以及对欧盟是否会走向瓦解等这样一些欧洲的根本性问题提出质疑。诚然，欧洲目前的债务危机"冰冻三尺，非一日之寒"，它有深刻的国际背景，也有严重的欧洲内因，的确必须十分重视，应对克服，但笔者并不全然认同某些过于唱衰欧洲的论调，相信欧洲大多数人的文化和理性，只要他们真正努力重振团结、创新和改革精神，旧大陆终将会获得新气象。

一、国际背景：西方地位相对下降，尤对欧洲信心减退

2009～2010 年是欧美国际地位明显相对下降的年份，其主要直接动因是几乎殃及整个西方的国际金融危机和严重经济衰退。但是这一相对下降过程并非始自这两年，它可以追溯到前些年，追溯到 1989～1991 年的东欧剧变、苏联解体、西方最得意的那个时期，甚至可以更远地追溯到 1978 年底中国决定实行改革开放之时。西方地位相对下降，一个深刻的长期原因是欧美国家对最近二三十年国际形势发展及其前景的重大误判，某些后发"新兴国家"的迅速崛起则是另一个促动因素。

遥想 1989～1991 年东欧剧变、苏联解体时，欧美国家认为从此以后这个世界

就将永远是西方资本主义一统天下，美国作为唯一超级大国更将长期独步全球。当时它们也没有把此前 1979 年已经实行改革开放的中国等新兴发展中国家放在眼里。欧美国家好像觉得自此它们可以随心所欲地做它们想做的事情。美国人在最近二三十年主要在做三件事：一是尽情地享受生活。美国人习惯寅吃卯粮，过着"大少爷"生活，消费超过生产，进口大于出口，国内外负债累累；加上新自由主义泛滥，人们认为资本主义从此可以不受约束地自由发展、自由发挥，结果"自由"过了度，疏于管控，最终导致严重国际金融危机与战后空前的经济衰退，其影响深远，后果严重。二是在世界各地强力推行美国式的"自由民主"制度，"和平演变"、"颜色革命"、强加战争等手段无所不用其极，其全球战略后果目前尚难判断，但已给美国带来重重麻烦。三是四处发动战争，特别是阿富汗战争和伊拉克战争，使人力、物力、财力消耗巨大，美国深陷困境，自绑手脚，难以他顾。在此期间，欧洲人也在忙着做三件事情：一是一心一意追求提高生活质量，过安逸日子。这本是一件无可非议的事情，但欧洲人的这种追求似乎缺少一点经济增长和致力发展的基础，长期的经济不振，财政困难日重，使"欧洲模式"引以为傲的社会福利制度难以为继。二是积极致力于制定经济规则。战后欧洲人没有提出过一项足以引导世界发展的宏大经济理论，但他们能把一件一件具体事情办得相当细致精密。其中之一就是欧盟制定了大量的经济规则，它们当然首先是适用于欧洲内部市场，但同时要求进入欧洲市场的其他国家也要遵守这些规则，从而使它们具有一定的世界经济规则的意义。不过，随着欧洲地位的相对下落，欧盟区外的国家究竟能接受到何种程度，还有待观察。三是大力推进欧盟的不断扩大与深化，这无疑具有重大而深远的战略意义，但同时也不断地带来了一大堆难题，使欧盟更难运作和发挥作用。"两德"统一和欧盟从 15 国扩至 27 国这两件大事，给欧洲带来的负荷特别沉重，至少在一段相当长的时间内限制了它的行动能力。欧美国家上述专注于自己作为的行事结果，无意中为外部世界其他不少国家方便利用从而获得了难得的发展机遇。值得注意的是，今日西方似乎已经意识到了这一点。

欧美国家最近二三十年对国际形势严重误判的另一个表现是在经济全球化问题上。自 1979 年中国走上市场经济发展道路，1989～1991 年东欧剧变、苏联解体之后，世界上几乎所有重要一些的国家都走上了市场经济之路，经济全球化从此具有真正"全球"的含义。商品、服务、资本、人力的国际自由流动速度大大加快，流动规模急剧扩大。其中特别重要的一点是，全世界突然有 20 亿左右的"新"劳动力参与到激烈的国际经济竞争之中。这些劳动力中的绝大多数不仅价格便宜，而且吃苦耐劳。他们的劳动工资一般仅占所在国出口产品成本费用的百分之几，而欧美国家的相应比重则在一半左右。这使发达国家的同行难以与之竞争，加上资本、企业甚至整个行业外迁，对欧美国家的经济与就业产生了一定的影响。当然，也给那里的消费者等带来不少好处。让欧美国家更感紧张的是，这些廉价劳动力开始时主要集中在劳动密集型工业部门，随着时间的推移，他们中的一部分人，特别是那些有一定文化知识技术的人日益进入资本密集型行业甚至知识科技密集型行业，这给西方世界同外部国家的经济关系从以前的强调互补、合作添加了从此更多关注替代、竞争的新因素。这些后果是欧美许多国家始料不及的，特别对于欧洲。经济全球化的发展进程表明，它并不像早先有人预言的"美国化"、"西方化"。所有这一切的后果是，经济全球化出现了利益重新分配的新局面。西方世界固然获得了意义深远的制度性利益（"市场经济"推广到了全世界）、规则性利益（由西方主导制定的国际经济规则推行到了全世界）、典范性利益（迄今为止公司企业经营范本基本上还是来自西方）以及巨大的商业性利益（通过贸易、投资、技术等），但总体说来，世人对西方的信心有所下降，尤其是对欧洲。不少发展中国家也在不同程度上，从积极参与经济全球化中获益，但与此同时，另有一批最贫穷、最落后的国家几乎被排挤到了经济全球化的边缘，处境艰难；一些"新兴国家"则获益匪浅，它们利用现有的国际经济秩序框架，扬长避短，努力发展壮大自己，又适逢欧美陷于困境，在国际上迅速崛起，成为促成新的世界格局的主要因素。

然而，新的世界经济政治格局至今还远未定局。诚然，伴随着"新兴国家"崛起而来的世界力量对比发生的某些位移，最近这场危机与衰退带来的沉重打击，更是让欧美国家目前显得困难重重，而且还会"痛苦"一些时日，但人们不宜过分低估西方的自愈能力。事实上，"在过去的一个世纪中，自由市场至少已经死过10回"："死于布尔什维克革命、法西斯的国家干预政策、凯恩斯主义、大萧条、第二次世界大战时期的经济控制、工党于1945年取得胜利、又一次的凯恩斯主义、阿拉伯石油禁运、安东尼·吉登斯的'第三条道路'和目前的金融危机"。西方将最终挺过这次危机和衰退，并可能会以新的面貌出现在一个已经大大变化了的世界上。同时，"新兴国家"借"后发优势"将会继续发展，相对地位还将进一步提高。与此相对应，西方地位还会呈现相对下降。对此，人们不必过于看重。自18世纪六七十年代英国第一个开始工业革命，并用大约100年的时间基本上实现了工业化，从而使资本主义生产方式在欧美逐渐牢固地确立以来，欧美主要国家迄今还从未发生过某个国家绝对衰落的情景，相信将来仍将如此。如果考虑到经济数量与质量是两码事，科技创新与模仿是两码事，一般社会稳定与社会公平公正是两码事，有房有车有钱与人的道德教养是两码事，一般国家的国际合作与欧盟程度的国家联合是两码事，那么，欧洲在当今这个世界上仍占着某些相对优势。欧洲并不是"没落的贵族"，而是世界的先行者。当然，欧洲人必须十分重视这次国际金融危机、严重经济衰退和最近债务危机给欧洲地位与声誉所造成的损害，并从中吸取经验教训。

二、欧洲内因：长期经济增长缓慢，方方面面问题成堆

2010年4月始发于希腊的欧洲债务危机，看似突如其来，其实有一系列深

刻的内外原因。除了上述的国际背景外，欧洲内部长期积累起来的一大堆经济社会问题是其中的主要因素。首先，最近二三十年来，欧洲经济增长长期缓慢，其消极后果影响严重深远：对内，经济增长乏力极大地动摇了欧洲人引以为荣的以社会福利制度为核心内容的"欧洲模式"根基；对外，随着竞争力的相对削弱，欧洲的国际地位日渐下降。其次，由于长期经济增长缓慢，而社会福利（主要是医疗、养老、失业这三大块）开销和其他公共支出却有增无减，致使欧洲许多国家财政支出占 GDP 的比重趋向上升，同时财政收入占 GDP 的比重却呈现下降，结果是财政赤字日增，政府债务膨胀。加上 2007 年始于美国的次贷危机于 2008 年演变恶化成为国际金融危机和世界经济衰退，殃及本已相当脆弱的欧洲经济、金融和财政。2009 年欧洲大多数国家财政赤字猛增，政府债务大涨，今后两三年内也难以根本改观，且有进一步加剧之势。这不仅是指希腊、葡萄牙、西班牙等国，而且也涉及英国、意大利、法国甚至德国等欧洲主要国家。这是当前欧洲的软肋。最后，针对欧洲的这一薄弱环节，美国和美元的政策在有意或无意之中又重击几拳，如美国信用评级机构把希腊国债降为"垃圾"级等，给欧洲雪上加霜。

　　欧洲经济在经历了战后 1950～1973 年的恢复繁荣期之后，增长速度一路下滑：1960～1970 年欧盟 15 国地区 GDP 年均增长率为 4.8%，1970～1980 年为 3.1%，1980～1990 年为 2.4%；进入 20 世纪 90 年代以后，欧盟 27 国及其欧元区 16 国地区的 GDP 年均增长率总体趋向进一步走低：1992～1996 年欧元区与欧盟相应为 1.5% 和 1.4%，1997～2001 年相应为 2.8% 和 2.9%，2002～2006 年相应为 1.7% 和 2.0%，均低于美国 1～2 个百分点。2006～2007 年是欧洲最近这一经济周期的景气高点年份，欧元区与欧盟的 GDP 增长率各达 3% 左右，略高于美国。2008 年开始下行，欧元区与欧盟的 GDP 增长率仅为 0.6% 和 0.7%；2009 年则是战后欧洲经济衰退最为严重的年份，经济分别绝对萎缩了 4.1% 和 4.2%，2010 年预测经济恢复性增长不会超过 1%。欧洲经济增长长期缓慢，特别是当前的严重金融危机和经济衰退，使旧大陆多年来积累起来的一大堆经济社会问题突显出来：经济缺乏活力与动力；全民福利制度难以为继；社会呈现惰性甚至开始分裂；政治生态环境明显恶化；失业问题日益严重；国际竞争力普遍下降；欧洲一体化进程屡屡受阻；一些国家政府面临无力归还对外债务的困境，如此等等。

　　2007 年开始肇事于美国、至今仍阴霾尚未完全散去的国际金融危机和世界经济衰退，使欧美国家的财政状况骤然吃紧，收入减少，支出增加，赤字扩大，债务膨胀。在欧元区 16 国中，政府支出从 2007 年平均占 GDP 的 46% 猛增到 2009 年的 50.7%，政府支出占 GDP 的比重上升了近 5 个百分点。其中，希腊从 44.7% 升至 50.5%，上升了近 6 个百分点；西班牙从 39.2% 升至 45.9%，上升了近 7 个百分点；葡萄牙则从 45.7％升至 51.0％，上升了 4 个多百分点。与此同时，政府收入却普遍减少，整个欧元区平均从 2007 年的占 GDP 比重的 45.4％下降到 2009 年的 44.4％，即减少了 1 个多百分点。其中，希腊的财政收入占 GDP 的比重从 39.7％下降到了 36.9％，大约萎缩了 3 个百分点；西班牙的从 41.1％下降到了 34.7％，减少了近 6.5 个百分点；葡萄牙的从 43.2％下降到了 41.6％，减少了 1.6 个百分点。结果是欧元区 16 国和欧盟 27 国，无论是财政状况表现相对较好的国家还是较差的国家，财政赤字全部大增。欧元区国家的财政赤字，平均从 2007 年占 GDP 的 0.6％猛升至 2009 年的 6.3％和 2010 年的 6.6％，即上升了 6 个百分点。其中，希腊从 2007 年的 5.1％升至 2009 年的 13.6％，上升了 8.5 个百分点；西班牙从 2007 年财政盈余占 GDP 的 1.9％变为 2009 年财政赤字 11.2％，上升了 13 个百分点；葡萄牙从 2.6％升至 9.4％，上升了近 7 个百分点。欧元区国家政府债务总额则从 2007 年平均相当于 GDP 的 66.0％上升到了 2010 年的 84.7％，即上升了 18 个百分点，其中希腊、西班牙和葡萄牙分别上升了 29 个、28 个和 22 个百分点。在经常项目收支方面，2005～2009 年，希腊、西班牙、葡萄牙三国年年大幅逆差，希腊逆差占 GDP 比重为 11％～15％，西班牙为 5％～10％，葡萄牙则为 10％～12％，这就意味着它们的外债在不断增加。2009 年希腊国债的 70％由外国持有。仅外资银行就持有希腊政府和私人债券 2362 亿美元，其中欧洲银行占 1886 亿美元，法国最多，为 752 亿美元，德国次之，为 450 亿美元，接着是美国 166 亿美元，英国 150 亿美元，荷兰 119 亿美元。希腊债务危机再次警示人们一个再浅显不过的道理：无论是个人家庭还是国家政府都不能长时间地过那种入不敷出的"好"日子。

三、前路愿景：欧洲人需振作团结创新改革精神

2010 年 5 月欧盟为防止希腊债务危机蔓延成为欧洲债务危机而出台的 7500 亿欧元（1 万亿美元）救援计划，虽然规模空前巨大，但仍未能完全消除欧洲内外许多人士的担忧。这是有缘由的。人们怀疑这笔相当于欧盟 GDP 总额 6％的巨额资金最终究竟将如何筹措落实到位；英国不参加救助计划，另有多国也不愿沾边，即使在欧元区内部也意见分歧，其实德国、荷兰、卢森堡等国内心并不怎么愿意，法国、意大利等国则力主积极行动；近些年来，欧洲不断"出事"，人们已经对欧元、欧元区甚至整个欧盟产生了不信任；担忧希腊债务危机扩散到欧洲甚至全球，欧洲其他不少国家，且不说希腊、葡萄牙、西班牙，即使英国、意大利、法国甚至德国都存在诸多金融风险和财政困难；怀疑希腊等国能否真正实行严厉的紧缩政策而又不引起社会的强烈不满，直至使欧洲陷入社会动荡，欧洲许多国家政府目前正处于一种相当棘手的两难困境之中，即既要财政紧缩，又要经济增长；以社会福利制度为核心内容、追求效率与公平兼顾的"欧洲模式"受到质疑，事态似乎已经表明，欧盟民众的悠闲富裕生活并不能使欧盟变得更加强大和更有吸引

力；欧洲一体化制度设计存在缺陷，当前特别突出的是如何对待一直存在的两堵隔离墙，一是货币主权与财政主权分离，二是欧洲央行主要以防止通货膨胀为己任，不过问欧元区成员国内部的财政事务，如此等等。诚然，当今欧洲存在的问题确实又多又难，但考虑到欧盟一系列根本性的有利条件，包括其占世界第一的经济规模，相当先进发达的科技实力，深厚丰富的历史经验，无与伦比的文化底蕴，欧洲联合的伟大成就，欧洲民众的良知理性……笔者对欧洲的前路愿景并不悲观。当然，为改变目前的逆境，欧洲人需要做出极大的努力，沿着欧洲一体化事业过去 60 年总是在艰难曲折中前行的轨迹，重振欧洲人的团结、创新和改革精神。

欧洲人目前特别需要加强团结。首先是欧盟各成员国内部，尤其是在希腊等"问题国"内部，公民们应发扬"共赴国难"、"同克时艰"的团结精神。尽管各成员国内部社会各阶层之间利益分歧不小，收入差距达 6～7 倍之多，要让它们达成团结一致并不容易，但欧洲人的良知和理智终将促使他们人人都得承担一份力所能及的对国家的责任。其次是欧盟各成员国之间的团结。欧盟 2007 年初扩大为 27 个成员国之后，其内部地区间的贫富差距进一步拉大，最富裕地区的购买力比最贫困地区高出 11 倍以上。加上其他一系列重大差异，它们之间的团结也不容易。但欧洲一体化已为它们之间的联系编织了一个相当精密而又牢固的网络，而且这次救援"问题国"的大行动，从根本上来说也符合那些目前处境尚可的成员国的利益，包括德国。最后，欧盟成员国目前应先在加强监管措施再在改革金融财政体制问题上达成共识。在这方面，为了减轻人们的担心，欧委会已于 5 月 12 日提议建立一个永久机制为陷入困境的欧元区成员国政府提供财政支持，并对欧盟成员国政府制定各自财政预算施加更大的影响，以从源头上防止债务危机的发生。今后欧盟成员国在出台每年的预算方案前都需要经过相互间评议，以确保各国预算符合欧洲标准，不会对其他成员国的稳定构成威胁。对于一再违反欧盟财政纪律、赤字或债务严重超标的成员国，欧盟将考虑采取必要的惩罚措施，包括冻结欧盟拟提供的资金等。

欧洲人还需大力发扬、提倡和加强创新精神。欧洲经济增长长期缓慢乏力的一个重要因素是欧洲人缺乏创新的活力与动力。这是在欧洲社会福利制度背景下欧洲社会呈现惰性和其他一系列因素共同作用的结果。例如，欧洲的研发投入不及美国，前者约占 GDP 的 2%，后者则接近 3%。欧洲人的人力资本投入也落后于美国：在美国劳动力中，只受过初等教育的人仅占 13%，受过中等教育的为 49%，受过高等教育的为 38%，而欧洲相应的数字分别为 32%、42% 和 26%。在向美国的移民中，高技术素质劳动者占 3.2%，而欧盟仅为 1.7%。欧洲产品市场规制较多，新创立企业负担高于美国。欧洲资本外流，流出量远远大于流入量，截至 2008 年底欧洲对外直接投资（FDI）存量达 136 236 亿美元，外国流入欧洲的直接投资存量为 102 129 亿美元，欧洲 FDI 净存量超过 34 000 亿美元。欧洲劳动力市场欠灵活，3/4 的欧盟成员国有各种形式的法定国家最低工资制度，集体谈判制度在欧盟原 15 国中覆盖范围达 68%，而美国仅为 12.5%，这影响着欧洲劳动力成本，大多数欧洲国家劳动力成本高于美国。欧洲金融市场规制差异大。尽管欧洲统一市场已在 1993 年宣布建成，但各种市场限制依然较多，金融领域规制差异较大，各成员国为其他成员国在本国的活动设置了许多障碍。欧洲的风险资本市场发展水平较低，1997～2008 年，欧盟风险资本占 GDP 的比重从 0.03% 上升到了 0.10%，美国则从 0.08% 上升到了 0.24%，欧盟风险资本投资占 GDP 的比重大约仅为美国的 1/3。欧洲还迫切需要寻找新的经济增长点，这里包括大力扶持各种绿色产业，使欧洲传统支柱产业——机器机械、电气电子、化学化工、汽车制造等更加先进，进一步发展信息技术产业，加强发展服务业，特别是物流业、金融业、租赁业等，以缩小在服务领域与美国的差距。一句话，欧洲极需从各方面鼓励创新精神。

欧洲更需要改革。首先是必须对社会福利制度做出合理调整。"欧洲模式"的这个核心内容本质积极，原意在于在效率与公平之间取得正义的相对平衡。但欧洲的社会福利制度早先是在一些合理的假设前提下建立起来的，主要包括：一国从生产到消费的整个经济活动过程可以在本国或西欧邻国之间，至多在西方世界内完成，它们相对同质；一国（如德国）的劳资协议基本上可以在不考虑外部世界的条件下确立并行之有效。而在冷战结束之后，全球有 20 亿廉价"新"劳动力突然投入到国际经济竞争中，上述假设已不再成立，欧洲社会福利制度必须改革，使之成为主要用来救助真正需要救助的人，而不是锦上添花，广被"滥用"。其次是欧盟某些重要条约内容也许要做一点必要的修改或新的解释。例如，《马斯特里赫特条约》、《稳定与增长公约》和《里斯本条约》等规定的"不挽救"原则，即一个成员国不允许为另一个成员国的债务负责，现在人们应考虑使这一原则变得稍微灵活一些；欧洲央行不得购买成员国政府债券，除非是遇到特大的自然灾害，而 5 月 10 日的救助计划显然已经突破了这一框定。欧洲央行职能只顾"避免通货膨胀的危险"也受到了一些人的质疑。

总之，欧元、欧元区、欧盟目前正在经历一个十分艰难的阶段。这一阶段也许还会持续几年甚至更长的时间。然而笔者相信，经过 2009 年甚至还可能紧随发生的什么危机之后，欧洲可能将不再是原来的欧洲，2014 年起欧洲改革条约《里斯本条约》将会全面生效，"欧元区"不无可能逐渐朝"欧元国"方向发展。欧洲一体化（从欧洲煤钢共同体算起）60 年的历史跌宕起伏、渐次推进的前行过程，提示着人们可以对欧洲的未来怀有积极的期待。

关于金融危机与人口老龄化问题

胡伟略

中国社会科学院人口与劳动经济研究所

金融危机开始后，中国内地以外有人就把它与我国的人口发展特别是人口老龄化联系起来，认为中国人口老龄化的风险超过金融危机，过剩的货币是由中国过剩的男孩造成的，债务危机是人口老龄化惹的祸，人口老龄化是中国经济发展的"堰塞湖"。笔者曾多次阅读和思考这些文章，觉得它们的基本观点是不能接受的。

一、过剩货币不是由过剩男孩造成的

2009 年中期，有人认为：中国新生婴儿中的男孩开始远远超过女孩。结果当然是大量的剩男。缺少女性使中国的婚姻市场竞争过度，有男孩的家庭试图通过积累更多的财富来提高儿子的竞争力。而很多中国家庭积累财富的方式只是储蓄，少量投资也往往以高比例储蓄为前提。这一理论得到了统计数据的支持，在男女性别比失衡的地区，有儿子家庭的储蓄率更高。

认为高储蓄率造成当下的消费不足和银行资金过剩，此二者对经济情势有推波助澜之嫌。消费不足使中国的内部需求无法有效填补外部需求剧减形成的窟窿，银行资金过剩在银行因故不能审慎放贷时会加剧资金使用的无效率，两者相加则可能意味着过剩的产能、悄悄生长的坏账和通货膨胀压力。

中国高储蓄率有多种原因：中国的社保制度不健全，老百姓有预防性储蓄的需求；传统文化教导国人量入为出，不要提前消费；金融发展水平滞后所致，如买房子要储蓄；人口年龄结构所致，劳动人口多的储蓄率一般会比较高，所以居民储蓄率也较高；中国总体储蓄率高源自较高的企业储蓄率，而企业储蓄率高是因为国有企业的治理欠佳。

生男生女对储蓄有些影响，但不是主要的更不是全部的。有一种说法，认为生男孩是建设银行，生女孩是招商银行，也就是说，生男生女对父母造成的经济负担是不同的，是有结构性影响，但不造成更多的货币。

二、债务危机不是人口老龄化惹的祸

金融危机还没有解除，紧跟着就爆发了欧洲债务危机。欧洲债务危机一开始主要是希腊等国的中央政府的主权债务危机，其实还有地方政府的债务危机，以及大公司、大企业的债务危机。

从根本上讲，欧洲债务危机是自身长期积累的结构性矛盾的一次集中爆发，是由多年外部危机和长期内部失衡的交织累积、财政与货币政策二元性矛盾以及东西欧洲债务链条引发的金融经济危机。

首先，欧洲债务危机根源在于各国宏观经济结构矛盾重重的发展失衡大爆发。

其次，欧元区财政赤字问题由来已久，凸显了欧元区财政与货币政策运行二元背反性的深层次冲突。分散的财政政策和统一的货币政策的矛盾是欧元区特有的政策运行二元背反性矛盾，要建立更大规模的统一财政预算，势必更进一步剥夺各成员国的财政权。

最后，西欧债务危机也受前期东欧债务危机所累。多年来，东西欧一直存在着极强的债务链 关系。具有高报酬率的东欧新兴市场成为有吸引力的投资洼地，资本的高回报率为进入后工业化的西欧提供了持续发展的内在动力，西欧的资本也极大地推动了东欧经济的繁荣。但是，金融危机的爆发彻底打破了东欧与西欧的经济关系，资产大幅缩水的西欧银行纷纷收紧银根，对包括东欧在内的信贷骤然减少，复苏乏力的西欧国家越来越难以振兴经济并承担债务，被欧洲一体化势头所掩盖的深层问题充分暴露出来。

三、人口老龄化是中国经济发展的"堰塞湖"吗

2009 年重阳节时，有人在报上提出人口老龄化是中国经济的"堰塞湖"，认为：由于中国实施了 30 多年的计划生育政策，长期的低出生率导致目前中国人口老龄化的趋势似乎已难以逆转。特别是出生于 20 世纪 70 年代和 80 年代后的独生子女在未来将面临更严重的老龄化挑战。中国经济增长倚靠的劳动力优势，在人口逐渐老去之后将成为中国经济最大的"堰塞湖"。

目前中国养老金个人账户基本处在空转的状态下，中国实际上实施的还是现收现付的养老保障体制。在目前适龄劳动力人口较多的情况下，才仅仅勉强支撑低水平的养老保障，随着人口逐步老龄化，现收现付体制无疑将面临越来越大的压力。今天是中国的老人节即重阳节，但对于目前中国的人口结构而言，显然并不那么乐观，未来中国经济增长将失去最强劲的动力。

笔者研究认为，马克思在《资本论》第二卷中分析资本流通的三种形态时，创立了社会再生产要求有关货币资本、生产资本、商品资本三种形态的并存性与继起性相结合的普遍性、规律性理论。用这种理论来分析未成年人口、劳动年龄人口和退休年龄人口的并存性与继起性也是实用的、科学的。笔者提出，以以人为本的科学人口论观察人口发展进程，就要进一步掌握这三种人口形态的并存性与继起性的规律，正确处理三种人口形态的并存与继起之间的结构关系。年龄结构是基础，一般来说，在进行工业化的时期，劳动年龄人口总是比重大、数量多的，这是人口经济结构变动的基础。随着经济现代化的发展，在业人口的产业结

构不断优化。

未成年人口、劳动年龄人口和退休年龄人口的并存性与继起性，也可以用不同的江河湖海来比喻。"长江后浪推前浪，一代新人赶旧人"。当老年人口比重刚刚进入老龄化指标时，就成为江河型的人口老龄化，这时需要适时调整人口年龄结构。如果调整不力，老年人口的数量和比重快速增长、大量增加，就会形成瀑布型的人口老龄化，也可能出现拥堵现象。但中国经济发展的动力是多方面的，人口老龄化加重会给经济发展造成压力，但不至于成为"堰塞湖"。

四、人口老龄化怎么可能比金融危机的风险更大

中国进入老龄社会的时间，虽然比发达国家晚，但从 1970 年开始仅用了 30 年。老龄人口增长速度快于人口出生速度，20 世纪后半期还呈现加速增长态势。60 岁及以上人口年均增长速度，1950～1975 年为 2.1%，1975～2000 年为 2.8%，2000～2025 年将为 3.3%。从老龄人口总量增加来看，60 岁及以上老龄人口 2000 年 1.3 亿，21 世纪前半期将连续增加为 3 亿、4 亿甚至更多，始终位居世界第一位。在未来很长一段时期里，重要的人口问题不仅是人口总量继续增加，还会出现老龄人口总量和比重上升的新型人口问题。

发达国家应对老龄社会发展有许多经验可以借鉴，但它们是在实现现代化并经济发达之后出现的老龄问题，先富后老，然而它们至今仍然感到老龄问题对经济社会的压力不小。中国刚刚进入小康社会就迎来了比发达国家要大得多的老龄问题，先老待富。目前看来，老龄化造成的社会经济负担还不太大，老龄人口比重还不太大，许多老年人还有工作的特长和优势，但是老龄人口多，比重不断上升，对养老金、医疗费用、家庭负担、社会照料、心理状态等都有许多不断加大的负担和影响。

2009 年 4 月外国学者发表了《老龄化风险超过金融危机》一文。其主要观点是：该文作者引用国际货币基金组织（IMF）估计，2007～2014 年，20 国集团（G20）中工业化国家的平均国债负债率［国债与国内生产总值（GDP）之比］将上升至近 25%。这是一项沉重的负担。但到 2050 年，这场危机的成本最多只会有人口老龄化带来的财政成本的 5%。IMF 指出："虽说这场危机造成了庞大的财政成本，但至少在发达国家，长期财政偿付能力面临的主要威胁仍来自不利的人口变化趋势。"

在英国，政府预计到 2017～2018 年，老龄化每年带来的额外成本将达到 GDP 的 1.6%。据英国《金融时报》估算，增加的相关开支相当于为国债负债率上升 37% 偿付利息。而金融危机和经济衰退预计将使国债负债率上升 29 个百分点。在法、德、美等国，经过长期的相对平静后，人口成本在未来 10 年将突然恶化。未

来 10 年内，老龄化问题将使纳税人的日子相当艰难。

笔者认为，这里用作对比的统计指标是不具有可比性的。应对金融危机所用的国债，与国民收入分配中的养老金，不是同一类货币支出。金融危机是金融资本主义及其代表思想新自由主义的爆发结果，人口老龄化则是人口结构变动时老年人口增多引起的。

解决人口老龄化问题，需要靠发展经济，要富裕起来。富裕起来后，更多地花费养老金，并不算大问题。经济发达和社会富裕后，极易产生贫富差距扩大，暴富的暴发户疯狂追逐暴利，炒作金融及其衍生品市场，必然引爆金融危机。有人说人口老龄化比金融危机影响更大，显然是转嫁危机，嫁祸于人口老龄化。

金融危机不同阶段对我国的影响是不同的。在次贷危机阶段，影响不大。转为金融危机后，由于我国有资本性项目不能自由兑换制度，影响有限。2008 年底危机波及发达国家的实体经济，工商企业困难，失业大量增加，居民收入与消费减少，对我国产品需求下降，我国经济外贸依存度高，造成出口突然减少，从而对我国经济产生实质性影响。2009 年后半年，经过反危机措施作用，我国经济出现回升向好势头，但全球将进入后危机阶段，危机的影响进入到深层次领域，需要长期治理。这种影响比人口老龄化要深远得多。不能把资本制度及其意识形态的深刻弊端用人口老龄化来转移，把金融危机的影响嫁祸于人口老龄化。

国际移民与现代化：以中国为例[*]

刘国福

北京理工大学法学院

一、现代化进程中的国际移民因素

移民在不同的语境下，含义各异。就国际流动人口而言，移民是国际移民的简称，即离开本人祖籍国或此前的常住国，跨越国家边界，迁徙另一国家的人。关于移民涵盖人群，至今没有一个公认的比较科学系统的理论界定，完全取决于

* 基金项目：国家外国专家局 2010 年引进国外智力软科学研究项目"技术移民法律制度研究"阶段性成果，项目编号 20100002004。德国洪堡基金会研究项目"移民法面临的挑战和未来构建：以中国为视角"阶段性研究成果（3.2-CHN/1123121 STP）

一个国家或国际组织的规定。广义的国际移民包括所有跨国流动的人员，不受迁徙原因、迁徙时间和迁徙空间的限制。狭义的国际移民是指以定居为目的，迁徙至另一国家并居留 12 个月以上人员。就一个国家现代化建设而言，国际移民应取广义含义，因为任何一种跨国流动人员都会对国家的现代化建设产生影响，只是影响的性质和程度不同。国际移民组织驻华联络处主任辛达培指出，国际移民在 2000～2009 年经历了快速的增长，国际移民总数从预期的 1.5 亿人增长到 2.14 亿人，占全球人口的 3％。这种快速增长得到了各国政府和公众社会的普遍关注，各国政府与公众社会都面临着解决人口流动的日常影响问题，包括对经济与社会的影响[①]。国际移民的未来发展必然会呈现出人员跨国流动、可能的族群冲突、传统民族观和国家观面临严峻挑战三个趋势。[②]

现代化并非是在一个国家内部孤立、封闭的发展过程，而是国际范围内多种因素作用和影响下开放性的变迁过程。事实证明，任何国家都不可能单独实现向现代文明的转变。外部因素和内部因素的碰撞、交融和互动，是影响一国现代化起始、发展和模式转换的重要力量[③]。《中国现代化报告 2006》指出，社会现代化始于 18 世纪中叶，它是人类社会变迁的一个重要组成部分。从人类诞生至今，社会变迁就一直在发生，将来还会持续下去，现代化也会如此。现代化既是一个持续过程，又是一个有阶段的过程。迄今为止，社会现代化第一次浪潮（1763～1870 年）、第二次浪潮（1870～1913 年）、第三次浪潮（1946～1970 年）和第四次浪潮（1970～2020 年）均以人员跨国流动的大量增加为其主要内容之一。

国际移民是现代化动力机制中的一个重要因素。现代化最根本的特征是社会结构的根本性变化，从一个封闭的、平衡态或近平衡态的社会结构转变成一个开放的、远离平衡态、内部存在着物质能量信息的宏观流动与转换，因而拥有自我持续发展的强大动力的社会结构。实现这种转变的首要因素是社会开放。人口流动尤其是跨国流动必然能促进社会开放。不同的移民带来了不同的基因、技能、思想、宗教、文化和生活习俗，而不同民族间的相互交往和通婚，不同文化间的相互交流和撞击，又会整合出新的人群和新的文化，从而促进了移民移入国社会要素的多样化。社会要素越多，形成的协同动力机制就越大，一国的政治经济文化的发展就越强劲有力[④]。澳大利亚社会学家斯蒂芬·卡斯尔斯教授认为，"移民

---

① 辛达培．流动人口对社会和经济发展的影响．2010－07－07．http：//www.chinapop.gov.cn/rkldqyyczh/zt3/201007/t20100707_209138.html

② 李明欢．当代西方国际移民理论再探讨．厦门大学学报（哲学社会科学版），2010（2）：5～12

③ 陈振昌．现代化的开放性——论外部因素对民族国家现代化进程的影响．西北大学学报（哲学社会科学版），2009（3）：53～58

④ 毕道村．现代化本质——对中世纪以来人类社会变化的新认识．北京：人民出版社，2005：184，349

问题在当今绝大多数国家的社会转型过程中起着关键的作用，移民既是全球变化的结果，也是移民输出社会和接受社会进一步变化的强大推动力量，不但在经济方面的影响立竿见影，而且还会影响到社会关系、文化、国家政治和国际关系"①。

纽约、东京和伦敦等国际化大都市都是国际移民城市。根据 2000 年美国人口综合统计，纽约人口的种族构成复杂，35.9% 的人出生在国外。移民是纽约城市化的重要推动力，造就了纽约城市的商业精神，推动了纽约城市人口结构的优化，奠定了纽约多元文化的基础。纽约文化产业的发展不但提升了纽约的文化品位和文化魅力，繁荣了纽约全球化经济的发展，也带动了相关产业的发展。按照 2005 年 8 月 1 日的推测，东京共有家庭数 5 857 800 户，人口 12 536 000 余人，其中办理过有效居住登记的外国人 36 万人②。东京社会开放程度高，对外来人口包容度高，国际移民概念淡化。只要满足条件，任何一个国家的人，都可以在东京发展自己的事业。合法登记过的外籍居民，都可以享受东京的各种国民待遇。伦敦是世界上著名的移民城市，是世界上种族构成最复杂的城市之一，其国内迁移人口与国际移民以 16～44 岁的中青年为主。伦敦移民过程中有一个明显的特点，即从一个国家迁入或者迁出的移民相对年轻、健康状况良好，即所谓的"健康迁移效应"。移民强化了伦敦世界城市的形象，带来了专业人才、资金与机构，使伦敦充满生机与活力。

国际移民对于一个国家和城市的现代化建设利弊兼有，利大于弊。世界经济的全球化发展，离不开人力资源在世界范围内的自由流动。劳动力的全球流动已经成为国际移民未来发展的一个趋势，人力资源世界范围内的流动，也推动了经济的全球化。有序的国际移民活动有利于形成更稳定的国际环境和培育更优秀的本土文化。国际移民作为国际民间外交的重要形式，在一定程度上促进了各国交流，有利于增进本国与其他国家和地区相互了解。国际移民将祖籍国的先进文化和科学技术传播到其移入国，促进了各民族文化的融合。

大量国际移民涌入在就业、住房供给、医疗保健制度等方面给移入国带来巨大的压力。由于大多数移民都来自落后于本国的国家，其本身在经济和社会地位上都与当地居民存在明显的差距，导致社会分化加剧，贫困人口增加，社会犯罪率上升。无序的国际移民活动则会影响移入国的社会和政治稳定，造成环境恶化、民族冲突和国际关系紧张，这些又成为影响地区及世界和平与稳定的危险因素。另外，大量的非法移民通过各种非正规途径逃避国家的控制，进行跨国流动，挑战民族国家管理控制其领土事务的能力。国际移民还可能造成当地居民的多重文

---

① 斯蒂芬·卡斯尔斯，黄语生．全球化与移民——若干紧迫的矛盾．国际社会科学杂志（中文版），1999，2：5，23～30

② 建设世界城市的国际借鉴：从大东京都到东亚世界城市——东京．北京日报，2010-03-10，第12版

化价值认同，危及民族国家的社会及政治稳定①。

二、国际移民在现代化进程中的作用

随着全球化的进一步发展，各国间经济依赖程度进一步增强，越来越多的国际移民在与他国公民交往和沟通的过程中建立起越来越友好的民间联系，国际移民尤其是移民后裔越来越快和越深地融入当地主流社会，国际移民在促进一个国家实现由传统社会向现代社会的转型中发挥了不可替代作用。

国际移民有助于解决一个国家现代化过程中必须面临的市场经济、劳动力、资金、贸易和投资壁垒问题。人口的迁移与恒定性流动是市场经济运作机制中不可或缺的有机组成部分②。国际移民既是人力资本，又是物质资本。作为人力资本，国际移民的劳动力与技术、高科技人才的知识及智力资源都能创造出经济效益。作为物质资本，移民对移出国的汇款以及移民对东道国的税款对经济发展都有重要作用。移民人数增长可以促进移民国家与移民来源国之间双边贸易的发展。据统计，美国移民人数增长 10%，美国对移民移出国的出口增长 4.7%，来自这些移民移出国的进口增长 8.3%；加拿大移民人数增长 10%，加拿大对移民移出国的出口增长 1.3%，来自这些移民移出国的进口增长 3.3%③。从全球化的角度而言，国家可以说是对资源配置的壁垒，而跨国移民所建立的族群网络却突破了这层壁垒，他们通过跨国公司建立了一个跨国界的广阔市场，有助于技术转让和贸易投资联系的加强，使人们从中获取一个国家内部所没有的资源与要素的组合。移民所建立的跨国公司与输出国国内市场的结合，促进了移出国的经济发展，与移入国国内市场结合，从而促进了移入国的经济发展④。

国际移民推动国家的民主政治改革。国际移民回国后扮演政治角色，对输入国的政策提出意见和建议，期望自身在移出国和移入国的权益能得到更好的保护。韩国和中国台湾地区政治的快速民主化，与其回国留学生的日益增多密切相关。国际移民与居住地国家、城市和社区紧密地结合在一起。他们会经常诉求更有利的生存条件或政治条件，并因自身不同的生活习惯和社会价值观形成不同的政治团体，促使很多社会改革运动兴起。日本、韩国的非政府组织发动了一系列的运动，保障移民工人的权益。中国台湾地区的非政府组织则不断呼吁，保护外籍配偶的权益。

---

① 李芳田. 国际移民及其对国际政治经济的影响. 齐鲁学刊，2009（1）：99～104
② 梁茂信. "人力资本论"中的劳工迁移观分析. 求是学刊，2007（1）：123～131
③ 刘庆林. 国际贸易社会网络理论研究综述. 外贸指南，http://article.bridgat.com/guide/process/200804/114.html，2010 - 07 - 14
④ 李其荣，沈凤捷. 跨国移民与东亚现代化——以中、日、韩三国为例. 社会科学，2010（5）：21～30

国际移民促使人们从认同国籍等同公民权利和义务向国籍与公民权利和义务适当分离转变，重塑人们的民族国家观念。居留地的改变影响国际移民身份的认定，国际移民身份的改变影响其享有的权利和承担的义务。这一系列连锁变化改变着传统的国籍原则，即根据国籍将居留在一国领土内的居民界定为本国人或者外国人，并赋予相应的权利和义务的传统原则。世界许多国家和地区不再单纯按照国籍，而是根据居民的国籍和居留情况确认其身份和权利义务的范围，以解决由于人员跨国流动而引起的国籍国与居留国相分离，跨国流动人员的国籍国与居留国的权利和义务不协调的问题。开放地接受外来移民，并使其在当地社会与本地公民平等共生将被证明是一种可能的国家认同的形式。

　　国际移民有助于实现社会文化的动态变动和进化。现代化需要的是多样的和流动的文化，而不是同一的和停滞的文化。一个国家的文化只有实现了自身的现代化，它才能成为一个社会现代化的动力。作为文化承载者和传播者的移民通过自觉不自觉的活动，将更多不同的文化因子带到了原有的系统中，增强了文化的多样与流动性，促进了文化系统的进化。影响中国现代化成败的决定性因素制度不是物质和技术能否现代化，而是观念和制度能够现代化，重视制度和观念的现代化已经成为不可回避的战略选择。如果中国不彻底抛弃封建观念、儒家思想中的糟粕，中国现代化将很难完成。[①] 儒家文化有着推崇和谐、集体主义、勤力节俭等优点，但是也有着德重于法、重农抑商、崇尚保守等缺点，压抑了新思想学说的发展，窒息了人们独立思考的能力，是束缚中国向现代化演进的工具[②]。传统的儒学必须汲取世界一切外来的优秀文化，对自身进行现代化的转换和重构，使之成为符合现代精神需要的新儒学。

　　国际移民有利于居住国形成多元文化社会，提高国家的创新能力。国际移民在移入国的稳定增长、获得永久居留或公民身份和携载文化被接受会催生不同的族裔社区。外来文化会促进本土文化结构的开放和多元，多元文化社会由此形成。如果国际移民居住国能够接受并妥善对待多元文化，将可以从中吸取优秀成分，促使社会结构的宏观有序程度更高，从而提高社会功能，提高国家的创新能力。美国之所以成为现代化程度最高的国家，其中一个重要的原因是美国社会能够吸纳和利用各种文化中最优秀的精华，各种文化给美国增添的各种新成分、新营养不仅使它越来越多样化，也越来越繁荣[③]。人类各社会的发展也不太可能走一条一种文化同化另一种文化的道路，而将是走一条自由选择文化认同并相互融合的

---

　　① 何传启．世界现代化 400 年暨《中国现代化报告 2010》专家座谈会的发言．2010－01－30，http：//www.china.com.cn/zhibo/2010－01/30/content＿19327936.htm

　　② 张建平．论民族文化因素对国家现代化进程的作用和影响：日本、印度和中国在现代化进程中的差异比较．贵州民族学院学报（哲学社会科学版），2005（1）：80～84

　　③ 卡罗尔·卡尔金斯．美国社会史话．王岱，程毓征译．北京：人民出版社，1984：30

道路。

三、中国在国际移民方面与其他国家和地区的差距

中国是一个后发追赶型现代化国家，不同于英国等早发内生型西方现代化国家，在现代化的进程中更需要倚重外部因素。国际移民作为外部因素的携带者和内外部因素的可能结合者，在现代化进程中发挥着不可替代的重要作用。历史上，国际移民曾经推动了中国部分地区经济社会的繁荣。1885 年，国际移民约占上海总人口的 85%，1930 年占 78%。国际移民的不断大规模植入与吸纳，为上海迈向国际性大都市发挥了重要作用，启动了上海早期现代化进程。1942 年，上海国际移民达到 15 万；1949 年，仍然有 2.8 万①。而 2006 年，外国人在上海就业者仅为33 824 人。1912 年，在哈尔滨的俄国侨民有 43 091 人，占当年哈尔滨总人口的73.7%。1930 年在哈尔滨的苏联侨民 27 233 人，无国籍俄罗斯人 30 619 人。国际移民对哈尔滨的迅速崛起有着非常重要的意义，哈尔滨的城市化进程明显是国际移民外力作用的结果。

由于历史原因，国际移民在 1949 年新中国成立后迅速消退甚至消失，直至1978 年的改革开放。改革开放 30 多年来，中国国际移民发生了巨变，大进大出和快进快出的人员国际流动保障了我国与外界的联系。据公安部出入境管理局统计，2009 年出入境人员总数 3.48 亿人次，是 1978 年 566 万人次的 61 倍②。2007 年，40 万外国人持居留证在中国居住。2009 年，全国设立外商投资企业 23 435 家，实际使用外资金额 900.3 亿美元，吸收外国直接投资 FDI 超过法国和英国，跃居世界第二位③。外籍人士进入和长期在中国居留，他们把外国的文化、思维方式、生活习惯传递给中国，我国公民可以与外籍人士进行直接的跨文化交流。本地居民与外籍人士交流时，大多需要使用英语，使居民的英语水平大幅度提高。通过与外籍人士的交往，我们迅速地熟悉了国际惯例和国际规则。外籍人士与本地居民混居，推动了社会发展，增强了对政府管理部门的监督。如果与其他国家和地区相比，我国的国际移民数量仍然偏低，在外国人出入境本国、本国公民出入境、在本国居住的出生在本国以外其他国家的人数等国际移民的十个方面，都存在着非常明显的差距。

1）外国人出入境本国方面。根据公安部出入境管理局数据，2005 年、2006年、2007 年、2008 年和 2009 年，外国人入出境中国分别为 2 025 万人次、4 394

---

① 陈志强. 国际移民与上海城市发展. 上海商学院学报，2009（3）：6～9
② 公安部出入境管理局. 公安部统计：2009 年出入境人员总数 3.48 亿人次. 2010 - 01 - 14，http：//www. gov. cn/gzdt/2010 - 01/14/content _ 1510418. htm
③ 商务部投资促进事务局. 全国吸收外商投资先抑后扬. 2010 - 05 - 07，http：//www. fdi. gov. cn/pub/FDI/tzdt/zt/ztmc/wz09hgy10zw/2009qgxswzqk/t20100507 _ 121426. htm

万人次、5 207 万人次、4 800 万人次、4 373 万人次。而同期，分别有 1.753 亿人次、1.751 亿人次、1.71 亿人次、1.75 亿人次、1.63 亿人次外国人持临时居留签证入境美国[①]。就 2009 年而言，出入境中国外国人人次占中国总人口的 3.26%，而出入境美国外国人人次占美国总人口的 133%[②]。也就是说，在出入境本国外国人人次方面，美国人均是中国人均的 40.8 倍。

2) 本国公民出入境方面。根据公安部出入境管理局数据，2009 年，我国内地居民出入境人次为 9 491.5 万人次，占总人口比例的 7%。以此推算，出境人次约为 4 000 万人次，占中国总人口的 3%左右。据兰德公司的一项调查，2003～2004 年，美国出境人口为 6 000 万人次、澳大利亚出境人口 400 万人次，年出境人次各约占其总人口的 20%。德国出境人口 5 000 万人次，约占其人口的 61%；英国出境人口 6500 万人次，约占其人口的 104%；爱尔兰出境人口 800 万人次，占其人口的 200%[③]。

3) 在本国居住的出生在本国以外其他国家的人数方面。根据国际移民组织数据，2010 年，在中国居住的出生在中国以外其他国家的人数占总人口的 0.1%，与印度尼西亚、越南等发展中国家的比例持平。不仅低于美国 13.5%、日本 1.7%、德国 13.1%、韩国 1.1%等发达国家的比例，也低于印度 0.4%、巴西 0.4%、俄罗斯 8.7%、泰国 1.7%等发展中国家的比例。

4) 在净移民率（每千人入境人数和每千人出境人数之差）方面。根据国际移民组织数据，2005～2010 年，中国净移民率为－0.3 移民/每千人，不仅低于美国 3.3、日本 0.2、德国 1.3、法国 1.6 等发达国家的比例，也低于印度－0.2、巴西 0.2、俄罗斯 0.4、泰国 0.9 等发展中国家的比例，仅高于印度尼西亚－0.6%、越南－0.5、巴基斯坦－1.6 等发展中国家。

5) 每年批准外国人永久居留人数方面。2004 年 8 月 15 日，《外国人在华永久居留管理办法》颁布并实施，截至 2005 年 9 月 30 日，649 名外国人获中国永久居留签证[④]。此后，官方没有再公布相关数据。2009 年，美国向 1 130 818 名外国人签发永久居留签证。1998～2009 年，美国共签发了 10 538 067 个永久居留签证，年均 878 172 个，占 2009 年美国人口的 0.286%。同期，澳大利亚签发 1 358 063 个永久居留签证，年均 113 172 个，占 2009 年人口的 0.532%。新西兰签发

① Office of Immigration Statistics. Department of Homeland Security：2009 Yearbook of Immigration Statistics. 2010－07－07，http：//www.dhs.gov/files/statistics/publications/yearbook.shtm

② 假设入境人次与出境人次的关系是 1∶2.5

③ Mairjam van het Loo，Susanna Bearne，Pernila Lundin，et al.，International Review of Consular Services Vol.Ⅱ. 2005

④ 中国网. 公安部就 20 年来出入境管理成就举行新闻发布会. 2005－11－22，http：//www.gov.cn/xwfb/2005－11/22/content _ 106081. htm

557 764 个永久居留签证，年均 46 480 个，占 2009 年人口的 1.073%。加拿大签发 2 778 476 个永久居留签证，年均 231 540 个，占 2009 年人口的 0.691%。

6）每年批准外国人技术类永久居留人数方面。迄今，中国未公布引进的技术类永久居留人数，唯一的数据是 2004 年 8 月至 2005 年 9 月批准 649 名外国人获得中国永久居留权，但是没有细分获得永久居留的种类。1996～2009 年，美国共引进 192 万名技术类永久居留移民，年均引进数占引进移民总数的 13.28%。2006～2009 年，美国共引进 631 802 名技术类永久居留移民，年均引进数占引进移民总数的 13.91%。同期，加拿大年均引进技术类移民 100 866 人，占引进移民总数的 40.86%；澳大利亚年均引进 98 842 人，占引进移民总数的 64.66%；新西兰年均引进 30 361 人，占引进移民总数的 57.79%。

7）临时居留工作签证方面。根据劳动和社会保障部《2006 年度劳动和社会保障事业发展统计公报》，到 2006 年年底，持外国人就业证在中国工作的外国人总计 18 万人，比 2003 年年底增长了近 1 倍①。但是，这一数字仅相当于新西兰一年签发的工作签证数。1998～2008 年，新西兰批准的临时居留工作签证每年都在增长，2008 年达到 181 670，为历史最高，是 1998 年 38 814 的 4.68 倍，占新西兰人口的 4.2%。受全球经济危机影响，虽然 2009 年下降到 177 361，2010 年预计下降到 158 875，但仍然是历史第二和第四高位。1999～2009 年，456 万人次和 350 万人次持 H1B 工作签证和持 L1 工作签证入境美国，年均达到 41 万人和 32 万人。

8）国籍方面。1980 年《中华人民共和国国籍法》是新中国第一部国籍法，也是到目前为止我国唯一一部国籍法，其突出特点是不承认双重国籍，坚持一人一籍原则。该法对规范国籍的取得、丧失和恢复，以及解决华侨华人国籍问题发挥了重要作用。过去 30 年，世情、国情和侨情发生了重大变化，这些变化对中国的国籍法提出了新要求。在全球化时代，双重国籍成为一种事实，人们日益重视国籍自由，而不是限制取得国籍。希望通过本国国籍法规定，消除本国公民的双重国籍现象和缓和国际关系只能是一种善意的理想。有必要思考并推广港澳台及其他国家和地区双重国籍的经验，寻找适合中国的灵活国籍政策。

9）来华外籍人士与本地社会文化融合程度不高，客观上导致外来优势文化孤岛的长期存在。来华外籍人士的移出国文化往往具有高位优势，外资企业与合资企业的组织化程度较高，致使外籍人员在跨文化交流中居于主动地位，与本地社会文化的融合需求度低。由于语言障碍，外籍人士对当地媒体的利用程度低，一般利用卫星天线设施直接收看外国电视节目。外籍人与本地社会文化融合程度不高，除影响我国吸收其携载文化的精华外，还会造成外籍人士和本地居民的可能

---

① 伍巧玲，金燕博，武雪梅.2007－05－31.扫描 18 万"洋打工"：中国就业门槛在逐渐抬升.人民日报（海外版），第 1 版

误会和冲突，增加外籍人士的生活成本。例如，外籍人士定点就诊医院、特需门诊、国际学校既挤占了稀缺的医疗和教育资源，也加重了外籍人士的医疗和教育支出。外籍人士的宗教组织和社会团体加大了政府管理成本。外籍人士疏于汉语，使许多会议和谈判必须配备同声传译，加大了交流成本。[①]

10）国际移民统计方面。有一个关键问题仍然没有答案，即中国国际移民到底是一个什么情况？最近数年，公安部出入境管理局每年年初，公布上一年度的出入境人次数据。以 2010 年 1 月 15 日公布的 2009 年外国人入出境人数为例，2009 年外国人出入境共计 4372.7 万人次，同比减少 9.9%。外国人来华人数居前三位的国家是日本、韩国、俄罗斯。来华外国人中，观光休闲的人数最多，达1013.3 万人次，占入境外国人总数的 46.2%。可以看出，中国公布的数据只是关于出入境人次，不涵盖永久居留和入籍，不是源于专业统计部门的年鉴或者报告，而是见于业务部门的新闻发布，往往停留在一级层面，不存在多层面的逻辑分类。关于数据的整理和分析，以及对法律政策制定的意义，更是一片空白。与美国、加拿大、澳大利亚、德国等发达国家的移民年鉴、移民报告相比，中国已经公布数据的科学性、系统性和严谨性存在巨大的实质性差距。

中国在国际移民方面与其他国家和地区的差距在一定程度上阻碍了我国的现代化建设。2008 年奥运会对北京现代化进程的影响和推动分析课题组认为，国际交往人口规模有待扩大是北京与伦敦、巴黎等世界城市的主要差距之一[②]。就外籍人士的居住比重、外籍人与本地人在社会文化方面的融合程度这两项指标而言，北京、上海都没有达到现代化和国际化城市的要求[①]。根据 2007 年 9 月公布的《广州 2020：城市总体发展战略》，广州尚不具备"国际移民多，文化多样"的世界性城市特点，尽管广州境外人员多、文化包容性强，但是仍然需要加强人员对外交往，进一步提升文化影响力。《全国人才发展规划纲要（2010～2020）》指出，要实施更加开放的人才政策，完善外国人永久居留权制度，吸引外籍高层次人才来华工作。大力吸引海外高层次人才回国（来华）创新创业，制定完善出入境以及长期居留、税收、保险、住房、子女入学等方面的特殊政策措施。

四、中国国际移民的发展趋势

实现现代化是中国既定的发展目标，国际移民在建设现代化过程中的作用不可替代，没有一定量和质的国际移民的中国，谈不上现代化。我们需要分析和预测中国国际移民的发展趋势，以更有效地把握国际移民的未来方向，为制定适宜

---

① 杨烨，张惠玲. 外籍人士的融入与中国城市国际化. 城市管理，2005，（3）：57～59
② 2008 年奥运会对北京现代化进程的影响和推动分析课题组. 关于北京城市现代化和国际化水平的比较研究（上）. 北京行政学院学报，2003（1）：52～55

的与现代化建设相结合的措施奠定基础。

中国在完成工业化之前，中国人口大量向外迁移的现象不可避免。从世界国际移民的经验看，资本积累造成人口相对过剩为资本提供了产业后备军，而产业后备军又是工业化生产所必需的条件，但相对剩余人口在数量上不是没有限度的，一旦超过了社会所能承受的限度，就必然会引起人口外流，这是现代化进程中必然产生的一种客观趋势。我国是一个拥有 13.5 亿人口的大国，正处于工业化与现代化的进程中。每年城镇需要安排就业 2400 万人，按城市化率计算，农村转移城市的就业人口年均净增 1000 万，中国劳动力总供给大大超过总需求。也应该看到，中国的计划生育政策、工业化发展、城市化趋势、出口为导向型经济模式吸纳了富裕劳动力，大大减少了人口外流。如果中国在未来 30 年里有 1% 的人口向外迁移就是 1400 多万，有 4% 的人口外迁就达到 5400 万，超过全欧洲 1846～1924 年近 80 年对外移民的总和。在这种形势下，中国今后 30 年移民潮的规模、成分和走向及其影响等不能不引起世界各国尤其是欧洲国家的严重关切。

在迈入发达国家和完成政治民主改革之前，优秀人才净移居国外的现象不会消除。第二次世界大战后世界各国的发展遇到了现代化与全球化的交叠，致使社会的结构转型更加剧烈和复杂。日本、韩国、中国香港、新加坡、中国台湾等国家和地区在现代化过程中都出现过优秀人才净移居国外的现象。根据《美国 2009 年移民年鉴》，2000～2009 年，共有 591 714 名中国人获得美国永久居留权，349 450 名中国人成为美国公民。1980～2009 年这 30 年间，共有 1 104 669 名中国人获得了美国永久居留权。2006～2009 年，73 407 名中国人获得美国 H1B 工作签证，414 789 名中国人获得 F1 学生签证。

人均 GDP 和收入持续增长将可能使中国的大量对外移民快速减少直至终止。根据 Henrik Olesen 等学者的研究，人均 GDP1500～8000 美元阶段是移民段。意大利 Fainir 等学者认为，移民输出国工资收入与输入国工资收入的比例降到了 1∶4.5，即国外收入若低于国内的 4 倍或 4.5 倍，很少人就会放弃本国原有的工作，背井离乡出外谋生。韩国中央银行金融经济研究院 2005 年 9 月 26 日公布的《亚洲经济的未来报告书》预测，中国人均 GDP 收入将由 2003 年的 1100 美元增至 2040 年的 15 000 美元，约为那时美国、日本的 1/4[①]。届时，中国移民特别是劳工移民将大大减少。

老龄化社会和劳动力人口负增长将可能使中国在实现移民对外移民快速减少或终止后不久，由移民输出国变为移民输入国。据国际移民包括人员绑架地区主题工作组统计，2005～2010 年，中国 15～39 岁人口负增长 0.95%[②]。国际上通常

---

① 丘立本. 2009-05-25. 我国国际移民趋势的再探讨. http：//www. jsqw. com/html/dv_ 453111327. aspx

② Regional Thematic Working Group on International Migration Including Human Trafficking. Situation Report on International Migration in East and South-East Asia，Bangkok，Thailand：International Organization for Migration，Regional Office for Southeast Asia，2008：19～25

把 60 岁以上的人口占总人口比例达到 10％，或 65 岁以上人口占总人口的比重达到 7％作为国家或地区是否进入老龄化社会的标准。按照此标准，中国在 2000 年已经进入老龄化社会。根据民政部《2008 年民政事业发展统计报告》，截至 2008 年年底，全国 65 岁及以上人口 10 956 万人，占全国总人口的 8.3％，比上年上升了 0.2 个百分点。60 岁及以上人口 15 989 万人，约占全国总人口的 12％，比上年上升了 0.4 个百分点①。

五、采取积极措施，将国际移民促进现代化建设的积极作用最大化

国际移民构建现代化所必需的人流、物流、资金流和信息流，而所有流向均指向国际化。没有人能够否认，现代化国家是一个国际化国家②。国际移民对于现代化建设不可或缺。外交部副部长乔宗淮 2007 年 11 月 28 日在日内瓦举行的国际移民对话会高级别论坛上，阐述了中国政府在国际移民问题上的原则立场，在观念上认同国际移民对发展的促进作用，在政策上促进国际移民正常、有序流动，在行动上切实保护国际移民的合法权益，在国际上加强合作与对话。在充分发挥国际移民对发展的推动作用的同时，努力保护生态环境，促进国际移民与环境间的良性互动，实现共同、持久发展。

作为后发外生型现代化国家，中国应该从一种新角度来看待国际移民，更多地思考国际移民对经济发展和社会进步带来的积极影响，改变准禁止外国人永久移民中国和忽略多元文化的现状，确定适应中国文化、社会与经济的国际移民政策，促进经济和社会发展，增进社会融合，维护国家安全，保障这些国际移民的权益。中国需要把握国际移民的发展趋势，提前采取积极措施，将国际移民促进现代化建设的积极作用最大化。

1）肯定和倡导多元文化，吸纳世界其他优秀文化为我所用，冲击中华文化的死角和不足，使中华文化更具有生命力。融合新移民文化所带来的新元素，把多元文化当成中国的财富，促使中华文化产生新风貌，创造中国的新视野。共同努力创造一个尊重人性、崇尚理性、保障多元、和解共生的环境。多元文化得到社会认同后，会产生文化认同危机和随之的身份认同危机。多元文化使我们了解差异，培养容忍，尊重每个文化的价值选择。具体到每一个人，便是关怀每一个人。

2）积极推行促进移民社会融合政策，坚决反对排斥外来移民的种族主义。移民社会融合政策就是要消除或者降低移民可能面临的跨文化适应困扰和问题。认真梳理国际移民来华后面临的生活、工作等方面的问题，留住新移民和减少回归

---

① 卫敏丽. 中国面临严重人口老龄化趋势 2008 年离婚率增加. 2009 - 05 - 25，http：//news. nen. com. cn/guoneiguoji/120/3276620. shtml

② 方名山. 上海兴衰 移民关键. 上海商学院学报，2009（3）：9

率，减少和消除新移民与本国人的冲突。移民法关于新移民融入措施主要有两类：一是提高对移民申请人的语言、技能、资金或者与移民接收国联系等自身素质的要求，增强新移民入境后的生存能力。二是为移民特别是永久居留移民申请成功者入境后提供安居服务，理顺新移民与当地的各种社会关系。安居服务重在赋予永久居留移民者与本国公民同等权益，避免对其歧视，同时针对其不同于当地居民的文化、经济等特征，给予相应的照顾。对新移民采取各项教育和福利措施，让他们能够适应当地社会，具备跨文化的能力，促进不同族群及新旧移民间的和谐。

3）摒弃拒绝外国人才获得中国永久居留权的观念，树立竞争意识，建立比发达国家更灵活的移民制度，吸纳更多的外国人才在中国永久居留。一个国际性大都市，外国常住人口一般占总人口的至少5％，然而目前，即使在中国最发达的城市——北京和上海，这一比例也不到1％。中国不宜对是否需要赋予外国人才中国永久居留权犹豫不久，延习一般的行政管理思路，限制甚至排斥外国人才在中国永久居留。中国要现代化，必须吸纳外国人才，疏通技术移民、投资移民、雇主提名移民的渠道，虚心学习其他国家和地区在永久居留制度上的成功经验，配合相关制度吸引到所需的外籍优秀人才和外商投资，凝聚中国公民和永久居民外籍亲属对中国的向心感和归属感，维护中国作为一个正在崛起的负责任保护难民的大国形象。

4）允许国际组织总部和跨国公司总部的退休官员或雇员及其配偶子女在中国居留满一定期间后自动获得中国永久居留权，以密切中国与这些跨国公司总部的关系。随着中国现代化进程的加快，中国的国际政治、经济的控制力和影响力会不断加强，会有更多的国际组织总部和地区代表处、跨国公司总部和区域总部设在中国。美国 EB4 签证既适用于位于美国境内的国际组织的退休官员或雇员，如果该官员或雇员退休前已经在美国境内居住并确实居留的总计时间不少于 15 年，申请前在美国境内居住并确实居留总计时间不少于 3.5 年。1996～2009 年，共110 729人获得 EB4 类签证。

5）适度放开外国人入籍标准，特别是华人入籍标准，渐进地推进灵活的双重国籍政策。修订 1980 年《中国人民共和国国籍法》，允许华人恢复国籍。如果认为允许华人恢复中国国籍对国内外的冲击太大，可以采取较缓和的优先批准华人申请中国国籍措施，以吸引优秀华人回国。渐进地推进灵活的双重国籍政策影响的不仅是华侨华人，还有国内居民和外国人。从目前的不认可过渡到有条件认可，再从有条件认可到无条件认可。同时，通过制度设计，妥善解决双重国籍可能引发的冲突。同时，正视外国人来华永久居留和入籍可能带来的问题，但是避免盲目扩大化的观点。政府特别是移民管理部门，要以更加开放、友善、公正、积极的态度来看待移民入籍问题，不要肆意夸大移民入籍的负面影响，更不能戴着有色眼镜看待

某些移民族群。

6）建立新型的、动态的跨国流动人员管理制度。以国籍和居住相结合原则为指导，以动态认定个人身份及公民和外国人权利义务为核心，以边检、户籍、出入境、民政、侨务、教育、外交等部门信息共享为技术基础，以适应国际移民新形势，保护国际移民的权利，促进人员的国际流动，以推动中国的国际化进程为目的。完善无户籍公民制度（无户籍公民是指具有中国国籍，现侨居国外公民及取得、恢复中国国籍未曾在中国设有户籍的公民），设定无户籍公民包括华侨的出入境、户籍、就业、教育、医疗、投资、福利等条件，以吸引有利于中国经济和社会发展的华侨，限制可能给中国带来压力和负担的华侨。

7）建立无户籍国民、公民居留期、外国人居留期与公民外国人权利义务联动制度，以吸引和留住有利于中国经济和社会发展的公民和外国人。只有将选举权、被选举权、担任公职权、从事特定职业权、出入境权、领取福利金权、享受教育、就业、医疗公民待遇权等政治经济权利，与无户籍国民、公民居留期、外国人居留期制度密切联动，后者才能发挥作用。区别中国有户籍公民、中国无户籍公民、有中国永久居留权但不在中国居留外国人、有中国永久居留权在中国居留不满一定时间外国人、有中国临时居留权在中国居留外国人。赋予与中国联系最真实者享有最多权利。例如，取得临时居留许可的外国人在我国居留满一定时间，可以申请永久居留。取得我国永久居留许可的外国人在我国居留满一定时间，可以申请延期永久居留许可。另外，获得永久居留许可并在中国居留满一定时间，可以申请中国国籍。

8）在促进国际移民正常、有序流动的同时，最大限度地遏制非法移民活动。坚决反对并严厉打击非法移民活动，查处非法移民、跨国贩运人口、跨国有组织犯罪，保护非法移民受害人权益。制定和完善有关国内法律法规，完善出入境证件审批查验手续，同时在潜在非法移民地区强化宣传教育，从源头上减少非法移民人数。广州等地区已经出现低层次非法劳工移民现象，政府需要思考，疏导而不仅仅是排斥他们流动，保护他们的权益，而不仅仅是遣返他们回国。

参 考 文 献

2008 年奥运会对北京现代化进程的影响和推动分析课题组 . 2003. 关于北京城市现代化和国际化
　水平的比较研究（下）. 北京行政学院学报，(1)：51～55
北京国际城市发展研究院，北京市朝阳区发展研究中心，世界城市研究课题组 . 2010-03-10.
　建设世界城市的国际借鉴：从大东京都到东亚世界城市——东京 . 北京日报，第 12 版
北京国际城市发展研究院，世界城市研究课题组 . 2010-01-26. 北京建设世界城市的机遇、模
　式和路径 . 北京日报，第 8 版

毕道村.2005，现代化本质——对中世纪以来人类社会变化的新认识.北京：人民出版社

陈振昌.2009.现代化的开放性——论外部因素对民族国家现代化进程的影响.西北大学学报（哲学社会科学版），（3）：53～58

陈志强.2009.国际移民与上海城市发展.上海商学院学报，（3）：6～9

方名山.2009.上海兴衰 移民关键.上海商学院学报，（3）：9

李芳田.2009.国际移民及其对国际政治经济的影响.齐鲁学刊，（1）：99～104

李明欢.2010.当代西方国际移民理论再探讨.厦门大学学报（哲学社会科学版），（2）：5～12

李其荣，沈凤捷.2010.跨国移民与东亚现代化——以中、日、韩三国为例.社会科学，（5）：21～30

刘国福.2010.移民法.北京：中国经济出版社

强晓云.2008.试论国际移民与国家形象的关联性：以中国在俄罗斯的国家形象为例的研究.社会科学，（7）：62～68

杨烨，张惠玲.2005.外籍人士的融入与中国城市国际化：城市管理，（3）：57～59

张建平.2005.论民族文化因素对国家现代化进程的作用和影响：日本、印度和中国在现代化进程中的差异比较.贵州民族学院学报（哲学社会科学版），（1）：80～84

International Organization for Migration. 2008. Migrant Glossary, Geneva, Switzerland International-al Organization for Migration

网"客"传播和公安"舆情"

刘为民

中国人民公安大学情报学系

我国网民统计到 2009 年底为 3.84 亿人，现在半年过去了，初步的相关估算已超过 4 亿。伴随"3G"手机的普及，无线上网的速度提高了近 20 倍；将带来网络文字"话语"结合视频、音频写作的新时代——流行用手机连拍照片、录制视频、录制音频来解读自己的思想，传播自己的意见、观点或情绪。除了广为人知的"博客"、"微博客"以外，还迅速产生了以下几种："拍客"和"播客"，是指把以文字为主的博客过渡到以照片、视频为主；"收客"与"掘客"，是指以文章认可度为标准参与别人作品的再编辑（收）或汰选（掘）；还有"维客"，是指不仅可以编辑别人的文章，还能改写别人的文章即通过一个个"后续接力"式的"再创作"，使作品趋向"完美"。"维客"要改写这样的文章，或发表让别人改写的文章，需要提供维客（wiki）技术支持的网站链接。其他如"极客"、"薄客"、"视客"、"拼客"、"换客"等许多新生网"客"，层出不穷，已经形成为当今网络文化

的热点现象。由此产生的网络舆论也引起了传播学界和文化学界的广泛关注。尤其对于公共安全与管理方面的影响，日甚一日，其中涉及警务管理与社会治安的公安"舆情"分析和传播研究，成为当务之急。

一、"第五空间"的舆情"现实"

由互联网、移动通信网和全球卫星网组成的网络媒体，完全不同于报纸、期刊、书籍、广播、电视等传统媒体，它直接创造了一种前所未有的虚拟空间，成为继海、陆、空、天四大空间之后的"第五空间"，并由此直接构造了一个前所未有的社会形态——信息社会。网络媒体自诞生起，在现实社会生活中就发挥着非常复杂的作用。其既有积极、文明的一面，也有相当消极、危险的一面，网络媒体堪称电子"双刃剑"，从一开始就与公共安全息息相关。由于网络媒体充当了四大空间的神经系统，其电子特性使全世界瞬时互动变成了现实，地球村被其虚拟空间异化并改造成无距离的信息社会。这既为人类生活提供了空前的自由，更为公共安全带来了巨大的风险、困惑与挑战。

我国从 20 世纪 90 年代初开始接受并推广网络传播大众化，对于改造传统社会、提高信息条件下的经济发展成效和推进公共参与的社会民主，确实起了很大作用。然而同时，网络媒体的负面效能也如影随形地显现无遗。例如，近年来频频高发的各种群体事件增多，往往在事发一小时左右就能迅速传遍国际社会。事实证明：这种网络传播大多都是一面之词，不仅包含有大量的"灰色"内容、混淆黑白，而且还常常包含大量的虚假信息和舆论误导。有一些是蓄意造谣，有的则是不明真相、跟风起哄；有的是被蒙蔽被利用。但事发当地有关领导部门和管理人员常常不知内情，直至相关信息由网络或外界媒体反馈回来之后，才发觉事态竟然如此"透明"和严峻，常常会演变成信息社会所特有的"舆情危机"，严重扰乱了人民群众的安居乐业和经济社会的正常发展。这表明，我们对"第五空间"认识不足，我们对虚拟世界的掌控把握不力，尤其是针对网络"客"族舆情传播的相关研究、社会透析及其应对策略、管理法规等，近乎是空白。

二、网"客"传播的特点与作用

"客"族舆情的网络传播区别于传统纸媒传播的重要特点和本质属性，在于网络具有读者和编辑、读者和读者之间的互动性、匿名性、国际性及全息性。

引导网民参与讨论，是网络写作的重要着力点。只有和不同角度的网民回帖一起，才构成为完整的网络传播。没有回帖也就没有大众关注。目前中国的网络传播非常关注公共利益，包括公共安全与公共管理；网络成为反腐打黑的重要阵地。一般来说，跟踪文体明星、评点娱乐事件等，是低龄网民追逐的目标。而抨击贪官污吏、揭露权力寻租、曝光社会腐败、警示贫富悬殊，为治理国家建言献策以推动社会民主和进一步的改革开放，则是公务员、大学生和企事业员工的热门话题。在网络传播时代，网民不仅仅是所谓的"受众"，更重要的是"参与"。传统媒体的受众调查，常常是费力且不够准确，而网络媒体的受众调查，几乎不需要特别努力，只要看回帖、点击量就一目了然。

匿名性使网民远离传统社会追求"权威"、"神圣"的文化氛围，不再过多地承受"超我"的道义控制，而是更多地表现"自我"甚至是"本我"的官能感受。敢于表现并且乐于表现，决定了网络传播契合社会大众"草根"胃口的普适性。中国纸质媒体除了个别的对外发行，一般很少有国外读者。目前中国的网络媒体在国外，面对所有读者，几乎都是没有成本的。网络媒体的文章发出半小时，就可能被翻译成多国文字。所以，网络传播更需要研究国际视野，使用国际语言，还要尽量做成指向原文的链接。如果说百年前勃兴的"白话文"传播，可以视为中国传媒通俗化的第一阶段，那么当今网文、网"客"流行的时尚"创作"，则是中国传媒通俗化的第二阶段。题目"俗而泼"，内容"短而精"，语言"奇而杂"如"火星文"，等等，还往往具有煽情、夸张的倾向，都是网络传播的风格要素。如果说传统舆情传播目的是让读者"知道"某信息，网络信息传播则不仅让网民知道和知道得更多，更重要的是让网民"使用"这个信息，并且参与到这个信息中来，成为其中的有效组成部分。因此，具有无限生命力和创造力，突破了传统媒体的局限性，越来越具有现代社会公民意识和公共媒体"以不同方式畅想未来"的全息性。

三、明确公安舆情和政府责任

公安舆情研究是基于现代社会公民意识和公共关系并直接为当前群体事件、应急管理等公安警务服务的新兴学科领域。它区别于以往传播学、舆论学、情报学的科技性、竞争性特征以及相关传媒界限，表达了现代风险社会首先面对并尤为重视人生风险的规避即"安全"问题，既是现代生存境遇的真实写照[1]，也启迪并决定了我们应该联系当前多发、频发性群体事件及其应急管理，做一些深入的预警设计和理论思考。"情"字当头，"报"在其中。只有充满了忠于祖国和人民的深厚感情，才会产生或敏锐感受到社会生活中的各种信息及其内涵价值、思想倾向。这必然成为各级政府公安警务工作不可回避的"舆情中心"。群体事件及其应急管理，在现代"自然灾害"、"公共卫生事件"、"事故灾难"、"社会安全"等四大类公共安全事件中时效显著，影响最大。它既是"社会安全"事件的主体，又常常引发或放大、交织、加重"事故灾难"及"自然灾害"[2]。其实，一切群体事件的"突发"都有前期线索与根源，都不过是社会风险累积并且严重化、升级化的显性表现。及时或及早地认识、了解这些社会风险并予以正确的传播表达乃至释放，就是公安舆情的主要研究对象和工作内容。

群体事件追根溯源，都与政府的公共管理职能相关：城市里的劳资矛盾、征地拆迁、税费监理、执法纠纷等，广大农村的贫富不均、分配不公、农民负担过重和城乡差距加大等，都是群体事件潜伏于风险社会并可以产生公安舆情的"情报源"[3]。政府在推动改革、协调社会矛盾的过程中，要不断提升防范与应对群体事件的执政能力，就必须进一步提高公共服务水平和公安舆情意识，承担维护社会公共安全和公共秩序的责任及义务。与此相关的所有信息，都是政府接受公安舆情的"情报源"。尽管有时候在群体事件中，政府并非直接的利害关系主体，但常常成为群体事件攻击或舆论批评的对象。虽然表面上政府行为不是群体事件的导火索，但深层原因还是反映了群众对政府的不满。所以，无论面对任何类型、规模和形式、性质的群体事件，政府都必须承担不可推卸的政治与法律责任。因此，必须坚持以公有制为主体，维护公共安全的社会稳定大局。在充分发挥资本市场和企业家作用的同时，强力保障工人阶级和其他劳动者的经济权益、政治权利，是各级政府理所当然的政治责任和社会责任。甚至可以说，政府肩负的公共安全责任，事关社会稳定和国计民生的根本，要求政府必须把公安舆情摆到一个"与时俱进"的突出位置，才能适应当前风险社会的变化与发展。

四、把握风险"博弈"的舆情坐标

政府必须坚守代表公共利益的"角色"位置，明确其本身没有与民争利的任何理由。这是公安舆情服务于风险社会对政府立场的起码要求，否则，必然会产生公安管理与公共空间的舆情屏障及屏蔽。因为现代化发展中国家的经济改革获得明显效益，但伴随收入分配差距拉大和客观存在的不平等现象加剧，工农民众分享经济增长"红利"的期望不能满足或持续"缺席"、传播"失语"等，都是引发群体事件的情报源。更为深刻和严重的是，政府忽视甚至完全无视已经或正在形成的这种积累了社会风险的利益格局，丧失了对政府"角色"定位的警惕。尤其在经济领域，政府应该作为超脱利害冲突、平等面对各方利益矛盾的中立者和协调者。只有从这个"角色"出发，认真主动地搜集反映各方利益矛盾的舆情信息，才能秉公执法、"兼听则明"地保障公共空间各方利益矛盾的合法化博弈[4]。

如果说追求利润最大化是资本的本性，那么资本追求权力包括"话语"权的最大化，也同样符合资本发展本性的内在逻辑。当前，我国社会政治的一个重大变化，是各阶级（阶层）为自身存在、发展的合理性及其"话语"博弈的合法性谋求公共权力保护。尤其在网络空间，"话语"信息和公安舆情的影响巨大而深远[5]。应当肯定这是政治文明的时代进步。但是，将工人阶级"阶层化"和"碎片化"甚至说工人是改革的对象，使其利益诉求完全变成了单纯的"劳资博弈"，寻求国家权力保护、争取自身合法权益的集体行动往往被视为"非法"，而政府干预和"劳方"公平诉求又被看成是对"资方"自由、企业效率的威胁与扰乱等，这都是"资本"舆情诉求法律、文化学说支持，并力图使之系统化、合法化的理论辩护及政治表现。应当清醒地看到，当前意识形态舆情博弈空间，已经对工人、

"劳方"的阶级"话语"能力提出严重挑战。应该从发展和维权的战略高度认识劳资双方"舆情博弈"的重要性，把现实中各阶级尤其是工人阶级的"历史要求"和经济利益，诉诸"先进文化"的时代"舆情"，建构畅通的博弈"言路"，并保障工人阶级的"话语"权，扩大其在公共领域的"舆情"空间，才能保证"君子动口不动手"，有效地避免肢体冲突，控制并避免暴力和动乱事件。

伴随着人类社会的进化发展，包括人身攻击在内的刑事犯罪，与人们在生存实践中面临的无法预测的事情、事故、事象越来越多，应对风险成了人生社会的一个重要领域。社会生活始终伴随着公安舆情。而且，现代社会风险正呈现出高度不确定性、全球波及性、突发性和超常规性等特征，数字化生存也必然带来数字化风险和数字化公安舆情。所以，吉登斯把现代风险的不确定性分为"外部风险"（external risk）和"被制造出来的风险"（manufactured risk）。外部风险就是来自外部由传统或自然的固定性所带来的风险；被制造出来的风险，指的是我们不断发展的知识（科技、文化等）影响世界所产生的风险，"是我们没有多少历史经验的情况下所产生的风险"[6]。因此，我们必须调整人生与风险的"博弈"尺度和"舆情"坐标，端正关于现代人生"风险"的思想认识和应对态度，这正是利用公安舆情抵御社会生存风险及各种人生危难的前提和先决条件。

参 考 文 献

[1] 安东尼·吉登斯. 失控的世界——全球化如何重塑我们的生活. 周红云译. 南昌：江西人民出版社，2001

[2] 倪德源等. 公安基层情报信息分析. 北京：中国人民公安大学出版社，2002

[3] 王战军. 群体性事件的界定及其多维分析. 政法学刊，2006（5）：9～11

[4] 张鹏. 群体性事件的成因及对策. 山西省政法管理干部学院学报，2006（3）：21

[5] 黄明. 论情报信息主导警务战略. 公安研究，2005（4）：17～20

[6] 乌尔里希·贝克. 风险社会. 何博闻译. 北京：译林出版社，2004

IV. 地区现代化之路

Regional Modernization

东北地区现代化进程中的几个
方向性问题分析

纪丽萍[1]　张天维[2]

1. 辽宁大学　2. 辽宁社会科学院

一、加快东北地区区域一体化进程

经济学家钱纳里通过大量的研究证明，当人均 GDP 为 2400～4800 美元时，经济发展处于工业化中级阶段。此阶段是结构调整的关键期，也是社会转型期和矛盾凸显期。经济学家保罗·罗森斯坦·罗丹为此提出，发展中国家和地区要抓住机会，在这一阶段适时"大推进"。2009 年东北地区人均 GDP 已经超过 4000 美元。从这个意义上说，东北地区正处于结构，特别是区域结构调整的关键期。区域结构调整的目标是区域一体化。一体化的实质是使区域内外的各种生产要素充分地流动和更加高效地配置，从而实现经济总量的增加和经济社会的可持续发展。

理论和实践都证明，区域一体化能够降低交易成本、夯实合作平台、统一互补性与竞争性、提供新的发展空间和动力、避免恶性竞争、减少产品过剩等。例如，东北地区经济过去 30 年的发展主要靠大城市、开发区等点状带动。到现阶段，点状拉动出现了低水平重复、地方性恶性竞争等问题。解决这些问题的方法就是扩大区域合作。区域一体化会为发展提供投资、生产、就业等便利，为发展提供空间和动力；区域一体化能够缩小城乡和收入差距。当一个国家和地区进入工业化的快速增长阶段后，发展条件好的地区率先发展，吸引各种资源向这些地区集中；反之，发展快的地区为了扩大发展规模、市场等，也需要不断向落后地区辐射。在积聚与辐射过程中，城乡和收入的差距就会逐渐缩小。

区域一体化符合经济全球化的潮流。目前各国和各地区都将区域经济合作作为一种战略任务放在重要的位置。区域一体化国家也大力支持。2009 年国家批准了 11 个合作的区域为"国家战略"。2010 年这个规模还将增大。国家的目的就是要通过区域合作把更多的区域培育成经济增长极和提高国家综合国力与国际竞争力的区域；推进国际区域合作和提升对外开放能力的区域；有利于破解特殊困难和提升自我发展能力的地区；探索区域发展、区域管理先进模式的地区。

在实施振兴东北老工业基地战略过程中，应将经济振兴置于东北地区或整个环渤海地区，乃至东北亚区域经济分工协作体系之中。由于东北地区产业趋同性的缘故，各自为政的地方很多，主要表现为区域经济合作不畅。现有的行政管辖体制助长了地方保护主义和企业的重复建设，也影响了能源、水利、交通、生态环境等重大基础设施的统筹规划和布局。虽然东北各省之间达成了一些战略联盟，但口头联盟比较多，各省实质上还处于分割状态，尚未形成行业布局协调、经济能量集聚、产业结构合理的理想典范。各省内产业结构雷同，都是以第二产业为主，而且均出现了重化工业特征，还未形成具有层次结构的产业集聚，计划经济下的行政区划意识还比较强，跨行政区进行产业结构大调整的机制目前尚没有形成。东北地区不能整合一体化，必将导致低水平的恶性竞争，这种内耗式的开发，会造成资源的极大浪费。

东北地区如何加强产业链的衔接与互补性问题，如何打破区域内部的行政壁垒，加强内部协作等问题都有赖于一体化的进程。事实上，东北地区内部协作有着共同的基础，互补性强。比如，辽宁省有港口的优势，工业实力相对强一些，装备制造业的基础较好；黑龙江省的优势主要在石油、煤炭、农产品等资源方面，重大装备业发展得也比较好；吉林省则在农业和加工制造业方面具有比较优势。蒙东地区有大量的资源，特别是可开发的土地很多。可以说，各有特点，优势互补，具有较大的合作潜力。东北地区还应重点加强与日本、韩国、俄罗斯等国家的区域合作。通过合作，全面提升发展的理念，学习先进的技术和管理经验，同时充分利用整个东北亚市场，拓展市场空间，推动区域经济的协调发展。

二、努力转变经济发展方式

改革开放 30 多年来，东北地区经济社会发展虽然取得了辉煌的成就，但是要继续保持又好、又快的发展，东北地区目前还存在诸多的矛盾和问题。特别是原有的以高投入、高能耗、高物耗、高污染、多占地为特征的"四高一多"式的粗放型增长方式，很难再保障和促进可持续发展。这种增长方式会带来资源与环境、投资与消费、"一、二、三产业"比例、城乡和区域发展、国际收支等一系列的不协调，以及收入差距扩大所引发的一系列社会问题。这其中隐藏着较大的经济和社会的风险。因此，在编制东北地区"十二五"规划时，应将转变经济发展方式作为其中的新战略、新主线和新任务，将其放在突出的战略位置上。

经济发展在经济学中一般分为两种类型：一是侧重速度和总量的扩张，以实现更多产出的单纯的经济增长；二是侧重全面和质量的发展，以实现不仅包括单纯的经济增长，而且更包括产业结构的优化和升级、经济运行质量和效益的提高，以及经济社会生态文化等发展的协调与和谐。人类近现代史发展的经验表明：一个国家和地区的经济发展总是沿着从单纯、低级的经济增长到全面、高级的经济发展路径演进。经济发展方式的转变总要受到发展理念、历史阶段、体制模式、资源禀赋等因素的制约，特别是受到经济发展中一些深层次矛盾，如总量与结构、速度与效益、成本与质量等的制约，而这些问题不是一朝一夕能够解决的。因此，转变经济发展方式又是东北地区一项长期的任务。

从可持续发展角度看，今后几十年，转变经济发展方式是东北地区实现全面振兴目标的重要保障，是解决东北地区科学发展、可持续发展问题的唯一出路，也是适应国际经济环境和提高竞争力的必然选择。或者说，东北地区将来最鲜明的特点和最显著的成就也应该是通过转变经济发展方式呈现出来的。为此，东北地区必须处理好以下几大关系：

一是处理好转型与增长的关系。经济成功转型，往往可以促进经济的持续稳定与高效增长；反之，如果经济不能成功转型，受制于要素制约与国内市场竞争的趋烈，增长反而难以为继。因此，东北地区必须坚持科学发展不动摇，抓紧转型升级不放松，"淡化"GDP增速的区际比较和攀比，更加注重经济增长的质量和效率。通过推进传统型粗放式增长方式的改变，通过推进产业转移背景下的结构调整，激发经济发展的内生动力，集聚经济发展的强大后劲，实现经济的中高速增长。

二是处理好第二产业与第三产业的关系。东北地区第二产业占GDP的比重长期居高不下，既是充分发挥比较优势、积极开拓国内与国际市场的结果，也凸显出产业结构优化进程的某种滞后。要在调整优化第二产业的同时，加快发展服务业，尽快提高服务业的比重。尤其重要的是，必须大力促进制造业与服务业的融合，通过制造业与服务业的互动发展与共同提升，实现东北产业结构的优化升级。

三是处理好传统产业与新兴产业的关系。传统产业升级与新兴产业的发展是相辅相成的关系。新兴产业的发展为传统产业的升级提供新的契机，传统产业的升级又为新兴产业的发展提供必要的条件。东北地区要大力提升传统产业，通过技术改造促进政策、人才引进政策、新产品扶持政策，引导企业加大研发投入，加快科技创新，提高产品的附加值和企业竞争力。要以"低碳经济"引领新兴产业，加快建设绿色经济和循环经济，推动"陈中出新"，形成具有东北特色的现代产业体系。

三、大力提高东北地区竞争力

美国经济学家迈克尔·波特认为，一个国家和地区要在世界竞争中显现优势，就必须找到提高竞争优势的路径。竞争优势可以分为产品的竞争优势、企业的竞争优势、产业的竞争优势和国家和地区的竞争优势，这些均是一种微观层次上的竞争力。波特认为，比之更为重要的，人们恰恰容易忽视的是宏观竞争力。宏观竞争力包括一个国家和地区能否创造一个良好的商业环境，使该国和地区多种属性的企业获得竞争力，这才是一个国家和地区所能创造增加值和国民财富持续增长的系统能力水平。这种水平往往与经济实力、国际化程度、政府的影响、金融实力、基础设施、企业管理能力、科技实力、人力资源八大因素密切相关。

东北地区要提高竞争力，就要按照波特理论，在微观和宏观两方面都不断加强。在宏观方面，政府要以转变政府职能为重点，着力推进行政管理体制改革；全面推行依法行政，切实把政府职能转到经济调节、市场监管、社会管理和公共服务上来；强化社会管理和公共服务职能，增强政府在公共服务方面的主导作用。同时，要全面提高人的素质，特别是与现代化、国际化相一致的文明素质。只有这样才能解决面临更多的社会矛盾和利益冲突，才能具有收入调节、利益补偿、社会保障和社会管理能力，才能提高整个社会系统的抗冲击能力和整体文明发展水平。在产业方面，东北地区应结合国家制定的钢铁、石化、船舶、汽车、装备制造、医药、有色金属、轻工业、建材、电子信息、纺织等11个行业转型升级规划，制定和落实相关配套政策，加快传统产业的整合提升进程。

具体地说，应围绕拓展产业链和提升价值链，加快整合产业链，培育特色优势产业集群，将低成本优势拓展为质量、品牌、营销、研发等集成优势，将单个生产环节的制造优势转变为产业链接整体制造优势，将简单的企业集聚转变为真正的产业集群，努力形成高端产品与高端服务的新优势；着力培育新兴战略性产业。具体地说，应大力发展新能源、新材料、生物工程、文化创意、先进装备、信息产业、环保产业等新兴战略性产业。结合东北地区的资源环境、需求环境和产业基础，选择投资见效快、能够事半功倍的重点领域，通过政府基础投资与产业政策引导，鼓励社会民资通过合法途径建立创业风险基金，建立新兴产业培育机制，引导民间资金进入新兴产业投资领域；加快发展现代服务业。应通过引导生产性服务业的发展，来推动制造业的提升与发展。加快电子商务、研发设计和数字传媒的培育发展，加快地方金融的创新发展，加快现代物流、网络经济、总部经济和信息、科技、商务等生产性服务业的发展，加快商贸、旅游等传统优势服务业的提升改造。

四、更加正视差距和关注民生

在目前东北地区经济快速发展的同时，利益格局调整和社会结构都在发生剧烈而深刻的变化。伴随新形势，一些新型的社会矛盾也在不断出现。例如，因失业、贫困和收入差距不断扩大等因素，一些人产生了强烈的"相对剥夺感"，不满意程度提高，甚至产生了一定程度上的价值认同矛盾和社会冲突意识。因此，在振兴老工业基地进程中，要使发展成果由全体人民共享，就应紧密联系人民群众最关心、最直接、最现实的利益问题，着力改善民生，使发展振兴的成果更多地体现在提高人民生活水平上，通过解决涉及人民群众切身利益的紧迫问题，让老工业基地振兴的成果惠及广大人民群众。为此，要逐步解决城乡群众就业，社会保障，收入差距拉大，看病难、看病贵等问题，维护社会稳定，促进社会和谐。

这些年来东北地区社会保障体系建设虽然取得了明显的成绩，但在很多方面还显得不够完善：养老保险制度不统一，成为引发社会不稳定的一个因素；基本医疗保险制度及配套措施不到位，困难群体的医疗保障，特别是关闭破产企业退休人员医疗保险资金来源问题还没有得到妥善解决；社会救助体系不健全，进城就业的农民工、转移就业的农民、被征地农民的社会保障问题越来越突出。从就业角度来说，东北地区失业率一直居全国前列，城镇登记失业率仍高于全国水平。要解决此问题，还有巨大的困难，因为东北地区的工业结构以重化工业为主，重化工业属于资本和技术密集型产业，虽然对 GDP 的增长贡献较多，但创造就业岗位和吸纳就业的能力却较低。这一系列的问题将会给东北地区进一步的发展和建设带来巨大的压力。因此，东北地区各级党委和政府应该紧紧围绕建设和谐东北的目标，积极有效地履行职能，认认真真地开展工作，采取多种措施，大力改善民生，提高人民的生活质量和生活水平，使东北人民各尽所能、各得其所，形成一个民主法制、公平正义、诚信友爱、充满活力、安定有序、人与自然和谐相处的社会。

五、努力推进体制与机制创新

美国人在对"硅谷"的崛起和"128 公路"衰落的对比研究中发现，地区和产业发展的条件不仅仅是要有科技、人才、资金等基础和市场的发育，更重要的因素在于要拥有良好的运行体制和机制，以及由此而形成的创新文化以及同时富有竞争和合作意识的社会化技术发展网络。应该说，东北地区在发展理念和模式上、在运行机制和资源整合上、在人才队伍、管理水平和服务能力上还存在一些问题，很多问题的症结在于体制、机制的制约。东北地区经济社会要大发展，就必须在这方面有所突破。也就是说，东北制度创新的程度，决定今后东北发展的水平和质量。如果我们循着制度分析的逻辑就可洞察隐藏在东北地区表面背后的诸多深刻原因，如效率不高、技术创新乏力、低水平重复建设以至腐败大量滋生等，几乎都与体制和机制创新有关。因此从这个意义上说，制度创新的确是东北地区进步发展的灵魂、兴旺发达的不竭动力。好的体制与机制才能确立有效和长效的发展政策和战略；才能建立富有活力和适应力的组织和创新体系；才能对人才留得住用得好；才能有效而明确地进行国际合作；才能促成经济与社会、技术发展的融合；才能提高发展的全社会认同与协调等。

六、营造积极先进文化的氛围

美国学者亨廷顿在他轰动世界的《文明的冲突》一书中表述："新世界中占首位的冲突根源，将不会是意识形态性的或经济性的，人类中的重大分界以及主要的冲突根源将是文化性的。"诺贝尔经济学奖获得者瑞典经济学家缪尔达尔提出了"循环积累因果原理"。他认为在一个动态的社会过程中，各种社会的、文化的、经济的因素是互相联系、互为因果的。他认为，一个发展中国家要健康地发展，就不能像传统经济学家所主张的那样，只是搞经济建设，而是要首先实行社会改良。只有政治的、文化的和社会条件具备了，才会有经济发展。

缪尔达尔用整体性跨学科的研究方法，重视社会经济政治文化各个因素之间的相互依赖关系，为社会改革提出了理论和政策指导。这个战略规定，一个国家由不发达状态转入发达状态，不仅应包括经济发展，还应包括社会、政治、文化结构的变化，以及多数人社会地位的改善，从而使经济发生质的变化。的确，文化是一个地区建设的灵魂，人才是发展的第一资源。文化和人才的力量十分强大，是推进发展的内在动力，也是一个地区的真正竞争力。应该看到，东北地区特有的"黑土文化"尽管有质朴和肯干的一面，但更深意义上是具有带封闭型的文化倾向，从而在非正式制度构成的制度环境上对既有制度形成依赖的同时还抵制新的异质性制度的进入，从文化上强化了对原有制度安排的锁定。与东南沿海地区相比，东北地区文化在经营理念深化、市场规则遵守、诚信精神培育及信息交流等方面还有一定的差距。东北人在思想意识上更愿意依附国有单位端"铁饭碗"，在职业选择上更重稳定性，不愿意自主谋生冒风险。为此，东北地区要通过创新文化的建设，营造团结向上、艰苦奋斗、勤奋学习的氛围，让敢于创新的人受到尊重、善于创新的人得到实惠、创新失败的人得到宽容。

参 考 文 献

蔡昉，林毅夫 . 2003. 中国经济 . 北京：中国财政经济出版社

道格拉斯·诺斯 . 2008. 制度、制度变迁与经济绩效 . 杭行译 . 上海：格致出版社，上海人民出版社，上海三联书店

高洪深 . 2002. 区域经济学 . 北京：中国人民大学出版社

罗伯特·巴罗，哈维尔·萨拉伊马丁 . 2000. 经济增长 . 何晖，刘明兴译 . 北京：中国社会科学出版社

钱纳里 . 1991. 结构变化与发展政策 . 朱东海，黄钟译 . 北京：经济科学出版社

2009 年：中国东北地区现代化
进程中的成绩与问题

张天维[1]　张汉楠[2]

1. 辽宁社会科学院　2. 辽宁大学艺术学院

一、2009 年东北地区现代化进程中的成绩统计

1. 经济增长速度高于全国平均水平

2009 年，东北地区完成 GDP 33 911.45 亿元，同比增长 9.61%，高出全国平均 3.9 个百分点。其中，辽宁省实现 GDP 15 065.6 亿元，同比增长 13.1%；吉林省实现 GDP 7203.18 亿元，同比增长 13.3%；黑龙江省实现 GDP 8288 亿元，同比增长 11.1%；蒙东地区实现 GDP 3354.67 亿元，同比增长 22.3%，见图 1。

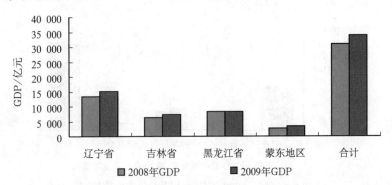

图 1　2008~2009 年东北地区 GDP 情况

资料来源：辽宁省、吉林省、黑龙江省、内蒙古自治区 2009 年
统计年鉴及统计月报，本文以下图同

2. 固定资产投资增长率高于往年

2009 年，东北地区实现固定资产投资 27 814.27 亿元，同比增长 31.37%，高于全国平均水平。其中，辽宁省实现固定资产投资 13 074.90 亿元，同比增长 30.5%；吉林省实现固定资产投资 7259.50 亿元，同比增长 29.4%；黑龙江省实现固定资产投资 5020.10 亿元，同比增长 37.1%；蒙东地区的呼伦贝尔市、兴安盟、通辽市、赤峰市和锡林郭勒盟五盟市在这一年里固定资产投资以 30.61% 的速度增长，分别实现了 507.38 亿元、191.63 亿元、553.9 亿元、645.85 亿元和 552.01 亿元，见图 2。

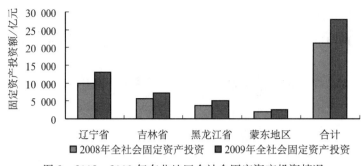

图 2 2008～2009 年东北地区全社会固定资产投资情况

3. 工业增加值回升上扬并稳步提高

2009 年，东北地区完成工业增加值 13 956.80 亿元，同比增长 3.06 ％。其中，辽宁省完成工业增加值 6841 亿元，同比增长 3.60％；吉林省完成工业增加值 2927 亿元，同比增长 17.4％；黑龙江省完成规模以上工业增加值 2905.5 亿元，同比有所下降。装备、石化、能源、食品四大支柱产业进一步巩固提升，三省分别高出全国 5.8 个、5.8 个和 1.1 个百分点，平均高出全国 4.5 个百分点。蒙东地区完成工业增加值 1283.65 亿元，同比增长 27.89 ％，见图 3。

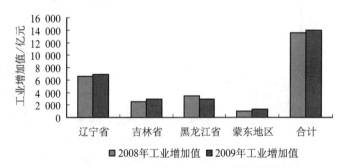

图 3 2008～2009 年东北地区工业增加值情况

4. 地方财政一般预算收入大幅度增长

2009 年，东北地区完成地方财政一般预算收入 2908.88 亿元，同比增长 15.85 ％，高出全国平均 4.1 个百分点。其中，辽宁省完成地方财政一般预算收入 1591 亿元，同比增长 17.3％；吉林省完成地方财政一般预算收入 487.08 亿元，同比增长 15.2％；黑龙江省完成地方财政一般预算收入 641.60 亿元，同比增长 10.9％；蒙东地区完成地方财政一般预算收入 189.2 亿元，同比增长 23.3％。

5. 社会消费品零售总额增长幅度较大

2009 年，在扩大内需多项政策的刺激下，全国社会消费品零售总额比上年增长 15.5％，超过计划 1.5 个百分点，剔除价格因素，实际增长 16.9％。与全国一样，东北地区消费持续旺盛，实现社会消费品零售总额 13 109.68 亿元，同比增长

19.15％，高出全国平均 3.65 个百分点。其中，辽宁省实现社会消费品零售总额 5812.60 亿元，同比增长 18.2％；吉林省实现社会消费品零售总额 2957.33 亿元，同比增长 19.04％；黑龙江省实现社会消费品零售总额 3401.80 亿元，同比增长 19.84％；蒙东地区实现社会消费品零售总额 937.95 亿元，同比增长 22.99％，见图 4。

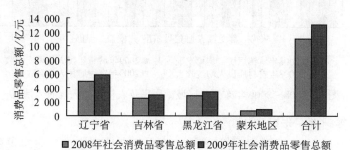

图 4　2008～2009 年东北地区社会消费品零售总额情况

6. 居民收入明显提高

在应对国际金融危机中，政府更加关注民生，努力让改革振兴成果惠及人民，努力使城乡居民收入增长与经济发展水平相适应。2009 年，辽宁省城镇居民人均可支配收入和农民人均纯收入分别是 15 800 元和 5576 元，分别同比增长 9.8％和 7.6％；吉林省城镇居民人均可支配收入和农民人均纯收入分别是 14 006 元和 5266 元，分别同比增长 9.2％和 6.8％；黑龙江省城镇居民人均可支配收入和农民人均纯收入分别是 12 566 元和 5207 元，分别同比增长 8.5％和 7.2％；蒙东地区的呼伦贝尔市、兴安盟、通辽市、赤峰市和锡林郭勒盟五盟市城镇居民人均可支配收入和农民人均纯收入分别是 13 298 元、10 252 元、12 812 元、12 670 元、13 572 元和 5606 元、3121 元、5163 元、4500 元和 5417 元。在这一年里，辽宁省企业退休人员基本养老金月人均增加 110 元，城市低保平均标准增长 21％，农村低保平均标准增长 22％，并继续提高在乡复员军人等优抚对象的生活补助标准，见表 1 和图 5。

表 1　2008～2009 年东北地区城镇居民及农村居民人均收入情况　（单位：元）

地区	2008 年城镇居民人均可支配收入	2009 年城镇居民人均可支配收入	2008 年农村居民人均纯收入	2009 年农村居民人均纯收入
辽宁省	14 393	15 800	5 576	6 000
吉林省	12 829	14 006	4 933	5 266
黑龙江省	11 581	12 566	4 856	5 207
呼伦贝尔市	12 009	13 298	5 061	5 606
兴安盟	9 341	10 252	3 029	3 121
通辽市	11 727	12 812	5 009	5 163
赤峰市	11 539	12 670	4 240	4 500
锡林郭勒盟	12 338	13 572	4 870	5 417

资料来源：辽宁省、吉林省、黑龙江省、内蒙古自治区 2009 年统计年鉴及统计月报

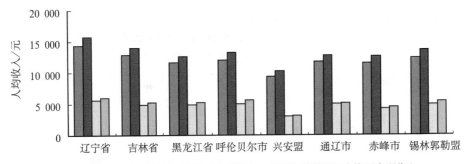

图5　2008～2009年东北地区城镇居民及农村居民人均收入情况

7. 农业基础进一步巩固

2009年，东北地区特别是吉林省和辽宁省西部地区遭遇历史罕见的严重旱情。经过坚持抗灾夺丰收，继续完善强农惠农政策，大幅增加"三农"投入，农村生产生活条件继续改善，粮食生产仍然获得较好收成。三省粮食总产量达1680.8亿斤，比上年下降5.8%，但仍属于历史上产量较高的年份。其中，黑龙江省粮食总产达870.6亿斤，比上年增加25.6%，跃居全国第二位，再创历史新高。辽宁、吉林两省受严重旱情影响，粮食产量分别为318.2亿斤和492亿斤，分别比上年下降14.5%和13.4%。东北地区畜牧养殖业稳步发展，牲畜存栏以及蛋、奶产量平稳增长。蒙东地区农业保持稳定发展，粮食生产实现连续增产。在这一年里，黑龙江省全年省本级投入"三农"专项资金93.4亿元，增长31.7%。"千亿斤粮食产能工程"获国家批准，通过超前启动，稳步实施，现代农业建设向更高水平迈进。

8. 结构调整取得新进展

2009年，东北地区按照国家要求积极推进钢铁、汽车、造船、石化、轻工、纺织、有色金属、装备制造、电子信息、物流十大产业调整振兴规划以及相关细则有序实施。坚持以结构调整为主线，继续实施重点工业项目建设工程，加快发展战略性新兴产业，积极推进优势主导产业升级，主导和新兴产业的增速快于规模以上工业的增长水平，服务业增加值和研发投入的增速快于地区生产总值的增长水平。本溪生物医药、抚顺先进能源装备、阜新液压装备、辽阳芳烃及精细化工，均获批为国家高新技术产业化基地。沈阳铁西装备制造业集聚区发展规划得到国家发改委批复，一批产业集群迅速崛起。吉林省实施工业八大产业跃升计划，汽车、轨道客车、医药等支柱优势产业呈强劲发展势头。黑龙江省高新技术产业产值达到3186亿元，增长22%。旅游、服务外包、现代物流和金融等现代服务业发展较快，第三产业增加值增长10.1%。

9. 节能减排和环境保护取得明显成效

2009年，辽宁省99座污水处理厂全部竣工，新增日处理污水能力450万吨。

化学需氧量和二氧化硫排放量分别下降 2% 和 3.5% 以上。辽河治理取得重大进展，按国家对辽河考核的化学需氧量标准，辽河干流已消灭劣 5 类水质。辽西北 1000 多公里边界防护林体系建设基本完成，滨海大道、辽西北荒山绿化工程加快推进，全年植树造林 447 万亩，比上年增加 117 万亩；治理辽西北沙化草原 100 万亩。开发云水资源增加降水量 35 亿立方米。落实严格的耕地保护制度，实现耕地占补平衡。吉林省环保设施建设明显加强，松花江等流域水污染防治取得重大进展，单位地区生产总值能耗下降 6% 左右，主要污染物减排完成年度目标。黑龙江省实施重点节能减排项目 417 项，积极发展低碳经济，淘汰落后产能，万元 GDP 综合能耗下降 5.2% 以上，二氧化硫排放量和化学需氧量排放量分别下降 1.6% 和 2%，完成造林面积 335.4 万亩，新增湿地保护面积 71 万公顷，松花江流域河流水质达标率为 54.6%，提高了 9.1 个百分点。

10. 惠民生、促和谐成效明显

2009 年，东北地区社会保障体系进一步完善，基本养老、医疗、失业三大保险参保人数继续大幅攀升，保障性住房建设力度加大，棚户区改造、廉租房和经济适用房建设步伐加快。其中，辽宁省全省廉租房保障户数达到 20.5 万户，新增经济适用房保障户数 6.1 万户。吉林省八件民生实事全面完成。"零就业"家庭保持动态为零。企业退休人员基本养老金标准和城乡低保、新型农村合作医疗补助水平提高。全面推进城市、煤矿、林业棚户区和农村泥草房（危旧房）改造、城市廉租房建设"五路安居"工程，城乡 45 万户困难群众住房条件得到改善。另有 118.9 万农村人口用上安全水。农村初中校舍改造基本完成。黑龙江省对民生的投入前所未有，仅省本级财政用于民生的专项投入就达 130.8 亿元，比上年增加 43.1 亿元，提高了 49.2%。47.5 万"五七工"、"家属工"纳入基本养老保险统筹范围。实现 30 万农村贫困人口脱贫。

11. 基础设施建设取得重大进展

2009 年，在金融危机背景下，东北地区在扩大内需中掀起了新一轮的基础设施建设热潮。辽宁省开工建设和计划开工建设铁路达 19 条，总长度 4100 公里，超过现有铁路里程总和。沈抚城际铁路投入运营，沈铁城际铁路开始建设。全年在建高速公路 1276 公里，接近现有高速公路总里程的一半。46 个港口项目建设加快推进。沈阳、大连、丹东、锦州、营口、朝阳机场新建、扩建工程全面推进。沈阳地铁一号线、二号线进展顺利，大连地铁开工建设，鞍山地铁启动前期工作。大伙房水库输水一期工程全部完工，锦凌水库开工建设。吉林长吉城际铁路年内即将竣工，图们至珲春、松原经白城至石头井子等高速公路建成通车，长春龙嘉机场扩建工程将投入使用。长春地铁一号线即将开工。引嫩入白、哈达山水利枢纽、中部城市引松供水等重点水利工程加快推进，全部完成 188 座病险水库除险加固任务。黑龙江高速公路与一级、二级公路实际交工和主体交工 15 项、1791 公里，超出计划 41％，创历史之最。哈齐客运专线、牡丹江至绥芬河扩能改造、前进镇至抚远、古莲至洛古河一期工程等 7 个铁路项目全部按计划开工建设。伊春、大庆、鸡西机场建成并投入使用，全省机场数量居东北地区首位。蒙东通辽和赤峰至北京快速客运通道进入开工准备阶段。

二、2009 年东北地区现代化进程中的问题分析

1. 区域合作进展不大

区域一体化不仅使产业的区域分工协作更加合理，而且能够提升产业在更广阔的空间配置资源的能力。东北地区在面临金融危机考验的时候，各省和地区都在努力启动内需，加大建设力度，但产能过剩问题仍然突出。在高耗能产业、同类企业竞争激烈的情况下，又出现了接续产业趋同现象，这就可能导致区域内下一步的恶性竞争。这个问题反映了东北区域一体化合作进展比较缓慢，亟待加强。在欧盟 27 国的经济一体化已经实现，东盟"10＋1"的自由贸易区也开始运行，大珠三角正向泛珠三角的"9＋2"模式扩大，长三角经济一体化有实质性推进的时候，各国和各地区都将区域经济合作作为一种战略任务放在重要的位置，东北地区的一体化到了应认真思考和加快建设的时候了。

2. 转型升级任务很重

国际金融危机的冲击，进一步暴露了东北地区粗放型增长方式的缺陷：主要依靠资源投入、通过规模扩张实现粗放增长；依赖廉价劳动力数量、主要依靠低成本、低价格竞争来发展。只有抓住目前难得的机遇解决好转型和升级问题，才能破解东北深层次的矛盾与问题，推动东北地区经济又好、又快地发展。但启动内需却使一些本应淘汰的落后产能恢复了生产，新上项目也存在着领域集中、技术和产品趋同的问题，一些产能过剩行业投资又出现增长等。这些问题使东北地区的转型升级成为当前刻不容缓要解决的紧迫任务。

3. 外贸出口大幅下滑

2009 年以来，东北地区出口大幅下滑状态比全国更为严峻，全年东北三省出口额为 466.5 亿美元，下降 26.7％，降幅高出全国 10.7 个百分点。辽宁、吉林、黑龙江三省出口分别为 334.4 亿美元、31.3 亿美元和 100.8 亿美元，同比分别下降 20.5％、34.4％和 40％。传统大宗商品出口普遍下降，钢材、成品油、农产品等支柱产业产品出口受到较大冲击。黑龙江受俄罗斯市场需求萎缩的影响，对俄出口订单持续减少，对该省出口造成严重影响，见图 6。

4. 生态环境保护问题尚不尽如人意

东北地区生态环境不仅涉及东北的全面振兴，也涉及广大地区人民的生活质量，更涉及今后的可持续发展问题。要致力于保护东北地区整体生态环境，包括覆盖率比较高的东北森林、海洋和河流以及土地资源。但目前有些地方行政部门

缺少生态环境的保护意识，不能摆正开发和保护的关系，重发展，轻保护，甚至不惜以牺牲环境为代价去换取经济效益。目前老工业基地生态环境的保护问题，特别是渤海湾的环境治理，以及辽河、松花江的水污染治理，都被列入国家的规划中，但这项工作的重要性还远没有引起所有单位和部门的高度重视。绝对不能以破坏生态环境为代价来换取东北经济的振兴应成为人们的共识。

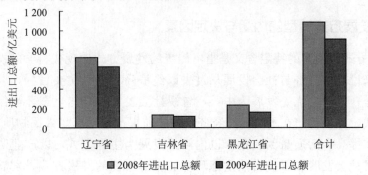

图6　2008～2009年辽宁省、吉林省、黑龙江省进出口总额

参考文献

卢锋.2006.中国：经济转型与经济政策.北京：北京大学出版社
王梦奎等.2000.中国地区社会经济发展不平衡问题研究.北京：商务印书馆
伊特韦尔.1992.新帕尔格雷夫经济学大辞典.第三卷.陈岱孙译.北京：经济科学出版社
中国企业管理研究会，中国社会科学院管理科学研究中心.2008.东北老工业基地振兴与管理现代化.北京：中国财政经济出版社
Roland G.2003.转型与经济学.张帆，潘佐红译.北京：北京大学出版社

广东的现代化与发展方式转变

郑奋明
广东省社会科学院现代化发展战略研究所

现代化社会的发展本质上是经济社会发展方式的转变与进步。一个国家或地区的经济社会发展方式总是沿着从粗放型到集约型、从片面的经济增长到全面的社会发展的过程。改革开放以来，广东的经济建设取得了巨大的成就，由落后的

农业大省转变成为我国位列第一的经济大省，经济总量先后超过亚洲"四小龙"的新加坡、中国香港和中国台湾，成为世界制造业基地，进出口的比重居全国第一。但广东在经济连续快速增长的同时，也存在和积累了许多问题与矛盾，经济增长的约束条件越来越明显，传统的经济增长方式已经进入困境，难以持续，迫切需要改变和转型。

一、发展方式转型的内涵与决定因素

"发展方式转型"的特定含义是指由传统的发展方式向现代科学的发展方式转型。具体来说是指经济与社会发展从过去以经济高增长为主要目标，以经济外延发展为主导，以工业优先发展为中心，忽视社会发展和自然生态环境保护的非均衡发展模式，逐步转向在不断提高经济效益的前提下，以满足人民物质文化需要、生态需求和提高生活质量为目的，以内涵式发展为主导方式，以产业协调发展为指导，重视社会发展和保护自然生态环境的相对平衡的发展方式。发展方式转变的具体内容包括：转变经济发展方式的内涵，实现从粗放增长向集约增长、从外延增长向内涵增长的转变；转变社会发展的单一目标，由单一经济发展向发展目标多元化转变，这些目标包括：①经济结构（包括产业结构、城乡结构、区域结构等）的优化程度；②社会基本公共服务的分配；③发展循环经济与环境保护等。在生态环境上由污染型向保护型转变；在产业结构上由以工业为主向注重发展现代服务业转变；在劳动力素质上由简单型向技能型转变；在社会公平上，实现社会基本公共服务的均等化。

社会发展方式的选择建立在一定的经济社会发展阶段、技术进步状况、经济开放程度和经济社会制度的基础上。

1. 经济发展阶段

一定的发展方式建立在一定的经济发展基础之上。一个国家或地区的经济发展都呈现出一定的阶段性。根据经济发展阶段理论和方法，比较有代表性的有克拉克的三次产业理论、钱纳里和霍夫曼的工业化阶段理论、罗斯托的经济成长阶段理论、迈克尔·波特的竞争优势理论以及以英格尔斯为代表的经典现代化理论。

克拉克三次产业理论认为：随着经济的发展，第一次产业国民收入和劳动力的相对比重逐渐下降；第二次产业国民收入和劳动力的相对比重上升，经济进一步发展，第三次产业国民收入和劳动力的相对比重也开始上升。农业劳动力在全部就业劳动力中的份额相对越来越小，而第二、三产业的劳动力所占份额相对越来越大。

钱纳里的经济发展阶段理论通过对各种不同类型国家人均国内生产总值水平和经济发展水平相互关系的统计分析，从低到高归纳出不同的经济发展阶段，建立了其工业化六阶段模型。按人均 GDP 的变化，将经济发展分为前工业化阶段（初级产品生产阶段）、工业化实现阶段和后工业化阶段（发达经济阶段）等三大

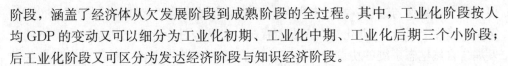

阶段，涵盖了经济体从欠发展阶段到成熟阶段的全过程。其中，工业化阶段按人均 GDP 的变动又可以细分为工业化初期、工业化中期、工业化后期三个小阶段；后工业化阶段又可区分为发达经济阶段与知识经济阶段。

2. 技术进步程度

技术进步与经济增长和经济发展方式之间存在着天然的联系。技术进步是产业升级和新产业产生的前提。当一个国家或地区的总体技术水平较低时，落后的资源低加工度的产业体系只能依靠大量的初级产品资源与能源等有形资源的消耗来支撑经济的单纯增长，经济发展处于一种粗放型的简单增长状态；当总体技术水平较高时，等量的要素经过多元化利用和深度加工会产生更高的附加值，要素效率自然就大幅提高，因而此时的经济发展开始倾向集约型的增长状态。随着社会的发展，技术进步对资源利用方式的影响会越来越大。

3. 经济开放程度

经济发展方式很大程度上受经济开放程度的影响。实践证明，一个开放的经济体，其竞争力较强，效率较高。相反，一个完全封闭的经济系统，其增长只能单纯依靠自身的资源禀赋，相对于外界的比较优势无从体现，不能为自身获得对于产业升级和经济发展至关重要的外部资源。开放程度的提高，不仅可以使经济发展获得具有比较优势的外部资源，经受住来自外界竞争压力的洗礼，更重要的是，可以不断学习、吸收和消化来自外界的新技术和新管理方式，加快经济增长方式转变的进程。

4. 经济体制的结构因素

不同的经济体制，其运行方式和效率大不相同，因而直接影响经济和社会的发展方式。在计划经济体制下，政府是资源配置的主体，对整个经济活动进行垂直调控，企业作为经济发展的一种附属物，缺乏发展的动力和压力，政府管理的成本也很高，低效率、浪费是国有企业的普遍问题，计划经济体制的内在弊病决定了经济运行方式的粗放性和低效率。在市场经济体制下，市场对资源配置起基础性作用，价格信号和价值规律自动调节社会的生产和需求，企业成为市场的主体，由于内在的利益机制的驱动，企业不断地追求提高产品质量和效率、推动技术创新等，从而大幅度提高资源的配置效率。

二、国外发达国家经济发展方式转型的历程与经验

（一）国外发达国家经济发展方式转型的历程

国外发达国家在经济发展方式上都经历了转型的过程，一般来说主要经历了三次较明显的发展方式转型。第一次是从 20 世纪 60 年代开始，由单纯追求经济增长转向经济社会的协调发展，以改善生活质量为导向，注重相对滞后的社会发展，

促进社会的繁荣与进步，在一定程度上扭转了当时普遍"有增长无发展"的状况；第二次是在 80 年代工业化基本完成之后，由经济与社会之间的协调转向经济社会发展与自然生态系统的协调，以追求人与自然的和谐为主旨，超越人类自身狭隘的发展观，谋求实现经济、人口、资源、环境四大系统的协调发展；第三次是在 20 世纪 90 年代初，以 IT 产业和网络经济为代表的新经济的兴起，促成了以美国为首的世界主要发达国家由传统经济形态向新经济形态的转型。新经济的最大特征是更多地利用创新性要素（知识、技术、管理等）而非基础性要素（土地、劳动、资本等）实现经济增长，从而改变了要素组合和财富增长方式，形成了一种高度集约化的发展方式。

（二）发达国家和地区转变经济发展方式的道路和经验

实现经济社会发展方式的转型，是一个较长的历史过程，它既是经济发展到一定阶段的客观要求，也需要政府采取各种政策加以调整和引导。发达国家和地区都经历过由粗放型向集约型，由以生产制造为主的工业经济向以研发、设计为主的知识经济的发展阶段，从而实现产业的升级和发展质量的提高。在世界历史发展的不同阶段，各国经历的转型时期时间长短也不相同，总体上说，随着科学技术的发展和扩散，粗放型经济转变的时期呈现出越来越短的趋势。老牌资本主义英国粗放型的生产阶段延续了 200 年的时间，美国用了 100 年，后来的韩国和新加坡只用了 20～40 年的时间，它们的转型过程和经验值得我们研究和借鉴。

1. 美国经济增长方式转变经验

美国是当今世界唯一的超级大国，其经济、科技实力强大，其转变经济增长和发展方式的主要经验有：

1）以科技进步为社会发展的动力。美国政府把发展科技放在首要位置，重视技术创新与技术开发，并采取一系列措施，促进技术产业化，保护知识产权，鼓励技术创新，以提高经济竞争力。美国许多处于领先地位的新兴产业部门，都是以科技为基础建立和发展起来的。

2）发挥市场机制，优化资源配置，实现规模经济。美国通过鼓励企业兼并，整合和优化资源配置，扩大企业生产规模，实现规模经营，获得最佳经济效益，提高了美国企业的国际竞争力。

3）重视教育。美国非常尊重知识和教育，各州都实行了 9 年或 11 年、12 年制义务教育，美国拥有许多世界一流的大学和科研机构，高等教育普及率处于世界前列，同时，还采取许多举措吸引人才，从全球吸收了相当数量的高素质人才。研究证明，在美国实现经济增长方式转变的时期内，各级教育投资的平均收益率达到 17.3%，大大超过物质投资 5%～15% 的收益率，美国国民收入增长额中有 1/3 要归功于教育投资。

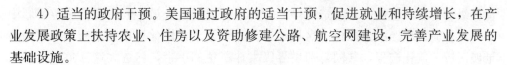

4）适当的政府干预。美国通过政府的适当干预，促进就业和持续增长，在产业发展政策上扶持农业、住房以及资助修建公路、航空网建设，完善产业发展的基础设施。

2. 亚洲"四小龙"经济增长方式转变经验

亚洲"四小龙"这些新兴工业化国家和地区在经济增长方式演变过程中显示出大体一致或相似的进程，通过承接国际产业转移，从加工制造、进口替代到出口导向，加速工业化发展取得了令人瞩目的成就。亚洲"四小龙"经济增长从20世纪60年代开始到90年代，全要素生产贡献率由60年代初的10%左右转变为90年代的超过50%，到20世纪末，亚洲"四小龙"都已经实现了经济增长和发展方式由粗放型向集约型的转变，其共同的成功经验和规律如下：

1）加速科技进步。亚洲"四小龙"在积极引进国外技术的同时，通过增加科技投入、建立科研机构和科研基地、制定高新技术产业计划等方式来促进科学研究以及科技成果的推广使用。同时，亚洲"四小龙"还把提高人口素质作为促进经济增长的动力，通过增加教育经费投入、大力发展高等教育及职业技术培训，提高了国民的知识文化层次及水平。

2）积极推进产业结构升级。在工业化初期，亚洲"四小龙"主要以加工贸易为主，发展劳动密集型的产业。随着工业化进程的加速，亚洲"四小龙"不失时机地推进产业结构的优化升级，发展了高效低耗、高技术、高附加价值的制造业和第三产业，实现了比较优势的转换。

3）发挥政府的主导作用。积极发挥政府在推行产业政策、实施外向型战略、实行低利率的金融政策等方面的作用，促进企业兼并和重组，培育大型企业集团，强化竞争政策，提高企业的国际竞争力。

4）对外开放。为扩大市场规模、获取外部资源，亚洲"四小龙"都无一例外地把实行对外开放、充分利用国际市场及外资来推动经济发展。在发展战略上先后经历了进口替代和出口导向战略的转换。在引进和利用国外先进技术方面，新加坡主要通过利用外商直接投资的模式来引进和利用国外先进技术，而韩国则主要采取了非贸易型的技术引进方式，通过研究公共文献、进口产品仿制、引进归国人才等方式来促进技术进步。

三、广东现代化和发展方式转变的战略

（一）打造世界级大珠三角都市带，实施国土空间结构集约化发展战略

打造世界级大珠三角都市带。 2007年粤、港、澳三地的经济总量达7100亿美元，居全国第一位，约占当年全国国内生产总值的1/5，它的经济总量在亚洲地区排在日本、韩国和印度之后，是第四大经济体。大珠三角经济区目前已形成三个

世界级的中心，包括广东制造业中心、香港物流航运金融中心、澳门旅游博彩中心。广东应适应经济全球化和区域经济一体化要求，优化城市空间布局，推动粤港澳区域一体化进程，共同打造世界级大珠三角都市带，促进大珠三角城市间生产要素的自由流动和分工合作。按国际惯例和规则，通过改革创新，逐步取消粤、港、澳三地的贸易壁垒和要素流动障碍，尽量消除一体化进程中的制度差异和体制障碍，促进区域融合。建立开放型的经济体系，最终形成粤港澳自由贸易区，把大珠三角地区建成引领华南地区发展的强大引擎、泛珠区域创新体系的枢纽和现代服务业的中心、我国先进的深加工制造业基地、全球各种生产要素流动集散中心之一。建成产业结构高度化、运行机制市场化、具有强大国际竞争力的世界级大珠三角都市带。全面推进与港澳在基础设施、环境保护、社会治理、公共服务等领域的合作，加快推进港珠澳大桥建设，加快推进机场、港口等基础设施的建设和对接，做到基础设施共建、共享；进一步促进大珠三角各城市之间的产业分工和协作，充分发挥香港金融中心、贸易中心、航运中心的优势，发挥深圳科技创新、区域性金融中心和高科技产业的优势，发挥广州交通枢纽、物流中心、会展、教育科研、商业贸易、先进制造业等优势。到 2020 年，基本实现珠港澳区域经济社会一体化，世界级的大珠三角都市圈形成。

（二）城市化战略

加快城市化进程。城市化率每提高 1 个百分点，由于对消费品和城市基础建设的需求拉动可带动 GDP 增长 1.5 个百分点。应当加速广东的城市化进程，加速农业人员向城市的转移，推行城市化战略，大幅度提高广东的城市化水平，提高城市的规模和集约化程度，特别是加大 50 万人口至 300 万人口的建设规模，以城市化促进广东经济的高速和高质量发展，到 2012 年，将目前广东 63.14％的城镇化水平提高到 67％以上，珠三角应当在 82％以上，到 2020 年广东城市化率应当达到75％。形成以特大城市为核心，大中小城市协调发展，城市层次明晰，城市分工合理的世界级大都市圈格局。

（三）制度创新战略

加快政府的职能转变。从管制型、管理型政府向服务型政府转换，推进政府行政改革，简化审批程序，大力削减审批内容，减少行政层次，试行省直管县体制，强县扩权，推行小政府、大社会的社会管理模式。推行大部制，精简合并多余的行政机构和部门，降低社会行政成本，减轻社会负担，营造高效、廉洁的政府。建立公共财政体制，推行阳光财政，科学制定与公开财政预算，接受社会对政府财政支出的监督，强化公共财政的支出，加强政府的社会管理与提供社会公共产品的职能。建立健全政府公共政策制定的科学、民主机制、专家咨询制度和社会公示、社会听证制度；建立决策绩效评估和责任追究制度，推行重大项目建设公开制度，提高公共政策的决策水平。

全面完善市场经济体制。以制度创新作为广东现代化的驱动力推进广东的发展方式转型，加快市场经济体制机制和制度的改革和建设，建立公平、公正、平等竞争的市场经济体制和市场环境，形成多元化市场主体平等自由竞争的市场环境，在所有的产业领域，原则上都不应有垄断的现象，都应当允许各种市场主体的平等进入，取消对外资经济和民营经济进入市场的制度障碍。建立和完善各生产要素市场，让各种生产要素自由地流动和组合，充分激发市场活力，提高资源配置效率。

大幅降低低效率的国有经济比重。在 5 年内将广东国有经济的比重由目前的32％大幅降低到 15％以下，国有经济原则上只在个别战略产业和民营经济不愿进入的范围内存在，所有能通过市场机制解决的，国有经济都没有必要存在，责成国有资产管理部门制定国有企业有序退出竞争性行业的规划和时间表。

大力发展非公有经济。大力支持和引导非公有制经济发展，要用长远的战略眼光扶持民营企业的发展。对民营企业实行政治平等、政策公平、法律保障、放手发展的方针。加强对中小企业和民营企业的引导和服务。放宽市场准入条件，凡符合国家法律法规、产业政策规定以及加入世贸组织后对内对外开放的行业和投资领域，都对民营企业开放。引导民营企业技术创新和制度创新，逐步建立现代企业制度，实行规模经营和集约经营，积极扶持民营龙头企业和民营企业品牌，做大、做强民营经济。改善金融服务，支持中小企业金融担保机构的设立和运营，加大对民营企业的资金支持，解决民营企业融资难问题。

加快地方金融体制改革和创新。建立金融改革创新综合试验区。建设粤港澳金融合作区，加强与港澳的金融业融合和合作，创造条件开展人民币利率和汇率改革、人民币资本项目下可自由兑换改革，打造粤港澳统一的金融共同市场，实现金融资源的自由流动与合理配置，构建区域金融中心。进一步完善货币跨境流通、资本相互流动、票据结算系统互联互通的功能。开展和创新人民币外汇衍生产品交易，推进国际贸易人民币结算，拓展对港澳地区贸易项下使用人民币计价、结算试点，促进人民币与外汇的自由兑换。

（四）科技强省战略

建立完善创新型广东的制度支撑、资金支撑、人才支撑保障体系，完善技术创新组织体系和服务体系，依靠科技发展和科技创新，引领广东的经济社会发展。根据科技发展的实力和潜力，力争 5 年内广东在科技进步环境、科技活动投入、科技活动产出、高新技术产业化和科技促进社会经济发展指标方面跃居全国前列，科技进步贡献率达到 60％以上。

创建国家自主创新综合试验区。争取创建国家自主创新综合试验区，全面高起点制定广东科技教育发展规划，实现由广东制造向广东创造转变；加强产学研科研合作，逐步形成以企业为创新主体的研发体系，大力支持和鼓励企业加大研发投入，完善企业自主创新激励机制，全面落实企业研发费用税前加计扣除等自主创新优惠政策。合理构建和布局创新型城市，集约发展特大型城市的创新能力，形成以广州-深圳-香港为核心的国家创新型城市。研究制定能激发科技人才创造力的政策制度环境，吸引全球的精英人才汇聚广东。

强化研究型大学的建设，推进传统的教育体制向现代教育体制的改革，加强国际科技与教育合作，引进国际的一流大学在广东办学，扩大广东的教育资源，提高广东的教育质量，使广东成为全国教育开放性最高、教育现代化水平最高的地区，吸引全国的优秀生源到广东来，将中山大学、华南理工大学建成全国一流大学。

（五）产业升级战略

建设广东国际先进制造业基地。加快产业的转型和升级，实现由劳动密集型、低技术、低附加值、产业链条短、带动力弱的加工制造业向技术含量高、产业链长、带动力大、附加值高的资金技术密集型先进制造业转型升级。重点发展装备制造、汽车船舶、钢铁、石化与精密仪器等产业，建设重大成套和技术装备制造基地。打造产能千万吨级的世界级大型修造船基地和具有现代化技术水平的海洋工程装备制造基地，建设现代化的千万吨级湛江钢铁基地，高标准建设世界先进水平的特大型石油化工产业基地，研究考虑发展飞机制造业。

大力发展高技术产业。培育和建设世界级的高技术产业基地，要选择和培育高技术的战略产业，政府财政和政策要加大对战略性产业的支持力度，引导资源和生产要素向高技术产业集中。加大对高技术产业的自主创新研发力度，提高核心竞争力。根据广东的产业基础与产业发展前景，重点发展电子信息、生物、新材料、环保、新能源、海洋等产业。

大力发展服务业。重点发展生产性服务业和现代服务业，发展金融业、物流业、信息服务业、科技服务业、商务会展业、文化创意产业、旅游业和总部经济。加强与港澳的金融合作，推动粤港澳金融合作，建设金融合作区。建设以珠江三角洲地区为中心的现代化、国际化物流中心，建设广东现代流通大商圈，建立起集大市场、大流通、大业态于一体，中高级流通贸易市场相配套的现代流通网络体系，大力扶持培育商贸龙头品牌企业，促进现代物流配送和连锁店等新型业态的发展。重点建设一批枢纽型现代物流园区、配送中心；确立珠江三角洲地区的国际电子商务中心地位，大力普及信息技术和互联网运用，大力发展电子商务、电子政务和电子社区服务，用信息化提升传统的交通运输业、餐饮酒店和零售批发服务业；完善科技开发、产品设计、工程设计、环境监测等科技服务；发展各类中介服务业及各类国际性、区域性、专业性会展；建立研发设计、文化传媒、咨询策划、动漫制作等文化创意产业园区；打造若干个世界性营销服务中心和中央商务区，稳步发展房地产业，大力发展旅游业和社区服务业，力争到 2012 年服务业占 GDP 的比重超过 50％，生产性服务业占服务业的比重达到 40％以上。

（六）提升内需战略

积极调整出口、消费和投资的比例，改变消费比重过低的不正常状况，到 2012 年，全省消费率从目前 38.2％左右的水平逐步上升到 50％左右。大幅度提高公务员和企事业单位的工资收入，实行工资增长 5 年倍增计划，通过普遍提高全社会的收入水平，促进社会消费能力的上升，带动经济增长，实现产业和消费的交互升级，加大对公共财政的投入，特别是教育、医疗和社会福利的投入，全面提高全省人们的生活水平和质量。

（七）经济国际化战略

构造开放型经济格局。以在全球范围内优化资源配置为目标，扩大对内对外开放，以企业为主体，以高效的公共与中介服务为辅助，实现"走出去"与"引进来"的协调发展，显著提升广东企业的国际化水平，形成一批拥有自主知识产权和世界级品牌、具有国际竞争力的大企业。加快培育广东如华为、中兴、TCL 等国际品牌和跨国公司的建设，提高广东在国际分工中的地位。

促进对外贸易的转型升级。提高对外贸易的档次和水平，促进对外贸易从生产型转变为市场型、创新型。提高一般贸易比重，鼓励加大自主品牌、自主技术和专利的产品出口。加快发展服务贸易，发展和扶持外包服务业，加快培育和引进国内外高级人才，在软件、研究设计、营销策划、金融后台服务、中介服务等方面开展国际分工和合作，借助港澳国际化平台，开拓国际市场，形成有国际竞争力的外包服务业基地。

制定经济国际化的配套政策和服务体系。推动建立以商业银行等金融机构为主导的对外投资配套体系。促进投资便利化，简化审批，规范程序，强化服务。制定境外投资规划和境外投资产业指导政策，充分发挥香港作为内地企业国际化经营的平台作用。提升企业的国际化水平。促进金融体制、市场规则、法治环境与国际规则的接轨，把广东建设成我国参与国际分工与竞争的重要基地和主力省。

参 考 文 献

北京市科委，市发改委.2006－12－26.北京市"十一五"时期科技发展与自主创新能力建设规划（政府文件）

长城战略咨询.2006－11－14.韩国产业发展模式综述.新浪网，http：//gov. finance. sina.

com. cn/zsyz/2006 - 11 - 14/93328. html

广东省人民政府办公厅 . 2007 - 2 - 8. 广东省城镇化发展 "十一五" 规划 (政府文件)

国家发展和改革委员会 . 2008. 珠江三角洲地区改革发展规划纲要 (2008～2020 年) (政府文件)

刘栋 . 2008. 日本韩国发展现代服务业的经验与启示 . 佛山研究, (2): 61～64

刘逖 . 2007 - 6 - 28. 国有企业改革的国际经验与启示 . http: //www. cs. com. cn/gz/08/200706/ t20070628 _ 1134278. htm

游霭琼 . 2007. 珠三角经济发展形势分析和预测 . 见: 景体化, 陈孟平 . 2006～2007 年: 中国区域经济发展报告 . 北京: 社会科学文献出版社

张强, 刘江华, 杨代友 . 2005. 广州经济社会发展模式转型研究

张燕 . 2008. 经济全球化背景下广东生产性服务业的发展阶段 . 深圳大学学报 (人文社会科学版), (3): 57～61

中共广东省委广东省人民政府 . 2008. 广东省委广东省人民政府关于争当实践科学发展观排头兵的决定 (政府文件)

太原实施绿色转型推进城市现代化研究

张晨强

太原社会科学院

城市既是人口和产业集聚的中心，又是资源和能源的集中消耗地。传统的现代化进程依靠高投入、高污染、低产出的粗放发展模式，使得城市的发展与现代文明背道而驰。对于太原这样一个资源型的工业城市来说，绿色转型的过程就是推动城市现代化的过程。绿色转型是以绿色经济学为理论依据，以生态文明为基本价值取向和追求目标，经济形态由从传统工业经济形态向绿色经济形态的转变，这种转变是对原有传统经济发展道路、利益格局、社会组织系统、政治决策模式、生产生活方式、道德伦理规范、行为价值取向、科学技术与工业标准体系等的一场伟大的革命。本文拟就绿色转型的依据、实践、问题和对策进行探讨。

一、太原推进绿色转型的依据

绿色转型，其核心内容是从传统发展模式向科学发展模式的转变，就是由人与自然相背离以及经济社会、生态相分割的发展形态，向人与自然和谐共生以及经济、社会、生态协调发展形态的转变。实施绿色转型发展战略，是对太原这样一个资源型地区发展目标和路径进行科学设定，是对过去主要依靠高消耗追求经济粗放增长发展战略的超越。绿色转型发展战略的实施，有着深厚的现实根源。

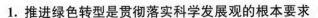

1. 推进绿色转型是贯彻落实科学发展观的根本要求

科学发展观是党和全国人民回答重大现实问题的最新的理论成果，新的发展观需要新的发展模式来体现，创新发展模式，最关键的是把科学发展观转变为现实政策、新型体制机制和人民群众的生动实践，把率先科学发展的要求落实到创新发展模式上，落实到开辟新的发展道路上。这就要求我们在发展过程中，不仅要追求经济效益，还要讲求生态效益；不仅要促进经济增长，更要促进社会文明进步；不仅要改善人民群众的生活水平，更要提高生活质量，绿色经济正是实现这一目标的唯一正确选择。绿色转型，就是从战略高度、从深层次上解决发展模式和道路问题。

2. 推进绿色转型是缓解太原资源环境压力的现实选择

太原是我国重要的能源重化工基地。多年来，在经济稳步增长、稳中加快的同时，传统发展模式的缺陷日益突出，资源和环境承受的压力越来越大，又好、又快发展面临严峻挑战。首先，面临资源极限挑战。全市传统资源型产业比重偏大，90％以上的一次能源、80％以上的工业原材料均来自矿产资源。煤炭年消耗量居全国省会城市首位，万元 GDP 能耗比全国平均水平高 40％，是经济发达城市的 2.2 倍。水资源严重匮乏，水资源总量仅为 5.33 亿立方米，可利用量为 4.31 亿立方米，人均水资源量只有 173 立方米，为全国人均量的 8.4％，不足山西省人均占有量的 1/2。其次，面临环境极限挑战。太原环境污染十分严重，曾被列为世界十大污染城市之一。近年来，空气中三项主要污染物的浓度有上升趋势，市区二氧化硫、烟（粉）尘的排放量分别是环境容量的 2.5 倍、1.4 倍，分别超过国家标准的 0.42 倍、0.33 倍；地表水污染持续上升，饮用水水源地水质达标率逐年下降；机动车数量猛涨，机动车尾气污染日趋严重；全市工业固体废弃物产生量 2100 万吨，煤矸石累计堆存 1 亿多吨；水土流失面积 4010 平方千米，占全市土地总面积的 58.6％；太原西山地区由于长期大面积、高强度开采，沉陷区面积达到 182 平方千米，引发的地质灾害对当地 6 万居民的生命财产和生产生活构成了极大威胁。虽然市区空气质量二级以上天数逐年递增，但空气质量较低，增加的难度也越来越大，仍然是全国污染比较严重的城市之一。这些问题是制约太原经济社会又好、又快发展的根本因素，从深层次解决发展模式和道路问题，已成为太原重大的现实任务。

3. 推进绿色转型是适应国内外绿色潮流的形势要求

进入 21 世纪，以发达国家为代表的绿色经济浪潮在全球加速推进，人类文明发展形态从工业文明向生态（绿色）文明加速转型，包括发展中国家在内的国际社会，都广泛关注和重视人与自然、人与社会协调发展的关系，以实现人类文明的可持续发展。传统发展模式正经受着严峻考验。一方面，国外绿色贸易壁垒迅速加强。各种绿色技术标准、绿色环保门槛越来越高，非绿色产品出口受到严重制约。另一方面，国内市场绿色需求和门槛也在不断提高。随着经济的持续发展和生活水平的提高，人们对初级产品的需求增长逐步放缓，对产品质量安全的要求不断提高。国家根据可持续发展战略的要求，相继出台了一系列绿色经济法律、法规和政策，设置了更严格的市场准入门槛，给传统发展模式以强大的压力。全国各地积极探索转型发展、绿色发展之路，新型产业、产品竞争日益加剧。传统发展模式市场空间、政策空间日益缩减，路子越走越窄。如果我们还走传统发展道路，必然会在激烈的竞争中加大与先进城市的差距。

只有大力推进经济社会绿色转型，太原才能打破传统发展模式的资源瓶颈，才能打通又好、又快发展的路径，才能融入国内外绿色发展的浪潮，才能全面落实科学发展观的要求。

二、太原推进绿色转型的实践

依据绿色经济的理论和太原的现实状况，近年来太原市政府把"创新发展模式、推进绿色转型"作为执政理念确立下来，制定了一系列新型的标准、法规和政策，通过法定程序将绿色转型理念上升为全市人民的意志，发挥政府作为推动绿色转型的主导和第一推动力作用，在淘汰落后产能、制定绿色标准体系、构筑绿色产业体系、实施绿色管理等方面进行了有益探索。

1. 设置并严格实施"十高十低"的"绿色高压线"

从 2006 年开始，太原在山西省率先设置"十高十低"的"绿色高压线"，对不符合科学发展观和国家产业政策的新建项目坚决否决，对小冶炼、小钢铁、小焦炭、小化工、小水泥等落后生产能力和设施坚决取缔，对布局不合理的污染严重企业坚决搬迁改造。

2. 在经济社会各领域制定实施绿色标准

推动绿色转型、实现科学发展必然需要绿色标准来做支撑。太原把制定实施绿色标准作为推动绿色转型、实现科学发展的重要抓手。先后出台了《关于在经济社会各领域制定和实施绿色标准的意见》、《太原市绿色转型标准体系》、《绿色建筑标准》、《太原市绿色工业企业管理导则》、《太原市绿色学校管理规范》、《太原市绿色医院管理规范》、《太原市组织机构办公区环境与节约的要求》、《太原市绿色村庄要求与评价》、《太原市绿色市政管理要求与评价》、《太原市绿色网吧要求与评价》等 27 个绿色标准，太原市成为全国第一家开始系统制定绿色标准体系的城市和拥有绿色地方标准最多的城市。

3. 培育绿色工业新体系，壮大绿色经济形态

一是大力改造提升传统产业，促进传统产业新型化和绿色化。按照国家产业政策和绿色转型的要求，优化结构，调整布局，淘汰落后，控制总量，提高集约化水平，进一步控制生铁、普钢总量，培育以太原钢铁集团为中心的国际不锈钢生产加工基地。大力推进循环经济，强化冶金行业污染治理，优化冶金工业区域布局，推动生产要素向太钢等优势企业集聚，提高冶金工业整体竞争力。二是大力提升装备制造业竞争力。按照"整合资源、联合协作、规模经营、创造名牌"的思路，大力发展以太重集团为龙头的煤机成套设备生产基地和以南方重型汽车为龙头的重载车、特种车、专用车生产基地，以"两大基地"为依托，整合装备制造企业，提升装备制造产业，建设具有自主创新能力的新型装备制造工业基地。三是大力发展清洁能源，做优做强煤炭、电力产业。整合煤炭工业布局，提高煤炭产业集中度和产业水平，加大淘汰落后生产能力。加大煤炭加工转化力度，综合开发利用煤层气、矿井水、洗中煤、煤矸石以及其他共伴生资源。四是大力发展精细化工，高起点推动煤化工业实现清洁生产、循环利用和可持续发展。利用现有基础化工原料生产能力，延伸下游产品链，实现由基础原料向精细化工产品转变，延伸煤—焦—化产业链。

4. 发展绿色服务业，推进"四大中心"建设

根据太原构筑省会特色产业体系和推进产业结构绿色转型的迫切需要，着眼于提升"服务全省、影响全国、吸引世界"的功能和作用，太原服务业发展坚持以市场化、产业化、社会化为方向，主动承接国内外现代服务业转移。一是建设现代商务中心。以发展服务外包为重要抓手，吸引国内外知名企业和商务机构进驻太原，设立公司总部、国际采购机构、研发中心和营销机构。二是建设现代物流中心。充分发挥区位优势和比较优势，以太焦线、同蒲铁路和石太高速铁路、太中银铁路为纵横主轴线，建设集公路和铁路集装箱运输、航空货运、城市配送等多功能于一体的现代物流枢纽城市。三是建设"华夏文明看山西"文化旅游中心。建设"华夏文明看山西"展示园，展示丰富的历史文化遗产和灿烂的华夏文明景观。加快民俗文化、民族艺术和历史文化三大产业基地建设，传承晋阳历史文化，打造晋阳特色文化品牌和城市文化新亮点，形成文化产业集群。四是建设全省金融中心。以五大国有银行和保险公司为支柱，以民生、光大等民营银行和保险公司为辅助，以各级各类信托、期货、证券营业部为依托，推进金融机构改革和金融对外开放，吸引国外金融机构和国内民营银行落户太原，以中国（太原）煤炭交易市场建设为契机，打造全国性煤炭现货交易乃至远期的期货交易市场。

5. 构建政府推动绿色转型、实现科学发展的长效机制

太原制定出台了特色鲜明、现实可行的加快绿色转型的地方法规——《太原市绿色转型促进条例》及其实施办法，太原市成为全国第一个以地方立法形式整体推动绿色转型和区域性科学发展的城市。结合深入实践科学发展观活动，太原又制定出台了《太原市经济社会发展综合考核评价工作机制》、《关于建立健全绿色和循环经济发展推进机制的意见》等10个体制机制创新性文件。长效机制建设，在整合政府、企业、社会组织和公众的力量，为持续创新发展模式、推进绿色转型发挥着重要作用。

6. 推动社会事业绿色转型，构建和谐太原

在社会转型发展方面，从2007年开始，太原明确提出构建和完善教育、医疗卫生、住房、就业、环境管理"五条社会保障线",着力解决人民群众最关心、最直接、反映最强烈的问题。围绕构建和完善"五条社会保障线",加大政府财政投入,大力推进"百校兴学"工程、农村医疗卫生体系升级工程、城市中心医院改造工程、中小企业发展与充分就业工程、安全生产保障体系建设工程,加快解决民生保障问题,全力推进社会事业发展。

三、太原推进绿色转型存在的问题和障碍

历史上每一次新的经济形态和发展模式取代旧的经济形态和发展模式,都要经历一个漫长而复杂的过程。在这个过程中,人们的思想观念、社会经济运行机制、社会经济发展的支撑体系等要素逐步实现了革命性的改变,推动社会的生产方式和生活方式发生根本的改变,从而实现向新的发展模式的转型。绿色转型也是如此。太原市创新发展模式推进绿色转型的实践取得了积极的进展,但从绿色转型的长期性、艰巨性和革命性来看,指导转型的绿色文化,反映转型效果的产业结构,服务转型的社会运行机制、政府管理体系等还存在很多问题和不足,突出表现在以下几个方面。

1. 对绿色转型的认识不够深刻、全面

广大干部群众对绿色转型的认识仍存在不足。根据抽样调查,不足一半市民知道绿色转型的提法,总体上,市民普遍对绿色转型的核心概念如绿色理念、绿色制度、绿色产业、绿色生产、绿色流通、绿色消费等缺乏基本的和系统的了解,对于自己如何在生产和生活中践行绿色转型,没有一个准确而清楚的认识,缺乏积极主动地推动绿色转型活动的实践动力。

2. 传统的产业结构制约了绿色转型的进度

全市产业结构中工业占国民经济的比重过大,且传统加工制造业中,原材料和低端产品居多,占地多、污染大、产出少、科技含量低的状况并没有根本改观,从而大大增加了绿色转型的难度。

3. 绿色管理体制有待进一步健全

太原市委、市政府按照绿色转型的要求初步设立了政府绿色管理的目标和标准。但绿色转型目标在各个县市区及市直政府职能部门还没有细化、量化,没有从行政管理效能上形成一套有效的目标管理机制。政府管理中部门分割、条块分割的旧的管理体制并没有完全打破,对"黑色"企业刚性惩罚没有形成持久而更有效的强大压力,对"绿色"企业激励的政策机制没有有效激发企业推动实施绿色转型战略的内在动力。

4. 缺乏有效的市场引导机制,企业自主转型的动力不足

企业作为绿色转型的重要主体,其生产经营活动受市场机制的引导。政府虽然实施了一些"抑黑促绿"的激励政策,对引导企业绿色转型起了一定的作用,但市场引导企业转型的机制并没有建立,鼓励购买绿色产品、倡导绿色消费的浪

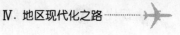

潮还没兴起，致使企业缺乏开展绿色生产经营活动的内动力，绿色转型由于缺乏市场机制的引导，绿色理念尚未真正成为企业的经营管理理念，企业绿色转型的内动力不足。

5. 绿色标准体系有待进一步完善，以绿色标准推动转型发展的具体落实工作需进一步加强

将经济绿色转型的理念和目标充分体现在绿色企业标准中，需要不断补充完善，经历一个比较长的过程。部分单位在标准制定过程中，存在绿色理念贯彻不到位、服务绿色转型不够的现象，使得标准推动绿色转型的意图难以实现。在绿色标准颁布实施过程中也存在问题，一些标准的实施仍缺乏相关的配套考核措施，标准的实施效果有限，甚至只能是摆设。

6. 生态基础薄弱，转型的基础不牢

由于长期以来能源重化工基地的城市定位以及多年来生态建设滞后遗留的问题众多，太原市还存在地下水严重超采、水位急剧下降、废水排放量大、城市污水处理率低、垃圾无害化处理率低、汾河地表水污染严重、水土严重流失、植被覆盖率低、污染企业关停搬迁任务重等突出问题，使进一步改善生态环境的难度加大，维持现有生态环境成果的难度也不断加大，以环境友好型的新型产业取代传统产业的任务十分艰巨。

7. 绿色转型中经济与社会不能同步推进，社会参与机制欠缺

在现代经济社会发展中，经济与社会发展是互为条件、互相促进的，经济的转型必然引起社会的转型；反之亦然。太原在绿色转型中突出政府的作用，突出以企业为核心的市场主体的作用，总体上难以凝聚全社会的力量，缺乏社会参与绿色转型的机制，尤其是没有很好地发挥非政府组织在转型中的作用，没能在政府、企业与市民之间架起联系沟通的桥梁，从而未能使全体市民能有效地参与到绿色转型实践中去。

四、太原推进绿色转型的对策建议

1. 将绿色理念融入城市发展的各个领域，为绿色转型创造良好的社会环境

发挥绿色文化的作用，将其包含的绿色理念融入经济社会发展的各个领域，进而影响生产方式、生活方式的转变。建议结合绿色标准的制定工作，加强绿色文化的研究，将绿色文化的理念融入丰富多彩的群众文化生活之中，通过群众喜闻乐见的文艺形式，使群众在潜移默化中接受绿色文化。创新绿色文化的宣传方式，利用广播电视、报纸、网络等新闻媒介加大绿色转型的宣传力度，要围绕绿色转型的核心工作，多做深度报道，让群众对绿色转型的来龙去脉有一个全面而深刻的了解，提高宣传效果。在巩固绿色文化进学校、进课堂、进社区活动的基础上，要积极开展绿色文化进企业活动。建议市政府对企业管理人员开展绿色理念的教育和培训活动，将生态文明、环境保护、绿色生产经营以及相关的法律法规作为学习的内容，统一考试或考核，不合格者不能从事管理工作，以行政手段督促企业管理人员学习和接受绿色管理理念。

2. 大力发展生态农业、新型工业和现代服务业，构建绿色产业体系

绿色转型的一个重要目的就是要形成以绿色经济为支柱的新经济形态。对于太原这样的老工业城市来说，发展绿色经济就是着力发展节水型、节材型、节地型、清洁型、高效型产业。要加快发展绿色农业，建设与资源、环境承载力相适应的农村绿色产业体系。引导推广发展以无公害食品、绿色食品和有机食品为主的生态农业产业，培育绿色龙头企业，开展绿色产品认证，建设富有特色的生机勃勃的绿色有机经济区。通过推进"三大基地"即不锈钢生产基地、新型装备制造业基地、铝镁合金加工生产基地建设，延伸不锈钢深加工、镁合金深加工、新型装备制造等三大产业链条，实现传统产业向新兴产业的转变，通过大力发展循环经济，构建绿色工业体系。加快建设绿色园区，推动传统工业园区转型为生态工业园区。按照"同业入园、专业集群、循环经济、绿色发展"的思路，引导新上项目和重点企业进入专业园区，实现产业相对集中和生产要素集约经营。大力发展现代服务业等绿色服务业，要以市委、市政府确定的八大功能区发展规划为平台，确定现代服务业发展的方向和行业。依托北部不锈钢生态工业区——太原钢铁集团这一全球最大的不锈钢生产企业，建设以服务太钢生产经营为目的的物流配送中心、商贸服务中心，以及以服务不锈钢中高端制造业升级为目的的产品研发中心。围绕汾东高新产业区建设以 IT、镁铝合金、煤机、重汽为主的高新产业基地，建设以机场物流、龙城总部经济区、浙商贸易城为主的现代服务业基地，形成以 IT、新型装备制造、新材料为主的高新技术产业、现代服务业为特色的新型示范园区。提升东部商业中心的集散功能，远期将形成辐射黄河中游经济区的重要物流集散中心和省城最大的现代物流功能区。围绕阳曲新型工业承接区建设以新型煤化工、装备制造、铝镁合金、新型建材工业为主的工业新区，建设相应的研发、物流、商贸服务中心，最终形成以金融业、信息服务业、科技服务业、现代物流、商务服务业和会展业等为支柱的现代服务业体系。

3. 发挥政府绿色投融资的引导和推动作用，支持绿色产业发展壮大

按照分类指导、重点支持的原则，要重点支持对绿色转型带动性强的装备制造、镁和不锈钢深加工、信息、金融、物流、科研、会展服务等绿色产业。建议政府每年要安排一定数量的绿色投融资引导资金，主要用于重点建设项目的贷款贴息和补贴，进一步加大引导力度，吸引更多的社会资金投入绿色产业领域。对确认为符合绿色产业要求的企业可认定为高新技术企业，享受相应的高新技术企业优惠政策。引导和推动从煤炭行业退出的民间资本转型发展，鼓励民间资本转到节约资源、保护环境的新兴产业项目上，转到以提高经济增长质量和效益为目标的轨道上。优先支持绿色企业进入资本市场，通过股票上市、发行企业债券、

项目融资、股权置换等方式筹措资金，同时要积极向中央和省争取更多的政策性引导资金，支持太原市绿色转型的重大项目开发建设。

4. 完善绿色政绩考核体系，确保绿色转型的各项政策法规落到实处

要克服当前部门分割、条块分割的旧的管理体制，除了按照事权重新调整相关机构职能外，一个最有效的方法就是设立一整套符合绿色转型要求的绿色政绩考核体系，将绿色转型的政策、标准要求等贯穿其中，应当围绕政府推动绿色转型、实现绿色发展这一中心，按照科学合理、客观公正、权责统一的原则，设置绿色政绩考核内容和标准。除传统的经济发展速度、人均经济水平、城乡居民生活水平、人口素质和计划生育状况、社会稳定和治安状况等指标外，应增加与绿色转型相关的指标体系，即将"绿色GDP"统计核算体系的内容和主要指标纳入各级干部政绩考核体系。改革现行的以GDP为核心的干部政绩考核体系，探索建立一套适合推进绿色转型和绿色发展的领导干部政绩考核体系。

5. 健全市场引导机制，调动企业绿色转型的积极性

市场是引导企业绿色转型的"看不见的手"。要充分发挥政府作为市场主体的引导作用，大力开展政府绿色采购活动，通过保证公共绿色消费来引导企业和消费者的绿色生产和消费。要不断完善绿色采购的法律体系和制度体系，促进绿色采购法制化，完善绿色采购管理体制，使绿色采购的法律法规在政府机构得到切实实施，并使执行过程得到有效的监督。还要通过税收、准入制度等手段促进和鼓励绿色产品的生产、销售和使用，抑制和打击非绿色产品的销售和使用。大力倡导绿色生活方式和绿色消费，通过积极的环保宣传、示范以及劝导，促进消费者选择绿色消费。参考先进国家的经验，研究制定符合太原市具体情况的"绿色消费指南"，明确优先消费的商品和减少或拒绝的产品。仿效国家家电下乡、汽车下乡的政策，政府可考虑设立绿色消费基金，对购买和消费太原市生产的符合国家标准的绿色产品的消费者给予必要的补贴，以此引导社会绿色产品的消费，激发企业生产绿色产品的积极性。

6. 完善绿色标准体系，探索建立标准，落实评价机制

要通过制度化建设，建立推进绿色标准制定和实施的长效机制。按照绿色标准体系总体框架要求，继续制定工业、服务业和园区方面的绿色标准，要探索在绿色标准的制定与实施中，逐步建立起与标准化建设相配套的标准的制定、实施、评价、考核体系，为更好地推进绿色转型提供保障。要按照"统一管理，分工负责"的原则，做好不同领域、不同职责范围内的标准制定工作，尽快形成"统一管理、依托各方、各司其职、合力推进"的太原市标准化工作新局面。要建立标准制定和评价专家库，由各个行业的专家学者和熟悉实际工作的人员组成，使制定和实施绿色标准的工作都有必要的智力支持。要建立标准实施的评估机制，将标准实施情况纳入干部政绩考核体系，作为科学、全面地评价党政领导干部的综合政绩的重要依据。加大标准执行情况的监管力度，建立标准实施情况的反馈机制，确保实现标准预期效果，提升管理效能。

7. 加大生态建设力度，夯实绿色转型的生态基础

要进一步加大环境污染末位淘汰和污染工业企业关停搬迁力度，对一些重点行业实施标准化管理，积极开展环境升级改造和环境保护综合治理工程。继续坚守"绿色高压线"，严格新建项目审批，对达不到环境容量总量控制要求或选址不当的建设项目予以否决，做到"增产不增污，增产要减污"，切实打好结构减排攻坚战。要加大对城市绿化、生态建设、污水垃圾处理的投入力度，倡导中水利用，鼓励太阳能、风能等低碳新能源的利用。

8. 发挥非政府组织的作用，在政府与市民之间架起沟通的桥梁

要鼓励以环境保护、绿色经济、绿色社会、绿色企业等旨在致力于绿色转型的各类组织和团体成立并开展各项活动。政府可以提供资金、设备、技术等方面的资助或援助，支持他们开展绿色转型的宣传教育活动，包括举办包括电视讲座在内的各种讲座、培训、演讲等环境意识教育活动。推动和促进绿色转型的公众参与活动。支持有关学术团体组织开展绿色转型方面的科学和技术的研究、开发及普及活动。支持有关团体绿色产品的生产和推广等活动，包括绿色产品的研制、生产、流通、消费等活动，使更多的市民理解政府绿色转型的战略，从而有条件、有平台地参与到绿色转型的实践中去。

对银川市建设低碳经济城市的思考[①]

周泽超

宁夏回族自治区党校

一、银川市建设低碳经济的可行性

（一）国内外建设低碳经济城市的经验为银川建设低碳经济城市提供了经验

在实施绿色能源、治理污染、节能减排等方面，西方发达国家特别是欧洲国家一直走在前列，是当今世界发展低碳经济的领军力量。例如，英国于 2002 年建

① 本文为由周泽超主持的国家级社科规划基金支持项目"宁蒙陕甘四省（区）毗连区生态文明建设的研究"阶段性成果之一，项目编号：2008SKX006

立的贝丁顿生态示范项目，该项目将众多节能减排的措施集中于生态社区中，以生物燃料热电联产为小区实现集中供暖；通过屋顶铺设光伏太阳能板为电动汽车充电；增加南向窗户玻璃面积，减少北向玻璃面积；增加保温绝热材料厚度，使用节能电器等，切实有效地减少了二氧化碳的排放量。又如丹麦的 Beder 的太阳能、风能社区项目，该项目以太阳能、风能作为主要能源，侧重使用可再生能源和新能源。在使用过程中强调节能降耗，最大限度地减少温室气体的排放和保持社区的优美环境。另外，瑞典的梅拉达伦大学、皇家理工学院严晋跃教授提出了旨在减少二氧化碳排放的技术整合路线，包括工业过程的改进、能源使用的优化、高级发电技术的整合等，并将碳捕集与存储融合到工业生产过程中。

中国为实现节能减排的目标，在低碳经济方面也进行了积极探索。2008 年 1月，清华大学在国内率先成立低碳能源实验室、低碳经济研究院，重点围绕低碳经济、政策及战略开展系统和深入的研究，为中国及全球经济和社会可持续发展出谋划策；2008 年"两会"期间，全国政协委员吴晓青明确将"低碳经济"提到议题上来，建议我国应尽快发展低碳经济，并着手开展技术攻关和试点研究。科技部在相关科技计划中对节能和清洁能源、可再生能源、核能、碳捕集和封存、清洁汽车等具有战略意义的低碳前沿技术已经进行了部署并加大了投入力度。我国在低碳技术领域的自主创新能力也正在快速提高，一大批成熟的低碳技术正在电力、冶金、建材、制造、石油化工行业得到推广和应用，新的更加有效的低碳技术正在国家的大力支持下研发出来并得到产业化应用。

2008 年初，世界自然基金会在中国内地以上海和保定两市为试点推出的"低碳城市"发展项目，在建筑节能、可再生能源和节能产品制造与应用等领域中取得了显著成绩。例如，保定市的"中国电谷"和"太阳能之城"建设，"中国电谷"仅 2008 年上半年就实现销售收入 119 亿元，同比增长 62%；实现工业利税17.7 亿元，同比增长 109.3%；实现出口创汇 4.54 亿元，同比增长 162.8 亿元，已成为区域经济增长的强大动力，初步形成了新能源产业集聚形态。上海通过崇明生态岛科技、世博科技、节能减排科技等专项先后在工业、交通、建筑、新能源、资源循环利用等方面进行了 400 多项重大科技攻关项目。在低碳城市实践区建设方面，上海以崇明岛和临港新城为核心，探索低碳发展模式。一方面，通过节能减排技术的示范、推广和集中应用，可再生能源项目建设示范等形成若干个低碳社区、低碳园区、低碳校区、低碳港区等；另一方面，加大湿地资源保护力度，同时增加林地面积，发展生态农业，达到固碳、储碳的目的。

（二）银川市能源开发利用和生态环境保护成效为低碳城市建设奠定了基础

从能源流的角度看，发展低碳经济有两个基本途径：一是在源上的替代、减少、提高效率，如广泛应用太阳能等新能源，开发替代能源等；二是在汇处的吸收，如保护原始森林，发展人造森林等。从以上两个方面来衡量，银川市的低碳经济状况已经取得了可喜的成绩。

第一，在开发新能源和可再生能源方面，银川市依托丰富的太阳能资源，把开发利用太阳能源列入清洁能源行动计划，并且成为国家首批 18 个清洁能源试点城市之一。根据银川市环保局统计，截至 2009 年底，银川市安装太阳能热水器 27 000 台，仅此一项，每年就可节约煤炭 1687 吨，减少二氧化硫排放 27 吨，减少烟尘排放 38.81 吨。2003 年 6 月，在银川市永宁县建成了我国第一座大型示范性风电场，成为我国目前最大的单个风力发电 CDM 项目。

第二，在生态环境建设方面，从 2001 年起，银川市先后投入巨资建设"塞上湖城"、"银西生态防护林体系建设工程"，充分利用荒坡荒地，进行水系连接、植被恢复等工程建设，使湿地面积迅速回升。截至 2009 年底，银川市的林草覆盖率已达 82.8% 以上，人均占有绿地 7.8 平方米。城市饮用水源水质达标率 100%，工业废水排放达标率 93.07%，工业固体废物综合利用率 95.01%，空气质量状况二级及好于二级的时间占全年总天数的 86%。

第三，在节能减排方面，近年来，银川市政府及环境保护相关部门采取多项措施，使节能降耗工作取得明显成效。一是银川市万元 GDP 能耗保持连续下降，2005 年万元 GDP 能耗为 2.46 吨标煤/万元，2007 年减少为 2.29 吨标煤/万元，到 2009 年底进一步下降为 2.09 吨标煤/万元。二是列入监控的重点用能企业能耗明显下降。2007 年列入宁夏回族自治区和银川市两级政府监控的年综合能耗消费量在 5000 吨标准煤以上的重点企业共 52 家，综合能源消费总量为 400.73 万吨标准煤，占银川市规模以上工业综合能源消费总量的 65.2%。经过综合治理，截至 2009 年底，这 52 家企业重点用能万元产值能耗下降到 1.83 吨标准煤，同比下降 6.4%。三是开展重点耗能企业能源审计和清洁生产审核工作，为企业实施清洁化生产提出具体的方案。四是加快落后生产能力淘汰的步伐。制定了明确的淘汰对象和标准，实施了严格的审查制度，基本关闭了"五小"企业。五是积极推广清洁能源，大力推进天然气入户工程，在新建住宅环评审批中将天然气入户列为一项硬指标，同时加快对居民小区燃料结构的改造步伐，实施了重点行业的"煤改气"项目，推进了居民小区天然气供热项目；建成 14 家汽车天然气加气站，对全市所有公交车辆和 90% 的出租车实行双燃料改装。六是建筑节能取得较好成效。从 2003 年以来，银川市竣工的节能建筑总面积约 1500 万平方米，节能率达 50% 以上，每个采暖季的单位耗能由 38.8 千克标煤／平方米下降到 2009 年的 17.4 千克标煤／平方米。

（三）良好的经济社会发展基础为银川市构建低碳城市提供了保障

近年来，银川市经济实力显著增强，2009 年全市地区生产总值达到 578.15 亿元，地方财政总收入 92.53 亿元，城镇居民人均可支配收入 15 715 元，农民人均纯收入达到 5389 元；万元 GDP 能耗下降 9.0%，化学需氧量削减 4954 吨，二氧化硫削减 10 766.8 吨，处于西部 12 个省（自治区）前列。在经济实力跨越式发展的同时，银川市科技支撑能力与自主创新能力日益增强，初步形成了以公益性科研院所、重点实验室、工程技术研究中心、转企科研院所和企业技术中为主体的技术创新体系，形成了以生产力促进机构、科技企业孵化器以及科技信息服务、专利服务等一大批科技中介服务机构，为银川市构建低碳型城市提供了科技和智力支撑。

二、银川市发展低碳经济的可行性分析

（一）银川市碳排放量变化情况及特点

1. 一次能源消费的变化及特点

改革开放以来，银川市社会经济得到快速发展，经济实力显著增强。工业经济在调整中稳步发展，形成了能源化工、生物制药、机械电器制造、新材料、羊绒加工、清真食品的"一强五优"的产业格局。受能源资源禀赋和产业结构的制约，2009 年银川市全社会能源消费总量 851.72 万吨标准煤，是一个典型的以煤炭消费为主的经济结构。煤炭消费比例低于同期宁夏平均水平 20.5 个百分点，低于全国平均水平 2.2 个百分点，但石油、天然气等优质能源消费比例远高于同期宁夏平均水平，更高于同期全国平均水平。

2005～2009 年是银川市经济快速发展时期，GDP 总量由 2005 年的 288 亿元增长到 2007 年的 425 亿元，到 2009 年跃升到 578.15 亿元；能源消费由 2005 年的 709.94 万吨标准煤增长到 2007 年的 851.72 万吨标准煤，进而跃升到 2009 年的 923.19 万吨标准煤；但单位 GDP 能耗逐年下降，由 2005 年的 2.46 吨标准煤/万元下降到 2009 年的 2.1187 吨标准煤/万元（表 1）。

表 1　2005～2009 年银川市经济与一次能源消费状况

年份	GDP/万元	工业增加值/万元	一次能源消费/万吨标煤	单位 GDP 能耗/（吨标准煤/万元）
2005	2 885 029	1 300 724	709.94	2.46
2006	3 352 918	1 567 181	777.66	2.375 6
2007	4 257 457	2 025 032	851.72	2.286 6
2008	5 108 945	221 045	893.12	1.748 1
2009	5 781 500	2 623 012	931.10	1.610 5

资料来源：根据 2005～2009 年历年《银川市统计年鉴》汇集而成

从表 1 分析可以看出，银川市单位 GDP 能耗逐年下降，但高于全国平均水平，反映了能源消费效益较低、产业结构中高耗能工业比例高的现实。

2. 银川市碳排放强度与经济发展状况

2009 年银川市人口 170.18 万人，GDP 总量达到 578.15 亿元，二氧化碳排放

量为654.38万吨碳，占宁夏碳排放总量的28.93%，单位GDP碳排放强度为1.2631吨碳/万元，低于同期宁夏单位GDP碳排放强度。

2009年银川市GDP总量为578.15亿元，人口达到170.3万，分别占宁夏经济总量的46.84%、总人口总量的27.56%，二氧化碳排放量为580.34万吨碳，占宁夏碳排放总量的26.93%，单位GDP碳排放强度1.2631吨碳/万元（当年同期宁夏单位GDP碳排放强度为2.4238吨碳/万元，同期全国单位GDP碳排放强度为0.6708吨碳/万元），相当于同期宁夏碳排放平均水平的56.24%，远高于同期全国单位GDP碳排放强度的平均水平。如果换算成人均碳排放占有量，银川市所占比例会更高。

研究经济发展与能源消费、碳排放关系，常用对数平均权重Divisia分解模型（logarithmic mean weight divisia method，LMD）分解能源结构、能源效率和经济发展对碳排放的影响。

LMD碳排放量的基本公式如下：

$$C = \sum C_i = \sum (E_i/E) \times (C_i/E_i) \times (E/Y) \times (Y/P) \times P$$

式中，C为碳排放量；C_i为i种能源的碳排放量；E为一次能源的消费量；E_i为i种能源的消费量；Y为国内生产总值；P为人口。

使用能源结构因素进一步分析：$S_i = E_i/E$，其中的i为i种能源在一次能源消费中的份额；

使用能源排放强度因素进一步分析：$F = C_i/E_i$，其中i为i种能源的碳排放量；

使用能源效率因素进一步分析：$I = E/Y$，即单位GDP的能源消耗；

使用经济发展因素进一步分析：$R = Y/P$。

将上述数学模型应用到银川市的碳排放和能源消耗状况分析中，可以看出银川市人均GDP水平高出同期宁夏平均水平的1倍左右，大体接近全国平均水平的50%。但单位GDP能耗、单位GDP碳排放强度和人均碳排放等指标是同期宁夏平均水平的56.24%，却高于同期全国平均水平的2.03倍；人均碳排放3.41吨/人，是同期宁夏平均水平的1.96倍，是全国的1.27倍。说明宁夏的经济增长因素主要还是依靠能源消耗较高的产业支撑，产业结构不尽合理，还处于工业化初期水平。

（二）"十一五"末及2020年银川市碳排放变化趋势分析

根据"银川市国民经济和社会第十一个五年规划纲要"主要指标，预计到2010年银川市GDP为530亿元（到2009年实际达到578.15亿元）。按照银川市"十一五"节能减排目标要求，到2010年银川市万元GDP能耗由2005年的2.46吨标煤/万元下降到1.80吨标煤/万元，减幅达到25%。按照这样的发展进程，银川市到 2009 年已经完成了"十一五"规划的目标，当前迫切需要的是巩固成果，完成 2020 年的预期目标。

依据"银川市国民经济和社会发展第十一个五年规划纲要"主要指标，预计到 2020 年银川市 GDP 为 1580 亿元，GDP 能耗下降到 1 吨标煤/万元，在 2007 年能耗的基础上下降 45% 左右，因此，可谓任务光荣，责任重大（表 2）。

表 2　2020 年银川市一次能源消费与碳排放预测情况

GDP/万元	一次能源总消费/万吨标准煤	能源结构/%	一次能源消费构成/万吨标准煤	碳排放量/万吨标准煤
1580	1580	煤炭：65	1027	767.79
		石油：24.5	387.1	225.49
		天然气：10	158	70.07
		其他：0.5	7.9	0

上述预测是基于银川市能源资源禀赋以及由此产生的能源消费结构做出的。银川市地处宁夏能源基地的中心，具有良好的能源供应条件。银川市宁东地区已探明煤炭储量为 273 亿吨，基本为优质的动力煤炭。按照宁东化工产业园区的煤炭开发目标，最终形成 8000 万～1.3 亿吨/年的煤炭生产能力，主要用于宁东重化工基地的煤电和煤化工项目，主要生产二甲醚、合成油、甲醇、煤制烯烃、焦炭和尿素等产品，预计煤炭消费在银川市能源中占 65% 以上，届时银川市真正迎来能源生产高潮时期，同时也说明银川市能源结构中的碳排放也将迎来高排放时期。因此，优化产业结构，转变经济增长方式是今后一个时期银川市的主要目标。

（三）银川市主要碳源及碳汇现状分析

根据中国气候变化委员会公布的碳源分类，将碳排放的排放源分类为能源活动、工业生产、土地利用及森林三类（表 3）。

表 3　中国气候变化委员会公布的碳源分类

项目	能源活动	工业生产	土地利用及森林
能源生产	煤炭、石油、天然气开采	水泥、石灰、电石、己二酸、钢铁	森林、农田及管理、草地及管理
能源加工与转换	发电、炼油、炼焦、煤制气、煤炭型加工业	工业、建筑、交通、医药	木材、木质材料、纸浆和各种纸张
能源消费	农业、工业、交通、建筑、商业、生物质能源	工业和民用	工业和民用

资料来源：中国气候变化委员会. 中国碳源分类. 北京：中国环境出版社，2006：13

按照中国气候变化委员会公布的碳源分类，银川市 2009 年生产水泥 310.55 万吨，根据现有银川市水泥生产工艺水平，生产 1 吨水泥碳排放量为 0.136 吨碳，产生二氧化碳 42.23 万吨，主要来自石灰石分解排放出的二氧化碳，成为银川市重要的碳排放来源。

森林是全球碳循环的重要组成部分，是陆地碳的主要储存库。森林固碳的机制是通过森林自身的光合作用过程吸收二氧化碳，并蓄积在树干、根部以及枝叶等部分，从而抑制大气中二氧化碳浓度的上升。据研究，热带森林每年可以固定二氧化碳 4.5～16 吨/公顷，温带林为 2.7～11.25 吨/公顷，寒带林为 1.8～9 吨/公顷。2009 年银川市森林覆盖率已达 22%，有林地已达 5 万公顷以上。按照银川市气候特点，取温带森林固定二氧化碳 4～8 吨/公顷计算，则银川市现有森林对二氧化碳吸收量为 20～40 吨/公顷，占一次能源消费碳排放总量的 4%～7%。银川市作为西部新兴城市，正处于城市化和工业化的高峰期，由于突出资源的优先开发和使用，经济结构将在一定时期内呈现单一性，经济增长量与二氧化碳的排放量处于同步增长状态，需要银川市的决策者制定可持续发展战略，在清洁能源开发和使用、节能降耗、环境保护的技术和政策等方面加大力度，逐步减少二氧化碳的排放。

三、银川市发展低碳经济的对策

（一）大力提倡低碳消费，实现节能降耗

依据银川市节能降耗目标，银川市每单位 GDP 能耗降低 1 个百分点，全市可降低用能折合标准煤为 15 万～20 万吨，相当于 2008 年全市能源消耗净增量的 30%。这就为银川市节能降耗提供了巨大的可操作空间。通过绿色消费的各环节控制，结合国内外在绿色消费领域方面的成功做法和经验，在促进绿色消费方式发展上主要通过政策大力提倡低碳消费，实现节能降耗。

第一，大力促进绿色生产。积极引导企业树立环境保护意识，促进企业在生产过程中实行清洁化生产；实行循环经济，对工业生产"废弃物"尽可能做到"吃干榨尽"，使其发挥最大经济效益和社会效益。

第二，建立完善的绿色流通体系。有计划地发展一批稳定的绿色商品加工生产基地，采用绿色物流、使用绿色物流技术，形成商品绿色质量认证制度，建立良好的废旧物资回收与利用系统，以带动银川市绿色物流发展。

第三，创建绿色经营场所。严格按照国家节能管理条例和标准，强力推行节能制度，对公共机构的节能降耗目标做出明确的要求。逐步减少塑料袋的使用，对各大商场和超市中的塑料袋使用有一个明确的阶梯形限制，如每天只能有偿出售 100 个大小塑料袋，超出部分加收 50% 的费用，等等。通过这些强制性的办法，不断提高绿色消费意识，建立绿色消费环境。

（二）建立公交优先及加快公交建设的财税制度

第一，加快建立城市公交建设基金。可以考虑从燃油税、土地出让金、汽车

消费税、固定资产税、城市公用事业附加税、基础设施配套税等税种中按照一定的比例提取，建立城市公交专项基金，用于城市公交中诸如换乘枢纽、场站建设、车辆购置和维修等费用的支出和使用，真正形成公交优先发展、资金优先使用、财税优先保障的制度格局。

第二，积极引入多种融资与经营模式，建立政府与企业长期合作关系。加快开放城市公共交通建设和运营市场，允许民营企业、国有运输企业与政府合作，共同参与公交系统和线路的投资、设计、建设、运营和维护等工作，对于部分出让的公交线路政府建立完备的评估和监督体系，实现公交建设与资金保障同步双赢的良好局面。

第三，制定公共交通运输的财政补贴政策。为了保证公共交通的正常运行，弥补因政策性低价或无偿运营造成的损失，政府应建立适度补贴、减少损耗的制度。一方面要明确补贴主体和范围，优先考虑学生、老人等弱势群体；另一方面积极开展节能降耗的技术改造，提高公共交通的节能降耗意识。

（三）强化组织建设，明确银川市低碳经济建设的目标和任务

成立以市长为组长，发改委、环保、财政、国土、规划、建设、交通、公安、园林、农业、林业、科教等多部门组成的低碳经济城市建设协调机构，把低碳经济城市建设纳入到银川市"十二五"及后续国民经济和社会发展规划中，并列入政府重要的议事日程中。加快制定《银川市低碳经济城市发展规划》，进一步细化建设低碳经济城市的工作目标、任务和重点，银川市各相关职能部门要根据低碳经济城市建设的要求分别制定低碳产业、低碳社会、低碳交通等专项规划，形成银川市建设低碳经济城市的政策体系。对企业的减排要进行实时监督，设定碳排放上限，对造成危害的企业和部门实行严厉惩罚制度，对于行政部门实行问责制，对由于监督不利造成的损失要追究单位"一把手"的和相关人员的责任。

（四）构建银川市推动低碳经济发展的产业支撑体系

结合银川市日照时间长、风能充足的特点，大力开发新能源和清洁能源。一是大力鼓励太阳能、风能等清洁能源的开发和使用，通过政策优惠、土地流转、财税支持等方式引进一批技术先进、效果明显、使用便捷的太阳能和风能生产企业，从而引领银川市新型能源的发展方向。二是大力发展低碳高产的电子信息（软件）产业，完善集成电路产业链，加快培育家电产业集群。三是发展壮大低碳科技服务业，对新开发的居民小区强制推行太阳能集中供热系统，并由有资质的企业进行统一维护。四是结合银川市农业结构调整方向，大力推广节肥、节药、节水等技术，积极发展生态农业和有机农业，引导规模化畜禽养殖废弃物的资源化和无害化处理，发展生态型畜牧、养殖业。

（五）加快实施一批推动银川市低碳经济建设的重大项目

通过项目带动，实施"集中供热、供冷关键技术集成应用示范项目"、"节能减排与地震安全民居关键技术集成应用示范项目"、"银川市建筑节能关键技术集成应用示范项目"、"公共机构低碳化运行示范工程"、"低碳化社区示范工程"、"太阳能开发利用示范项目"等一批重大项目，形成支撑银川市低碳经济城市建设的支柱型产业，从而构建起银川市低碳经济城市的发展布局。

参 考 文 献

李瑞娟 . 2009 - 10 - 30. 银川重点工程及 10 件实事 . 银川晚报，第 4 版

任宝平 . 2008. 低碳经济 . 北京：环境科学出版社

王正伟 . 2009 - 01 - 14. 2009 年宁夏回族自治区人民政府工作报告 . http：//www. gov. cn/test/2009 - 02/16/content 1232306. htm

吴丽丽 . 2009 - 10 - 09. 全市项目建设百日大会战开始冲刺 . 银川晚报 . 第 1 版

银川市环境保护局 . 2009. 2009 年总结报告（内部材料）

银川市人民政府 . 2007 - 11 - 14. 银川市国民经济和社会发展第十一个五年规划纲要 . http：//www. yinchuan. gov. cn/publicfiles/business/htmlfiles/yczw/pwngh/3862. htm

银川市园林局 . 2009. 2009 年工作报告（内部资料）

张幼文 . 2009 - 01 - 06. 加速经济增长的内需引擎 . 文汇报，第 5 版

新疆现代化进程中的机遇与挑战分析

李新娥　刘文哲　唐　亮　阿不都·艾尼·吾甫尔

新疆维吾尔自治区人民政府发展研究中心

一、新疆现代化实现程度简述

现代化既是现代文明的形成、发展、转型和国际互动的复合过程，又是不同国家和地区追赶、达到和保持世界先进水平的国际竞争。在不考虑政治和文化等因素的影响下，按照中国科学院中国现代化研究中心对 2006 年世界现代化水平的研究，中国处于世界初等发达国家水平，仍然属于发展中国家。中国第一次现代化实现程度为 87%，排世界 108 个国家的第 56 位；第二次现代化指数为 40，排世界 108 个国家的第 51 位；

综合现代化水平指数为 38，排世界 108 个国家的第 59 位。而新疆，2007 年第一次现代化实现程度为 81.3％，排我国内地 31 个省（自治区、直辖市）的第 25 位，如果按照 1990～2007 年年均增长率估算，需要用 12 年时间完成第一次现代化，才能达到 1960 年发达工业化国家的平均水平；第二次现代化指数为 35，排我国内地 31 个省（自治区、直辖市）的第 25 位；综合现代化水平指数为 32，仍排我国内地 31 个省（自治区、直辖市）的后位。新疆 14 个地州市现代化发展中存在着地区间、指标性不平衡状况。乌鲁木齐、克拉玛依、石河子等地区基本实现第一次现代化，总体指标完成程度较平衡；阿克苏地区、克孜勒苏柯尔克孜自治州、喀什地区及和田地区等离完成第一次现代化的差距仍然较大，主要表现在人均 GNP、农业劳动力比例、服务业增加值、城市人口比例、成人识字率、医疗服务、大学普及率等指标离达标水平差距较大。新疆第二次现代化和综合现代化整体水平发展较低。

二、加快实现新疆现代化进程的机遇与挑战分析

2010 年 3 月中央召开了全国对口支援新疆工作会议，5 月召开了中央新疆工作座谈会，6 月新疆召开自治区党委七届九次全委（扩大）会议，就贯彻落实中央相关会议精神、推进新疆跨越式发展和长治久安进行了全面部署，至此揭开了新中国成立以来新疆又一轮大建设、大开放、大发展的历史篇章。新疆进入了一个新的历史发展阶段，面临着前所未有的发展机遇，对加快推进新疆现代化进程具有重大的历史意义与现实意义。我们运用 SOWT 分析方法，就加快推进新疆现代化进程的环境与条件作一分析，从战略选择上为实现新疆跨越式发展、加快现代化进程提出我们的决策建议。SWOT 分析是旧金山大学海茵茨·韦里奇（Heinz Weihrich）教授在 1982 年提出的，主要通过分析一个经济体或一个产业的内外部相关因素，找出内部所拥有的优势（strength）、劣势（weakness），外部环境所面临的机会（opportunity）、挑战（threats），从而制定出适当的发展思路和应对策略。表 1 为 SWOT 分析矩阵模型。

表 1　SWOT 分析矩阵模型

		内部环境	
		优势	劣势
外部环境	机会	SO 战略 （增长性战略）	WO 战略 （扭转型战略）
	威胁	ST 战略 （多种经营战略）	WT 战略 （防御型战略）

1. 加快推进新疆现代化进程的优势条件

自然资源极为丰富。一是矿产资源丰富。截至 2009 年底，全区已发现矿产 138 种，占全国已发现 171 种矿产的 80.7％。在探明资源储量中，有 41 种矿产保

有资源储量居全国前十位，其中居首位的有 6 种，第二位的有 10 种，矿种齐全配套。二是土地光热资源丰富。新疆总面积 166.49 万平方公里，约占全国陆地总面积的 1/6。农林牧可直接利用土地面积 10.28 亿亩，人均耕地面积 3.12 亩，可利用草场 7.7 亿亩，可垦荒地 7300 万亩，耕地后备资源丰富。光热资源十分充裕，年总辐射量 5000～6490 兆焦耳/平方米。年均日照时数 2600～3400 小时，年积温北疆 2800～3600 摄氏度。气温年均日温差极有利于农作物生长。独特的自然生态环境孕育了多样性的农作物品种资源，在国内外市场上具有竞争优势的农产品有100 多种。三是旅游资源量大、多样且独特。在 68 种基本旅游资源类型中新疆拥有 56 种，占全国资源类型的 83％，新疆素有"旅游资源宝库"之称。有天鹅、野马、野骆驼、天山云杉、小叶白蜡等 20 多个珍贵动植物自然保护区。

社会资源较为丰富。一是地缘区位优势明显。地处亚欧大陆腹地，毗邻中亚、西亚和南亚，周边与俄罗斯、哈萨克斯坦、吉尔吉斯斯坦、塔吉克斯坦、巴基斯坦、蒙古、印度、阿富汗等八个国家接壤，是我国通向中西亚的重要陆路通道和向西开放的重要门户。地处我国内地和周边国家两个 13 亿人口大市场的结合部，有 17 个国家一类口岸、12 个二类口岸。二是民俗民风古老质朴。新疆是华夏文明、希腊文明、印度三大文明，佛教、基督教、伊斯兰教三大宗教，以及汉藏语系、阿尔泰语系、印欧语系三大语系的荟萃地。历史遗址众多，文化积淀深厚，大漠绿洲风光独特，民族民俗风情浓郁。新疆共有 55 个民族，其中世居民族 13个。2009 年底，新疆总人口 2195 万人，少数民族人口 1238 万人，少数民族人口占总人口的 60.4％。民族风情独具特色。

具有潜在的后发优势。经过 60 年，特别是 30 多年改革开放的发展，当前新疆经济实力明显增强，基础设施和生态环境保护取得重大进展，特色优势产业快速兴起，改革开放成效显著，各族人民生活水平不断提高。2009 年，全区生产总值4274 亿元，比实施西部大开发的 1999 年增长 1.6 倍，年均递增 10.1％；人均生产总值达到 19 926 元，比 1999 年增长 1.2 倍；地方财政预算收入达到 388 亿元，比1999 年增长 4.5 倍，年均增长 18.5％。城镇居民人均可支配收入 12 258 元，比1999 年增长 1.3 倍；农民人均纯收入 4005 元，比 1999 年增长 1.7 倍。特别是2000～2009 年，全社会固定资产投资累计完成 1.4 万亿元，是前 10 年的 4.4 倍。向西开放战略深度实施，为加快发展奠定了坚实的基础。新疆不仅具备比较优势，而且拥有后发优势。

2. 制约加快实现新疆现代化进程的因素分析

自然条件恶劣，生态环境严酷。新疆地处亚欧大陆腹地，地域广阔，"三山夹两盆"的地貌构造使新疆表现为典型的干旱、半干旱荒漠绿洲生态环境，生态系统类型多样，植被覆盖率低，生态屏障能力差，绿洲面积狭小，自然生态环境具有脆弱性、不稳定性和不易恢复的特点，对社会经济发展的承载能力较差。水资源分布不均匀，结构性缺水问题突出。水资源使用量达到年径流量的 60％以上，农业用水占总用水量的比例超过 90％，生态用水明显不足，部分河道断流，土地沙漠化、荒漠化趋势加重，大风、沙尘、干旱、洪害、雪灾、寒流霜冻、病虫害等自然灾害频发。工业废水中主要污染物化学需氧量和氨氮的排放量，工业固体废物产生量、排放量均呈上升趋势，污染防治任务艰巨。

社会资源匹配程度不高。基础设施建设滞后，综合交通运输网的规模总量较小，只有兰新铁路、南疆铁路两条干线，二级以上公路仅占 53％，航线网络布局单一，水利设施建设滞后。社会事业发展水平低，公共服务供给能力薄弱，人才严重匮乏，初高中升学率偏低，医疗卫生服务体系不完善，人口增长较快，基层计生服务设施不完善，基层文化阵地作用较弱，就业再就业矛盾突出，公共运行成本高昂。

经济发展滞后。新疆地区 GDP 只占全国的 1.27％，人均 GDP 位居全国第 20 位，城镇居民人均可支配收入和农民人均纯收入位居全国后位。经济结构不合理，农民收入中来自第一产业的比重高达 80％，石油石化工业增加值占地区工业增加值的 60％以上，传统服务业占服务业的比重高达 70％以上，技术创新能力薄弱。地方经济发展缓慢，地方财政收入增长相对较慢，财力自我保障能力较低。区域发展不平衡，南疆三州低收入贫困人口占全区低收入贫困人口的 84％以上，人均 GDP 仅为全区平均水平的 31％。

影响稳定的因素依然存在。受西方国家遏制中国发展战略的影响，民族分裂势力活动和非法宗教活动从来就没有停止过。企业改制、土地征用等新矛盾在新疆容易被引发成政治问题、全局问题。

3. 加快推进新疆现代化进程的机遇分析

国际市场重要资源类产品价格高位运行，有利于新疆优势资源转换战略的深度实施。随着世界经济一体化进程的加快，新疆有效利用"两种资源、两个市场"的地位进一步凸显，资源优势转化为经济优势的可能性进一步增强，优势资源开发开拓的空间进一步得到扩展。

我国经济的快速蓬勃发展，为新疆经济发展创造了良好的市场环境。改革开放 30 多年来，GDP 年均增速近 10％。伴随着科学发展观的深入贯彻落实，经济发展方式转变力度进一步增强，经济结构优化升级步伐加快，新型工业化和新型城市化快速推进，我国经济发展的潜力将进一步放大。新疆作为国家战略性资源接替区地位日益突显，国内广阔的消费市场及旺盛的消费需求，将是新疆经济快速推进的坚强后盾。

中央新疆工作座谈会和中央对口支援新疆工作座谈会及新一轮西部大开发等一系列战略部署，是新疆加快全面建设小康社会步伐、积极推进新疆现代化进程的重要政策支持。一大批重大民生工程、基础设施项目建设夯实了新疆加快现代化进程的基础，新型工业化、农牧业现代化和新型城镇化建设步伐加快，将为新疆现代化发展注入强大活力与动力。

4. 新疆现代化进程发展中面临的压力因素

经济全球化、一体化对新疆经济发展的压力增强、约束增多。为世界各国共同关注的全球变暖、温室效应、生态环境恶化等经济问题政治化，各种国际组织的规章及公约对发展中国家加快工业化进程构成较大的约束。这些问题同样对新疆经济的跨越式发展、后发超越提出了挑战。

国家宏观经济政策的约束性影响。随着国家经济发展方式转变力度的加大，经济结构战略性调整力度加大，新疆基础产业、原材料粗加工产业甚至石油石化等支柱产业都将面临提高门槛、强制提高技术标准、加大节能减排力度等硬性规定的约束，也将对新疆产业结构的调整带来较大的影响。

各项配套政策不完善。目前，国家给予了新疆未来十年跨越式发展和长治久安的重大项目与政策支持力度很大，使新疆各族人民对加快发展抱有极高的期望，且已经给新疆各族人民带来了不少实惠。但是，国家的指导性政策还需要进一步完善和细化。如有些政策原则性较强，需要出台一些配套政策进行说明、解释和指导，对一些政策的实施和操作程序等要进行细化和具体化，增强政策的可操作性。

各兄弟省（自治区、直辖市）加快发展的步伐坚定而有力。全国 31 个省（自治区、直辖市）都处于竞相发展之中，都在积极地想方设法争取国家给予特殊优惠的政策支持，并不断深化与拓展体制机制改革试点的范围与力度，各兄弟省（自治区、直辖市）大发展的势头都不弱于新疆，新疆要想与全国同步实现全面小康社会目标，任务仍然艰巨、繁重。

其他不确定性因素较多。在对外合作中，中亚国家贸易政策、法规不稳定、不透明，有些国家至今尚未制定相应的边贸优惠政策，造成政策不对等，缺乏合作性。新疆周边国家社会不稳定，导致经济贸易风险加剧、投资风险加大。

三、加快实现新疆现代化的战略选择

根据中央对未来十年新疆经济跨越式发展和长治久安的目标任务的战略部署，新疆维吾尔自治区党委七届九次全委（扩大）会议提出了今后十年新疆实现跨越式发展和长治久安的指导思想、战略选择和原则。在此基础上，我们进一步分析了新疆经济发展的内部因素和外部环境，更进一步梳理了新疆现代化发展中的优势、劣势及面临的外部机会和威胁，提出如下经济发展战略。

1）将新疆现代化进程中经济发展的优势与外部机会相结合的匹配策略（SO战略组合）。一是强化战略意识，深刻领会实现新疆跨越式发展和长治久安战略目标的重大经济意义与深远政治历史意义，将眼前利益与长远根本利益相结合，按照谋大、谋深、谋远的原则，加大新疆资源优势向经济优势转化。二是充分利用新疆丰富、稀缺的自然资源，发挥其独特的区位优势和后发优势，紧紧抓住国家加大向西开放战略实施力度的机会，充分利用国家大力支持、兄弟省份对口支援的机遇，搭上中国经济蓬勃发展的快车，做大做强现有优势产业和支柱产业，继续实施大企业大集团战略，大力支持民营经济的中小企业发展，推进产业集群化，大力发展现代农牧业，加快生产性服务业发展，加速推进城镇化。三是发挥区位优势，积极开展与周边国家的资源开发和合作。以世界眼光谋划新疆对外开放问题，主动瞄准国际经济、贸易、金融、产业和市场发展的制高点，加快构建开放型经济体系。建议把进一步扩大新疆向西开放作为国家战略，纳入国家"十二五"规划。完善新疆扩大对外开放工作机制，大力实施沿边开放战略，加快新疆与内地及周边国家物流大通道建设。加强口岸基础设施建设，加快发展边境贸易，充分利用国家给予的特殊政策，支持新疆企业"走出去"。充分利用"中国-亚欧经贸博览会"这一平台做好东部沿海地区产业转移承接工作，建设面向中亚、西亚、南亚及欧洲市场的农业、轻纺、机电设备、建材等进出口产品加工基地和商品中转集散地。四是完善市场经济体制机制，创新经济发展方式与模式，将政府推动与市场化运作结合起来，发挥财政"四两拨千斤"的乘数效应，发挥各省区市人才、资本、技术、管理等生产要素与新疆自然资源、劳动力的聚合作用，共同推进新疆的大发展。

2）将劣势转化为优势的发展策略（WO 战略组合）。一是强化基础能力建设。不断打牢新疆经济发展的产业基础，特别是优先发展基础设施，改善水、电、路、通信等设施。二是在中央和各兄弟省份的大力支持和帮助下，不断改善民生，加快社会事业发展的步伐。通过农村的水、电、路、厕、气等基础设施建设，规划新村庄，援建新农村，改善农民的生活生产条件。以推进新型城镇化建设为契机，发挥政府的主导作用，通过农民积极参与的家园建设，为乡镇企业、县域工业的起步发展提供支撑。将干部任职、人才引进、教育支持、医疗卫生支持与国民素质的全面提高结合起来，通过双向挂职、双向交流等多种形式，加大双语师资、职业培训力度。三是坚持以现代文化为引领，大力发展多元、融合、开放的现代文化，丰富精神文化生活，提升文明素质，凝聚各族人民的智慧和力量，迸发活力，激发创造力。以科技教育为支撑，发挥好科技教育的先导和基础性作用。大力实施全方位、多层次、宽领域的人才引进战略，用新疆蕴藏的巨大发展潜力和美好前景，吸引人才，感召人才。

3）将外部威胁转换为机会的转换策略（ST 战略组合）。进一步优化新疆加快经济发展的政策环境。充分利用中央给予促进新疆跨越式发展和长治久安的一系列具体政策，抓紧细化，抓快落实。切实发挥政策的引领、导向作用。

4）劣势和风险组合匹配战略（WT 战略组合）。主动研究新形势下维护新疆稳定可能遇到的新情况、新问题，切实加强对境内外"三股势力"新一轮分裂破坏活动的预判、应对，有针对性地做好思想准备和工作准备，进一步加强维稳力量建设，提高快速反应能力、有效处置能力，坚决打击和防范"三股势力"的分裂破坏活动。加强社会治安综合治理，深入推进平安建设。强化维稳基础设施、技术手段、群防群治力量的建设。加强流动人口服务管理，着力解决流动人口就业、居住、社会保障、就医、子女就学等民生问题以及可能出现的影响社会稳定的问题。认真做好新形势下群众工作，处理好群众反映的问题和实际困难，主动理顺群众情绪，妥善化解矛盾。健全党和政府主导的维护群众权益机制，完善大调解工作体系，严格落实信访工作领导责任制，依法合理解决各族群众的利益诉求。积极预防和妥善处理群体性事件，提高预防和处置群体性事件的能力。

参 考 文 献

国家统计局 . 2009. 中国统计年鉴 . 北京：中国统计出版社

新疆维吾尔自治区统计局，国家统计局新疆调查总队 . 2010. 新疆维吾尔自治区 2009 年国民经济和社会发展统计公报（政府文件）

新疆维吾尔自治区统计局 . 2009. 新疆统计年鉴 . 北京：中国统计出版社

中国现代化战略研究课题组，中国科学院中国现代化研究中心 . 2009. 中国现代化报告——文化现代化研究 . 北京：北京大学出版社

西部城镇化

——加快中国现代化进程必须解决的重大问题

谷晓江　陈加友

贵州省人民政府发展研究中心

　　城市化是乡村人口向城市人口转化，以及人类的生产生活方式由乡村型向城市型转化的一种社会现象。城镇化是经济社会发展的必然趋势，是工业化、现代化的重要标志。城镇化的发展与工业化、现代化的发展是密不可分的。城市在人类进入工业化之前就产生了。在农业社会，城市化进程非常缓慢。进入工业化时代之后，城市集聚效应随着工业化的程度逐渐发挥，使农村地域的要素不断向城市集聚，各相关产业不断发展壮大，城市化进程迅速加快。随着城市化过程的深入，社会生产力进一步提高，产业分工更加复杂，工业化向更高层次推进。现代化起源于工业化，而工业化产生大规模的城市化，城市化反过来又促进工业化的

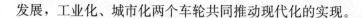

发展，工业化、城市化两个车轮共同推动现代化的实现。

一、西部城镇化基本状况

1. 西部城镇化概况

2007 年，西部城镇人口为 13 417 万人，占西部总人口的 37％，占全国城镇人口总数的 28％左右。西部 12 个省份城市总数为 165 个，占全国城市总数的 25.35％。2000 年以来，西部地区城镇化处于加速发展状态，城镇化率由 2000 年的 28.7％上升到 2007 年的 37％，年均增长 1.19 个百分点。城市、城镇的数量和规模得到不同程度的扩大，城镇基础设施建设、功能得到加强和改善，城镇的聚集辐射带动功能提高，城镇经济发展和农村富余劳动力转移步伐加快。城镇化加快发展是西部加快发展的重要特征。

2. 西部城镇化面临的主要问题

在中国四大区域板块中，尽管西部地区城镇化这 10 年已取得长足发展，但它仍然是"最短的板"，西部地区城镇化面临的问题严峻。一是城镇化水平低，发展缓慢。2007 年，西部城镇化率为 37％，低于同期全国平均水平 7.9 个百分点、东部 18.4 个百分点、中部 4.6 个百分点。2000～2007 年，西部城镇化率年均提高 1.19 个百分点，分别低于同期全国平均水平 0.05 个百分点、东部 0.14 个百分点、中部 0.04 个百分点。东、中、西部城镇化发展的梯度差距相当明显。二是城镇化严重滞后于工业化水平。世界城市化的普遍规律是城市化超前或同步于工业化。根据我们测算，2007 年西部地区的工业化率、城镇化率分别为 45.64％、37％，工业化率实现程度分别是全国、东部、中部地区的 86.54％、72.99％、92.43％，城市化率实现程度分别只有全国、东部、中部地区的 82.41％、66.79％、88.94％。这表明，西部的城镇化水平大大落后于工业化水平。三是城市数量少、规模小、密度低，等级结构不合理。据我们研究，西部地区城市总数、地级以上城市、县级城市均少于东部和中部地区。城市建成区面积占市区面积的比重大大低于全国、东部、中部地区的平均水平。城市等级结构也十分不合理。四是城镇基础设施落后，功能不完善，城市公共服务功能明显不足，城市城镇承载能力差，对农村人口吸纳能力弱。

当前东部、中部、西部经济发展的梯度差距十分明显，而城镇化的梯度差距更为突出。

3. 主要制约因素

笔者认为西部城镇化发展滞后的主要制约因素有：工业化水平低，对城镇化带动支撑能力较弱；产业结构水平低，就业空间小；农业产业化程度低，小城镇化发展动力弱；行政区划与加快城镇化发展不相适应；制约城镇化发展的户籍、医疗卫生、教育、住房、社会保障等体制性矛盾突出；城镇建设投入不足等。

二、加快西部城镇化对我国现代化具有重大战略意义

西部地区疆域辽阔，共包括等12个省（自治区、直辖市），土地面积为538万平方公里，占全国国土面积的56%。西部地区人口和民族众多，目前人口约为3.63亿，占全国总人口的27.5%，少数民族占全国的比重极高。西部地区资源丰富，是我国工业资源的重要聚集区和战略储备区，也是我国工业化的重要基础。西部地区是我国经济社会发展和现代化进程中不可或缺的一个重要组成部分。

当前西部在工业化和城镇化的孰轻孰重上，应抉择于城镇化。主要理由：一是西部地区是我国欠开发、欠发达地区，加快发展是我国现代化进程的客观需要，基本途径是加快工业化进程，工业化又必须以城镇化为支撑，而当前西部的工业化严重滞后于城镇化，城镇化拉了工业化的后腿，有必要首先加快城镇化进程，使城镇化与工业化协调发展。二是解决中国贫困问题的现实需要。西部地区集中了中国绝大多数贫困人口，解决中国贫困问题的重中之重是解决西部的贫困问题。城镇化的实质是农村人口逐步向城市人口转化，城镇化是解决西部贫困问题的重要途径。但西部地区人口分散、城镇化水平低的现状又严重制约了贫困问题的解决。因此，消除贫困就要使农村人口向较为适宜生存的区域集中，更大的可能是向城镇集中，这就要求必须加快西部的城镇化进程。三是城镇化既是西部可持续发展的重要途径，更是全国可持续发展的重要途径。西部一些地区土地荒漠化、石漠化状况不断加剧，草地退化，森林覆盖率低，野生动植物减少，自然灾害频繁，既危害了西部，也影响了全国的可持续发展。解决这些地区生态环境恶化问题，实现可持续发展，就必须把相当多散居在生态环境脆弱地区的人口转移到城镇，就要求扩大城镇的容量。四是没有西部地区一定水平的城镇化就没有全国高水平的城镇化，就会拉全国现代化的后腿。五是加快西部城镇化有利于解决日益突出的发展不平衡、差距拉大问题，有利于促进扩大内需，促进民族团结、社会稳定和边疆巩固。综上所述，加快西部城镇化进程，是西部加快发展的客观需要，是促进全国城镇化的发展需要，是进一步加快我国现代化进程的必然要求。全力加速推进西部地区城镇化对于加快中国现代化进程有着极为重要的战略意义。

三、西部地区城镇化具备了加快发展的条件

城镇化发展是由区域的内在因素和外部条件决定的。当前，西部地区城镇化加快发展拥有着十分有利的内在性特征和外部因素。

1. 经济持续快速发展的特征

2000～2008年，西部地区生产总值年均增长16.84%（现价计算）。西部地区经济发展处于快速上升的通道内，预计"十二五"时期仍将保持年均10%以上的增长速度（不变价）。西部地区经济快速增长对城镇化加快发展形成了有力支撑。

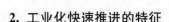

2. 工业化快速推进的特征

"十五"以来，西部地区第二产业保持了较高的发展速度。2008年，第二产业增加值达到30 451.86亿元，2000～2008年年均增长19%（现价计算）。总体上看，西部地区工业化已基本进入中期，工业化加速推进是其显著特征，这将会在相当长一段时期内促进城镇化发展。

3. "S"形曲线的几何特征

城市化有自身客观的发展规律，美国地理学家R. M. 诺瑟娅将不同国家和地区城市化进程的共同规律总结概括为"S"形曲线，认为城市化有初始阶段、加速阶段和成熟阶段三个阶段。目前，西部地区城镇化率为38%左右，仍然处于城镇化的加速发展阶段。根据我们的预测，未来10～15年东部地区的城镇化会放缓，某些发达地区会出现逆城市化，而西部仍然是城镇化快速发展期，预计西部地区的城镇化率将年均增长1.3个百分点以上，平均增长速度将快于东部。

4. 西部综合交通网络建设提速，对城镇化发展促进巨大

当前，国家深入实施西部大开发战略，再一次把以交通网络建设为重点的基础设施建设放在了突出的位置，加快西部的"五横、四纵、四出境"通道建设，将打通我国的边境通道、东中西部间的物流通道和保障东部与南部战略资源供应的通道。仅2010年，国家计划在西部新开工的23项重点工程投资总规模就达6822亿元，主要涉及铁路、公路、机场、水利枢纽等，未来一段时期西部地区的重大基础设施建设将进入高峰期。重大基础设施建设将加快形成西部地区城镇化的战略新格局，必将对西部城镇化产生巨大的推动作用。

这些内在性特征和外部因素，决定了在未来相当长一段时期西部城镇化将加速发展。

四、西部城镇化的战略取向和战略重点

东部沿海地区经济发达，地理条件优越，人口密集，城镇化水平高，城镇体系结构较为合理，空间分布均衡，辐射、带动作用明显，适宜实施大、中、小城市协调发展模式。

西部地区城镇化在未来15～20年，不宜采取大、中、小城市协调发展模式，阶段性战略取向应采取大中城市优先发展。主要原因有：一是西部地区城市发展滞后，城镇体系结构不合理，特别是大中城市数量少、规模小，许多省区特大城市、大城市缺位，中等城市数量少，城市等级不合理的矛盾十分突出，有必要对特大、大、中城市进行补位。二是西部地区地理条件差，大部分区域是山区和丘陵，人口分散，小城镇建设成本高，聚集辐射带动效应差。另外，小城镇数量众多，而西部地区经济发展滞后，撒胡椒面式的投入效果甚微。因此，有必要将有限的城镇建设资源集中投入到条件较好的大中城市，使其集约发展。三是西部地

区小城镇发展的农业产业化动力机制相对较弱。由于西部大多地形破碎、农业科技水平低、农民素质较低，农业产业化应有的规模难以形成，小城镇因而发展缓慢。四是西部地区小城镇发展的农产品流通网络化和集中化的动力机制相对不足。西部农村地域广阔，农民居住分散，最重要的是农村交通条件差，产品流通成本高，网络不健全，难以产生小城镇应有的商业聚集效应。

西部地区城镇化发展采取大中城市优先发展战略是今后一段时期的合理战略取向。在此战略取向下，要突出两大战略重点：

一是实施大中城市带动战略，加快完善城镇体系。即实行"强极"战略，重点推进大中城市扩张，积极发展区域中心城市，扩大小城市数量，发展小城市和重点镇，形成规模、职能和布局较为合理的城镇体系。

二是实施城市群战略。将构建城市群作为城镇化发展的战略重点，重点建设具备城市群的构成条件、经济交通等条件具备的城市群：成渝城市群、黔中城市群、滇中城市群、环北部湾城市群、关中城市群、呼包鄂城市群等。

五、建议国家采取的政策措施

一是建议国家增加西部地区城镇建设用地额度，在西部农村开展建立土地产权使用权市场试点，促进农村土地使用权的流动和城市化进程。二是建议国家在重大项目安排上进一步向西部倾斜，加大中央政府财政转移支付的力度，并为西部城市建设提供一定的专项配套资金，降低资本金比例。三是建议国家建立面向所有农村人员的失业保险、医疗保险，把在城镇工作5年以上的农民工纳入城镇保险范围，促进农村人口流动。四是建议国家在重大资源深加工及其他工业项目的安排上向西部倾斜，支持西部地区加强科技创新，调整优化产业结构。五是建议国家支持西部重点城市群的发展。六是建议国家加快西部地区行政区划调整，并在城镇体制改革上给予西部地区更多的自主权，允许在城镇化发展方面先行改革创新。

参 考 文 献

冯治.2004.中国农村现代化道路与规律.北京：人民出版社

傅崇兰，周明俊.2003.中国特色城市发展理论与实践.北京：中国社会科学出版社

国家统计局城市社会经济调查司.2009.2008年中国城市统计年鉴.北京：中国统计出版社

何念如，吴煜.2007.中国当代城市化理论研究.上海：上海人民出版社

连玉明.2009.中国城市综合竞争力报告，No.11.北京：中国时代经济出版社

王梦奎，冯井，谢伏瞻.2004.中国特色城镇化道路.北京：中国发展出版社

姚士谋等.2006.中国城市群.北京：中国科技大学出版社

中国现代化战略研究课题组，中国科学院中国现代化研究中心.2010.中国现代化研究报告 2010.北京：北京大学出版社